外国文学名著丛书

〔法〕雨果/著

悲惨世界 中

李丹 方于/译

"外国文学名著丛书"编委会

人民文学出版社

第五卷　无声的狗群黑夜搜索

一　曲线战略

有一点得在此说明一下,这对我们即将读到的若干页以及今后还会遇到的若干页都是必要的。

本书的作者——很抱歉,不能不谈到他本人——离开巴黎,已经多年①。自从他离开以后,巴黎的面貌改变了。这个新型城市,在某些方面,对他来说是陌生的。他用不着说他爱巴黎,巴黎是他精神方面的故乡。由于多方面的拆除和重建,他青年时期的巴黎,他以虔敬的心情保存在记忆中的那个巴黎,现在只是旧时的巴黎了。请允许他谈那旧时的巴黎,好像它现在仍然存在一样。作者即将引着读者到某处,说"在某条街上有某所房子",而今天在那里却可能既没有房子也没有街了。读者不妨勘查,假使不嫌麻烦的话。至于他,他不认识新巴黎,出现在他眼前的只是旧巴黎,他怀着他所珍惜的幻象而加以叙述。梦想当年在国内看见的事物,现在还有些存

---

① 作者在一八五一年十二月,因反对拿破仑第三发动的政变,被迫离开法国,直到一八七〇年九月拿破仑第三垮台后才回国。本书发表于一八六二年。

留下来并没有完全消失,这对他来说是件快意的事。当人们在祖国的土地上来来往往时,心里总存着一种幻想,以为那些街道和自己无关,这些窗子、这些屋顶、这些门,都和自己不相干,这些墙壁也和自己没有关系,这些树木不过是些无足轻重的树木,自己从来不进去的房屋对自己也都是无足轻重的,脚底下踩着的石块路面只不过是些石块而已。可是,日后一旦离开了祖国,你就会感到你是多么惦记那些街道,多么怀念那些屋顶、窗子和门,你会感到那些墙壁对你是不可少的,那些树木是你热爱的朋友,你也会认识到你从来不进去的那些房屋却是你现在每天都神游的地方,在那些铺路的石块上,你也曾留下了你的肝胆、你的血和你的心。那一切地方,你现在见不到了,也许永远不会再见到了,可是你还记得它们的形象,你会觉得它们妩媚到使你心痛,它们会像幽灵一样忧伤地显现在你的眼前,使你如同见到了圣地,那一切地方,正可以说是法兰西的本来面目,而你热爱它们,不时回想它们的真面目,它们旧时的真面目,并且你在这上面固执己见,不甘心任何改变,因为你眷念祖国的面貌,正如眷念慈母的音容。

因此,请容许我们面对现在谈过去,这一层交代清楚以后,还得请读者牢记在心。现在我们继续谈下去。

冉阿让立即离开大路,转进小街,尽可能走着曲折的路线,有时甚至突然折回头,看是否有人跟他。

这种行动是被困的麋鹿专爱采用的。这种行动有多种好处,其中的一种便是在可以留下迹印的地方让倒着走的蹄痕把猎人和猎狗引入歧路。这在狩猎中叫做"假遁"。

那天的月亮正圆。冉阿让并不因此感到不便。当时月亮离地平线还很近,在街道上划出了大块的阴面和阳面。冉阿让可以隐在阴暗的一边,顺着房屋和墙壁朝前走,同时窥伺着明亮的一面。他也许没有充分估计到阴暗的一面也是不容忽视的。不过,他料想在波利弗街附近一带的胡同里,一定不会有人在他后面跟着。

珂赛特只走不问,她生命中最初六年的痛苦已使她的性情变得有些被动了。而且,这一特点,我们今后还会不止一次地要提到,在不知不觉中她早已对这老人的独特行为和自己命运中的离奇变幻习惯了。此外,她觉得和他在一道总是安全的。

珂赛特固然不知道他们要去什么地方,冉阿让也未必知道,他把自己交给了上帝,正如她把自己交给了他。他觉得他也一样牵着一个比他伟大的人的手,他仿佛觉得有个无影无踪的主宰在引导他。除此以外,他没有一点固定的主意,毫无打算,毫无计划。他甚至不能十分确定那究竟是不是沙威,并且即使是沙威,沙威也不一定就知道他是冉阿让。他不是已经改了装吗?人家不是早以为他死了吗?可是最近几天来发生的事却变得有些奇怪。他不能再观望了。他决计不再回戈尔博老屋。好像一头从窠里被撵出来的野兽一样,他得先找一个洞暂时躲躲,以后再慢慢地找个安身之处。

冉阿让在穆夫达区神出鬼没好像左弯右拐地绕了好几个圈子,当时区上的居民都已入睡,他们好像还在遵守中世纪的规定,受着宵禁的管制,他以各种不同的方法,把税吏街和刨花街、圣维克多木杵街和隐士井街配合起来,施展了巧妙的战略。这一带原有一些供人租用的房舍,但是他甚至进都不进去,因为他没有找到合适的。其实,他深信即使万一有人要找他的踪迹,也早已迷失方向了。

圣艾蒂安·德·蒙礼拜堂敲十一点钟时,他正从蓬图瓦兹街十四号警察哨所门前走过。不大一会儿,出自我们上面所说的那种本能,他又转身折回来。这时,他看见有三个紧跟着他的人,在街边黑暗的一面,一个接着一个,从哨所的路灯下面走过,灯光把他们照得清清楚楚。那三个人中的一个走到哨所的甬道里去了。领头走的那个人的神气十分可疑。

"来,孩子。"他对珂赛特说,同时他赶忙离开了蓬图瓦兹街。

他兜了一圈,转过长老通道,胡同口上的门因时间已晚早已关了,大步穿过了木剑街和弩弓街,走进了驿站街。

那地方有个十字路口,便是今天罗兰学校所在的地方,也就是圣热纳维埃夫新街分岔的地方。

(不用说,圣热纳维埃夫新街是条老街,驿站街在每十年中也看不见有辆邮车走过。驿站街在十三世纪时是陶器工人居住的地方,它的真名是瓦罐街。)

月光正把那十字路口照得雪亮。冉阿让隐在一个门洞里,心里打算,那几个人如果还跟着他,就一定会在月光中穿过,他便不会看不清楚。

果然,还不到三分钟,那几个人又出现了。他们现在是四个人,个个都是高大个儿,穿着棕色长大衣,戴着圆边帽,手里拿着粗棍棒。不单是他们的高身材和大拳头使人见了不安,连他们在黑暗中的那种行动也是怪阴森的,看去就像是四个变成士绅的鬼物。

他们走到十字路口中央,停下来,聚拢在一起,仿佛在交换意见。其中有一个像是他们的首领,回转头来,坚决伸出右手,指着冉阿让所在的方向,另一个又好像带着固执的神气指着相反的方向。正当第一个回转头时,月光正照着他的脸,冉阿让看得清清楚楚,那确是沙威。

二 幸而奥斯特里茨桥上正在行车

冉阿让不再怀疑了,幸而那几个人还在犹豫不决,他便利用他们的迟疑,这对他们来说是浪费了时间,对他来说却是争取到了时间。他从藏身的门洞里走出来转进驿站街,朝着植物园一带走去。珂赛特开始感到累了。他把她抱在胳膊上。路上没有一个行人,路灯也没有点上,因为有月亮。

他两步当一步地往前走。

几下子,他便跨到了哥伯雷陶器店,月光正把店门外墙上的几行旧式广告照得清晰可读:

> 祖传老店哥伯雷,
> 水罐水壶请来买,
> 还有花盆、瓦管以及砖,
> 凭心出卖红方块①。

他跨过钥匙街,然后圣维克多喷泉,顺着植物园旁边的下坡路走到了河沿。到了那里,他再回头望。河沿上是空的。街上也是空的。没有人跟来。他喘了口气。

他到了奥斯特里茨桥。

当时过桥还得付过桥税。

他走到收税处,付了一个苏。

---

① 心和红方块,指纸牌上的两种花色。

"得付两个苏,"守桥的伤兵说,"您还抱着一个自己能走的孩子。得付两个人的钱。"

他照付了钱,想到别人也许可以从这里发现他过了桥,心里有些嘀咕。逃窜总应当不留痕迹。

恰巧有一辆大车,和他一样,要在那时过桥到塞纳河的右岸去。这对他是有利的。他可以隐在大车的影子里一同过去。

快到桥的中段,珂赛特的脚麻了,要下来走。他把她放在地上,牵着她的手。

过桥以后,他发现在他前面稍稍偏右的地方有几处工场,他便往那里走去。必须冒险在月光下穿过一片相当宽的空地才能到达。他不迟疑。搜索他的那几个人显然迷失方向了,冉阿让自以为脱离了危险。追,尽管追,跟,却没跟上。

在两处有围墙的工场中间出现一条小街,这就是圣安东尼绿径街。那条街又窄又暗,仿佛是特意为他修的。在进街口以前,他又往后望了一眼。

从他当时所在的地方望去,可以望见奥斯特里茨桥的整个桥身。

有四个人影刚刚走上桥头。

那些人影背着植物园,正向右岸走来。

这四个影子,便是那四个人了。

冉阿让浑身寒毛直竖,像是一头重入罗网的野兽。

他还存有一线希望,他刚才牵着珂赛特在月光下穿过这一大片空地的时候,那几个人也许还没有上桥,也就不至于看见他。

既是这样,就走进那小街,要是他能到那些工场、洼地、园圃、旷地,他就有救了。

他仿佛觉得可以把自己托付给那条静悄悄的小街。他走进去了。

三　看看一七二七年的巴黎市区图

走了三百步后他到了一个岔路口。街道在这里分作两条,一条斜向左边,一条向右。摆在冉阿让面前的仿佛是个Y字的两股叉。选哪一股好呢?

他毫不踌躇,向右走。

为什么?

因为左边去城郊,就是说,去有人住的地方;右边去乡间,就是说,去荒野的地方。

可是他已不像先头那样走得飞快了。珂赛特的脚步拖住了冉阿让的脚步。

他又抱起她来。珂赛特把头靠在老人肩上,一声也不响。

他不时回头望望。他一直留心靠着街边阴暗的一面。他背后的街是直的。他回头看了两三次,什么也没有看见,什么声音全没有,他继续往前走,心里稍微宽了些。忽然,他往后望时,又仿佛看见在他刚刚走过的那段街上,在远处,黑影里,有东西在动。

他现在不是走而是往前奔了,一心只想能有一条侧巷,从那儿逃走,再次脱险。

他撞见一堵墙。

那墙并不挡住去路,冉阿让现在所走的这条街,通到一条横巷,那是横巷旁边的围墙。

到了那里，又得打主意，朝右走，或是朝左。

他向右边望去。巷子两旁有一些敞棚和仓库之类的建筑物，它像一条盲肠似的伸展出去，无路可通。可以清晰地望见巷底，有一堵高粉墙。

他向左望。这边的胡同是通的，而且，在相隔二百来步的地方，便接上另一条街。这一边才是生路。

冉阿让正要转向左边，打算逃到他隐约看到的巷底的那条街上去，他忽然发现在巷口和他要去的那条街相接的拐角上，有个黑魆魆的人形，立着不动。

那确是一个人，明明是刚才派来守在巷口挡住去路的。

冉阿让赶忙往后退。

他当时所在地处于圣安东尼郊区和拉白区之间，巴黎的这一带也是被新建工程彻底改变了的，这种改变，有些人称为丑化，也有些人称为改观。园圃，工场，旧建筑物全取消了。今天在这一带是全新的大街、竞技场、马戏场、跑马场、火车起点站、一所名为马扎斯的监狱，足见进步不离刑罚。

冉阿让当时到达的地方在半个世纪以前，叫做小比克布斯，这名称完全出自传统的民族常用语，正如这种常用语一定要把学院称为"四国"，喜歌剧院称为"费多"一样。圣雅克门、巴黎门、中士便门、波舍隆、加利奥特、则肋斯定、嘉布遣、玛依、布尔白、克拉科夫树、小波兰、小比克布斯，这些全是旧巴黎替新巴黎遗留下来的名称。对这些残存的事物人民一直念念不忘。

小比克布斯从来就是一个区的雏形，存在的年代也不长，它差不多有着西班牙城市那种古朴的外貌。路上多半没有铺石块，街上多半没有盖房屋。除了我们即将谈到的两三条街道外，四处全是墙和旷野。没有一家店铺，没有一辆车子，只偶然有点烛光从几处窗口透出来，十点过后，所有的灯火全灭了。全是些园圃、修院、工场、洼地，有几所少见的矮屋以及和房子一样高的墙。

这个区在前一世纪的形象便是这样的。革命曾替它带来不少灾难，共和时期的建设局把它毁坏，洞穿，打窟窿。残砖破瓦，处处堆积。这个区在三十年前已被新建筑所淹没。今天已一笔勾销了。

小比克布斯，在现在的市区图上已毫无影踪，可是位于巴黎圣雅克街上正对着石膏街的德尼·蒂埃里书店和位于里昂普律丹斯广场针线街上的让·吉兰书店在一七二七年印行的市区图上却标志得相当清楚。小比克布斯有我们刚才说过的像"Y"字形的街道，"Y"字下半的一竖，是圣安东尼绿径街，它分为左右两支，左支是比克布斯小街，右支是波隆梭街。这"Y"字的两个尖又好像是由一横连接起来的。这一横叫直壁街。波隆梭街通到直壁街为止，比克布斯小街却穿过直壁街以后，还上坡通到勒努瓦市场。从塞纳河走来的人，走到波隆梭街的尽头，向他左边转个九十度的急弯，便到了直壁街，在他面前的是沿着这条街的墙，在他右边的是直壁街的街尾，不通别处，叫做让洛死胡同。

冉阿让当时正是到了这地方。

正如我们先头所说的，他望见有一个黑影把守在直壁街和比克布斯小街的转角处，便往后退。毫无疑问，他已成了那鬼影窥伺的对象。

怎么办？

已经来不及退回去了。他先头望见的远远地在他背后黑影里移动的,一定就是沙威和他的队伍。沙威很可能是在这条街的口上,冉阿让则是在这条街的尾上。从所有已知迹象方面看,沙威是熟悉这一小块地方复杂的地形的,他已有了准备,派了他手下的一个人去守住了出口。这种猜测,完全符合事实,于是在冉阿让痛苦的头脑里,像一把在急风中飞散的灰沙,把他搅得心慌意乱。他仔细看了看让洛死胡同,这儿,无路可通,又仔细看了看比克布斯小街,这儿,有人把守。他望见那黑魆魆的人影出现在月光雪亮的街口上。朝前走吧,一定落在那个人的手里。向后退吧,又会和沙威撞个满怀。冉阿让感到自己已经陷在一个越收越紧的罗网里了。他怀着失望的心情望着天空。

四　寻　找　出　路

为了懂得下面即将叙述的事,必须正确认识直壁胡同的情况,尤其是当我们走出波隆梭街转进直壁胡同时留在我们左边的这只角。沿着直壁胡同右边直到比克布斯小街,一路上几乎全是一些外表看来贫苦的房子;靠左一面,却只有一栋房屋,那房屋的式样比较严肃,是由好几部分组成的,它高一层或高两层地逐渐向比克布斯小街方面高上去,因此那栋房屋,在靠比克布斯小街一面,非常高,而在靠波隆梭街一面却相当矮。在我们先头提到过的那个转角地方,更是低到只有一道墙了。这道墙并不和波隆梭街构成一个四正四方的角,而是形成一道墙身厚度减薄了的斜壁,这道斜壁在它左右两角的掩护下,无论是站在波隆梭街方面的人或是站在直壁胡同方面的人都望不见。

和这斜壁两角相连的墙,在波隆梭街方面,一直延伸到第四十九号房屋,而在直壁街一面——这面短多了——直抵先头提到过的那所黑暗楼房的山尖,并和山尖构成一个新凹角。那山尖的形状也是阴森森的,墙上只有一道窗子,应当说,只有两块板窗,板上钉了锌皮,并且是永远关着的。

我们在这里所作的关于地形的描写和实际情况完全吻合,一定能在曾经住过这一带的人的心中唤起极精确的回忆。

斜壁的面上完全被一种东西遮满了,看起来仿佛是一道又高又大丑陋不堪的门。其实只是一些胡乱拼凑起来直钉在壁面上的一条条木板,上面的板比较宽,下面的比较窄,又用些长条铁皮横钉在板上,把它们联系起来。旁边有一道大车门,大小和普通的大车门一样,从外形看,那道门的年龄大致不出五十年。

一棵菩提树的枝丫从斜壁的顶上伸出来,靠波隆梭街一面的墙上盖满了常春藤。

冉阿让正在走投无路时看见了那所楼房,冷清清,仿佛里面没有人住似的,便想从那里找出路。他赶忙用眼睛打量了一遍。心里盘算,如果能钻到这里面去,也许有救。他先有了一个主意和一线希望。

楼房的后窗有一部分临直壁街,在这部分中的一段,每层楼上的每个窗口,都装有旧铅皮漏斗。从一根总管分出的各种不同排水管连接在各个漏斗上,好像是画在后墙上面的一棵树。这些分支管,曲曲折折,也好像是一棵盘附在庄屋后墙上的枯葡萄藤。

那种奇形怪状由铅皮管和铁管构成的枝桠最先引起冉阿让的注意。他让珂赛特靠着一块石碑坐下,嘱咐她不要作声,再跑到水管和街道相接的地方。也许有办法从这儿翻到楼房里去。可是水管已经烂了,不中用,和墙上的联系也极不牢固。况且那所冷清清的房屋的每个窗口,连顶楼也计算在内,全都装了粗铁条。月光也正照着这一面,守在街口上的那个人可能会看见冉阿让翻墙。并且,珂赛特又怎么办?怎么把她弄上四层楼?

他放弃了爬水管的念头,趴在地上,沿着墙根,又回到了波隆梭街。

他回到珂赛特原先所在的斜壁下面后,发现这地方是别人瞧不见的。我们先头说过,他在这地方,可以逃过从任何一面来的视线,并且是藏在黑影里。再说还有两道门。也许撬得开呢。在见到菩提树和常春藤的那道墙里,显然是个园子,尽管树上还没有树叶,他至少可以在园里躲过下半夜。

时间飞快地过去了。他得赶紧行动。

他推推那道大车门,一下便察觉到它内外两面都被钉得严严实实。

他怀着较大的希望去推那道大门。它已经破敝不堪,再加又高又阔,因而更不牢固,木板是腐朽的,长条铁皮只有三条,也全锈了。在这蛀坏了的木壁上穿个洞也许还能办到。

仔细看了以后,他才知道那并不是门。它既没有门斗,也没有铰链,既没有锁,中间也没有缝。一些长条铁皮胡乱横钉在上面,彼此并不连贯。从木板的裂缝里,他隐隐约约看见三合土里的石碴和石块,十年前走过这地方的人也还能看到。他大失所望,不能不承认那外表像门的东西只不过是一所房子背面的护墙板。撬开板子并不难,可是板子后面还有墙。

五　有了煤气灯便不可能有这回事

这时,从远处开始传出一种低沉而有节奏的声音。冉阿让冒险从墙角探出头来望了一眼。七八个大兵,排着队,正走进波隆梭街口。他能望见枪刺闪光,他们正朝着他这方面走来。

他望见沙威的高大个子走在前面,领着那队兵慢慢地审慎地前进。他们时常停下来。很明显,他们是在搜查每一个墙角,每一个门洞和每一条小道。

毫无疑问,那是沙威在路上碰到临时调来的一个巡逻队。

沙威的两个助手也夹在他们的队伍中一道走。

从他们的行进速度和一路上的停留计算起来,还得一刻来钟才能到达冉阿让所在的地方。这是一发千钧之际,冉阿让身临绝地,他生平这是第三次,不出几分钟他又得完了,并且这不只是苦役牢的问题,珂赛特也将从此被断送,这就是说她今后将和孤魂野鬼一样漂泊无依了。

这时只有一件事是可行的。

冉阿让有这样一个特点,我们可以说他身上有个褡裢,一头装着圣人的思想,一头装着囚犯的技巧。他可以斟酌情形,两头选择。

他从前在土伦的苦役牢里多次越狱的岁月中,除了其他一些本领以外还学会了一种绝技,他而且还是这绝技中首屈一指的能手,我们记得,他能不用梯子,不用踏脚,全凭自己肌肉的力量,用后颈、肩头、臀、膝在石块上偶有的一些棱角上稍稍撑持一下,便可在必要时,从两堵墙连接处的直角里,一直升上六层楼。二十来年前,囚犯巴特莫尔便是用这种巧技从巴黎刑部监狱的院角上逃走的,至今人们望着那墙角也还要捏一把汗,院子的那个角落也因而出了名。

冉阿让用眼睛估量了那堵墙的高度,并看见有棵菩提树从墙头上伸出来。那墙约莫有十八尺高。它和大楼的山尖相接,形成一个凹角,角下的墙根部分砌了一个三角形的砖石堆,大致是因为这种墙角对于过路的人们太方便了,于是砌上一个斜堆,好让他们"自重远行"。这种防护墙角的填高工事在巴黎是相当普遍的。

那砖石堆有五尺来高。从堆顶到墙头的距离至多不过十四尺。

墙头上铺了平石板,不带檐条。

伤脑筋的是珂赛特。珂赛特,她,不知道爬墙。丢了她吗?冉阿让决不作此想。背着她上去却又不可能。他得使出全身力气才能巧妙地自个儿直升上去。哪怕是一点点累赘,也会使他失去重心栽下来。

非得有一根绳子不可,冉阿让却没有带。在这波隆梭街,半夜里,到哪儿去找绳子呢?的确,在这关头,冉阿让假使有一个王国,他也会拿来换一根绳子的。

任何紧急关头都有它的闪光,有时叫我们眼瞎,有时又叫我们眼明。

冉阿让正在仓皇四顾时,忽然瞥见了让洛死胡同里那根路灯柱子。

当时巴黎的街道上一盏煤气灯也还没有。街上每隔一定距离只装上一盏回光灯,天快黑时便点上。那种路灯的上下是用一根绳子来牵引的,绳子由街这一面横到那一面,并且是安在柱子的槽里的。绕绳子的转盘关在灯下面的一只小铁盒里,钥匙由点灯工人保管,绳子在一定的高度内有一根金属管子保护着。

冉阿让拿出毅力来作生死搏斗,他一个箭步便窜过了街,进了死胡同,用刀尖撬开了小铁盒的锁键,一会儿又回到了珂赛特的身边。他有了一根绳子。偷生人间的急中生智的人到了生死关头,总是眼明手快的。

我们已经说过,当天晚上,没有点路灯。让洛死胡同里的灯自然也和别处一样,是黑着的,甚至有人走过也不会注意到它已不在原来的位置上了。

当时那种时辰,那种地方,那种黑暗,冉阿让的那种神色,他的那些怪举动,忽去忽来,这一切已叫珂赛特安静不下来了。要是别一个孩子早已大喊大叫起来。而她呢,只轻轻扯着冉阿让的大衣边。他们一直都越来越清楚地听着那巡逻队向他们走来的声音。

"爹,"她用极低的声音说,"我怕。是谁来了?"

"不要响!"那伤心人回答说,"是德纳第大娘。"

珂赛特吓了一跳。他又说道:

"不要说话。让我来。要是你叫,要是你哭,德纳第大娘会找来把你抓回去的。"

接着冉阿让,不慌不忙,有条有理,以简捷稳健准确的动作——尤其是在巡逻队和沙威随时都可以突然出现时,更不容许他一回事情两回做——解下自己的领带,绕过孩子的胳肢窝,松松结在她身上,留了意,不让她觉得太紧,又把领带结在绳子的一端,打了一个海员们所谓的燕子结,咬着绳子的另一头,脱下鞋袜,丢过墙头,跳上土堆,开始从两墙相会的角上往高处升,动作稳健踏实,好像他脚跟和肘弯都有一定的步法似的。不到半分钟,他已经跪在墙头上了。

珂赛特直望着他发呆,一声不响。冉阿让的叮嘱和德纳第这名字早已使她麻木了。

她忽然听到冉阿让的声音向她轻轻喊道:

"把背靠在墙上。"

她背墙站好。

"不要响,不要怕。"冉阿让又说。

她觉得自己离了地,往上升。

她还来不及弄清楚是怎么回事,便已到了墙头上了。

冉阿让把她抱起,驮在背上,用左手握住她的两只小手,平伏在墙头上,一径爬到那斜壁上面。正如他所猜测的一样,这里有一栋小屋,屋脊和那板墙相连,屋檐离地面颇近,屋顶的斜度相当平和,也接近菩提树。

这情况很有利,因为墙里的一面比临街的一面要高许多。冉阿让朝下望去,只见地面离他还很深。

他刚刚接触到屋顶的斜面,手还不曾离开墙脊,便听见一阵嘈杂的人声,巡逻队已经来到了。又听见沙威的嗓子,雷霆似的吼道:

"搜这死胡同!直壁街已经有人把守住了,比克布斯小街也把守住了。我准保他在这死胡同里。"

大兵们一齐冲进了让洛死胡同。

冉阿让扶着珂赛特,顺着屋顶滑下去,滑到那菩提树,又跳在地面上。也许是由于恐怖,也许是由于胆大,珂赛特一声也没出。她手上擦去了点皮。

六　哑谜的开始

冉阿让发现自己落在某种园子里,那园子的面积相当宽广,形象奇特,仿佛是一个供人冬夜观望的荒园。园地作长方形,底里有条小路,路旁有成行的大白桦树,墙角都有相当高的树丛,园子中间,有一棵极高的树孤立在一片宽敞的空地上,另外还有几株果树,枝干蜷曲散乱,好像是一大丛荆棘,又有几方菜地,一片瓜田,月亮正照着玻璃瓜罩,闪闪发光,还有一个蓄水坑。几条石凳分布在各处,凳上仿佛有黑苔痕。纵横的小道两旁栽有色暗枝挺的小树。道上半是杂草,半是苔藓。

冉阿让旁边有栋破屋,他正是从那破屋顶上滑下来的,另外还有一堆柴枝,柴枝后面有一个石刻人像,紧靠着墙,面部已经损坏,在黑暗中隐隐露出一个不成形的脸部。

破屋已经破烂不堪,几间房的门窗墙壁都坍塌了,其中一间里堆满了东西,仿佛是个堆废料的棚子。

那栋一面临直壁街一面临比克布斯小街的大楼房在朝园子的一面,有两个交成曲尺形的正面。朝里的这两个正面,比朝外的两面显得更加阴惨。所有的窗口全装了铁条。一点灯光也望不见。楼上几层的窗口外面还装了通风罩,和监狱里的窗子一样。一个正面的影子正投射在另一个正面上,并像一块黑布似的,盖在园地上。

此外再望不见什么房屋。园子的尽头隐没在迷雾和夜色中了。不过迷蒙中还可以望见一些纵横交错的墙头,仿佛这园子外面也还有一些园子,也可以望见波隆梭街的一些矮屋顶。

不能想象比这园子更加荒旷更加幽僻的地方了。园里一个人也没有，这很简单，是由于时间的关系，但是这地方，即使是在中午，也不像是供人游玩的。

冉阿让要做的第一件事便是把鞋子找回来穿上，再领着珂赛特到棚子里去。逃匿的人总以为自己躲藏的地方不够隐蔽。孩子也一直在想着德纳第大娘，和他一样凭着本能，尽量蜷伏起来。

珂赛特哆哆嗦嗦，紧靠在他身边。他们听到巡逻队搜索那死胡同和街道的一片嘈杂声，枪托撞着石头，沙威对着那些分途把守的密探们的叫喊，他又骂又说，说些什么，却一句也听不清。

一刻钟过后，那种风暴似的怒吼声渐渐远了。冉阿让屏住了呼吸。

他一直把一只手轻轻放在珂赛特的嘴上。

此外他当时所处的孤寂环境是那样异乎寻常的平静，以至在如此凶恶骇人近在咫尺的喧嚣中，也不曾受到丝毫惊扰。好像他左右的墙壁是用圣书中所说的那种哑石造成的。

忽然，在这静悄悄的环境中，响起了一种新的声音，一种来自天上、美妙到无可言喻的仙音，和先头听到的咆哮声恰成对比。那是从黑黝黝的万籁俱寂的深夜中传来的一阵颂主歌，一种由和声和祈祷交织成的天乐，是一些妇女的歌唱声，不过，从这种歌声里既可听出贞女们那种纯洁的嗓音，也可听出孩子们那种天真的嗓音，这不是人间的音乐，而像是一种初生婴儿继续在听而垂死的人已经听到的那种声音。歌声是从园中最高的那所大楼里传来的。正当魔鬼们的咆哮渐渐远去时,好像黑夜中飞来了天使们的合唱。

珂赛特和冉阿让一同跪了下来。

他们不知道那是什么,他们不知道自己是在什么地方,可是他们俩,老人和孩子,忏悔者和无罪者,都感到应当跪下。

那阵声音还有这么一个特点:尽管有声,它还是使人感到那大楼像是空的。它仿佛是种从空楼里发出来的天外歌声。

冉阿让听着歌声,什么都不再想了。他望见的已经不是黑夜,而是一片青天。他觉得自己的心飘飘然振翅欲飞了。

歌声停止了。它也许曾延续了一段相当长的时间。不过冉阿让说不清。人在出神时,从来就觉得时间过得快。

一切又归于沉寂。墙外墙里都毫无声息。令人发悚的和令人安心的声音全静下去了。墙头上几根枯草在风中发出轻微凄楚的声音。

七 再谈哑谜

晚风起了,这说明已到了早晨一两点钟左右。可怜的珂赛特一句话也不说。她倚在他身旁,坐在地上,头靠着他,冉阿让以为她睡着了。他低下头去望她。珂赛特的眼睛睁得滚圆,好像在担着心事,冉阿让见了,不禁一阵心酸。

她一直在发抖。

"你想睡吗?"冉阿让说。

"我冷。"她回答。

过一会,她又说:

"她还没有走吗?"

"谁?"冉阿让说。

"德纳第太太。"

冉阿让早已忘了他先头用来噤住珂赛特的方法。

"啊!"他说,"她已经走了。不用害怕。"

孩子叹了一口气,好像压在她胸口上的一块石头拿掉了。

地是潮的,棚子全敞着,风越来越冷了。老人脱下大衣裹着珂赛特。

"这样你冷得好一点了吧?"他说。

"好多了,爹!"

"那么,你等一会儿。我马上就回来。"

他从破棚子里出来,沿着大楼走去,想找一处比较安稳的藏身的地方。他看见好几扇门,但是都是关了的。楼下的窗子全装了铁条。

他刚走过那建筑物靠里一端的墙角,看见面前有几扇圆顶窗,窗子还亮着。他立在一扇这样的窗子前面,踮起脚尖朝里看。这些窗子都通到一间相当大的厅堂,地上铺了宽石板,厅中间有石柱,顶上有穹窿,一点点微光和大片的阴影相互间隔。光是从墙角上的一盏油灯里发出来的。厅里毫无声息,毫无动静。可是,仔细望去,他仿佛看见地面石板上横着一件东西,好像是个人的身体,上面盖着一条裹尸布。那东西直挺挺伏在地上,脸朝石板,两臂向左右平伸,和身体构成一个十字形,丝毫不动,死了似的。那骇人的物体,颈子上仿佛有根绳子,像蛇一样拖在石板上。

整个厅堂全在昏暗的灯影中若隐若现,望去格外令人恐惧。

冉阿让在事后经常说到他一生虽然见过不少次死人,却从来不曾见过比这次更寒心更可怕的景象,他在这阴森的地方、凄清的黑夜里见到这种僵卧的人形,简直无法猜透这里的奥妙。假如那东西是死的,那也已够使人胆寒的了,假如它也许还是活的,那就更足使人胆寒。

他有胆量把额头抵在玻璃窗上,想看清楚那东西究竟还动不动。他看了一会儿,越看越害怕,那僵卧的人形竟一丝不动。忽然,他觉得自己被一种说不出的恐怖控制住了,不得不逃走。他朝着棚子逃回来,一下也不敢往后看,他觉得一回头就会看到那人形迈着大步张牙舞爪地跟在他后面。

他心惊气喘地跑到了破屋边。膝头往下跪,腰里流着汗。

他是在什么地方?谁能想到在巴黎的城中心竟会有这种类似鬼蜮的地方?那所怪楼究竟是什么?好一座阴森神秘的建筑物,刚才还有天使们的歌声在黑暗中招引人的灵魂,人来了,却又陡然示以这种骇人的景象,既已允诺大开光明灿烂的天国之门,却又享人以触目惊心的坟坑墓穴!而那确是一座建筑物,一座临街的有门牌号数的房屋!这并不是梦境!他得摸摸墙上的石条才敢自信。

寒冷,焦急,忧虑,一夜的惊恐,真使他浑身发烧了,万千思绪在他的脑子里萦绕。

他走到珂赛特身旁,她已经睡着了。

八　又来一个哑谜

孩子早已把头枕在一块石头上睡着了。

他坐在她身边,望着她睡。望着望着,他的心渐渐安定下来了,思想也渐渐可以自由活动了。

他清醒地认识到这样一点真理,也就是今后他活着的意义,他认识到,只要她在,只要他能把她留在身边,除了为了她,他什么也不需要,除了为她着想,他什么也不害怕。他已脱下自己的大衣裹在珂赛特的身上,他自己身上很冷,可是连这一点他也没有感觉到。

这时,在梦幻中,他不止一次听见一种奇怪的声音。好像是个受到振动的铃铛。那声音来自园里。声音虽弱,却很清楚。有些像夜间在牧场上听到的那种从牲口颈脖上的铃铛所发出的微渺的乐音。

那声音使冉阿让回过头去。

他朝前望,看见园里有个人。

那人好像是个男子,他在瓜田里的玻璃罩子中间走来走去,走走停停,时而弯下腰去,继又立起再走,仿佛他在田里拖着或撒播着什么似的。那人走起路来好像腿有些瘸。

冉阿让见了为之一惊,心绪不宁的人是不断会起恐慌的。他们感到对于自己事事都是敌对的,可疑的。他们提防白天,因为白天可以帮助别人看见自己,也提防黑夜,因为黑夜可以帮助别人发觉自己。他先头为了园里荒凉而惊慌,现在又为了园里有人而惊慌。

他又从空想的恐怖掉进了现实的恐怖。他想道,沙威和密探们也许还没有离开,他们一定留下了一部分人在街上守望,这人如果发现了他在园里,一定会大叫捉贼,把他交出去。他把睡着的珂赛特轻轻抱在怀里,抱到破棚最靠里的一个角落里,放在一堆无用的废家具后面。珂赛特一点也不动。

从这里,他再仔细观察瓜田里那个人的行动。有一件事很奇怪,铃铛的响声是随着那人的行动而起的。人走近,声音也近,人走远,声音也远。他做一个急促的动作,铃子也跟着发出一连串急促的声音,他停着不动,铃声也随即停止。很明显,铃铛是结在那人身上的,不过这是什么意思?和牛羊一样结个铃子在身上,那究竟是个什么人?

他一面东猜西想,一面伸出手摸珂赛特的手。她的手冰冷。

"啊,我的天主!"他说。

他低声喊道:

"珂赛特!"

她不睁眼睛。

他使劲推她。

她也不醒。

"难道死了不成!"他说,随即立了起来,从头一直抖到脚。

他头脑里出现了一阵乱糟糟的无比恐怖的想法。有时,我们是会感到种种骇人的假想像一群魔怪似的,齐向我们袭来,而且猛烈地震撼着我们的神经。当我们心爱的人出了事,我们的谨慎心往往会无端地产生许多狂悖的幻想。他忽然想到冬夜户外睡眠可以送人的命。

珂赛特,脸色发青,在他脚前躺在地上,一动也不动。

他听她的呼吸,她还吐着气,但是他觉得她的气息已经弱到快要停止了。

怎样使她暖过来呢?怎样使她醒过来呢?除了这两件事以外,他什么也不顾了。他发狂似的冲出了破屋子。

一定得在一刻钟里让珂赛特躺在火前和床上。

九　佩带铃铛的人

他望着园里的那个人一径走去。手里捏着一卷从背心口袋里掏出来的钱。

那人正低着脑袋,没有看见他来。冉阿让几大步便跨到了他身边。

冉阿让劈头便喊:

"一百法郎!"

那人吓得一跳,睁圆了眼。

"一百法郎给您挣,"冉阿让接着又说,"假使您今晚给我一个地方过夜!"

月亮正全面照着冉阿让惊慌的面孔。

"啊,是您,马德兰爷爷!"那人说。

这名字,在这样的黑夜里,在这样一个没有到过的地方,从这样一个陌生人的嘴里叫出来,冉阿让听了连忙往后退。

什么他都有准备,却没有料到这一手。和他说话的是一个腰驼腿瘸的老人,穿的衣服几乎像个乡巴佬,左膝上绑着一条皮带,上面吊个相当大的铃铛。他的脸正背着光,因此看不清楚。

这时,老人已经摘下了帽子,哆哆嗦嗦地说道:

"啊,我的天主!您怎么会在这儿的,马德兰爷爷?您是从哪儿进来的,天主耶稣!您是从天上掉下来的!这不稀奇,要是您掉下来,您一定是从那上面掉下来的。瞧瞧您现在的样子!您没有领带,您没有帽子,您没有大衣!您不知道,要是人家不认识您,您才把人吓坏了呢。没有大衣!我的天主爷爷,敢是今天的诸圣天神全疯了？您是怎样到这里来的？"

一句紧接着一句。老头儿带着乡下人的那种爽利劲儿一气说完,叫人听了一点也不感到别扭。语气中夹杂着惊讶和天真淳朴的神情。

"您是谁？这是什么宅子？"冉阿让问。

"啊,老天爷,您存心开玩笑!"老头儿喊着说,"是您把我安插在这里的,是您把我介绍到这宅子里来的。哪里的话!您会不认识我了？"

"不认识,"冉阿让说,"您怎么会认识我的,您？"

"您救过我的命。"那人说。

他转过身去,一线月光正照着他的半边脸,冉阿让认出了割风老头儿。

"啊!"冉阿让说,"是您吗？对,我认识您。"

"幸亏还好!"老头儿带着埋怨的口气说。

"您在这里干什么？"冉阿让接着又问。

"嘿！我在盖我的瓜嘛!"

割风老头儿,当冉阿让走近他时,他正提着一条草荐的边准备盖在瓜田上。他在园里已经待了个把钟头,已经盖上了相当数量的草荐。冉阿让先头在棚子里注意到的那种特殊动作,正是他干这活的动作。

他又说道：

"我先头在想,月亮这么明,快下霜了。要不要去替我的瓜披上大氅呢？"接着,他又呵呵大笑,望着冉阿让又补上这么一句,"您也得妈拉巴子好好披上这么一件了吧！到底您是怎样进来的？"

冉阿让心里寻思这人既然认得他,至少他认得马德兰这名字,自己就得格外谨慎才行。他从多方面提出问题。大有反客为主的样子,这真算得上是一件怪事。他是不速之客,反而盘问个不停。

"您膝头上带着个什么响铃?"

"这?"割风回答说,"带个响铃,好让人家听了避开我。"

"怎么!好让人家避开您?"

割风老头儿阴阳怪气地挤弄着一只眼。

"啊,妈的!这宅子里尽是些娘儿们,一大半还是小娘儿们。据说撞着我不是好玩儿的。铃儿叫她们留神。我来了,她们好躲开。"

"这是个什么宅子?"

"嘿!您还不知道!"

"的确我不知道。"

"您把我介绍到这里来当园丁,会不知道!"

"您就当作我不知道,回答我了吧。"

"好吧,这不就是小比克布斯女修院!"

冉阿让想起来了。两年前,割风老头儿从车上摔下来,摔坏了一条腿,由于冉阿让的介绍,圣安东尼区的女修院把他收留下来,而他现在恰巧又落在这女修院里,这是巧遇,也是天意。他像对自己说话似的嘟囔着:

"小比克布斯女修院!"

"啊,归根到底,老实说,"割风接着说,"您到底是从什么地方进来的,您,马德兰爷爷?您是一个正人君子,这也白搭,您总是个男人。男人是不许到这里来的。"

"您怎么又能来?"

"就我这么一个男人。"

"可是，"冉阿让接着说，"我非得在这儿待下不成。"

"啊，我的天主！"割风喊着说。

冉阿让向老头儿身边迈了一步，用严肃的声音向他说：

"割风爷，我救过您的命。"

"是我先想起这回事的。"割风回答说。

"那么，我从前是怎样对待您的，您今天也可以怎样对待我。"

割风用他两只已经老到颤巍巍的满是皱皮的手抱住冉阿让的两只铁掌，过了好一阵说不出话来。最后他才喊道：

"呵！要是我能报答您一丁点儿，那才是慈悲上帝的恩典呢！我！救您的命！市长先生，请您吩咐我这老头儿吧！"

一阵眉开眼笑的喜色好像改变了老人的容貌。他脸上也好像有了光彩。

"您说我得干些什么呢？"他接着又说。

"让我慢慢儿和您谈。您有一间屋子吗？"

"我有一个孤零零的破棚子，那儿，在老庵子破屋后面的一个弯角里，谁也瞧不见的地方。一共三间屋子。"

破棚隐在那破庵后面，地位确是隐蔽，谁也瞧不见，冉阿让也不曾发现它。

"好的，"冉阿让说，"现在我要求您两件事。"

"哪两件，市长先生？"

"第一件，您所知道的有关我的事对谁也不说。第二件，您不追问关于我的旁的事。"

"就这么办。我知道您干的全是光明正大的事，也知道您一辈子是慈悲上帝的人。并且是您把我安插在这儿的。那是您的事。我听您吩咐就是。"

"一言为定。现在请跟我来。我们去找孩子。"

"啊!"割风说,"还有个孩子!"

他没有再多说一句话,像条狗一样跟着冉阿让走。①

小半个钟头过后,珂赛特已经睡在老园丁的床上,燃着一炉熊熊好火,脸色又转红了。冉阿让重行结上领带,穿上大衣,从墙头上丢过来的帽子也找到了,拾了回来,正当冉阿让披上大衣时,割风已经取下膝上的系铃带,走去挂在一只背箩旁的钉子上,点缀着墙壁。两个人一齐靠着桌子坐下烤火,割风早在桌上放了一块干酪、一块黑面包、一瓶葡萄酒和两个玻璃杯,老头儿把一只手放在冉阿让的膝头上,向他说:

"啊!马德兰爷爷!您先头想了许久才认出我来!您救了人家的命,又把人家忘掉!呵!这很不应该!人家老惦记着您呢!您这黑良心!"

十 沙威扑空的经过

我们刚才见到的,可以说是这事的反面,其实它的经过是非常简单的。

芳汀去世那天,沙威在死者的床边逮捕了冉阿让,冉阿让在当天晚上便已经从滨海蒙特勒伊市监狱逃了出来,警署当局认为这在逃的苦役犯一定要去巴黎。巴黎是淹没一切的漩涡,是大地的渊薮,有如海洋吞没一切漩涡。任何森林都不能像那里的人流那样容易掩藏一个人的踪迹。各色各种的亡命之徒都知道这一点。他们走进巴黎,便好像进了无底洞,有些

---

① 以狗喻忠实朋友,不是侮称。

无底洞也确能解人之厄。警务部门也了解这一点,因此凡是在别处逃脱了的,他们都到巴黎来寻找。他们要在这里侦缉滨海蒙特勒伊的前任市长。沙威被调来巴黎协同破案。沙威在逮捕冉阿让这一公案中,确是作过有力的贡献。昂格勒斯伯爵任内的警署秘书夏布耶先生已经注意到沙威在这件案子上所表现的忠心和智力。夏布耶先生原就提拔过沙威,这次又把滨海蒙特勒伊的这位侦察员调来巴黎警务方面供职。沙威到巴黎之后,曾经多次立功,并且表现得——让我们把那字眼说出来,虽然它对这种性质的职务显得有些突兀——忠勤干练。

正如天天打围的猎狗,见了今天的狼便会忘掉昨天的狼一样,后来沙威也不再去想冉阿让了,他也从来不看报纸,可是在一八二三年十二月,他忽然想到要看看报纸,那是因为他是一个拥护君主政体主义者,他要知道凯旋的"亲王大元帅"在巴荣纳①举行入城仪式的详细情况。正当他读完他关心的那一段记载以后,报纸下端有个人名,冉阿让这名字引起了他的注意。那张报纸宣称苦役犯冉阿让已经丧命,叙述了当日的情形,言之凿凿,因而沙威深信不疑。他只说了一句:"这就算是个好下场。"说了,把报纸扔下,便不再去想它了。

不久以后,塞纳-瓦兹省的省政府送了一份警务通知给巴黎警署,通知上提到在孟费郿镇发生的一件拐带幼童案,据说案情离奇。通知上说,有个七八岁的女孩由她母亲托付给当地一个客店主人抚养,被一个不知名姓的人拐走了,女孩的

---

① 巴荣纳(Bayonne),法国西南部邻近西班牙的小城。亲王大元帅指昂古莱姆公爵。一八二三年四月昂古莱姆公爵率领十万法军进入西班牙,镇压资产阶级革命,年终班师回国便驻节于此。

名字叫珂赛特,是一个叫芳汀的女子的女儿,芳汀已经死在一个医院里,何时何地不详。通知落在沙威手里,又引起了他的疑惑。

芳汀这名字是他熟悉的,他还记得冉阿让曾经要求过他宽限三天,好让他去领取那贱人的孩子,曾使他,沙威,笑不可抑。他又想到冉阿让是从巴黎搭车去孟费郿时被捕的。当时还有某些迹象可以说明他那是第二次搭这路车子,他在前一日,已到那村子附近去过一次,我们说附近,是因为在村子里没有人见到过他。他当时到孟费郿去干什么?没有人能猜透。沙威现在可猜到了。芳汀的女儿住在那里。冉阿让要去找她。而现在这孩子被一个不知名姓的人拐走了。这个不知名姓的人究竟是谁?难道是冉阿让?可是冉阿让早已死了。沙威,没有和任何人谈过这问题,便去小板死胡同,在锡盘车行雇了一辆单人小马车直奔孟费郿。

他满以为可以在那里访个水落石出,结果却仍是漆黑一团。

德纳第夫妇在最初几天中心里有些懊恼,曾走漏过一些风声。百灵鸟失踪的消息在村里传开了。立即就出现了好几种不同的传说,结果这件事被说成了幼童拐带案。这便是那份警务通知的由来。可是德纳第,他一时的气愤平息以后,凭他那点天生的聪明,又很快意识到惊动御前检察大人总不是件好事,他从前已有过一大堆不清不白的事,现在又在"拐带"珂赛特这件事上发牢骚,其后果首先就是把司法当局的炯炯目光引到他德纳第身上以及他其他的暧昧勾当上来。枭鸟最忌讳的事,便是人家把烛光送到它眼前。首先,他怎能开脱当初接受那一千五百法郎的干系呢?于是他立即改变态度,堵住了他老婆的嘴,有人和他谈到那被"拐带"的孩子,他便故意表示诧异,他说他自己也弄不清楚,他确是埋怨过人家一下子便把他那心疼的小姑娘"带"走了,他确是舍不得,原想留她多待两三天,可是来找她的人是她祖父,这也是世上最平常不过的事。他添上一个祖父,效果很好。沙威来到孟费郿,听到的正是这种说法。"祖父"把冉阿让遮掩过去了。

可是沙威在听了德纳第的故事后追问了几句,想探探虚实:

"这祖父是个什么人?他叫什么名字?"德纳第若无其事地回答说:"是个有钱的庄稼人。我见过他的护照。我记得他叫纪尧姆·朗贝尔。"

朗贝尔是个正派人的名字,听了能使人安心。沙威转回巴黎去了。

"冉阿让明明死了,"他心里说,"我真傻。"

他已把这件事完全丢在脑后了,可是在一八二四年三月间,他听见人家谈到圣美达教区有个怪人,外号叫"给钱的花子"。据说那是个靠收利息度日的富翁,可是谁也不知道他的真名实姓,他独自带着一个八岁的小姑娘过活,那小姑娘只知道自己是从孟费郿来的,除此以外,她全不知道。孟费郿!这地名老挂在人们的嘴上,沙威的耳朵又竖起来了。有一个在教堂里当过杂务的老头,原是个作乞丐打扮的密探,他经常受到那怪人的布施,他还提供了其他一些详细的情况。"那富翁是个性情异常孤僻的人","他不到天黑,从不出门","不和任何人谈话","只偶然和穷人们谈谈","并且不让人家和他接近,他经常穿一件非常旧的黄大衣,黄大衣里却兜满了银行钞票,得值好几百万"。这些话着实打动了沙威的好奇心。

581

为了非常近地去把那怪诞的富翁看个清楚又不惊动他,有一天他向那当过教堂杂务的老密探借了他那身烂衣服,去蹲在他每天傍晚一面哼祈祷文一面作侦察工作的地方。

那"可疑的家伙"果然朝这化了装的沙威走来了,并且作了布施。沙威乘机抬头望了一眼,冉阿让惊了一下,以为见了沙威,沙威也同样惊了一下,以为见了冉阿让。

可是当时天色已经黑了,他没有看真切,冉阿让的死也是正式公布过的,沙威心里还有疑问,并且是关系重大的疑问,沙威是个谨慎的人,在还有疑问时是决不动手抓人的。

他远远跟着那人,一直跟到戈尔博老屋,找了那"老奶奶",向她打听,那并不费多大劲儿。老奶奶证实了那件大衣里确有好几百万,还把上次兑换那张一千法郎钞票的经过也告诉了他。她亲眼看见的!她亲手摸到的!沙威租下了一间屋子。他当天晚上便住在里面。他曾到那神秘的租户的房门口去偷听,希望听到他说话的声音,但是冉阿让在锁眼里见到了烛光,没有出声,他识破了那密探的阴谋。

第二天,冉阿让准备溜走。但是那枚五法郎银币的落地声被老奶奶听见了,她听到钱响,以为人家要迁走,赶忙通知沙威。冉阿让晚间出去时,沙威正领着两个人在大路旁的树后等着他。

沙威请警署派了助手,但是没有说出他准备逮捕谁。这是他的秘密。他有三种理由需要保密:第一,稍微泄露一点风声,便会惊动冉阿让;其次,冉阿让是个在逃的苦役犯,并且是大家都认为死了的,司法当局在当年曾把他列入"最危险的匪徒"一类,如果能捉到这样一个罪犯,将是一种非常出色的劳绩,巴黎警务方面资格老的人员决不会把这类要案交给像沙威那样的新进去办;最后,沙威是个艺术家,他要出奇制胜。他厌恶那种事先早就公开让大家谈到乏味了的胜利。他要暗地里立奇功,再突然揭示。

沙威紧跟着冉阿让,从一棵树跟到另一棵树,从一个街角跟到另一个街角,眼睛不曾离开过他一下。即使是在冉阿让自以为极安全时,沙威的眼睛也始终盯在他身上。

沙威当时为什么不逮捕冉阿让呢?那是因为他有所顾虑。

必须记住,当时的警察并不是完全能为所欲为的,因为自由的言论还起些约束作用。报纸曾揭发过几件违法的逮捕案,在议会里也引起了责难,以致警署当局有些顾忌。侵犯人身自由是种严重的事。警察不敢犯错误;警署署长责成他们自己负责,犯下错误,便是停职处分。二十种报纸刊出了这样一则简短新闻,试想这在巴黎会引起的后果吧:"昨天,有个慈祥可亲的白发富翁正和他的八岁的孙女一同散步时,被人认作一个在逃的苦役犯而拘禁在警署监狱里!"

再说,除此以外,沙威也还有他自己的顾虑,除了上级的指示,还得加上他自己良心的指示。他确是拿不大稳。

冉阿让一直是背对着他的,并且走在黑影里。

平日的忧伤、苦恼、焦急、劳顿,加以这次被迫夜遁的新灾难,还得为珂赛特和自己寻找藏身的地方,走路也必须配合孩子的脚步,这一切,冉阿让本人在不知不觉中早已改变他走路的姿势,并且使他的行动添上一种龙钟老态,以致沙威所代表的警署也可能发生错觉,也确实会发生错觉。过分靠近他,是不可能的,他那种落魄的西席老夫子式的服装,德纳第加给他的祖父身份,还有认为他已在服刑期间死去的想法。这些都加深了沙威思想上越来越重的疑忌。

有那么一会儿,他曾想突然走上前去检查他的证件。可是,即使那人不是冉阿让,即使那人不是一个有家财的诚实好老头,他也极可能是一个和巴黎各种为非作歹的秘密组织有着密切和微妙关系的强人,是某一危险黑帮的魁首,平日施些小恩小惠,这也只是一种掩人耳目的老手法,使人看不出他其他方面的能耐。他一定有党羽,有同伙,有随时可去躲藏的住处。他在街上所走的种种迂回曲折的路线好像可以证明他不是一个普通的人。如果逮捕得太早,便等于"宰了下金蛋的母鸡"了。观望一下,有什么不妥当呢?沙威十分有把握,他决逃不了。

所以他一路跟着走,心里着实踌躇,对那哑谜似的怪人,提出了上百个疑问。

只是到了相当晚的时候,在蓬图瓦兹街上,他才借着从一家酒店里射出的强烈灯光,真切地认清了冉阿让。

世上有两种生物的战栗会深入内心:重新找到亲生儿女的母亲和重新找到猎物的猛虎。沙威的心灵深处登时起了那样的寒战。

他认清了那个猛不可当的逃犯冉阿让后,发现他们只是三个人,便赶到蓬图瓦兹街哨所请了援兵。为了要握有刺的棍子,首先得戴上手套。

这一耽搁,又加上在罗兰十字路口又曾停下来和他的部下交换意见,几乎使他迷失了方向。可是他很快就猜到冉阿让一定会利用那条河来把自己和追踪的人隔开。他歪着头细想,好像一条把鼻尖贴近地面来分辨脚迹的猎狗。沙威,凭自己的本能,会非常正确地判断,一径走上了奥斯特里茨桥,和那收过桥税的人交谈以后,他更了解了:"您见着一个带个小女孩的汉子吗?""我叫他付了两个苏。"收过桥税的人回答说。沙威走到桥上恰好望见冉阿让在河那边牵着珂赛特的手,穿过月光下的一片空地。他看见他走进了圣安东尼绿径街,他想到前面那条陷阱似的让洛死胡同和经过直壁街通到比克布斯小街的惟一出口。正如打围的人所说的,他"包抄出路",他赶忙派了一名助手绕道去把守那出口。有一队打算回兵工厂营房去的巡逻兵正走过那地方,他一并调了来,跟着他一道走。在这种场合士兵就是王牌。况且,那是一条原则,猎取野猪,就得让猎人劳心猎犬劳力。那样布置停当以后,他感到冉阿让右有让洛死胡同,左有埋伏,而他沙威本人又跟在他后面,想到这里,他不禁闻了一撮鼻烟。

于是他开始扮演好戏。他在那时真是踌躇满志杀气冲天,他故意让他的冤家东游西荡,他明明知道稳操左券,却要尽量拖延下手的时刻,明明知道人家已陷入重围,却又看着人家自由行动,对他来说,这是一种乐趣,正如让苍蝇翻腾的蜘蛛,让鼠儿逃窜的猫儿,他的眼睛不离他,心中感到无上的欢畅。猛兽的牙和鸷鸟的爪都有一种凶残的肉感,那便是去感受被困在它们掌握中的生物的那种轻微的扭动。置人死地,乐不可支!

沙威得意洋洋。他的网是牢固的。他深信一定成功,他现在只需把拳头捏拢就是了。

他有了那么多的人手,无论冉阿让多么顽强,多么勇猛,多么悲愤,即使连抵抗一下的想法也不可能有了。

沙威缓步前进,一路上搜索街旁的每个角落,如同翻看小偷身上的每个衣袋一样。

当他走到蜘蛛网的中心,却不见了苍蝇。

不难想见他胸中的愤怒。

他追问那把守直壁街和比克布斯街街口的步哨,那位探子一直守着他的岗位没有动,绝对没有看见那人走过。

牡鹿在群犬围困中有时也会蒙头混过,这就是说,也会逃脱,老猎人遇到那种事也只好哑口无言。杜维维耶①、利尼维尔和德普勒也都有过气短的时候。阿尔东日在遭到那种失败时曾经喊道:"这不是鹿,是个邪魔。"

沙威当时也许有此同感,要同样大吼一声。

拿破仑在俄罗斯战争中犯了错误,亚历山大②在阿非利加战争中犯了错误,居鲁士在斯基泰③战争中犯了错误,沙威在这次征讨冉阿让的战役中也犯了错误,这都是实在的。他当初也许不该不把那在逃的苦役犯一眼便肯定下来。最初一眼便应当解决问题。在那破屋子里时,他不该不直截了当地把他抓起来。当他在蓬图瓦兹街上确已辨认清楚时,他也不该不动手逮捕。他也不该在月光下面在罗兰十字路口,和他的部下交换意见,当然,众人的意见是有用处的,对一条可靠的狗,也不妨了解和征询它的意见。但是在追捕多疑的野兽,例如豺狼和苦役犯时,猎人却不应当过分细密。沙威过于拘谨,他一心要先让犬群辨清足迹,于是野兽察觉了,逃了。最大的错误是:他既已在奥斯特里茨桥上重新发现踪迹,却还要

---

① 杜维维耶(Duvivier),路易-菲力浦时代的将军,死于一八四八年巴黎巷战。
② 亚历山大,在出征北非时,死于恶性疟疾。
③ 居鲁士(Cyrus),公元前六世纪波斯王,以武力扩大疆土,出征斯基泰(Scythie)时战死。斯基泰是欧洲东北亚洲西北一带的古称。

耍那种危险幼稚的把戏,把那样一种人吊在一根线上。他把自己的能力估得太高了,以为可以拿一只狮子当做小鼠玩。同时他又把自己估计得太渺小,因而会想到必须请援兵。沙威犯了这一系列的错误,但仍不失为历来最精明和最规矩的密探之一。照狩猎的术语他完全够得上被称做一头"乖狗"。并且,谁又能是十全十美的呢?

最伟大的战略家也有失算的时候。

重大的错误和粗绳子一样,是由许多细微部分组成的,你把一根绳子分成丝缕,你把所有起决定性作用的因素一一分开,你便可把它们一一打断,而且还会说:"不过如此!"你如果把它们编起来,扭在一道,却又能产生极大的效果。那是在东方的马尔西安和西方的瓦伦迪尼安之间游移不决的阿蒂拉①,是在卡普亚晚起的汉尼拔②,是在奥布河畔阿尔西酣睡的丹东③。

总而言之,当沙威发觉冉阿让已经逃脱以后,他并没有失去主意。他深信那在逃的苦役犯决走不远,他分布了监视哨,设置了陷阱和埋伏,在附近一带搜索了一整夜。他首先发现的东西便是那盏路灯的凌乱情况,灯上的绳子被拉断了。这一宝贵的破绽却正好把他引上歧途,使他的搜捕工作完全转

---

① 马尔西安(Marcien),五世纪东罗马帝国的皇帝;瓦伦迪尼安(Valentinien),同时代西罗马帝国皇帝;阿蒂拉(Attila)是当时入侵罗马帝国的匈奴王,他从东部帝国获得大宗赎金后,率军转向高卢,而不直趋罗马,最后为罗马大军所败。
② 卡普亚(Capoue),在罗马东南,是罗马帝国的大城市。汉尼拔公元前三世纪入侵罗马帝国,后来失败,攻占卡普亚后曾一度沉湎酒色。
③ 奥布河畔阿尔西(Arcis-sur-Aube),在巴黎东南,是丹东(Danton)的故乡。

向让洛死胡同。在那死胡同里,有几道相当矮的墙,墙后是些被圈在围墙里的广阔的荒地。冉阿让显然是从那些地方逃跑的。事实是:当初冉阿让假使向让洛死胡同底里多走上几步,他也许真会那样做,那么他确实玩完了。沙威像寻针似的搜查了那些园子和荒地。

黎明时,他留下两个精干的人继续看守,自己回到警署里,满面羞惭,像个被小毛贼暗算了的恶霸。

第六卷 小比克布斯

一 比克布斯小街六十二号

比克布斯小街六十二号的那道大车门,在半个世纪前,是和任何一道大车门一模一样的。那道门经常以一种最吸引人的方式半开半掩着,门缝中透出两种不很凄凉的东西:一个周围墙上布满葡萄藤的院子和一个无事徘徊的门房的面孔。院底的墙头上可以见到几棵大树。当一线阳光给那院子带来生气,一杯红葡萄酒给那门房带来喜色时,从比克布斯小街六十二号门前经过的人很难对它不产生欢畅的感觉,可是我们望见的是一个悲惨的地方。

门口在微笑,屋里却在祈祷和哭泣。

假使我们能够——这是很不容易的事——通过门房那一关——这几乎对任何人都是不可能做到的事,因为这里有句"芝麻,开门!"①是我们必须知道的,假使我们在过了门房那一关后向右走进一间有一道夹在两堵墙中、每次只能容一人

---

① 这原是《一千零一夜》中阿里巴巴为使宝库的门自启而叫喊的咒语,后来成了咒语或秘诀的代名词。

上下的窄楼梯的小厅,假使我们不害怕墙上鹅黄色的灰浆和楼梯,以及楼梯两侧墙脚上的可可颜色,假使我们壮着胆子往上走,走过楼梯中段的第一宽级,继又走过第二宽级,我们便到了第一层楼的过道里,过道的墙上也刷了黄灰浆,墙根也作可可色,仿佛楼梯两侧的颜色也悄悄地、顽强地跟着我们上了楼似的。阳光从两扇工巧的窗子照进楼梯和过道。过道转了个弯便阴暗了。假使我们也拐弯,向前再走几步,便到了一扇门前,这门并没有关上,因而显得格外神秘。我们推门进去,便到了一间小屋子里,那小屋子约莫有六尺见方,小方块地板,洗过了的,清洁,冷清,墙上裱着十五个苏一卷印了小绿花的南京纸。一片暗淡的白光从左边的一大扇小方格玻璃窗里透进来,窗子和屋子一般宽,我们看时,看不见一个人;我们听,听不到一点声息,没有一丝人间的气息。墙上毫无装饰,地上毫无家具,一把椅子也没有。

我们再看,便会看见正对着屋门的墙上有一个一尺左右的方洞,洞口装有黑铁条,多节而牢固,交叉成方孔,我几乎要说交织成密网,孔的对角线,还不到一寸半。南京纸上的朵朵小绿花,整齐安静地来和这些阴森的铁条相接触,并不感到惶恐,也不狂奔乱窜。假使有个身材纤丽的人儿想试试从那方洞里进出,也一定会被它的铁网所遮拦。它不让身体出入,却让眼睛通过,就是说,让精神通过。似乎已有人想到了这一点,因为在那墙上稍后一点地方还嵌了一块白铁皮,白铁皮上有无数小孔,比漏勺上的孔还小。在那铁皮的下方,开了一个口,和信箱的口完全一样。有条棉纱带子,一头垂在那有遮护的洞口右边,一头系在铃上。

假使你拉动那条带子,小铃儿便会丁零当啷一阵响,你也会听到一个人说话的声音,冷不防声音会从你耳边极近的地方发出来,叫你听了寒毛直竖。

"是谁?"那声音问道。

那是一个女人的声音,一种柔和得叫人听了感到悲切的声音。

到了这里,又有一句切口是非知道不可的。假使你不知道,那边说话的声音便沉寂下去了,四面的墙壁又变成静悄悄的了,仿佛隔墙便是阴暗可怕的坟墓。

假使你知道那句话,那边便回答说:

"请从右边进来。"

我们向右边看去,便会看见在窗子对面,有一扇上端嵌了一个玻璃框的灰漆玻璃门。我们拉开门闩,穿过门洞,所得的印象恰恰像进了戏院池座周围那种装了铁栅栏的包厢,看到的是一种铁栅栏还没有放下、分枝挂灯也还没有点上的情景。我们的确是到了一种包厢里,玻璃门上透进一点微弱的阳光,室内阴暗、窄狭,只有两张旧椅子和一条散了的擦脚草垫,那确是一间真正的包厢,还有一道高齐肘弯的栏杆,栏杆上有条黑漆靠板。那包厢是有栅栏的,不过不是歌剧院里的那种金漆栅栏,而是一排奇形怪状杂乱交错的铁条,用些拳头似的铁榫嵌在墙里。

最初几分钟过后,当视力开始适应那种半明不暗的地窖,我们便会朝栅栏的里面望去,但是视线只能达到离栅栏六寸远的地方。望到那里我们的视线又会遇到一排黑板窗,板窗上钉了几条和果子面包一样黄的横木,使它牢固。那些板窗是由几条可以开合的长而薄的木板拼成的,一排板窗遮住了那整个铁栅栏的宽度,总是紧闭着的。

过一会儿,你会听见有人在板窗的后面叫你并且说:

"我在这里。您找我干什么?"

那是一个亲人的声音,有时是爱人的声音。你望不见人,你也几乎听不见呼吸。仿佛是隔着墓壁在和幽灵谈话。

要是你符合某种必要的条件——这是很少有的事——板窗上的一条窄木板便会在你的面前转开,那幽灵也就有了形象。你会在铁栅栏所允许的限度内望见在铁栅栏和板窗的后面,出现了一个人头,你只能看见嘴和下巴颏儿,其余的部分都遮没在黑纱里了。那个头在和你谈话,却并不望着你,也从来不朝你笑。

光从你的后面照来,使你看见她是在光明里,而她看见你是在黑暗里。那样的布置是具有象征意义的。

同时你的眼睛会通过那条木板缝,向那和外人完全隔绝的地方贪婪地射去。一片朦胧的迷雾笼罩着那个全身黑衣的人形。你的眼睛在迷雾里搜索,想分辨出那人形四周的东西。你马上就会发现你什么也瞧不见。你所瞧见的只是空蒙、黑暗、夹杂着死气的寒烟、一种骇人的宁静、一种绝无声息连叹息声也听不到的沉寂、一种什么也瞧不见连鬼影也没有的昏暗。

你所看见的是一个修道院的内部。

这就是所谓永敬会伯尔纳女修院的那所阴森肃静的房屋的内部。我们所在的这间厢房是会客室。最先和你说话的那人是传达女,她是一直坐在墙那边有铁网和千孔板双重掩护下的方洞旁边的,从来不动也不吭声。

厢房之所以黑暗,是因为那会客室在通向尘世的这面有扇窗子,而在通向修院的那面却没有。俗眼绝不该窥探圣洁的地方。

可是在黑暗的这面仍有光明,死亡中也仍有生命。尽管那修院的门禁特别森严,我们仍要进去看看,并且要让读者也进去看看,同时我们还要在适当的范围内谈些讲故事的人所从来不曾见过,因而也从来不曾谈到过的事。

二　玛尔丹·维尔加支系

那个修院到一八二四年已在比克布斯小街存在许多年了,它是属于玛尔丹·维尔加支系的伯尔纳修会的修女们的修院。

因此那些伯尔纳修会的修女们,和伯尔纳修会的修士们不一样,她们不属于明谷①,而是和本笃会的修士们一样,属于西多。换句话说,她们不是圣伯尔纳的门徒,而是圣伯努瓦的门徒。

凡是翻过一些对开本的人都知道玛尔丹·维尔加在一四二五年创立了一个伯尔纳-本笃修会②,并以萨拉曼卡为总会会址,以阿尔卡拉③为分会会址。

---

① 明谷(Clairvaux),伯尔纳修会是圣伯尔纳(Saint Bernard)在公元一一一五年创立的,明谷是法国北部奥布省(Aube)的一个小镇,圣伯尔纳在那里建立了一个著名的修院。
② 本笃会,意大利人本笃(Benedictus,约480—550),一译本尼狄克,于五二九年在意大利中部蒙特卡西诺(Monte Cassino)建立。西多会(Cîteaux)由法国罗贝尔(Robert,1027—1111)创立于第戎(Dijon)附近的西多旷野,故名。罗贝尔主张全守本笃会严规,故西多会又称"重整本笃会"。一一一四年伯尔纳率领三十人加入后迅速发展起来,故后之建会者将伯尔纳及本笃之名连称在一起。
③ 萨拉曼卡(Salamanque)和阿尔卡拉(Alcala),西班牙城市。

那个修会的支系伸入了欧洲所有的天主教国家。

一个修会移植于另一修会,这在拉丁教会里并不是少见的事。这里涉及到圣伯努瓦的一系,我们就只谈谈这一系的情形,除了玛尔丹·维尔加一支不算外,和它同一系统的还有四个修会团体,两个在意大利,蒙特卡西诺和圣查斯丁·德·帕多瓦,两个在法国,克吕尼和圣摩尔;此外还有九个修会也和它同一系统,瓦隆白洛查修会,格拉蒙修会,则肋斯定修会,卡玛尔多尔修会,查尔特勒修会,卑微者修会,橄榄山派修会,西尔维斯特修会和西多修会;因为西多修会本身虽是好几个修会的发源地,对圣伯努瓦来说,它只不过是一个分支。西多修会在圣罗贝尔时代就已经存在了,圣罗贝尔在一〇九八年是朗格勒主教区摩莱斯姆修院的住持。而魔鬼是在五二九年从阿波罗庙旧址被逐的,当时他已隐退到苏比阿柯沙漠(他已经老了,难道他已改邪归正了吗?),他当初是通过圣伯努瓦才住到阿波罗庙里去的,其时圣伯努瓦才十七岁。

圣衣会修女们赤着脚走路,颈脖上围一根柳条,也从来不坐,除了圣衣会修女们的教规以外,玛尔丹·维尔加一系的伯尔纳-本笃会修女们的教规要算是最严的了。她们全身穿黑,按照圣伯努瓦的特别规定,头兜必须兜住下巴颏儿。一件宽袖哔叽袍,一个宽大的毛质面罩,兜住下巴颏儿的头兜四方四正地垂到胸前,一条压齐眼睛的扎额巾,这便是她们的装束。除了扎额巾是白的以外,其余全是黑的。初学生穿同样的衣服,一色白。已经发愿的修女们另外还有一串念珠,挂在旁边。

玛尔丹·维尔加一系的伯尔纳-本笃会修女们,和那些所谓圣事嬷嬷的本笃会修女们一样,都修永敬仪规,本笃会的修女们,本世纪初,在巴黎有两处修院,一处在大庙,一处在圣热纳维埃夫新街。可是我们现在所谈的小比克布斯的伯尔纳-本笃会修女们,和那些在圣热纳维埃夫新街和大庙出家的圣事嬷嬷们绝对不属于同一个修会。在教规方面有许多不同的地方,在服装方面也有许多不同的地方。小比克布斯的伯尔纳-本笃会修女们戴黑头兜,圣热纳维埃夫新街的本笃会的圣事嬷嬷们却戴白头兜,胸前还挂一个三寸来高银质镀金或铜质镀金的圣体。小比克布斯的修女们从来不挂那种圣体。小比克布斯的修院和大庙的修院都一样修永敬仪规,但是绝不可因这件事而把两个修院混为一谈。关于这一仪式,圣事嬷嬷们和玛尔丹·维尔加系的伯尔纳会的修女们之间,只是貌似而已,正如菲力浦·德·内里在佛罗伦萨设立的意大利经堂和皮埃尔·德·贝鲁尔在巴黎设立的法兰西经堂原是两个截然不同的有时甚至还互相仇视的修会,可是在有关耶稣基督的童年、生活和死以及有关圣母的种种神异的研究和颂扬方面,两个修会之间却有着共同之处。巴黎经堂自居于领先地位,因为菲力浦·德·内里只是个圣者,而贝鲁尔却是个红衣主教。

我们再回到玛尔丹·维尔加的西班牙型严厉的教规上来。

这一支系的伯尔纳-本笃会的修女们整年素食,在封斋节和她们特定的其他许多节日里还得绝食,晚上睡一会儿便得起床,从早晨一点开始念日课经,唱早祈祷,直到三点;一年四季都睡在哔叽被单里和麦秸上,从来不洗澡不烤火,每星期五自我检查纪律,遵守保持肃静的教规,只在课间休息时才谈话,那种休息也是极短的,从九月十四日举荣圣架节到复活节,每年得穿六个月的棕色粗呢衬衫。这六个月并且是一种通融办法，按照规定是整年，可是那种棕色粗呢衬衫在炎热的夏季里是受不了的，经常引起热病和神经性痉挛症，因而必须限制使用期。即使有了这种照顾，修女们在九月十四日穿上那种衬衫，也得发上三四天烧。服从，清苦，寡欲，稳定在寺院里，这是她们发的愿，教规却把她们的心愿歪曲成沉重的担子。

院长的任期是三年，由嬷嬷们选举，参加选举的嬷嬷叫做"参议嬷嬷"，因为她们在宗教事务会议里有发言权。院长只能连任两次，因此一个院长的任期最长也只能九年。

她们从不和主祭神甫见面，她们和主祭神甫之间总挂着一道七尺高的哔叽。宣道士走上圣坛讲经时，她们便拉下面罩遮住脸。任何时候她们都得低声说话，走路时她们也得低着头，眼睛望着地。只有一个男人可以进这修院，就是本教区的大主教。

另外确也还有一个男人，就是园丁，可是那园丁必须是个老年人，并且为了让他永远独自一人住在园子里，为了修女们能及时避开他，便在他膝上挂一个铃铛。

她们对院长是绝对服从的。这是教律所要求的那种百依百顺的牺牲精神。有如亲承基督之命（ut voci Christi）①，察言观色，会意立行（ad nutum, ad primum signum），敏捷，愉快，坚忍，绝对服从（prompte, hilariter, perseveranter, et coeca et quadam obedientia），有如工人手中的锉（quasi limam in manibus fabri），没有明确的许可，便不能读也不能写任何东西（legere vel scribere non adiscerit sine expressa superioris licentia）。

----

① 这里及以下括弧内的每句拉丁文的意义都和它前面的译文相同。

她们中的每个人都得轮流举行她们的所谓"赎罪礼"。赎罪礼是一种替世人赎免一切过失、一切错误、一切纷扰、一切强暴、一切不义、一切犯罪行为的祈祷。举行"赎罪礼"的修女得连续十二个小时,从傍晚四点到早晨四点,或是从早晨四点到傍晚四点,跪在圣体前面的一块石板上,合掌,颈上有根绳子,累到支持不住时,便全身伏在地上,面朝地,两臂伸出,成十字形,这是惟一的休息方法。在这样一种姿势里,修女替天下所有的罪人祈祷,简直伟大到了卓绝的程度。

这种仪式是在一根木柱前举行的,柱子顶上点一支白蜡烛,因此她们随意将它称为"行赎罪礼"或"跪柱子"。修女们,由于自卑心理,更乐于采用第二种说法,因为它含有受罪和受辱的意义。①

"行赎罪礼"得全神贯注。柱子跟前的修女,即使知道有雷火落在她背后,也不会转过头去望一下的。

此外,圣体前总得有个修女跪着。每班跪一小时。她们像兵士站岗一样,轮流换班。这就是所谓永敬。

院长和嬷嬷几乎人人都要取一个意义特别重大的名字,这些名字不取义于圣者和殉道者的身世,而是出自耶稣基督一生中的某些事迹,例如降生嬷嬷、始孕嬷嬷、奉献嬷嬷、苦难嬷嬷。但并不禁止袭用圣者的名字。

别人和她们见面时,从来就只看见她们的一张嘴。她们每个人的牙全是黄的。从来不曾有过一把牙刷进过这修院的门。刷牙,在各级断送灵魂的罪过里是属于最高级的。

她们对任何东西从来不说"我的"。她们没有任何属于

---

① 耶稣曾被绑在柱子上。

自己的东西,也没有任何舍不得的东西。她们对一切东西都说"我们的",如我们的面罩、我们的念珠,如果她们谈到自己的衬衫,也说"我们的衬衫"。有时她们也会爱上一些小物件,一本日课经、一件遗物、一个祝福过的纪念章。她们一发现自己开始对某件东西有点恋恋不舍时,就得拿它送给旁人。她们时常回忆圣泰雷丝的这段话:有个贵妇人在加入圣泰雷丝修会时对她说:"我的嬷嬷,请允许我派人去把一本圣经找来,我很舍不得它。"

"啊!您还有舍不得的东西!既是这样,您就不用到我们这里来!"

任何人都不得把自己单独关在屋子里,也不许有一个"她的环境",一间"房间"。她们开着牢门过日子。她们在彼此接触时,一个说:"愿祭台上最崇高的圣体受到赞叹和崇拜!"另一个便回答说:"永远如此。"在敲别人的房门时,也用这同一礼节。门还没有怎么敲响,屋子里柔和的声音便已急急忙忙说出了"永远如此!"这和其他一切行为一样,成了习惯以后便变为机械的动作了,有时候,这一个的"永远如此"早已脱口而出,而对方还没来得及说完那句相当冗长的"愿祭台上最崇高的圣体受到赞叹和崇拜!"

访问会的修女们,在走进别人屋子时说:"赞美马利亚",在屋里迎接的人说"仪态万方"。这是她们互相道好的方式,也确实是仪态万方。

每到一个钟点,这修院的礼拜堂上的钟都要多敲三下。听了这信号以后,院长、参议嬷嬷、发愿修女、服务修女、初学生[①]、

[①] 初学生,已结束备修阶段,但尚未发愿的修女或修士。

备修生①都要把她们所谈所作所想的事一齐放下,并且大家一齐……如果是五点钟,便齐声说:"在五点钟和每点钟,愿祭台上最崇高的圣体受到赞叹和崇拜!"如果是六点钟,便说:"在六点钟和每点钟……"其他时间,都随着钟点以此类推。

这种习惯,目的在于打断人的思想,随时把它引向上帝,许多教会都有这种习惯,不过公式各个不同而已。例如,在圣子耶稣修会里便这样说:"在这个钟点和每个钟点,愿天主的宠爱振奋我的心!"

五十年前,在小比克布斯隐修的玛尔丹·维尔加系的伯尔纳-本笃会修女们在唱日课经时,都用一种低沉的音调唱着圣歌,地道的平咏颂②,并且还得用饱满的嗓音从日课开始一直唱到课终,可是对弥撒经本上印有星号的地方,她们便停止歌唱,只低声念着"耶稣——马利亚——约瑟"。在为死人举行祭礼时,她们的音调更加低沉,低到几乎是女声所不能达到的音域,那样能产生一种凄切动人的效果。

小比克布斯的修女们曾在她们的正祭台下建造了一个地窖,想当做修院安置灵柩的地方。但是"政府"……这是她们说的,不准在地窖里停柩。因此她们死了,还得出院。她们为这事感到痛心,好像受了非法的干涉,一直惴惴不安。

她们只得到一种微不足道的安慰,在从前的伏吉拉尔公墓里,有一块地原是属于她们这修院的,她们获得批准,死后可以在一个特定的钟点葬在这公墓里一个指定的角上。

那些修女们在星期四和在星期日一样,得做大弥撒、晚祈

---

① 备修生,请求入院修道的初级修女或修士。
② 平咏颂(plain-chant),欧洲中世纪的宗教音乐,旋律很少起伏。

祷和其他一切日课。除此以外,她们还得严格遵守一切小节日,那些小节日几乎是局外人所不知道的,在从前的法国教会里很盛行,到现在只在西班牙和意大利的教会里盛行了。她们无时无刻不守在圣坛上。为了说明她们祈祷的次数和每次祈祷延续的时间,最好是引用她们中某一个所说的一句天真话:"备修生的祈祷吓得坏人,初学生的祈祷更吓坏人,发愿修女的祈祷更更吓坏人。"

她们每星期集合一次,院长主持,参议嬷嬷们出席。修女一个个顺序走去跪在石板上,当着大众的面,大声交代她在这星期里所犯的大小过失。参议嬷嬷们听了一个人的交代以后,便交换意见,高声宣布惩罚的办法。

在大声交代的过失外,还有所谓补赎轻微过失的补赎礼。行补赎礼,便是在进行日课时,五体投地伏在院长的跟前,直到院长——她们在任何时候都称院长为"我们的嬷嬷",从来不用旁的称呼——在她的神职祷告席上轻轻敲一下,才可以立起来。为了一点极小的事也要行补赎礼,打破一只玻璃杯,撕裂一面罩,做日课时漫不经心迟到了几秒钟,在礼拜堂里唱走了一个音,诸如此类的事都已够行补赎礼了。行补赎礼是完全自发的,由罪人——从字源学出发,这个字①用在此地是适当的——自己反省,自己处罚。在节日和星期日,有四个唱诗嬷嬷在唱诗台上的四个谱架前随着日课歌唱圣诗。一天,有个唱诗嬷嬷在唱一首圣诗时,那首诗原是以"看呵"开始的,但是她没有唱"看呵"而是大声唱了"多,西,梭"这三个音,由于这一疏忽,她就行了一场和日课同始同终的补赎礼。

---

① 指"coulpe"(补赎礼)和"coupable"(罪人)两字同出于拉丁文"coulpa"。

她这过失之所以严重,是因为在场的修女们个个都笑了。

修女被请到会客室去时,即使是院长,我们记得,也得放下面罩,只能把嘴露在外面。

只有院长一人可以和外界的人交谈。其余的人都只能接见最亲的家人,见面的机会也极少。万一有个外面的人要访问一个曾在社交中相识或喜欢的修女,就非千求万恳不行。要是这是一个女人,有时可以得到允许,那修女便走来和她隔着板窗谈话,除了母女和姊妹相见以外,那板窗是从来不开的。男人来访问当然一概拒绝。

这是圣伯努瓦定出的教规,可是已被玛尔丹·维尔加改得更加严厉了。

这里的修女们,和其他修会里的姑娘们不一样,一点也不活泼红润。她们面色苍白,神情沉郁。从一八二五年到一八三〇年就疯了三个。

三　严　厉

备修生至少得当上两年,经常是四年,初学生四年。能在二十三岁或二十四岁以前正式发愿①那是少有的事。玛尔丹·维尔加支系的伯尔纳-本笃会的修女们绝不容许寡妇参加她们的修会。

她们在自己的斗室里忍受着多种多样的折磨,那是外人无从知道并且她们自己也永远不该说出的。

初学生到了发愿的日子,大家尽量把她打扮得整整齐齐,

---

① 发愿,当众宣誓出家修道,永不还俗的仪式。

替她戴上白蔷薇,润泽并卷曲她的头发,接着她伏在地上,大家替她盖上一大幅黑布,唱起悼亡的诗歌,举行度亡的祭礼。同时,所有的修女分列两行,一行打她跟前绕过,用一种悲伤的声音说"我们的姐姐死了",另一行却用洪亮的声音回答说"她活在耶稣基督的心中"。

在本书所述故事发生的时代,这个修院里还附设一个寄读学校。是一所为大家闺秀设立的寄读学校,那些闺秀大部分是有钱人,其中有德·圣奥莱尔小姐和德·贝利桑小姐,还有一个英国姑娘,姓德·塔尔波,也是天主教里赫赫有名的大族。这些年轻的姑娘在那四堵围墙里受着修女的教育,在敌视这世界和这世纪的仇恨中成长。一天,她们中的一个曾对我们说过这样一句话:"我见了街上的石块路面便会头晕脚软。"她们都穿蓝衣,戴白帽,胸前佩带一个银质镀金或铜质的圣灵。在某些重大的节日里,特别是在圣玛尔泰节,她们可以整天穿上修女的服装,按照圣伯努瓦规定的仪式做日课,这对她们来说,是一种隆恩和无上的幸福。最初,修女们常把自己的黑衣借给她们穿。后来院长禁止借用,认为有渎圣衣。只有初学生还可借用。那种扮演原是修院中一种通融办法,含有让孩子们预尝圣衣滋味、吸引她们走上出家道路的秘密意图,值得注意的是,寄读生竟会以此为真正的幸福和真正的快乐。她们只不过是感到好玩而已。"这是新鲜花样,可以改变她们。"我们这些俗人却无法从那些天真幼稚的想法中去体会她们何以会那样自得其乐地捏着一根洒圣水的枝条,四个人一排地站在一个谱架前面,毫无间歇地一连唱上好几个钟头。

那些女弟子,除了苦修这点外,也同样遵守修院里所有的教规。有个少妇,还俗以后,结婚也好几年了,却还不能改变习惯,每逢有人敲她房门时,她总还要赶忙回答:"永远如此!"寄读生和修女一样,只能在会客室里接见她们的亲人。连她们的母亲也不能拥抱她们。让我们看看在这方面究竟严到什么程度。一天,有个年轻的姑娘接待她母亲的访问,她母亲还带着一个三岁的小妹妹。那年轻姑娘,很想拥抱她的小妹,于是哭了起来。不可能。她恳求至少让她的小妹把小手从铁栅栏缝里伸过去给她吻一下,这也被拒绝了,这件事几乎还惹起了一场风波。

四 愉 快

那些年轻的姑娘在这严肃的院子里并不是没有留下一些动人事迹的。

某些时候,那修院里也会洋溢着天真的气氛。休息的钟声响了,园门豁然洞开。小鸟们说:"好啊!孩子们快出来了!"随即涌出一群娃娃,在那片像殓巾一样被一个十字架划分的园地上散开来。无数光艳的面容、白皙的头额、晶莹巧笑的眼睛和种种曙光晓色都在那阴惨的园里缤纷飞舞。在颂歌、钟声、铃声、报丧钟、日课之后,突然出现了小女孩的声音,比蜂群的声音更为悦耳。欢乐的蜂窠开放了,并且每一个都带来了蜜汁。大家一同游戏,彼此召唤,三五成群地互相奔逐;在角落里娇小的皓齿在喃喃私语,而那些面罩则隐在远处在窃听她们的笑声,黑暗窥伺光明,但是没有关系!大家照样乐,照样笑。那四道死气沉沉的墙也有了它们片时的欢畅。它们处在蜂群的嬉戏纷扰中,面对那么多的欢笑,也多少受到一些春光的反映。那好像是阵荡涤悲哀的玫瑰雨。小姑娘们在那些修女的眼前尽情戏谑,吹毛求疵的眼光并不能影响活泼天真的性格。幸而有这些孩子,这才在那么多的清规戒律中见到一点天真之乐。小的跳,大的舞。在那修院里,游戏的欢乐,乐如上青天。没有什么能比所有这些欢腾皎洁的灵魂更为窈窕庄严的了。荷马有知,也当来此与贝洛①同乐,在这凄惨的园子里有青春,有健康,有人声,有叫嚷,有稚气,有乐趣,有幸福,这能使所有的老妈妈喜笑颜开,无论是史诗里的或是童话里的,宫廷中或是茅舍中的,从赫卡伯②直到老大妈。

"孩儿话"总是饶有风趣的,能令人发笑,发人深省,任何其他地方说的孩儿话也许都不及那修院里的多。下面这句是个五岁的孩子一天在那四道惨不忍睹的墙里说出来的:"妈!一个大姐姐刚才告我说,我只需在这里再待上九年十个月就够了。多好的运气啊!"

这一段难忘的对话也是发生在那里的:

一个参议嬷嬷:"你为什么哭,我的孩子?"

孩子(六岁)痛哭着说:"我对阿利克斯说,我读熟了法国史。她说我没有读熟,我读熟了。"

阿利克斯(大姑娘,九岁):"不对。她没有读熟。"

嬷嬷:"怎么会呢,我的孩子?"

阿利克斯:"她要我随便打开书本,把书里的问题提出一个来问她,她说她都能答。"

"后来呢?"

---

① 贝洛(Perrault),十七世纪法国诗人和童话作家。
② 赫卡伯(Hécube),特洛伊最后一个国王普里阿摩之妻,赫克托尔之母。

"她没有答出来。"

"你说。你向她提了什么问题?"

"我照她的话随便翻开书,把我最先见到的一个问题提出来问她。"

"那问题是怎样的?"

"那问题是:后来发生了什么事?"

也是在那里,有位太太带着孩子在那里寄读,那小丫头有些嘴馋,有人对她作了这样一种深刻的观察:

"这孩子多乖!她只吃面包上的那层果酱,简直就像个大人!"

下面这张忏悔词是在那修院里石板地上拾到的,这是一个七岁的犯罪姑娘事先写好以免忘记的:

"父啊,我控告自己吝啬。

"父啊,我控告自己淫乱。

"父啊,我控告自己曾抬起眼睛望男人。"

下面这篇童话是一张六岁的粉红嘴在那园里草地上临时编出来给四五岁的蓝眼睛听的:

"从前有三只小公鸡,它们有一块地,那里有许多花。它们采了花,放在它们的口袋里。后来,它们采了叶子,放在它们的小玩具里。在那地方有只狼,也有许多树林,狼在树林里,吃了那些小公鸡。"

还有这样一首诗:

  来了一棍。

  那是波里希内儿①给猫的一棍。

---

① 波里希内儿(Polichinelle),法国木偶剧中的小丑,鸡胸龟背,大长鼻子,声音尖哑,爱吵闹。

那对猫没有好处,只有痛苦。

于是有位太太就把波里希内儿监禁。

有一个被遗弃的私生女,是由修院作为行善收来抚养的,她在那里说过这样一句天真恼人的话。她听到别人在谈她们的母亲,她便在自己的角落里悄悄地说:

"我嘛,我生出来的时候,我母亲不在旁边!"

那里有个跑街的肥胖女用人,经常带着一大串钥匙,匆匆忙忙地在那些过道里跑来跑去,她的名字叫阿加特嬷嬷。那些"大大姑娘"——十岁以上的——称她为阿加多克莱①。

食堂是一间长方形的大厅,阳光从和花园处于同一水平面的圆拱回廊那里照进去,厅里黑暗潮湿,按照孩子们的说法,满是虫子。周围四处都替它供给昆虫。于是四个角落的每个角,用那些寄读生的话来说,都得到了一个形象化的专用名词。有蜘蛛角、毛虫角、草鞋虫角和蛐蛐角。蛐蛐角靠着厨房,是很受重视的。那里比别处暖。食堂里的这些名称继又转用到寄读学校,用来区别四个区,正如从前的马扎然②学院那样。每个学生都按她吃饭时在食堂里所坐的地方而属于某一个区。一天,大主教来巡视,正穿过课室,看见一个金发朱唇的美丽小姑娘走进来,便问他身边的另一个桃腮褐发的漂亮姑娘:

"那个小姑娘叫什么?"

---

① 阿加多克莱(Agathoclès),公元前三世纪西西里锡腊库扎城的暴君,读音又和"Agathe aux clés"(带着许多钥匙的阿加特)相同。

② 马扎然(Mazarin),红衣主教,路易十三和路易十四的首相。他创立了一个马扎然学院,招收新占领地区的学生并将学院按照新占领地区分为四区。

"大人,这是个蜘蛛。"

"哟!那一个呢?"

"那是个蛐蛐。"

"还有那一个呢?"

"那是条毛虫。"

"真是怪事,那么你自己呢?"

"大人,我是个草鞋虫。"

凡是这类性质的团体都各有各的特点。在本世纪初,艾古安也是一处教小姑娘们在阴沉环境中成长的那种庄严有致的地方。在艾古安参加圣体游行的行列里,有所谓童贞女和献花女。也还有幔亭队和香炉队,前者牵幔亭的挽带,后者持香炉熏圣体。鲜花当然由献花女捧着。四个"童贞女"走在前面。在那隆重节日的早晨,寝室里常会听到这样的问话:

"谁是童贞女?"

康邦夫人曾谈过一个七岁小姑娘对一个在游行行列前面领头的十六岁大姑娘说的一句话,当时那小姑娘走在行列的最后:"你是童贞女,你;我,我不是童贞女。"

五 谑 浪

在食堂门的上面,有一篇用大黑字写的祈祷文,叫做《白色主祷文》,据说有指引正直的人进入天堂的法力:

> 小小的白色主祷文,天主所创,天主所说,天主曾贴在天堂上。夜晚我去睡,看见三个天使躺在我床上,一个在脚边,两个在头边,仁慈的童贞圣母在中间,她叫我去睡,切莫要迟疑。仁慈的天主是我的父,仁慈的圣母是我

的母,那三个使徒是我的兄弟,那三个贞女是我的姊妹。天主降世的那件衬衣,现在裹了在我身上,圣玛格丽特十字架已经画在我胸前;圣母夫人去田里,正想着天主掉眼泪,遇见了圣约翰先生。圣约翰先生,您从什么地方来?我从祷祝永生来。您没有看见仁慈的天主吗?一定看见了,对吗?他在十字架上,脚垂着,手钉着,一顶白荆棘帽子戴头上。谁在晚上念三遍,早上念三遍,结果一定进天堂。

一八二七年,那篇具有独特风格的祈祷文在墙上已消失在三层灰浆下面了。到现在,它也快从几个当年的年轻姑娘,今天的老太婆的记忆中澌灭了。

我们好像已谈到过那食堂只有一道门,开向园子,墙上挂着一个大的受难十字架,用以完成食堂里的装饰。两张窄桌子,每张两旁各有一条木板凳,从食堂的这一端伸到那一端,形成两长条平行线。墙是白的,桌子是黑的,这两种办丧事的颜色是修院里惟一的色调。饮食是粗糙的,孩子们的营养也扣得紧。只有一盘菜,肉和蔬菜拼在一起,或者是咸鱼,这就算得上是打牙祭了。这种为寄读生特备的简单便饭却已是一种例外。孩子们在一个值周嬷嬷的监视下,一声不响地吃着饭,如果有只苍蝇敢于违反院规嗡嗡飞翔的话,那嬷嬷便随时打开一本木板书,啪的一声又合上。在那受难十字架的底下有个小讲台,台上放一个独脚架,有人立在那台上宣读圣人的传记作为那种沉寂的调味品。宣读者是个年龄较大的学生,也是值周生。在那光桌子上,每隔一定距离都放着一个上了漆的尖底盆,学生们在那里亲自洗涤她们的白铁圆盘和其他餐具,有时也丢进一些咽不下去的东西,硬肉或臭鱼之类,那是要受处罚的。她们管那种尖底盆叫圆水钵。

吃饭说话的孩子得用舌头画十字架。画在什么地方呢？地上。她得舔地。尘土，在一切欢乐的结尾，负有惩罚那些因一时叽喳而获罪的玫瑰花瓣的责任。

在那修院里有本书，从来就只印一册"孤本"，而且还是禁止阅读的，那是圣伯努瓦的教规，是俗眼不许窥探的秘密。"我们的规章或我们的制度，不足为外人道。"

有一天寄读生们居然偷出了那本书，聚精会神地读起来，同时又提心吊胆，惟恐被人发觉，多次停下来忙把书合上。她们冒了那么大的危险而获得的快乐却有限。她们认为"最有趣"的是那几页看不大懂的有关男孩子们犯罪的部分。

她们常在那园里的小路上玩耍，小路旁栽有几棵长得不好的果树。监督尽管周密，处罚尽管严厉，当大风摇撼了树枝，她们有时也能偷偷摸摸地拾起一个未熟的苹果、烂了的杏子或一个有虫的梨。现在我让我手边的一封信来说话，这封信是二十五年前的一个寄读生写的，她今天是××公爵夫人，巴黎最风雅的妇人之一。我把原文照抄下来："我们想尽方法把我们的梨或苹果藏起来。我们趁晚饭前上楼去放面罩时把那些东西塞在枕头底下，等到晚上，睡在床上吃，做不到的话，便在厕所里吃。"那是她们一种最来劲的销魂事儿。

一次，又是在那大主教先生到那修院去视察的时期，有个布沙尔小姐，和蒙莫朗西①多少有些瓜葛，她打赌说要请一天假，这在那样严肃的场合里是件大荒唐事。许多人和她打了赌，但是没有一个人相信那是可能的。到了时候，大主教从那

① 蒙莫朗西（Montmorency），法国的一个大族。

些寄读生的面前走过,布沙尔小姐,在她同学们惊骇万状的情况下,走出了行列并且说:"大人,请给一天假。"布沙尔小姐是个光艳照人、身材挺秀、有着世上最漂亮红润的小脸蛋的姑娘。德·桂朗先生笑眯眯地说:"哪里的话,我亲爱的孩子,一天假!三天,成吗?我准三天假。"院长无可奈何,大主教的话已经说出了口。所有的修女都觉得不成体统,可是所有的寄读生没有一个不欢天喜地。请想想那种后果吧。

然而那横眉怒目的修院并不封锁得怎么严密,外面的情魔孽障并不是一点也飞不进去的。为了证明这一点,我们只在这里简单陈述和指出一件无可争辩的真事,那件事并且和我们叙述的故事丝毫没有关连。我们把那件事谈出来是要让读者在思想上对那个修院的面貌有个全面的认识。

当时在那修院里有个神秘的人物,她并不是出家人,大家对她却非常尊敬,并称她为阿尔贝尔丁夫人。大家只知道她神经错乱而不知她的身世,世人也都把她看成死人。据说在她的个人遭遇里,有着一桩和名门缔姻而引起的财产纠纷问题。

那妇人将近三十岁,深色发肤,相当美丽,秀长眼睛,黑眼珠,看起人来却没有神。她能看得见吗?没有人敢肯定。她走起路来像飘而不像走,她从不说话,别人也无法确定她究竟呼吸不呼吸。她的鼻孔,削而青,像人断气后的那种样子。碰着她的手就像碰着了雪。她有一种奇特的幽灵似的神韵。她到哪里,哪里便有一股冷气。一天,有个修女看见她走过,就对另外一个修女说:"人家都把她看成死人。""她也许真是死人。"另一个回答说。

关于阿尔贝尔丁夫人的传说层出不穷。她是寄读生们百谈不厌的怪人。在那礼拜堂里有个台子,叫"牛眼台"。台上只有一个圆窗,"牛眼窗",这是阿尔贝尔丁夫人参加日课的地方。她经常独自一人待在上面,因为那个台在楼上,从那上面望去,可以看见宣道神甫或主祭神甫,那是修女们不许望的。一天,来到那讲坛上的是一个年轻的高级神甫,罗安公爵先生,法兰西世卿,一八一五年的红火枪队军官,当时他也是莱翁亲王,一八三〇年后死在红衣主教兼贝桑松大主教任上。德·罗安先生到小比克布斯修院去讲道,那还是第一次。阿尔贝尔丁夫人平日参加听道和日课素来沉静,是丝毫不动的。那天,她一望见德·罗安先生,便半站起来,从礼拜堂那种寂静中大声说道:"哟!奥古斯特!"所有在场的人都大吃一惊,把头掉过去看,宣道神甫也抬头望了一眼,但阿尔贝尔丁夫人又已回到她那种绝无动静的状态中去了。外界的一阵微风,人生的一线微光,一时曾在那冷却了的冰透了的脸上飘拂过去,但是一切又随即消逝了,疯人又成了尸体。

可是那几个字已使修院中可以谈的话全引起来了。"哟!奥古斯特!"这里隐藏着多少东西!泄露了多少消息!德·罗安先生的小名确是奥古斯特,这说明阿尔贝尔丁夫人出身于上层社会,因为她认得德·罗安先生,也说明她自己在那社会里的地位也高,因为她用那样亲昵的口吻称呼一个那样崇高的贵人,也说明她和他有一种关系,也许是亲戚关系,但是必然是相当密切的,因为她知道他的"小名"。

两个非常严厉的公爵夫人,舒瓦瑟尔夫人和塞朗夫人,时常访问那修院,她们一定是以贵妇人的特殊地位钻进去的,惹得那些寄读生非常害怕。当那两位老夫人走过时,那些可怜的年轻姑娘都低着眼睛发抖。

再说德·罗安先生还是那些寄读生注意的对象,他本人却并不知道。当时他被任命为巴黎大主教的大助理主教还不久,并且有升为主教的希望。他到小比克布斯修女们的礼拜堂里来参加日课唱圣诗,那是常有的事。所有那些年轻的女隐修士,谁也见不着他,因为有那条哔叽帷幕遮着,但是他有一种柔和而稍单薄的嗓音,那是她们能够分辨出来的。他当过火枪手,并且大家都说他爱修饰,一头美丽的栗色头发梳成转筒式,整整齐齐地绕着脑袋,腰上结一条华美的黑宽带,他的黑道袍也是世上裁剪得最漂亮的。他使那些二八年华的少女们相当的心烦意乱。

外界的声音从来不会到达那修院里去。可是有一年,有个人的笛声却飞进去了。那是一件大事,当年的寄读生们都还记得。

有人在那附近吹笛子。吹的始终是个老调,到今天那调子已显得相当久远了:《我的泽蒂贝姑娘,来主宰我的灵魂吧》。白天里,总能听到他吹上两三阵子。

那些年轻姑娘能一连几个钟头听下去,嬷嬷们急了,开动脑筋,处罚像雨点似的落在各人的头上。这情形延续了好几个月。寄读生们对那个不曾露面的乐师都多少有些爱慕。人人都梦想自己是泽蒂贝。笛声是从直壁街那面传来的,她们愿抛弃一切,冒一切危险,想尽方法要去看看,哪怕只是一秒钟,去看一下,去瞄一眼那个能把笛子吹得那样美妙、同时也必然把整个灵魂都投入吹奏中的"青年"。有几个从仆人进出的门偷偷出去,爬到临直壁街一面的三楼上,想从那些钉死了的窗口望出去,没有成功。有一个甚至把她的胳膊高高地伸在铁条外面,扬起她的白手帕。另外两个还更大胆,她们找到了办法,一直爬上屋顶,总算看到了那个"青年"。那是一个年老的流亡贵族,又瞎又穷,待在他那间顶楼上,吹着笛子来解解闷的。

六 小 院

在小比克布斯的花园内,有三个彼此能完全划分开来的院落:修女们住的大院,小学生们住的寄读学校,最后还有所谓小院。那是个带园子和房屋的小院,一些被革命毁了的修院留下来的、原属不同修会的形形色色的老修女都一起住在那里,那是黑色、灰色、白色的杂配,是各种各样的修会团体和五花八门、应有尽有的品种的汇合,我们可以管它叫——如果词儿可以这样联缀的话——什锦院。

从帝国时期起,便已允许所有那些可怜的流离失所的姑娘们到这里来,栖息在伯尔纳-本笃会修女们的翅膀下。政府还发给她们一点点津贴,小比克布斯的修女们热忱地接待了她们。那是一种光怪陆离的杂拌儿。各人遵守着各人的教规。寄读的小学生们有时会得到准许去访问她们,这仿佛是她们的一大乐趣,因此在那些年轻姑娘的记忆里留下了圣巴西尔嬷嬷、圣斯柯拉斯狄克嬷嬷、圣雅各嬷嬷和其他一些嬷嬷的形象。

在那些避难的修女中,有一个认为自己差不多是回到了老家。那是一个圣奥尔会的修女,她是那修会里惟一活着的人。圣奥尔修女们的修院旧址,从十八世纪初起,恰巧是小比克布斯的这所房屋,过后才由玛尔丹·维尔加支系的本笃会修女们接管。那个圣女,过于穷困,穿不起她那修会规定的华美服装:白袍和朱红披肩,便一片诚心地做一套穿在一个小小的人体模型上,欢欢喜喜地摆出来给大家看,临死时,还捐给了修院。那个修会,在一八二四年只留下一个修女,到今天,只留下一个玩偶。

除了这些真正够得上称为嬷嬷的以外,还有几个红尘中的老妇人也和阿尔贝尔丁夫人一样,获得了院长的许可,退隐在那小院里。在那一批人中,有波弗多布夫人和迪费雷纳侯爵夫人。另外还有一个专以擤鼻涕声的洪亮震耳而著名于小院,小学生们都管她叫哗啦啦啦夫人。

将近一八二〇或一八二一时,有个让利斯夫人,她当时编辑一本名为《勇士》的期刊,她要求进入小比克布斯修院当一个独修修女。她的介绍人是奥尔良公爵。那修院顿时乱得像一窝蜂,参议嬷嬷们慌到发抖,因为让利斯夫人写过小说。但是她宣布她比任何人都更痛恨小说,并且已经进入勇猛精进的阶段。承上帝庇佑,也承那亲王庇佑,她进了院。六个月或八个月以后她又走了,理由是那园里没有树荫,修女们因而大为高兴。尽管她年纪已经很大,但却仍在弹竖琴,并且弹得相当好。

她离开时,她在她的静室里留下了痕迹。让利斯夫人有些迷信而且还是个拉丁语学者。这两个特点使她的形象相当鲜明。在她的静室里有个小柜,是她平日藏银钱珍宝的地方,几年以前,大家都能看到在那柜子里还贴着一张由她亲笔用红墨水写在黄纸上的这样五句拉丁诗,那些诗句,在她看来,是具有辟盗的魔力的:

> 三个善恶悬殊的尸体挂在木架上,
> 狄斯马斯和哲斯马斯,真主在中央,

> 狄斯马斯升天国,哲斯马斯入地狱,
> 祈求尊神保护我们和我们的财产,
> 念了这首诗,你的财宝再不会被盗贼窃夺。

那几句用六世纪的拉丁文写成的诗引起了这样一个问题,那就是我们想知道髑髅地的那两个强盗的名字,究竟是像我们通常所承认的那样,叫狄马斯和哲斯塔斯呢还是叫做狄斯马斯和哲斯马斯。前一世纪的哲斯塔斯子爵自诩是那坏强盗的后代,他如果见了这种写法,也许不大高兴吧。此外,那几句诗所具有的那种有益的魔力是仁爱会修女们所深信的。

那修院的礼拜堂,从方位上说,确是大院和寄读学校之间的间隔,不过它仍是由寄读学校、大院和小院共同使用的。甚至公众也可由一道特设在街旁的大门进去。可是整个布置能使修院的任何女人望不见外界的一张面孔。你想象有个礼拜堂被一只极大的手捏住了它那唱诗台所在的一段,并把它捏变了样——不是变得像一般的礼拜堂那样在祭台后面突出去一段,而是在主祭神甫的右边捏出了一间大厅或是一个黑洞;你再想象那间大厅正如我们在前面已经说过的那样,被一道七尺高的哔叽帷幕所拦住,在帷幕后面的黑影里有一行行的活动坐板椅,你把唱诗的修女们堆在左边,寄读生们堆在右边,勤务嬷嬷和初学生们堆在底里,你对小比克布斯的修女们参与圣祭的情形便有一个概念了。那个黑洞,大家称它为唱诗台,经过一条过道,和修院相通。礼拜堂里的阳光来自园里。修女们参加日课,按照规矩是肃静无声的,外界的人,如果不听见她们椅子上的活动坐板在起落时相撞的声音都不会知道她们在堂里。

七　黑暗中的几个人影

从一八一九到一八二五那六年中,小比克布斯修院的院长是德·勃勒麦尔小姐,宗教界称她为纯贞嬷嬷。她和《圣伯努瓦会诸圣传》的作者玛格丽特·德·勃勒麦尔是一家。她两次当选。她是一个六十来岁的矮胖妇人,我们在前面提到过的那封信里说她"唱起诗来像个破罐",除此以外,人非常好,在那修院里,只有她一个人是性情愉快的,因此为大家所热爱。

她能继承先人玛格丽特——修会中的泰斗——的遗风。能文,识掌故,博学,多才,谙悉奇闻异事,满脑子的拉丁文,满腔的希腊文,满肚子的希伯来文,虽是女流,却有丈夫气。

副院长是个眼睛几乎瞎了的西班牙籍老修女,西内莱斯嬷嬷。

在那些"参议"中最受重视的是圣奥诺雷嬷嬷,司库;圣热尔特律德嬷嬷,初学生们的第一导师;圣安琪嬷嬷,第二导师;领报嬷嬷,司衣;圣奥古斯丁嬷嬷,护士,她是全院中惟一的恶人;还有圣梅克蒂尔德嬷嬷(戈梵小姐),极年轻,嗓音美妙;安琪嬷嬷(德鲁埃小姐),她曾在圣女修院和吉索尔与马尼间的宝藏修院里待过;圣约瑟嬷嬷(柯戈鲁多小姐);圣阿德拉依德嬷嬷(奥威尔涅小姐);慈悲嬷嬷(西弗安特小姐,她受不了刻苦的生活);温情嬷嬷(米尔齐埃小姐,六十岁破例特许入院,极有钱);神德嬷嬷(罗第尼埃小姐);入庙嬷嬷(西甘查小姐),一八四七年当院长;最后,圣赛利尼嬷嬷(雕塑家赛拉奇的姐妹),后来疯了;圣尚达尔嬷嬷(苏松小姐),也疯了。

在那些最漂亮的姑娘里,还有一个芳龄二十三的美人,她出生在波旁岛①,是罗兹骑士的后裔,社会上叫她罗兹小姐,在那里名叫升天嬷嬷。

圣梅克蒂尔德嬷嬷负责指导唱歌和唱诗,她喜欢选用寄读生。她经常把她们组成一个完整的音阶,就是说,七个人,从十岁到十六岁,每岁一个,声音和身材都要相称,她要求她们立着唱,从最小到最大,按照年龄,看去好像一座锦屏,一种由天使组成的排箫。

在那些勤务嬷嬷中,寄读生们最喜欢的是圣欧福拉吉嬷嬷、圣玛格丽特嬷嬷,老糊涂圣玛尔泰嬷嬷和那教人见了就要笑的长鼻子圣米歇尔嬷嬷。

所有那些妇女对每个孩子都是亲亲热热的。修女们只对自己才严厉。只有寄读学校里才生火,她们的伙食,和修院里的伙食比较起来,算是讲究的了。其他的照顾也是无微不至的。不过,当孩子打修女身旁走过和她说话时,修女却从来不答话。

那种保持肃静的院规产生了这样一种后果,那就是在全院,语言已从人的身上消退并交给了无生命的东西。有时是礼拜堂上的钟在说话,有时是那园丁的铃。在担任传达的嬷嬷旁边,挂着一口声音非常洪亮全院都能听到的铜钟,通过各种不同的敲法,好像是种有声电报似的,来表达在物质生活中所应进行的全部活动,并且,在必要时,还可把修院里的这个或那个人找到会客室里去。每个人和每件东西都有一定的敲

---

① 波旁岛(l'île Bourbon),即留尼汪岛,在印度洋。

法。院长是一下接一下,副院长是一下接两下。六下接五下表示上课,以致小学生们从来不说去上课,而是说去六五。四下接四下是让利斯夫人的呼号。大家听到这呼号的次数非常多。"四头鬼又来了,"一些一点也不厚道的姑娘们常那样说。十下接九下报告一件大事。就是"围墙大门"的开放,那是一道闩杠累累、吓得坏人的铁板门,只是在迎送大主教时才开放。

我们说过,除了他和园丁,任何男人都不许进修院。寄读生还见过另外两个,一个是又老又丑的教义导师,巴内斯神甫,这是可以让她们从唱诗台上隔着铁栅栏看看的,另一个是图画教师昂西奥先生,也就是我们在前面见了几行的那封信里所提到的"安西奥先生"和"驼背老妖怪"。

可以看出,每一个男人都是经过挑选的。

这就是那个怪修院的面貌。

八　人心后面是石头

在初步描绘了那修院的精神面貌以后,再说几句话把它的物质外形描述一下也不会是无益的。读者在这方面也早已有个概念了。

小比克布斯圣安东尼修院几乎全部占用了那个广阔的不等边四边形,这是由波隆梭街、直壁街、比克布斯小街和那条已被堵塞而在老地图上则被称为奥玛莱街的死巷交叉形成的。那四条街俨如一道壕沟圈住那不等边四边形。那修院是由好几栋房屋和一个园子构成的。那栋主要的房屋,就它的整体说,是由几座风格不一致的建筑物凑合起来的,从空中望下去，那一连串建筑物就很像一把放在地上的曲尺。曲尺的长臂从比克布斯小街一直延伸到波隆梭街，占有整条直壁街的街边；短臂面临比克布斯小街，那一面的房屋高而灰暗，形象严肃，正面的门窗都装有铁栅栏，六十二号的大车门标志着那一带房屋的尽头。在那一带房屋的正中，有一道老式的矮圆拱门，门上处处是白灰土，门洞里布满了蜘蛛网，那道门只在星期日才开放一两个钟点，或在有修女的灵柩要抬出修院时才偶然开一次。那也就是公众进礼拜堂的地方。在曲尺转角的地方，有一间当作储藏室用的方厅，修女们却称它为"账房"。沿着长臂一带，是各级嬷嬷和初学生的静室所在地段。沿着短臂一带，有厨房、带走廊的食堂和礼拜堂。在六十二号大门和封闭了的奥玛莱巷巷口之间的是寄读学校，人们从外面看去，却看不见那学校。不等边四边形的其余部分便是园子，园子要比波隆梭街的街面低许多，因此围墙在园里一面和外面比起来要高些。园里的地面是微微隆起的，中间有个稍高部分，一株美丽的圆锥形的枞树耸立在那上面，宛如圆盾中心的突刺，四条宽道从那中心出发，伸向四方，每一条宽道又都有两条小路，各向左右分展出去，各个相通，因此那片园地，假使是圆的话，那些道路所构成的几何图形就像一个加在轮子上面的十字架。所有道路都抵达围墙，由于那园子的围墙很不规则，道路的长短也就不一致。道路两旁，都栽了醋栗树。在直壁街的角上有着老院的遗迹，有条小道，在两行高大的白桦下面，从那里伸向奥玛莱巷转角处的小院。小院的前面，有所谓小园。我们在这样一个整体中再加上一个天井，加上由内部各院房屋所形成的各种不同的弯角、监狱的围墙、一长列相距不远可以望见的沿着波隆梭街那一边的黑房顶，我们便能想象出四十五年前存在于小比克布斯的伯尔纳女修院的整个面貌了。从十四世纪到十六世纪,那里是个著名的球场,叫"一万一千个魔鬼的俱乐部",这正是日后建造那圣洁的修院的基地。

所有那些街道,对巴黎来说,都是最古老的。直壁、奥玛莱这类名称,已够古老的了,以这类名称命名的街道则更为古老。奥玛莱巷原称摩古巷,直壁街原称野蔷薇街,因为上帝使百花开放远在人类开凿石头以前。

九　头兜下的一个世纪

我们既然在谈小比克布斯修院已住的一些琐事,也敢于把那禁宫的一扇窗子敞了开来,读者谅能允许我们再另生一小小枝节,叙述一件与本书实际无关的故事,这故事不但有它特殊之处,并对帮助我们了解那座修院的一些奇特现象也有好处。

在那小院里有个从封特弗罗修院来的百岁老人。她在革命前还是个红尘中人。她经常谈到路易十六的掌玺官米罗迈尼尔先生和她所深知的一个狄勃拉首席法官夫人。由于爱好,也由于虚荣,她无论谈什么事总要扯到那两个名字上去。她常把那封特弗罗修院说得天花乱坠,说那简直像个城市,修院里有许多大街。

她谈话,富有庇卡底人的风度,使寄读生们听了特别高兴。她每年要隆重地发一次誓愿,在发愿时,她总向那神甫说:"圣方济各大人向圣于连大人发过这个愿,圣于连大人向圣欧塞勃大人发过这个愿,圣欧塞勃大人向圣普罗柯帕大人发过这个愿,"等等,"因此我也向您,我的神父,发这个愿。"寄读生们听了,都咯咯地笑,不是在兜帽底下笑,而是在面纱底下笑,多么可爱的抑制着的娇笑啊,这使那些参议嬷嬷都皱起眉来。

另外一次,那百岁老人讲故事,她说"在她的青年时代,伯尔纳修士不肯在火枪手面前让步"。那是一个世纪在谈话,不过,这是十八世纪。她叙述香槟和勃艮第人献四道酒的风俗。革命前,如果有一个大人物,法兰西大元帅、亲王、公爵和世卿,经过勃艮第或香槟的一个城市,那城里的文武官员便来向他致欢迎词,并用四个银爵杯,敬给他四种不同的酒。在第一个爵杯上刻着"猴酒"两字,第二个上刻着"狮酒",第三个上刻着"羊酒",第四个上刻着"猪酒"。那四种铭文标志着人饮酒入醉的四个阶段:第一阶段是活跃阶段,第二,激怒,第三,迟钝,最后,糊涂。

她有一件非常喜爱的东西,老锁在一个柜子里,秘不告人。封特弗罗修院的院规并不禁止她那样做。她从不把那件东西给任何人看。她独自关在屋里,那是她的院规允许的,偷偷欣赏那东西。如果她听见过道里有人走路,那双枯手便急忙锁上柜门。一到人家向她谈到这事时,她又立即闭口,尽管她平时最爱谈话。最好奇的人在她那种沉默面前,最顽强的人在她那种固执面前也都毫无办法。这也就成了修院里所有一切闲得无聊的人苦心探讨的题材。那百岁老人那样珍惜、那样隐藏的东西究竟是什么宝贝呢?这无疑是本什么天书了?某种独一无二的念珠?某种经过考证的遗物?百般猜测也无从打破那闷葫芦。在可怜的老妇人死了后,大家跑到那柜子跟前——按理说,也许不该跑得那么快——开了柜门。

那东西找出来了，好像保护一个祝福过的祭品盘似的，裹在三层布里。那是一个法恩扎①窑的盘子，上面画的是几个当药剂师的孩子，手里拿着奇大无比的注射器，在追逐一群飞着的爱神。追逐的神情和姿态各个不同，但却都能引人发笑。在那些娇小可爱的爱神中，已有一个被注射器扎通了。它仍在挣扎，鼓动着翅膀想飞走，但是那个滑稽小丑望着它发出邪恶的笑。含义是爱情在痛苦下面屈服了。那个盘子确是稀有之物，也许曾荣幸地触发过莫里哀的文思，它在一八四五年还在，存放在博马舍林荫大道的一家古董店里待售。

那个慈祥的老妇人生前从不接待外来的亲友，"因为，"她说，"那会客室太阴惨了。"

十　永敬会的起源

此外，我们刚才指出来的那间近似坟墓的会客室，那也只是种个别情况，在其他修院里不至于严厉到那种程度。尤其是在大庙街，老实说在属于另一系统的那个修院里，那种暗无天日的板窗是由栗黄色帷幕替代的，会客室也是一间装了镶花地板的小厅，窗上挂着雅致的白纱窗帘，墙上挂着各种不同的玻璃框，一幅露出了脸的本笃会修女的画像、几幅油画花卉，甚至还有一个土耳其人的头。

号称法兰西全国最美最大并在十八世纪善良的人民口中誉为"王国一切栗树之父"的那棵印度栗树，正是栽在大庙街上那个修院的园子里的。

---

① 法恩扎（Faenza），意大利城市。

我们说过,大庙街上的这座修院是属于永敬会-本笃会的修女的,那里的本笃会修女和隶属于西多的本笃会修女完全是两回事。永敬会的历史并不很久,不会超过两百年。一六四九年,在巴黎的两个礼拜堂里,圣稣尔比斯和格雷沃的圣约翰,圣体曾两次被亵渎,前后两次相隔不过几天,那种少见的渎神罪发生后全城的人都为之骇然。圣日耳曼·德·勃雷的大助理主教兼院长先生传谕给他的全体圣职人员,举行了一次隆重的迎神游行仪式,那次仪式并由罗马教皇的使臣主持。但有两个尊贵的妇人,古尔丹夫人(即布克侯爵夫人)和沙多维安伯爵夫人,感到那样赎罪还不够。那种对"神坛上极其崇高的圣体"所犯的罪行,虽是偶然发生的,但在那两位圣女看来,却认为不该就那样草草了事,她们认为只有在某个女修院里进行"永恒的敬礼"才能补赎。她们俩,一个在一六五二年,一个在一六五三年,为这虔诚的心愿捐献了大笔的钱给一个叫卡特琳·德·巴尔嬷嬷,又名圣体嬷嬷的本笃会修女,要她替圣伯努瓦系创建一个修院。圣日耳曼修院院长梅茨先生首先许可卡特琳·德·巴尔嬷嬷建院,"约定申请入院的女子必须年缴住院费三百利弗,也就是六千利弗的本金,否则不许入院。"继圣日耳曼修院院长之后,国王又颁发了准许状,到一六五四年,修院的许可证和国王的准许状又一并经财务部门和法院通过批准。

这就是本笃会修女们在巴黎建立圣体永敬会的起源和法律根据。她们的第一个修院是用布克夫人和沙多维安夫人的钱在卡塞特街"修建一新"的。

因此我们知道,那个修会绝不能和西多的本笃会修女混为一谈。它隶属于圣日耳曼·德·勃雷的修院院长,正如圣心会的嬷嬷隶属于耶稣会会长,仁慈会的嬷嬷隶属于辣匝禄会会长一样。

它和小比克布斯的伯尔纳修女也完全是另一回事,小比克布斯的内部情况是我们前面已经谈过了的。罗马教皇亚历山大七世在一六五七年有过专牒,准许小比克布斯的伯尔纳修女和圣体会的本笃系的修女一样,修持永敬仪轨。但是那两个修会并不因此而属于同一体系。

十一　小比克布斯的结局

一到王朝复辟时期,小比克布斯修院便渐渐衰败下去了,那是它那支系所有修会全面死亡的局部现象,那一支系,到了十八世纪以后,也随着所有其他宗教团体一同进入了衰亡期。静观和祈祷一样,也是人类的一种需要,可是,也和所有一切经革命接触过的事物一样,它自己也会转变,并且会由敌视社会的进步,转变为有利于社会的进步。

小比克布斯院里的人口减得很快。到一八四〇年,小院消灭了,寄读学校消灭了。那里既没有老妇,也没有小姑娘,老的死了,小的走了。天各一方。

永敬会的规章严厉到了令人望而生畏的地步,有愿望的人畏缩不前,会中人找不到新生力量。到一八四五年,担任杂务的修女还多少可以找到几个,至于唱诗的修女,绝对没有。四十年前,修女的人数几乎到一百,十五年前,只有二十八个人了。今天还有多少呢?一八四七年,院长是个年轻人,这说明选择的范围缩小了。她当时还不到四十岁。人数减少,负担便越重,每个人的任务也更加艰苦,当时大家已经预见到不久就会只剩下十来个人,压弯伤痛的肩头来扛圣伯努瓦的那套沉重的教规。那副重担子是一成不变的,人少人多都一样。它压着,狠狠地压着,于是她们死了。在本书作者还住在巴黎时,死了两个。一个二十五岁,一个二十三岁。后面的那个可以像朱利亚·阿尔比尼拉所说:"我葬在这里,享年二十三。"正是由于那种萧条,修院才放弃了对小姑娘们的教养。

我们从那所不平凡的没人知道的黑院子门前经过,不能不拐进去看看,不能不领着我们的同伴和听我们叙述冉阿让伤心史的人的思想一同进去走走,这对某些人来说也许是有益的。我们已对那有着许多古老习惯的团体望了一眼,在今天看来,那些古老习惯是够新奇的了。那是个封闭了的园子,是座禁宫。对那奇特场所我们谈得相当详细,但仍然是怀着恭敬的心情来谈的,至少是在详细和恭敬还能协调起来的范围内谈的。我们并不是一概全懂,但是我们不污蔑任何东西。约瑟夫·德·梅斯特尔大声疾呼,他连刽子手也歌颂,伏尔泰则嬉笑怒骂,连耶稣受难像也讥诮,我们是站在他们两人相等距离之间的。

伏尔泰缺少逻辑,这是顺便谈谈,因为伏尔泰很可能用为卡拉斯①辩护的态度同样来为耶稣辩护,而且,对那些根本否认神的化身的人,耶稣受难像又能代表什么呢?一个被害的哲人而已。

到十九世纪,宗教思想处于危机阶段。人们忘记了某些事物,那是好的,只要在忘记那些事物的同时又能学到另一些

---

① 卡拉斯(Calas),十八世纪法国商人,被人诬告因不让其子脱离新教而将其杀害,被判处轮刑。死后三年,伏尔泰为他申雪,追判无罪。

事物就好了。人的心里不能有空虚感。某些破坏行动在进行,进行得好,但是破坏之后必须有建设。

在此期间,让我们研究研究那些已经不存在的东西,认识那些东西是必要的,即使仅仅是为了避开它们。人们对复古的行动常爱加上一个伪造的名称,叫做维新。古,是个还魂鬼,惯于制造假护照。我们要提防陷阱,提高警惕。古有副真面目,那就是迷信,也有套假面具,那就是虚伪。让我们揭露它的真面目,撕破它的假面具。

至于修院,那是个错综复杂的问题。这是个文化问题,而文化排斥它;这是个自由问题,而自由又袒护它。

第七卷 题外的话

一 从抽象意义谈修院

本书是一个剧本,其中的主要角色是无极。

人是次要角色。

既是这样,我们在路上又遇到了一个修院,我们便应当走进去。为什么?因为修院,西方有,东方也有,现代有,古代也有,基督教有、异教、佛教、伊斯兰教也都有,它是人类指向无极的测量仪。

这里不是过分发挥某些思想的地方,不过,在绝对坚持我们的保留态度时,我们的容忍,甚至我们的愤慨,我们应当这样说,每次当我们遇见无极存在于一个人的心中时,无论他的理解程度如何,我们总会感到肃然起敬。圣殿、清真寺、菩萨庙、神舍,所有那些地方都有它丑恶的一面,是我们所唾弃的,同时也有它卓绝的一面,是我们所崇敬的。人类心中的静观和冥想是了无止境的,是照射在人类墙壁上的上帝的光辉。

二　从史实谈修院

从历史、理性和真理的角度出发,僧侣制度是该受谴责的。

修院在一个国家,如果发展过多,它便成了行动的累赘,绊脚的机构,它应是劳动的中心却成为懒惰的中心。修道团体,对广大的人类社会来说,正如檞树上的寄生物,人体上的瘤。它们的兴盛和肥壮正是地方的贫瘠。僧侣制度对早期的文化是有好处的,在精神方面它可以减少强暴的习气,但到了人民精力饱满时它却是有害的。而且当它已衰败时,当它已进入腐化时,正如层出不穷的事例所表现的那样,所有一切在它纯洁时期使它成为有益的因素,都变成使它成为有害的因素。

修院制度已经完成了它的历史使命。修院对现代文化的初步形成是有用处的,可是也会妨碍它的成长,更能毒害它的发展。从组织和教育人的方式着眼,修院在十世纪是好的,在十五世纪开始有了问题,到十九世纪却已令人厌恶。意大利和西班牙在多少世纪中,一个是欧洲的光辉,一个是欧洲的异彩,僧侣制度这一麻风病侵入那两个灿烂的国家的骨髓后,到我们这时代,那两个出类拔萃的民族只是在一七八九年那次健康而有力的治疗中才开始康复。

修院,尤其是古代的女修院,正如本世纪初还继续在意大利、奥地利、西班牙存在,确是一种最悲惨的中世纪的体现。修院,这种修院,是各种恐怖的集中点。地道的天主教修院是完全充满了死亡的黑光的。

西班牙的修院最是阴惨,在那里,有一座座大得像教堂高得像宝塔那样的祭台伸向昏暗的高处,烟云迷漫的圆拱,黑影重重的穹隆;在那里,黑暗中一条条铁链挂着无数白色的又高又大的耶稣受难像;在那里,有魁伟裸体的基督,一个个都用象牙雕成,陈列在乌木架上;那些像,不仅是血淋淋的,而且是血肉模糊的,既丑恶,又富丽,肘端露出白骨,髋骨露着外皮,伤口有血肉,戴一顶白银荆棘冠,用金钉钉在十字架上,额上有一串串用红宝石雕琢的血珠,眼里有金刚钻制成的泪珠。金刚钻和红宝石都好像是湿润的,一些妇女戴着面纱,腰肢被毡毛内衣和铁针制成的鞭子扎得遍体鳞伤,双乳被柳条网紧紧束住,膝头因祈祷而皮破血流,伏在雕像下的黑暗中哭泣,那是些以神妻自居的凡妇,以天女自居的幽灵。那些妇女在想什么吗?没有。有所求吗?没有。有所爱吗?没有。是活的吗?不是。她们的神经已成骨头,她们的骨头已成瓦石。她们的面纱是夜神织的。她们面纱下的呼吸好像是死人那种无以名之的悲惨气息。修院的女院长,恶鬼一个,在圣化她们,吓唬她们。圣洁之主在她们之上,冷冰冰的。那便是西班牙古老修院的面貌。残忍的苦行窟,处女们的火坑,蛮不讲理的地方。

信奉天主教的西班牙,和罗马相比实有过之而无不及。西班牙修院是天主教修院的典型。它具有东方情趣。大主教,天国的宦官头目,他重重封锁,密切注视着为上帝留下的后宫。修女是宫嫔,神甫是太监。怨慕深切的信女们常在梦中被选,并受基督的宠幸。夜里,那赤裸裸的美少年从十字架上下来,于是静室里意狂心醉。重重高墙使那个把十字架上人当作苏丹的苏丹妃子幽禁起来,不许她得到一点点人生乐趣。朝墙外望一眼也算不守清规。"地下室"代替革囊。东方抛到海里去的,西方丢在坑里。东西两地的妇女都一样扼腕呼天,一方面是波涛,一方面是黄土,这里水淹,那边土掩,无独有偶,惨绝人寰。

到今天,厚古的人们,在无法否认那些事的情况下,便决计以一笑了之,并且还盛行一种奇特而方便的办法,用来抹杀历史的揭示,歪曲哲学的批判,掩饰一切恼人的事实和暧昧问题。灵活的人说:"这是提供花言巧语的好题材。"笨伯跟着说:"这是花言巧语。"于是卢梭是花言巧语的人,伏尔泰在卡拉斯、拉巴尔①和西尔旺②的问题上也成了花言巧语的人。不知道是谁,最近还有所发明,说塔西佗是个花言巧语的人,而尼禄③则是被中伤,并且毫无疑问,我们应当同情"那位可怜的奥勒非④"。

事实并不是能轻易击退的,它不动摇。本书的作者曾到过离布鲁塞尔八法里的维莱修道院,那是摆在大家眼前的中世纪的缩影,曾亲眼见过旷野中那个古修院遗址上的土牢洞,又在迪尔河旁,亲眼见过四个一半在地下一半在水下的石砌地牢。那就是所谓"地下室"。每一个那样的地牢都还留下了一扇铁门、一个粪坑和一个装了铁条的通风洞,那洞,在墙外高出河面两尺,在墙内离地却有六尺。四尺深的河水在墙

---

① 拉巴尔(Labarre),十八世纪法国的世家子,因折断了一个耶稣受难像被判处斩首,又被焚尸。伏尔泰曾替他申诉,无效。
② 西尔旺(Sirven),十八世纪法国新教徒,因不许其女信天主教,想迫害她,被判处死刑。伏尔泰代为申诉,死后五年,追判无罪。
③ 尼禄(Néron),一世纪罗马帝国暴君。
④ 奥勒非(Holopherne),公元前六世纪新巴比伦王国的大将,在进犯犹太时被一个犹太美女所诱杀。

外边流过。地是终年潮湿的。住在"地下室"里的人便以那湿土为卧榻。在那些地牢中,有一个还留下一段固定在石壁里的颈镣的一段;在另外一个地牢里,可以看到一种用四块花岗石砌成的四方匣子,长不够一个人躺下,高也不够一个人直立。当年却有人把一个活生生的人安置在那里,上面再盖上一块石板。那是实实在在的。大家都看得见,大家都摸得到的。那些"地下室",那些地牢,那些铁门斗,那些颈镣,那种开得老高、却有河水齐着洞口流过的通风洞,那种带花岗石盖子的石板匣子,像不埋死人单埋活人的坟墓,那种泥泞的地面,那种粪坑,那种浸水的墙壁,难道这些东西也能花言巧语!

三 我们在什么情况下可以尊敬过去

像存在于西班牙和西藏那样的僧侣制度,对文化来说,那是一种痨病。它干脆扼杀生命。简单地说,它削减人口。进修院,等于受宫刑。那已在欧洲成了灾害。此外,还得添上经常加在信仰上的粗暴手段,言不由衷的志愿,以修院为支柱的封建势力,使人口过多家庭的子女出家的宗子制,我们刚才谈过的那些横蛮作风——"地下室",闭住的嘴,封锁的头脑,多少终身在地牢里受折磨的智慧,服装的改变,灵魂的活埋。除了民族的堕落以外,还得加上个人所受的苦难,无论你是谁,你在僧衣和面纱——人类发明的两种装殓死人的服饰——面前,你总会不寒而栗。

可是,在某些角落和某些地方,出家修道的风气竟无视哲学,无视进步,继续盛行在十九世纪光天化日之下,更奇怪的是苦修习气目前竟有再接再厉的趋势,使文明的世界为之震惊。一些过了时的团体还想永远存在下去,那种倔强的想法,就像要人把哈喇了的头油往头发上抹的那种固执,把发臭的鱼吃到肚里的那种妄想,要大人穿孩子衣服的那种蛮劲,像回到家的僵尸要和活人拥抱的那种慈爱。

衣服说:"你这忘恩负义的人!我在风雨中保护过你。现在你为什么就不要我了呢?"鱼说:"我出身于大海。"头油说:"我是从玫瑰花里来的。"僵尸说:"我爱过你们。"修院说:"我教养过你们。"

对那一切,我们只有一个回答:那是过去的事。

梦想死亡的东西无尽期地存在下去,并采用以香料防止尸体腐烂的方法来管理人群,修整腐朽的教条,在法宝箱上重行涂上金漆,把修院修缮一新,重行净化圣器匣,补缀迷信上面的破绽,鼓动信仰狂的劲头,替圣水瓶和马刀重新装柄,重行建立僧侣制度和军事制度,坚信社会的幸福系于寄生虫的繁殖,把过去强加于现在,那一切,这好像很奇怪。可是确有支持那些理论的理论家。那些理论家,而且还都是些有才智的人,他们有一套极简单的办法,他们替过去涂上一层色彩,这就是他们所谓的社会秩序、神权、道德、家庭、敬老、古代法度、神圣传统、合法地位、宗教,于是逢人便喊:"瞧啊!接受这些东西吧,诚实的人们。"那种逻辑是古人早知道了的。罗马的祭司们便能运用那种逻辑。他们替一头小黑牛抹上石膏粉,便说:"你已经白了。"

至于我们,我们处处都心存敬意,也随时随地避免和过去发生接触,只要过去肯承认它是死了。假使它要表示它还活着,我们便打它,并且要把它打死。

迷信、过分虔诚、口信心不信、成见,那些魑魅魍魉,尽管全是鬼物，却有顽强的生命力，它们的鬼影全有爪有牙，必须和它们肉搏，和它们战斗，不停地和它们战斗，因为和鬼魅进行永久性的斗争是人类必然的听天由命的思想之一。要扼住鬼影的咽喉，把它制伏在地上，那是不容易的事。

法国的修院，在十九世纪太阳当顶时，是些阳光下枭鸟的窝。修院在一七八九、一八三〇和一八四八年革命发祥地的中心鼓吹出家修行，让罗马的幽灵横行在巴黎，那是种违反时代的现象。在正常的年代，如果要制止一种过时的事物，使它消亡，我们只须让它念念公元年代的数字便可以了。但是我们现在绝不是在正常的年代。

我们必须斗争。

我们必须斗争，也必须有所区别。真理的要旨是从不过分。真理还需要矫枉过正吗？有些东西是必须毁灭的，有些东西却只需要拿到阳光下看清就是了。严肃而与人为善的检查，那是种多么强的力量！阳光充足的地方一点不需要我们点起火炬。

因此，现在既是十九世纪，那么，无论是在亚洲或欧洲，无论是在印度或土耳其，一般说，我们都反对那种出家修行的制度。修院等于污池。那些地方的腐臭是明显的，淤滞是有害的，发酵作用能使里面的生物得热病，并促使衰亡。它们的增长成了埃及的祸根，我们想到那些国家里的托钵僧、比丘、苦行僧、圣巴西勒会修士、隐修士、和尚、行脚僧都在蠕蠕攒动，如蚁如蛆，不禁毛骨悚然。

说了那些后宗教问题仍然存在。这问题在某些方面是神秘的，也几乎是骇人的，希望能让我们细心观察一下。

四　从本原的角度看修院

一些人聚集拢来，住在一起。凭什么权利？凭结社的权利。

他们闭门幽居。凭什么权利？凭每人都有的那种开门或关门的权利。

他们不出门。凭什么权利？凭每人都有的来和去的权利，这里也就包含了待在自己屋里的权利。

他们待在自己的屋里干些什么？

他们低声说话，他们眼睛向下，他们工作。他们放弃社交、城市、感官的享受、快乐、虚荣、傲气和利益。他们穿粗呢或粗布。他们中的任何人没有任何财物。进了那扇大门后有钱人都自动地变成穷人。他把自己所有的东西分给大家。当初被称作贵族、世家子、大人的人和当初被称做乡下佬的人，现在都一律平等。每个人的静室都完全一模一样。大家都剃同样的发式，穿同样的僧衣，吃同样的黑面包，睡在同样的麦秸上，死在同样的柴灰上。背上背一个同样的口袋，腰上围一条同样的绳子。如果决定要赤脚走路，大家便一齐赤着脚走。其中也许有个王子，王子和其他的人一样也是个影子。不再有什么头衔，连姓也没有了。他们只有名字。大家都在洗名的平等前低下头去。他们离开了家庭骨肉，在修会里组成了精神方面的家庭。除了整个人类，他们没有其他亲人。他们帮助穷人，他们照顾病人，他们选举自己服从的人，他们彼此以友朋相称。

你拖住我，兴奋地说："这才真是理想的修院呢！"

只要那是可能存在的修院,就足以使我加以重视了。

因此,在前一卷书里,我曾以尊敬的口吻谈到一个修院的情况。除了中世纪,除了亚洲,在保留历史和政治问题之后,从纯哲学观点出发,站在宗教争论的束缚之外,处在进修院绝对出自志愿、完全基于协议的情况下,我对修道团体就能以关切严肃的态度相待,甚至在某些方面以尊敬的态度相待。凡有团体的地方都有共同生活,有共同生活的地方也都有权利。修院是从"平等、博爱"这样一个公式里产生的。啊!自由真伟大!转变真灿烂!自由已足使修院转变为共和国。

让我们继续谈下去。

可是这些男人,这些妇女,住在四堵高墙里,穿着棕色粗呢服,彼此平等,以兄弟姊妹相称,这很好,不过他们是否还做旁的事呢?

做。

做些什么?

他们注视着黑影,他们双膝跪下,两手合十。

那是什么意思?

五　祈　祷

他们祈祷。

向谁?

上帝。

向上帝祈祷,这话怎么理解?

在我们的身外,不是有个无极吗?那个无极是不是统一的,自在的,永恒的呢?它既是无极,是否必然是物质的,并以物质告罄的地方为其止境呢？它既是无极，是否必然有理智，并以理智穷尽的地方为其终点呢？那个无极是不是在我们心中唤起本体的概念，而我们只能赋予自己以存在的概念呢？换言之，难道它不是绝对而我们是它的相对吗？

在我们的身外既然有个无极，是否在我们的心中也同时有个无极呢？这两个无极（这复数好不吓人！）是不是重叠着的呢？第二个无极是不是第一个的里层呢？它是不是另一个太虚的翻版、反映、回声，有同一中心的太虚呢？这第二个无极是不是也有智力呢？它能想吗？它有愿望吗？假如那两个无极都有智力，那么，每个都会有一种能产生愿望的本原，而且，正如在下面的这个无极里有我一样，在上面的那个无极里也会有个我。下面的这个我就是灵魂，上面的那个我就是上帝。

让下面的这个无极通过思想和上面的那个无极发生接触，那便是祈祷。

不要从人的意识中除去任何东西，抹杀是件坏事，应当改革和转变。人的某些官能是指向未知世界的，那是思想、梦想和祈祷。未知世界浩瀚无垠。良知是什么？是未知世界的指针。思想、梦想、祈祷是神秘之光的大辐射。我们应当加以尊敬。灵魂的那种庄严光辉放射到什么地方去呢？到黑暗中去，这也就是说，到光明中去。

民主的伟大便是什么也不否认，对人类什么也不放弃。紧靠人的权利，至少在它近旁，还有感情之权。

压制热狂，崇敬无极，这才是正道。仅仅拜倒在造物主的功果下面，景仰八方围拱的群星是不够的。我们有责任，要为人类的灵魂工作，保护玄义，反对奇迹，崇拜未知，唾弃邪说，在不可理解的事物前只接受必然的,使信仰健康起来,除去宗教方面的迷信,剪除上帝左右的群丑。

六　祈祷是绝对的善行

至于祈祷的方式,只要诚挚,任何方式都是好的。翻转你的书本,到无极里去。

我们知道有一种否认无极的哲学。按病理分类,也还有一种否认太阳的哲学,那种哲学叫做瞎眼论。

把人们所没有的一种感觉定为真理的本原,那真是盲人的一种大胆的杰作。

奇怪的是那种瞎摸哲学在寻求上帝的哲学面前所采取的那种自负而又悯人的傲慢态度。人们好像听到一只田鼠在叫嚷:"他们真可怜,老说有太阳!"

我们知道有些人是鼎鼎大名的强有力的无神论者。事实上,那些以自身的力量重返真理的人,究竟是不是无神论者也还不能十分肯定,对他们来说这只是个下定义的问题,况且,无论如何,即使他们不信上帝,他们的高度才智便已证实上帝的存在。

我们尽管不留情地驳斥他们的哲学,但却仍把他们当作哲学家来尊敬。

让我们继续谈下去。

可佩服的,还有那种玩弄字眼的熟练技巧。北方有个形而上学的学派,多少被雾气搞迷糊了,以为只要用愿望两字代替力量便可改变人们的认识。

不说"草木长",而说"草木要",的确,如果再加上"宇宙要"意义就更丰富了。为什么呢？因为可以得出这样的结论：草木既能"要"，草木便有一个我；宇宙"要"，宇宙便有一个上帝。

我们和那个学派不一样，我们不会凭空反对别人的任何意见，可是那个学派所接受的所谓草木有愿望的说法，据我们看，和他们所否认的宇宙有愿望的说法比起来更难成立。

否认无极的愿望就是否认上帝，这只在否认无极的前提下才有可能。那是我们已经阐述过的。

对无极的否认会直接导向虚无主义。一切都成了"精神的概念"。

和虚无主义没有论争的可能。因为讲逻辑的虚无主义者怀疑和他进行争辩的对方是否存在，因而也就不能肯定他自己是否存在。

从他的观点看，他自己，对他自己来说，也只能是"他精神的一个概念"。

不过，他丝毫没有发现，他所否认的一切在他一提到"精神"一词时，又都被他一总接受了。

总之，把一切都归纳为虚无的哲学思想是没有出路的。

承认虚无的人也必然有个虚无要承认。

虚无主义是不能自圆其说的。

无所谓虚空。零是不存在的。任何东西都是些东西。没有什么东西没有东西。

人靠肯定来生活比靠面包更甚。

眼看和手指，这都是不够的。哲学应是一种能量，它的努力方向应是有效地改善人类。苏格拉底应和亚当合为一体，并且产生马可·奥里略，换句话说，就是要使享乐的人转为明理的人，把乐园转为学园。科学应是一种强心剂。享乐，那是一种多么可怜的目的,一种多么低微的愿望!糊涂虫才享乐。思想,那才是心灵的真正的胜利。以思想来为人类解渴,像以醇酒相劝来教导他们认识上帝,使良知和科学水乳似的在他们心中交融,让那种神秘的对晤把他们变成正直的人,那才真正是哲学的作用。道德是真理之花,静观导致行动。绝对应能起作用,理想应是人类精神能呼能吸能吃能喝的。理想有权利说:"请用吧,这是我的肉,这是我的血。"智慧是一种神圣的相互感应。在这种情况下智慧不再是对科学的枯燥的爱好,而是惟一和至高无上的团结人类的方式,并且从哲学升为宗教。

宗教不应只是一座为了观赏神秘而建造在它之上的除了满足好奇心外别无他用的花楼。

等到以后再有机会时我们再来进一步发表我们的意见,目前我们只想说:"如果没有信和爱这两种力量的推动,我们便无从了解怎样以人为出发点,又以进步为目的。"

进步是目的而理想是标准。

什么是理想呢?上帝是理想。

理想,绝对,完善,无极,都是一些同义词。

七　责人应有分寸

历史和哲学负有多种永恒的责任,同时也是简单的责任,斗争大祭司该亚法①、法官德拉孔②、立法官特利马尔西翁③、皇帝

---

① 该亚法(Caiphe),迫害耶稣的犹太大祭司。
② 德拉孔(Dracon),公元前七世纪末雅典的酷吏。
③ 特利马尔西翁(Trimalcion),一世纪拉丁作家伯特洛尼所作小说《萨蒂尼翁》里的一个色情人物。

提比利乌斯①,毫无疑义,那是明显、直接而清楚的。但是独居的权利以及它的一些不利之处和种种弊端,却必须加以研究和慎重对待。寺院生活是人类社会的一个重大问题。

修院是这样一种场所,既荒谬而又清净无垢,既使人误入歧途却又劝人存心为善,既使人愚昧又使人虔诚,既使人备受苦难又使人为之殉教,当我们谈到它时,几乎每次都要说又对又不对。

修院是一种矛盾,其目的是为了幸福,其方式是牺牲。修院表现的是极端的自私,而结果是极端的克己。

以退为进,这好像是僧侣制度的座右铭。

在修院里,人们以受苦为达到欢乐的途径。人们签发由死神兑现的期票。人们在尘世的黑暗里预支天上的光明。在修院里,地狱生活是当作换取天堂的代价而被人接受的。

戴上面纱或穿上僧衣是一种取得永生的自杀。

在这样一种问题前,我们感到嘲笑是不能允许的。这里无论好坏全是严肃的。

公正的人蹙起眉头,但从不会有那种恶意的微笑。我们能理解人的愤怒,而不能理解恶意的中伤。

八 信仰,法则

还有几句话。

我们谴责充满阴谋的教会,蔑视政权的教权,但是我们处处尊崇那种思考问题的人。

---

① 提比利乌斯(Tibère,前42—37),罗马帝国暴君。

我们向跪着的人致敬。

信仰,为人所必须。什么也不信的人不会有幸福。

人并不因为潜心静思而成为无所事事的人。有有形的劳动和无形的劳动。

静观,这是劳动,思想,这是行动。交叉着的胳膊能工作,合拢了的手掌能有所作为。注视苍穹也是一种业绩。

泰勒斯①静坐四年,他奠定了哲学。

在我们看来,静修者不是游手好闲的人,违世遁俗的人也不是懒汉。

神游窈冥昏默之乡是一件严肃的事。

如果不故意歪曲我们刚才所说的那些话,我们认为对坟墓念念不忘,这对世人是适当的。在这一点上,神甫和哲学家的见解是一致的。"人都有一死。"特拉帕苦修会②的修院院长和贺拉斯③所见略同。

生不忘死,那是先哲的法则,也是苦修僧的法则。在这方面,修士和哲人的见解一致。

物质的繁荣,我们需要,意识的崇高,我们坚持。

心浮气躁的人说:

"那些一动不动待在死亡边缘上的偶像要他们干什么?他们有什么用?他们干些什么?"

唉!围绕我们和等待我们的是一团黑暗,我们也不知道

---

① 泰勒斯(Thalès),第一个有史可考的古希腊哲学的代表,自发唯物主义米利都学派的奠基者,生于公元前六世纪。

② 特拉帕苦修会(la Trappe),天主教隐修院修会之一,一六六四年建立。该会规章十分严格,主张终身素食,永久缄口,只以手势示意,足不出院,故有"哑巴会"和"苦修会"之称。

③ 贺拉斯(Horace),公元前一世纪罗马著名诗人。

那无边的散射将怎样对待我们，因此我们回答："也许那些人的建树是无比卓绝的。"而且我们还得补充一句："也许没有更为有效的工作了。"

总得有这么一些人来为不肯祈祷的人不停地祈祷。

我们认为问题的关键在于蕴藏在祈祷中的思想的多少。

祈祷中的莱布尼茨①是伟大的，崇拜中的伏尔泰是壮美的。"伏尔泰仰望上帝。"

我们为保护宗教而反对各种宗教。

我们相信经文的空洞和祈祷的卓越。

此外，在我们现在所处的这一会儿——这一幸而没留下十九世纪痕迹的一会儿，这多少人低着头鼓不起劲的一会儿，在这充满以享乐为荣、以追求短促无聊的物质享受为急务的行尸走肉的环境中，凡是离群遁世的人总是可敬的。修院是退让的地方，意义不明的自我牺牲总还是牺牲。把一种严重的错误当作天职来奉行，这自有它的伟大之处。

如果我们把修院，尤其是女修院——因为在我们的社会里，妇女受苦最深，并且在那种与世隔绝的修院生活里，也有隆重的诺言——置于真理的光中，用理想的尺度，就其本质，从各个角度加以公正和彻底的分析，我们便会感到妇女的修院，无可否认，确有其庄严的地方。

我们指出了一鳞半爪的那种极其严峻惨淡的修院生涯，那不是人生，因为没有自由，也不是坟墓，因为还不圆满，那是一种奇特的场所，在那里人们有如置身高山之巅，朝这一面可以望见我们现在所处的世界，朝另一面又可以望见我们即将

---

① 莱布尼茨（Leibnitz,1646—1716），伟大的德国数学家、唯心主义哲学家。

前往的世界,那是两个世界接壤的狭窄地带,那里雾霭茫茫,依稀隐现在两个世界之中,生命的残晖和死亡的冥色交相辉映,这是墓中半明半暗的光。

至于我们,虽不相信这些妇女所信之事物,却也和她们一样是生活在信仰中的,当我们想到这些心惊胆战而又充满信心和诚意的女性,这些谦卑严肃的心灵,她们敢于生活在神秘世界的边缘,守在已经谢绝的人世和尚未开放的天国之间,朝着那看不见的光辉,仅凭心中一点所谓自知之明而引为无上幸福,一心向往着万仞深渊和未知世界,两眼注视着毫无动静的黑暗,双膝下跪,胸中激动,惊愕,战栗,有时一阵来自太空的长风把她们吹得飘飘欲起,当我们想到那些情形时,总不免愀然动容,又惊又敬,如见神明,悲悯和钦羡之情油然而起。

第八卷　公墓接受人们给它的一切

一　进入修院的门路

冉阿让，按照割风的说法，"从天上掉下来"时，正是掉在那修院里。

他在波隆梭街的转角处翻过了园子的围墙。他半夜听到的那阵仙乐，是修女们做早弥撒的歌声；他在黑暗中探望过的那个大厅，是小礼拜堂；他看见伏在地上的那个鬼影，是一个行补赎礼的修女；使他惊奇的那种铃声，是结在园丁割风爷膝弯上的铜铃。

珂赛特上床以后，我们知道，冉阿让和割风俩便对着一炉好柴火进晚餐，喝了一盅葡萄酒，吃了一块干酪；过后，由于那破屋里惟一的一张床已由珂赛特占用，他们便分头躺在一堆麦秸上面。冉阿让合眼以前说道："从此以后，我得住在此地了。"那句话在割风的脑子里翻腾了一整夜。

其实，他们俩，谁也没有睡着。

冉阿让感到自己已被人发觉，而且沙威紧跟在后面，他知道如果他回到巴黎城里，他和珂赛特准定会玩完。新起的那阵风既然已把他吹到这修院里来，冉阿让惟一的想法便是在那里待下去。对一个处在他那种情况下的苦命人来说,那修院是个最危险也最安全的地方,说最危险,是因为那里不许任何男人进去,万一被人发现,就得给人当做现行犯,冉阿让只要走一步路,便又从修院跨进监牢;说最安全,是因为如果能得到许可,在那里住下来,谁又会找到那里去呢?住在一个不可能住下的地方,正是万全之策。

在割风方面,他心里也正打开了鼓。最先,他承认自己什么也闹不清楚。围墙那么高,马德兰先生怎么进来的呢?修院的围墙是没有人敢翻的。怎么又会有个孩子呢?手里抱个孩子,就翻不了那样一道笔直的墙。那孩子究竟是谁?他们俩是从什么地方来的?割风自从来到这修院后,他再也没有听人谈到过滨海蒙特勒伊,也完全不知道外面发生过什么事。马德兰爷爷那副神气又使人不敢多开口,此外割风心里在想:"在圣人面前不能瞎问。"马德兰先生在他的心中仍和往日一样崇高。不过,从冉阿让透露出来的几句话里,那园丁觉得可以作出这样的推断:由于时局艰难,马德兰先生也许亏了本,正受着债主们的追逼,或许他受到什么政治问题的牵累,不得不隐藏起来。割风想到这一点,也没有什么不高兴,因为,正如我们北部的许多农民一样,他在思想深处是早已靠拢波拿巴的①。马德兰先生既然要躲起来,并且已把这修院当作他的避难所,那么,他要在此地待下去,那也是极自然的事。但不可理解的是,割风在反复思索,老捉摸不出的一点是:马德兰是怎样进来的,他又怎么会带个小姑娘。割风看得见他们,摸得着他们,和他们谈过话,却无法信以为真。闷葫芦刚刚掉

---

① 就是说,对当时的王朝不满。

进了割风的茅舍。割风像盲人摸路似的,胡乱猜想了一阵,越想越糊涂,但有一点却搞清楚了:马德兰先生救过我的命。这惟一可以确定下来的一点已足使他下定决心了。他背着他想道:"现在轮到我来救他的命了。"他心里还加上这么一句:"当初需要人钻到车子底下救我出来时,马德兰先生却没有像我这样思前想后。"他决定搭救马德兰先生。

可是他心里仍七上八下,考虑到许多事情:"他从前待我那么好,万一他是匪徒,我该不该救他呢?还是应该救他。假使他是个杀人犯,我该不该救他呢?还是应该救他。他既然是个圣人,我救不救他呢?当然救他。"

但是要让他能留在这修院里那可是个难题!但割风在那种近乎荒唐的妄想前仍一点不动摇。那个来自庇卡底的可怜的农民决计要越过修院的种种难关和圣伯努瓦的教规所设下的种种危崖峭壁,但是他除了赤忱的心、坚定的意志和为乡下老头子所常有而这次打算用来扶危济困的那一点点小聪明外,便没有其他的梯子。割风爷,这个老汉,生平为人一向自私,晚年腿也瘸了,身体也残废了,对人世已没什么可留恋了,这时他觉得感恩图报是件饶有趣味的事,当看见有件善事可做时便连忙扑了上去,正如一个从来不曾尝过好酒的人临死时忽然发现手边有着一杯美酒,便想取来痛饮一番一样。我们还可以说,许多年来他在那修院里吸取的空气已消灭了他原来的性格,最后使他感到他有做任何一件好事的必要。

因此他下定决心,要替马德兰先生出力。

我们刚才称他为"来自庇卡底的可怜的农民"。那种称呼是恰当的,不过不全面。在故事发展到现阶段,把割风的面貌叙述一下还是有好处的。他原是一个农民,但是他当过公证人,因此他在原有的精明以外又添上了辩才,在原有的质朴以外又添上了剖析能力。由于多方面的原因,他的事业失败了,后来便沦为车夫和手工工人。但是,尽管他经常说粗话挥鞭子——据说那样做对牲口是必要的——在内心深处他却仍是个公证人。他生来就有些小聪明,不犯常见之语病,他能攀谈,那是乡下少见的事,农民都说他谈起话来俨然像个戴帽的老爷。割风正是前一世纪那种轻浮不得体的文词所指的那种"半绅士半平民"的人,也就是达官贵人在对待贫寒人家时所用的那种形容平民的隐语所标注的"略似乡民,略似市民,胡椒和盐"。割风是那种衣服磨损到露出麻线底子的穷老汉,他虽然饱受命运的考验和折磨,却还是一个直肠人,很爽朗,那是一种使人从来不生恶念的宝贵品质。因为他有过的缺点和短处全是表面的,总之,他的面貌在观察者的眼里是成功的。老人的额上绝没有那种暗示凶恶、愚蠢或惹人厌恶的皱纹。

破晓时,割风从四面八方全想过了,他睁开眼睛看见马德兰先生坐在他的麦秸堆上,望着珂赛特睡觉。割风翻身坐起来说:

"您现在既已来到此地,您打算怎样来说你进来的事呢?"

一句话概括了当时的处境,把冉阿让从梦境状态中唤醒了。

两个人开始商量。

"首先,"割风说,"您应当注意的第一件事,便是小姑娘和您,不要到这间屋子外面去。跨进园子一步,我们便完了。"

"对。"

"马德兰先生,"割风又说,"您到这儿来,拣了一个极好的日子,我是要说,拣了一个极坏的日子,我们有个嬷嬷正害着重病,因此大家都不大注意我们这面的事。听说她快死了。她们正在做四十小时的祈祷。整个修院都天翻地覆了。她们全在为那件事忙乱着。正准备上路的那位嬷嬷是位圣女。其实,我们这儿的人全是圣人。在她们和我之间,惟一不同的地方便是:她们说'我们的静室,'而我说'我的寒'。马上就要替断气的人做祷告了,接着又得替死人做祷告。今天一天,我们这里不会有事,明天,我却不敢担保。"

"可是,"冉阿让指出说,"这所房子是在墙角里,被那破房子遮住了,还有树木,修院那边的人望不见。"

"而且,我告诉您,修女们也从来不到这边来的。"

"那岂不更好?"冉阿让说。

强调"岂不更好"的疑问语气是想说:"我认为可以偷偷在此地住下来。"割风针对这疑问回答说:

"还有那些小姑娘呢。"

"哪些小姑娘?"冉阿让问。

割风张着嘴正要解释他刚说出的那句话,有口钟响了一下。

"那嬷嬷死了,"他说,"这是报丧的钟。"

同时他作出手势要冉阿让听。

钟又敲了一下。

"这是报丧钟,马德兰先生。这钟将要一分钟一分钟地敲下去,连续敲上二十四小时,直到那尸首离开礼拜堂为止。您瞧,又是一下。在课间游戏时,只要有个皮球滚来了,她们全会追上来,什么规矩也不管了,跑到这儿来乱找乱翻的。这些小天使全是些小鬼。"

"谁?"冉阿让问。

"那些小姑娘们。您马上会被她们发现的,您放心好了。她们会叫嚷说:'嘿!一个男人!'不过今天不会有危险。今天她们不会有游戏的时间。整整一天全是祷告。您听钟声。我早告诉过您了,一分钟一下。这是报丧钟。"

"我懂了,割风爷。您说的是寄读学校的孩子们。"

冉阿让心里又独自想道:

"这样,珂赛特的教养问题也全解决了。"

割风嚷着说:

"妈的!有的是小姑娘!她们会围着您起哄!她们会逃走!在这儿做个男人,就等于害了瘟病。您知道她们在我的蹄子上系了一个铃,把我当作野兽看待。"

冉阿让越想越深,"这修院能救我们。"他嘟嚷着,接着他提高嗓子说:

"对。问题在于怎样才能待下来。"

"不对。问题在于怎样才能出去。"

冉阿让觉得血全涌到心里去了。

"出去!"

"是呀,马德兰先生。为了回来,您得先出去啊。"

等到那钟又敲了一下,割风才接着说:

"她们不会就这样让您待在此地。您是从哪里来的?对我来说,您是从天上掉下来的,因为我认识您,可是那些修女们,她们只许人家走大门进来。"

忽然,另一口钟敲出了一阵相当复杂的声音。

"啊!"割风说,"这是召集参议嬷嬷们的。她们要开会。每次有人死了,总得开会。她是天亮时死的。人死多半是在天亮时。难道您就不能打您进来的那条路出去吗?我们来谈谈,我不是有意来问您,您是打什么地方进来的?"

冉阿让脸色发白了。只要想到再回到那条吓得坏人的街上去,他便浑身颤栗。你从一处虎豹横行的森林里出来,已经到了外面,却又有一个朋友要你回到那里去,你想想那种味儿吧。冉阿让一闭上眼就看见那批警务人员还全在附近一带东寻西找,密探在侦察,四处都布置了眼线,无数只手伸向他的衣领,沙威也许就在那岔路口的角上。

"不可能!"他说,"割风爷,您就认为我是从那上面掉下来的吧。"

"那不成问题,我就是那么想的,"割风接着说,"您不用再向我说那些话了。慈悲的天主也许曾把您捏在他的手心里,要把您看清楚,随即又把您放了。不过他原是要把您放在一个男人的修院里,结果他搞错了。您听,又是一阵钟声。这是敲给门房听的,要他通知市政机关去通知那位验尸的医生到这儿来看看死人。所有这些,全是死了以后的麻烦事。那些好嬷嬷们,她们并不见得怎么喜欢这种访问。一个医生,啥也不管。他揭开面罩。有时还要揭开旁的东西。她们这次通知医生,会这么快!这里难道有些什么名堂不成?您的小姑娘还睡着老不醒。她叫什么名字?"

"珂赛特。"

"是您的闺女?看样子,您是她的爷爷吧?"

"对。"

"对她来说,要从这里出去,倒好办。我有一扇通大门院子的便门。我敲门。门房开门。我背上背个背箩,小姑娘待在箩里。我走出大门。割风爷背着背箩出大门,那再简单没有。您嘱咐一声,要小姐待在箩里不吭气就成。她上面盖着块油布。要不了多少时候,我把她寄托在绿径街一个卖水果的老朋友家里,要住多久就住多久,那是个聋子,她家里有张小床。我会对着那卖水果的婆子的耳朵喊,说这是我的侄女,要她照顾一下,我明天就会来领的。这之后,小姐再和您一道回来。可是您,您怎样才能出去呢?"

冉阿让点了点头。

"只要没有人看见我。关键就在这儿,割风爷。您想个办法让我也和珂赛特一样躲在背箩里和油布下面,再把我送出去。"

割风用左手的中指搔着耳垂,那是表示十分为难的样子。

第三阵钟声打断了他们的思路。

"验尸医生走了,"割风说,"他看过了,并且说:'她死了,好的。'医生签了去天国的护照以后,殡仪馆便会送来一口棺材。如果是个老嬷嬷,就由老嬷嬷们入殓,如果是个小嬷嬷,就由小嬷嬷们入殓。殓过以后,我去钉钉子。这是我的园丁工作的一部分。园丁多少也是埋葬工人。女尸停放在礼拜堂的一间临街的矮厅里,那里除了验尸的医生外,其余的男人全不许进去。我不算男人,殡仪馆的执事们和我都不算男人。我到那厅里去把棺材钉上,殡仪馆的执事们把它抬走,车夫扬起马鞭,人去天国就是这样去的。送来的是个空匣子,抬走的却是个装了东西的,这就叫送葬。'入土为安'。"

一线阳光横照在珂赛特的脸上,她还没有醒来,嘴微微张着,就像一个饮光的天使。冉阿让早就呆望着她,不再听割风唠叨了。

没有人听,那并不成为一种住嘴的理由,那个管园子的老好人仍啰啰嗦嗦说下去:

"到伏吉拉尔公墓去挖一个坑。据说那伏吉拉尔公墓不久就要取消了。那是个旧时的公墓,不合章程,没有制服,快要退休了。真可惜,有这么一个公墓多方便。在那里,我有一个朋友,叫梅斯千爷爷,是个埋葬工人。这里的修女有种特权,她们在天快黑时被送进那公墓。省公署特别为她们订了这样一条规则。可是,从昨天起,发生了多少事啊!受难嬷嬷死了,马德兰爷爷……"

"完了。"冉阿让一面苦笑一面说。

割风把那个字弹了回去:

"圣母!要是您要在这儿永远待下去,那可真是种埋葬了。"

第四阵钟声突起。割风连忙把那条系铃铛的带子从钉子上取下来,系在自己的膝弯上。

"这一次,是我。院长嬷嬷叫我。好家伙,这皮带上的扣针扎了我一下。马德兰先生,您不要动,等我回来。有新玩意儿呢。您要是饿,那儿有酒、面包、干酪。"

接着,他往屋子外面走,嘴里一面说:"来啦!来啦!"

冉阿让望着他急忙从园中穿过去,尽量迈开他的瘸腿,边走边望两旁的瓜田。

割风一路走去,铃声响个不停,把那些修女们全吓跑了,不到十分钟,他在一扇门上轻轻敲了一下,一个柔和的声音回答说:"永远如此。永远如此。"那就是说:"请进。"

那扇门是接待室的门,接待室是由于工作需要留下来接待园丁的。隔壁便是会议室。院长正坐在接待室里惟一的一张椅子上等待着割风。

二　割风面临困难

在紧急关头露出紧张和沉郁的神情,这对某些性格和某些职业的人,尤其是对神甫和教徒们来说,是特别的。院长纯贞嬷嬷,原是那位有才有貌的德·勃勒麦尔小姐,她平日素来轻松活泼,可是当割风走进屋子时,她脸上却露出那两种显示心神不定的神情。

园丁小心翼翼地行了个礼,立在屋门口。院长正拨动着手里的念珠,抬起眼睛说道:

"啊,是您,割爷。"

这个简称是在那修院里用惯了的。

割风又行了个礼。

"割爷,是我叫人把您找来的。"

"我来了,崇高的嬷嬷。"

"我有话要和您谈。"

"我也,在我这方面,也有件事想和极崇高的嬷嬷谈谈。"割风壮着胆子说,内心却先在害怕。

院长睁眼望着他。

"啊!您有事要向我反映。"

"要向您请求。"

"那好,您说吧。"

割风这老头,以前当过公证人,是一个那种坚定有把握的乡下人。某种圆滑而又显得无知的表情是占便宜的,人往往在不提防的情况下已经被俘。割风在那修院里已住了两年多,和大家也相处得很好。他终年过着孤独的生活,除忙于园艺之外几乎没有旁的事可做,于是也滋长了好奇心。他从远处望着那些头上蒙着黑纱的妇女,在他眼前时来时往,起初他见到的几乎只是些幢幢黑影,久之,由于不时注意和深入观察,后来他也渐渐能恢复那些鬼影的肉身,那些死人在他看来也就成为活人了。他仿佛是个视觉日明的哑巴,听觉日聪的瞎子。他细心分辨各种钟声所表示的意义,于是那座闷葫芦似的不闻人声的修院没有什么事能瞒得过他的了,哑谜神早已把它的全部秘密在他的耳朵里倾吐。割风知道一切,却什么也不说,那是他的乖巧处。全院的人都以为他是个白痴。这在教会里是一大优点。参议嬷嬷们非常器重割风。他是个不可多得的哑人,他获得了大家的信任。此外,他能守规矩。除了果园菜地上有非办不可的事之外他从不出大门。这种谨慎的作风是为人重视的,他却并不因此而不去找人聊天,他常找的两个人,在修院里,是门房,他因而知道会客室里的一些特别情形;在坟场里,是埋葬工人,因而他知道墓地里的一些独特之处,正好像他有两盏灯在替他照着那些修女们,一盏照着生的一面,一盏照着死的一面。但是他一点也不胡来。修院里的人都重视他。年老,腿瘸,眼花,也许耳朵还有点聋,数不尽的长处!谁也替代不了他。

老头子自己也知道已获得人家的重视,因而在那崇高的院长面前,满怀信心,夸夸其谈地说了一通相当乱而又非常深刻的乡下人的话。他大谈特谈自己的年纪、身体上的缺陷、往后年龄对他的威胁会越来越重、工作的要求也不断增加、园地真够大,有时还得在园里过夜,例如昨晚,月亮上来了,就得到瓜田里去铺上草荐,最后他转到这一点上,他有个兄弟(院长动了一下),兄弟的年纪也不怎么轻了(院长又动了一下,但这是表示安心的),假如院长允许,他这兄弟可以来和他住在一起,帮他工作,那是个出色的园艺工人,他会替修院作出良好的贡献,比他本人所作的还会更好些;要是,假如修院不允许他兄弟来,那么,他,做大哥的,觉得身体已经垮了,完成不了任务,就只好说句对不起人的话,请求退职了;他兄弟还有个小姑娘,他想把她带来,求天主保佑,让她在修院里成长起来,谁知道,也许她还会有出家修行的一天呢。

他谈完的时候,院长手指中间的念珠也停止转动了,她对他说:

"您能在今晚以前找到一根粗铁杠吗?"

"干什么用?"

"当撬棍用。"

"行,崇高的嬷嬷。"割风回答。

院长没有再说别的话,她起身走到隔壁屋子里去了,隔壁的那间屋子便是会议室,参议嬷嬷们也许正在那里开会。割风独自留下。

三　纯贞嬷嬷

大致过了一刻钟。院长走回来,去坐在椅子上。

那两个对话的人仿佛各有所思。我们把他们的谈话尽量逐字逐句地记录下来。

"割爷?"

"崇高的嬷嬷?"

"您见过圣坛吧?"

"做弥撒和日课时我在那里有间小隔扇。"

"您到唱诗台里去工作过吧?"

"去过两三次。"

"现在我们要起一块石头。"

"重吗?"

"祭台旁边那块铺地的石板。"

"盖地窖的那块石板吗?"

"对。"

"在这种情况下,最好是有两个男人。"

"登天嬷嬷会来帮助您,她和男人一样结实。"

"一个女人从来也顶不了一个男人。"

"我们只有一个女人来帮您忙。各尽所能。马比容神甫根据圣伯尔纳的遗教写了四百十七篇论文,梅尔洛纽斯·奥尔斯修斯只写了三百六十七篇,我绝不至于因此就轻视梅尔洛纽斯·奥尔斯修斯。"

"我也不至于。"

"可贵的是各尽自己的力量来工作。一座修院并不是一个工场。"

"一个女人也并不是一个男人。我那兄弟的气力才大呢!"

"您还得准备好一根撬棍。"

"像那样的门也只能用那样的钥匙。"

"石板上有个铁环。"

"我把撬棍套进去。"

"而且那石板是会转动的。"

"那就好了,崇高的嬷嬷。我一定能开那地窖。"

"还会有四个唱诗嬷嬷来参加你们的工作。"

"地窖开了以后呢?"

"再盖上。"

"就这样吗?"

"不。"

"请您指示我得怎么办,崇高的嬷嬷。"

"割爷,我们认为您是信得过的。"

"我在这儿原该是有活就干的。"

"而且您什么都不要说出去。"

"是,崇高的嬷嬷。"

"开了地窖以后……"

"我再盖上。"

"可是在这以前……"

"得怎样呢,崇高的嬷嬷?"

"得把件东西抬下去。"

说到此,大家都沉寂下来了。院长好像在踌躇不决,她伸出下唇,噘了一下嘴之后就打破了沉默:

"割爷?"

"崇高的嬷嬷?"

"您知道今天早晨有位嬷嬷死了。"

"我不知道。"

"难道您没有听见敲钟?"

"在园子底里什么也听不见。"

"真的吗?"

"叫我的钟,我也听不大清楚。"

"她是在天蒙蒙亮的时候死的。"

"而且,今天早上的风不是向我那边吹的。"

"是那位受难嬷嬷。一个有福的人。"

院长停住不说了,只见她的嘴唇频频启闭,仿佛是在默念什么经文,接着她又说:

"三年前,有个冉森派①的教徒,叫贝都纳夫人的,她只因见到受难嬷嬷做祷告,便皈依了正教。"

"可不是,我现在听见报丧钟了,崇高的嬷嬷。"

"嬷嬷们已把她抬到礼拜堂里的太平间里了。"

"我知道。"

"除了您,任何男人都不许也不该进那间屋子的。您得好好留意照顾。那才会出笑话呢,假如在女人的太平间里发现一个男人!"

"出出进进!"

"嗯?"

"出出进进!"

"您说什么?"

"我说出出进进。"

"出出进进干什么?"

"崇高的嬷嬷,我没说出出进进干什么,我说的是出出进进。"

"我听不懂您的话。您为什么要说出出进进呢?"

"跟着您说的,崇高的嬷嬷。"

---

① 冉森派,十七世纪荷兰天主教反正统派的一支,被罗马教皇英诺森十世斥为异端,下谕禁绝,但各国仍有不少人信从。

"可是我并没有说出出进进。"

"您没有说,可是我是跟着您说的。"

正在这时,钟报九点。

"在早晨九点钟和每点钟,愿祭台上最崇高的圣体受到赞叹和崇拜。"院长说。

"阿门。"割风说。

那口钟敲得正凑巧。它一下打断了关于出出进进的争执。如果没有它,院长和割风就很可能一辈子也纠缠不清。

割风擦了擦额头。

院长重新默念了一小段,也许是神圣的祈祷,继又提高嗓子说:

"受难嬷嬷生前劝化了许多人,她死后还要显圣。"

"她一定会显圣的!"割风一面说,一面挪动他的腿,免得后来站不稳。

"割爷,修院通过受难嬷嬷,受到了神的恩宠。当然,并不是每个人都能像贝律尔红衣主教那样,一面念弥撒经,一面断气,在魂归天主时口中还念着'因此我作此贡献'。不过,受难嬷嬷尽管没有得到那样大的幸福,她的死却也是非常可贵的。直到最后一刻,她的神智还是清楚的。她和我们谈话,随后又和天使们谈话。她把她最后的遗言留给了我们。要是您平日更心诚一些,要是您能待在她的静室里,她只消摸摸您的腿,您的病就好了。她脸上一直带着笑容。大家感到她在天主的心里复活了。在她的死里我们到了天国。"

割风以为那是一段经文的结尾。

"阿门。"他说。

"割爷,我们应当满足死者的愿望。"

院长已经拨动了几粒念珠,割风却不开口。她接着说:

"为了这个问题,我请教过好几位忠于我们救世主的教士,他们全在宗教人事部门担任职务,而且还都是有辉煌成绩的。"

"崇高的嬷嬷,从这儿听那报丧钟比在园子里清楚多了。"

"而且,死者不是一个女人,这是位圣女。"

"就和您一样,崇高的嬷嬷。"

"她在她的棺材里睡了二十年,那是我们的圣父庇护七世特别恩准的。"

"就是替皇……替波拿巴加冕的那位。"

对像割风那样一个精明的人来说,他这次的回忆是不合时宜的。幸而那位院长,一心想她的事,没有听见。她继续说:

"割爷?"

"崇高的嬷嬷?"

"圣迪奥多尔,卡巴多斯的大主教,曾经嘱咐人家在他的墓上只刻这么一个字:'Acarus',意思是疥虫,后来就是那么办的。这是真事吗?"

"是真的,崇高的嬷嬷。"

"那位幸福的梅佐加纳,亚基拉修院院长,要人把他埋在绞刑架下面,后来也照办了。"

"确是那样办的。"

"圣泰朗斯,台伯河入海处港口的主教,要人家把插在弑君犯坟上的那种标志,刻在他的墓石上,希望过路的人都对他的坟吐唾沫。那也是照办了的,死者的遗命,必须遵守。"

"但愿如此。"

"伯尔纳·吉端尼出生在法国蜜蜂岩附近,在西班牙图依当主教,可是他的遗体,尽管卡斯蒂利亚国王不许,但仍按他本人的遗命运回到里摩日①的多明我教堂。我们能说这不对吗?"

"千万不能,崇高的嬷嬷。"

"这件事是由普朗达维·德·拉弗斯证实了的。"

几粒念珠又悄悄地滑了过去,院长接着又说:

"割爷,我们要把受难嬷嬷装殓在她已经睡了二十年的那口棺材里。"

"那是应当的。"

"那是睡眠的继续。"

"那么,我得把她钉在那棺材里吗?"

"对。"

"还有殡仪馆的那口棺材,我们就把它放在一边吗?"

"一点不错。"

"我总依照极崇高的修院的命令行事。"

"那四个唱诗嬷嬷会来帮您忙的。"

"为了钉棺材吗?用不着她们帮忙。"

"不是。帮您把棺材抬下去。"

"抬到哪儿?"

"地窖里。"

"什么地窖?"

"祭台下面。"

---

① 里摩日(Limoges),法国中部的一个城市。

割风跳了起来。

"祭台下面的地窖!"

"祭台下面的地窖。"

"可是……"

"您带一根铁杠来。"

"行,可是……"

"您用铁杠套在那铁环里,把石板旋开来。"

"可是……"

"必须服从死者的意旨。葬在圣坛祭台下的地窖里,不沾俗人的泥土,死了还留在她生前祈祷的地方,这便是受难嬷嬷临终时的宏愿。她对我们提出了那样的要求,就是说,发出了那样的命令。"

"这是被禁止的。"

"人禁止,天主命令。"

"万一被人家知道了呢?"

"我们信得过您。"

"呵,我,我是您墙上的一块石头。"

"院务会议已经召开过了。我刚才还和参议嬷嬷们商议过,她们还在开会,她们已经作了决议,依照受难嬷嬷的遗言,把她装殓在她的棺材里,埋在我们的祭台下面。您想想,割爷,这里会不会出现奇迹!对这修院来说,那是多么大的神恩!奇迹总是出现在坟墓里的。"

"可是,崇高的嬷嬷,万一卫生委员会的人员……"

"圣伯努瓦二世在丧葬问题上曾违抗君士坦丁·波戈纳①。"

---

① 君士坦丁·波戈纳(Constantin Pogonat),七世纪东罗马帝国的皇帝。

"可是那警署署长……"

"肖诺德美尔,是在君士坦丁①帝国时代进入高卢的七个日耳曼国王之一,他确认教士有按照宗教仪式举行丧葬的权利,那就是说,可以葬在祭台下面。"

"可是那警署的侦察员……"

"世界在十字架前算不得什么。查尔特勒修院第七任院长玛尔丹曾替他的修会订下这样的箴言:'天翻地覆时十字架屹立。'②"

"阿门。"割风说。他每次听见人家说拉丁语,总是一本正经地用这个方法来替自己解围。

嘴闭得太久了的人能从任何一种谈话对象那里得到满足。雄辩大师吉姆纳斯托拉斯出狱的那天,由于身上积压了许多两刀论法和三段论法,便在他最先遇到的一棵大树跟前停下来,对着它高谈阔论,并且作了极大的努力,要说服它。这位院长,平日也是沉默得太久了,正如水库里的水受着堤坝的阻挡,不得畅泄,积蓄过满;她立起身来,像座开放了的水闸,滔滔不绝地说个不停:

"我,我右边有伯努瓦,左边有伯尔纳。伯尔纳是什么?是明谷隐修院的第一任院长。勃艮第的枫丹能见他的出生,那是个有福的地方。他的父亲叫德塞兰,母亲叫亚莱特。他创业于西多,定居在明谷,他是由纪尧姆·德·香浦,索恩河畔夏龙的主教任命为修院院长的,他有过七百名初学生,创立了一百六十座修院。一一四〇年他在桑城的主教会议上压倒

---

① 君士坦丁(Constance),三〇六年至三三七年为罗马帝国皇帝。
② "天翻地覆时十字架屹立",原文是拉丁文。

了阿伯拉尔①、皮埃尔·德·勃吕依和他的弟子亨利,还有一些所谓使徒派的旁门左道。他曾把阿尔诺德·德·布雷西亚②驳到哑口无言,痛击过屠杀犹太人民的拉乌尔和尚,主持过一一四八年在兰斯城举行的主教会议,曾要求判处普瓦蒂埃的主教吉尔贝·德·波雷,曾要求判处艾翁·德·爱特瓦勒,调解过亲王间的纠纷,开导过青年路易王③,辅助过教皇尤琴尼乌三世,整顿过圣殿骑士团,倡导过十字军,他在一生中显过二百五十次奇迹,甚至在一天中显过三十九次。伯努瓦又是什么呢?是蒙特卡西诺的教父,是隐修院的二祖师,是西方的大巴西勒④。从他创立的修会里产生过四十位教皇、二百位红衣主教、五十位教父、一千六百位大主教、四千六百位主教、四个皇帝、十二个皇后、四十六个国王、四十一个王后、三千六百个受了敕封的圣者,这修会并且绵延了一千四百年。一边是圣伯尔纳,一边是什么卫生委员会的人员!一边是圣伯努瓦,一边又说有什么清洁委员会的侦察员!国家、清洁委员会、殡仪馆、规章、行政机关,我们用得着管那些东西吗?任何人见过人家怎样对待我们都会愤慨的。我们连想把自己的尘土献给耶稣基督的权利也没有了!你那卫生委员会是革命党发明出来的,天主得受警署署长的管辖,这时代真不成话。不用谈了,割爷!"

---

① 阿伯拉尔(Pierre Abélard,1079—1142),中世纪法国经院哲学家、神学家。
② 阿尔诺德·德·布雷西亚(Arnaud de Bresce,约1100—1155),罗马人民起义领袖,阿伯拉尔的弟子。一一四三年回意大利起义,建立罗马共和政权,一一五五年失败后被绞死。
③ 青年路易王(Louis Ⅶ,le Jeune,1120—1180),即路易七世。
④ 大巴西勒(Basile Magnus,约330—379),古代基督教希腊教父。

割风挨了这阵倾盆大雨，很不自在。院长接着又说：

"谁也不应该怀疑修院对处理丧葬问题的权力。只有狂热派和怀疑派才否认这种权力。我们生活在一个思想混乱到了可怕程度的时代。应当知道的东西大家全不知道，不应当知道的，大家又全知道。卑污，下流。一个是极其伟大的圣伯尔纳，另外还有一个伯尔纳①，是十三世纪的一个相当善良的教士，所谓'穷苦天主教徒们的伯尔纳'，而今天居然还有许多人对这两个人分辨不清。还有些人，蓄意亵渎，竟把路易十六的断头台和耶稣基督的十字架拿来相提并论。路易十六只是个国王。留心留心天主吧！现在已无所谓公道和不公道了。伏尔泰这名字是大家知道的，大家却全不知道恺撒·德·布斯②这名字。然而恺撒·德·布斯是幸福的，伏尔泰是不幸的。前任大主教，佩里戈尔红衣主教，甚至不知道贝律尔的继承者是查理·德·贡德朗，贡德朗的继承者是弗朗索瓦·布尔戈安，布尔戈安的继承者是弗朗索瓦·色诺，而让·弗朗索瓦·色诺的继承者是圣马尔泰的父亲。大家知道戈东③神甫这名字，并非因为他是争取建立经堂④的三个倡议人之一，而是因为他的名字成了信奉新教的国王亨利四世骂人的字眼。圣方济各·德·撒肋之所以受到富贵人家的爱

---

① 还有一个伯尔纳，应指克吕尼的伯尔纳（Bernard de Cluny），据考证此伯尔纳约生于十二世纪上半叶。
② 恺撒·德·布斯（César de Bus, 1544—1607），起初在军队和宫廷里供职，不得志，三十岁上出家修行，创立兄弟会。
③ 戈东（Coton），法王亨利四世和路易十三的忏悔神甫。亨利四世原是法国新教徒的首领，为了平息内战并夺取王位，便改奉旧教（天主教），并准许新旧两教并存。他骂人时常说"我否认天主"，后来接受戈东的建议，改说"我否认戈东"。戈东因而出了名。
④ 经堂，未出家的信徒修行的寺院。

戴,是因为他能隐恶扬善。而今天会有人攻击宗教。为什么?因为从前有过一些坏神甫,因为加普的主教萨吉泰尔是昂布伦的主教萨乐纳的兄弟,而且他们俩全跟随过摩末尔。那有什么关系?能阻止玛尔丹·德·图尔不让他成为圣者,不让他把半件袍子送给一个穷人吗?他们迫害圣者。他们对着真理闭上眼睛。黑暗是经常的。最凶残的禽兽是瞎了眼的禽兽。谁也不肯好好地想想地狱。呵!没良心的人!奉国王的命令,在今天的解释是奉革命的命令。大家已经忘了自己对活人和死人所负的责任。清净的死也是在禁止之列的。丧葬成了公家的事务。这真教人胆寒。圣莱翁二世曾写过两封信,一封给皮埃尔·诺泰尔,一封给西哥特人的国王,专就丧葬问题针对钦差总督的大权和皇帝的专断进行了斗争和驳斥。夏龙的主教戈蒂埃在这个问题上,也曾和勃艮第公爵奥东对抗过。前朝的官府曾有过协议。我们从前在会议席上,即使涉及世俗的事务也有发言权。西多修院的院长,这一修会的会长,是勃艮第法院的当然顾问。我们对自己的死人可以随意处理。圣伯努瓦本人的遗体难道没有送回法国,葬在弗勒利修院,即所谓的卢瓦尔河畔圣伯努瓦修院里吗?尽管他是在五四三年三月二十一日,一个礼拜六,死在意大利的蒙特卡西诺的。这一切全是无可否认的。我鄙视那些装模作样高唱圣诗的人,我痛恨那些低着脑袋做祈祷的人,我唾弃那些邪魔歪道,但是我尤其厌恶那些意见和我相反的人。只要读几本阿尔努·维翁、加白利埃·布斯兰、特里泰姆、摩洛利古斯和唐·吕克·达舍利①的著作就知道了。"

---

① 这些都是本笃会体系的神学家。

院长吐了一口气,继又回转头来对着割风说:

"割爷,说妥了吧?"

"说妥了,崇高的嬷嬷。"

"我们可以依靠您吧?"

"我服从命令。"

"这就好了。"

"我是全心全意忠于修院的。"

"就这么办。您把棺材钉好。嬷嬷们把它抬进圣坛。大家举行超亡祭。接着大家回到静室。夜晚十一点以后十二点以前,您带着铁杠来。一切都要进行得极其秘密。圣坛里除了那四个唱诗嬷嬷、登天嬷嬷和您外,再没有旁人。"

"还有那柱子跟前的嬷嬷呢。"

"她不会转过头来的。"

"可是她会听见。"

"她不会注意,而且修院知道的事,外面不会知道。"

谈话又中断了一会儿。院长继续说:

"您把您的铃铛取下。柱子跟前的那个嬷嬷不用知道您也在场。"

"崇高的嬷嬷?"

"什么事,割爷?"

"验尸的医生来检查过了吗?"

"他今天四点钟来检查。我们已经敲过钟,叫人去找那验尸医生。难道您什么钟响也听不见?"

"我只注意叫我的钟。"

"那样很好,割爷。"

"崇高的嬷嬷,至少得有一根六尺长的铁杠才行。"

"您到哪里去找呢?"

"到有铁栅栏的地方去找。有的是铁杠。在我那园子底里有一大堆废铁。"

"在午夜前三刻钟左右,不要忘了。"

"崇高的嬷嬷?"

"什么事?"

"假如您还有这一类的其他工作,我那兄弟的力气可大呢。就像个蛮子!"

"您得尽可能快地完成。"

"我快不到哪里去,我是个残废人,正因为这个原因,我得有个帮手。我的腿是瘸的。"

"瘸腿并不算是缺点,也许还是福相。打倒伪教皇格列高利以及重立伯努瓦八世的那位亨利二世皇帝就有两个外号:圣人和瘸子。"

"那多么好,有两件外套。"割风嘟囔着,其实,他耳朵有点聋。

"割爷,我想起来了,还是准备花整整一个钟头吧。这并不太多。您准十一点带着铁杠到大祭台旁边来。祭礼夜间十二点开始。应当在开始前一刻钟把一切都完成。"

"我总尽力用行动来表明我对修院的忠诚。这些都是说定了的。我去钉棺材。十一点整,我到圣坛里面。唱诗嬷嬷们会在那里,登天嬷嬷会在那里。有两个男人,就可能会好些。算了,不用管那些!我带着我的撬棍。我们打开地窖,把棺材抬下去,再盖好地窖。在这以后,一点痕迹也没有。政府不至于起疑心。崇高的嬷嬷,这么办该算妥当了吧?"

"不。"

"那么还有什么事呢?"

"还有那空棺材。"

这问题占去了一段时间。割风在想着,院长在想着。

"割爷,他们把那棺材拿去,会怎么办?"

"埋在土里。"

"空埋?"

又是一阵沉寂。割风用左手做着那种驱散疑难的姿势。

"崇高的嬷嬷,是我到礼拜堂的那间矮屋子里去钉那棺材,除了我,旁人都不能进去,我拿一块盖棺布把那棺材遮上就是了。"

"可以,但是那些脚夫,在抬进灵车,送进坟坑时,一定会感到那里没有东西。"

"啊!见了……!"割风叫了起来。

院长开始画十字,瞪眼望着那园丁。"鬼"字哽在他喉咙里了。

他连忙信口胡诌了一个应急的办法,来掩盖他那句亵渎的话。

"崇高的嬷嬷,我在那棺材里放些泥土,就像有个人在里了。"

"您说得有理。泥土和人,原是一样的东西。您就这么安排那个空棺材吧。"

"我一定做到。"

院长的脸一直是烦闷阴郁的,现在却平静了。她做了上级要下级退去的那种表示,割风朝着屋门走去。他快要跨出门外时,院长又微微提高了嗓子说:

"割爷,我对您很满意,明天,出殡以后,把您的兄弟带来,并且要他把他姑娘也带来。"

四 冉阿让竟好像读过奥斯丹·加斯迪莱约的作品

瘸子走路,就像独眼人送秋波,都不能直截了当地达到目的地。况且割风又正在心情烦乱的时候。他几乎花了一刻钟才回到园里的破屋里。珂赛特已经醒了。冉阿让让她坐在火旁。割风进屋子时,冉阿让正把那园丁挂在墙上的背箩指给她看并且说:

"好好听我说,我的小珂赛特。我们必须离开这个地方,但是我们要回来的,这样我们就能很好地住在这里了。这里的那位老大爷会让你待在那东西里,把你带走。你到一位太太家里去等我。我会去找你的。最要紧的是,要是你不想让德纳第大娘又把你抓回去,你就得乖乖地听我的话,什么也不能说啊!"

珂赛特郑重地点了点头。

冉阿让听到割风推门的声音,回转头去。

"怎样了?"

"一切都安排好了,一点也没有安排好,"割风说,"我得到允许,让您进来,但是在带您进来以前,得先带您出去。伤脑筋的就是这一点。至于这小姑娘,倒好办。"

"您答应背她出去吗?"

"她答应不出声吗?"

"我担保。"

"可是您呢,马德兰爷爷?"

经过一阵焦急的沉寂以后,割风喊道:

"从您进来的那条路出去,不就完了!"

冉阿让,和先头一样,只回答了一声:"不可能。"

割风嘴里叽里咕噜,却并非在和冉阿让谈话,而是在和他自己谈话:

"还有一件事,使我心里老嘀咕。我说过,放些泥土在里面。可是我想,那里装上泥,不会像是装个人,那样不成,那玩意儿会跑,会动。别人会看出毛病来的。您懂吗,马德兰爷爷,政府会察觉出来的。"

冉阿让直着双眼,老望他,以为他在说胡话。

割风接着又说:

"难道您就出不了这……鬼门关?问题是:一切都得在明天办妥!我得在明天领您进来。院长等着您。"

这时,他向冉阿让说明,这是由于他,割风,要替修院办件事而得来的报酬;办理丧事也是他应干的活,他得把棺材钉好,还得到公墓去帮那埋葬工人。早晨死去的那个修女曾要求把她装殓在她平日拿来当床用的棺材里,并且要把她埋在圣坛祭台下的地窖里,这种做法是警务条例所不许可的,而死者却又是那样一个不容违拗的修女。院长和参议嬷嬷们都决定要了死者的愿,政府不政府,不管它了;他,割风,要到那矮屋子里去钉上棺材,到圣坛里去旋开石板,还得把那死人送到地窖下面去。为了酬谢他,院长同意让他的兄弟到修院里来当园丁,也让他的侄女来寄读,他的兄弟便是马德兰先生,侄女便是珂赛特。院长说过,要他在明天傍晚时,等到公墓里的假掩埋办妥后,把他的兄弟带来。可是他不能把马德兰先生从外面带进来,要是马德兰先生不先在外面的话。这是首先遇到的困难,还有一层困难,便是那口空棺材。

"什么空棺材?"冉阿让问。

割风回答说:

"管理机关的棺材。"

"什么棺材?什么管理机关?"

"死了一个修女。市政府的医生来了并且说:'有个修女死了。'政府便送来一口棺材。第二天,再派一辆丧车和几个殡仪执事来把那棺材抬到公墓去。殡仪执事们来了,抬起那棺材,里面却没有东西。"

"放点东西在里面。"

"放个死人?我找不出。"

"不是。"

"那么,什么呢?"

"放个活人。"

"什么活人?"

"我。"冉阿让说。

割风,原是坐着的,他猛地站起,好像椅子下面响了一个爆竹。

"您!"

"为什么不呢?"

冉阿让露出一种少见的笑容,正如冬季里天空中的那种微光。

"您知道,割风,您先头说过:受难嬷嬷死了,我补上了一句说,马德兰先生埋了。事情就是这样。"

"啊,好,您是在开玩笑。您不是在说正经话。"

"绝对正经。我不是得先从这里出去吗?"

"当然。"

"我早和您说过,要您替我找一个背箩和一块油布。"

"那又怎样呢?"

"来个杉木背箩和一块黑布就可以了。"

"首先,只有白布。葬修女,全用白的。"

"白布也成。"

"您这个人,不和旁人一样,马德兰爷爷。"

这种幻想也只不过是苦役牢里的一种横蛮大胆的发明,割风是一向被圈在平静的事物中的,他平日见到的,按照他的说法,"只是修院里的一些磨磨蹭蹭的事儿",现在忽然有这种奇想出现在他那宁静的环境里,而且要和修院牵涉在一起,他当时的惊骇竟可和一个看见一只海鸥在圣德尼街边溪流里捕鱼的行人的神情相比。

冉阿让接着说:

"问题是要从这里偷跑出去。现在这就是个办法。但是您得先把一切情形告诉我。事情怎样进行?棺材在哪里?"

"空的那口吗?"

"对。"

"在下面,所谓的太平间里。放在两个木架上,上面盖了一块盖棺布。"

"那棺材有多长?"

"六尺。"

"太平间是怎样的?"

"那是底层的一间屋子,有一扇窗对着园子,窗口有铁条,窗板从外面开关,还有两扇门:一扇通修院,一扇通礼拜堂。"

"什么礼拜堂?"

"街上的礼拜堂,大众的礼拜堂。"

"您有那两扇门的钥匙吗?"

"没有。我只有通修院那扇门的钥匙,通礼拜堂那扇门的钥匙在门房手里。"

"什么时候门房才开那扇门呢?"

"只是在殡仪执事要进去抬棺材的时候,他才开那扇门。棺材出去了,门又得关上。"

"谁钉棺材?"

"我钉。"

"谁盖那块布?"

"我盖。"

"就您一个人吗?"

"除了警署的医生以外,任何男人都不许进太平间。那是写好在墙上的。"

"今天晚上,等到修院里大家全睡了,您能不能把我藏在那屋子里?"

"不成。但是我可以把您藏在一间通太平间的小黑屋子里,那是我放埋葬工具的地方,归我管,钥匙也在我这里。"

"灵车在明天几点钟来取棺材?"

"下午三点左右。在伏吉拉尔公墓下葬,在天快黑的时候,那地方不很近。"

"我就在您放工具的小屋子里躲一整夜和整个半天。可是吃的东西呢? 我会饿的。"

"吃的,我送来给您。"

"到两点钟时,您来把我钉在棺材里。"

割风朝后退了一步,把两只手上的骨节捏得嘎嘎响。

"这,我做不到。"

"这算得了什么!拿一个铁锤,把几个钉子钉到木板里面去!"

在割风看来好像是荒唐的事,我们再说一遍,在冉阿让的眼里,却是平凡的。冉阿让已走过比这更险的险路。凡是当过囚犯的人都有一套艺术,知道怎样按照逃生的路的口径来缩小自己的身体。囚犯要逃命,正如病人去求医,是生是死,在所不顾。逃命也就是医病。为了医好病,有什么不能接受的呢?让别人把自己钉在一个匣子里,当作一个包裹运出去,在盒子里慢慢地争取生命,在没有空气的地方找空气,在连续几个钟头里节约自己的呼吸,知道闭气而不死,这是冉阿让多种惨痛的才能之一。

其实,棺材里藏活人,苦役犯所采用的这种救急办法,也是帝王所采用的。假使奥斯丹·加斯迪莱约的记载可靠的话,查理五世①在逊位以后,想和卜隆白作最后一次会晤时,便用这种方法把她抬进圣茹斯特修院,继又把她抬出去的。

割风,稍稍镇静以后,大声问道:

"可是您怎么能呼吸呢?"

"我会呼吸的。"

"在那盒子里!我,只要想想,已经吐不出气来了。"

"您一定有一个螺丝锥,您在靠近嘴的地方,随便锥几个小孔,上面的木板,也不要钉得太紧。"

"好!万一您要咳嗽或打喷嚏呢?"

"逃命的人从来不咳嗽,也不打喷嚏。"

---

① 查理五世,十六世纪德意志皇帝,逊位后出家修道。

冉阿让又加了一句：

"割风爷,得拿定主意了:或是在这里等人家来捉,或是接受由灵车带出去的办法。"

大家都见过,猫儿有一种癖性,它爱在半掩着的门边徘徊不前。谁也对猫儿说:"进来!"有些人在半开着的机会面前也一样会有停滞在两种决策中左思右想的表现,冒着让自己被压在陡然截断生路的命运下面。那些过于谨慎的人,浑身是猫性,并且正因为他们是猫,他们遇到的危险有时反而比大胆的人更多更大。割风正是那种具有顾前思后性格的人。可是冉阿让的冷静态度,使他不由自主地被争取过来了。他嘟嘟囔囔地说:

"总之,除此以外,没有旁的办法。"

冉阿让接着说:

"惟一使我担心的事,便是不知道到了公墓怎么办。"

"这倒正是我放心的地方,"割风大声说,"要是您有把握,让自己能出棺材,那我也有把握让您能出坟坑。那个埋葬工人是个酒鬼,是我的朋友。梅斯千爷爷。一个爱喝酒的老头儿。埋葬工人把死人放在坟坑里,而我,我可以把埋葬工人放在我的口袋里。到了公墓怎么办,让我先来告诉您。我们到了那里,天还没有黑,离坟场关铁栅栏的时候还有三刻钟。灵车要一直滚到坟坑边。我在后面跟着,那是我的任务。我衣袋里带着一个铁锤、一把凿子、一个取钉钳。灵车停下来,殡仪执事们兜着您的棺材结上一根绳子,把您吊下去。神甫走来念些经,画一个十字,洒上圣水,溜了。我一个人和梅斯千爷爷留下来。那是我的朋友,我告诉您。总是两件事,要不是他喝醉了,要不是他没有喝醉。要是他没有喝醉,我就对他说:'我们来喝一盅,趁这时好木瓜酒馆还开着。'我带他去,我把他灌醉,梅斯千爷爷用不着几下子便会醉倒,他是老带着几分醉意的,我为你让他直躺在桌子下面,拿了他那张进公墓的工作证,把他甩下,我自个儿回来。您就只有我一个人要对付了。要是他已经醉了,我就对他说:'去你的,让我来干你的活。'他走了,我把您从洞里拖上来。"

冉阿让向他伸出一只手,割风跳上前,一把握住,乡下人的那股热情的确很动人。

"我同意,割风爷。一切顺利。"

"只要不发生意外,"割风心里想,"这是多么大的一场风险!"

五　靠醉酒来保证不死是不够的

第二天,太阳偏西时,梅恩大路上的寥寥几个来往行人对一辆过路的灵车脱帽①,那灵车是老式的,上面画了骷髅、大腿骨和眼泪。灵车里有一口棺材,棺材上遮着一块白布,布上摊着一个极大的十字架,好像一个高大的死人,向两边垂着两条胳膊,仰卧在那上面。后面跟着一辆有布帷的四轮轿车,行人可以望见那轿车里坐着一个穿白袈裟的神甫和一个戴红瓜皮帽的唱诗童子。两个灰色制服上有黑丝带盘花装饰的殡仪执事走在灵车的左右两旁。后面还有一个穿着工人服的瘸腿老人。送葬行列正向伏吉拉尔公墓走去。

从那老人的衣袋里,露出一段铁锤的柄,一把钝口凿和一

---

① 欧俗,看见灵车走过的人都肃然脱帽。

把取钉钳的两个把手。

伏吉拉尔公墓,在巴黎的几个公墓中是独特的。它有它的特殊习惯,正如它的大车门和侧门在附近一带那些死记着古老字眼的老人们的嘴里还叫做骑士门和行人门一样。我们已谈过,小比克布斯的伯尔纳-本笃会的修女们获得许可,可以葬在一小块划开的坟地上,并且可以在傍晚时下葬,因为那块地在过去原是属于她们修院的。埋葬工人,为了这个缘故,在夏季的傍晚和冬季的黑夜如果还得在坟场里工作,就必须遵守一条特殊的纪律。当年巴黎的各个公墓都得在太阳落山时关上大门,那是市政机关的规定,伏吉拉尔公墓,和其他公墓一样,也得遵守。骑士门和行人门是两道紧靠着的铁栏门,旁边有个亭子,是建筑家贝隆内修建的,里面住着公墓的看门人。因此那两道铁栏门,毫不留情,必须在太阳落到残废军人院圆顶后面去时双双闭上。假如有个埋葬工人,到时候还不能离开公墓,他就只有一个出门的办法,那就是凭他那张卡片,殡仪馆行政部门填发的埋葬工人工作证。在门房的窗板上,挂着一个类似信箱的匣子。埋葬工人把他的卡片丢在那匣子里,门房听到了卡片落下的声音,拉动绳子,行人门便开了。假如那埋葬工人没有带他的卡片,他就得说出自己的姓名,那门房,有时已经躺在床上,而且已经睡着,也得爬起来,走去认清了那个埋葬工人,这才拿出钥匙来开门;那埋葬工人可以出去,但是得付十五法郎的罚金。

这个公墓,由于它那些不合常规的规定,影响了行政上的管理。它在一八三〇年过后不久便被取消了。巴纳斯山公墓,也叫东坟场,接替了它,并且接管了伏吉拉尔公墓那家官商合营的著名饮料店,那饮料店的房顶顶着一个画在木板上的木瓜,店面在转角处,一面对着客座,一面对着坟墓,招牌上写着:"好木瓜"。

伏吉拉尔公墓可以说是一个枯萎了的公墓。它没落下来了,它被苔藓侵袭又被花卉遗弃。大户人家都不大乐意葬在伏吉拉尔,免得寒酸相。拉雪兹神甫公墓①,恭喜恭喜!葬在拉雪兹神甫公墓就像有了红木家具一样。那地方给人一种华贵的印象。伏吉拉尔公墓是个古色古香的园子,树木是按照法国古老园林格局栽植的。一条条笔直的小路,两旁有冬青、侧柏、枸骨叶冬青、古老的坟冢在古老的水松下面,草很高。入夜一片悲凉气象。有些景色极其阴森。

那辆盖了一块白布和一个黑十字架的灵车走进伏吉拉尔公墓大路时,太阳还没有下去。走在车子后面的那个瘸腿老人便是割风。

受难嬷嬷被安葬在祭台下面的地窖里,珂赛特被送出大门,冉阿让溜进太平间,这一切都进行得很顺利,没有发生任何阻碍。

我们附带说一句,把受难嬷嬷埋葬在修院祭台下这件事,在我们看来完全是无足轻重的。那种错误似乎也无悖于为人之道。修女们办妥这件事,她们不但没有感到慌乱,反而觉得心安理得。在修院里,一般所说的"政府",只意味着当局的干预,这种干预总是成问题的。首要的是教规,至于法律,慢慢再看。人呀,你们高兴订多少法律,尽量去订你们的,但是请你们都留给自己使用吧。对人主的贡献从

---

① 拉雪兹神甫(Père-Lachaise),法王路易十四的忏悔神甫,他在巴黎东郊有块地,一八〇四年改为公墓,并以他的名字命名。

来就只能是对天主的贡献的剩余。王子在理性面前也一文不值。

割风得意洋洋地跟着那灵车一步一拐。他那双重秘密，他那对孪生的诡计，一个是和修女们串通的，另一个是和马德兰先生串通的，一个是向着修院的，另一个是背着修院的，都一齐如了愿。冉阿让的镇静是种具有强大感染力的镇静。割风不再怀疑是否成功这件事了。剩下来要做的事都算不了什么。两年以来，他把那埋葬工人，忠厚老实的梅斯千爷爷，一个脸胖胖的老好人，灌醉过十次。对梅斯千爷爷，他一向把他当作掌中物，随意摆布。他常把自己的意志和奇想当作帽子似的强加在他的头上。梅斯千的脑袋总迁就割风的帽子。割风自信有绝对的把握。

当行列转入那条通向公墓的大路时，割风，心里痒痒的，望着那灵车，搓着一双大手，细声说：

"这玩笑开得可不小！"

忽然，那灵车停住了，大家已经走到铁栏门。得交验掩埋许可证。殡仪馆的一个人和那公墓的门房会了面。交涉总得使大家等上两三分钟，正在交涉的时候，有个人，谁也不认识的，走来站在灵车后面割风的旁边。这是一个工人模样的人，穿一件有大口袋的罩衣，胳肢窝里夹着一把十字镐。

割风望着那个陌生人。

"您是谁？"他问。

那个人回答：

"埋葬工人。"

假如有个人当胸受了一颗炮弹而不死，他的面孔一定会和割风当时的面孔一个样。

"埋葬工人?"

"对。"

"您?"

"我。"

"埋葬工人是梅斯千爷爷。"

"从前是的。"

"怎么！从前是的?"

"他死了。"

割风什么都料到了,却没有料到这一着,没有料到埋葬工人也能死。那却是事实,埋葬工人一样会死。人在不断替别人挖掘坟坑时,也逐渐掘开了自己的坟坑。

割风张着嘴,呆住了。他费了大劲,才结结巴巴说了一句:

"这,这是不会有的事。"

"现在就有了。"

"可是,"他又上气不接下气地接着说,"埋葬工人,是梅斯千爷爷嘛。"

"拿破仑以后,路易十八。梅斯千以后,格利比埃。乡下佬,我叫格利比埃。"

割风面无人色,打量着格利比埃。

那是个瘦长、脸青、冷酷到极点的汉子。他那神气就像一个行医不得志改业做埋葬工人的医生。

割风放声大笑。

"哈！真是怪事！梅斯千爷爷死了。梅斯千小爷爷死了,但是勒诺瓦小爷爷万岁！您知道勒诺瓦小爷爷是什么吗？那是柜台上六法郎一瓶的红酒。那是叙雷讷的出品,真棒！

巴黎地道的叙雷讷！哈！他死了，梅斯千这老头儿！我心里多么不好受，那是个快活人。其实您也是个快活人。对不对，伙计？等一会儿，我们去干一杯。"

那人回答说："我念过书。我念完了第四班①。我从来不喝酒。"

灵车又走动了，在公墓的大路上前进。

割风放慢了脚步，这不完全是由于他腿上的毛病，多半是由于他心里焦急。

埋葬工人走在他前头。

割风对那个突如其来的格利比埃，又仔细打量了一番。

那是一个那种年轻而显得年老、干瘪而又非常壮实的人。

"伙计！"割风喊道。

那人回转头来。

"我是修院里的埋葬工人。"

"老前辈。"那个人说。

割风虽然是个老粗，却也精细，他懂得他遇到了一个不好对付的家伙，一个能言善道的人物。

他嘟囔着：

"想不到，梅斯千爷爷死了。"

那人回答说：

"整个完了。慈悲的天主翻了他的生死簿。梅斯千爷爷的期限到了。梅斯千爷爷便死了。"

割风机械地重复说：

"慈悲的天主……"

---

① 第四班，法国中小学十年一贯制，第四班即六年级。

"慈悲的天主，"那人严肃地说，"按照哲学家的称呼，是永恒之父，按照雅各派修士①的称呼，是上帝。"

"难道我们不打算彼此介绍一下吗？"割风吞吞吐吐地问。

"已经介绍过了。您是乡下佬，我是巴黎人。"

"不喝不成知己，干杯就是倾心。您得和我去喝一盅。这不该推辞。"

"工作第一。"

割风心里想道："我完了。"

车轮只消再转几圈，便到修女们那个角落的小路上了。

埋葬工人接着说：

"我有七个小把戏得养活。他们要吃饭，我也只好不喝酒。"

像个咬文嚼字的呆子似的，他还带着自负的神气补上一句：

"他们的饿是我的渴的敌人。"

灵车绕着一棵参天古柏，离开了大路，转进了小路，走上了泥地，进入丛莽。这说明立刻就要到达那坟地边上了。割风可以放慢自己的脚步，却不能拖住那灵车。幸而土是松的，被冬季的雨水浸湿了，阻滞着车轮，降低了进度。

他靠近那埋葬工人。

"有一种极好的阿尔让特伊小酒。"割风低声慢气地说。

"村老倌，"那人接着说，"我来当埋葬工人，那原是不该有的事。我父亲是会堂的传达。他原希望我搞文学。但是他

---

① 雅各派修士，属天主教多明我会体系。

碰到了倒霉的事。他在交易所里亏了本。我就只好放弃当作家的希望,不过我还是个摆摊子的写字先生。"

"那么您不是埋葬工人了?"割风紧接着说,赶忙抓住这一线希望,虽然很微渺。

"干这一行还是可以干那一行,我身兼二职。"

割风不懂后面那句话。

"来喝一杯。"他说。

有一点得注意一下,割风带着万分焦急的心情请人喝酒,却没有表示谁付账?从前,经常是割风请人喝酒,梅斯千爷爷付账。这次请人喝酒,起因当然是那个新埋葬工人所造成的新局面,并且是应当请的,可是那老园丁并不是没有打算,把人平日常说的"拉伯雷的那一刻钟"①始终按下不提。割风尽管着了慌,却丝毫没有付钱的打算。

那个埋葬工人,带着高傲的笑容,接着说:

"吃饭要紧。我继承了梅斯千爷爷的职业。一个人在几乎完成学业时,他就有一个哲学头脑。在手的工作以外,我又加上胳膊的工作。我在塞夫勒街市场上有个写字棚。您知道吗?在雨伞市场。红十字会所有的厨娘都来找我。我得替她们凑合一些表达情意的话,写给那些淘气鬼。我早上写情书,晚上挖坟坑。土包子,这就是生活。"

灵车直往前走。割风,慌乱到了无以复加,只朝四面乱

---

① "拉伯雷的那一刻钟",通常是指没钱付账的窘困时刻。拉伯雷要去巴黎,走到里昂,没有钱付旅费。他包了三个小包,上面分别注明:"给国王吃的毒药"、"给王后吃的毒药"、"给太子吃的毒药",并把这三个包放在他住房的附近。侦缉队发现后,逮捕了拉伯雷,押送到巴黎,报告国王,国王弗朗索瓦一世大笑,立即释放了他。

望。大颗大颗的汗水从他的额头上淌下来。

"可是,"那埋葬工人继续说,"一个人不能伺候两个婆婆。我得选择一样,是笔还是镐。镐会弄坏我的手。"

灵车停住了。

唱诗童子从那装了布帷的车子里走出来。接着是那神甫。

灵车前面的一个小轮子已经滚上了土堆边,再过去,便是那敞着的坟坑了。

"这玩笑开得可不小!"割风无限沮丧,又说了这么一句。

六　在四块木板中间

是谁在那棺材里?大家都知道。冉阿让。

冉阿让想出了办法,在那里面能活着,他勉强可以呼吸。

确是奇怪,心境的安宁可以保证其他一切的安宁。冉阿让在事先推测的一整套全合了拍,并且从前一晚起,一切都进行得顺利。他和割风一样,把希望寄托在梅斯千爷爷身上。他对最后的结局毫不怀疑。从来没有比这更紧张的情势,也从来没有比这更彻底的安定。

那四块棺材板形成一种骇人的宁静。在冉阿让的镇定里,仿佛真有从此长眠的意味。

他从棺材底里,能够感受也确实是在感受他这次和死亡做游戏的戏剧场面是怎样一幕一幕进展的。

割风钉完上面那块盖板以后不久,冉阿让便觉得自己是在空间移动,继又随着车子向前进。由于震动的减轻,他感到他已从石块路面到了碎石路面,那就是说,他已离开街道到了大路上。在一阵空廓的声音里,他猜想那是在过奥斯特里茨桥。在第一次停下来时,他懂得他就要进公墓了,在第二次停下来时,他对自己说:"到了坟坑边了。"

他忽然觉得有许多手把住了棺材,接着在四面的木板上,起了一阵粗糙的摩擦声音,他明白,那是在棺材上绕绳子,准备结好了吊到洞里去。

随后他感到一阵头晕。

很可能是因为那些殡仪执事和埋葬工人让那棺材晃了几下并且是头先脚后吊下去的。他立即又完全恢复原状,感到自己平平稳稳地躺着。他刚碰到了底。

他微微地感到一股冷气。

从他上面传来一阵凄厉而严肃的嗓音。他听到一个个的拉丁字在慢慢地播送,他每个字都能抓住,但是全不懂:

"Qui dormiunt in terrae pulvere, evigilabunt; alii in vitam aeternam, et alii in opprobrium, ut videant semper."①

一个孩子的声音说:

"De profundis."②

那低沉的声音又开始了:

"Requiem eternam dona ei, domine."③

孩子的声音回答着:

"Et lux perpetua luceat ei."④

---

① 拉丁文:"睡在尘土中的人们,醒来,让在永生中的人们和在屈辱中的人们永远看得见。"
② 拉丁文:"从深渊的底里。"(是一首安魂诗起头的两个字。)
③ 拉丁文:"主啊,请给他永久的安息。"
④ 拉丁文:"永恒的光照着他。"

他听到在遮着他的那块板上有几滴雨点轻轻敲打的声音,那也许是洒圣水。

他心里想:"快结束了。再忍耐一下。神甫快走了。割风带着梅斯千去喝酒。大家把我留下。随后割风独自一人回来,我就出来了。这买卖总还得足足的个把钟头。"

那低沉的声音又说:

"Requiescat in pace."①

孩子的声音说:

"阿门。"

冉阿让,张着耳朵,听到一阵仿佛是许多脚步往远处走的声音。

"他们走了,"他心里想道,"就剩下我一个人了。"

突然一下,他听见他头上仿佛是遭到了雷打的声音。

那是落在棺材上的一锹土。

第二锹土又落下了。

他用来呼吸的孔已有一个被堵住了。

第三锹土又落下了。

接着又是第四锹。

有些事是最坚强的人也受不了的。冉阿让失去了知觉。

七 "不要把卡片遗失了"②这句成语的出处

发生在那装着冉阿让的棺材上面的事是这样的。

---

① 拉丁文:"愿他平安。"
② "遗失卡片",含义是"张皇失措"。

当灵车已经走到老远,神甫和唱诗童子也都上车走了时,眼睛一直没有离开那埋葬工人的割风看见他弯下腰去取他那把直插在泥堆里的锹。

这时候,割风下了无比坚定的决心。

他走去站在坟坑和那埋葬工人的中间,叉着胳膊,说道:

"我付账!"

埋葬工人吃了一惊,瞪眼望着他,回答说:

"什么,乡下佬?"

割风重复说:

"我付账!"

"什么账?"

"酒账!"

"什么酒?"

"阿尔让特伊。"

"在哪儿,阿尔让特伊?"

"'好木瓜'。"

"去你的!"埋葬工人说。

同时他铲起一锹土,摔在棺材上。

棺材发出一种空的响声。割风感到自己头重脚轻,几乎摔倒在坟坑里。他喊了起来,喉咙已开始被声气哽塞住了。

"伙计,趁现在'好木瓜'还没有关门!"

埋葬工人又铲满一锹土。割风继续说。

"我付账!"

同时他一把抓住那埋葬工人的胳膊。

"请听我说,伙计。我是修院里的埋葬工人。我是来帮您忙的。这个活,晚上也可以做。我们先去喝一盅,回头再来干。"

他一面这样说,一面死死纠缠在这个没有多大希望的顽固想法上,但心里却有着这样凄惨的想法:"即使他肯去喝!他会不会醉呢?"

"天哪,"埋葬工人说,"您既然这样坚持,我奉陪就是。我们一道去喝。干了活再去,干活以前,绝对不成。"

同时他抖了抖他那把锹。割风又抓住了他。

"是六法郎一瓶的阿尔让特伊呢!"

"怎么哪,"埋葬工人说,"您简直是个敲钟的人。丁东,丁东①,除了这,您什么也不会说。走开,不用老在这儿啰嗦。"

同时他抛出了第二锹土。

到这时割风已不知自己在说什么了。

"来喝一口嘛,"他吼道,"既然是归我付账!"

"先让这孩子睡安顿了再说。"埋葬工人说。

他抛下了第三锹。

接着他又把锹插进土里,说道:

"您知道,今晚天气会冷,要是我们把这死女人丢在这里,不替她盖上被子,她会追在我们后面叫嚷起来的。"

这时,那埋葬工人正弯着身子在铲土,他那罩衫的口袋叉开了。

割风的一双仓皇无主的眼睛机械地落在那口袋上,注视着它。

太阳还没有被地平线遮住,天还相当亮,能让他望见在那

---

① 丁东,指钟声,同时也影射"dindon"(愚人)。

张着嘴的衣袋里,有张白色的东西。

一个庇卡底的乡下人的眼睛所能有的闪光,从割风的眸子里全都放射出来了。他忽然得了个主意。

那埋葬工人正在注意他那一锹土,割风乘其不备,从后面把手伸到他的衣袋里,从袋子底里抽出了那张白色的东西。

那埋葬工人已向坟坑里摔下了第四锹土了。

正当他要回转身来取第五锹的时候,割风不动声色地望着他,对他说:

"喂,初出茅庐的小伙子,您有那卡片吗?"

埋葬工人停下来说:

"什么卡片?"

"太阳快下去了。"

"让它下去好了,请它戴上它的睡帽。"

"公墓的铁栏门快关上了。"

"关了又怎样?"

"您有那卡片吗?"

"啊,我的卡片!"埋葬工人说。

同时他搜着自己的衣袋。

搜了一个,又搜另一个。他转到背心口袋上去了,检查了第一个,翻转了第二个。

"没有,"他说,"我没有带我的卡片,我忘了。"

"十五法郎的罚金。"割风说。

埋葬工人的脸变青了。青就是铁青面孔的没有血色。

"啊耶稣——我的——瘸腿——天主——蹲下了——屁股!十五法郎的罚金!"

"三枚一百个苏的钱。"割风说。

埋葬工人丢下了他的锹。

割风的机会到了。

"不用慌，"割风说，"小伙子，不用悲观失望。不值得为了这就想寻短见，就想利用这坑坑。十五法郎，就是十五法郎，并且您有办法可以不付。我是老手，您是新手。我有许多办法、方法、巧法、妙法。作为朋友我替您出个主意。有件事很明显，太阳下去了，它已到了那圆屋顶的尖上，不出五分钟，公墓大门就关上了。"

"这是真话。"那埋葬工人回答说。

"五分钟里您来不及填满这个坑，它深到和鬼门关一样，这坟坑，您一定来不及在关铁栏门以前赶到门口钻出去。"

"这是对的。"

"既是这样，就免不了十五法郎的罚金。"

"十五法郎……"

"不过您还来得及……您住在什么地方？"

"离便门才两步路。打这里走去，一刻钟。伏吉拉尔街，八十七号。"

"您还有时间，拔腿飞奔，立刻跑出大门。"

"一点不错。"

"出了大门，您赶快奔回家，取了卡片再回来，公墓的门房替您开开门。您有了卡片，就不会罚款。您再埋好您的死人。我呢，我替您在这里守住，免得他开了小差。"

"您救了我的命，乡下佬。"

"你快滚蛋。"割风说。

那埋葬工人，感激到了心花怒放，握着他的手一抖再抖，飕的一声跑了。

埋葬工人消失在树丛里以后,割风又倾耳细听,直到听不到他的脚步声了,他这才朝着那坟坑,弯下腰去,轻轻喊道:

"马德兰爷爷!"

没有回答的声音。

割风浑身一阵寒战。他爬了下去,不,应当说他滚了下去,跳到棺材头上,喊着说:

"您在里面吗?"

棺材里毫无动静。

割风抖到呼吸也停了,连忙取出他的钝口凿和铁锤,撬开了盖板。冉阿让的脸,在那暮色里显得惨白,眼睛也闭上了。

割风的头发直竖起来,他立起,靠着坟坑的内壁,几乎坍倒在棺材上。他望着冉阿让。

冉阿让直躺着,面色青灰,一动也不动。

割风轻轻地,像微风吹过似的说道:

"他死了!"

他又站起来,狠狠地叉起两条胳膊,用力之猛,使他两个捏紧了的拳头碰到了两肩,他喊着说:

"我是这样搭救他的,我!"

这时,那可怜的老人痛哭失声,一面自言自语,有些人认为天地间不会有独语的人,那是一种错误。强烈的激动是常会通过语言高声表达出来的。

"这是梅斯千爷爷的过失。他为什么要死呢,这蠢材?他有什么必要,一定要在别人料不到的时候上路呢?是他把马德兰先生害死的。马德兰爷爷!他躺在棺材里了。他算是归天了。全完了。所以,这种事,有什么道理好讲?啊!我的天主!他死了!好啊,他那小姑娘,我拿她怎么办?那卖水果的婆娘会说什么呢?这样一个人就这样死了,会有这样的鬼事!当我想起他从前爬到我的车子底下来的时候!马德兰爷爷!马德兰爷爷!天老爷,他被闷死了,我早就说过的。他硬不听我的话。好呀,这傻事干得真棒!他死了,这老好人,慈悲天主的慈悲人中的最最慈悲的人!还有他那小姑娘!啊!无论如何,我不回到那里去了,我。我就待在这里好了。干出了这种事!我们俩,都活到这把年纪了,还像两个老疯子似的,真不值得。不过,他究竟是怎样钻进那修院的呢?那起头就不对。那种事是干不得的。马德兰爷爷!马德兰爷爷!马德兰爷爷!马德兰!马德兰先生!市长先生!他听不见我的声音。请你赶快爬出来吧。"

他揪自己的头发。

远处树林里传来一阵尖锐的嘎嘎声。公墓的铁栏门关上了。

割风低下头去看冉阿让,又突然猛跳起来,直退到坑壁。冉阿让的眼睛睁开了,并且望着他。

看见一个死人,是可怕的事;看见一个死而复活的人,几乎是同样可怕的。割风好像变成了一块石头,面如死灰,慌张失措,完全被惊愕激动的心情压倒了,他不知道要应付的是个活人呢还是个死人,他望着冉阿让,冉阿让也望着他。

"我睡着了。"冉阿让说。

他坐了起来。

割风跪了下去。

"公正慈悲的圣母!您吓得我好惨!"

随后他又立起来,大声说:

"谢谢,马德兰爷爷!"

冉阿让先头只是昏过去了一阵。新鲜空气继又使他苏醒。

欢乐是恐怖的回击。割风几乎要像冉阿让那样费了大劲才能苏醒过来。

"这样说,您并没有死!呵!您多么会闹着玩,您!要我千叫万叫,您才醒过来。我看见您眼睛闭上时,我说:'好!他闷死了。'我几乎变成了一个恶疯子,一个非穿绳子背心不可的恶疯子。我也许会被人送进比塞特。要是您死了的话,您叫我怎么办?还有您那小姑娘!那水果铺的老板娘也会感到莫名其妙!我把孩子推到她的怀里,回过头来却说公公死了!好古怪的事!我天堂里的先圣先贤,好古怪的事!啊!您还活着,这是最精彩的。"

"我冷。"冉阿让说。

这句话把割风完全带回了现实,当时情况是紧迫的。这两个人,虽然都已苏醒过来,但都没有感到自己的神智还是昏沉的,他们的心里还都有着一种奇怪的现象,那就是对当时险恶的处境还不能充分意识到。

"让我们赶快离开这地方。"割风大声说。

他从衣袋里摸出一个葫芦瓶,那是他早准备好的。

"先喝一口。"他说。

葫芦瓶完成了由新鲜空气开始的效果,冉阿让喝了一大口烧酒,他这才完全感到恢复了。

他从棺材里爬出来,帮着割风再把盖子钉好。

三分钟过后他们已到了坟坑的外面。

割风这就放心了。他不慌不忙。公墓大门已经关上。不用顾虑那埋葬工人格利比埃的突然来到。那"小伙子"正在家里找他的卡片,他决不能从他屋子里找到,因为卡片在割风的衣袋里。没有卡片,他便进不了坟场。

割风拿着锹,冉阿让拿着镐,一同埋了那口空棺材。

坑填满时,割风对冉阿让说:

"我们走吧。我带着锹,您带着镐。"

天已经黑下来了。

冉阿让走起路来,行动还不大灵便。他在那棺材里睡僵了,已经有点变成僵尸了。在那四块木板里,关节已和死人一样硬化了。他必须在某种程度上先让自己从那冰坑的冷气里恢复过来。

"您冻僵了,"割风说,"可惜我是瘸子,不然的话,我们可以痛痛快快跑一程。"

"不要紧!"冉阿让回答说,"走上四步路,我的腿劲又回来了。"

他们沿着先头灵车走过的那些小路走。到了那关了的铁栏门和门房的亭子跟前,割风捏着埋葬工人的卡片,把它丢在匣子里,门房拉动绳子,门一开,他们便出来了。

"这真是方便!"割风说,"您的主意多么好,马德兰爷爷!"

他们轻易地越过了伏吉拉尔便门,没有遇到丝毫困难。在公墓附近一带,一把锹和一把镐等于是两张通行证。

伏吉拉尔街上一个人也没有。

"马德兰爷爷,"割风一面抬起眼睛望着街旁的房屋,一面走着说,"您眼睛比我的好。请告诉我八十七号在什么地方。"

"巧得很,就是这儿。"冉阿让说。

"街上没有人,"割风接着说,"您把镐给我,等我两分钟。"

割风走进八十七号,受到那种时时都把穷人引向最上层的本能作用所驱使,他一直往上走,在黑暗中,敲着一间顶楼的门。有个人的声音回答:

"请进来。"

那正是格利比埃的声音。

割风推开了门。那埋葬工人的屋子,正和所有穷苦人的住处一样,是一个既无家具而又堆满东西的破窠。一只装运货物的木箱——也许是口棺材——代替橱柜,一个奶油钵代替水盆,草荐代替床,方砖地代替椅子和桌子。在一个屋角里铺着一条破垫子,是一条破烂地毯的残存部分,在那上面,有个瘦妇人和许多孩子,大家挤作一堆。这穷苦家庭里的一切,都还留着一阵东翻西找的痕迹。几乎可以说,在那里发生过一场"个人"的地震。许多东西的盖子都没有盖好,破衣烂衫散乱在四处,瓦罐被打破了,母亲哭过了,孩子们也许还挨了打,那就是一阵顽强愤懑的搜查所留下的痕迹。显然,那埋葬工人曾疯狂地寻找他那张卡片,并且他把遗失的责任摊到那破窝里的一切东西和人的身上,从瓦罐一直到他的妻子。他正在愁苦失望。

可是割风,因为他急于要结束当时的险境,完全没有注意到他的胜利的不幸的这一面。

他走进去,说道:

"我把您的镐和锹带来了。"

格利比埃满脸惊慌,望着他说:

"是您,乡下佬?"

"明天早晨您可以到坟场的门房那里去取您的卡片。"

同时他把锹和镐放在方砖地上。

"这是怎么说?"格利比埃问。

"这就是说:您让您的卡片从衣袋里掉了出来,您走了以后,我从地上把它拾起来了,我把那死人埋好了,我把坑填满了,我替您干完了活,门房会把您的卡片还给您,您不用付十五法郎了。就这样,小伙子。"

"谢谢,村老倌!"格利比埃眉飞色舞地喊道,"下次喝酒,归我付账。"

八　答问成功

一个钟头过后,在黑夜里,有两个男人和一个孩子走到比克布斯小街六十二号的大门口。年纪较老的那个男人提起门锤来敲了几下。

那就是割风、冉阿让和珂赛特。

两个老人已去过绿径街,到了昨天割风托付珂赛特的那个水果店老板娘家里,把她领来了。珂赛特度过了那二十四个小时,什么也没有懂,只是一声不响地发着抖。她抖到连哭也没有哭一下。她没有吃东西,也没有睡。那位老板娘真是名不虚传,问了她百十来个问题,所得的回答只是一双毫无神采的眼睛,始终是那个样子。珂赛特对两天以来的所见所闻全没有丝毫泄露。她领会到他们正在过一个难关。她深深感到她"应当听话"。谁没有感受过人对着一个饱受惊吓的幼童的耳朵,用某种声调说出"什么都不能讲啊!"这样一句话时的无比威力?恐怖是个哑子。况且,任何人也不能像孩子那样能保守秘密。

不过,当她经历了那悲惨的二十四个小时又会见冉阿让时所发出的那样一种欢乐的呼声,善于思考的人听了,会深深感到那种呼声所表达的对脱离苦境的惊喜。

割风原是修院里的人,他知道那里的各种口语暗号。所有的门全开了。

于是那个令人心悸的双重困难问题:出去和进来的问题,得到了解决。

门房,早已有了指示,他开了那道由院子通往园里去的便门,那道门是开在院子紧里的墙上的,正对着大车门,二十年前,人们还可以从街上望见。门房领着他们三人一同由那道门进去,从那里,他们便到了院内那间特备接待室,也就是割风在前一天接受院长命令的那间屋子。

院长,手里拿着念珠,正在等候他们。一个参议嬷嬷,放下了面罩,立在她的旁边。一支惨淡的细白烛照着,几乎可以说,仿佛照的是那接待室。

院长审视了冉阿让。再没有什么比低垂着的眼睛更看得清楚的了。

接着她问道:

"您就是那兄弟吗?"

"是的,崇高的嬷嬷。"割风回答。

"您叫什么名字?"

割风回答说:

"于尔迪姆·割风。"

他确有一个死了的兄弟叫于尔迪姆。

"您是什么地方人?"

割风回答说:

"原籍比奇尼,靠近亚眠。"

"多大年纪了?"

割风回答说:

"五十岁。"

"您是哪个行业的?"

割风回答说:

"园艺工人。"

"您是好基督徒吗?"

割风回答说:

"一家全是。"

"这小姑娘是您的吗?"

割风回答说:

"是的,崇高的嬷嬷。"

"您是她的父亲吗?"

割风回答说:

"是她的祖父。"

那参议嬷嬷对院长低声说:

"他回答倒不坏。"

冉阿让根本没有说一个字。

院长仔细望了望珂赛特,又低声对那参议嬷嬷说:

"她会长得丑。"

那两个嬷嬷在接待室的角落里极轻声地商量了几分钟,

接着院长又走回来,说:

"割爷,您再准备一副有铃铛的膝带。现在需要两副了。"

第二天,的确,大家都听到园里有两个铃铛的声音,修女们按捺不住,都要掀起一角面罩来看看。她们看见在园子底里的树下,有两个男人在一起翻地,割风和另外一个。那是一件大事。从来不开口的人也不免要互相告诉:"那是一个助理园丁。"

参议嬷嬷们补充说:"那是割爷的兄弟。"

冉阿让算是安插妥当了,他有了那副结在膝上的革带和一个铃铛,他从此是有正式职务的人了。他叫于尔迪姆·割风。

让他们入院的最大决定因素,还是院长对珂赛特所做的那句评语:"她会长得丑。"

院长作了那样的预测以后,立即对珂赛特起了好感,让她在寄读学校里占了一个免费生名额。

这样做,一点也没有不合逻辑的地方。修院里不许用镜子,那完全是枉费心机,女人对自己的容貌都有自知之明,因此,知道自己生得漂亮的姑娘都不轻易让人说服发愿出家;宏愿和美貌既然经常处在互相消长的地位,人们的希望便多半寄托在丑妇的一面,而不是在美人的一面。这就产生了对丑孩子的强烈兴趣。

这次意外事件大大提高了割风那好老头的身份,他得到三方面的胜利,在冉阿让方面,他救了他并且保卫了他;在埋葬工人格利比埃方面,他得到他的感激,认为割风帮他免去罚金;在修院方面,由于他肯卖力,把受难嬷嬷的灵柩留在祭台下面,修院才能瞒过恺撒,满足天主。在小比克布斯有个有尸的棺材,在伏吉拉尔坟场有个无尸的棺材,社会秩序固然受到了深重的搅乱,却并没有觉察到。至于修院对割风的感激确实很大。割风成了最出色的用人和最宝贵的园丁。不久以后,大主教来修院视察时,院长把这一经过告诉了他,一面为她自己忏悔了一下,同时也为把自己夸耀一番。大主教,在走出修院时,又带着夸奖的语气偷偷把这经过告诉了德·拉迪先生,御弟的忏悔神甫,也就是未来的兰斯大主教和红衣主教。对割风的好评确是传得相当远,因为它传到了罗马。在我们的手边有封由莱翁七世写给他的族人的信,莱翁七世是当时在位的教皇,他的那位族人便是教廷驻巴黎使馆的大臣,和他一样,也叫做德拉·让加,信里有这样几行字:"据说在巴黎的一个修院里有个非常出色的园丁,是个圣人,姓弗旺①。"这种光荣一点也没有传到割风的破房里去,他继续接枝、薅草、盖瓜田,完全不知道他自己有什么出色和超凡入圣的地方。《伦敦新闻画报》刊载了达勒姆种牛和萨里种牛的照片,并且标明了"获得有角动物展览会奖状的牛",可是牛并不知它获得的光荣,割风对自己的光荣的认识,也不见得会比那些牛多些。

九 潜 隐

珂赛特到了修院以后话仍不多。

珂赛特极其自然地认为自己是冉阿让的女儿。加以她什

---

① 教皇误把"割风"写成"弗旺",所以割风本人不知道有这一光荣。

么也不知道,也就说不出什么来,并且在任何情况下,她也不肯说。我们刚才也指出了,没有任何其他力量比苦难更能使孩子们养成缄口慎言的习惯。珂赛特受过种种痛苦,致使她对任何事,连说话,连呼吸,也都存有戒心。她时常会为一句话而受到一顿毒打!自从她跟了冉阿让以后,心才开始宽了些。她对修院里的生活很快就习惯了。不过她时常想念卡特琳,却又不敢说。但有一次她对冉阿让说:"爹,要是我早知道,我就把她带来了。"

珂赛特做了修院里的寄读生,换上了院里规定的学生制服。冉阿让得到许可,把她换下的衣服收回来。那还是在她离开德纳第客店时他替她穿上的那身丧服。还不怎么破烂。冉阿让把这些旧衣,连同毛线袜和鞋,都收在他设法弄来的一只小提箱里,箱子里放了许多樟脑和各种各样的香料,这些都是修院大量使用的东西。他把提箱放在自己床边的一张椅子上,钥匙老揣在身上。珂赛特有一天问他说:"爹,这是个什么箱子,会这样香?"

割风爷,除了我们刚才叙述过而他自己却没有意识到的那种荣誉以外,也还从他的好行为里得到了好报,首先,他为自己所做的事感到快乐;其次,他的工作有人分担去了,这样便减轻了他自己的负担;最后,他非常爱吸烟,和马德兰先生住在一起,吸起来格外方便,和过去相比,他消耗的烟叶多了三倍,兴趣的浓厚和从前也不能比,因为烟叶是由马德兰先生供给的。

修女们毫不理睬于尔迪姆这名字,她们称冉阿让为"割二"。

要是修女有沙威那样的眼力,她们也许会发现,当园里的园艺需要人到外面去跑腿时,每次总是割风大爷,老、病、瘸腿的那个去外面跑,从来不会是另一个,而她们完全没有注意到这一点,那也许是因为随时望着上帝的眼睛不善于侦察,也许是因为她们更喜欢把精力用在彼此互相窥探方面。

冉阿让幸亏是安安静静待着没有动。沙威注视着那地区足足有一个多月。

那修院对冉阿让来说,好像是个四面全是悬崖绝壁的孤岛。那四道围墙从今以后便是他的活动范围了。他在那里望得见天,这已够使他感到舒适,看得见珂赛特,已够使他感到快乐了。

对他来说,一种非常恬静的生活又开始了。

他和老割风一同住在园内的破房子里。那所破屋是用残砖剩瓦搭起来的,一八四五年还在,我们知道,一共是三间,光秃秃的,除墙外一无所有。那间正房,在冉阿让力辞不允的情况下,已由割风硬让给马德兰先生了。那正房的墙上,除了挂膝带和背箩的两个钉子外,只在壁炉上钉了一张保王党在九三年发行的纸币,下面就是它的正确摹本:

那张旺代①军用券是由以前的那个园丁钉在墙上的,他是一个老朱安②党徒,死在这修院里,死后由割风接替了他。

冉阿让整天在园里工作,很顶用。他从前当过修树枝工人,当个园丁正符合他的愿望。我们记得,在培养植物方面,他有许多方法和窍门。他现在可以加以利用了。那些果树几乎全是野生的,他用接枝法使它们结出了鲜美的果实。

珂赛特得到许可,每天可以到他那里去玩一个钟头。由于修女们全是愁眉苦脸而他又慈祥,那孩子加以比较,便更加热爱他了。每天在一定时刻,她跑到那破屋里来。她一进来,那穷酸的屋子立即成了天堂。冉阿让喜笑颜开,想到自己能使珂赛特幸福,自己的幸福也赖以增加了。我们给人的欢乐有那样一种动人的地方,它不像一般的反光那样总是较光源弱,它返到我们身上的时候,反而会更加灿烂辉煌。在课间休息时,冉阿让从远处望着珂赛特嬉戏追奔,他能从许多人的笑声中辨别出她的笑声来。

因为现在珂赛特会笑了。

甚至珂赛特的面貌,在某种程度上也有了改变。那种抑郁的神情已经消逝了。笑,就是阳光,它能消除人们脸上的冬色。

珂赛特一直不漂亮,却变得更惹人爱了。她用她那种娇柔的孩子声音说着许许多多入情入理的琐碎小事。

休息时间过了,珂赛特回到班上去时,冉阿让便望着她课

---

① 旺代(Vendée),法国西部滨海地区,十八世纪资产阶级大革命初期,贵族和僧侣曾在此发动叛乱。
② 朱安(Chouan),在法国西北几省发动反革命叛乱的首领让·科特罗的外号,通称让·朱安(Jean Chouan)。

室的窗子,半夜里,他也起来,望着她寝室的窗子。

这中间也还有上帝的旨意,修院,和珂赛特一样,也在冉阿让的心中支持并且完成那位主教的功业。好的品德常会引人走向骄傲自满的一面,那是不假的。这中间有道魔鬼建造的桥梁。当天意把冉阿让扔在小比克布斯修院时,他也许早已不自觉地接近了那一方和那道桥梁了。只要他拿自己来和那位主教相比,他总还能认识到自己不成器,也就能低下头来;可是最近一个时期以来他已开始和人比起来了,因而产生了自满情绪。谁知道?他也许会渐渐地回到恨的道路上去呢。

修院在那斜坡上把他制住了。

修院是他眼见的第二处囚禁人的地方。在他的青年时期,也就是在他的人生开始的时期,甚至在那以后,直到最近,他见过另外一种囚禁人的地方,一种穷凶极恶的地方,他总觉得那里的种种严刑峻法是法律的罪恶和处罚的不公。现在,在苦役牢之后,他看见了修院,他心想,他从前是苦役牢里的一分子,现在可以说是这修院的一个旁观者,于是他怀着惶惑的心情把那两处在心上加以比较。

有时,他双手倚在锄柄上,随着思想的无底的回旋,往深处慢慢寻思。

他回忆起旧时的那些伙伴,他们的生活多么悲惨,他们在天刚亮时就得起来,一直劳苦到深夜,他们几乎没有睡眠的时间,他们睡在行军床上,只许用两寸厚的褥子,在那些睡觉的大屋子里,一年到头,只是在最难挨的几个月里才有火;他们穿着奇丑的红囚衣,幸蒙恩赐,可以在大热天穿一条粗布长裤,大冷天穿一件粗羊毛衫;他们只是在"干重活"时才有酒肉吃。他们已没有姓名,都按号码来分别,仿佛人格只是几个数目字;他们低着眼睛,低声说话,剃发,生活在棍棒下和屈辱中。

随后,他的思想又转回来落在他眼前的这些人身上。

这些人,同样落发、低眼、低声,虽然不是生活在屈辱中,但却受着世人的嘲笑,背上虽然不受捶打,两个肩头却都被清规戒律折磨到血肉模糊了。他们的姓名在众人中也一样消失了,他们只是在一些尊严的名称下面生存。他们从来不吃肉,也从来不喝酒,他们还常常从早到晚不进食,他们虽不穿红衣,却得穿黑色毛料的裹尸布,使他们在夏季感到过重,冬季感到过轻,既不能减,又不能加,甚至想随着季节换上件布衣或毛料外衣也办不到;一年当中,他们得穿上六个月的哔叽衬衫,以致时常得热病。他们住的,不是那种只在严寒时节生火的大屋子,而是从来就没有火的静室;他们睡的不是两寸厚的褥子,而是麦秸。结果,他们连睡眠的机会也没有了,在一整天的辛劳以后,每天晚上,正当休息开始、困倦逼人、沉沉入睡时,或是刚刚睡到身上有点暖意时,他们又得醒来,起来,走到冰冷阴暗的圣坛里,双膝跪在石头上,做祈祷。

在某些日子里,他们每个人还得轮流跪在石板上,或是头面着地、两臂张开、像一个十字架似的伏在地上,连续十二个钟头。

那些是男人,这些是女子。

那些男人干过什么呢?他们偷过,强奸过,抢过,杀过,暗杀过。那是些匪徒、骗子、下毒犯、纵火犯、杀人犯、弑亲犯。这些女人又干过什么呢?她们什么也没有干。

一方面是抢劫、偷盗、欺诈、强暴、奸淫、杀害,形形色色的邪恶,各种各样的罪行,在另一方面,却只有一件:天真。

极善尽美的天真,几乎可以上齐圣母的懿德,在尘世还和贤淑近似,在天上却已接近圣域了。

一方面是有关罪恶的低声自陈,另一方面是关于过失的高声忏悔。并且是种什么样的罪恶!又算得了什么的过失!

一方面是恶臭,另一方面是一种淡远的芬芳。一方面是精神上的疠疫,在枪口的监视下,慢慢吞噬患者的疠疫;另一方面却是一炉冶炼灵魂的明净的火焰。那边是黑暗,这边是阴暗,然而是一种充满了光明的阴暗和芒镖四射的光明。

两处都是奴役人的地方,不过在第一个地方,还有得救的可能,总还有一个法定的限期在望,再说,可以潜逃。在第二个地方,永无尽期,惟一的希望,就是悬在悠悠岁月的尽头的一点微光,解脱的微光,也就是人们所说的死亡。

在第一个地方,人们只受链条的束缚;在另外一个地方,人们却受着自己信仰的束缚。

从第一个地方产生出来的是什么?是对人群的广泛的咒骂,咬牙切齿的仇恨,不问成败的凶横,愤怒的咆哮和对上苍的嘲笑。

从第二个地方产生出什么呢?恩宠和爱慕。

在这两个非常相似而又截然不同的地方,两种绝不相同的人却在完成同一事业:补偿罪孽。

冉阿让很懂得第一种人的补偿,个人的补偿,对自己的补偿。可是他不理解另外那些人的补偿,那些毫无罪愆、毫无污点的人的补偿,他怀着战栗惶恐的心情问道:"补偿什么?怎样补偿?"

有种声音在他心里回答说:"是人类最卓越的慈爱,是为了别人的补偿。"

在这里,我们自己的一套理论是被保留了的,我们只是转述者,我们是站在冉阿让的角度来表达他的印象。

他看见了克己忘我行为的顶峰,绝无仅有的美德的最高点,恕人之过并代人受过的天真品德,承担着的奴役,甘愿接受的折磨,清白无辜的心灵为救援那些堕落的心灵而求来的苦刑,融会上帝的爱而又不与之混同。一心哀恳祈求的人类的爱,一些愁惨得像受了罪责而又微笑、像受了嘉奖而又和蔼柔弱的人们。

同时他回忆起从前他竟敢心怀怨愤!

时常,在夜半,他起来听那些在清规戒律下受煎熬的天真修女的感恩谢主的歌声时,在想到那些受适当惩罚的人在仰望苍天时总是一味亵渎神明,他自己,蠢物一个,也曾对上帝举起过拳头,他感到血管里的血也冷了。

有一件最使他惊心动魄深思默想的事,仿佛是上苍在他耳边轻声提出的一种告诫:他从前翻墙越狱,不顾生死,誓图一逞,继又经过了种种艰难困苦,才得上进,所有这一切为脱离那一个补偿罪孽的地方而作的努力,全是为了进入这一个而作的。难道这就是他的命运的特征吗?

这修院也是一种囚牢,并且和他已经逃脱的地方有极其阴惨的相似之处,而他从前竟从来没有这样想到过。

他又见到了铁栏门、铁门闩、铁窗栏,为了防范谁呢?为了防范一些天使。

他从前见过的那种圈猛虎的高墙,现在却圈着羔羊。

这是一种补偿的地方,不是惩罚的地方,可是和另外一个地方相比,它更加严峻,更加凄惨,更加冷酷无情。这些贞女们比那些苦役犯更是被狠狠地压得伸不起腰来。从前有过一种凛冽刚劲的风,把他的青春时期冻僵了的那种风,吹过那种拘锁鸱枭的铁牢;现在是另一种更加冷峭、更加刺骨的寒流在侵袭着白鸽的樊笼。

为什么?

当他想到这一切时,他的心情和这种妙契道境完全溶合起来了。

在这些沉思遐想中他的骄傲情绪消失了。他多次反问自己,他感到自己多么渺小屠弱,而且还痛哭过无数次。他在六个月以来所遭遇到的一切已把他引回到那位主教的德化中了,珂赛特动以赤子之心,修院则感以悯人之德。

有时,在傍晚,当园里已没有人来往了,你会望见他双膝跪在圣坛墙边的那条小路中间,他初到那晚偷看过的那扇窗子前,他知道那里有个修女正伏在地上,在为世人赎罪祈祷,他的脸便向着那里。他就那样跪在那修女跟前祈祷。

他仿佛觉得他不敢直接跪在上帝跟前。

他四周的一切,那幽静的园子,那些香花,那些嬉笑欢呼的孩子,那些端严质朴的妇女,那肃寂的修院,都慢慢渗进他的心里,而且他的心也渐渐变得和那修院一样肃寂,和那些花一样芬芳,和那园子一样平静,和那些妇女一样质朴,和那些孩子一样欢乐了。他还想到那是他生命中连续两次在危急关头时为上帝收容的圣地,第一次是他遭到人类社会摈弃、所有的大门都不容他进去的那一次,第二次是人类社会又在追捕他、要把他送进苦役牢里去的那一次,如果没有第一处圣地,他会再次掉进犯罪的火坑,如果没有第二处圣地,他也会再次陷入刑狱的痛苦中去。

他的心完全融化在感恩戴德的情感中了。

这样又过了好几年,珂赛特成长起来了。

第三部 马吕斯

第一卷　从巴黎的原子看巴黎

一　小不点儿

巴黎有个小孩,森林有只小雀;这小雀叫麻雀,小孩叫野孩。

你把这两个概念——一个隐含整个洪炉,一个隐含全部晨曦的概念——结合起来,你让巴黎和儿童这两粒火星相互接触,便会迸射出一个小人儿。这小人儿,普劳图斯①也许会称他小哥。

这小人儿是欢乐的。他不一定每天都有东西吃,可是,只要他高兴,他可以每天都去娱乐场所。他身上没有衬衣,脚上没有鞋,头上没有屋顶;他好像是空中的一只飞虫,那一切东西,他全没有。他的年龄在七至十三岁之间,过着群居生活,在街上游荡,在野外露宿,穿着自己父亲的一条破裤,拖着鞋后跟,顶着另一父辈的一顶破帽,压过耳朵,挎着半副黄边背带,东奔西跑,左张右望,寻寻觅觅,悠悠荡荡,把烟斗抽到发黑,满嘴粗话,坐酒铺,交小偷,逗窑姐,说黑

---

① 普劳图斯(Plaute,约前254—前184),古罗马诗人,喜剧作家。

话,唱淫歌,心里却没有一点坏念头。那是因为在他的灵魂里有颗明珠——天真,明珠不会溶化在污泥里。人在童年,上帝总是要他天真的。

假使有人问那大都市说:"那是什么?"它会回答:"那是我的孩子。"

二 他的一些特征

巴黎的野孩,是丈六妇人的小崽子。

不应当过分夸大,清溪旁边的那个小天使有时也有一件衬衫,不过,即使有,也只有一件;他有时也有一双鞋,却又没有鞋底;他有时也有一个住处,并且爱那地方,因为他可以在那里找到他的母亲;但是他更爱待在街上,因为在街上他可以找到自由。他有他自己的一套玩法,有他自己的一套顽皮作风,那套顽皮作风是以对资产阶级的仇恨为出发点的;也有他自己的一套隐语,人死了,叫"吃蒲公英的根";有他自己的一套行业,替人找马车,放下车门口的踏板,在下大雨时收过街费,他管这叫"跑艺术桥",帮法国的人民群众对官员们的讲话喝倒彩,剔铺路石的缝;他有他自己的货币,那是从街上拾来的各色各样加过工的小铜片。那种怪钱叫做"破布筋",有它的固定的兑换率,在那些小淘气中是有相当完善的制度的。

他还有自己的动物学,是他在各个地区细心研究的:好天主虫、骷髅头蚜虫、长腿蜘蛛、"妖精"——扭动着双叉尾巴来吓唬人的黑壳虫。他有他的一种传说中的怪物,肚子下面有鳞,却又不是蜥蜴,背上有疣,却又不是蟾蜍,它住在旧石灰窑或干了的污水坑里,黑魆魆,毛茸茸,黏糊糊的,爬着走,有时慢,有时快,不叫,但会瞪眼,模样儿非常可怕,以致从来没有人见过它,他管那怪物叫"聋子"。到石头缝里去找聋子,那是种提心吊胆的开心事。另外一种开心事是突然掀起一块石头,看那下面的一些土鳖。巴黎的每个地区都各有一些出名的有趣的玩意儿可以发掘。在于尔絮勒修会的那些场地里有蠼螋,先贤祠有百脚,马尔斯广场有蝌蚪。

至于词令,那孩子所知道的并不亚于塔列朗。他同样刻薄,却比较诚实。他生来就有那么一种无法形容无从预料的风趣,他的一阵狂笑能使一个商店老板发愣。他开的玩笑具有高级喜剧和闹剧之间的各种不同风格。

街上有人出殡。在那送葬行列中有个医生。"哟,"一个野孩喊着说,"医生是从什么时候起开始汇报工作的?"

另一个混在人群里。有个戴眼镜、面孔死板、表链上挂着杂佩的男人气冲冲地转过身来说:"流氓,你抱了我女人的腰。"

"我,先生!请搜我身上。"

三 他 有 趣

那"小子"总有办法弄到几个苏,到了夜里,他便拿去看戏。一进那道具有魔力的大门,他的模样便完全变了,他先头还是个野孩,现在成了个"titi"①了。戏院是一种底舱在上、翻了身的船。"titi"便挤在那底舱里。"titi"对野孩来说,正如花蝴蝶之与幼虫,同是飞翔的生物。只要有他在,有他那种

---

① "titi",巴黎街头的顽童。

兴高采烈的喜色，热情欢乐的活力，拍翅膀似的掌声，那狭窄、恶臭、昏暗、污秽、腌臢、丑陋、令人作呕的底舱便够得上被称作天堂了。

你把一些无用的东西送给一个人，又从他身上把必需的东西剥夺掉，你便有了一个野孩。

对文学野孩并非没有直觉。他的爱好，我们不无歉意地说，也许一点也不倾向于古典方面。他生来就不怎么有学院派的气息。因此，举个例子，马尔斯小姐的声望在那一小群翻江倒海的孩子们中是带点讽刺味的。野孩称她为"妙小姐"。

这孩子叫、笑、闹、斗，衣服褛裂如璎珞，形容寒碜如学究，在潦水沟里捕鱼，在污泥地里行猎，从垃圾堆里逗乐，在十字街头冷嘲热讽、讥诮、挖苦、吹口哨、唱歌、喝彩、唾骂，用烂污小调来调剂颂主诗歌，能唱各种歌曲，从"从深渊的底里"①直到"狗上床"，能得到他没找到的东西，能了解他所不知道的事物，顽强到不择手段，狂妄到心安理得，多情到逐臭纳污，能蹲在神山上面，滚进粪土堆中，出来却沾满一身星斗。巴黎的野孩，就是具体而微的拉伯雷。

他不欣赏自己的裤子，除非它有一个表袋。

他不轻易感到惊奇，更不容易恐惧，他用歌谣讥讽迷信，他戳穿谰言妄语，嘲讪神异，对着鬼怪伸舌头，拆垮虚张声势的空架子，丑化歌功颂德的谀词。那并不是因为他平庸，远不是那样，而是因为他以离奇怪诞的幻影代替了那庄严妙相。假使风暴神出现在那野孩的眼前，他也许会说："哟！马虎子。"

---

① 安葬时教士所唱的祈祷经。

四　他可能有用

巴黎以闲人开始，以野孩殿后，这两种人是任何其他城市有不起的；一个是满足于东张西望的盲目接受，一个是无穷无尽的主动出击；这是呆老汉和淘哥儿，只在巴黎的自然史中才会有。闲人是整个君主制度的形象，野孩是整个无政府主义的形象。

巴黎近郊的这个脸色灰白的孩子，面对着令人深省的社会现实和人间事物，活着，成长着，在苦难中沉下去，浮上来。他自以为是不用心思的，其实不然。他望着，老想笑，也老想着要干其他的事。不问你是什么，成见也好，贪渎行为也好，卑劣作风、压迫、不义、专制、不公、热狂、暴政也好，你都得留心注意那个张着嘴发愣的野孩。

那小不点儿会成长起来的。

他是什么材料做成的？任何一种污泥。一撮土，一口气，你就有了亚当。只要有神经过就够了。而在那野孩的头上总是有神经过的。幸运照顾着野孩。我们在这里所说的幸运，颇有点冒险犯难的意味。用凡尘俗土抟捏出来的这小子，无知、不文、鲁莽、粗野、平凡，他将成为奋发有为的人还是碌碌无闻的人呢？等着瞧吧，"周回陶钧"，巴黎的精神，这是个凭机会创造孩童、凭造化陶铸成人的巨灵，它不同于拉丁的陶工，它能化瓦釜为黄钟。

五 他的疆界

野孩爱城市,也爱幽静,他多少有些逸兴闲情。眷恋都邑如弗斯克斯①,眷恋山林如弗拉克斯②。

边走边想,就是说,信步游荡,那是哲人消遣时光的好办法,尤其在环绕某些大城市——特别是巴黎——的那种相当丑陋怪诞、并由这两种景物合成的乡村里更是如此。观赏城郊,有如观赏两栖动物。树木的尽头,屋顶的开始,野草的尽头,石块路面的开始,犁迹的尽头,店铺的开始,车辙的尽头,欲望的开始,天籁的尽头,人声的开始,因此特别能令人兴趣盎然。

因此,富于冥想的人爱在那些缺少诱惑力、从来就被过路行人视作"凄凉"的地方,带着漫无目的的神情徘徊观望。

写这几行字的人从前就常在巴黎四郊盘桓,今天对他来说,那也还是深切回忆的源泉。那些浅草,多石的小路,白垩,黏土,石灰渣,索然寡味的荒地和休耕地,在洼地上突然出现的由菜农培植的尝鲜蔬菜,这一自然界和资产阶级的结合现象,荒凉寥廓的林野,在那里军营里的鼓手们,仿佛以训练为儿戏,把战鼓敲得一片乱响,白天的旷野,黑夜的凶地,临风摇摆的风车,工地上的辘轳,坟场角上的酒店,被深色高墙纵横截划为若干方块的大片荒地上的奇情异景,阳光明媚,蝴蝶万千,凡此种种都吸引着他。

~~~~~~~~~~~~~~~~

① 弗斯克斯(Fuscus),贺拉斯作品中之人物。
② 弗拉克斯(Flaccus),一世纪拉丁诗人。

世上几乎没有人不认识下面这些奇怪的地方:冰窖、古内特、格勒内尔那道弹痕累累怪难看的墙、巴纳斯山、豺狼坑、马恩河畔的奥比埃镇、蒙苏里、伊索瓦尔坟,还有石料采尽后用来养菌、地上还有一道朽了的活板门的沙迪翁磐石。罗马附近的乡村是一种概念,巴黎附近的郊区又是另一种概念,我们对视野中的景物,如果只看见田野、房屋或树木,那就是停留在表面现象上,所有一切形形色色的事物都代表着上帝的意旨。原野和城市交接的地方总带着一种说不出的惆怅意味,沁人心脾。在那里,自然界和人类同时在你面前活动。地方的特色也在那些地方呈现出来了。

我们四郊附近的那些荒野,可以称为巴黎的晕珥,凡是和我们一样曾在那里游荡过的人,都瞥见过这儿那儿,在最偏僻的处所,最料想不到的时刻,或在一个阴惨的墙角里,一些吵吵闹闹、三五成群、面黄肌瘦、满身尘土、衣服破烂、蓬头散发的孩子,他们戴着矢车菊的花圈在作掷钱游戏①。那些全是从贫苦人家溜出来的小孩。城外的林荫路是他们呼吸的地方,郊野是他们的天地。他们永远在那些地方虚度光阴。他们天真烂漫地唱着成套的下流歌曲。他们待在那些地方,应当说,他们在那些地方生存,不被大家注意,在五月或六月的和煦阳光下,大家在地上一个小洞周围跪着,弯着大拇指打弹子,争夺一两文钱的胜负,没有什么责任感,逍遥自在,没人管束,心情欢快;他们一见到你,忽又想起他们是有正当职业的,并且得解决生活,于是跑来找你买一只爬满金龟子的旧毛袜或是一束丁香。碰到那种怪孩子也是巴黎郊外一种饶有情趣

---

① 掷钱游戏,在地上画圈,把钱币放在里面,用另一枚钱币把它打出圈外。

的乐事,同时也使人感到心寒。

有时,在那一堆堆男孩中也有一些女孩——是他们的姐妹吗?——她们已几乎是大姑娘了,瘦,浮躁,两手焦黑,脸上有雀斑,头上插着黑麦穗子和虞美人,快乐,粗野,赤脚。有些待在麦田里吃樱桃。人们在夜间听到她们的笑声。这一群群被中午的骄阳晒到火热、或又依稀隐显在暮色中的孩子,常使富于遐想的人黯然神伤,久久不能忘怀,梦中也还受到那些幻象的萦绕。

巴黎,中心,郊区,圆周,那便是那些孩子的整个世界。他们从来不越过那个范围。他们不能超出巴黎的大气层,正如游鱼不能离开水面。对他们来说,远离城门两法里以外,什么都没有。伊夫里、让第以、阿格伊、贝尔维尔、欧贝维利埃、梅尼孟丹、舒瓦齐勒罗瓦、比扬古、默东、伊西、凡沃尔、寒夫勒、普托、讷伊、让纳维利埃、科隆布、罗曼维尔、沙图、阿涅尔、布吉瓦尔、楠泰尔、安吉、努瓦西勒塞克、诺让、古尔内、德朗西、哥乃斯,①那便是宇宙的尽头了。

六 一点历史

在本书所叙故事向前进展的那个时代——其实几乎是当代——和今天是不一样的,当时并不是在巴黎的每个街角上都有一个警察(这是一种善政,现在却不是讨论的时候),在当时,到处都是流浪儿。根据统计,警察巡逻队平均每年要从没有围墙的空地上、正在建造的房屋里和桥拱下收容二百六

---

① 这些都是巴黎近郊的地名。

十个孩子。在那些孩子窠里,有一处是一向著名的,有"阿尔科拉桥下燕子们"之称。那确是最糟糕的社会病态。人类的一切罪恶都是从儿童的流浪生活开始的。

巴黎却当别论。我们刚才虽然提到了一件往事,在一定的程度上,把巴黎除外却是正确的。在任何一个其他的大城市里,一个流浪的孩子,也就是一个没有指望的成人,几乎在任何地方,没人照顾的孩子都会染上种种恶习,自甘沉沦,丧尽天良和诚信,以致陷入无可挽救的境地;巴黎的野孩子却不是这样,我们要着重指出,表面上看起来他虽然貌不惊人,伤痕遍体,而他的内心却几乎是完好无损的。那是一种值得重视的奇光异彩,并且在我们历次人民革命辉煌灿烂的正大作风中显得鲜明夺目,在巴黎的空气中存在着一种信念,正如在海洋的浪潮中存在着盐,也正像盐能防腐一样,在从巴黎空气中得来的那种信念里产生了某种不可腐蚀的性格。呼吸巴黎的空气,便是保持灵魂的健康。

上面我们所说的那些话,使我们在遇见那样一个孩子时绝不会无动于衷,我们总感到那些孩子从他们离散的家庭里带来的游丝还在飘荡。现代的文明还远没有达到完善的地步,那些破裂了的家庭把子女抛向黑暗,把自己的骨肉扔在公众的道路上,从此便不大知道他们变成了什么。这叫做……因为那种使人发愁的事已有了一句成语:"被摔在巴黎的石块路上"。

附带说一句,那种遗弃儿女的事,在古代君主制度下是丝毫不受歧视的。下层社会略带一点埃及和波希米亚的作风,那是上层社会所欢迎的,那样可以替当权的人解决一些问题。仇视平民儿童的教养,原是一种信念。那些"浑大鲁儿"有什么用？那是当日的口头话。因此愚昧儿童的结局必然是当流浪儿童。

况且君主制在某些时候需要儿童，而当时儿童充斥街头。

不用追溯得太远，我们只谈谈路易十四，当时国王需要建立舰队。动机是好的。但是让我们看看方法。帆船是风的玩具，必要时还得加以拖曳，如果没有凭借桡橹或蒸汽来供人指使的船舶，便谈不上舰队，当年海军的大桡船正如今天的汽船。因此必须有大桡船，大桡船又非有桡手不能移动，因而必须有桡手。柯尔培尔①授意各省都督和法院，要他们尽量制造苦役犯。当时的官府在这方面是奉命惟谨的。一个人在教会行列走过时头上还戴着帽子，这是新教徒的态度，该送去当桡手。在街上遇见一个孩子，只要他有了十五岁而没有住处，就送去当桡手。伟大的朝代，伟大的世纪。

在路易十五的统治下，巴黎的孩子绝了迹，警察时常掳走孩子，不知作什么神秘的用途。人们怀着万分恐怖的心情低声谈着有关国王洗红水澡的一些骇人听闻的推测。巴尔比埃②率直地谈着那些事。有时，孩子供不应求，警吏们便抓那些有父亲的孩子。父亲悲痛万状，跑去质问警吏。在那种情况下，法院便出面干涉，判处绞刑，绞谁？绞那些警吏吗？不是。绞那些父亲。

七 在印度的等级划分中，野孩也许有他的地位

巴黎的野孩群几乎是一个阶层。我们可以说，谁也不要

---

① 柯尔培尔（Colbert,1619—1683），路易十四的大臣。
② 巴尔比埃（Barbier,1822—1901），法国剧作家。

他们。

"野孩"(gamin)这个词,到一八三四年才初次印成文字,由人民的语言进入文学词汇。它是在一本题名为《克洛德·格》的小书里初次出现的。当时曾使舆论哗然,这个词却被接受了。

使那些野孩相互间得到敬重的因素是多种多样的。我们认识一个野孩,并且和他有点交往,他因见到过一个人从圣母院的塔顶上摔下来而受到高度敬重和钦佩;另外一个,是因为他曾千方百计钻进一个后院,并且从暂时寄放在那里的几个从残废军人院圆屋顶上取下的塑像身上"摸"了一些铅块;第三个,因为见过公共马车翻身;还有一个,因为他"认识"一个几乎打瞎了一个老财的眼睛的士兵。

这才让我们理解到为什么一个巴黎的野孩会嚷出这样的话:"天主的天主!我有没有倒霉事儿!只需说我还一直没见过一个人从五层楼上摔下来呢!"Ai-je(我有没有)说成j'ai-t-y,cinquième(第五)说成 cintième。那种含义深远的警句是俗物听不懂的,只能一笑了之。

下面这是个乡下人说的话,那当然是一种妙语:

"我说伯伯,您的老婆害病死了,您为什么没有找医生?""那有什么办法,先生,我们这些穷人,我们自己死自己的就是了。"假如那样的谈话能代表乡下人的那种辛辣的被动性格,下面的这句就必然能代表郊区小孩那种无政府主义的自由思想。一个被判处死刑的人在囚车里听着他的忏悔神甫说教。巴黎的孩子嚷了起来:"他和吃教门饭的讲话。哈!这孱头!"

在具有宗教意味的事物前表示一定程度的勇敢,可以抬高野孩的声望。意志坚强是重要的。

赶法场,成了一种义务。大家指着断头台笑。他们替那东西取了各色各样的小名:面包汤的末日、嘟囔鬼、升天娘娘、最后一口,等等。为了要看个清楚,便爬墙,蹬阳台,上树,攀铁栅栏,跨烟囱。野孩生来就是盖瓦工人,正如他生来就是水手一样。在他看来,房顶并不比桅杆更可怕。没有比格雷沃更热闹的场合了。桑松①和孟台斯神甫②真是两个无人不知谁人不晓的名字。为了鼓励那受刑的人,大家围着他喝彩。有时也对他表示羡慕。拉色内尔③在当野孩时,望着那可怕的多坦从容就刑时说过这样一句谶语:"我真动了醋劲儿。"在那野孩群里,没有人知道伏尔泰,却有人知道巴巴弗因。他们把"政治家"和凶杀犯混为一谈。他们把每个人最后一刻的模样都口口相传保存下来。他们知道多勒隆戴一顶司机帽,阿弗利戴一顶獭皮便帽,卢韦尔戴一顶圆顶宽边帽,老德拉波尔特是个秃子,光着头,加斯旦肤色红嫩、非常漂亮,波利斯留着浪漫派的短胡子,让·马尔丹还背着他的吊裤带,勒古费和他的母亲吵架。"别为你的筐子④啰嗦了。"有个野孩冲着他们喊。另一个,为了要看德巴凯走过,由于挤在人堆里太矮了,在看到河沿上的路灯杆时便爬了上去。一个在那里站岗的警察皱起眉头。"请让我上去,警察先生。"那野孩说。为了软化那官长,他又补上一句:"我不会摔跤的。""我才不管你摔不摔跤呢。"那警察答道。

---

① 桑松(Samson),当时执行死刑的刽子手。
② 孟台斯(Monfès),当时陪死刑犯至刑台就刑之神甫。
③ 拉色内尔(Lacenaire),一个在一八三六年被处死刑的杀人犯。
④ 筐子,指无法挽救的事,出自成语"再见,筐子,葡萄已经收过了"。

在野孩群里,凡是难忘的意外都是极受重视的。孩子会获得最大的敬意,要是他偶然很重地割了自己一刀"直到骨头"。

拳头不是一种微不足道的使人尊敬的因素。野孩最爱说的是"放心,我浑身是劲!"左撇子相当受人羡慕,斗鸡眼也为人珍惜。

八 最后一个国王的一句妙语

到了夏季,他转化为青蛙,当夕阳西沉黑夜将临时,在奥斯特里茨桥和耶拿桥前,他从成队的煤炭船顶上和洗衣女工的船头上,低着脑袋跳到塞纳河里,所有礼貌和警章全违犯了。不过警察是在注视着的,从而出现了一种具有高度戏剧性的情况,有一次还引起了一种兄弟般的和难忘的呼声,那种呼声在一八三〇年前夕是出了名的,那是野孩和野孩间的一种战略性的警告,它的韵律像荷马的诗句,带着一种音调,几乎和巴纳德内节①的埃莱夫西斯②的朗诵调一样无法形容,并且使人想见远古的"哎弗哎"③。野孩的呼声是这样的:"哦哎,titi,哦哎哎!瘟神来了,对头来了,小心呵,快走开,钻到阴沟里去!"

有时这蠓虫——这是他替自己取的名称——能识字,有时能写字,随时都能乱画一气。不知通过怎样一种神秘的互教互学,他毫不犹豫地获得一切对待公共事物的才能:从一八

---

① 巴纳德内节(Panathénées),古代希腊祭雅典娜神的节日。
② 埃莱夫西斯(Eleusis),雅典西北一镇。
③ "哎弗哎"(Evohé),古代祭祀时女祭司对酒神的欢呼。

一五到一八三〇,他学火鸡叫;从一八三〇到一八四八,他在墙上画梨儿①。在一个夏季的傍晚,路易-菲力浦步行回家,看见一个极小的野孩,才这么高,淌着汗,踮着脚,在讷伊铁栏门的柱子上正画着一个极大的梨。国王,带着那种来自亨利四世②的老好人神气,帮着那野孩画完了那个梨,还给了那孩子一枚路易,并且说:"梨儿也在这上面了。"③野孩爱吵闹。某些粗暴的作风合他口味。他痛恨"神甫"。一天,在大学街上,有一个那种小淘气对着六十九号大车门做鼻子脚④。"你为什么要对那扇门这样做?"一个过路人问他。那孩子回答说:"里面有个神甫。"那确是教廷使臣的住处。可是,不管野孩的伏尔泰主义是怎么回事,如果他有机会当唱诗童子,他也可能同意,在那种情况下,他也会斯斯文文地望弥撒。有两件事是他经常想到却又始终没有做到的:推翻政府和缝补自己的裤子。

一个地道的野孩知道巴黎所有的警察,他遇见一个警察,总能对着他的脸叫出他的名字。他能掐着手指把他们一个个数过来。他研究他们的性格,并对他们中每一个都有专门的评语。他能像看一本摊开的书那样了解警察的内心活动。他会流利地熟练地告诉你:"某个是奸贼,某个非常凶,某个伟大,某个可耻。"(所有奸贼、凶、伟大、可耻这些字眼在他嘴里都有一种特殊的意义。)"这家伙以为新桥是他的,不许'人

---

① 火鸡和梨,代表愚蠢的人。一八一五到一八三〇,波旁王朝复辟时期,一八三〇到一八四八,路易-菲力浦的七月王朝时期。
② 亨利四世,波旁王室的第一代国王。路易-菲力浦是他的后裔。
③ 双关语,一方面是画梨的代价,另一方面梨儿也指金币上国王的像。
④ 做鼻子脚,把大拇指抵着自己的鼻尖并摆动其他四个手指,是对人表示鄙视的手势。

家'在桥栏杆外面的墩子上玩,那家伙老喜欢扯'人家'的耳朵"等等。

九　高卢的古风

在菜市场的儿子波克兰①的作品中有这孩子,在博马舍的作品中也有这孩子。野孩的作风是高卢精神的余韵。那种作风渗进了良知,正如醇精入酒,能增加它的力量。有时那种作风是缺点。好吧,荷马是颠三倒四的,伏尔泰,我们可以说他野。卡米尔·德穆兰②是郊区居民。以粗暴态度对待奇迹的尚皮奥内③出生于巴黎街头,很小时便"淹"过圣让·德·博韦和圣艾蒂安·德·蒙的回廊,他常对着圣热纳维埃夫④的遗骸盒开玩笑,向圣詹纳罗的小瓶子⑤发命令。

巴黎的野孩是恭谨、辛辣、横蛮的。他的牙齿怪难看,因为他的饮食差,他的眼睛美,因为他有智慧。他会当着耶和华的面用一只脚跳完天堂的台阶。他踢腿的本领强。任何发展,对他来说都是可能的。他在水沟里游戏,也能为暴动而挺起胸膛,他在开花弹前也仍是嬉皮笑脸的。那是一个顽皮小鬼,也是一个英雄,和底比斯的孩子一样,他揪住狮子的皮乱

---

① 波克兰(Poquelin),莫里哀的姓。
② 卡米尔·德穆兰(Camille Desmoulins,1760—1794),法国政论家,十八世纪末资产阶级革命活动家,右翼雅各宾党人。
③ 尚皮奥内(Championnet,1762—1800),革命时期的将军。
④ 圣热纳维埃夫,巴黎的保护神,她的遗骸盒很受人尊敬。
⑤ 圣詹纳罗,那不勒斯的保护神,他殉教时留下的一瓶血一直被视为圣物。

727

摇。鼓手巴拉①便是个巴黎野孩,他高呼"前进!"正如圣书中马的嘶鸣"哗!"一眨眼,他由小猴变成了巨人。

这污泥中的孩子也是理想中的孩子。你衡量从莫里哀到巴拉的智力的广度便知道了。

总而言之,简括起来说,野孩是个贪玩的孩子,因为他苦恼。

十 瞧这巴黎,瞧这人

再简括起来谈谈,今日巴黎的野孩,正如当年罗马的剽民,他是那种额上有古国皱纹的人民孩子②。

野孩是祖国的荣光,同时也是祖国的病害,一种必须医治的病害。怎样医治?利用光明。

光明荡涤污垢。

光明廓清黑暗。

社会上一切乐善好施的光辉全出自科学、文学、艺术、教育。培养人,培养人。你给他光,他会给你热。辉煌的全民教育问题迟早会以绝对真理的无可抗拒的威力被提出来,到那时,在法兰西思想的指导下,治理国家的人必将有所抉择:是要法兰西的儿女还是要巴黎的野孩,是要光明中的烈焰还是要黑暗中的鬼火。

---

① 巴拉(Bara,1779—1793),共和军的少年军人,被俘后敌人强迫他喊"国王万岁",他的回答是"共和万岁!"接着就在敌人的排枪下牺牲,时年十四。巴黎先贤祠有他的塑像。
② 在手稿上雨果对"人民孩子"是这样解释的:"人民孩子两词并立,两词表达一个意思:孩子。"

野孩说明巴黎,巴黎说明世界。

因为巴黎是总和。巴黎是人类的天幕。这整座奇妙的城市是各种死去的习俗和现有的习俗的缩影。凡是见过巴黎的人都以为见到了历史的全部内幕以及幕上偶现的天色和星光。巴黎有一座卡匹托尔①,就是市政厅,一座巴台农②,就是圣母院,一座阿梵丹山③,就是圣安东尼郊区,一座阿西纳利乌姆④,就是索尔邦⑤,一座潘提翁⑥,就是先贤祠,一条神圣大路⑦,就是意大利大路,一座风塔⑧,就是舆论,它并用丑化的办法代替喏木尼⑨。它的马若⑩叫做纨绔子弟,它的对河区⑪人民叫做郊区人民,它的哈马尔⑫叫做市场的大汉,它的拉扎洛内⑬叫做黑帮,它的柯克内⑭叫做花花公子。别处所有的一切巴黎全找得到。杜马尔赛的卖鱼妇和欧里庇得斯的卖草妇针锋相对,踩绳人福利奥佐是掷铁饼人弗让纽斯的再世,德拉朋第乌纽斯·米勒会挽着侍卫华德朋克尔的胳膊,

---

① 卡匹托尔(Capitole),建筑在罗马的卡匹托林山岗上的要塞。
② 巴台农(Parthénon),雅典的古庙。
③ 阿梵丹山(Mont-Aventin),罗马的七个山岗之一,罗马立国初期,平民曾全体由城里迁到阿梵丹山,迫使贵族们作政治上的让步。
④ 阿西纳利乌姆(Asinarium),公元前一世纪在雅典建立的建筑物。
⑤ 索尔邦(Sorbonne),巴黎大学前身。
⑥ 潘提翁(Panthéon),古罗马的万神庙。
⑦ 神圣大路,古罗马的一条大路,是军队凯旋必经之路。
⑧ 雅典的八角形风塔,建于公元前一世纪。
⑨ 喏木尼,罗马卡匹托林山岗西北坡上曝尸的台阶。
⑩ 马若,西班牙安达路西亚地方爱装扮的男子。
⑪ 对河区,指隔着台伯河与罗马相望的地区。
⑫ 哈马尔,阿拉伯国家的搬运工人。
⑬ 拉扎洛内,那不勒斯的贫民。
⑭ 柯克内,伦敦市中心的时髦少年。

达马西普会在旧货店里流连忘返,万森刺杀苏格拉底正如阿戈拉囚禁狄德罗,格利木·德·拉雷尼埃尔会做油脂牛排正如古尔第吕斯发明烤刺猬。我们见到普劳图斯著作中的高架秋千重现在明星门的气球下面,阿普列乌斯在普西勒遇见的吞剑人便是新桥上的吞刀人,拉穆的侄儿和寄生虫古尔古里翁是一对,埃尔加齐尔请爱格尔弗依把他介绍给康巴色勒斯,罗马的四个纨绔子弟阿尔色西马尔古斯、费德洛木斯、狄阿波吕斯和阿尔吉里帕乘着拉巴突的邮车从拉古尔第①出发,奥吕·热尔在孔格利奥面前没有比查理·诺缔埃在波里希内儿面前待得更长久,马尔东不是母老虎,但是巴尔达里斯卡也绝不是一条龙,滑稽人潘多拉布斯在英格兰咖啡馆里嘲弄享乐人诺曼达纽斯,埃尔摩仁是爱丽舍广场的男高音,并且在他周围有无赖特拉西乌斯扮成波白什②向人募捐,在杜伊勒里广场上掐住你的衣扣、不让你走的那个讨厌人让你在两千年以后还重复着忒斯卜利翁的那句话:"在我有急事时谁突然抓住了我的衣襟?"叙雷讷酒冒充阿尔巴酒,德佐吉埃的红滚边配得上巴拉特龙的大摆,拉雪兹神甫公墓在夜雨中和埃斯吉里一样发出磷光,为期五年的穷人冢比得上奴隶的租用棺材。

请你找找有什么东西是巴黎没有的。凡是特洛风尼乌斯桶里的东西,没有一件不在麦斯麦的木盆里,埃尔加非拉斯借着加略斯特罗还了魂,婆罗门僧人梵沙方陀转世为圣日耳曼

---

① 拉古尔第(la Courtille),巴黎一个旧区的名称,其地酒店特多,每年狂欢节,更是热闹的中心,是假面具游车的出发站。
② 波白什(Bobèche),十九世纪初出现在巴黎街头的著名小丑,成了市集中的小丑典型。

伯爵,圣美达公墓显示奇迹完全和大马士革的乌姆密埃清真寺一样高明。

巴黎有一个伊索,就是马叶,也有一个加尼娣,就是勒诺尔曼姑娘①。和德尔法一样,它在错觉的耀眼的真实性前惊慌,它使桌子旋转,如同多多纳②的三脚凳,它让俏女人坐上宝座,如同罗马让娼妇坐上宝座那样。总而言之,假如路易十五比克洛狄乌斯更坏,那杜巴丽夫人比梅沙琳又好些。巴黎把希腊的裸体、希伯来的脓疮和加斯科涅③的笑话合成了一个空前未有的人物,那是确实存在过的,也是我们接触过的。它把第欧根尼④、约伯⑤和巴亚斯⑥糅在一起,用几张旧《立宪主义者报》替一个僵尸做身衣服穿上,便有了肖德鲁克·杜克洛⑦。

尽管普卢塔克⑧说过:"暴君不会到老",可是罗马在西拉的统治下正如在多米齐安⑨的统治下一样,能耐苦安贫,甘愿

---

① 勒诺尔曼姑娘(Mlle Lenormand,1772—1843),以用抽绳子的方法预言吉凶著名。
② 多多纳(Dodone),希腊古城,有座朱庇特庙,是著名的神谶所。女巫求神谶时坐三脚凳。
③ 加斯科涅(Gasgogne),法国西南部旧省名。
④ 第欧根尼(Diogène,约前404—前323),古希腊哲学家,昔尼克学派创始人之一,该学派反映了人民中贫困阶层对有产者统治的消极抗议。
⑤ 约伯(Job),乌斯人,极富有,并具有忍耐的精神。一般借指极能忍耐的人。
⑥ 巴亚斯(Paillasse),小丑,也指投机政客。
⑦ 肖德鲁克·杜克洛(Chodruc Duclos,1780—1842),曾为波旁王朝效忠,参加过旺代叛乱。后感到复辟王朝不会为此给他酬报,他就留了极长的胡子和头发,每天到王宫前去出洋相,以示抗议。
⑧ 普卢塔克(Plutarque,约46—125),古希腊著名哲学家,古希腊罗马杰出活动家传记的作者。
⑨ 多米齐安(Domitian,51—96),罗马皇帝(81—96)。

在酒里掺水。台伯河是条迷魂河,假如我们必须相信瓦吕斯·维比斯古斯所说的那句有点食古不化的赞词:"在格拉可斯的对面,我们有台伯河。喝了台伯河的水,便会忘了造反。"巴黎每天要喝一百万公升的水,但是这并不妨碍它在适当的时候打鼓吹号敲钟,进入警备状态。

除此之外,巴黎是个好孩子。它豁达大度地接受一切,在美女面前它是不难说话的,它的美女是霍屯督①,只要它笑,凡事都好商量,丑态使它欢跃,畸形使它喜悦,恶德使它忘忧,只要与众不同,便可博得众人欢心,伪善即使是绝顶无耻的行为,也不会使它暴跳。它是那样爱好文学,以致在巴西尔②的跟前也不会捂着鼻子,它对达尔杜弗③的祈祷所起的反感并不比贺拉斯对普里阿普斯打嗝的反感来得更强烈。全世界一切脸上的线条在巴黎的侧影上没有不具备的。玛碧舞场④不是让尼古勒⑤的波吕许尼亚⑥舞,但是倒手转卖脂粉的妇人在那里用贼眼偷觑娇娘子的神情却正像窥伺处女普拉纳西的媒婆斯达斐拉。战斗便门不是竞技场,但是在那里人人斗狠逞强,好像有恺撒在看着他们一样。叙利亚老板娘比沙格大娘来得风骚些,但是,如果说维吉尔不时光临罗马的酒店,那大卫·德·昂热、巴尔扎克和沙尔莱也都坐在巴黎小酒铺的桌子旁边。巴黎君临一切。

---

① 霍屯督(Hottentot),非洲西南部的民族,巴黎植物园陈列馆曾有陈列。
② 巴西尔,博马舍所作剧本《塞维勒的理发师》里的伪善人物。
③ 达尔杜弗,莫里哀所作剧本《伪君子》中的主角。
④ 玛碧,巴黎一舞场名。
⑤ 让尼古勒(Janicule),罗马七个山岗之一。
⑥ 波吕许尼亚,九个文艺女神之一。

在那里天才炳蔚,红尾①云集。阿特乃②常乘着十二个雷电轮子的车走过那里;西勒诺斯③骑着母驴进城。西勒诺斯,就是朗蓬诺④。

巴黎是宇宙的同义词。巴黎就是雅典、罗马、西巴利斯⑤、耶路撒冷、庞坦。所有的文化在那里都有缩影,所有的野蛮风气也一样。巴黎会感到美中不足,要是它没有一座断头台的话。

来一点格雷沃广场是好的。如果没有这种调味品,那永远不散的筵席又怎么办呢?我们的法律在这方面高明地作了准备,有了那种法律,那把板斧便可在狂欢的节日里滴血了。

十一 嬉笑,表率

巴黎的边界,决不会存在。任何其他城市都不像它那样冠冕堂皇地嘲弄它所控制的人们。亚历山大曾说过:"要获得你们的欢心,哦,雅典的人们!"巴黎不仅制造法律,它还制造风尚,巴黎不仅制造风尚,它还制造规范。巴黎可以变傻⑥,当它高兴那样做的时候,它有时允许自己享那种清福,于是整个世界也跟着

---

① 红尾,用红绸结在辫子上的小丑。
② 阿特乃,希伯来人称上帝为"阿特乃",意为"吾主",犹太教用此名代替禁呼的"耶和华"。
③ 西勒诺斯(Silène),酒神的义父。
④ 郎蓬诺(Ramponneau),巴黎著名的酒店老板。
⑤ 西巴利斯(Sybaris),意大利南部古城。
⑥ 指法国人民自一八三〇年七月革命后至一八四八年,一直处在以国王路易-菲力浦为代表的银行家统治下一无作为。

它傻了,接着,巴黎醒过来了,①它擦着自己的眼睛说:"我多么蠢!"并且还对着人类的脸放声狂笑。一座这样的城市是多么奇妙! 事情确也奇怪,宏伟和狂放能相互调和,威仪能不为丑化所扰,同一张嘴,今天能吹末日审判的号角,明天却又能吹葱管! 巴黎有着一种庄严的嬉笑,它的笑声是霹雳,它的戏谑有威严,它有时能在一挤眉一弄眼之间引起风暴。它的盛怒、它的纪念日、它的杰作、它的伟绩、它的丰功震撼着整个大地②,它的胡言乱语也是这样。它的笑是火山口,溅及全球。它的讥诮是火花,它把它的漫画和理想影响着其他民族。人类文化中最崇高的华表也接受它的玩弄,并把自己的永久地位让给它的笑谑。它是杰出的,它有一个拯救世人的如孤峰突起的七月十四日,它促使其他各国人民也发表网球厅誓言③,它的八月四日夜间会议④以三个小时摧毁了一千年的封建制度,它用它的逻辑创造了人们一致向往的肌肉,它的精神表现在各色各样的卓绝的形象中,它的光充满了华盛顿、考斯丘什科⑤、玻利瓦尔、波查里斯⑥、里埃哥⑦、贝姆⑧、

---

① 指一八四八年二月革命,法兰西第二共和国宣布成立。
② 指法国二月革命带动了德意志、奥地利、匈牙利、意大利等国人民的革命运动。
③ 网球厅誓言,一七八九年六月二十日,第三等级的代表在巴黎网球厅宣誓,不制定法国宪法决不解散。
④ 夜间会议,制宪议会在同年八月四日举行一次有名的夜间会议,宣布封建制度的永远废除和教会私有土地的收归国有。
⑤ 考斯丘什科(Kosciuszko,1746—1817),十八世纪九十年代杰出的波兰民族解放运动活动家,一七九四年波兰起义的领导人。
⑥ 波查里斯(Botzaris,1788—1823),希腊独立战争中的英雄。
⑦ 里埃哥(Riégo,1785—1823),西班牙将军和立宪派,一八二〇年领导反国王起义。
⑧ 贝姆(Bem,1795—1850),波兰将军,民族解放运动活动家,一八四八年参加维也纳解放斗争,是匈牙利革命的领导人之一。

马宁①、洛佩斯②、约翰·布朗③、加里波的的心。在未来火炬燃烧之处它无所不在,一七七九年在波士顿,一八二〇年在莱翁岛,一八四八年在佩斯,一八六〇年在巴勒莫,它对着群集在哈珀渡口渡船上的美国废除黑奴运动者的耳朵,也对着群集在海边戈齐客店前阿尔基黑影中的安科纳④爱国主义者的耳朵,低声传播那强有力的口号"自由"。它创造了卡纳里斯⑤,它创造了基罗加⑥,它创造了比萨康纳⑦。它把雄伟的气概辐射到全世界,正是由于随着它的风向前进,拜伦才死在梅索朗吉昂,⑧马则也才死在巴塞罗那。⑨那是米拉波⑩脚下的讲台,它是罗伯斯庇尔脚下的火山口,它的书刊、它的戏剧、它的艺术、它的科学、它的文学、它的哲学是人类的手册,它有帕斯卡尔、雷尼埃、高乃依、笛卡儿、卢梭、

---

① 马宁(Manin,1804—1857),反抗奥地利统治的意大利民主党人,一八四八年威尼斯共和国总统。
② 洛佩斯(Lopez,1827—1870),巴拉圭总统,曾和阿根廷和巴西作坚决斗争。
③ 约翰·布朗(John Brown,1800—1859),美国农民起义领袖,曾号召奴隶们拿起武器来解放自己。
④ 巴勒莫(Palerme)、安科纳(Ancône),均为意大利城市。
⑤ 卡纳里斯(Canaris,1790—1877),希腊人民反抗土耳其统治的民族英雄。
⑥ 基罗加(Quiroga,1784—1841),西班牙军官,自由主义者,曾参加独立战争(1808—1814)和一八二〇年的资产阶级革命。
⑦ 比萨康纳(Pisacane,1818—1857),意大利革命者。
⑧ 英国诗人拜伦参加希腊人民反抗土耳其统治的民族解放战争,一八二四年死于希腊的梅索朗吉昂。
⑨ 马则(Mazet),法国医生,一八二一年赴西班牙巴塞罗那帮助扑灭鼠疫,自己染病去世。
⑩ 米拉波(Mirabeau,1749—1791),十八世纪末法国资产阶级革命的著名活动家,大资产阶级和资产阶级化贵族利益的代表者。

伏尔泰，这些全是每一分钟也不能少的人物。莫里哀是每一世纪都不能少的人物，它使全世界人的嘴都说它的语言，这语言并还成了救世箴言。它在每个人的精神上建立起进步的思想，它所铸造的解放信条是后代的枕边剑。一七八九年以来各国人民的每个英雄人物也都是由它的思想家和它的诗人的灵魂陶冶出来的，那并不妨碍它的野孩作风。人们称为巴黎的这个大天才，在用它的光辉改变世界面貌的同时，涂黑了忒修斯神庙墙上布什尼埃的鼻子，并在各金字塔上写了"克莱德维尔匪徒"。

巴黎随时都露着牙，它不咬牙切齿的时候便张着嘴笑。

巴黎就是那样的。它瓦顶上的烟是世界的思想。一堆堆的烂泥和乱石，如果人们要那样说也未尝不可，然而最主要的是它有思想。它不仅只是伟大，它并且还是无边无际的。为什么？因为它敢。

敢，这是为求进步所必须付出的代价。

任何卓越的胜利多少总是大胆的成果。为了革命，单凭孟德斯鸠预感，狄德罗宣传，博马舍表达，孔多塞①推演，阿鲁埃②准备，卢梭策划，那是不够的，还必须有丹东的敢。

"拿出胆量来！"③那一声吼是一切成功之母。为了使人类前进，就必须从高峰上不断地发出鼓舞人们勇气、使人意志高昂的教导。大无畏精神照耀着史册，并且是人类的奇光异

---

① 孔多塞（Condorcet, 1743—1794），法国资产阶级社会学家，启蒙运动者，倾向吉伦特派，第一个制定了人的理性的不断完善是历史进步这种唯心主义理论。
② 阿鲁埃（Arouet），伏尔泰的原名。
③ 丹东在一七九二年号召法国人民消灭国内外敌人时说："拿出胆量来，继续拿出胆量来，不断拿出胆量来。"

彩之一。旭日在东升时是敢于冲破黑暗的。试探,挺进,忍耐,坚持,忠贞不渝,与命运搏斗,以泰然自若的神态使苦难惊奇,时而冒犯不义的暴力,时而唾骂疯狂的胜利,站稳脚,昂着头,这就是人民所需要的典范,也是感召他们的光辉。那种触目惊心的闪电已从普罗米修斯的火炬移到康布罗纳的烟斗上①。

十二 人民的未来世界

至于巴黎的人民,即使是成人,也还是野孩;刻画这孩子,便是刻画这城市,正因为这个缘故我们才借了这天真的麻雀来研究这雄鹰。

正是在各个郊区才能出现巴黎种,这一点是应当着重指出的。在那些地方的才是纯种,在那些地方的才是真面目,人民在那些地方劳动吃苦,而吃苦和劳动是人生的两个方面。在那些地方的芸芸众生多到不可胜数,也不为人们所知,在他们中各种形象的人在攒动着,从拉白河沿的装卸工人直到隼山的屠宰工人,无奇不有。"都市的渣滓",西塞罗②喊着说;"乱党",声色俱厉的伯克③加以补充;贱民,下民,小民,这些字眼说来全不费事,不妨听其自然。那有什么关系?他们光着脚板走路关我什么事?他们不识字,活该。你为了这点就要放弃他们吗?你要借他们的苦难来咒骂他们吗?难道光不

---

① 指康布罗纳在滑铁卢战场上临死时对英国军队的辱骂(见本书第二部第一卷)。
② 西塞罗(Cicéron),公元前一世纪的罗马执政官。
③ 伯克(Burke,1729—1797),以诋毁法国革命闻名的英国演说家。

能照透人群吗？让我们再次呼吁："光！我们坚持要有光！光！光！"谁知道有朝一日黑暗不会通明透亮呢？革命不就是改变面貌的行动吗？努力吧，哲学家们，要教导，要发射光，要燃烧，要想得远，要说得响，要欢欣鼓舞地奔向伟大的太阳，到群众中去交结兄弟，传播好消息，不惜唇焦舌敝，宣布人权，唱《马赛曲》，散布热情，采摘古柏的青枝条。想想那扶摇直上的旋风。群众会飞扬振奋的。我们应当善于运用在某些时刻劈啪爆裂抖颤的主义和美德的熊熊烈火。那些赤着的脚、光着的胳臂、破烂的衣服以及蒙昧、卑劣、黑暗的状态是可以用来达到理想的。你深入细察人民，就能发现真理。砂砾任人践踏，没有多大价值，你如把它放在炉里，让它熔化，让它沸腾，它便会变成灿烂夺目的水晶，并且正是靠着它，伽利略和牛顿才能发现行星。

十三　小伽弗洛什

在本故事第二部分谈到的那些事发生后的八年或九年左右，人们在大庙路和水塔一带，时常看见一个十一二岁的男孩，嘴边带着他那样年纪所常有的笑容，心里却是绝对的苦闷和空虚，如果不是那样，他便相当正确地体现了我们在前面勾画过的那种野孩的形象了。那孩子确也穿着一条大人的长裤，但不是他父亲的，也披着一件妇女的裙子，但不是他母亲的。一些不相干的人由于行善让他穿上那样的破衣烂衫。他并不是没有父母。不过他的父亲不关心他，他的母亲也毫不爱他。这是一个值得怜悯的那种有父有母、却又是孤儿的孩子。

这孩子从来就只觉得街上才是他安身的地方。铺路的石块也不及他母亲的心肠硬。

他的父母早已一脚把他踢进了人生。

他也毫不在乎地飞走了。

那是一个爱吵闹、脸色发青、轻捷、机警、贫嘴、神气灵活而又有病态的孩子。他去去，来来，唱唱，作掷钱游戏，掏水沟，偶尔偷点小东西，不过只是和小猫小雀那样，偷着玩儿，人家叫他小淘气，他便笑，叫他流氓，便生气。他没有住处，没有面包，没有火，没有温暖，但是他快乐，因为他自由。

这种可怜的小把戏，一旦成了人，几乎总要遭受社会秩序这个磨盘的碾压，但是，只要他们还是孩子，个儿小，就可以逃过。任何一点小小的空隙便救了他们。

不过，那孩子尽管无依无靠，每隔两三个月，却也偶尔会说："哎，我要去看看妈妈！"于是他离开了大路、马戏场、圣马尔丹门，走下河沿，过了桥，进了郊区，走过妇女救济院，到了什么地方呢？恰恰是读者所熟悉的那道双号门，五〇一五二号，戈尔博老屋。

五〇一五二号那所破屋经常是空着的，并且永远挂着一块牌子，上面写着"房间出租"。这时，说也奇怪，却有几个人住在那里，那几个人，彼此并且毫无来往，毫无关系，那也是巴黎常有的事。他们全属于那种赤贫阶级，以原就极为潦倒、继又逐步从苦难陷入苦难、一直陷到社会底层的小市民开始，并以清除污泥的阴沟工人和收集旧衣烂衫的破布贩子这两种得不到文明好处的职业告终。

冉阿让时期的那个"二房东"已经死了，接替她的是个同一类型的家伙。我不知道哪个哲学家说过："老太婆是从来不缺的。"

这个新来的老妇人叫毕尔贡妈妈,她一生中有过三只鹦鹉,先后统治着她的灵魂,除此之外,再没有其他值得一提的事。

在那破房子的住户中,最穷苦的是户四口之家,父亲、母亲和两个已经相当大的女儿,四个人同住在一间破屋里,一间我们已经谈到过的破屋子。

这人家,乍一看,除了那种一贫如洗的窘相外,似乎也没有什么很特殊的地方,那个家长,在开始租用那间屋子时,自称姓容德雷特。他搬家的情形和那二房东所说的一句耐人咀嚼的话像得出奇,是"啥也没有搬进来",我们在此把那句话借用一下。定居后不久,这容德雷特曾向那看门、扫楼梯、同时又是住户中资格最老的妇人说:"我说妈妈,万一有什么人来找一个波兰人或意大利人或西班牙人,那就是我啊。"

这一家便是那快乐的赤脚小孩的家。他到了那里,看见的只是穷相、苦相,更难受的是见不着一点笑容,他感到的只是炉膛里的冷气和亲人心里的冷气。他走进去时别人问他:"你从哪里来?"他回答说:"从街上来。"他离开时别人问他:"你到哪里去?"他回答说:"到街上去。"他母亲还对他说:"你来这儿干什么?"

那孩子就这样生活在缺乏爱的状态中,有如地窖中萎黄的草。他并不因此感到伤心,也不埋怨任何人。他根本不知道父母究竟应当是怎样的。

尽管如此,他母亲是爱他的两个姐姐的。

我们忘了交代,在大庙路上,人们管那孩子叫小伽弗洛什。他为什么叫伽弗洛什呢?很可能是因为他父亲叫容德雷特。

断绝骨肉关系好像是某些穷苦人家的本能。

容德雷特在那所破屋里住的房间是过道底里最后的那间。在它隔壁的那间小房里住着一个极穷的青年男子,叫马吕斯先生。

我们来谈谈这马吕斯先生是什么人。

第二卷 大 绅 士

一 九十岁和三十二颗牙

在布什拉街、诺曼底街和圣东日街现在还有几个老居民，都还记得一个叫做吉诺曼先生的老人，并且在谈到他时总免不了有些向往的心情。那老人在他们还年轻时便已上了年纪。他的形象，对那些怀着惆怅心情回顾那一片若有似无的幢幢黑影——所谓过去——的人来说，还没有在大庙附近那些迷宫似的街道里完全消失。在那些地方，在路易十四时代，人们用法国全部行省的名称来命名街道，和我们今天的蒂沃利新区用欧洲所有首都的名称来命名街道一样，是绝对相似的。附带说一句，这是前进，其中进步意义是明显的。

那位在一八三一年还健到不能再健的吉诺曼先生是那样一个仅仅由于寿长而值得一看的奇人，也是那样一个在从前和所有人全一样而现在和任何人全不一样的怪人。那是一个独特的老人，千真万确是另一个时代的人，是一个真正原封不动、略带傲味的那种十八世纪的绅士，死抱着他那腐朽发臭的缙绅派头，正如侯爷珍惜他的侯爷爵位一样。他已过了九十高龄，步伐稳健，声音洪亮，目光炯炯，喝酒不掺水，能吃，能睡,能打鼾。他有三十二颗牙。除了阅读,他不戴眼镜。他还有兴致自诩多情,但他又常说,十年以来,已干脆彻底放弃女人了。他说他已不能讨人家的喜欢。此外,他不说"我太老了",而是说"我太穷了"。他常说:"要是我的家产没有败的话……嘿嘿!"的确,他只剩下一万五千利弗左右的年息了。他的美梦是希望能继承一笔遗产。能有十万法郎的年金,好找小娘儿们。我们可以看出,他和伏尔泰先生绝不相同,他绝不是那种一辈子都是半死不活、与鬼为邻的八十岁老翁,这不是一位风中残烛似的寿星,这位雄心犹存的老者一向非常健康。他是浅薄、急躁、容易动火的。他动辄大发雷霆,经常违悖情理。如果有人不肯迎合他的旨意,他便举起手杖,常常打人,好像他还生活在大世纪①似的。他有一个女儿,五十出头了,没有结婚,他发脾气时便痛打那个女儿,恨不得用鞭子抽。在他看来,她好像只有八岁。他经常狠狠地恶骂用人,常说:"哈!坏女人!"他骂人的话中有句是"破鞋堆里的破鞋"!有时,他又镇静到出奇。他每天要一个得过疯病的理发师来替他刮胡子,那理发师可是讨厌他,为的是他那女人,一个漂亮风骚的理发店老板娘,因而对吉诺曼先生有点犯酸。吉诺曼先生非常欣赏自己对一切事物的分析能力,自命聪敏过人。他说过这样的话:"老实说,我颇有辨别力,跳蚤叮我时,我有把握说出那跳蚤是从哪个女人身上跳到我身上来的。"他最常用的一些字眼是"多感的人"和"造化"。他对"造化"的解释和我们这时代对这词的理解不同。他坐在火炉边,按照自己的意思,把它编在自己的俏皮话里。"造化,"他说,"为了

---

① 大世纪,路易十四当国时期(1661—1715)。

使文化能什么都有一点，就连有趣的野蛮状态的标本也都给了它一些。欧洲有着亚洲和非洲的一些样品，只是尺寸比较小些。猫儿是客厅里的老虎，壁虎是袖珍鳄鱼。歌剧院里的舞女是玫瑰色的蛮婆。她们不吃人，但会把人咬碎。也可以这样说：'一群女妖精！'她们把人变成牡蛎①，再把他们吞下去。加勒比人②只剩下骨头不吃，而她们也只剩下贝壳不吃。这便是我们的风尚。我们不吃人，但会咬人，不杀人，但会掐人。"

二　有其主，必有其屋

他住在沼泽区受难修女街六号。房子是他自己的。那房子后来经过拆毁重建，门牌也许在巴黎街道大改号数时换过了。他在二楼占用一套宽大的老式房间，一面临街，一面对着花园，大幅大幅的哥白兰③绒毯和博韦④绒毯挂齐天花板，毯子上织的是牧羊图，天花板上和壁框里的画缩成小幅，又出现在每张围椅上。床前摆了一座九摺长屏风，上的是科罗曼德尔⑤漆。一幅幅长窗帘，襞褶舒徐，在窗口掩映，非常美观。紧靠在窗子下面的是花园，在两排窗子的转角处有窗门，开出去，便是一道台阶，大致有十二到十五级，是那健步如飞的老人经常上下的地方。在他的卧室隔壁，书房以外，还有一间最

---

① 牡蛎，傻瓜的意思。
② 加勒比人，安的列斯群岛的一个民族。
③ 哥白兰，巴黎的一家绒毯工厂。
④ 博韦，城名，在巴黎以北。
⑤ 科罗曼德尔（Coromandel），印度东北滨海地带。

为他重视的起坐间，那是间款待女友的密室，墙上挂着一幅麦黄色的壁衣，上面有百合花和其他花朵，是路易十四时期大桡船上的产品，是德·维沃纳先生特为他的情妇向苦役犯定的货，也是吉诺曼先生从一个脾气古怪在一百岁上死去的姨祖母的遗产中继承来的。他结过两次婚。他从来没有当过朝臣，却几乎做了法官，他的神气介于朝臣和法官之间。他爱谈笑，他愿意的话，也能显得亲密温柔。他在少壮时是那样一个经常受到妻子的欺瞒而从来不受情妇欺瞒的人，因为这种人全是些最难相处的丈夫，同时又是些极为可爱的情夫。他是油画鉴赏家。在他的卧室里有一幅约尔丹斯①画的不知道是谁的绝妙肖像，笔触遒劲，却又有万千精微独到之处，下笔交错纷杂，仿佛是信手涂抹而得的。吉诺曼先生的衣着不是路易十五时期的，甚至也不是路易十六时期的，而是督政府时期②的那种"荒唐少年"③的款式。直至那时，他还自以为很年轻，仍在学时髦。他的上衣是薄呢的，大而阔的翻领，长燕尾，大钢钮。此外，短裤，带扣的浅帮鞋。两只手一贯插在坎肩的小口袋里。他经常横眉怒目地说："法兰西革命是一堆土匪。"

---

① 约尔丹斯（Jordaens，1593—1678），佛兰德著名画家。
② 督政府，一七九五年至一七九九年法国的资产阶级政府。如果吉诺曼先生在一八三一年有九十岁，他在督政府时期已是近六十岁的人了。
③ "荒唐少年"（les incroyables），当时和革命力量对抗的富家子弟，他们故意穿奇装异服招摇过市，说话走路装腔作势，以此来表示自己不同于人民大众。他们爱说"这真荒唐"，从而获得"荒唐少年"这一称号。

三　明　慧

十六岁上,一天夜里,在歌剧院,他曾有过荣幸同时受到两个名噪一时成为伏尔泰吟咏对象的半老徐娘——卡玛尔戈①和莎莱——的望远镜的注视。处在双方火力的夹攻之下,他英勇地退下阵来,投向一个二八年华和他一样的像猫儿一样不为人重视、但早已使他思惹情牵、名叫娜安丽的跳舞小姑娘那里去了。他有回忆不尽的往事。他常兴奋地说:"她多漂亮呵,那吉玛尔②-吉玛尔蒂尼-吉玛尔蒂乃特,上一回我在隆桑看见她,一往情深式的鬈发,蓝宝石的'快来瞧'③,新官人色的裙袍,情急了式的皮手笼!"他在年轻时穿过一件伦敦矮子呢④裰子,他每一想起就津津乐道。"那时候,我打扮得像个东方日出处的土耳其人。"他常那样说。在他二十岁时,蒲弗莱夫人偶然遇见了他,称他为"疯美郎"。他见了那些从事政治活动和当权的人的名字,都一律加以丑化,觉得那些人出身微贱,是资产阶级。他每次读报纸(按照他的说法是读新闻纸,读小册子⑤),总忍不住要放声狂笑。"哈!"他常说,"这些人算什么!柯尔比埃尔!于芒!卡西米·贝利埃!这些东西,你也称他们为部长。我心里想,要是报纸上印着'吉诺曼先生,部长!'那岂不是开玩笑?可是!人们太蠢

---

① 卡玛尔戈(Camargo,1710—1770),巴黎歌剧院有名的芭蕾舞演员,比利时人。
② 吉玛尔(Guimard,1743—1816),有名的芭蕾舞女演员。
③ "快来瞧",新奇的首饰或其他东西的统称。
④ 伦敦矮子呢,一种薄呢,法国南部对伦敦呢的仿制品,销往东方各国。
⑤ 读小册子,另一意义是干望着别人吃东西,自己没有份。

了,他们也会觉得那也行!"任何东西的名称,不问中听不中听,他都漫不经心地叫出来,当着妇女的面也毫无顾忌。他谈着各种粗鄙、猥亵、淫秽的事物,态度却莫名其妙地镇静文雅,毫不感到别扭。这是他那个世纪的狂态。值得注意的是,韵文晦涩的时代也就是散文粗劣的时代。他的教父预言过,说他将成为一个才华横溢的人,并且替他取了这样一个有意义的名字:明慧。

四 望百老人

他出生在穆兰①,童年时代在穆兰中学得过几次奖状,并且由尼维尔内公爵亲手授予的,他称尼维尔内公爵为讷韦尔②公爵。无论国民公会、路易十六的死、拿破仑、波旁王室复辟都没能冲淡他对那次授奖大典的回忆。在他看来,"讷韦尔公爵"才是那个世纪的伟人。"多么可爱的大贵人,"他常说,"挎着他那条蓝佩带,好不神气!"在吉诺曼先生的眼中,叶卡特林娜二世③花三千卢布向贝斯多舍夫买金酒的秘方,就已经抵赎瓜分波兰的罪恶。在这问题上,他表现得非常兴奋。"金酒,"他喊道,"贝斯多舍夫的黄酊,拉莫特将军的杯中物,在十八世纪,半两装的每瓶值一个路易,是情场失意人的妙药,是降伏爱神的仙露。路易十五就曾送过二百瓶给教皇。"假如有人告诉他说金酒只不过是氯化高铁,他一定会

---

① 穆兰(Moulins),法国中部阿利埃省的省会。
② 尼维尔内(Nivernais),法国旧省名,今涅夫勒省(Nièvre),省会讷韦尔(Nevers)。
③ 叶卡特林娜二世(Catherine Ⅱ,1729—1796),俄国女皇。

暴跳如雷怒不可遏。吉诺曼先生崇拜波旁王室中人,并把一七八九年视为洪水猛兽,他不断谈到他怎样才在恐怖时期保全了性命,怎样寻欢作乐,怎样卖弄聪明,才没被砍掉脑袋。假如有个年轻人敢在他面前称赞共和制度,他会气到脸色发青,晕倒在地。有时,在谈到自己九十高龄时,他闪烁其词地说:"我很希望不会两次见到九十三①。"有时,他却又向人透露他想活到一百岁。

五 巴斯克和妮珂莱特

他有一些理论。下面便是一种:"当一个男人热爱一些女人而他自己又有妻室,他不大关心她,而她呢,模样儿丑,脾气坏,有合法地位,具备各种权利,稳坐在法律上,必要时还拈酸吃醋,那他只有一个办法来脱离烦恼,获得和平,那就是把家产交给妻子管理。宣告逊位,换取自由。那么一来,太太便有事可做了,如醉如痴地管理现钱,直到满手铜绿。指挥佃户,培养长工,召集法律顾问,主持公证人会议,说服讼棍,访问刑名师爷,出席法庭,草拟契约,口授合同,自以为当了家又作了主,卖出,买进,处理问题,发号施令,担保又受牵累,订约又解约,出让,租让,转让,布置,移置,攒聚,浪费。她做些傻事,幸福无边,自鸣得意,她有了安慰。当她丈夫轻视她时,她却在替丈夫倾家荡产方面得到了满足。"这一理论是吉诺曼先生躬行实践了的,并且成了他的历史。他的女人,后娶的那个,替他经管家产,结果是到他当鳏夫的那天,剩下的产业刚

---

① 两次九十三,指革命进入高潮的一七九三年和他自己的九十三岁。

够他过活,他几乎把所有的东西都抵押出去,才得一万五千法郎左右的年息,其中的四分之三还得随他本人化为乌有。他没有迟疑,因为他用不着怎么考虑留遗产的问题。况且他见过,遗产是会遭到风险的,例如转变为"公有财产";他还亲身遭受国营投资事业之害,他对国营事业的总账册没有多大信心。"全是坎康波瓦街①的那套把戏!"他常那样说。他在受难修女街的那所房子,我们说过,是他自己的。他经常用两个用人,"一雄一雌"。用人进门时吉诺曼先生便要替他改名字。对于男用人,他按他们的省籍喊:尼姆佬,弗朗什-孔泰佬,普瓦图佬,庇卡底佬。他最后的男用人是一个五十五岁、肠肥气喘、跑不了二十步的大块头,但是,因为他生在巴荣纳,吉诺曼先生便叫他做巴斯克②佬。至于他家里的女用人,一概叫妮珂莱特(即使是我们在后面要谈到的马侬妈妈也一样)。一天,来了一个厨娘,一位名厨,身材高大,属于看门妇人的那种魁伟类型。"您希望每月赚多少工资?""三十法郎。""您叫什么名字?""奥林匹。""你的工资,我给五十法郎,你的名字却得叫妮珂莱特。"

六　略谈马侬和她的两个孩子

吉诺曼先生的苦痛经常表现为愠怒,他在失望时老爱上

---

① 摄政时期(1715—1723),法国王朝聘用苏格兰人劳氏(Law)管理财政,劳氏在法国建立银行网,使许多人破产。劳氏银行设在巴黎坎康波瓦街。
② 巴斯克(Basque),法国西南与西班牙交界一带的名称,巴荣纳(Beyonne)是该地一城市。

火。他有各色各样的偏见，却又完全放诞妄为。他用来完成自己外表方面的特色和内心的满足的一种表现，便是一贯老风流，并且要装模作样把自己装成确是那样的神气。他管那样叫做有"大家风范"。那种大家风范有时会替他带来意外的奇福。一天，有人把一只筐子，盛牡蛎的那种筐子，送到他家里，筐里装着一个初生的壮男孩，大哭大叫，身上裹着温暖的衣被，那婴孩是一个在六个月前从他家里被撵走的女工托人送来归他的。当时吉诺曼先生已是不折不扣八十四岁的人了。左右邻居都异口同声表示愤慨。那种无耻的贱女人，她要谁来信她的鬼话？好大的胆！好卑鄙的诬蔑！而他，吉诺曼先生，却一点不生气。他和颜悦色，望着那婴孩对着旁边说："怎么？干吗要这样？有什么事？有什么大不了的？你们竟那样大惊小怪，老实说，太无知了。昂古莱姆公爵先生，查理九世陛下的私生子，到八十五岁还和一个十五岁的娇娇结了婚；维吉纳尔先生，阿吕伊的侯爷，苏尔迪红衣主教的兄弟，波尔多的大主教，到八十三岁还和雅甘院长夫人的侍女生了一个儿子，一个真正的爱情的结晶，也就是日后的马耳他骑士和御前军事参赞；本世纪的伟人之一，达巴罗神甫，也是一个八十七岁的人的儿子。这些都是最平常的事。还有《圣经》里的呢！说了这些，我宣布这小爷不是我的。我们大家来照顾他吧。这不是他的过错。"这是烂好人的做法。那家伙，叫马侬的，一年过后，又送了他一份礼。仍是一个男孩。这一下，吉诺曼先生要讲条件了。他把那两个孩儿交还给他们的母亲，答应每月给八十法郎作为他们的抚养费，但做娘的方面再也不许来这一手了。他还说："我责成那做娘的必须好好照顾他们。我要随时去看他们的。"

他也确实去探望过。他有一个当神甫的兄弟，在普瓦蒂埃学院当了三十三年的院长，活到七十九岁。"他那么年轻就丢下我走了。"他常那么说。那兄弟的生平事迹不多，为人恬静而吝啬，他认为自己既然当了神甫，就必须对遇到的穷人有所布施，可是他给的只是几个小钱，或是几个贬了值的苏，那是他发现的一条通过天堂去地狱的途径。至于吉诺曼大先生，他在布施方面毫不计较，给起钱来痛快慷慨。他的性格是恳切、直率、仁慈的，假使他有钱，也许会来得更大方些。他希望凡是和他有关的事都能做得冠冕堂皇，即使是偷盗欺诈方面的事。一天，在一次分配遗产的场合里，他被一个买卖人用明显的粗暴手法敲诈了一下，他喷出了这样一段愤慨而庄严的话："啐！这做得太不高明！这种鸡鸣狗盗的把戏实在使我感到丢人。现在这时代，一切全退化了，连坏种也退化了。他妈的！竟会那样抢我这样一个人，太不像话。我好像是在树林里被人抢了，抢得我不痛不痒。有眼不识泰山！"我们说过，他结过两次婚。他的第一个妻子生了一个女儿，没有出嫁；第二个妻子也生了一个女儿，三十岁上就死了，她由于爱情、偶然或其他原因，和一个走运的军人结了婚，那军人在共和时期和帝国时期的军队里都服务过，得过奥斯特里茨勋章，并在滑铁卢被授予上校衔。"这是我的家丑。"那老绅士常说。他闻鼻烟闻得相当多，他用手背掸起他胸前的花边来有种独特的风度。他不怎么信上帝。

七　家规：天不黑，不会客

明慧·吉诺曼先生便是那样一个人，他的头发一根也不掉，也没有全白，只是花白，并且一贯梳成狗耳朵式。总之，尽管那样，仍俨然可尊。

他是从十八世纪来的：轻浮而自大。

在王朝复辟时期的最初几年中，吉诺曼先生——当时他还年轻，他在一八一四年①还只有七十四岁——住在圣日耳曼郊区，圣稣尔比斯教堂附近的塞尔凡多尼街。他只在满了八十岁后又过了些日子，这才脱离社交隐退到沼泽区去。

脱离社交以后，他仍紧守着原来的习惯，主要是白天绝对关上大门，不到天黑，不问有什么事，决不接待任何人。这一习惯是他坚决不改的。他五点钟吃晚饭，接着，大门就开了。这是他那个世纪的风气，他一点也不越规。"阳光是贼，"他说，"它只配望望关上的门窗。规规矩矩的人要到穹苍放射星光时才放射他的智慧。"他待在他的堡垒里，不接待任何人，即使国王来了也一样。这是他那时代古老的高贵气派。

八　两个不成一对

关于吉诺曼先生的两个女儿，我们刚才已经提了一下，她俩出生的年代前后相距十年。她们在年轻时彼此就很不相像，无论在性情或面貌方面，都很难看出她们是姊妹俩。小的

---

① 一八一四年，拿破仑帝国末年和王朝复辟初年。

那个是个可爱的人儿,凡是属于光明的事物都能吸引她,她爱花木、诗歌和音乐,仰慕灿烂辽廓的天空,热情,爽朗,还是孩子时,她的理想就是把自己许给一个隐隐约约的英雄人物。大的那个也有她的幻想:她见到空中有个买卖人,一个又好又胖又极阔气的军火商,一个非常出色的蠢丈夫,一个金光四射的男子,或是,一个省长;省政府里的宴会,颈子上挂根链条、立在前厅里伺候的传达吏,公家举办的舞会,市政府的讲演,做省长夫人。这一切,就是萦绕在她想象中的东西。这两姊妹,在当姑娘的岁月里便那样各自做着各人的梦,各走各的路。她们俩都有翅膀,一个像天使,一个像鹅。

任何想象都是不能完全实现的,至少在这世界上是这样。在我们这时代,没有一个天堂是实际的。那妹子已嫁给了意中人,但是她死了。姐姐却没有结过婚。

那姐姐从我们现在谈着的这故事里出现时,已是一块纯洁的古白玉、一根烧不着的老木头,她有着人从没见到过的尖鼻子和一个从没见到过的迟钝的脑袋。一件突出的小事是,除了她家里极少的几个人外,谁也不知道她的小名,大家都称她为吉诺曼大姑娘。

说到为人谨饬方面,吉诺曼大姑娘尽可赛过密斯①。那已发展到一种难以忍受的拘谨。在一生中她有件想到就害怕的往事,一天,有个男人看见了她的吊袜带。

岁月只增强了这种无情的腼腆。她总嫌她的围巾不够厚,也老怕它围得不够高。她在那些谁也不会想到要去看一下的地方添上无数的钩扣和别针。束身自爱的本义就是:堡

---

① 英国姑娘以拘谨见称。

垒未受威胁而偏要步步设防。

可是,看看有谁能猜透老妇人这种天真的心事,她常让一个长矛骑兵军官,一个名叫忒阿杜勒的侄孙去吻她,并且不无快感。

尽管她有这样一个心爱的长矛兵,我们仍称她为腼腆拘谨的老妇人还是绝对恰当的。吉诺曼姑娘原有一种半明不暗的灵魂。腼腆拘谨也正是一种善恶参半的性格。

她除了腼腆拘谨以外还笃信上帝,表里相得益彰。她是童贞圣母善堂的信女,在某些节日她戴上白面罩,哼哼唧唧念着一些特殊的经文,拜"圣血",敬"圣心",跟着许多忠实的信徒一同关在一间小礼拜堂里,待在一座耶稣会式样的古老祭台前凝视几个钟头,让她的灵魂在几块云烟似的云石中和金漆长木条栅栏内外往复穿越飘游。

她在礼拜堂里交了一个朋友,和她一样是个老处女,名叫弗波瓦姑娘,绝对呆头呆脑,吉诺曼姑娘乐于和她相处,好显出自己是头神鹰。除了念《上帝的羔羊》和《圣母颂》以外,弗波瓦姑娘的本领就只有做各种果酱了。弗波瓦姑娘是她那种人中的典型,是一头冥顽不灵、没有一点聪明的银鼠。

让我们指出,吉诺曼姑娘在进入老年的岁月里,不但毫无所获,反而一年不如一年。那是不自振作的人的必然趋势。她从来不对旁人生恶念,那是一种相当好的品质;后来,岁月磨尽棱角,时间进一步向她下软化功夫。她只是感到忧伤,一种没有来由的忧伤,她自己也不知道原因何在。她感到人生还没有开始便已经要结束了,她的声音笑貌行动,处处显出那么一种怔惶困惑的味儿。

她代她父亲主持家务。吉诺曼先生身边有女儿,正如我们从前见过的那位卞福汝主教身边有妹子。这种由一个老头子和一个老姑娘组成的家庭是一点不稀罕的,那种两老相依为命的情景总会令人怅然神往。

在这家人里,除了那个老姑娘和那老头以外,还有一个小孩,一个在吉诺曼先生面前便会发抖沉默的小男孩。吉诺曼先生和那孩子说话没有一次不是狠巴巴的,有时还举起手杖:"来!先生!坏蛋,淘气鬼,走过来!回答我,妖怪!让我看看你,小流氓!"他说些诸如此类的话,但心里可确是疼他。

那是他的外孙。我们以后还会见到这个孩子。

第三卷　外祖和外孙

一　古老客厅

吉诺曼先生住在塞尔凡多尼街时,他经常在几处极好极高贵的客厅里走动。吉诺曼先生虽然是个资产阶级,但也受到接待。由于他有双重智慧,一是他原有的智慧,二是别人以为他有智慧,甚至大家还邀请他和奉承他。他每到一处就一定要出人头地,否则他宁可不去。有些人总爱千方百计地左右别人,使人家另眼看待他们,如果不能当头领,也一定要当小丑。吉诺曼的性情却不是那样,吉诺曼先生在他平时出入的那些保王派客厅里取得了出人头地的地位,却丝毫没有损及他的自尊心。处处都以他为权威。他居然和德·波纳德先生①,甚至和贝奇-皮伊-瓦莱先生②分庭抗礼。

一八一七年前后,他每星期必定要到附近的弗鲁街上T.男爵夫人家里去消磨两个下午,那是一位值得钦佩和尊敬的

---

① 德·波纳德(Bonald,1754—1840),子爵,法国政治活动家和政论家,保王派,复辟时期的贵族和教权主义反动派的思想家之一。
② 贝奇-皮伊-瓦莱(Bengy-Puy-Vallée,1743—1823),制宪议会右派议员,后逃往国外。复辟时期撰文论述法国社会宗教和政治的关系。

妇人,她的丈夫在路易十六时期当过法国驻柏林大使。T. 男爵生前酷爱凝视和显圣①,在流亡期间他资财荡尽而死,留下的遗产只是十册红羊皮封面的金边精装手搞,内容是对麦斯麦和他的木盆的一些相当新奇的回忆。T. 夫人因门第关系,没有把它发表,只靠一笔不知怎么保留下来的微薄年金过日子。T. 夫人不和宫廷接近,她说那是一种"相当杂的地方",她过的是一种高尚、寂寞、清寒、孤芳自赏的生活。少数几个朋友每星期在她只身独守的炉边聚会两次,于是组成了一种纯粹保王派的客厅。大家在那里喝着茶,随着各人一时的兴致,低沉或兴奋,而对这个世纪、宪章、波拿巴分子、卖蓝佩带给资产阶级的蠢政、路易十八的雅各宾主义等问题发出哀叹或怒吼,并且低声谈着御弟,日后的查理十世给予人们的希望。

大家在那里把那些称拿破仑为尼古拉的鄙俚歌曲唱得兴高采烈。公爵夫人们,世界上最雅致最可爱的妇女,也在那里欢天喜地地唱着这一类的叠歌,例如下面这段指向盟员②的歌:

> 把你拖着的衬衫尾巴
> 塞进裤子里。
> 免得人家说那些爱国主义者
> 挂起了白旗③!

他们唱着自以为能吓坏人的隐语和无伤大雅而他们却认

---

① 凝视和显圣,指巫术中定睛凝视鬼魂重现等手法。
② 盟员,指一八一五年拿破仑从厄尔巴岛回国时号召组织的志愿军。
③ 白旗,投降的旗帜,也是法国当时王朝的旗帜。

为有毒的文字游戏如四行诗,甚至是对句来消遣,例如德索尔内阁,一个温和派内阁,有德卡兹和德赛尔两个阁员,他们这样唱道:

> 为了从基础上巩固这动摇了的宝座,
> 必须换土壤,换暖室,换格子。①

或者他们改编元老院的名单,认为"元老院的雅各宾臭味重得可怕",他们把那名单上的名字连缀起来,把它们组成一个句子,如"Damas, Sabran, Gouvion Saint-Cyr."于是感到乐不可支。

在那种客厅里大家丑化革命。他们都有那么一股味儿,想把同样的仇恨鼓起来,但是意思相反。他们唱着那可爱的《会好的呵》②:

> 会好的!会好的!会好的呵!
> 布宛纳巴分子被挂在街灯柱子上。

歌曲就好像是断头台,它不加区别地今天砍这个人的头,明天又砍那个人的头。那只是一种对象的改变而已。

弗阿尔台斯③案件正是在那时,一八一六年发生的,在这问题上,他们站在巴斯第德和若西翁④方面,因为弗阿尔台斯是一个"布宛纳巴分子"。他们称自由主义者为"弟兄们和朋

---

① "de sol"(土壤)和"Dessolles"(德索尔)同音,"de serre"(暖室)和"Deserre"(德赛尔)同音,"de case"(格子)和"Decazes"(德卡兹)同音。
② 《会好的呵》(ça ira),一七八九革命时期的一首革命歌曲,其中一句是"贵族挂在街灯柱子上"。这里,"贵族"被窜改为"布宛纳巴分子"。
③ 弗阿尔台斯(Fualdès),一个被暗杀的官员。
④ 巴斯第德(Bastide)和若西翁(Jausion),被认为是暗杀弗阿尔台斯的凶手。

友们",那是最刻毒的咒骂了。

正和某些礼拜堂的钟楼一样,T.男爵夫人的客厅也有两只雄鸡。一只是吉诺曼先生,另一只是拉莫特-瓦罗亚伯爵,他们提到那伯爵,总怀着敬佩的心情凑到人家耳边说:"您知道?这就是项圈事件①里的拉莫特呀!"朋党和朋党之间常有那种奇妙莫测的妥协。

我们补充这一点:在资产阶级里,择交过分随便往往会降低自己的声誉和地位,应当注意交游的对象是什么样的人,正好像和身上穿不暖的人相处会失去自己身上的热一样,接近被轻视的人也能减少别人的敬意。古老的上层社会就是处在这条规律以及其他一切规律之上的。彭帕杜尔夫人②的兄弟马里尼③常去苏比斯亲王④家里。然而……不,因为……弗培尔尼埃夫人的教父杜巴丽⑤是黎塞留⑥大元帅先生家里极受欢迎的客人。那个社会,是奥林匹斯⑦,是墨丘利⑧和盖美内亲王的家园。一个贼也可以受到接待,只要他是神。

---

① 项圈事件,一七八四年,拉莫特伯爵夫人怂恿一个红衣主教买一串极名贵的金刚钻项圈送给王后,她冒称王后早想得到那项圈。红衣主教为了逢迎王后,向珠宝商赊来交给拉莫特夫人转给王后。拉莫特夫人把那项圈遗失了,王后没收到,红衣主教付不出钱。事情闹开后激起了人民对王室和僧侣的憎恨。拉莫特夫人在广场上受到杖刑和烙印,被关在妇女救济院里,继而越狱逃往英国,在再次被捕时跳楼自杀。
② 彭帕杜尔夫人(de la Pompadour,1721—1764),路易十五的情妇。
③ 马里尼(de Marigny,1721—1781),侯爵,王室房舍总管。
④ 苏比斯(de Soubise,1715—1787),元帅,嬖臣,彭帕杜尔夫人的忠实奉承者。
⑤ 杜巴丽(Du Barry),伯爵,他的妻是路易十五的情妇。
⑥ 黎塞留(Richelieu,1696—1788),红衣主教黎塞留的侄孙,路易十四和路易十五的嬖臣,以贪污出名。
⑦ 奥林匹斯,希腊神话中众神所居之山。
⑧ 墨丘利(Mercure),希腊神话中商业和盗贼的保护神。

拉莫特伯爵,在一八一五年已是个七十五岁的老头,值得重视的只是他那种沉静严肃的神气,处处棱角毕现的冷脸,绝对谦恭的举动,一直扣到领带的上衣,一双老交叉着的长腿,一条红土色的软长裤。他的脸和他的长裤是同一种颜色。

这位拉莫特先生在那客厅里是有"地位"的,因为他很"有名",而且,说来奇怪但却是事实,也因为他姓瓦罗亚①。

至于吉诺曼先生,他是深孚众望的。他是权威。尽管他举止佻达,言语诙谐,但却有自己的一种风度使人敬服,他以仪表胜人,诚恳并有绅士的傲性,外加他那罕见的高龄。活上一个世纪那确是非同小可。岁月总会在一个人的头上加上一层使人仰慕的清辉。

此外,他的谈吐完全是一种太古岩石的火花。像这个例子,普鲁士王在帮助路易十八回朝后,假称吕邦伯爵来访问他,被路易十四的这位后裔接待得有点像勃兰登堡②侯爷那样,并还带着一种极微妙的傲慢态度。吉诺曼先生表示赞同。"除了法兰西国王外,"他说"所有其他的王都只能算是一省之王。"一天,有人在他面前进行这样的回答:"后来是怎样处理《法兰西邮报》的主笔的?""停刊(suspendu)。""'sus'③是多余的。"吉诺曼先生指出说。像这一类的谈话使他获得地位。

波旁王室回国周年纪念日举行了一次大弥撒,他望见塔列朗先生走过,说道:"恶大人阁下到了。"

吉诺曼经常由他的女儿陪着同来,当时他的女儿年过四十,倒像一个五十岁的人,陪他同来的还有一个七岁的小男

---

① 瓦罗亚(Valois),法国卡佩王室的一支。
② 勃兰登堡(Brandebourg),日耳曼帝国选侯之一,普鲁士王国的臣属。
③ "suspendu"(暂时停刊)去掉词头成"pendu"(处绞刑)。

孩,白净,红嫩,生就一双笑眯眯肯和人亲近的眼睛,他一走进客厅,总听见在座的人围着他齐声赞叹:"他多么漂亮!真可惜!可怜的孩子!"这孩子就是我们先头提到过的那个。大家称他为"可怜的孩子",因为他的父亲是"一个卢瓦尔①的匪徒"。

这位卢瓦尔的匪徒是吉诺曼先生的女婿,我们在前面也已提到过,也就是吉诺曼先生所谓的"他的家丑"。

二 当年的一个红鬼

当年如果有人经过小城韦尔农,走到那座宏大壮丽的石桥上去游玩(那座桥也许不久将被一道丑恶不堪的铁索桥所替代),立在桥栏边往下望去,便会看到一个五十左右的男子,戴一顶鸭舌帽,穿一身粗呢褂裤,衣衿上缝着一条泛黄的红丝带,脚上穿的是木鞋,他皮肤焦黄,脸黝黑,头发花白,一条又阔又长的刀痕从额头直到脸颊,弯腰,曲背,未老先衰,几乎整天拿着一把平头铲和一把修枝刀在一个小院里踱来踱去。在塞纳河左岸桥头一带,全是那种院子,每一个都有墙隔开,顺着河边排列,像一长条土台,全都种满花木,非常悦目,如果园子再大一点,就可以叫做花园,再小一点,那就是花畦了。那些院落,全是一端临河,一端有所房子的。我们先头说的那个穿短褂和木鞋的人,在一八一七年前后,便住在这些院子中最窄的一个,这些房屋中最简陋的一所里。他独自一人住在那里,孤独沉默,贫苦无依,有一个既不老又不年轻,不美

---

① 卢瓦尔(Loire),法国中部偏东之省。

又不丑,既不是农民又不是市民的妇人帮他干活。他称作花园的那一小块地,由于他种的花的艳丽,已在那小城里出了名。种花是他的工作。

由于坚持工作,遇事留意,勤于灌溉,他居然能继造物主之后,培植出几种似乎已被大地遗忘了的郁金香和大丽菊。他能别出心裁,他沤小绿肥来培植一些稀有珍贵的美洲的和中国的灌木,在这方面他超过了苏兰日·波丹。夏季天刚亮,他已到了畦埂上,插着、修着、薅着、浇着,带着慈祥、抑郁、和蔼的神气,在他的那些花中间来往奔忙,有时又停下不动,若有所思地捱上几个钟头,听着树上一只小鸟的歌唱或别人家里一个小孩的咿呀,或呆望着草尖上一滴被日光照得像钻石一样的露珠。他的饮食非常清淡,喝奶的时候多于喝酒。淘气的孩子可以使他听从,他的女仆也常骂他。他简直胆小到好像不敢见人似的,他很少出门,除了那些敲他玻璃窗的穷人和他的神甫之外,谁也不见。他的神甫叫马白夫,一个老好人。可是,如果有些本城或外来的人,无论是谁,想要见识见识他的郁金香和玫瑰,走来拉动他那小屋的门铃时,他就笑盈盈地走去开门。这就是那个卢瓦尔的匪徒了。

假使有人,在那同一时期,读了各种战争回忆录、各种传记、《通报》和大军战报,他就会被一个不时出现的名字所打动,那名字是乔治·彭眉胥。这彭眉胥在很年轻时便已是圣东日联队里的士兵。革命爆发了。圣东日联队编入了莱茵方面军。君主时代的旧联队是以省名为队名的,君主制被废除后依然照旧,到一七九四年才统一编制。彭眉胥在斯比尔、沃尔姆斯、诺伊施塔特、土尔克海姆、阿尔蔡、美因茨等地作过战,在美因茨一役,他是乌沙尔殿后部队二百人中的一个。他和其他十一个人，在安德纳赫的古垒后面阻击了赫斯亲王的全部人马，直到敌人的炮火打出一条从墙垛到斜堤的缺口，大队敌兵压来后他才退却。他在克莱贝尔部下到过马尔什安，并在蒙巴利塞尔一战中被铳子打伤了胳膊。随后，他转到了意大利前线，他是和茹贝尔保卫坦达谷的那三十个卫队之一。由于那次战功，茹贝尔升了准将，彭眉胥升了中尉。在洛迪那天，波拿巴望见贝尔蒂埃在炮火中东奔西突，夸他既是炮兵又是骑兵又是卫队，当时彭眉胥便在贝尔蒂埃的身旁。他在诺维亲眼见到他的老长官茹贝尔将军在举起马刀高呼"前进！"时倒了下去。在那次战役里，由于军事需要他领着他的步兵连从热那亚乘着一只帆船到不知道哪一个小港口去，中途遇见了七八艘英国帆船。那位热那亚船长打算把炮沉到海里，让士兵们藏在中舱，伪装成商船暗地溜走。彭眉胥却把三色旗系在绳上，升上旗杆，冒着不列颠舰队的炮火扬长而过。驶过二十海里后，他的胆量更大了，他用他的帆船攻打一艘运送部队去西西里的英国大运输舰，并且俘虏了那艘满载人马直至舱口的敌船。一八〇五年，他隶属于马莱尔师部，从斐迪南大公手里夺下了贡茨堡。在威廷根，他冒着冰雹般的枪弹双手抱起那位受了致命伤的第九龙骑队队长莫伯蒂上校。他曾在奥斯特里茨参加了那次英勇的冒着敌人炮火前进的梯形队伍。俄皇近卫军骑兵队践踏第四大队的一营步兵时，彭眉胥也参加了那次反攻，并且击溃了那批近卫军。皇上给了他十字勋章。彭眉胥，一次又一次，在曼图亚看见维尔姆泽被俘，在亚历山大看见梅拉斯被俘，在乌尔姆看见麦克被俘。他也参加了在莫蒂埃指挥下攻占汉堡的大军第八兵团。随后，他改隶第五十五大队，也就是旧时的佛兰德联队。英勇的队长路易·雨果,本书作者的叔父,在艾劳的一个坟场里,独自领着他连部的八十三个人,面对着敌军的全力猛攻,支持了两个小时,当时彭眉胥也在场。他是活着离开那坟场的三个人中的一个。弗里德兰,他也在。随后,他见过莫斯科,随后,又见过别列津纳,随后,卢岑、包岑、德累斯顿、瓦朔、莱比锡和格兰豪森峡道;随后,蒙米赖、沙多·蒂埃里、克拉昂、马恩河岸、埃纳河岸以及拉昂的惊险局面。在阿尔内勒狄克,他是骑兵队长,他用马刀砍翻了六个哥萨克人,并且救了,不是他的将军,而是他的班长。正是在那一次,他被人砍到血肉模糊,仅仅从他的左臂上,便取出了二十七块碎骨。巴黎投降的前八天,他和一个伙伴对调了职务,参加了骑兵队伍。他有旧时代所说的那种"双面手",也就是说当兵,他有使刀枪的本领,当官,也一样有指挥步兵营或骑兵队的才干。某些特别兵种,比方说,那种既是骑兵又是步兵的龙骑兵,便是由这种军事教育精心培养出来的。他随着拿破仑到了厄尔巴岛。滑铁卢战争中,他在杜布瓦旅当铁甲骑兵队队长。夺得吕内堡营军旗的便是他。他把那面旗子夺来丢在皇上的跟前。他浑身是血。他在拔旗时,劈面砍来一刀,正砍着他的脸。皇上心里喜悦,对他喊道:"升你为上校,封你为男爵,奖你第四级荣誉勋章!"彭眉胥回答说:"陛下,我代表我那成为寡妇的妻子感谢您。"一个钟点过后他倒在奥安的山沟里。我们现在要问:这乔治·彭眉胥究竟是什么人?他正是那卢瓦尔的匪徒。

关于他的历史,我们从前已经见了一些。滑铁卢战争过后,彭眉胥,我们记得,被人从奥安的那条凹路里救了出来,他居然回到了部队,从一个战地急救站转到另一个战地急救站,最后到了卢瓦尔营地。

王朝复辟以后,他被编在半薪人员里,继又被送到韦尔农去休养,就是说,去受监视。国王路易十八对百日时期发生的一切都加以否认,因而对他领受第四级荣誉勋章的资格、他的上校衔、他的男爵爵位一概不予承认。在他这面却绝不放弃一次机会去签署"上校男爵彭眉胥"。他只有一套旧的蓝制服,上街时他老佩上那颗代表第四级荣誉勋位的小玫瑰纽。检察官托人去警告他,说法院可能要追究他"擅自佩带荣誉勋章的不法行为"。当这通知由一个非正式的中间人转达给他时,彭眉胥带着苦笑回答:"我一点也不了解究竟是我听不懂法语,还是您不在说法语,事实是我听不懂您的话。"接着,他天天带上那小玫瑰纽上街,一连跑了八天。没有人敢惹他。军政部和省总指挥官写过两三次信给他,信封上写着"彭眉胥队长先生"。他把那些信全都原封不拆退了回去。与此同时,拿破仑在圣赫勒拿岛上也用同样的办法对待那些由贵人赫德森·洛①送给"波拿巴将军"的信件。在彭眉胥的嘴里——请允许我们这样说——竟有了和他皇上同样的唾沫。

从前在罗马也有过一些被俘虏的迦太基士兵,拒绝向弗拉米尼努斯②致敬,他们多少有点汉尼拔的精神。

一天早晨,他在韦尔农的街上遇见了那个检察官,他走到他面前问他:"检察官先生,我脸上老挂着这条刀伤,这不碍事吧?"

他除了那份极微薄的骑兵队队长的半薪之外,什么都没有。他在韦尔农租下他可能找到的一所最小的房子,独自一

---

① 赫德森·洛(Hadson Lowe,1769—1844),监视拿破仑的英国总督。
② 弗拉米尼努斯(Flaminius,约前228—前174),罗马统帅和执政官(前198),在第二次马其顿战争(前200—前197)中为罗马军队指挥官。

人住在那里,他的生活方式是我们先头已经见到过的。在帝国时期,他趁着战争暂息的空儿,和吉诺曼姑娘结了婚。那位老绅士,心里愤恨,却又只好同意,他叹着气说:"最高贵的人家也不得不低下头来。"彭眉胥太太是个有教养、难逢难遇的妇人,配得上她的丈夫,从任何方面说,都是教人敬慕的,可她在一八一五年死了,丢下一个孩子。这孩子是上校在孤寂中的欢乐,但是那个外祖父蛮不讲理地要把他的外孙领去,口口声声说,如果不把那孩子送交给他,他便不让他继承遗产。父亲为了孩子的利益只好让步,爱子被夺以后,他便把心寄托在花木上。

其他的一切,他也都放弃了,既不活动,也无密谋。他把自己的心剖成两半,一半交给他目前所做的这种怡情悦性的营生,一半交给他从前干过的那些轰轰烈烈的事业。他把时间消磨在对一朵石竹的希望或对奥斯特里茨的回忆上。

吉诺曼先生和他的女婿毫无来往。那上校在他的心目中是个"匪徒",而他在上校的眼里则是个"蠢材"。吉诺曼先生平日谈话从来不提上校,除非要讥诮他的"男爵爵位"才有时影射一两句。他们已经明确约定,彭眉胥永远不得探望他的儿子,否则就要把那孩子撵走,取消他的财产继承权,送还给父亲。对吉诺曼一家人来说,彭眉胥是个得瘟病的人。他们要按照他们的办法来教养那孩子。上校接受那样的条件也许错了,但是他谨守诺言,认为牺牲他个人不算什么,那样做还是对的。吉诺曼本人的财产不多,吉诺曼大姑娘的财产却很可观。那位没有出阁的姑奶奶从她母亲的娘家继承了大宗产业,她妹子的儿子自然是她的继承人了。

这孩子叫马吕斯,他知道自己有个父亲,此外便什么都不知道了。谁也不在他面前多话。可是在他外祖父领着他去的那些地方,低声的交谈,隐晦的词句,眨眼的神气,终于使那孩子心里有所领悟,有所认识,并且,由于一种潜移默化的作用,他也自然而然地把他常见的那种环境里的观点和意见变为自己所固有的了,久而久之,他一想到父亲,便感到羞惭苦闷。

当他在那种环境中渐渐成长时,那位上校,每隔两三个月,总要偷偷地、好像一个擅离指定住处的罪犯似的溜到巴黎来一次,趁着吉诺曼姑奶奶领着马吕斯去望弥撒时,他也溜去待在圣稣尔比斯教堂里。他躲在一根石柱后面,心惊胆战,惟恐那位姑奶奶回转头来,所以不动也不敢呼吸,眼睛盯着那孩子。一个脸上挂着刀痕的铁汉竟能害怕那样一个老姑娘。

正因为那样,他才和韦尔农的本堂神甫,马白夫神甫有了交情。

这位好好神甫是圣稣尔比斯教堂一位理财神甫的兄弟。理财神甫多次瞥见那人老觑着那孩子,脸上一道刀痕,眼里一眶眼泪。看神气,那人像个好男子,哭起来却又像个妇人,理财神甫见了,十分诧异。从此那人的面貌便印在他心里。一天,他到韦尔农去探望他的兄弟,走到桥上,遇见了彭眉胥上校,便认出他正好是圣稣尔比斯的那个人。理财神甫向本堂神甫谈起这件事,并且随便找了一个借口同去访问了上校。这之后就经常往来了。起初上校还不大肯说,后来也就无所不谈了,本堂神甫和理财神甫终于知道了全部事实,看清彭眉胥是怎样为了孩子的前程而牺牲自己的幸福。从此以后,本堂神甫对他特别尊敬,特别友好,上校对本堂神甫也引为知己。一个老神甫和一个老战士,只要彼此都诚恳善良,原是最容易情投意合成为莫逆之交的。他们在骨子里原是一体。一个献身于下方的祖国,一个献身于上界的天堂,其他的不同点就没有了。

马吕斯每年写两封信给他的父亲,元旦和圣乔治节①,那种信也只是为了应应景儿,由他姨母不知从什么尺牍里抄来口授的,这是吉诺曼先生惟一肯通融的地方。他父亲回信,却是满纸慈爱,外祖父收下便往衣袋里一塞,从来不看。

三 愿尔等息怨解冤

T.夫人的客厅是马吕斯对世界的全部认识。那是惟一可以让他窥察人生的洞口。那洞是阴暗的,对他来说,从缝隙里来的寒气多于暖气,暗影多于光明。那孩子,在初进入这怪社会时还是欢乐开朗的,但不久后便郁闷起来了,和他年龄尤其不相称的是阴沉起来了。他被包围在那些威严怪诞的人中,心情严肃而惊讶地望着他的四周,而四周的一切合在一起又增加了他心中的惶惑。在T.夫人的客厅里有些年高德劭的贵妇人,有叫马坦②的,有叫挪亚③的,有叫利未斯而被称为利未④的,也有叫康比而被称为康比兹⑤的。那些矜庄古老的面孔,出自远代典籍的名字,在那孩子的脑子里和所背诵的《旧约》搅浑了,那些老妇人围绕着一炉即将熄灭的火,团

---

① 圣乔治(Saint Georges,三至四世纪),相传为古代基督教殉教者,原为军人。彭眉胥是军人,故重视圣乔治节,节日在四月二十三日。
② 马坦(Mathan),《圣经·列王记下》十一章中亚他利雅崇信的巴力神之祭司。
③ 挪亚(Noé),乘方舟避洪水的人类远祖。
④ 利未(Lévi),以色列人利未族的族长。
⑤ 康比兹(Cambyse),公元前六世纪的波斯王。

团坐在绿纱罩的灯光下,面目若隐若显,神态冷峻,头发斑白或全白,身上拖着另一个时代的长裙袍,每件颜色都是阴森惨淡的,她们偶然从沉寂中说出一两句既庄严又峻刻的话;那时,小马吕斯惊慌失措瞪着眼望着她们,以为自己看见的不是妇人,而是一些古圣先贤,不是现实的人,而是鬼影。

在那些鬼影中还有着好几个教士和贵族,也经常出现在那古老的客厅里,一个是沙斯内侯爷,德·贝里夫人①的功德秘书②;一个是以笔名查理-安东尼发表单韵抒情诗的瓦洛利子爵;一个是波弗尔蒙王爷,相当年轻,头发却已花白,带一个漂亮、聪明、袒胸露背、穿一身金丝绦镶边的朱红丝绒袍的女人,这使那堆黑影里的人为之惴惴不安;一个是德·柯利阿利·德斯比努兹侯爷,是法兰西最善于掌握礼节分寸的人;一个是德·阿芒德尔伯爵,一个下巴圆嘟嘟的老好人;还有一个是德·彼尔·德·吉骑士,卢浮宫图书馆,即所谓国王阅览室的老主顾。德·波尔·德·吉先生,年纪不大,人却老了,秃顶,他追述在一七九三年十六岁时,被当作顽固分子关在苦役牢里,和一个八十岁的老头米尔波瓦的主教锁在一起,那主教也是个顽固分子,不过主教的罪名是拒绝宣誓③,而他本人的则是逃避兵役。当时是在土伦。他们的任务是夜晚到断头台上去收拾那些在白天处决的尸体和人头。他们把那些血淋淋的尸首驮在背上,他们的红帽子——苦役犯所戴的红帽子——后面有块血壳,早上干天黑后又潮了。这一类的悲惨故事在 T. 夫人的客厅里是层出不穷的,他们并且在不断咒骂

---

① 德·贝里(de Berry),公爵夫人,路易十八的侄媳。
② 功德秘书,在公爵府里管理救济捐助等事的人。
③ 当时的革命政府曾勒令教士宣誓遵守宪法。

马拉以后，更进而鼓掌称颂特雷斯达荣。有几个怪诞不经的议员常在那里打惠斯特①，迪波尔·德·沙拉尔先生，勒马尚·德·戈米古先生，还有个以起哄著名的右派，柯尔内-唐古尔先生。钦命法官德·费雷特穿着一条短裤，露着一双瘦腿，有时在去塔列朗先生家时路过此地，也到那客厅里走走。他是阿图瓦伯爵的冶游之交，他不像亚里士多德那样对康巴斯白②屈膝承欢，而是反过来叫吉玛尔蛇行匍匐，使千秋万代的人都知道有一个钦命法官替千百年前的一个哲人出了口气。

至于教士，一个是哈尔马神甫，和他合编《雷霆》的拉洛兹先生曾对他说过这样的话："谁没有五十岁？除了那些嘴上没毛的！"一个是勒都尔纳尔神甫，御前宣道士；一个是弗来西努神甫，当时他既不是伯爵，也不是主教，也不是大臣，也不是世卿，他只穿一件旧道袍，并还缺几个纽扣；还有一个是克拉弗南神甫，圣日耳曼·代·勃雷的本堂神甫；另外还有教皇的一个使臣，当时叫做马西主教的那个尼西比大主教，日后才称红衣主教，他以那个多愁的长鼻子著名；另外还有一个主教大人，他的头衔是这样的：巴尔米埃利，内廷紫衣教官，圣廷七机要秘书之一，利比里亚大教堂的议事司铎，圣人的辩护士，这是和谥圣③有关的，几乎就是天堂部门的评审官；最后还有两个红衣主教，德·拉吕泽尔纳先生和德·克雷蒙-东

---

① 惠斯特（whist），一种纸牌游戏。
② 康巴斯白（Campaspe），亚历山大的宠姬。
③ 谥圣，教皇在谥某人为圣者之先，应开会审查他的著作和事迹并加以讨论。在讨论中，由两个"律师"，一个叫上帝的律师，一个叫魔鬼的律师，进行争辩。再由教皇决定是否授予圣者称号。

纳先生。德·拉吕泽尔纳红衣主教先生是个作家,几年后曾有和夏多勃里昂同样为《保守》定稿的荣誉;德·克雷蒙-东纳先生是图卢兹的大主教,他常到巴黎他侄儿德·东纳侯爷家里来休假,他那侄儿当过海军及陆军大臣。德·克雷蒙-东纳红衣主教是一个快乐的小老头儿,常把他的道袍下摆掀起扎在腰里,露出下面的红袜子,他的特点是痛恨百科全书和酷爱打弹子。德·克雷蒙-东纳的宅子在夫人街,当年,每当夏季夜晚,打那地方走过的人常会停下来听那些弹子相撞的声音和那红衣主教的说笑声,他对他的同事,教廷枢密员克利斯特的荣誉主教,柯特莱大人喊道:"记分,神甫,我打串子球①了。"德·克雷蒙-东纳红衣主教是由他一个最亲密的朋友引到T.夫人家里去的,那朋友叫德·罗克洛尔先生,曾当过桑利斯的主教,并且是四十人②之一。德·罗克洛尔先生以身材高大,并以常守在法兰西学院里而著名。图书馆隔壁的那间厅房是当时法兰西学院举行会议的地方,好奇的人每星期四都可从那扇玻璃门见到桑利斯的前任主教,头上新扑了粉,穿着紫袜子,经常站着,背对着门,显然是为了好让人家看见他那条小白领。所有那些教士,虽然大都是宫廷中人兼教会中人,却已加强了T.夫人客厅里的严肃气氛,再加上五个法兰西世卿德·维勃雷侯爷,德·塔拉鲁侯爷,德·艾尔布维尔侯爷,达布雷子爵和瓦朗迪诺亚公爵,那种富贵气象便更突出了。那位瓦朗迪诺亚公爵虽然是摩纳哥亲王,也就是说,虽然是外国的当朝君主,但对法兰西和世卿爵位却异常崇敬,

---

① 串子球,弹子戏中以一球连撞其他两球之术语。
② 四十人,法兰西学院有院士四十人。

以致他看任何问题都要从这两点考虑。因此他常说:"红衣主教是罗马的法兰西世卿,爵士是英格兰的法兰西世卿。"此外,由于在这一世纪没有一处不受革命的影响,这封建的客厅,正如我们先头说过的,便也受资产阶级的支配。吉诺曼先生坐着头把交椅。

那地方是巴黎白色社会的英华荟萃之处。有名的人物,即使是保王派,也会被那些人拒绝。名气总离不了无政府状态。如果夏多勃里昂来到那里,大家也会把他当作杜善伯伯。几个归顺分子①在这正统派的客厅里却被通融,可以进去。伯尼奥②伯爵在那里便是受到礼遇的。

现在的"贵族"客厅已不像当年的那些客厅了。今天的圣日耳曼郊区已有了市井气。所谓保王,说得好听一点,也只能说是佞言保王了。

T. 夫人家里的座上客全属于上层社会,他们的嗜好是细腻而高亢,隐在极为有礼的外貌下。他们的习气有着许许多多不自觉的文雅细致,那完全是旧秩序死而复苏的故态。那些习气,尤其是在语言方面,好像显得有些奇特。单看表面现象的人还以为那是外省的俗态,其实只是些朽木败絮。一个妇女可以被称为"将军夫人"。"上校夫人"也不是绝对不用的。那位可爱的德·莱昂夫人,一定是在追念朗格维尔③公爵夫人和谢弗勒兹④公爵夫人,她才肯放弃她的公主头衔,乐

---

① 归顺分子,指原来拥护拿破仑后又归顺路易十八王朝的人。
② 伯尼奥(Beugnot,1786—1835),帝国政府的官员,路易十八的大臣。
③ 朗格维尔(Longueville,1619—1679),公爵夫人,曾从事政治活动并组织文学座谈客厅。
④ 谢弗勒兹(Chevreuse,1600—1679),公爵夫人,也以从事政治活动著名。

意接受这种称呼。德·克来基侯爵夫人也一样,自称"上校夫人"。

当时在杜伊勒里宫中,人们和国王闲谈时当面称他为"国王",把国王两字作为第三人称处理,从来不说"您陛下",这种过分讲究的语言,便是那个小小的上层社会中人发明的,他们认为"您陛下"这种称呼已被那个"篡位者玷污了"。

他们在那里评论时事,臧否人物。对时代冷嘲热讽,不求甚解。遇事大惊小怪,转相惊扰。各人把自己仅有的一点知识拿来互相夸耀。玛土撒拉①教着厄庇墨尼德②。聋子向瞎子通消息。他们同声否认科布伦茨以后的那段时期。于是路易十八,受天之祐是在他即位的第二十五年③,流亡回国的人也天经地义,正在他们二十五岁的少壮时期。

一切都是雍容尔雅的,什么都进行得不过火,谈话的声音好像也只是一阵阵清风,陈列的书报和那客厅正相称,都好像是些贝叶经。他们中也有些青年,不过都是些半死不活的人。在前厅伺候的仆人的服装也是灰溜溜的,主仆宾客全是些过了时的朽人。那一切都具有早已死去却又不甘心走进坟墓的神气。保守,保持,保全,这差不多就是全部词典的内容了,问题却在于气味是否好闻。在那一小撮遗老遗少的意见里,确

---

① 玛土撒拉(Mathusalem),犹太族长,挪亚的祖父,活了九百六十九岁,见《旧约》。意即老寿星。
② 厄庇墨尼德(Epiménide),传说中人物,在一个山洞里睡了五十九年,神叫醒了他,要他回雅典去教化人民。他的睡和醒常被用来比喻人在政治生活中的穷通进退。
③ 法王路易十六在一七九三年被斩决,他的儿子路易十七在一七九五年死在狱中,路易十八在一八一五年拿破仑逊位后回国,其时距路易十七之死已二十年,但路易十八不以一八一五年为他登位的第一年,而看作他登位的第二十年。

也有些香料,但是那些见解,总发出防蛀药草的味儿。那是一个僵尸世界。主人是涂了防腐香油的,仆人们是填了草料剥制的。

有个流亡归国、家财败落了的宝贝老侯爵夫人,只有一个女用人了,却还老这么说:"我的侍从们。"

那些人在 T. 夫人的客厅里干些什么呢?他们做极端派①。

做极端派,这话,虽然它所代表的事物也许还没有消灭,可是它在今天已没有意义了。让我们来解释一下。

走极端,就是走过头。就是假借王位抨击王权,假借祭台抨击教权,就是糟蹋自己所拖带的东西,就是不服驾驭,就是为了烧烤异教徒的火候是否到了家的问题而和砍柴人争吵,就是为了偶像不大受抬举而指责偶像,就是由于过分尊敬而破口谩骂,就是觉得教皇没有足够的教权,国王没有足够的王权,黑夜的光也太强了,就是为了白色对云石、雪花、天鹅和百合不满,就是把自己拥护的对象当作仇敌,就是过分推崇,以致变成反对。

走极端的精神是王朝复辟初期的突出的特征。

从一八一四年到一八二〇年左右,在右派能手维莱尔先生上台前这一短短时期,历史上没有什么事物可与之相比。这六年是非常时期,既喧嚣又沉闷,既欢腾又阴郁,好像受到

---

① 极端派,极端保王派的简称。路易十八时期,有部分人企图完全恢复旧秩序,恢复贵族和僧侣在革命前的财产和政治地位。但是路易十八鉴于国内上升的资产阶级力量,不敢操之过急,采取比较温和的政策。极端保王派对此不满,他们在政治斗争中的表现是既保王又反对国王的妥协政策。

晨曦的照耀,同时却又满天昏黑,密密层层的灾云祸影在天边堆积并慢慢消失在过去里。在那样的光明和那样的黑影里,有那么一小撮人,既新又老,既轻快又忧愁,既少壮又衰颓,他们擦着自己的眼睛,没有什么能比还乡更像梦醒那样,那一小撮人狠巴巴望着法兰西,法兰西也报以冷笑。街上满是些怪好玩的老猫头鹰似的侯爷,还乡的人和还魂的鬼,少见多怪的以前的贵族,老成高贵的世家子为了回到法兰西而嘻笑,也为了回到法兰西而哭泣,笑是笑他们自己能和祖国重相见,哭是哭他们失去了当年的君主制。十字军时代的贵族公开侮辱帝国时代的贵族,也就是说,佩剑的贵族,已经失去历史意义的古老世族,查理大帝的战友的子孙蔑视着拿破仑的战友。剑和剑,正如我们刚才说过的,彼此相互辱骂,丰特努瓦的剑可笑,已只是一块锈铁;马伦哥的剑丑恶,只是一把马刀而已。①昔日否认昨日。人的情感已无所谓伟大,也无所谓可耻了。有一个人曾称波拿巴为司卡班②。那样的社会现在已不存在了。应当着重指出,那样的社会绝没有什么残余留到今天。当我们随意想起某种情景,使它重新出现在我们的想象中时我们会感到奇怪,会感到那好像是洪水以前的社会。确切的是连社会本身它也被洪水淹没了。它已消灭在两次革命中。思想是何等的洪流!它能多么迅速地埋葬它使命中应破坏淹没的一切,它能多么敏捷地扩展了使人惊奇的视野!

这便是那些遥远愁思时期的客厅的面貌,在那里马尔坦

---

① 剑是贵族用的,马刀是士兵用的。
② 司卡班(Scapin),莫里哀所作戏剧《司卡班的诡计》中一个有计谋的仆人。

维尔①被认为比伏尔泰更有才华。

那些客厅有它们自己的一套文学和政治。他们推重菲埃魏②。阿吉埃先生为人们所敬仰。他们评论柯尔内先生,马拉盖河沿的书刊评论家。拿破仑在他们的眼里完全是个来自科西嘉岛的吃人魔鬼。日后在历史里写上布宛纳巴侯爵先生,王军少将,那已是对时代精神所作的让步了。

那些客厅的清一色的局面并没有维持多久。从一八一八年起,便已有几个空论派③在那些地方露脸。那是一种令人不安的苗头。那些人的态度是自命为保王派,却又以此而内疚。凡是在极端派自鸣得意的地方,空论派都感到有些惭愧。他们有眼光,他们不开口,他们的政治信条具有适当的自负气概,他们自信能够成功。他们特别讲究领带的白洁和衣冠的整饬,这确是大有用处的。空论派的错误或不幸,在于创造老青年。他们摆学究架子。他们梦想在专制和过激的制度上移植一种温和的政权。他们想用一种顾全大局的自由主义来代替破坏大局的自由主义,并且有时还表现了一种少见的智力。人们常听到他们这样说:"应当原谅保王主义!保王主义干了不少好事。它使传统、文化、宗教、虔敬心得以发展。它是忠实、勇敢、有骑士风度、仁爱和虔诚的。它来把君主国家千百年的伟大混在——虽然这是很可惜的——民族的新的伟

---

① 马尔坦维尔(Martainville,1776—1830),保王派分子,极右派报纸《白旗报》的创办人。
② 菲埃魏(Fiévée,1767—1839),法国反动作家,新闻记者,曾主编《论坛》。
③ 空论派,代表大金融资产阶级利益的,他们既反对封建专制,又害怕人民得势,基佐(Guizot)是他们的主要代表。

里。它的错误是不认识革命、帝国、光荣、自由、年轻的思想、年轻的一代以及新的世纪。但是它对我们所犯的这种错误,我们是不是就没有对它犯过呢?革命应当全面了解,而我们正是革命事业的继承者。攻击保王主义,这是和自由主义背道而驰的。多么大的过错!多么严重的盲目行动!革命的法兰西不尊敬历史的法兰西,那就是说不尊敬自己的母亲,也就是不尊敬它自己。君主制度的贵族在九月五日①以后所受的待遇正和帝国时代的贵族在七月八日②后所受的待遇一样。他们对雄鹰不公平,而我们对百合花③也不公平。人们总爱禁止某种事物。刮掉路易十四王冠上的金,除去亨利四世的盾形朝徽,这种举动究竟有什么用?我们嘲笑德·伏勃朗④先生擦去耶拿桥上的'N'⑤!他干的是什么事?正是我们自己所干的事。布维纳的胜利属于我们,正如马伦哥的胜利属于我们是一样的。百合花是我们的,'N'也是我们的。都是我们的民族遗产。为什么要贬低它们的价值呢?我们不应把过去的祖国看得比现在的祖国低。为什么不接受全部历史?为什么不爱整个法兰西?"

空论派便是那样批判和保护保王主义的,保王主义者却因受到批判而不满,却因受到保护而怒气冲天。

---

① 九月五日,指一八一六年九月五日,路易十八解散"无双"议院。第一帝国崩溃,极端保王派实行白色恐怖。一八一五年众议院的选举是在疯狂的白色恐怖下进行的,这一议院被称为"无双"议院,通过了一系列恐怖的法律,大部分被告被处以死刑。这一残酷的迫害就连"神圣同盟"的领导人都认为是不好的统治手段,故路易十八不得不解散这一议院。
② 一八一五年七月八日,路易十八在英普联军护送下回到巴黎。
③ 鹰,拿破仑的徽志。百合花,王室的徽志。
④ 德·伏勃朗(de Vaublanc,1756—1845),保王派首脑人物之一。
⑤ "N","Napoléon"(拿破仑)的第一个字母。

极端派标志着保王主义的第一阶段,教团①则是第二阶段的特点。强横之后,继以灵活。我们简略的描写到此结束。

本书作者,在这故事的发展中处于现代史中这一奇怪时期,他不能不走进这个已成陈迹的社会,顺便望一眼,把它的特点叙述几笔。不过他叙述得很快,并无挖苦或奚落的意思。那些往事是些令人怀念应当正视的往事,因为它们和他的母亲有关,使他和过去联系在一起。此外应当指出,那个小小的社会自有它的伟大处。我们不妨报以微笑,但是不能蔑视它,也不能仇视它。那是往日的法兰西。

马吕斯·彭眉胥和其他的孩子一样,胡乱读了一些书。他从吉诺曼姑奶奶手中解放出来时,他的外祖父便把他托付给一个名副其实的完全昏庸的老师。这智力初开的少年从一个道婆转到一个腐儒手里。马吕斯读了几年中学,继又进了法学院。他成了保王派,狂热而冷峻。他不大爱他的外祖父,外祖父的那种轻浮猥鄙的作风使他难受,他对父亲冷漠阴沉。

那孩子是内热外冷、高尚、慷慨、自负、虔诚和勇往直前的,他严肃到近于严厉,纯洁到像尚未开化。

四 匪徒的结局

马吕斯读完他的古典学科恰好是在吉诺曼退出交际社会的时候。老头儿辞别了圣日耳曼郊区和T. 夫人的客厅,迁到沼泽区,定居在受难修女街他自己的宅子里。他的用人,除门

---

① 圣母教团,成立于一八○一年,于复辟期间得到发展,并从事反动的政治活动,一八三○年随着波旁王室的倾覆而瓦解。

房以外,还有那个接替马侬名叫妮珂莱特的女仆和我们在前面谈到过的那个气促喘急的巴斯克佬。

一八二七年,马吕斯刚满十七岁。一天傍晚,他回到家里,看见外祖父手里捏着一封信。

"马吕斯,"吉诺曼先生说,"你明天得到韦尔农去一趟。"

"去干什么?"马吕斯说。

"去看你父亲。"

马吕斯颤了一下。他什么全想到过,却没有料到他有要去看父亲的一天。任何事都不会那样使他感到突兀奇特,而且,应当指出,那样使他不自在。一向疏远惯了的,现在却突然非去亲近不可。那不是一种苦恼,不是,而是一桩苦差事。

马吕斯除了政治方面的反感以外,也还有其他的动机,他一向确切认为他的父亲,那个刀斧手——吉诺曼先生在心平气和的日子里是那样称呼他的——从不爱他,那是明摆着的,否则他不会那样丢了他不管,交给旁人。他既然感到没有人爱他,他对人也就没有爱。再简单没有,他心想。

他当时惊骇到竟想不出什么来问吉诺曼先生。他外祖父接着又说:

"据说他在害病。他要你去看他。"

停了一会,他又说:

"你明天早上走。我记得,喷泉院子好像有辆车,早晨六点开,晚上到。你就乘那辆车好了。他说要去就得赶快。"

接着,他把那封信捏作一团,往衣袋里一塞。马吕斯本可当晚起程,第二天一早到他父亲身旁的。当时布洛亚街有辆夜间出发去鲁昂的公共马车,经过韦尔农。可是吉诺曼先生和马吕斯,谁都没有想到去打听一下。

第二天,夜色苍茫中马吕斯到了韦尔农。各家的烛光正一一燃起。他随便找个过路人问彭眉胥先生的住处。因为在他的思想里他是和王党同一见解的,他也并不承认他父亲是什么男爵或上校。

那人把一所住屋指给他看。他拉动门铃,有个妇人拿着一盏小油灯,走来开了门。

"彭眉胥先生住这儿?"马吕斯说。

那妇人立着不动。

"是这儿吗?"马吕斯问。

那妇人点点头。

"我可以和他谈谈吗?"

那妇人摇摇头。

"我是他的儿子,"马吕斯接着说,"他等着我呢。"

"他不等你了。"那妇人说。

他这才看出她正淌着眼泪。

她伸手指着一扇矮厅的门。他走了进去。

在那厅里的壁炉上燃着一支羊脂烛,照着三个男人,一个立着,一个跪着,一个倒在地上,穿件衬衫,直挺挺躺在方砖地上。躺在地上的那个便是上校。

另外那两个人,一个是医生,一个是神甫,神甫正在祈祷。

上校害了三天的大脑炎。刚得病时,他已感到吉少凶多,便写了封信给吉诺曼先生,去接他的儿子。病一天比一天沉重。马吕斯到达韦尔农的那个傍晚,上校的神志已开始昏迷了,他推开他的女仆,从床上爬起来,大声喊道:"我儿子不来!我要去找他去!"接着他走出自己的卧室,倒在前房的方砖地上。他刚刚才断气。

早有人去找医生和神甫。医生来得太迟了,神甫来得太迟了,他儿子也一样,来得太迟了。

从那朦胧的烛光中,可以看到在躺着不动、颜色惨白的上校的脸上,有一大颗从那死了的眼里流出的泪珠。眼睛已失去神采,泪珠却还没有干。那是哭他儿子迟迟不到的眼泪。

马吕斯望着他生平第一次,也是最末一次会面的那个人,望着那张雄赳赳令人敬慕的脸,那双睁着而不望人的眼睛,那一头白发,强壮的肢体,肢体上满是黝褐色的条痕,那都是些刀伤,满是红色的星星,那都是些弹孔。他望着那道又长又阔的刀痕给那张生来慈祥的脸添上一层英勇的气概。他想到这个人便是他的父亲,而这个人已经死了。他一动不动,漠然立着。

他所感到的凄凉,也只是他在看见任何其他一个死人躺在他面前时所能感到的那种凄凉。

屋子里的人个个在悲伤,悲伤到不能自已。用人在屋角里痛哭,神甫在抽抽噎噎地念着祈祷,医生在揩着眼泪,死者也在掉泪。

医生、神甫和那妇人从悲痛中望着马吕斯,谁都不说一句话,惟有他,才是外人。马吕斯,无动于衷,只感到自己的样子有些尴尬,不知道如何是好,他的帽子原是捏在手里的,他让它掉到地上,借以表明自己已哀痛到没有力气拿住帽子了。

同时他又感到有些后悔,觉得自己那种行为可耻。不过,这能说是他的过错吗?他不爱他的父亲,还有什么可说的!

上校什么也没有留下来。变卖家具的钱几乎不够付丧葬费。那用人找到一张破纸,交了给马吕斯。那上面有上校亲笔写的这样几句话。

> 吾儿览:皇上在滑铁卢战场上曾封我为男爵。王朝复辟,否认我这用鲜血换来的勋位,吾儿应仍承袭享受这勋位。不用说,他是当之无愧的。

在那后面,上校还加了这样几句话:

> 就在那次滑铁卢战役中,有个中士救了我的命。那人叫德纳第。多年以来,我仿佛记得他是在巴黎附近的一个村子里,谢尔或是孟费郿,开着一家小客店。吾儿如有机会遇着德纳第,望尽力报答他。

马吕斯拿了那张纸,紧紧捏在手里,那并不是出自他对父亲的孝心,而是出自对一般死者的那种泛泛的敬意,那种敬意在大家的心里总是那么有威力。

上校身后毫无遗物。吉诺曼先生派人把他的一把剑和一身军服卖给了旧货贩子。左右邻居窃取了花园,劫掠了那些稀有的花木。其他的植物都变成了荆棘丛莽,或者枯死了。

马吕斯在韦尔农只停留了四十八小时。安葬以后,他便回到巴黎,继续学他的法律,从不追念他的父亲,仿佛世上从不曾有过那样一个人似的。上校在两天以内入了土,三天以内便被遗忘了。

马吕斯在帽子上缠了一条黑纱,仅如此而已。

五　望弥撒具有使人成为革命派的功用

马吕斯一直保持着幼年时养成的那些宗教习气。在一个星期日,他到圣稣尔比斯去望弥撒,那是一座圣母堂,是他从小由他姨母带去做礼拜的地方。那天,他的心情比平时来得散乱沉重些,无意中走去跪在一根石柱后面的一张乌德勒支①丝绒椅上,在那椅背上有这样几个字:"本堂理财神甫马白夫先生。"弥撒刚开始,便有一个老人过来对马吕斯说:

"先生,这是我的位子。"

马吕斯连忙闪开,让老人就座。

弥撒结束后,马吕斯站在相隔几步的地方,若有所思,那老人又走过来对他说:

"我来向您道歉,先生,我刚才打搅了您,现在又来打搅您,您一定觉得我这人有些不近人情吧,我得向您解释一下。"

"先生,"马吕斯说,"不用了。"

"一定得解释一下,"老人接着说,"我不愿在您心里留下一个不好的印象。您看得出,我很重视这个位子。我觉得在这位子上望弥撒来得好些。为什么?让我向您说清楚。就是在这位子上,一连好多年间,每隔两三个月,我总看见一个可怜的好父亲走来望他的孩子,这是他惟一可以看见他孩子的机会和办法,因为,由于家庭达成的协议,不许他接近他的孩子。他知道人家在什么时候把他那孩子带来望弥撒,他便趁那时赶来。那小的并不知道他父亲在这里。他也许还不知道他有一个父亲呢,那天真的娃儿!他父亲,惟恐人家看见他,便待在这柱子后面。他望着他的孩子,只淌眼泪。他心疼着他的孩子呢,可怜的汉子!我见了那种情形,这里便成了我心上的圣地,我来望弥撒总爱待在这地方,这已成了习惯了。我是本堂的理财神甫,我原有我的功德板凳可以坐,但是我就爱

---

① 乌德勒支(Utrecht),荷兰城市,以纺织品著称于世。

待在这地方。那位先生的不幸我也多少知道一些。他有一个岳丈,一个有钱的大姨子,还有一些亲戚,我就不太知道了。那一伙子都威吓他,不许他这做父亲的来看他孩子,否则,便不让他的孩子继承遗产。他为了儿子将来有一天能有钱,幸福,只好牺牲他自己。人家要拆散他们父子是为了政治上的见解不同。政治上的见解我当然全都赞同,但有些人确也太没止境了。我的天主!一个人决不会因为到过滑铁卢便成了魔鬼。我们总不该为这一点事便硬把父亲撇开,不让他碰他的孩子。那人是波拿巴的一个上校。他已经去世了,我想是的。他当年住在韦尔农,我的兄弟便在那城里当神甫,他好像是叫朋玛丽或是孟培西什么的。我的天,他脸上有一道好大的刀伤。"

"彭眉胥吧?"马吕斯面无人色,问了一声。

"一点不错。正是彭眉胥。您认识他吗?"

"先生,"马吕斯说,"那是我的父亲。"

那年老的理财神甫两手相握,大声说道:

"啊!您就是那孩子!对,没错,到现在那应当是个大人了。好!可怜的孩子,真可以说您有过一位着实爱您的父亲!"

马吕斯伸出手臂搀着那老人,送他回家。第二天,他对吉诺曼先生说:

"我和几个朋友约好要去打一次猎。您肯让我去玩一趟,三天不回家吗?"

"四天也成!"他外公回答说,"去吧,去开开心。"

同时,他挤眉弄眼,对他的女儿低声说:

"找到小娘儿们了!"

六　遇见个理财神甫的后果

马吕斯去了什么地方，我们稍后就会知道。

马吕斯三天没有回家，接着他又到了巴黎，一径跑到法学院的图书馆里，要了一套《通报》。

他读了《通报》，他读了共和时期和帝国时期的全部历史，《圣赫勒拿岛回忆录》和所有其他各种回忆录、报纸、战报、宣言，他饱唉一切。他第一次在大军战报里见到他父亲的名字后，整整发了一星期的高烧。他访问了从前当过乔治·彭眉胥上级的一些将军们，其中之一是 H. 伯爵。他也看过教区理财神甫马白夫，马白夫把韦尔农的生活、上校的退休、他的花木、他的孤寂全给他谈了。马吕斯这才全面认识了那位稀有、卓越、仁厚、猛如狮子而又驯如羔羊的人，也就是他的父亲。

在他以全部时间和全部精力阅读文献的那一段时间里，他几乎没有和吉诺曼一家人见过面。到了吃饭时他才露一下面，接着，别人去找他，他又不在了。姑奶奶嘟囔不休。老吉诺曼却笑着说："有什么关系！有什么关系！是找小娘儿们的时候了！"老头儿有时还补上一句："见鬼！我还以为只是逢场作戏呢，看样子，竟是一场火热的爱了。"

这确是一场火热的爱。

马吕斯正狂热地爱着他的父亲。

同时他思想里也正起着一种非常的变化。那种变化是经多次发展逐步形成的。我们认为按阶段一步步把它全部叙述出来是有好处的，因为这正是我们那时代许多人的思想转变过程。

那段历史,他刚读到时就使他感到震惊。

最初的效果是眼花缭乱。

直到那时,共和国、帝国,在他心里还只是些牛鬼蛇神似的字眼。共和,只是暮色中的一架断头台,帝国,只是黑夜里的一把大刀。他现在仔细观看,满以为见到的只不过是一大堆凌乱杂沓的黑影,可是在那些地方使他无比惊讶又怕又乐的,却是些耀眼的星斗,米拉波、维尼奥①、圣鞠斯特、罗伯斯庇尔、卡米尔·德穆兰、丹东和一个冉冉上升的太阳:拿破仑。他不知道是怎么回事。他被阳光照得两眼昏眩,向后退却。渐渐地,惊恐的心情过去了,他已习惯于光辉的照耀,他已能注视那些动态而不感到晕眩,能细察那些人物也不觉得恐惧了,革命和帝国都在他的犀利目光前面辉煌灿烂地罗列着,他看出那两个阶段中每件大事和每个人都可概括为两种无比伟大的行动,共和国的伟大在于使交还给民众的民权获得最高的地位,帝国的伟大在于使强加给欧洲的法兰西思想获得最高的地位,他看见从革命中出现了人民的伟大面貌,从帝国中出现了法兰西的伟大面貌。他从心坎里承认那一切都是好的。

他的这种初步估计确是太过于笼统了,他一时在眩惑中忽视了的事物,我们认为没有必要在此地一一指出。我们要叙述的是个人思想的发展情况。进步是不会一蹴而就的。无论是对以前或以后的问题,我们都只能这样去看,把这话一次交代清楚后我们再往下说。

---

① 维尼奥(Vergniaud,1753—1793),国民公会吉伦特党代表,一七九三年六月二日被捕,上断头台。

他当时发现在这以前，他既不了解自己的祖国，也不了解自己的父亲。无论祖国或父亲，他都没有认识，他真好像是甘愿让云雾遮住自己的眼睛。现在他看得清楚了，一方面，他敬佩，另一方面，他崇拜。

他胸中充满了懊丧和悔恨，他悲痛欲绝地想到他心中所有的一切现在只能对一冢孤坟去倾诉了。唉！假使他父亲还活着，假使他还能见着他父亲，假使上帝动了慈悲怜悯的心让这位父亲留在人间，他不知会怎样跑去，扑上去，对他父亲喊道："父亲！我来了！是我！我的心和你的心完全一样！我是你的儿子！"他不知会怎样抱住他的白头，要淌多少眼泪在他的头发里，要怎样瞻仰他的刀伤，紧握着他的手，爱慕他的衣服，吻他的脚！唉！这父亲，为什么会死得那么早，为什么还没有上年纪，还没有享受公平的待遇，还没有得到他儿子一天的孝养，便死去了呢！马吕斯心中无时不在痛泣，无时不在悲叹。同时他真的变得更加严肃了，真的更加深沉了，对自己的信念和思想也更加有把握了。真理的光随时都在充实他的智慧。他的内心好像正在成长。他感到自己自然而然地壮大起来了，那是他前所未有的两种新因素——他的父亲和祖国促成的。

正好像人有了钥匙便可以随处开门一样，他从头分析起他以前所仇视的，深入研究他以前所鄙弃的，从此以后他能看清当初别人教他侮蔑咒骂的那些事和人中间的天意、神意和人意了。他以往的那些见解都还只是昨天的事，可是在他看来，仿佛已过去很久了，当他想起时，他便感到愤慨，并且会哑然失笑。

自从他改变了对父亲的看法，他对拿破仑的看法也自然改变了。

可是这方面的转变,我们得指出,不是没有艰苦过程的。

别人在他做孩子时,便已把一八一四年的党人①对波拿巴所作的定论灌输给他了。复辟王朝的所有偏见、利益、本性,都使人歪曲拿破仑的形象。王朝痛恨拿破仑更甚于罗伯斯庇尔。它相当巧妙地把国力的疲惫和母亲们的怨愤拿来作为口实。于是波拿巴几乎成了一种传说中的怪物,而且,一八一四年的党人,为了要把它描绘在人民的幻想中——我们前面说过,人民的幻想是和孩子的幻想相似的——便给他捏了一连串形形色色的骇人的脸谱,从凶恶而不失威严直到凶恶得令人发笑,从提比利乌斯到马虎子,样样齐全。因此,人们在谈到波拿巴时,只要以愤恨为基础也可以痛泣也可以狂笑。在马吕斯的思想里,对"那个人"——当时人们是这样称呼他的——从来就不曾有过其他的看法。那些看法又和他坚强的性格结合在一起。在他心里早就有个憎恨拿破仑的顽固小人儿了。

在读历史时,尤其是在从文件和原始资料中研究历史时,那妨碍马吕斯看清拿破仑的障眼法逐渐破了。他隐隐约约看到一个广大无比的形象,于是开始怀疑自己以前对拿破仑及其他一切是错了,他的眼睛一天天明亮起来,他一步步慢慢地往上攀登,起初还几乎是不乐意的,到后来便心旷神怡,好像有一种无可抗拒的诱惑力在推引着他似的,首先登上的是昏暗的台阶,接着又登上半明半暗的梯级,最后来到光明灿烂令

---

① 党人,一八一四年欧洲联军攻入巴黎,拿破仑逊位,王朝复辟,这里所说党人,指保王党人。

人振奋的梯级了。

有天晚上,他独自待在屋顶下的那间卧室里。他燃起了烛,推开了窗,两肘倚在窗前的桌子上,从事阅读。种种幻象从天空飞来,和他的思想交织在一起。夜是多么奇异的景象!人们听到无数微渺的声音而不知来自何处,人们看见比地球大一千二百倍的木星像一块炽炭似的发着光,天空是黑暗的,群星闪烁,令人惊悸。

他读着大军的战报,那是些在战场上写就具有荷马风格的诗篇。在那里,他偶尔见到他父亲的名字,也处处见到皇帝的名字,伟大帝国的全貌出现在他的眼前,他感到好像有一阵阵浪潮在他胸中澎湃,直往上涌,他有时仿佛感到他父亲像阵微风从他身边拂过,并且还在他耳边和他说话。他的感受越来越奇特了,他仿佛听到鼓声、炮声、军号声和队伍行进的整齐步伐,骑兵在远处奔驰的马蹄声也隐约可辨,他不时抬起眼睛仰望天空,望着那些巨大的星群在无边无际的穹苍中发光,他又低下头来看他的书,在书中他又看到另一些巨大的形象在杂乱地移转。他感到胸中郁结。他已经无法自持了,他心惊胆战,呼吸急促,突然他并不知道自己在想什么,也不知道自己受着什么力量的驱使,他立了起来,把两只手臂伸向窗外,睁眼望着那幽暝寥寂、永无极限、永无尽期的邈邈太空大吼了一声:"皇帝万岁!"

从那时起,他已胸有成竹了。科西嘉的吃人魔鬼、僭主、暴君、奸淫胞妹的禽兽、跟塔尔马学习的票友、在雅法下毒的凶犯、老虎、布宛纳巴,那一切全破灭了,在他心里都让位于茫茫一片明亮的光,在光中高不可及处竖着一座云石的恺撒像,容光惨淡,类似幽灵。对马吕斯的父亲来说,皇上只是个人们所爱戴并愿为之效死的将领,而在马吕斯心目中却不单是那样。他是命中注定来为继罗马人而起的法兰西人在统御宇宙的事业中充当工程师的。他是重建废墟的宗师巨匠,是查理大帝、路易十一、亨利四世、黎塞留、路易十四、公安委员会的继承者,他当然有污点,有疏失,甚至有罪恶,就是说,他是一个人;但他在疏失中仍是庄严的,在污点中仍是卓越的,在罪恶中也还是有雄才大略的。他是承天之命来迫使其他国家臣服大国的。他还不只是那样,他是法兰西的化身,他以手中的剑征服欧洲,以他所放射的光征服世界。马吕斯觉得波拿巴是个光芒四射的鬼物,他将永远立在国境线上保卫将来。他是暴君,但又是独裁者,是从一个共和国里诞生出来并总结一次革命的暴君。拿破仑在他的心中竟成了民意的体现者,正如耶稣是神意的体现者一样。

我们可以看出,正和所有新皈依宗教的人一样,他思想的转变使他自己陶醉了,他急急归向,并且走得太远了。他的性格原是那样的,一旦上了下行的斜坡,便几乎无法煞脚。崇拜武力的狂热冲击了他,并且打乱了他求知的热情。他一点没有察觉他在崇敬天才的同时也在胡乱地崇敬武力,就是说,他把他所崇拜的两个对象,神力和暴力,同时并列在他的崇敬心左右两旁的两个格子里了。他在旁的许多问题上也多次发生过错误。他什么都接受。在追求真理的道路上出错的机会原是常有的。他有一种大口吞下一切的鲁莽自信的劲儿。他在新走上的那条道路上审判旧秩序时,也正和他衡量拿破仑的光荣一样,忽略了减尊因素。

总之,他向前迈进了极大的一步。在他从前看见君权倾覆的地方,他现在看见了法兰西的崛起。他的方向变了。当日望残阳,而今见旭日。他转了个向。

种种转变在他心中已一一完成,但他家里人却一点也没有察觉。

通过这次隐秘的攻读,他完全蜕去了旧有的那身波旁王党和极端派的皮,也摆脱了贵族、詹姆士派①、保王派的见解,成了完全革命的,彻底民主的,并且几乎是拥护共和的。就在这时,他到金匠河沿的一家刻字铺里,订了一百张名片,上面印着:"男爵马吕斯·彭眉胥"。

这只是他父亲在他心中引起的那次转变的一种非常自然的反应。不过,他谁也不认识,不能随意到人家门房里去散发那些名片,只好揣在自己的衣袋里。

由于另一种自然反应,他越接近他的父亲、他父亲的形象,越接近上校为之奋斗了二十五年的那些事物,他便越和他的外祖父疏远了。我们已提到过,长期以来,他早已感到吉诺曼先生的性格和他一点也合不来。他俩之间早已存在着一个严肃的青年人和一个轻浮的老年人之间的各种不和谐。惹隆德②的嬉皮笑脸冒犯着刺激着维特的沉郁心情。在马吕斯和吉诺曼之间,当他们还有共同的政治见解和共同意识时,彼此似乎还可以在一座桥梁上开诚相见。一旦桥梁崩塌,鸿沟便出现了。尤其当马吕斯想到,为了一些荒谬绝顶的动机把他从上校的怀里夺过来、使父亲失去了孩子、孩子也失去了父亲

---

① 詹姆士派("Jacobites","詹姆士"之拉丁文为"Jacobus"),指一六八八年被资产阶级引用外力赶下王位的英王詹姆士二世的党徒,此处泛指一般保王党人。

② 惹隆德(Géronte),法国戏剧中一种顽固可笑、以老前辈自居的人物形象。

的,正是这吉诺曼先生,他胸中就感到一种说不出的愤懑心情。

由于对他父亲的爱,马吕斯心中几乎有了对外祖父的厌恶。

我们已经谈到,这一切却丝毫没有流露出来。不过,他变得越来越冷淡了,在餐桌上不大开口,也很少待在家里。姨母为了这些责备他,他表现得非常温顺,总推说是由于学习、功课、考试、讲座,等等。那位外祖父却总离不了他那万无一失的诊断:"发情了!准错不了。"

马吕斯不时要出门走动走动。

"他究竟是去些什么地方?"那位姑奶奶常这样问。

他旅行的时间总是很短的,一次,他去了孟费郿,那是为了遵从他父亲的遗言,去寻找滑铁卢的那个退役中士,客店老板德纳第。德纳第亏了本,客店也关了门,没人知道他的下落。为了这次寻访,马吕斯四天没回家。

"老实说,"那位外祖父说,"他真舍得干。"

有人好像觉察到,他脖子上有条黑带挂着个什么,直到胸前,在他的衬衫里面。

七 短 布 裙①

我们曾提到过一个长矛兵。

那是吉诺曼先生的一个侄孙,他一向远离家庭,在外地过着军营生活。这位忒阿杜勒·吉诺曼中尉具有人们所谓漂亮

---

① 短布裙,指贫寒人家的年轻姑娘。

军官的全部条件。他有"闺秀的腰身",一种拖曳指挥刀的潇洒风度,两头翘的胡子。他很少来巴黎,马吕斯从来不曾会过他。这两个表兄弟只是彼此知道名字而已。我们好像曾提起过,忒阿杜勒是吉诺曼姑奶奶心疼的人,她疼他,是因为她瞧不见他。眼睛瞧不见,心里便会对那人想象出无数的优点。

一天早晨,吉诺曼姑奶奶力持镇静才捺住了心头的激动,回到自己屋里。马吕斯刚才又要求他外祖父让他去作一次短期旅行,并说当天傍晚便打算动身。外祖父回答说:"去吧!"随后,吉诺曼先生转过背,把两条眉毛在额头上耸得高高的,接着说:"他外宿,屡犯不改。"吉诺曼姑娘回到自己的屋里,着实安不下心来,又走到楼梯上,她狠狠地说了这么一句:"未免太过火了。"继又问这么一句:"究竟他要去什么地方呢?"她仿佛窥到了他心中某种不大说得出口的隐秘活动,一个若隐若现的妇女,一次幽会,一种密约,如果能拿着眼镜凑近去看个清楚,那倒也不坏。刺探隐情,有如初尝异味。圣洁的灵魂是绝不厌恶这种滋味的。在虔诚笃敬的心曲深处也常有窥人隐私的好奇心。

因此她被一种要摸清底细的轻微饥渴所俘虏了。

这种好奇心所引起的激动有点超出她的惯例。为了使自己得到消遣,她便专心于自己的手艺,她开始剪裁层层棉布,拼绣那种在帝国时期和王朝复辟时期盛行的许多车轮形的饰物。工作烦闷,工作者烦躁。她在她的椅子上一直坐了好几个钟头,房门忽然开了。吉诺曼姑娘抬起她的鼻子,那位忒阿杜勒中尉立在她面前,正向她行军礼。她发出一声幸福的叫喊。人老了,又素来腼腆虔诚,并且又是姑妈,见到一个龙骑兵走进她的绣房,那总是乐意的。

"你在这里!"她喊着说。

"我路过这儿,我的姑姑。"

"快拥抱我吧。"

"遵命!"忒阿杜勒说。

他上前拥抱了她。吉诺曼姑奶奶走到她的书桌边,开了抽屉。

"你至少得在我们这儿待上整整一星期吧?"

"姑姑,我今晚就得走。"

"瞎说!"

"一点也没说错。"

"留下来,我的小忒阿杜勒,我求你。"

"我的心想留下,但是命令不许可。事情很简单,我们换防,我们原来驻扎在默伦,现在调到加容,从老防地到新防地,我们得经过巴黎。我说了,我要去看看我的姑姑。"

"这一小点是补偿你的损失的。"

她放了十个路易在他手心里。

"您的意思是说这是为了使我高兴吧,亲爱的姑姑。"

忒阿杜勒再次拥抱她,她因为自己的脖子被他军服上的金线边微微刮痛了一点而起了一阵快感。

"你是不是骑着马带着队伍出发呢?"她问他。

"不,我的姑姑,我打定主意要来看看您。我得到了特殊照顾。我的勤务兵带着我的马走了,我乘公共马车去。说到这儿,我想起要问您一桩事。"

"什么事?"

"我那表弟马吕斯·彭眉胥,他也要去旅行吗?"

"你怎么知道的?"他姑姑说,这时她那好奇心陡然被搔着最痒处了。

"来这儿时,我到公共马车站去订了一个前厢座位。"

"后来呢?"

"有个旅客已在车顶上订了个座位。我在旅客单上见到了他的名字。"

"什么名字?"

"马吕斯·彭眉胥。"

"那坏蛋!"姑姑喊着说,"哈!你那表弟可不像你这样是个有条理的孩子。到公共马车里去过夜,这成什么话!"

"跟我一样。"

"你,那是为了任务,而他呢,只是为了胡闹。"

"没有想到!"忒阿杜勒说。

到此,吉诺曼大姑娘感到有事可做了,她有了个想法。假如她是个男子,她一定会猛拍一下自己的额头。她急忙问忒阿杜勒:

"你知道你表弟不认识你吗?"

"不知道,我见过他,我,但是他从来不曾注意过我。"

"你们不是要同车赶路吗?"

"他坐在车顶上,我坐在前厢里。"

"这公共马车去什么地方?"

"去莱桑德利。"

"马吕斯是去那地方吗?"

"除非他和我一样半路下车。我要在韦尔农转车去加容。马吕斯的路线,我可一点也不知道。"

"马吕斯!这名字多难听!怎么会有人想到要叫他马吕斯!而你,至少,你叫忒阿杜勒!"

"我觉得还不如阿尔弗雷德好听。"那位军官说。

"听我说,忒阿杜勒。"

"我在听,我的姑姑。"

"注意了。"

"我注意了。"

"准备好了?"

"准备好了。"

"好吧,马昌斯时常不回家。"

"嗨嗨!"

"他时常旅行。"

"啊啊!"

"他时常在外面过夜。"

"呵呵!"

"我们很想知道这里面是些啥玩意儿。"

忒阿杜勒带着一个富有阅历的人的那种镇静态度回答说:

"无非是一两条短布裙吧。"

随即又带着那种表示自信的含蓄的笑声说道:

"个把小姑娘罢了。"

"显然是这样。"姑奶奶兴奋地说,她以为听到了吉诺曼先生在谈话,无论是那叔祖或侄孙在谈到小姑娘这几个字时,那语调几乎是一模一样的,于是她的看法也就不容抗拒地就此形成了。她接着又说:

"你得替我们做件开心事儿。你跟着马昌斯。他不认识你,你不会有什么困难。既然这里有个小姑娘,你想方设法去看看她,回头写封信把这小小故事告诉我们,让他外公开开心。"

忒阿杜勒对这种性质的侦察工作并没有太大的兴趣,但是那十个路易却使他很感动,而且觉得这种好处今后还可能会有。他便接受了任务,说道:"您喜欢怎样就怎样吧,我的姑姑。"跟着,他又对自己说:"这下我变成老保姆了。"

吉诺曼姑娘吻了他一下,说道:

"忒阿杜勒,你是决不会搞这些的,你是遵守纪律的,你是门禁制度的奴隶,你是一个安分尽职的人,你决不会离开你的家去找那样一个货色的。"

那龙骑兵做了个得意的丑脸,正如卡图什听到别人称赞他克己守法。

在这次对话的当天晚上,马吕斯坐上公共马车,绝没有想到有人监视他。至于那位监视者,他所做的第一桩事便是睡大觉。这是场地地道道的酣睡。阿耳戈斯①打了一整夜的鼾。

天刚蒙蒙亮时,公共马车上的管理人喊道:"韦尔农!韦尔农车站到了!到韦尔农的旅客们下车了!"忒阿杜勒中尉这才醒过来。

"好,"他喃喃地说,人还在半睡状态,"我得在此地下车。"

随后,他的记忆力一步一步地清楚起来了,这是醒来的效果,他想到了他的姑姑,还有那十个路易,以及要就马吕斯的所作所为作出报告的诺言。这都使他感到可笑。

---

① 阿耳戈斯(Argus),希腊神话中之百眼神,他无论昼夜总有五十只眼睛不闭。

"他也许早已不在这车上了,"他一面想,一面扣上他那身小军服上的纽扣,"他可能留在普瓦西了,也可能留在特利埃尔,他如果没有在默朗下车,也可能在芒特下车,除非他已在罗尔波阿斯下车,或是一直到帕西,从那儿向左可以去到埃夫勒,向右可以去拉罗什-盖荣。你去追吧,我的姑姑。我得对她写些什么鬼话呢,对那个好老太婆?"

正在这时,一条黑裤子从车顶上下来,出现在前车厢的玻璃窗上。

"这也许是马吕斯吧?"中尉说。

那正是马吕斯。

一个乡村小姑娘,站在车子下面,混在一群马和马夫当中对着旅客叫卖鲜花:"带点鲜花送给太太小姐们吧。"

马吕斯走到她跟前,买了她托盘中最美丽的一束鲜花。

"这下子,"忒阿杜勒一面跳下前车厢,一面说,"我可来劲了。这些花,他要拿去送给什么鬼女人呢?除非是个顶顶漂亮的女人才配得上一簇这么出色的花。我一定要去看她一眼。"

现在已不是受人之托,而是出自本人的好奇心,正如那些为自身利益追踪的狗一样,他开始跟在马吕斯后面。

马吕斯一点没有注意到忒阿杜勒。一些衣饰华丽的妇女从公共马车上走下来,他一眼也不望,仿佛周围的任何东西全不在他眼里。

"他真够钟情的了!"忒阿杜勒想。

马吕斯朝着礼拜堂走去。

"妙极,"忒阿杜勒对自己说,"礼拜堂!对呀。情人的约会,配上点宗教色彩,那真够味儿。通过慈悲天主来送秋波,没有比这更美妙的了。"

马吕斯到了礼拜堂前不往里走,却朝后堂绕了过去,绕到堂后墙垛的角上不见了。

"约会地点在外边,"忒阿杜勒说,"可以看到那小姑娘了。"

他踮起长统靴的脚尖朝着马吕斯拐弯的那个墙角走去。到了那里,他大吃一惊,停着不动了。

马吕斯,两手捂着额头,跪在一个坟前的草丛里。他已把那簇鲜花的花瓣撒在坟前。在那坟隆起的一端,也就是死者头部所在处,有个木十字架,上面写着一行白字:"上校男爵彭眉胥"。马吕斯正在失声痛哭。

那"小姑娘"只是一座坟。

八 云石碰花岗石

这便是马吕斯第一次离开巴黎时来到的地方。这便是他在吉诺曼先生每次说他"外宿"的时候来到的地方。

忒阿杜勒无意中突然和一座坟相对,完全失去了主意,他心中有一种尴尬奇特的感受,这种感受是他不能分析的,在对孤冢的敬意中掺杂着对一个上校的敬意。他连忙往后退,把马吕斯独自一个丢在那公墓里,他在后退时是有纪律的。好像死者带着宽大的肩章出现在他眼前,逼得他几乎对他行了个军礼。他不知该对他姑母写些什么,便索性什么也不写。忒阿杜勒在马吕斯爱情问题上的发现也许不会引起任何后果,如果韦尔农方面的这一经过不曾因那种常见而出之偶然的神秘安排而在巴黎立即掀起另一波折的话。

马吕斯在第三天清早回到他外祖父家里。经过两夜的旅途劳顿,他感到需要去作一小时的游泳才能补偿他的失眠,他赶紧上楼钻进自己的屋子,急急忙忙脱去身上的旅行服和脖子上那条黑带子,到浴池里去了。

吉诺曼先生和所有健康的老人一样,一早便起了床,听到他回来,便用他那双老腿的最高速度连忙跨上楼梯,到马吕斯所住的顶楼上去,想拥抱他,并在拥抱中摸摸他的底,稍稍知道一点他是从什么地方回来的。

但是那青年人下楼比八旬老人上楼来得更快些,当吉诺曼公公走进那顶楼时,马吕斯已经不在里面了。

床上的被枕没有动过,那身旅行服和那条黑带子却毫无戒备地摊在床上。

"这样更好。"吉诺曼先生说。

过了一会儿,他来到客厅,吉诺曼大姑娘正坐在那里绣她的那些车轮形花饰。

吉诺曼先生得意洋洋地走了进来。

他一手提着那身旅行服,一手提着那条挂在颈上的带子,嘴里喊道:

"胜利!我们就要揭开秘密了!我们马上就可以一清二楚、水落石出了!我们摸到这位不动声色的风流少年的底儿了!他的恋爱故事已在这里了!我有了她的相片!"

的确,那条带子上悬着一个黑轧花皮的圆匣子,很像个相片匣。

那老头儿捏着那匣子,细看了很久,却不忙着把它打开,他神情如醉如痴,心里又乐又恼,正如一个饿极了的穷鬼望着一盘香喷喷的好菜打他鼻子下面递过,却又不归他享受一样。

"这显然是张相片。准没错。这玩意儿,素来是甜甜蜜蜜挂在心坎上的。这些人多么傻!也许只是个见了叫人寒毛直竖丑极了的骚货呢!今天这些青年的口味确实不高!"

"先看看再说吧,爸。"那老姑娘说。

把那弹簧一按,匣子便开了。那里,除了一张折叠得整整齐齐的纸以外,没有旁的东西。

"老是那一套,"吉诺曼先生放声大笑,"我知道这是什么。一张定情书!"

"啊!快念念看!"姑奶奶说。

她连忙戴上眼镜,打开那张纸念道:

> 吾儿览:皇上在滑铁卢战场上曾封我为男爵。王朝复辟,否认我这用鲜血换来的勋位,吾儿应仍承袭享受这勋位。不用说,他是当之无愧的。

那父女俩的感受是无可形容的。他们仿佛觉得自己被一道从骷髅头里吹出的冷气冻僵了。他们一句话也没有交谈。只有吉诺曼先生低声说了这么一句,好像是对他自己说的:

"这是那刀斧手的笔迹。"

姑奶奶拿着那张纸颠来倒去,仔细研究,继又把它放回匣子里。

正在这时,一个长方形蓝纸包从那旅行服的一只衣袋里掉了出来。吉诺曼姑娘拾起它,打开那张蓝纸。这是马吕斯的那一百张名片。她拿出一张递给吉诺曼先生,他念道:"男爵马吕斯·彭眉胥。"

老头儿拉铃,妮珂莱特进来了。吉诺曼先生抓起那黑带、匣子和衣服,一股脑儿丢在客厅中间的地上,说道:

"把这些破烂拿回去。"

整整一个钟头在绝无声息的沉寂中过去了。那老人和老姑娘背对背坐着,各自想着各自的事,也许正是同一件事。

一个钟头过后,吉诺曼姑奶奶说:

"出色!"

过了一会,马吕斯出现了。他刚回来。在跨进门以前,他便望见他外祖父手里捏着一张他的名片,看着他进来了,便摆出豪绅们那种笑里带刺、蓄意挖苦的高傲态度,喊着说:

"了不起!了不起!了不起!了不起!了不起!你现在居然是爵爷了。我祝贺你。这究竟是什么意思呀?"

马吕斯脸上微微红了一下,回答说:

"这就是说,我是我父亲的儿子。"

吉诺曼先生收起笑容,厉声说道:

"你的父亲,是我。"

"我的父亲,"马吕斯低着眼睛,神情严肃地说,"是一个谦卑而英勇的人,他曾为共和国和法兰西光荣地服务,他是人类有史以来最伟大的时代中一个伟大的人,他在野营中生活了一个世纪的四分之一的时间,白天生活在炮弹和枪弹下,夜里生活在雨雪下和泥淖中,他夺取过两面军旗,受过二十处伤,死后却被人遗忘和抛弃,他一生只犯了一个错误,那就是:他过于热爱两个忘恩负义的家伙,祖国和我!"

这已不是吉诺曼先生所能听得进去的了。提到"共和国"这个词时,他站起来了,或者,说得更恰当些,他竖起来了。马吕斯刚才所说的每一句话,在那老保王派脸上所产生的效果,正如一阵阵从鼓风炉中吹到炽炭上的热气。他的脸由阴沉变红,由红而紫,由紫而变得烈焰直冒了。

"马吕斯!"他吼着说,"荒唐孩子!我不知道你父亲是什么东西!我也不愿知道!我不知他干过什么!我不知道这个人!但是我知道,在这伙人中,没有一个不是无赖汉!全是些穷化子、凶手、红帽子、贼!我说全是!我说全是!我可一个也不认识!我说全是,你听见了没有,马吕斯!你明白了吗,你是爵爷,就和我的拖鞋一样!全是些替罗伯斯庇尔卖命的匪徒!全是些替布—宛—纳—巴卖命的强盗!全是些背叛了,背叛了,背叛了他们的正统的国王的叛徒!全是些在滑铁卢见了普鲁士人和英格兰人便连忙逃命的胆小鬼!瞧!这就是我所知道的。假使您的令尊大人也在那里面,那我可不知道,我很生气,活该,您的仆人!"

这下,马吕斯成了炽炭,吉诺曼先生成了热风了。马吕斯浑身战栗,他不知道怎么办,他的脑袋冒火了。他好像是个望着别人把圣饼满地乱扔的神甫,是个看见过路人在他偶像身上吐唾沫的僧人。在他面前说了这种话而不受处罚,那是不行的。但是怎么办呢?他的父亲刚才被别人当着他的面践踏了一阵,被谁?被他的外祖父。怎样才能为这一个进行报复而不冒犯那一个呢?他不能侮辱他的外祖父,却又不能不为父亲雪耻。一方面是座神圣的孤坟,一方面是满头的白发。这一切在他的脑子里回旋冲突,他头重脚轻,摇摇欲倒,接着,他抬起了眼睛,狠狠盯着他的外祖父,霹雷似的吼着说:

"打倒波旁,打倒路易十八,这肥猪!"

路易十八死去已四年,但是他管不了这么多。

那老头儿,脸原是鲜红的,突然变得比他的头发更白了。

他转身对着壁炉上的一座德·贝里公爵先生①的半身像,用一种奇特的庄重态度,深深鞠了一躬。随后,他从壁炉到窗口,又从窗口到壁炉,缓缓而肃静地来回走了两次,穿过那客厅,像个活的石人一样,压得地板嘎嘎响。在第二次走回来时,他向着他那个像一头在冲突面前发呆的老绵羊似的女儿弯下腰去,带着一种几乎是镇静的笑容对她说:

"像那位先生那样的一位爵爷和像我这样的一个老百姓是不可能住在同一个屋顶下面的。"

接着,他突然挺直身体,脸色发青,浑身发抖,横眉切齿,额头被盛怒的那种骇人的光芒所扩大,伸出手臂,指着马吕斯吼道:

"滚出去。"

马吕斯离开了那一家。

第二天,吉诺曼先生对他的女儿说:

"您每隔六个月,寄六十皮斯托尔②给这吸血鬼,从今以后,您永远不许再向我提到他。"

由于还有大量余怒要消,但又不知怎么办,他便对着他的女儿连续称了三个多月的"您"。

至于马吕斯,他气冲冲地走出大门。有件应当提到的事使他心中的愤慨更加加重了。在家庭的变故中,往往会遇到这类阴错阳差的小事,使情况变得更复杂。错误虽未加多,冤仇却从而转深了。那妮珂莱特,当她在外祖父吩咐下,匆匆忙忙把马吕斯的那些"破烂"送回他屋子里去时,无意中把那个

---

① 德·贝里公爵先生,当时法国国王查理十世的儿子,保王党都认他为王位继承人。
② 皮斯托尔(pistole),法国古币,相当于十个利弗。

盛上校遗书的黑轧花皮圆匣子弄丢了,也许是掉在上顶楼去的楼梯上了,那地方原是不见阳光的。那张纸和那圆匣子都无法再找到。马吕斯深信"吉诺曼先生"——从那时起他便不再用旁的名称称呼他了——已把"他父亲的遗嘱"扔在火里去了。上校写的那几行字,原是他背熟了的,因此,他并无所失。但是,那张纸,那墨迹,那神圣的遗物,那一切,是他自己的心。而别人是怎样对待它的?

马吕斯走了,没有说去什么地方,也不知道有什么地方可去,身边带着三十法郎、一只表、一个装日常用具和衣服的旅行袋。他雇了一辆街车,说好按时计值,漫无目的地向着拉丁区走去。

马吕斯会怎样呢?

第四卷 ABC的朋友们

一 一个几乎留名后世的组织

这时代,表面上平静无事,暗地里却奔流着某种革命的震颤。来自八九和九三深谷的气流回到了空中。青年一代,请允许我们这样说,进入了发身期。他们随着时间的行进,几乎是不自觉地在起着变化。在时钟面上走动的针也在人的心里走动。每个人都迈出了他必须迈出的脚步。保王派成了自由派,自由派也成了民主派。

那好像是阵高涨中的海潮,东奔西突,百转千回,回转的特点便是交融,从而出现了一些非常奇特的思想的汇合,人们竟在崇拜拿破仑的同时也崇拜自由。我们在这里谈点历史。这正是那个时代的幻觉,见解的形成总得经过不同的阶段。伏尔泰保王主义,这一异种曾有过一个和它门当户对的主义,其奇特绝不在它之下:波拿巴自由主义。

另外一些组织比较严肃。有些探讨原理,有些热衷于人权。人们热烈追求绝对真理,探索无边的远景;这绝对真理,凭着它本身的严正,把人们的思想推向晴空,并使翱翔于霄汉。没有什么比信念更能产生梦想,也没有什么比梦想更能孕育未来。今天的乌托邦,明天的肉和骨。

在当时,先进思想有它的两种土壤,隐蔽和可疑的暗中活动正开始威胁着"既定秩序"。这苗头是极富于革命意味的。当政诸公的心计和人民的心计在坑道里碰了头。组织武装起义的准备和组织政变的密谋同在酝酿中。

当时在法国还没有像德国的道德协会①或意大利烧炭党那样庞大的地下组织,可是,这儿那儿,暗地里的渗透工作却在伸展蔓延。苦古尔德社正在艾克斯开始形成,巴黎方面,除了与这类似的一些团体以外,还有"ABC的朋友们社"。

什么是"ABC的朋友们"呢?这是一个在表面上倡导幼童教育而实际是以训练成人为宗旨的社团。

他们自称为"ABC的朋友们"。"Abaissé"②,就是人民。他们要让人民站起来。这种双关的隐语,谁要嘲笑那是不对的。双关语在政治方面有时是严肃的,如"Castratus ad castra"③曾使纳尔塞斯④成为军团统帅,又如"Barbari et Barberini"⑤,又如"Fueros y Fuegos"⑥,又如"Tu es Petrus et super hanc petram"⑦,等等。

"ABC的朋友们"为数不多。那是个在胚胎状态的秘密组织,几乎可以说是一种自由结合,如果自由结合也能产生英

---

① 道德协会,德国爱国青年的组织,成立于一八〇八年。
② "Abaissé",法语,意思是"受屈辱的",和"ABC"发音相同。
③ 拉丁语:"阉人上战场"。
④ 纳尔塞斯(Narsès,472—568),拜占庭帝国的一个宦官,后为统帅。
⑤ 拉丁语:"蛮族和巴尔柏里尼"。巴尔柏里尼是佛罗伦萨一有权势的家族,为了建造宫殿而进行抢劫。
⑥ 西班牙语,西班牙自由派联络的暗号,意思是:"独立和策源地"。
⑦ 拉丁语:"你是彼得(石头),在这石头上……"。

雄人物的话。他们在巴黎有两处聚会场所,都在大市场附近,一处是名为"科林斯"的酒店,以后我们还会谈到这地方,一处是圣米歇尔广场的一家小咖啡馆,名为"缪尚咖啡馆",现已被拆毁。这些聚会地方的第一处接近工人,第二处接近大学生。

"ABC 的朋友们"的秘密会议经常是在缪尚咖啡馆的一间后厅里举行的,来往得经过一条很长的过道,厅和店相隔颇远,有两扇窗和一道后门,经过一道隐蔽的楼梯通到一条格雷小街。他们在那里抽烟,喝酒,玩耍,谈笑。他们对一切都高谈阔论,但当涉及某些事时,却又把声音低下来。墙上钉着一幅共和时期的法兰西的旧地图,这一标志足以使警探们警觉的了。

"ABC 的朋友们"大部分是大学生,他们和几个工人有着深厚友谊。下面是几个主要人物的名字。这些人在某种程度上已是历史人物了:安灼拉、公白飞、让·勃鲁维尔、弗以伊、古费拉克、巴阿雷、赖格尔、若李、格朗泰尔。

这些青年,由于友情成了一家人。赖格尔除外,全出生在南方。

这一伙人是值得重视的。他们现在已消失在我们脑后的那些踪影全无的深渊中了。但在我们进入这段悲壮故事以前,在读者还没有见到他们在一场壮烈斗争中是怎样死去时,用一线光明把这些青年的面目照耀一下也许不是无益的。

安灼拉,我们称他为首领,下面就会知道这是为什么,他是一个有钱人家的独生子。

安灼拉是个具有魅力的青年,可是也会变得凶猛骇人。

他有天使那么美。是安提诺①再世,但也粗野。当他那运用心思的神色从眼中闪射出来时,人们见了,也许会说他在前生的某一世便经历过革命风暴了。他仿佛亲眼见过并承袭了革命的传统。他知道这一大事的全部细节。性格庄严持重而又勇敢,这在青年人身上是少有的。他有才能,又有斗志,就目前的目标来说,他是个民主主义的战士,但处于当前的活动之上,他又是最高理想的宣传者。他目光深沉,眼睑微红,下嘴唇肥厚,易于露出轻蔑的神情,高额。脸上望去只见额头,就像地平线上有辽阔的天空。正如本世纪初和前世纪末的某些少年得志的青年人那样,他有着过多的青春活力,鲜润如少女,虽然偶尔也显得苍白。他已是成人了,却还像个孩子。他二十二岁,看去却像十七,性情庄重,似乎不知道人间有所谓女人。他只有一种热情:人权;一个志愿:清除障碍。在阿梵丹山上,他也许就是格拉古②,在国民公会里,他也许就是圣鞠斯特。他几乎不望玫瑰花,不知道春天是什么,也不听雀鸟歌唱;和阿利斯托吉通相比,爱华德内敞着的喉颈也不会更使他感动,对他来说,正如对阿尔莫迪乌斯③一样,鲜花的用处只在掩蔽利剑。他在欢乐中也不苟言笑。凡是和共和制度无关的,他见到便害臊似的把眼睛低下去。他是自由女神云石塑像的情人。他的语言是枯燥的,并且颤抖得像寺院中的歌声。他的举动常常显得突兀出人意外。哪个多情女子敢到他

~~~~~~~~~~~~~~

① 安提诺(Antinous),希腊著名美男子,罗马皇帝阿德里安的近侍。
② 格拉古(Gracchus),兄弟俩,皆为罗马著名法官和演说家,他们曾建议制订土地法,限止罗马贵族的贪欲,分别在公元前一三三年和一二一年的暴乱中被杀。
③ 阿尔莫迪乌斯(Harmodius)和阿利斯托吉通(Aristogiton),公元前六世纪的雅典人,曾合力杀死暴君伊巴尔克。

身边去冒险,算她自讨没趣!如果有个什么康勃雷广场或圣让·德·博韦街上的俏女工见了这张脸,以为是个逃学的中学生,看他的行动,又像个副官,还有那细长的淡黄睫毛、蓝眼睛、迎风飘动的头发、绯红的双颊、鲜艳的嘴唇、美妙的牙齿,竟至想要饱尝这满天曙光晓色的异味,而走到安灼拉跟前去卖弄姿色的话,一双料想不到的狠巴巴的眼睛便会突然向她显示出一道鸿沟,叫她不要把以西结①的二品天使和博马舍的风流天使混为一谈。

在代表革命逻辑的安灼拉旁边,有个代表哲学的公白飞。在革命的逻辑和它的哲学之间,有这样一种区别:它的逻辑可以归结为战斗,它的哲学却只能导致和平。公白飞补充并纠正着安灼拉。他没有那么高,横里却比较壮些。他要求把一般思想的广泛原理灌输给人们,他常说"革命,然而不忘文明",在山峰的四周,他展示着广阔的碧野。因而在公白飞的全部观点中,有些可以实现也切实可用的东西。公白飞倡导的革命比安灼拉所倡导的要来得易于接受。安灼拉宣扬革命的神圣权利,而公白飞宣扬自然权利。前者紧跟着罗伯斯庇尔,后者局限于孔多塞。公白飞比安灼拉更多地过着人人所过的生活。如果这两个青年当年登上了历史舞台,也许一个会成为公正无私的人,而另一个则成为慎思明辨的人。安灼拉近于义,公白飞近于仁。仁和义,这正是他俩之间的细微区别。公白飞的温和,由于天性纯洁,正好和安灼拉的严正相比。他爱"公民"这个词,但是更爱"人"这个字,他也许还乐

---

① 以西结(Ezéchiel),希伯来著名先知,《圣经·旧约》中四大先知的第三名,传为《以西结书》的作者。

意学西班牙人那样说"Hombre"。他什么都读,常去看戏,参加大众学术讲座,跟阿拉戈学习光的极化,听了若弗卢瓦·圣伊雷尔在一堂课里讲解心外动脉和心内动脉的双重作用而大为兴奋,这两动脉一个管面部,一个管大脑。他关心时事,密切注意科学的发展,对圣西门和傅立叶作比较分析,研究古埃及文字,随手敲破鹅卵石来推断地质,凭记忆描绘飞蛾,指责科学院词典中的法文错误,研究普伊赛古和德勒兹①的著述,什么也不肯定,连奇迹也不肯定,什么也不否认,连鬼也不否认,浏览《通报》集,爱思索。他说未来是在小学教师的手里,他关心教育问题。他要求社会为知识水平和道德水平的提高、科学的实用、思想的传播以及青年智力的增长而不断工作,他担心目前治学方法的贫乏,两三个世纪以来所谓古典文学拙劣观点的局限、官家学者的专横教条、学究们的成见和旧习气,这一切最后会把我们的学校都变成牡蛎的人工培养池。他学识渊博,自奉菲薄,精细,多才多艺,钻劲十足,同时也爱深思默虑,"甚至想入非非",他的朋友们常这样说他。他对铁路、外科手术上的免痛法、暗室中影像的定影法、电报、气球的定向飞驰都深信不疑。此外,对迷信、专制、成见等为了反对人类而四处建造起来的种种堡垒,他都不大害怕。他和有些人一样,认为科学总有一天能扭转这种形势。安灼拉是个首领,公白飞是个向导。人们愿意跟那个战斗,也愿意跟这个前进。这并不是因为公白飞不能战斗,他并不拒绝和障碍进行肉搏,他会使出全身力气不顾生死地向它攻打,但是他觉得,一点一点地,通过原理的启导和法律明文的颁布,使人类

---

① 普伊赛古和德勒兹,两个磁学专家。

各自安于命运,这样会更合他的心意;在两种光明中他倾向于光的照耀,不倾向于烈火的燃烧。一场大火当然也能照亮半边天,但是为什么不等待日出呢?火山能发光,但究竟不及曙光好。公白飞爱好美的白色也许更胜于辉煌的烈焰。夹杂着烟尘的光明,用暴力换来的进步,对这温柔严肃的心灵来说只能满足他一半。像悬崖直下那样使人民突然得到真理,九三年使他惧怕,可是停滞不前的状态却又是他所更加憎恶的,他在这里嗅到腐朽和死亡的恶臭。整个地说,他爱泡沫甚于沼气,急流甚于污池,尼亚加拉瀑布甚于隼山湖。总之,他既不要停滞不前,也不要操之过急。当他那些纷纭喧噪的朋友们剑拔弩张地一心向往着绝对真理、热烈号召进行辉煌灿烂的革命斗争时,公白飞却展望着进步的自然发展,他倾向于一种善良的进步,也许冷清,但是纯净;井井有条,但是无可指责;静悄悄,但是摇撼不动。公白飞也许能双膝着地,两手合十,以待未来天真无邪地到来,希望人们去恶从善的巨大进化不至于受到任何阻扰。"善应当是纯良的。"他不断地这样反复说。的确,如果革命的伟大就是看准了光彩夺目的理想,爪子上带着血和火,穿越雷霆,向它飞去,那么,进步的美,也就是无瑕可指;华盛顿代表了其中的一个,丹东体现了其中的另一个,他俩的区别,正如生着天鹅翅膀的天使不同于生着雄鹰翅膀的天使。

让·勃鲁维尔的色调比公白飞来得更柔和些。他自称"热安"①,那是那本在研究中世纪时必读的书里那次强烈而

---

① 热安(Jehan),十五世纪一部小说中的主人公,是个嘲弄英国老国王的法国青年王子。热安与让(Jean)读音近似。

深刻的运动联系在一起、凭一时小小的奇想触发的。让·勃鲁维尔是个多情种子,他喜欢栽盆花,吹笛子,作诗,爱人民,为妇女叫屈,为孩子流泪,把未来和上帝混在同一种信心里,责怪革命革掉了一个国王和安德烈·舍尼埃①的头。他说话的声音经常是柔婉的,但又能突然刚劲起来。他有文学修养,甚至达到渊博的程度,他也几乎是个东方通。他最突出的特点是性情和善;在作诗方面,他爱豪放的风格,这对那些知道善良和伟大是多么相近的人来说是极简单的事。他懂意大利文、拉丁文、希腊文和希伯来文,这对他所起的作用是他只读四个诗人的作品:但丁、尤维纳利斯、埃斯库罗斯和以赛亚②。在法文方面,他爱高乃依胜过拉辛③,爱阿格里帕·多比涅④胜过高乃依。他喜欢徘徊在长着燕麦和矢车菊的田野里,对浮云和世事几乎寄以同样的关切。他的精神有两个方面,一面向人,一面朝着上帝;他寻求知识,也静观万物。他整天深入钻研这样一些社会问题:工资、资本、信贷、婚姻、宗教、思想自由、爱的自由、教育、刑罚、贫困、结社、财产、生产和分配、使下界芸芸众生蒙蔽在阴暗中的谜;到了夜间,他仰望群星,那些巨大的天体。和安灼拉一样,他也是个有钱人家的独生子。他说起话来语调轻缓,俯首低眉,腼腆地微笑着,举动拘束,神气笨拙,无缘无故地脸羞得通红,胆怯。然而,猛不可当。

---

① 安德烈·舍尼埃(André Chénier, 1762—1794),法国诗人,写了许多反革命诗歌,还从事反革命政治活动,一七九四年以"人民敌人"的罪名处死。国王路易十六在他前一年上了断头台。
② 以赛亚(Esaïe),希伯来先知,是《圣经·旧约》中四大先知之一。
③ 拉辛(Racine, 1639—1699),法国剧作家,法国古典主义的著名代表。
④ 阿格里帕·多比涅(Agrippa d'Aubigné, 1552—1630),法国十七世纪诗人。

弗以伊是个制扇工人，一个无父无母的孤儿，每天挣不到三个法郎，他只有一个念头：拯救世界。他还另外有种愿望：教育自己，他说这也是拯救自己。通过自学他能读能写，凡是他所知道的，全是他自己学来的。弗以伊是个性情豪放的人。他有远大的抱负。这孤儿认人民为父母。失去了双亲，他便思念祖国。他不愿世上有一个没有祖国的人。他胸中有来自民间的人所具有的那种锐利的远见，孕育着我们今天所说的"民族思想"。他学习历史为的是使自己能对他人的所作所为愤慨。在这一伙怀有远大理想的青年人当中，别人所关心的主要是法国，而他所注意的是国外。他的专长是希腊、波兰、匈牙利、罗马尼亚、意大利。这些国名是他经常以公正无私的顽强态度不断提到的，无论提得恰当或不恰当。土耳其对克里特岛和塞萨利亚，俄罗斯对华沙，奥地利对威尼斯所犯的那些暴行使他无比愤怒。尤其是一七七二年①的那次暴行更使他无法容忍。真理与愤慨相结合，能使辩才所向披靡，他有的正是这种辩才。他滔滔不绝地谈着一七七二这可耻的年份，这个被叛变行为所伤害的高尚勇敢的民族，由三国同谋共犯的罪行，这丑恶而巨大的阴谋，从这以后，好几个国家都被吞并掉，仿佛一笔勾销了它们的出生证，种种亡国惨祸都是以一七七二作为模型的榜样复制出来的。现代社会的一切罪行都是由瓜分波兰演变来的。瓜分波兰仿佛成了一种定理，而目前的一切政治暴行只是它的推演。近百年来，没有一个暴君，没有一个叛逆，绝无例外，不曾在瓜分波兰的罪证上盖过印、表示

---

① 一七七二年，俄、普、奥三国初次瓜分波兰。

过同意、签字、画押的。当人们调阅近代叛变案件的卷宗时，最先出现的便是这一件。维也纳会议①在完成它自己的罪行之前便参考过这一罪行。一七七二响起了猎狗出动的号角，一八一五响起了猎狗分赃的号角。这是弗以伊常说的话。这位可怜的工人把自己当作公理的保护人，公理给他的报答便是使他伟大。正义确是永恒不变的。华沙不会永远属于鞑靼族，正如威尼斯不会永远属于日耳曼族。君王们枉费心机，徒然污损自己的声誉。被淹没的国家迟早要重行浮出水面的。希腊再成为希腊，意大利再成为意大利。正义对事实提出的抗议是顽强存在着的。从一个民族那里抢来的赃物不会由于久占而取得所有权。这种高级的巧取豪夺行为绝不会有前途。人总不能把一个国家当作一块手绢那样随意去掉它的商标纸。

古费拉克的父亲叫德·古费拉克先生。对贵族的风尚，在王朝复辟期间，资产阶级有过这样一种错误的认识，那就是他们很重视这个小小的字。我们知道，这个小小的字并没有什么含义。可是《密涅瓦》②时代的资产阶级把这可怜的"德"字看得那么高，以致认为非把它废掉不可。德·肖弗兰先生改称为肖弗兰先生，德·科马尔丹先生改称为科马尔丹先生，德·贡斯当·德·勒贝克先生改称为班加曼·贡斯当先生，德·拉斐德先生改称为拉斐德③先生。古费拉克不甘

---

① 一八一五年，拿破仑失败后，俄、普、奥三战胜国在维也纳举行会议。
② 《密涅瓦》(Minerve)，法国王朝复辟时期一种流行的周刊。
③ 拉斐德（Lafayette, 1757—1834），法国将军，北美殖民地独立战争（1775—1783）的参加者，十八世纪末法国资产阶级革命时期的大资产阶级的领袖之一。一七九二年八月十日后逃往国外，一八三○年七月革命的领袖之一。

落后,也干脆自称为古费拉克。

关于古费拉克,我们几乎可以仅仅只谈这些,并只补充这么一点:古费拉克像多罗米埃①。

古费拉克确实具有人们称为鬼聪明的那种青春热力。这种热力,和小猫的可爱一样,过后是会消失的,整个这种妩媚潇洒的风度,在两只脚上,会变成资产阶级,在四个爪子上,便会变成老猫。

这种鬼聪明在年年走出学校和年年应征入伍的青年中,几乎是老一套,一辈又一辈地彼此竞相传递着,因此,正如刚才我们指出的,任何一个人如果在一八二八年听到古费拉克谈话,便会以为自己是在一八一七年听到多罗米埃谈话。不过古费拉克是个诚实的孩子。从表现出来的聪明看,多罗米埃和他有着同样的外貌,可是在外貌的后面他们是大不相同的。存在于他们里面的那两个内在的人,彼此是截然不同的。在多罗米埃身上蕴藏着一个法官,在古费拉克身上蕴藏着一个武士。

安灼拉是首领,公白飞是向导,古费拉克是中心。其他的人发着较多的光,而他散着更多的热,事实是他有一个中心人物所应有的种种品质。

巴阿雷参加过一八二二年六月年轻的拉勒芒②出殡那天的流血冲突。

巴阿雷是个善于诙谐而难与相处的人,诚实,爱花钱,挥霍到近于奢侈,多话到近于悬河,横蛮到近于不择手段,是当

---

① 多罗米埃,即珂赛特的父亲,见本书第一部。
② 拉勒芒(Lallemand),参加一八二二年六月自由派游行示威的被害者。

魔鬼最好的材料;穿着大胆的坎肩,怀着朱红的见解;捣起乱来,惟恐捣得不够,就是说,他感到再没有什么比争吵更可爱的了,如果这不是骚动的话;也感到再没有什么比骚动更可爱的了,如果这不是革命的话。随时都准备砸破一块玻璃,再掘掉一条街上的铺路石,再搞垮一个政府,为的是要看看效果。他是十一年级的学生。他嗅着法律,但不学它。他的铭言是"决不当律师",他的徽志是个露着一顶方顶帽的便桶柜子。他每次打法学院门前走过时(这对他来说是不常有的事),他便扣好他的骑马服(当时短上衣还没有被发明),并采取卫生措施。望见学院的大门,他便说:"好一个神气的老头儿!"望见院长代尔凡古尔先生,却说:"好一座大建筑!"他常在他的课本里发现歌曲的题材,也常在教师们的身上发现漫画的形象。他无所事事地吃着一笔相当大的学膳费,三千法郎。他的父母是农民,对父母他是知道反复表示敬意的。

关于他们,他常这样说:"这是些农民,不是资产阶级,正因为这样,他们才有点智慧。"

巴阿雷,这个任性的怪人,常在好几个咖啡店里走动,别人有常到的地点,而他却没有。他四处游荡。徘徊,人人都会,惟有游荡是巴黎人的习性。究其实,他是个感觉敏锐的人,不能以貌取人,他是有思想的。

他在"ABC 的朋友们"和其他一些还没有具体成立、要到后来才形成的组织之间,起着联络作用。

在这一群青年的组织里,有一个秃顶成员。

阿瓦雷侯爷是在路易十八逃亡那天把他扶上一辆雇用马车而被升为侯爵的,这位侯爷曾谈过这样一件事:国王在一八一四年从加来登陆回到法国时,有个人向他递了一份呈文。

国王说："您想要什么？""陛下，一个驿站。""您叫什么名字？""赖格尔。"①

国王皱起眉头，望那呈文上的签字，看见那名字是这样写的："Lesgle"。这个波拿巴味道不浓的写法感动了国王，他开始带点笑容了。"陛下，"那个递呈文的人说，"我的祖先是养狗官，诨名叫'Lesgueules'。这诨名成了我的名字。我叫做'Lesgueules'，简写是'Lesgle'，写错便成了'L'Aigle'。"这样一说，国王越发笑了起来。过后，他把莫城②的驿站派给了他，也许是故意，也许是无心。

这组织里的那个秃顶成员便是这"Lesgle"或"L'Aigle"的儿子，他自己签字是赖格尔（德·莫）。他的同学们，为了省事，干脆称他为博须埃③。

博须埃是个遭遇不好的快乐孩子。他的专长是一事无成，相反地对一切都付之一笑。二十五岁，便秃了顶。他的父亲终于有了一所房子和一块田地，可是他，做儿子的，急急忙忙，在一次失算的投机买卖中，把这房子和田地全赔光了。他有学识和智力，但不成功。他处处失利，事事落空，他架起的楼阁老砸在自己头上。他砍柴也会砍着自己的手指。他找到一个情妇，立即会发现他也有了个朋友。他随时都能遇到倒霉事，因此，他总是快快活活的。他常说："我住在摇摇欲坠的瓦片下面。"他从不大惊小怪，因为意外的事，对他来说，正

---

① 赖格尔（L'Aigle），鹰，是拿破仑的徽志，所以国王听了不顺耳。
② 莫城（Meaux），在巴黎附近。
③ 博须埃（Bossuet），十七世纪法国著名教士，当过莫城的主教，被称为莫城的鹰（L'Aigle de Meaux），因而这个赖格尔·德·莫就被同学们称为博须埃。

是意料中事,他面对逆运,泰然自若,对命运的戏弄,报以微笑,只当别人在闹着玩儿。他没有钱,可他衣袋里的兴致是取不尽用不完的。他能很快用到他最后一个苏,却从不会笑到他的最后一声笑。厄运来临,他便对这老相知致以亲切的敬礼,灾星下降,他拍拍它的肚子,遇到厄运,他也亲热到叫它的小名。"你好,小淘气。"他常这样说。

命运的种种折磨使他成了个富有创造力的人。他胸中满是门道。他一文钱也没有,可他有办法在他高兴时"一掷万金"。一天晚上,他竟带着个傻大姐,一顿夜宵吃了一百法郎,这次的欢宴触发了他的灵感,使他说了这么一句值得回忆的话:"五个路易的姑娘①替我脱靴。"

博须埃慢慢地走向当律师的职业,他学习法律,和巴阿雷的态度一样。博须埃不大有住处,有时还完全没有。他时而和这个同住,时而和那个同住,和若李同住的时候最多。若李攻读医学,比博须埃小两岁。

若李是个无病呻吟的青年。他学医的收获是治病不成反得病。二十三岁,他便以病夫自居,日日夜夜对着镜子看自己的舌头。他认为人和针一样,可以磁化,于是,他把卧室里的床摆成南北向,使他血液的循环不致受到地球大磁场的干扰。遇到大风大雨,便摸自己的脉搏。可是在所有这些人中,他是最热闹的一个。年轻,乖僻,体弱,兴致高,这一切不相连属的性格汇集在他一人身上,结果使他成了个放荡不羁而又惹人喜爱的人,那些不怕浪费子音的同学们常称他为"Jolllly"。

---

① 法语"Fille de cinq Louis"(五个路易的姑娘)和"Fille de Saint Louis"(圣路易的女儿)读音相同。路易是法国金币,值二十法郎,圣路易是十三世纪法兰西国王。

"你可以在四个翅膀①上飞翔了。"让·勃鲁维尔常向他这样说。

若李惯常用他的手杖头叩自己的鼻尖,这是心思细密的人的一种标志。

所有这些年轻人,尽管形形色色,却有一个共同的信念:进步。我们只能抱着严肃的态度来谈他们。

他们全是法兰西革命的亲生儿子。其中最轻佻的几个在提到八九年时也都会庄重起来。他们的父辈,感受各不相同,或曾是斐扬派、保王派、空论派,这没有多大关系,他们年轻,发生在他们以前的那种混乱状态和他们无关,道义的纯洁血液在他们的血管里流着。他们坚持着不容腐蚀的正义和绝对的职责,没有中间色彩。

他们有组织,有初步认识,在暗地里追寻理想。

在这一伙热情奔放和信心十足的心灵中,却有一个怀疑派。他是怎样到这里来的呢?连比而来。这个怀疑派的名字叫格朗泰尔,他惯于用"R"②这个有两重意义的字母来签字。格朗泰尔是个不让自己轻信什么的人。他还是那些在巴黎求学的大学生中学习得最多的一个,他知道最好的咖啡是在朗布兰咖啡馆,最好的台球台是在伏尔泰咖啡馆,在梅恩路的隐士居有绝妙的千层饼和绝妙的姑娘,沙格大娘铺子里有无骨烤鸡,古内特便门有上好的葱烧鱼,战斗便门有一种不出名的好酒。无论什么,他全知道哪里的好;此外,他能踢飞脚,弹

---

① 若李(Joly)名字中只有一个"l",而"l"和"aile"(翅膀)发音相同。若李的同学们把他名字中的"l"慢慢发出来,听来就像有四个"l"。
② 大写的"R"(grand r)和"Grantaire"(格朗泰尔)发音相同。

腿,也稍能跳舞,还是个有造诣的棍术家。尤其是个大酒鬼。他的相貌,丑到出奇,当时的一个最漂亮的绣靴帮的女工,伊尔玛·布瓦西,为他相貌丑陋而生气时,曾下过这样的判词"格朗泰尔是不可能的",但是自命不凡的格朗泰尔并不因此而扫兴。他见到所有的女人总一往情深地呆望着,那神气仿佛是对她们中的每一个都想说:"我愿意……"而且老要使同学们相信他是受到普遍的追求的。

民权、人权、社会契约、法兰西革命、共和、民主、人道、文明、宗教、进步,所有这些词儿,对格朗泰尔来说都几乎是毫无意义的。他对这些都报以微笑。怀疑主义,人类智慧的这一痈疽,不曾在他思想里留下一个完整的概念。他在嘲笑中过活。这是他常说的一句话:"只有一件事是可靠的:我的杯子满了。"对任何方面的忠心,无论是同辈或父辈,无论是年轻的罗伯斯庇尔或洛瓦兹罗尔,他一概加以嘲笑。他常这样说:"这些人死了也是先进的。"对耶稣受难像,他说:"这才是个成功的绞刑架呢。"游手好闲、赌博、放荡、时常醉酒,他还不怕那些思考问题的青年们厌烦,不停地唱着:"我爱姑娘们,我也爱好酒。"曲调用的是《亨利四世万岁》。

此外,这怀疑派有一种狂热病。这狂热病既不是一种思想,一种教条,也不是一种艺术,一种科学,而是一个人:安灼拉。这个乱七八糟的怀疑者在这一伙信心坚定的人中,向谁靠拢呢?向最坚定的一个。安灼拉又是怎样控制着他的呢?从思想方面吗?不是。从性格方面。这是常有的现象。一个无所不疑的人依附一个一无所疑的人,这是和色彩配合律一样简单的。我们所没有的往往吸引着我们。没有谁比瞎子更喜爱阳光。没有谁比矮子更崇拜军鼓手。癞蛤蟆的眼睛总是向着天,为什么?为了看鸟飞。格朗泰尔,因为疑心在他身体里蠢动,所以爱看安灼拉的信心飞翔。他需要安灼拉。这个束身自爱、健康、坚定、正直、刚强、淳朴的性格常使他依依不舍,这是他自己不清楚也不想对自己分析清楚的。他凭本能羡慕着自己的反面。他的那些软弱无力、曲就退让、支离破碎、病态畸形的思想把安灼拉当作脊梁那样紧紧依靠着。他精神的支柱离不了这坚强的人。在安灼拉的身旁,格朗泰尔才有点像人。他本身其实是由两种从表面看来似乎不相容的成分构成的。他爱挖苦人,但也忠厚,一切无所谓,但也有所爱好。他的精神可以不要信念,他的心却不能没有友情。这是种深深的矛盾,因为感情也是一种信念。他的性格就是这样的。有些人仿佛生来就是充当反面、背面、翻面的。波吕丢刻斯、帕特洛克罗斯、尼絮斯、厄达米达斯、埃菲西荣、佩什美雅便是这类人物。他们只是在依附另一个人的情况下才有生活;他们的名字是附属物,总是写在连接词"和"的后面的;他们的存在不属于他们自己,而是别人命运的另一面。格朗泰尔便是这一类人中的一个。他是安灼拉的背面。

人们几乎可以说:这种结合是从字母开始的。在字母的次序当中,"O"和"P"是分不开的。照你的意见读"O"和"P"也可以,读俄瑞斯忒斯和皮拉得斯①也可以。

格朗泰尔,安灼拉的真正的卫星,寓居在这些青年人的活

---

① 俄瑞斯忒斯(Oreste)和皮拉得斯(Pylade),希腊神话中一对好朋友。俄瑞斯忒斯是阿伽门农和克吕泰涅斯特拉之子,阿伽门农被其妻及奸夫杀害后,俄瑞斯忒斯之姐将其送往父亲好友斯特洛菲俄斯家避难,俄瑞斯忒斯长大后与其姐共谋,杀死母亲及奸夫,为其父报仇。皮拉得斯是斯特洛菲俄斯之子,俄瑞斯忒斯的好友,他帮助俄瑞斯忒斯报杀父之仇。

动场所里，他生活在那里，他只是在那里才感到舒适，他随时随地都跟着他们。他的快乐便是望着这些人的影子在酒气中来来往往。大家看见他的兴致高，也就对他采取了容忍态度。

安灼拉，一个信心坚定的人，是瞧不起这种怀疑派的，他生活有节制，更瞧不起这种醉鬼。他只对他表示一点点高傲的怜悯心。格朗泰尔想做皮拉得斯也办不到。他经常受到安灼拉的冲撞，严厉的摈斥，被撵以后，仍旧回来，他说，安灼拉"是座多美的云石塑像"！

二 悼勃隆多的诔词，博须埃作

某天下午——我们马上可以知道，正是我们在前面谈过的一些事发生的那天——赖格尔·德·莫正满腔心事地靠在缪尚咖啡馆的大门框上，活像是那门旁的一根人形石柱，显得百无聊赖，他心里除了杂乱的遐想以外便空无所有。他瞪眼望着米歇尔广场。用背靠在旁的东西上，那是一种立着睡觉的方式，是动脑筋的人乐于采用的。当时赖格尔·德·莫正想着心事，不在乎地想着他前天在法学院遇到的一件小小的倒霉事儿，这事把他一生的计划全打乱了，其实他那计划原来就不怎么清晰。

梦想并不妨碍一辆马车经过，梦想者也正瞧见了那辆马车。赖格尔·德·莫的眼睛原在漫无目标地东张西望，可是在这梦境中，他忽然看见一辆双轮马车在广场上慢慢走着，仿佛不知道往什么地方去。这马车在生谁的气呢？它为什么慢悠悠地走着呢？赖格尔朝它仔细望去。只见车夫旁边坐着一个年轻人，年轻人前面，有个大旅行袋。袋上缝了一张硬纸，上面写着几个大黑字:马吕斯·彭眉胥。

这名字改变了赖格尔的姿势。他立直了,对着马车上的年轻人喊道:

"马吕斯·彭眉胥先生!"

经他这一喊,马车停下来了。

那年轻人,仿佛也正在一心一意想着什么,这时抬起眼睛说:

"嗯?"

"您是马吕斯·彭眉胥先生吗?"

"不错。"

"我正要找您。"赖格尔·德·莫接着说。

"是吗?"马吕斯问,因为他正从外祖父家里出来,却遇到了这个初次见面的人,"我不认识您。"

"我也是这样,我一点也不认识您。"赖格尔回答。

马吕斯以为遇到了一个什么开玩笑的人,大白天捣鬼来了。他当时的心情是不好惹的,便皱起眉头。赖格尔不理会这些,继续往下说:

"您前天没有去学校吧?"

"可能没有去。"

"肯定没有去。"

"您是大学生吗?"马吕斯问。

"是的,先生,和您一样。前天我偶然到学校去了一趟。您知道,人们有时是会想起这些事的。那位教授正点着名。您不会不知道,现在的这些教授是非常可笑的。要是连喊三次没人答应,您的学籍便被勾销了。六十法郎白扔在河里。"

马吕斯开始注意听着。赖格尔继续说:

"点名的是勃隆多。您是认识勃隆多的,他那鼻子尖而诈,最爱追寻异味,嗅那些缺课的人。他不怀好意地从 P 字点起。我起初不在意,因为这个字母和我一点不相干。名点得很顺利。没有发生除名的事。整个宇宙的人全到了。勃隆多满脸愁容。我心里想:勃隆多,我的好宝贝,你今天总不会有开刀的机会了。突然,勃隆多喊'马吕斯·彭眉胥'。没人回答。勃隆多满怀希望,喊得更响一些:'马吕斯·彭眉胥',同时拿起了他的笔。先生,我一向心肠软,赶忙对自己说:'又一个好孩子快要被开除了。留心。这确是一个没有时间观念的活死人。这不是一个好学生。这绝不是个铅屁股,一个用功的大学生,不是一个嘴上没毛,却又精通科学、文学、神学、哲学的吹牛客人,也不是一个那种用四个别针挂住四个学院绷得紧紧的书呆子。而是一个可敬可佩、东游西荡、喜欢游山玩水的懒汉,对轻佻的年轻女缝纫工感兴趣,奉承美丽的姑娘,此时此刻,他也许正在我的情妇家里呢。应当救他。揍死勃隆多!'这时,勃隆多正把他那管沾满了除名墨迹的鹅翎笔浸在墨汁里,睁圆那双阴鸷的眼睛,对着课堂来回扫射,第三次喊道:'马吕斯·彭眉胥!'我立刻应声:'到!'这样,您便没有被开除。"

"先生!……"马吕斯说。

"可我呢,我却被开除了。"赖格尔·德·莫说。

"怎么回事?我不懂。"马吕斯说。

赖格尔接下去说:

"再简单没有。我坐得既靠近讲台,又靠近课堂门,便于应卯,也便于开溜。那教授相当留神地注视着我。突然一下,勃隆多——他一定就是布瓦洛所说的那种奸诈鼻子——跳到了'L'栏。'L'是我的字母。我姓德·莫,名叫赖格尔。"

"赖格尔!"马吕斯插上一句,"这名字多漂亮!"

"先生,那勃隆多点到了这漂亮名字,喊道:'赖格尔!'我答应:'到!'这下,勃隆多用老虎的那种温柔神气望着我,笑容可掬地对我说:'您如果是彭眉胥,您就不会是赖格尔。'这话对您也许只是不大中听,而对我却是无比惨痛。他说过这话,便把我的名字涂掉了。"

马吕斯激动地说:

"先生,这,我真受不了……"

"首先,"赖格尔抢着说,"我要求用几句心坎上的话向勃隆多悼念一番。我假定他已经死了。这样做,并不见得会怎么歪曲他的那一身瘦骨头,那张苍白的脸,那股冷气,那种僵态和他的臭味。于是我说:'呜呼勃隆多,佳城卜于此,今当明汝过,勃隆多,鼻子真不错,勃隆多,鼻子真能嗅,讲纪律,性如牛,性如牛,罚禁闭,像条狗,点名像天神,耿直,方正,准确,僵硬,诚实又奇丑。上帝勾销了他,正如他勾销了我。'"

马吕斯跟着说:

"我真是抱歉……"

"年轻人,"赖格尔·德·莫说,"希望您能从这里吸取教训。今后,应当守时。"

"千言万语,说不尽我心里的懊悔。"

"不能再牵累您左右的人,害他们上不了学。"

"我真是懊丧极了……"

赖格尔放声大笑。

"而我,高兴极了。我正在堕落为律师,这一开除却救了我。我可以放弃法庭上的光荣了。我不用去保护什么寡妇,也不用去攻击什么孤儿，不必穿官袍，不必搞见习。我解脱了。这是由于您的栽培，彭眉胥先生。我一定要到府上作一次隆重的拜访，表示感谢。您住在什么地方？"

"就在这马车里。"马吕斯说。

"好阔气，"赖格尔一本正经地说，"敬佩之至。您在这上面每年就得花销九千法郎。"

这时，古费拉克从咖啡馆里走出来。

马吕斯苦笑着说：

"这花销，我已经背了两个钟头了，正打算结束呢，可是，一言难尽，我不知往哪儿去。"

"先生，"古费拉克说，"去我那儿。"

"这优先权原是属于我的，"赖格尔说，"可我没有家。"

"不用多话，博须埃。"古费拉克紧接着说。

"博须埃？"马吕斯说，"我好像听说您叫赖格尔。"

"德·莫，"赖格尔回答，"别名博须埃。"

古费拉克跨上马车。

"赶车的，"他说，"圣雅克门旅馆。"

当天晚上，马吕斯便住在圣雅克门旅馆的一间屋子里，挨着古费拉克的房间。

三　马吕斯的惊奇

没过几天，马吕斯便成了古费拉克的朋友。青年人与青年人相遇，是能一见如故，水乳交融的。马吕斯在古费拉克的身旁能自由地呼吸，这，对他来说，是件相当新鲜的事。古费拉克没有问过他什么话。他甚至想也没想过有什么要问。在那种年龄,全都是摆在脸上,一望而知的。语言是用不着的东西。我们可以说,有这样一种青年人,有什么立即表现在脸上。彼此望一眼,便相互认识了。

可是在某天早晨,古费拉克突然问了他这么一句话:

"我说……您有政治见解吗?"

"啊!"马吕斯说,几乎感到这问题有些唐突。

"您的派别呢?"

"波拿巴民主派。"

"像个安分的小灰老鼠。"

第二天,古费拉克带他到缪尚咖啡馆,带着笑容,凑近他耳边轻轻地说:"我应当引您去革命。"于是他领着他走进"ABC的朋友们"的那间大厅,把他介绍给其他的伙伴们,低声说着这样一句马吕斯听不懂的简单话:"一个开蒙学生。"

马吕斯落在一伙一窝蜂似的人群中了。而他,尽管平时严肃寡言,却也不是没有翅膀和蜇针的。

马吕斯,由于习惯和爱好,从来就是性情孤僻、喜欢独自思考问题、自问自答的,现在见了他周围这一群吵吵嚷嚷的青年,感到有些不自在。所有这些初次接触的新鲜事物都一齐刺激着他,使他晕头转向。所有这些自由自在和从事工作的青年人的喧嚣往来急遽搅乱了他的思想。有时在这纷扰中,他会想得远远的,以致他再也拉不回来。他听到大家谈论哲学、文学、艺术、历史、宗教,谈论的方式是他没有预料到的。他隐约见到一些奇异的形象,由于他不能从远处着眼,便不免有些莫名其妙。当他从外祖父的见解转到父亲的见解时,他总以为自己已经站稳了,现在却又怀疑起来,感到自己并不稳,他心里苦闷,不敢自信。他惯于用来观察各种事物的角度又重新开始移动了。某种摆动使他头脑里的见识全都动摇了。这是一种奇特的内心震动。他几乎为这痛苦。

在那些青年人的心目中好像没有什么"已成定论"的东西。在各种问题上,马吕斯经常听到一些奇特的言词,使他那仍然怯懦的心情感到不大中听。

他们看到一张剧院海报,赫然写着所谓古典派悲剧中一出老剧目的名字。巴阿雷喊道:"打倒资产阶级喜爱的悲剧!"马吕斯便听到公白飞回答说:

"你这话不对,巴阿雷。资产阶级喜爱悲剧,在这一点上应当听凭资产阶级去喜爱。戴着假发上演的悲剧有它存在的理由,我不是一个那种以埃斯库罗斯的名义去反对它的存在权利的人。自然界有不成熟的东西,在天地造化之中就出现过许多平庸的作品,有不成鸟嘴的鸟嘴,不成翅膀的翅膀,不成鳍的鳍,不成爪子的爪子,加上一种令人听了要发笑的苦痛的叫声,这便是鸭子。既然家禽可以和飞鸟共存,我就看不出为什么古典悲剧①不能和古代的悲剧同存共荣。"

另一次,马吕斯走在安灼拉和古费拉克的中间,经过让-雅克·卢梭街。

古费拉克把住他的臂膀说道:

"你们注意。这是从前的石膏窑街,今天叫做让-雅克·卢梭街,因为在六十来年前,这里住过一家奇怪的人家。让-雅克和戴莱丝。他们隔不多久便生个孩子,一个接着一个。戴莱丝专管生,让-雅克专管放生。"

安灼拉责备古费拉克说:

---

① 指法国十七世纪高乃依、拉辛等人所作悲剧。

"在让-雅克跟前不许乱说！这个人，我敬佩他。他固然遗弃了自己的孩子，可是他爱人民如子女。"

在这些青年当中，谁也不说"皇上"这个词儿。只有让·勃鲁维尔偶尔称呼拿破仑，其他的人都说波拿巴。安灼拉说成"布宛纳巴"。

马吕斯暗自惊奇。混沌初开。

四　缪尚咖啡馆的后厅

马吕斯时常参加那些青年人的交谈，有时也谈上几句，有一次的交谈在他的精神上引起了真正的震动。

那是在缪尚咖啡馆的后厅里发生的。"ABC 的朋友们"的人那晚几乎都到齐了。大家谈这谈那，兴致不高，声音可大。除了安灼拉和马吕斯没开口，其余每个人都多少说了几句。同学们之间的谈话有时是会有这种平静的喧嚷的。那是一种游戏，一种胡扯，也是一种交谈。大家把一些词句抛来抛去。他们在四个角上交谈着。

任何女人都是不许进入那后厅的，除了那个洗杯盘的女工路易松，她不时从洗碗间穿过厅堂走向"实验室"。

格朗泰尔，已经醉到昏天黑地，在他占领的那个角落里闹得人们耳朵发聋。他胡言乱语地大叫大嚷。他吼道：

"我口渴。臭皮囊们，我正做梦呢，梦见海德堡的大酒桶突然害着脑溢血，人们在它上面放十二条蚂蟥，我就是其中的一条。我要喝。我要忘记人生。人生，我不知道是谁搞出来的一种极为恶劣的发明。一下子就完了，一文也不值。为了生活，把个人弄到腰酸背痛。人生是一种没有多大用处的装饰品。幸福是个只有一面上了漆的旧木头框框。《传道书》说:'一切全是虚荣',我同意这位仁兄的话,他也许从来就没有存在过。零,它不愿赤身露体地走路,便穿上虚荣外衣。呵虚荣!你用美丽的字眼替一切装金!厨房叫作实验室,跳舞的叫作教授,卖技的叫作体育家,打拳的叫作武士,卖药的叫作化学家,理发的叫作艺术家,刷墙的叫作建筑师,赛马的叫作运动员,土鳖叫作鼠妇。虚荣有一个反面和一个正面,正面傻,是满身烧料的黑人,反面蠢,是衣服破烂的哲人。我为一个哭,也为另一个笑。人们所谓的荣誉和尊贵,即使是荣誉和尊贵吧,也普遍是假金的。帝王们拿人类的自尊心当作玩具。卡利古拉①把他的坐骑封为执政官,查理二世把一块牛腰肉封为骑士。你们现在到英西塔土斯执政官和牛排小男爵中去夸耀你们自己吧。至于人的本身价值,那也不见得就比较可敬些,相差有限。听听邻居是怎样恭维邻居的吧。白对白是残酷无情的。假使百合花能说话,不知道它会怎样糟蹋白鸽呢。虔诚婆子议论一个笃信宗教的妇人来比蛇口蝎尾还恶毒。可惜我是个无知的人,否则我会为你们叙述一大堆这类的事,但是我什么也不知道。说也奇怪,我素来有点小聪明,我在格罗画室里当学生时,就不大喜欢拿起笔来东涂西抹,而是把我的时间消磨在偷苹果上。艺术家,骗术家,不过一字之差。我是这个样子,至于你们这些人,也不见得高明。我根本瞧不上你们的什么完美,高妙,优点。任何优点都倾向一种缺点,节俭近于吝啬,慷慨有如挥霍,勇敢不离粗暴,十分虔敬恭

---

① 卡利古拉(Caligula,12—41),罗马帝国皇帝,以专横出名,曾封他的坐骑英西塔土斯(Incitatus)为执政官。

顺也就有点类似伪君子,美德的里面满是丑行,正如第欧根尼的宽袍上满是窟窿。你们佩服谁,被杀的人还是杀人的人,恺撒还是布鲁图斯?一般说来,人们总是站在杀人者一边的。布鲁图斯万岁!他杀成了。这便是美德。美德么?就算是吧,可也是疯狂。这些伟大人物都有些奇怪的污点。杀了恺撒的那个布鲁图斯爱过一个小男孩的塑像。这个塑像是希腊雕塑家斯特隆奇里翁的作品,他还雕塑过一个骑马女子厄克纳木斯,又叫美腿妇人,这塑像是尼禄旅行时经常带在身边的。这位斯特隆奇里翁只留下两个塑像,把布鲁图斯和尼禄结成同道,布鲁图斯爱一个,尼禄爱另一个。整个历史是一种没完没了的反复。一个世纪是另一世纪的再版。马伦哥战役是比德纳①战役的复制,克洛维一世的托尔比亚克②和拿破仑的奥斯特里茨如同两滴血那样相像。对胜利我是不大感兴趣的。再没有什么比征服更愚蠢的事了,真正的光荣在于说服。你们拿点事实出来证明吧。你们满足于成功,好不庸俗!还满足于征服,真是可怜!唉,到处是虚荣和下流。一切服从于成功,连语言学也不例外。贺拉斯说过:'假使他重习俗。'因此我鄙视人类。我们是不是也降下来谈谈国家呢?你们要我敬佩某些民族么?请问是哪一种民

---

① 比德纳(Pydna),马其顿城市,公元前二世纪,罗马军队在这里消灭了马其顿军队。
② 克洛维一世(Clovis 1,465—511),墨洛温王朝的法兰克国王(481—511),公元四九六年击败日耳曼族于莱茵河中游的托尔比亚克(Tolbiac)。

族呀？希腊吗？雅典人，这古代的巴黎人，杀了伏西翁①，正如巴黎人杀了科里尼②，并且向暴君献媚到了这样程度，安纳赛弗尔居然说庇西特拉图③的尿招引蜜蜂。五十年间希腊最重要的人物只是那位语法学家费勒塔斯，可他是那么矮，那么小，以致他必须在鞋上加铅才不致被风刮跑。在科林斯最大的广场上有一座西拉尼翁雕的塑像，曾被普林尼编入目录，这座像塑的是埃庇斯塔特。埃庇斯塔特干过些什么呢？他创造过一种旋风脚。这些已够概括希腊的荣誉了。让我们来谈谈旁的。我钦佩英国吗？我钦佩法国吗？法国？为什么？为了巴黎么？我刚才已和你们谈过我对雅典的看法了。英国么？为什么？为了伦敦么？我恨迦太基。并且，伦敦，这奢侈的大都市，是贫穷的总部。仅仅在查林-克洛斯这一教区，每年就要饿死一百人。阿尔比昂④便是这样。为了充分说明，我补充这一点：我见过一个英国女子戴着玫瑰花冠和监眼镜跳舞。因此，英国，去它的。如果我不钦佩约翰牛，我会钦佩约纳森吗？⑤这位买卖奴隶的兄弟不怎么合我胃口。去掉'时间即金钱'，英国还能剩下什么？去掉'棉花是王'，美国又还剩下什么？德国，是淋巴液，意大利，是胆汁。我们要不要为俄罗斯来陶醉一下呢？伏尔泰钦佩它。他也钦佩中国。我同意俄罗斯有它的美，特别是它那一套结实的专制制度，但是我可怜那些专制君主。他们的健康是娇弱的，

---

① 伏西翁（Phocion，约前400—前317），雅典将军，演说家。
② 科里尼（Coligny，1519—1572），法国海军大将，因信新教，被谋害。
③ 庇西特拉图（Pisistrate，前600—前527），雅典僭主。
④ 阿尔比昂（Albion），英格兰的古称。
⑤ 约翰牛（John Bull），指英国人。约纳森（Jonathan），美国人的别名。

一个阿列克赛丢了脑袋,一个彼得被小刀戳死,一个保罗被扼杀,另一个保罗被靴子的后跟踩得塌扁,好几个伊凡被掐死,好几个尼古拉和瓦西里被毒死,这一切都说明俄罗斯皇宫是处在一种有目共睹的不卫生状况中。每个文明的民族都让思想家欣赏这一细节:战争,或者战争,文明的战争,竭尽并汇总了土匪行为的一切方式,从喇叭枪队伍在雅克沙峡谷的掠夺直到印第安可曼什人在可疑隘道对生活物品的抢劫。呸!你们也许会对我说:'欧洲总比亚洲好些吧?'我承认亚洲是笑话,但是我看不出你们这些西方人,把和王公贵族混在一起的各种秽物,从伊莎贝尔王后的脏衬衫直到储君的恭桶都拿来和自己的时装艳服揉在一起的人,又怎能笑那位大喇嘛。说人话的先生们,我告诉你们,事情并不那么简单。人们在布鲁塞尔消耗的啤酒最多,在斯德哥尔摩消耗的酒精最多,在阿姆斯特丹消耗的杜松子酒最多,在伦敦消耗的葡萄酒最多,在君士坦丁堡消耗的咖啡最多,在巴黎消耗的苦艾酒最多;全部有用的知识都在这里了。归根到底,巴黎首屈一指。在巴黎,连卖破衣烂衫的人也是花天酒地的。在比雷埃夫斯当哲人的第欧根尼也许同样愿意在莫贝尔广场卖破衣烂衫。你们还应当学学这些:卖破衣烂衫的人喝酒的地方叫做酒缸,最著名的是'铫子'和'屠宰场'。因此,呵,郊外酒楼、狂欢酒家、绿叶酒肆、小醉酒铺、清唱酒馆、零售酒店、酒桶、酒户、酒缸、骆驼帮的酒棚,我向你们证明那儿全是好地方,我是个爱及时行乐的人,我经常在理查饭店吃四十个苏一顿的饭,我要一条波斯地毯来裹一丝不挂的克娄巴特拉!克娄巴特拉在哪里?啊!就是你,路易松。你好。"

昏天黑地的格朗泰尔便是这样在缪尚后厅的角落里缠住那洗杯盏的女工胡言乱语的。

博须埃向他伸着手,想使他安静下来,格朗泰尔却嚷得更厉害了:

"莫城的鹰,收起你的爪子。你那种希波克拉底①拒绝阿尔塔薛西斯②的破铜烂铁的姿势对我一丁点作用也不起。请不用费心想使我安静下来。况且我正在愁眉不展,你们要我谈些什么呢?人是坏种,人是畸形的,蝴蝶成了功,人却失败了。上帝没有把这动物造好。人群是丑态的集成。任挑一个也是无赖。女人是祸水。是呵,我害着抑郁病,加上忧伤,还带思乡症,更兼肝火旺,于是我发愁,于是我发狂,于是我打呵欠,于是我憋闷,于是我发怒,于是我百无聊赖!上帝找他的魔鬼去吧!"

"不许闹了,大写的'R'!"博须埃又说,他正在和一伙不大多话的人讨论一个法律上的问题,一句用法学界行话来说的话正说了大半,后半句是这样的:

"……至于我,虽然还不怎么够得上称为法学家,至多也还只是个业余的检察官,可我支持这一点:按照诺曼底习惯法的规定,每年到了圣米歇节,所有的人和每个人,无论是业主或继承权的取得者,除了其他义务以外都得向领主缴纳一种等值税,这一规定并适用于一切长期租约、地产租约、免赋地权、教产契约、典押契约……"

"回音,多愁多怨的仙女们。"格朗泰尔在低声吟哦。

紧靠着格朗泰尔的,是一张几乎冷冷清清的桌子、一张纸、一瓶墨水和一支笔,放在两个小酒杯中间,宣告着一个闹

---

① 希波克拉底(Hippocrate,前460—前377),古希腊著名的医生。
② 阿尔塔薛西斯(Artaxerce,前465—前425在位),古波斯阿契美尼德王朝国王。

剧剧本正在酝酿。这一件大事是在低微的对话中进行的,两个从事工作的脑袋碰在一起。

"让我们先把角色的名字定下来。有了名字,主题也就有了。"

"对。你说,我写。"

"多利蒙先生?"

"财主?"

"当然。"

"他的女儿,赛莱斯丁。"

"……丁。还有呢?"

"中校塞瓦尔。"

"塞瓦尔太陈旧了,叫瓦尔塞吧。"

在这两位新进闹剧作家的旁边,另外一伙人也正利用喧杂的声音在谈论一场决斗。一个三十岁的老手正在点拨一个十八岁的少年,向他讲解他要对付的是一个什么样的对手:

"见鬼!您得仔细哟。那是一个出色的剑手。他的手法一点不含糊。他攻得猛,没有不必要的虚招,腕力灵活,火力足,动作快,招架稳当,反击准确,了不起!并且用左手。"

在格朗泰尔对面的角落里,若李和巴阿雷一面玩骨牌,一面谈爱情问题。

"你多幸福,你,"若李说,"你有一个爱笑的情妇。"

"这正是她的缺点,"巴阿雷回答,"当情妇的人总以少笑为妙。多笑,便容易使人家想到要抛弃她。看见她高兴,你就不会受到内心的谴责,看见她闷闷不乐,你才会良心不安。"

"你真不识好歹!一个老笑着的女人有多好!并且你们从来不吵嘴!"

"这是因为我们有这样一条规定,在组织我们这个小小神圣同盟时,我们便划定了边界,互不侵犯。河水不犯井水,井水也不犯河水。这才能和睦相处。"

"和睦相处,这幸福多美满。"

"你呢,若李,你和那姑娘的争吵,你知道我指的是谁,现在怎样了?"

"她耐着性子,狠着心在和我赌气。"

"你也算得上是个肯为爱情憔悴的小伙子了。"

"可不是!"

"要是我处在你的地位,我早把她甩了。"

"说说容易。"

"做也不难。她不是叫做米西什塔吗?"

"是的。唉!我可怜的巴阿雷,这姑娘可真棒,很有文学味,一双小脚,一双小手,会打扮,生得白净、丰满,一双抽牌算命的女人的那种眼睛。我要为她发疯了。"

"亲爱的,既是这样,你便应当去讨她好,穿得漂漂亮亮,常到她那里去走走。到施托伯店里去买一条高级麂皮裤吧。有出租的。"

"多少钱一条?"格朗泰尔大声问。

在第三个角落里,大家正谈着诗的问题。世俗的神话和基督教的神话在纠缠不清。话题涉及奥林匹斯山,出自浪漫主义让·勃鲁维尔在支持它。让·勃鲁维尔只是在休息时才胆小。一旦受到刺激,他便会爆发,从热情中迸发出豪兴,他是既诙谐又抒情的。

"不要亵渎众神吧,"他说,"众神也许并没有离开呢。朱庇特,在我看来,并没有死。按照你们的说法众神只是一些幻象。可是,即使是在自然界里,在现实的自然界里,在众神消逝以后我们也还能找到所有那些伟大古老的世俗的神。那些轮廓像城堡的山,如维尼玛尔峰,对我来说仍是库柏勒①的发髻;也没有什么能向我证明潘②不会在夜晚来吹柳树的空干,用他的手指轮换着按树干上的孔;我还始终认为伊娥③和牛溺瀑布多少有些关系。"

在最后一个角落里,人们在谈论政治。大家正在抨击那恩赐的宪章。公白飞有气无力地支持它。古费拉克却对它大肆攻击。桌子上不巧正摆着一份著名的杜凯宪章。古费拉克把它捏在手里,一面议论,一面把那张纸抖得瑟瑟响。

"首先,我不要国王。哪怕只从经济观点出发,我也不要,国王是种寄生虫。世上没有免费的国王。请你们听听这个:国王的代价。弗朗索瓦一世死后,法兰西的公债是年息三万利弗;路易十四死后,是二十六亿,二十八个利弗合一马克,这就是说,在一七六〇年,根据德马雷的计算,合四十五亿,到今天,便等于一百二十亿。其次,公白飞听了不要不高兴,所谓恩赐宪章,那只是一种恶劣的文明手法。什么避免变革,缓和过度,消除震荡,利用立宪的虚文来使这个君主制的国家在不知不觉中转为民主制,所有这一切,全是些可鄙的论点!不要!不要!永远不要用这种虚伪的光去欺骗人民。主义将枯萎在你们那种立宪的黑地窖子里。不要变种。不要冒牌货。

---

① 库柏勒(Cybèle),希腊神话中众神之母。
② 潘(Pan),希腊神话中山林畜牧之神,头生羊角,脚如羊蹄,爱吹箫,为山林女神伴舞。
③ 伊娥(Io),希腊神话中伊那科斯的女儿,为宙斯所爱,被赫拉变为小母牛。

不要国王向人民恩赐什么。在所有这些恩赐的条文里，就有个第十四条。在给东西的那只手旁边，便有一只收回东西的爪子。我干脆拒绝你们的那个宪章。宪章是个假面具，盖在那下面的是谎话。人民接受宪章便是退位。只有完整的人权才是人权。不！不要宪章！"

那时正是冬季，两根木柴在壁炉里烧得劈啪作响。这是具有吸引力的，古费拉克毫不迟疑。他把那倒霉的杜凯宪章捏在掌心里揉成一团，扔在了火里。那张纸立即着起来了。公白飞呆呆地望着路易十八的那张杰作燃烧，只说了一句：

"宪章化成了一缕青烟。"

辛辣的讥刺，解颐的妙语，尖刻的笑谑，法国人特有的那种所谓活力，英国人特有的那种所谓幽默，好和坏的趣味，好和坏的论点，种种纵情肆意的谈锋，在那间厅里同时齐发，从各方面交织在一起，在人们的头顶上形成一种欢快的轰击。

五　视野的扩展

青年们的相互接触有那么一种可喜的地方，那就是人们在其中无法预见火星，也无法预测闪电。过一会儿将会爆发什么？谁也不知道。温婉的交谈常引起一阵狂笑。人在戏谑时又常突然转入严肃的话题。偶然一个字能使人冲动。每个人都被激情所主宰。一句玩笑话已够打开一个意外的场面。这是一种山回路转、景物瞬息万变的郊游。偶然是这种交谈的幕后操纵者。

那天，格朗泰尔、巴阿雷、勃鲁维尔、博须埃、公白飞和古费拉克一伙谈得起劲，你一言，我一语，混战正酣，不料从唇枪舌剑中突然出现了一种奇怪的严肃思想,穿过喧杂的语声。

一句话怎样会在言谈中忽然出现的?它又怎么会突然吸引住听者的注意力?我们刚才说过,这是谁也不知道的。当时,在喧嚷哄闹声中,博须埃忽然对着公白飞随便说出了这个日期:

"一八一五年六月十八日:滑铁卢。"

马吕斯正对着一杯水,一手托着腮帮,支在一张桌子边上坐着,听到"滑铁卢"这三个字他的手腕便离开了下巴,开始注视在座的人们。

"上帝知道,"古费拉克喊着说(在当时,"天晓得"已经不大有人说了),"十八这个数字是个奇怪的数字,给我的印象非常深。这是决定波拿巴命运的数字。你把路易放在它的前面,雾月放在它的后面,①这人的整个命运便全显现在你面前了。这里又还有这么一个耐人寻味的特点,那就是开场是被结局紧跟着的。"

安灼拉一直没有说过一句话,这时他才开口,对着古费拉克说了这么一句:

"你是要说罪行被惩罚紧跟着吧。"

马吕斯在突然听见人家提到"滑铁卢"时,他已很紧张了,现在又听人说出"罪行"这种字眼,那就更超出他所能接受的限度了。

他站起来,从容走向那张挂在墙上的法兰西地图,地图下端,原有一个隔开的方格,方格里有个岛,他把手指按在那方

---

① 路易十八是拿破仑失败后的法国国王。十八雾月,指共和八年雾月十八日,是拿破仑发动政变取得第一执政衔的日子。按法语习惯,先说日期,后说月份。

格上，说道：

"科西嘉。一个使法兰西变得相当伟大的小岛。"

这是一股冰冷的风。大家全不说话了。大家都觉得要发生什么事了。

巴阿雷正在摆出他常爱用的那种正襟危坐的姿势来和博须埃对驳，他也为了要听下文而放弃了那种姿态。

安灼拉的蓝眼睛并没有望着谁，仿佛只望着空间，这时他眼睛虽不望马吕斯，嘴里却回答说：

"法兰西并不需要科西嘉来使它自己伟大。法兰西之所以伟大，只因为它是法兰西。'因为我的名字叫狮子。'"

马吕斯绝没有退却的意思，他转向安灼拉，他那出自肺腑的激越的声音爆发出来了：

"上帝惩罚我要是我有贬低法兰西的意思，但是把它和拿破仑结合在一起，这并不贬低它一丁点。真怪，我们来谈谈吧。我在你们中是个新来的，但是老实说，你们确使我感到奇怪。我们是在什么地方？我们是谁？你们是谁？我是谁？让我们就皇帝这个问题来谈谈各自的见解吧。我常听见你们说布宛纳巴，像那些保王党人一样，强调那个'乌'音。老实告诉你们，我那外祖父念得还更好些：他说布宛纳巴退。我总以为你们都是青年。你们的热情究竟寄托在什么地方？你们的热情究竟要用来做什么？你们佩服的是谁，如果你们不佩服皇上？你们还要求什么？如果你们不要这么一个伟大的人物，你们要的又是些什么样伟大的人物？他是一个全才。他是一个完人。他的脑子包含着人类种种才智的三乘。他像查士丁尼那样制定法典，像恺撒那样独理万机，他的谈吐兼有帕斯加尔的闪电和塔西佗的雷霆，他创造历史，也写历史，他的战报是诗篇,他把牛顿的数字和穆罕默德的妙喻糅合在一起,他在东方留下了像金字塔那样高大的训谕;他在提尔西特把朝仪教给各国帝王,他在科学院里和拉普拉斯争鸣,他在国务会议上和梅尔兰辩论,他经心整饬纪律,悉力排难解纷,他像检察官一样了解法律,像天文学家一样了解天文;像克伦威尔吹灭两支蜡烛中的一支那样,他也到大庙①去为一粒窗帘珠子讨价还价;他见到一切,他知道一切,这并不妨碍他伏在他小儿子的摇篮上笑得像个天真烂漫的人;突然,惊骇中的欧洲屏息细听,大军源源开拔了,炮队纷纷滚动了,长江大河上建起了浮桥,狂风中驰骋着漫山遍野的骑兵,叫喊声,号角声,所有的宝座全震动了,所有的王国的国境线全在地图上摇晃起来了,人们听到一把超人的宝剑的出鞘声,人们看见他屹立在天边,手里烈焰飞腾,眼里光芒四射,霹雳一声,展开了他的两翼,大军和老羽林军,威猛天神也不过如此!"

大家全不言语,安灼拉低着脑袋。寂静总多少有那么点默许或哑口无言的味儿。马吕斯,几乎没有喘气,以更加激动的心情继续说:

"我的朋友们,应该公正些!帝国有这么一个皇帝,这是一个民族多么辉煌的命运啊,而这个民族又正是法兰西,并且能把自己的天才附丽于这个人的天才!到一国便统治一国,打一仗便胜一仗,以别国的首都为兵站,封自己的士卒为国王,连连宣告王朝的灭亡,以冲锋的步伐改变欧洲的面貌,你一发威,人们便感到你的手已握住了上帝的宝剑的柄;追随汉尼拔、恺撒和查理大帝于一人;作一个能使每天的曙光为你带

---

① 大庙,巴黎的大庙是摊贩集中的地方。

来响亮的前线捷报的人的人民;以残废军人院的炮声为闹钟,把一些彪炳千古的神奇的词抛上光明的天际,马伦哥、阿尔科拉、奥斯特里茨、耶拿、瓦格拉姆!随时把一些胜利的星斗罗列在几个世纪的天顶,使罗马帝国因法兰西帝国而不能专美于前,建大国,孕育大军,像一座高山向四方分遣它的雄鹰那样,使他的百万雄师飞遍整个大地,征服,控制,镇压,在欧洲成为一种因丰功伟绩而金光灿烂的民族,在历史中吹出天人的奏凯乐,两次征服世界,凭武功,又凭耀眼的光芒,这真卓绝,还能有什么比这更伟大的呢?"

"自由。"公白飞说。

这一下,马吕斯也把头低下去了。这个简单冰冷的词儿像把钢刀似的插进他那激昂慷慨的倾诉里,登时使他冷了半截。当他抬起眼睛时,公白飞已不在那里了。他也许因为能对那谀词泼上一瓢冷水而心满意足,便悄悄地走了,大家也全跟着他一道走了,只留下安灼拉一个人。那厅堂变成空的。安灼拉独自待在马吕斯旁边,闷闷地望着他。马吕斯这时已稍稍理了一下自己的思绪,但仍没有认输的意思,他心里还剩下一股未尽的热流在沸腾着,正待慢条斯理地向安灼拉展开争论,忽又听到有人在一面下楼梯一面歌唱,那正是公白飞的声音,他唱的是:

> 恺撒如给我
> 光荣与战争,
> 而我应抛弃
> 爱情与母亲,
> 我将对伟大的恺撒说:
> 收回你那指挥杖和战车,

我更爱我的母亲,咿呀嗨!
我更爱我的母亲!

公白飞的既柔婉又粗放的歌声给了那叠句一种雄伟的气势。马吕斯若有所思,呆望着天花板,几乎是机械地跟着唱:"我的母亲!"

这时,他觉得安灼拉的手在他的肩头上。

"公民,"安灼拉对他说,"我的母亲是共和国。"

六 窘 境

这晚的聚谈使马吕斯深深受了震动,并在他的心中留下了愁人的黑影。他的感受也许像土地在被人用铁器扒开,放下一颗麦粒时那样,它只感到所受的伤,种子的震颤和结实的欢乐要到日后才会到来。

马吕斯是沉郁的。他为自己建立起一种信念,那还是不久以前的事,难道就该抛弃了吗?他对自己肯定地说不能。他对自己说他是不愿意怀疑的,可是他已不自主地开始怀疑了。处于两种信仰中,一种还没有走出,一种还没有进入,这是叫人受不了的,这样的黄昏只能使像蝙蝠似的人喜悦。马吕斯是个心明眼亮的人,他非见到真正的晴光不可,疑信之间的那种半明不暗的光使他痛苦。无论他是怎样要求自己停在原处并在那里坚持,他仍无可奈何地被迫继续前进,研究,思考,走得更远一些。这股力量将把他带到什么地方去呢?他走了那么多的路,才靠近了他的父亲,现在想到也许又要离开他,便不免有些惶惑起来。来到他心头的思绪越多,他的苦闷也越沉重。他感到危崖险道已在他的四周显现出来。他既不同意他的外祖父,也不同意他的朋友们,对于前者他是心雄气壮的,对于后者却落后了,他承认自己在老辈一边或在青年一边都是孤立的。他不再去缪尚咖啡馆了。

在这心绪紊乱时,他几乎没有再去想人生中某些重要方面。生活的现实却是不肯让人忽视的。它突然来到他跟前,打了个照面。

一天早晨,那旅店老板走进马吕斯的房间,对他说:

"古费拉克先生说过他负责你的事?"

"是的。"

"但是我得有钱才行。"

"请古费拉克来跟我谈吧。"马吕斯说。

古费拉克来了,老板离开了他们。马吕斯把自己还没有想到要告诉他的种种全和他谈了,说他在这世界上可说是孑然一身,无亲无故。

"您打算怎么办呢?"古费拉克说。

"我一点也不知道。"马吕斯回答。

"您想干些什么?"

"我一点也不知道。"

"您有钱吗?"

"十五法郎。"

"要我借点给您吗?"

"绝对不要。"

"您有衣服吗?"

"就这些。"

"您有些值钱的东西吗?"

"有只表。"

"银的?"

"金的。就是这个。"

"我认识一个服装商人,他能收买您这件骑马服和一条长裤。"

"好的。"

"您只剩下一条长裤,一件背心,一顶帽子和一件短上衣了。"

"还有这双靴子。"

"怎么!您不光着脚走路?多有钱啊!"

"这样已经够了。"

"我认识一个钟表商,他会买您的表。"

"好的。"

"不,不见得好。您以后怎么办呢?"

"得怎么办,就怎么办。只要是诚诚实实的,至少。"

"您懂英语吗?"

"不懂。"

"您懂德语吗?"

"不懂。"

"那就不用谈了。"

"为什么?"

"因为我有个朋友,开书店的,正在编一种百科词典,您有能力的话,可以为它翻译一些德语或英语的资料。报酬少,但也够活命的。"

"我来学英语和德语就是。"

"学的时候怎么办呢?"

"学的时候,我吃我这衣服和表。"

他们把那服装商人找来。他出二十法郎买了那身短命衣。他们到那钟表商的店里,他买进那只表,付了四十五法郎。

"这不坏,"在回旅馆时马吕斯对古费拉克说,"加上我那十五法郎,这就有八十法郎了。"

"还有这旅馆的账单呢?"古费拉克提醒他。

"呃,我早忘了。"马吕斯说。

马吕斯立刻照付了旅店老板的账单,总共七十法郎。

"我只剩十法郎了。"马吕斯说。

"见鬼,"古费拉克说,"您得在学英语时吃五个法郎,学德语时吃五个法郎。那就是说,您啃书得赶快,啃那值一百个苏的银币得尽量慢。"

正在这时,吉诺曼姑奶奶——她其实是个见到别人困难心肠就软的人——终于找到了马吕斯的住处。一天上午,马吕斯从学校回来,发现他大姨的一封信和六十个皮斯托尔,就是说,六百金法郎封在一个匣了里。

马吕斯把这笔钱如数退还给他大姨,并附上一封措词恭顺的信,信里说,他有办法谋生,今后已能满足自己的一切需要。而在当时他只剩三个法郎了。

关于这次拒绝,那位姑奶奶一点也没在他外祖父跟前提起,怕他听了更加冒火。况且他早已说过:"永远不许再向我提到这吸血鬼!"

马吕斯从圣雅克门旅馆搬了出来,不愿在那里负债。

第五卷　苦难的妙用

一　马吕斯穷愁潦倒

人生对马吕斯来说,变得严峻起来了。吃自己的衣服和自己的表,这不算什么。他还吃着人们所谓"疯母牛"的那种说不出的东西。这可怕的东西包含着没有面包的白天,没有睡眠的黑夜,没有蜡烛的晚间,没有火的炉子,没有工作的星期,没有希望的前途,肘弯有窟窿的衣服,惹姑娘们嘲笑的破帽子,由于欠付房租因而大门夜晚紧闭,看门人和客店主人的傲慢,邻居的捉弄,屈辱,被糟蹋的尊严,被迫接受的任何活计,厌恶,苦恼,疲惫。马吕斯学会了怎样吞这些东西,也知道了常常是除这些以外便没有什么可吞的东西。他正处在一个人由于需要爱而需要自尊心的时候,却感到自己由于衣服破旧而受人嘲弄,由于贫穷而显得可笑。在那种年龄,青春使你心里充满雄心壮志,而他呢,不止一次地低着眼去望他那双穿了孔的靴子,认识到贫穷所引起的那种种不公平的耻辱和锥心的羞惭。可喜可怕的考验,通过它,意志薄弱的人能变得卑鄙无耻,坚强的人能转为卓越非凡。每当命运需要一个坏蛋或是一个英雄时,它便把一个人丢在这种试验杯里。

因为在小小的斗争里,常有许多伟大的活动。常有些顽强而不为人知的勇敢行为使人在黑暗中步步提防那些因生活所需和丑恶的动机的致命袭击。高贵隐秘的胜利是任何肉眼所不见,任何声誉所不被,任何鼓乐所不歌颂的。生活,苦难,孤独,遗弃,贫困,这些都是战场,都有它们的英雄,无名英雄,有时比显赫的英雄更伟大。

坚强稀有的性格便是这样创造出来的,苦难经常是后娘,但有时也是慈母,困苦能孕育灵魂和精神的力量,灾难是傲骨的奶娘,祸患是豪杰的好乳汁。

在马吕斯的生活中有个时期,他自己扫楼梯,到水果店去买一个苏的布里干酪,有时要等到天快黑了才走进面包铺买个面包,遮遮掩掩地回到自己的顶楼,那面包好像是他偷来的。有时,人们看见一个形容笨拙的青年,一只胳臂夹着几本书,神气腼腆而莽撞,溜进那街角上的肉铺子,挤在一些嘴里没好话、把他东推西撞的厨娘中间,一进门便摘下帽子,满额头的汗珠直冒,对那受宠若惊的老板娘深深一鞠躬,继又对砍肉的伙计另外行个礼,要一块羊排骨,付六个或七个苏,用张纸把它裹上,夹在胳膊下的两本书中走了。这人便是马吕斯。他有了这块排骨,亲自煮熟以后便能过三天。

第一天,他吃肉,第二天,吃油,第三天,啃骨头。

吉诺曼姑奶奶曾多次设法,把那六十个皮斯托尔送给他。马吕斯每次都退了回去,说他什么也不需要。

我们在前面曾谈到他内心的革命,那时,他还在为父丧戴孝。从那时起,他便没有脱离过黑衣服。可是衣服脱离了他。到后来,他连短上衣也没有了。只有一条长裤还过得去。怎么办呢?他以前曾替古费拉克办过几件事,古费拉克这时便送了他一件旧的短上衣。花上三十个苏,马吕斯随便找个看门的妇人把它翻过来,便又成了一件新衣。可是这件衣是绿色的。马吕斯只在天黑以后才出门。这样他的衣服便是黑的了。他要永远居丧,只好以夜色为丧服。

在这期间他已被接受为律师。他自称住在古费拉克的那间屋里,那原是间雅洁的屋子,里面也有一定数量的法律书籍,加上一些残缺不全的小说,凑合布置一下,便也算有了些业务需要的藏书。他的通讯地址就是古费拉克的这间房。

马吕斯当了律师以后,写了一封信,把这消息通知他外祖父,措词是冷冰冰的,但也全是恭顺的话。吉诺曼先生接到那封信,双手发颤,念完以后,撕成四片,扔在字纸篓里。两三天过后,吉诺曼姑娘听见她父亲在他的卧室里独自一人高声说话。他每次在心情非常激动时总是这样。她听见那老人说道:"假使你不是蠢材,你便应当知道,人不能同时是男爵又是律师。"

二 马吕斯生活清苦

穷困和其他事物是一样的。它可以由习惯成自然。久而久之,它能定形,并且稳定下来。人们节衣缩食,也就是以一种仅足维持生活的清苦方式成长着。我们来看看马吕斯·彭眉胥的生活是怎样安排的:

他从最窄的路上走出来,眼见那狭路逐渐开阔了。由于勤劳,振作,有恒心和志气,每年他终于能从工作中获得大概七百法郎。他学会了德文和英文,古费拉克把他介绍给他那个开书店的朋友,马吕斯便成了那书店文学部门里一个低微而有用的人。他写书评，译报刊资料，作注解，编纂一些人的生平事迹，等等。无论旺年淡年，净得七百法郎。他以此维持生活。怎样过的呢？过得不坏。我们就来谈谈。

马吕斯在那戈尔博老屋里每年花上三十法郎的租金，占了一间名为办公室而没有壁炉的破烂屋子，至于里面的家具只是些必不可少的而已。家具是他自己的。他每月付三个法郎给那当二房东的老妇人，让她来打扫屋子，每天早晨送他一点热水，一个新鲜蛋和一个苏的面包。这面包和蛋便是他的午餐。午餐得花二至四个苏，随着蛋价的涨落而不同。傍晚六点，他沿着圣雅克街走下去，到马蒂兰街转角处巴赛图片制版印刷铺对面的卢梭餐馆去吃晚饭。他不喝汤。他吃一盘六个苏的肉，半盘三个苏的蔬菜和一份三个苏的甜品。另添三个苏的面包。至于酒，他代以白开水。柜台上，端坐着当时仍然肥硕鲜润的卢梭大娘，付账时，他给堂倌一个苏，卢梭大娘则对他报以微笑。接着，他便走了。花上十六个苏，他能得到一掬笑容和一顿晚饭。

在卢梭餐馆里，酌空的酒瓶非常少，倒空的水瓶却非常多，那好像是一种安神的地方，而不是果腹之处。今天它已不存在了。那老板有个漂亮的绰号，人们称他为"水族卢梭"。

因此，午餐四个苏，晚餐十六个苏，他在每天伙食上得花二十个苏；每年便是三百六十五法郎。加上三十法郎房租，三十六法郎给那老妇人，再加上一点零用，一共四百五十法郎，马吕斯便有吃有住有人服侍了。外面衣服得花费他一百法郎，换洗衣服五十法郎，洗衣费五十法郎。总共不超过六百五十法郎。还能剩余五十法郎。他宽裕起来了。他有时还能借十个法郎给朋友，有一次，古费拉克竟向他借了六十法郎。至于取暖,由于没有壁炉,马吕斯也就把这一项"简化"了。

马吕斯经常有两套外面的衣服,一套旧的,供平时穿着,一套全新的,供特殊用途。两套全是黑的。他只有三件衬衫,一件穿在身上,一件放在抽斗里,一件在洗衣妇人那里。磨损了,他便补充。那些衬衫经常是撕破了的,因此他总把短外衣一直扣到下巴。

马吕斯经过了好几年才能达到这种富裕的境地。这些年是艰苦的、困难的,有些是度过去的,有些是熬过去的。马吕斯一天也不曾灰心丧气。任何窘困,他全经历过了,什么他都干过,除了借债。他扪心自问,不曾欠过任何人一个苏。他感到借债便是奴役的开始。他甚至认为债主比奴隶主更可怕,因为奴隶主只能占有你的肉体,而债主却占有你的尊严,并且能伤害你的尊严。他宁肯不吃,也不愿借债。他曾多次整天不吃东西。他感到人间事物是一一相承,物质的缺乏可以导致灵魂的堕落,于是便疾恶如仇捍卫着自己的自尊心。在其他不同的情况下,当某种习俗或某种举动使他感到低贱或使他觉得卑劣时,他便振作起来。凡事他都不图侥幸,因为他不愿走回头路。在他的脸上常有一种不可辱的羞涩神情。他腼腆到了鲁莽的程度。

在他所受到的各种考验中,他感到他心里有种秘密的力量在鼓励他,有时甚至在推动他。灵魂扶助肉体,某些时刻甚至还能提挈它。这是惟一能忍受鸟笼的鸟。

在马吕斯心里,在他父亲的名字旁边还铭刻着另一个名字:德纳第。马吕斯天性诚挚严肃,在他思想里这勇敢的中士曾在滑铁卢把上校从炮弹和枪弹中救出来,是他父亲的恩人,因而他常在想象中把一圈光轮绕在这人的头顶上。他从不把对这人的追念和对他父亲的追念分开来,他把他俩合并在他崇敬的心中。这好像是一种两级的崇拜,大龛供上校,小龛供德纳第。他知道德纳第已陷入逆境,每次想到,他那感戴不尽的心情便变得格外凄惘。马吕斯曾在孟费郿听人谈到过这位不幸的客店老板亏本和破产的情况。从那时起,他便作了空前的努力去寻访他的踪迹,想在那淹没德纳第的黑暗深渊里到达他的跟前。马吕斯走遍了那一带,他到过谢尔,到过邦迪,到过古尔内,到过诺让,到过拉尼。三年当中他顽强地东寻西访,把他积蓄的一点钱全花在这上面了。谁也不能为他提供德纳第的消息,人们认为他已到国外去了。他的债主们也在寻他,爱慕的心不及马吕斯,而顽强却不在马吕斯之下,也都没能抓到他。马吕斯探寻不出,便责怪自己,几乎怨恨自己。这是上校留给他惟一的一件未了的事,如果不办妥,他将愧为人子。"怎么!"他想道,"当我的父亲奄奄一息躺在战场上时,他,德纳第,知道从硝烟弹雨中去找到他,把他扛在肩上救走,当时他并不欠他一点什么,而我,有这么大的恩德要向德纳第报答,我却不能在他呻吟待毙的困境中和他相见,让我同样去把他从死亡中救活!啊!我一定能找到他!"为了找到德纳第,马吕斯确实愿牺牲一条胳膊,为了把他从困苦中救出来,他也确实愿流尽他的血。和德纳第相见,为德纳第出任何一点力并对他说:"您不认识我,没有关系,而我,却认识您!我在这里!请吩咐我应当怎么办吧!"这便是马吕斯最甜、最灿烂的梦想了。

三　马吕斯成长了

当时,马吕斯已二十岁了。他离开他的外祖父已有三年。他们彼此之间都保持着原有状态,既不想接近,也不图相见。此外,见面,这有什么好处?为了冲突吗?谁又能说服谁呢?马吕斯是铜瓶,而吉诺曼公公是铁钵。

说实在的,马吕斯误解了他外祖父的心。他以为吉诺曼先生从来不曾爱他,并且认为这个粗糙、心硬而脸笑、经常咒骂、叫嚷、发脾气、举手杖的老先生,对他至多也只是怀着喜剧中常见的那种顽固老长辈的轻浮而苛刻的感情罢了。马吕斯错了。天下有不爱儿女的父亲,却没有不疼孙子的祖父。究其实,吉诺曼先生对马吕斯是无比钟爱的。他以他的方式爱着他,爱他而又任性,甚至要打他嘴巴,可是,当孩子不在眼前时,他心里又感到一片漆黑和空虚。他曾禁止旁人再向他提到他,心里却在悄悄埋怨别人对他会那么顺从。最初,他还抱着希望,这波拿巴分子,这雅各宾分子,这恐怖分子,这九月暴徒①总会回来的。但是一周又一周过去了,一月又一月过去了,一年又一年过去了,吉诺曼先生大失所望,这吸血鬼竟一去不复返。那位老祖宗常对自己说:"除了撵他走,我没有别

---

① 九月暴徒,指一七九二年九月的屠杀。一七九二年八月底,巴黎公社为了粉碎国内反革命阴谋,逮捕了约一万二千名嫌疑分子,其中有贵族和奸细。但监狱管理不严,被捕者竟在狱中张灯结彩,庆祝革命军队军事失利。这一切使人民愤怒,九月二日下午二时,无套裤汉奔到各监狱去镇压被捕的人,动用私刑。巴黎公社不赞成这种镇压,派代表去各监狱拯救许多囚犯的生命。尽管如此,九月二日至三日,被击毙的囚犯仍在一千名左右。

的办法呀。"他又常问自己："假使能再和好,我能再和好么?"他的自尊心立刻回答能,但是他那频频点着的老顽固脑袋却又悲伤地回答说不能。他万分颓丧,感到日子好难挨。他一心惦念着马吕斯。老人需要温情如同需要日光。这是热。无论他的性格是多么顽强,马吕斯的出走使他的心情多少改变了一点。无论如何,他不愿意向这"小把戏"走近一步,但他心里痛苦。他从不探听他的消息,却又随时在想他。他生活在沼泽区,越来越不和人接近了。他和往常一样,还是又愉快又暴躁的,但是他那愉快有一种痉挛性的僵硬味儿,好像那里有着苦痛和隐怒,他那暴躁也老是以一种温和而阴郁的颓丧状态结束。有时他会说出这样的话:"啊!要是他回来,我得好好给他几个耳光!"

至于那位姨母,由于脑子动得太少,也就不大知道什么是爱,马吕斯,对她来说,已只是一种朦胧的黑影,她对马吕斯反而不及她对猫儿和鹦鹉那么操心,很可能她是有过猫儿和鹦鹉的。

加深吉诺曼公公的内心痛苦的是他把痛苦全部闷在心里,绝不让人猜到。他的悲伤就像那种新近发明的连烟也烧尽的火炉。有时,有些不大知趣的应酬朋友和他谈到马吕斯,问他说:"您的那位外孙先生近来怎么样了?"或是"他在干什么呀?"这老绅士,当时如果过于郁闷,便叹口气,如果要装作愉快,便弹着自己的衣袖回答说:"彭眉胥男爵先生大概在什么地方兜揽诉讼。"

当这老人深自悔恨时,马吕斯却在拍手称快。正如所有心地善良的人那样,困难已扫除了他的苦恼。他只是心平气和地偶尔想到吉诺曼先生,但是他坚持不再接受这个"待他父亲不好"的人的任何东西。现在他已从他最初的愤恨中变得平和了。另外,他为自己曾受苦、并继续受苦而感到快乐。这是为了他的父亲。生活的艰难使他感到满足,使他感到舒适。他有时大为得意地说:"这不算什么","这是一种赎罪行为","不这样,由于对自己的父亲,对这样一个父亲极其可耻的不关心,他日后也还是要在不同的情况下受到惩罚的","他父亲从前受尽了苦痛而他一点也不受,这未免太不公平","况且,他的辛劳,他的穷困和上校英勇的一生比起来,又算得了什么?""归根结底,他要和他父亲接近,向他学习的惟一办法便是对贫苦奋勇斗争,正如他父亲当年敢与敌人搏斗那样,这一定就是上校留下的'他是当之无愧的'那句话的含义了"。那句话,由于上校的遗书已经丢失,他不能再佩带在胸前,但仍铭刻在他心里。

此外,他外祖父把他撵走时,他还只是个孩子,现在他已是成人了。他自己也这样觉得。穷苦,让我们强调这点,对他起了好的作用。青年时代的穷苦当它成功时,有这样一种可贵之处,就是它能把人的整个意志转向发愤的道路,把人的整个灵魂引向高尚的愿望。穷苦能立即把物质生活赤裸裸地暴露出来,并使它显得异常丑恶,从而产生使人朝着理想生活发出无可言喻的一往无前的毅力。阔少们有百十种华贵而庸俗的娱乐,赛马,打猎,养狗,抽烟,赌博,宴饮和其他种种,这全是些牺牲了心灵高尚优美的一面来满足心灵低劣一面的消遣。穷苦少年为一块面包而努力,他吃,吃过以后,剩下的便只是梦幻。他去欣赏上帝准备的免费演出,他望着天、空间、群星、花木、孩子们、使他受苦的人群、使他心花怒放的天地万物。对人群望久了,他便能看见灵魂,对天地万物望久了,他便能看见上帝。他梦想,觉得自己伟大,他再梦想,感到自己仁慈。他从受苦人的自私心转到了深思者的同情心。一种可喜的感情,忘我悯人的心在他胸中开花了。当他想到天地专为胸襟开豁的人提供无穷无尽的乐事让他们尽情受用,而对心地狭窄的人们则加以拒绝,他便以智慧方面的富豪自居,而怜悯那些金钱方面的富豪了。光明进入他的心灵,憎恨也就离开他的意念。这样他会感到不幸吗?不会。年轻人的穷苦是从来不苦的。任何一个年轻孩子,无论穷到什么地步,有了他的健康、他的体力、他那矫健的步伐、明亮的眼睛、热烘烘流着的血液、乌黑的头发、鲜润的双颊、绯红的嘴唇、雪白的牙齿、纯净的气息,便能使年老的帝王羡慕不止。后来,每个早晨他又开始挣他的面包,当他的手挣到了面包,他的脊梁里也赢得了傲气,他的头脑里也赢得了思想。工作完毕了,他又回到那种不可名状的喜悦、景慕、欢乐之中,在生活里,他的两只脚不离痛楚、障碍、石块路、荆棘丛,有时还踏进污泥,头却伸在光明里。他是坚定、宁静、温良、和平、警惕、严肃、知足和仁慈的,他颂扬上帝给了他许多富人没有的这两种财富:使他自由的工作和使他高尚的思想。

这便是在马吕斯心中发生的一切。他甚至,说得全面一点,有点过于偏向景慕一面了。从他的生活大体上能稳定下来的那天起,他便止步不前,他认为安贫是好事,于是放松了工作去贪图神游。这就是说,他有时把整整好几天的时光都花在冥想里,如同老僧入定,沉浸迷失在那种怡然自得和游心泰玄的寂静享受中了。他这样安排他的生活,尽可能少做物质方面的工作,以便尽可能多做捉摸不到的工作,换句话说,留几个钟点在实际生活里,把其余的时间投入太空。他自以为什么也不缺了,却没有看到这样去认识景慕,结果是一种懒惰的表现,他以能争取到生活的最低要求而心满意足,他歇息得过早了。

当然,像他这样一个坚强豪迈的性格,这只可能是一种过渡状况,一旦和命运的那些不可避免的复杂问题发生冲突时,马吕斯是会觉醒的。

他目前虽是律师,也不管吉诺曼公公的看法如何,他却从不出庭辩护,更谈不上兜揽诉讼。梦幻使他远离了耍嘴皮子的生涯。和法官们鬼混,随庭听讼,穷究案由,太厌烦。为什么要那么干呢?他想不出任何理由要他改变谋生方式。这家默默无闻的商务书店向他提供了一种稳定的工作,一种劳动强度不大的工作,我们刚才说过,这已使他感到满足了。

他为之工作的几家书商之一,我想,是马其美尔先生吧,曾建议聘他专为他的书店服务,供给他舒适的住处和固定的工作,年薪一千五百法郎。舒适的住处!一千五百法郎!当然不错。但是放弃自由!当一书役!一种雇用文人!在马吕斯的思想里,如果接受这种条件,他的地位会好转,但同时也会变得更坏,他能得到优裕的生活,但也会丧失自己的尊严,这是以完全清白的穷苦换取丑陋可笑的束缚,这是使瞎子变成独眼龙。他拒绝了。

马吕斯过着孤独的生活。由于他那种喜欢独来独往的性情,也由于他所受的刺激太大了,他完全没有参加那个以安灼拉为首的组织。大家仍是好朋友,彼此之间也有在必要时竭力互相帮助的准备,如是而已。马吕斯有两个朋友,一个年轻的,古费拉克,一个年老的,马白夫先生。他和那年老的更相投一些。首先,他内心的革命是由他引起的,受赐于他,他才能认识并爱戴他的父亲。他常说："他切除了我眼珠上的白翳。"

毫无疑问，这位理财神甫是起了决定性作用的。

可是马白夫先生在这里只不过是上苍所遣的一个平静的无动于衷的使者罢了。他偶然不自觉地照亮了马吕斯的心，仿佛是一个人手里的蜡烛，他是那支烛，不是那个人。

至于马吕斯心中的政治革命，那绝不是马白夫先生所能了解，所能要求，所能指导的。

我们在下面还会遇到马白夫先生，因此在这里谈上几句不是无用的。

四　马白夫先生

那次，马白夫先生说"政治上的见解，我当然全都赞同"，当时他确实表达了自己真实的思想状况。任何政治见解对他来说全是无所谓的，他一概不加区别地表示赞同，只要这些见解能让他自由自在，正如希腊人可以称那些蛇发女神为"美女、善女、仙女、欧墨尼得斯①"那样。马白夫先生的政治见解是热爱花木，尤其热爱书籍。像大家一样也属于一个"派"，当时，无派的人是无法生存的，但是他既不是保王派，也不是波拿巴派，也不是宪章派，也不是奥尔良派，也不是无政府主义派，他是书痴派。

他不能理解，在世上有种种苔藓草木可观赏，有种种对开本，甚至三十二开本可浏览，而偏偏要为宪章、民主、正统、君

---

① 欧墨尼得斯（Euménides），复仇三女神。

主制、共和制……这一些劳什子去互相仇恨。他严防自己成为无用的人,有书并不妨碍他阅读,做一个植物学家也不妨碍他当园艺工人。当他认得了彭眉胥,他和那位上校之间有着这样一种共同的爱好,就是上校培植花卉,他培植果树。马白夫先生能用梨籽结出和圣热尔曼梨①那样鲜美的梨,今天广受欢迎的那种香味不亚于夏季小黄梅的十月小黄梅,据说是用他发明的一种嫁接方法栽培出来的。他去望弥撒是为修心养性,并非全为敬神,他喜欢看见人的脸,却又厌恶人的声音,只有在礼拜堂里,他才能找到人们聚集一堂而又寂静无声。他感到自己不能没有一个职业,于是便选择理财神甫这一行当。他从来没能像爱一个洋葱的球茎那样去爱一个妇女,也从没有能像爱一册善本书那样去爱一个男人。一天在他早已过了六十岁时,有个人问他:"难道您从来没有结过婚吗?"他说:"我忘了。"当他偶然想起了要说(谁不想要这样说呢?):"啊!假使我有钱!"那决不会在瞄一个漂亮姑娘时,像吉诺曼公公那样,而是在观赏一本旧书时。他孤零零一个人过活,带着一个老女仆。他有点痛风,睡着的时候他那些被风湿病僵化了的手指在被单的皱褶里老弓曲着。他编过并印过一本《柯特雷茨附近的植物图说》,那是本评价相当高的书,书里有不少彩色插图,铜版是他自己的,书也由他自己卖。每天总有两三个人到梅齐埃尔街他家门口去拉动门铃,来买一本书。他因而每年能挣两千法郎,这便是他的全部家产了。虽然穷,他却有能力通过耐心、节约和时间来收藏许多各种类型的善本书。他在出门时,手臂下从来只夹一本书,而回家时却常常

---

① 圣热尔曼梨,一种多汁的大蜜梨。

带着两本。他住在楼下,有四间屋子和一个小花园,家里惟一的装饰是些嵌在玻璃框里的植物标本和一些老名家的版画。刀枪一类的东西使他见了胆寒。他一生从不曾走近一尊大炮,即使是在残废军人院里。他有一个过得去的胃、一个当本堂神甫的兄弟、一头全白的头发、一张掉光了牙的嘴和一颗掉光了牙的心、一身的抖颤、一口庇卡底的乡音、童子的笑声、易惊的神经、老绵羊的神情。除此以外,在活着的人中,他只有一个常来往的知心朋友,圣雅克门的一个开书店的老头,叫鲁瓦约尔。他的梦想是把靛青移植到法国来。

他的女仆,也是个天真无邪的人物。那可怜慈祥的妇人是个老处女。苏丹,她的猫,一只能在西斯廷教堂咪嗷咪嗷歌唱阿列格利所作《上帝怜我》诗篇的老雄猫,已经充满了她的心,也满足了她身上那点热情。在梦中她也从没有接触到男人,她从来没有超越过她这只猫。她,和它一样,嘴上也生胡须。她的光轮出自始终白洁的睡帽。星期天,望过弥撒后,她的时间便用来清点她箱子里的换洗衣裳,并把她买来而从不找人裁缝的裙袍料子一一摊在床上。她能阅读。马白夫替她取了个名字,叫"普卢塔克妈妈"。

马白夫先生喜欢马吕斯,是因为马吕斯年少温存,能使他在衰年感到温暖而又不使他那怯弱的心情受惊扰。老年人遇到和善的青年犹如见了日暖风和的佳日。每当马吕斯带着满脑子的军事光荣、火药、进攻、反攻以及所有那些有他父亲在场挥刀大砍同时也受人砍的惊心动魄的战斗情景去看马白夫先生时,马白夫先生便从品评花卉的角度和他谈论这位英雄。

一八三〇年前后,他那当本堂神甫的兄弟死了,死得很突然,如同黑夜降临,马白夫先生眼前的景物全暗下去了。一次公证人方面的背约行为使他损失了一万法郎,这是他兄弟名下和他自己名下的全部钱财。七月革命引起了图书业的危机。在困难时期,卖不出去的首先是《植物图说》这一类的书。《柯特雷茨附近的植物图说》立即无人过问了。几星期过去也不见一个顾主。有时马白夫先生听到门铃响而惊动起来。普卢塔克妈妈愁闷地说道:"是送水的。"后来,马白夫先生离开梅齐埃尔街,辞去理财神甫的职务,脱离了圣稣尔比斯,卖掉一部分……不是他的书,而是他的雕版图片——这是他最放得下的东西了——搬到巴纳斯山大街的一栋小房子里去住。他在那里只住了一个季度,为了两种原因,第一,那楼下一层和园子得花三百法郎,而他不敢让自己的房租超出二百法郎;第二,那地方隔壁便是法都射击场,他整天听到手枪射击声,这使他受不了。

他带走了他的《植物图说》、他的铜版、他的植物标本、他的书包和书籍,去住在妇女救济院附近,奥斯特里茨村的一种茅屋里,每年租金五十埃居,有三间屋子和一个围着篱笆的园子,还有一口井。他趁这次搬家的机会,把家具几乎全卖了。他迁入新居那天,心情非常愉快,亲自钉了许多钉子,挂那些图片和标本,余下的时间,便在园里锄地,到了晚上,看见普卢塔克妈妈神情郁闷,心事重重,便拍着她的肩头,对她微笑说:"不要紧!我们还有靛青呢!"

只有两个客人,圣雅克门的那个书商和马吕斯得到许可,可以到奥斯特里茨的茅屋里来看他,奥斯特里茨这名字对他来说,毕竟是喧嚣刺耳的。

可是正如我们刚才所指出的,凡是钻在一种学问或是一种癖好里,或者这是常有的事,两种同时都钻的头脑,才能很慢被生活中的事物所渗透。他们觉得自己的前程还很远大。从这种专一的精神状态中产生出来的是一种被动性,这被动性,如果出自理智,便像哲学。这些人偏朝一边,往下走,往下溜,甚至往下倒,而他们自己并不怎么警觉。这种状况到后来确也会有觉醒的一天,但这一天不会早日来到。在目前,这些人仿佛是处在自身幸福与自身苦难的赌博中而无动于衷。自己成了赌注,却漠不关心地听凭别人摆布。

马白夫先生便是这样,他在处境日益黯淡、希望一一消失的情况下心境却仍然宁静如初,这虽然带点稚气,但很固执。他精神的习性有如钟摆的来回摆动。一旦被幻想上紧发条,他就要走很长一段时间,即使幻想已经破灭。挂钟不会正在钥匙丢失的那会儿突然停摆的。

马白夫先生有些天真的乐趣。这不需要多大的代价,并且往往是无意中得来的,一点偶然机会便能提供这种乐趣。一天,普卢塔克妈妈坐在屋角里读一本小说。她老喜欢大声读,觉得这样容易领会些。大声读,便是不断对自己肯定我确实是在从事阅读。有些人读得声音极高,仿佛是在对他们所读的东西发誓赌咒。

普卢塔克妈妈正使出这种活力读着她捧在手里的那本小说。马白夫先生漫不经心地听着她读。

一路读来,普卢塔克妈妈读到了这样一句,那是关于一个龙骑兵军官和一个美人的故事:

"……美人弗特和龙……"

读到此地,她停下来擦她的眼镜。

"佛陀和龙,"马白夫先生低声说,"是呀,确有过这回事。从前有条龙,住在山洞里,口里吐出火焰来烧天。好几颗星星已被这怪物烧到着火了,它脚上长的是老虎爪子。佛陀进到它洞里,感化了它。您读的是本好书呢,普卢塔克妈妈。没有比这再好的传奇故事了。"

马白夫先生随即又沉浸在美妙的梦幻中了。

五　穷是苦的好邻居

马吕斯喜欢这个憨厚的老人,老人已看到自己慢慢为贫寒所困,逐渐惊惶起来了,却还没有感到愁苦。马吕斯常遇见古费拉克,也常去找马白夫先生,可是次数很少,每月至多一两次。

马吕斯的兴趣是独自一人到郊外的大路上、或马尔斯广场或卢森堡公园中人迹罕到的小路上去作长时间的散步。他有时花上半天时间去看蔬菜种植场的园地、生菜畦、粪草堆里的鸡群和拉水车轮子的马。过路的人都带着惊奇的眼光打量他,有些人还觉得他服装可疑,面目可憎。这只是个毫无意图站着做梦的穷少年罢了。

他正是在这样闲逛时发现那戈尔博老屋的,这地方偏僻,租价低廉,中了他的意,他便在那里住下来了。大家只知道他叫马吕斯先生。

有几个引退的将军或是他父亲的老同事认识了他,曾邀请他去看看他们。马吕斯没有拒绝。这是些谈他父亲的机会。因此他不时去巴若尔伯爵家、培拉韦斯纳将军家、弗里利翁将军家和残废军人院。那些人家有音乐,也跳舞。马吕斯在这样的晚上便穿上他的新衣。但是他一定要到天气冻得石头发裂时才去参加这些晚会或舞会,因为他没有钱雇车,而又要在走进人家大门时脚上的靴子能和镜子一般亮。

他有时说(丝毫没有抱怨的意思):"人是这样一种东西,在客厅里,全身都可以脏,鞋子却不能。那些地方的人为了要好好接待你,只要求你一件东西必须是无可指摘的,良心吗?不,是靴子。"

任何热情,除非出自内心,全会在幻想中消失。马吕斯的政治狂热症已成过去,一八三〇年的革命①在满足他安慰他的同时,也在这方面起了帮助作用。他还和从前一样,除了那种愤激心情,他对事物还抱着原来的见解,不过变得温和一些了。严格地说,他并没有什么见解,只有同情心。他偏爱什么呢?偏爱人类。在人类中,他选择了法兰西;在国家中,他选择了人民;在人民中,他选择了妇女。这便是他的怜悯心所倾注的地方。现在他重视理想胜于事实,重视诗人胜于英雄,他欣赏《约伯记》②这类书胜过马伦哥的事迹。并且,当他在遐想中度过了一天,傍晚沿着大路回来时,从树枝间窥见了无限广阔的天空,无名的微光、深远的空间、黑暗、神秘后,凡属人类的事物他都感到多么渺小。

他觉得他已见到了,也许真正见到了生命的真谛和人生的哲理,到后来,除了天以外的一切他全不大注意了,天,是真理惟一能从它的井底见到的东西。

这并不阻止他增多计划、办法、空中楼阁和长远规划。在这种梦境中,如果有人细察马吕斯的内心,他的眼睛将被这人心灵的纯洁所炫惑。的确,如果我们的肉眼能看见别人的心,

---

① 一八三〇年革命,推翻了波旁王朝。
② 《约伯记》,《圣经·旧约》中的一篇。

我们便能根据一个人的梦想去判断他的为人,这比从他的思想去判断会更可靠些。思想有意愿,梦想却没有。梦想完全是自发的,它能反映并保持我们精神的原有面貌,即使是在宏伟和理想的想象跟前,只有我们对命运的光辉所发的未经思考和不切实际的向往才是出自我们灵魂深处的最直接和最真诚的思想。正是在这些向往中,而不是在那些经过综合、分析、组织的思想中,我们能找出每个人的真实性格。我们的幻想是我们最逼真的写照。每个人都随着自己的性格在梦想着未知的和不可能的事物。

在一八三一这年的夏秋之间,那个服侍马吕斯的老妇人告诉他说,他的邻居,一个叫容德雷特的穷苦人家,将要被撵走。马吕斯几乎整天在外面,不大知道他还有邻居。

"为什么要撵走他们?"他说。

"因为他们不付房租。他们已经欠了两个季度的租金了。"

"那是多少钱呢?"

"二十法郎。"老妇人说。

马吕斯有三十法郎的机动款在一只抽屉里。

"拿着吧,"他向那老妇人说,"这儿是二十五法郎。您就替这些穷人付了房租吧,另外五个法郎也给他们,可不要说是我给的。"

六　接替人

恰巧,那位忒阿杜勒中尉所属的团队调来巴黎驻防了。这事为吉诺曼姑奶奶提供了进行第二个计谋的机会。第一次,她曾想到让忒阿杜勒去监视马吕斯,现在,她暗中策划要让忒阿杜勒接替马吕斯。

不管怎么样,老人也很可能多少会感到家里需要一张年轻人的脸,正如曙光有时能给古迹以温暖的感觉。另找一个马吕斯确是个好主意。"就这样,"她想道,"简单得很,这好像是我在好些书里看见的那种勘误表;马吕斯应改为忒阿杜勒。"

侄孙和外孙,区别不大,丢了个律师,来个长矛兵。

一天早晨,吉诺曼先生正在念着《每日新闻》这一类的东西,他的女儿走了进来,用她最柔和的声音对他说,因为这里涉及到她心疼的人儿:

"我的父亲,今天早晨忒阿杜勒要来向您请安。"

"谁呀,忒阿杜勒?"

"您的侄孙。"

"啊!"老头说。

他随即又开始读报,不再去想那侄孙,一个什么不相干的忒阿杜勒,并且他心里已经上了火,这几乎是他每次读报必定会发生的事。他手里拿着的那张纸,不用说,是保王派的刊物,那上面报道在明天,风雨无阻,又将发生一件在当时的巴黎天天发生的那种小事,说是中午十二点,法学院和医学院的学生们将在先贤祠广场聚集,举行讨论会。内容涉及时事问题之一:国民自卫军的炮队问题以及军政部与民兵队因卢浮宫庭院里大炮的排列而发生的争执。学生们将在这上面进行"讨论"。不用更多的消息已够使吉诺曼先生气胀肚子了。

他想到了马吕斯,他正是个大学生,很可能,他会和大家一道,"中午十二点,在先贤祠广场,开会讨论"。

正当他想着这痛心的事时,忒阿杜勒中尉进来了,穿着绅士服装——这一着大有讲究——由吉诺曼姑娘引导着。这位长矛兵作过这样的考虑:这老祖宗也许不曾把全部财产变作终身年金。常常穿件老百姓的衣服是值得的。

吉诺曼姑娘对她父亲大声说:

"忒阿杜勒,您的侄孙。"

又低声对中尉说:

"顺着他说。"

接着便退出去了。

中尉对这么庄严的会见还不大习惯,怯头怯脑地嘟囔着:"您好,我的叔公。"同时无意中机械地行了个以军礼开头却以鞠躬结尾的综合礼。

"啊!是你,好,坐吧。"那老祖宗说。

说完这话,他把那长矛兵完全丢在脑后了。

忒阿杜勒坐下去,吉诺曼先生却站了起来。

吉诺曼先生来回走着,两手插在衣袋里,高声说着话,继又用他那十个激动的老指头把放在两个背心口袋里的两只表乱抓乱捏。

"这堆流鼻涕的小鬼!居然要在先贤祠广场集会!我的婊子的贞操!一群小狮狮,昨天还吃着娘奶!你去捏捏他们的鼻子吧,准有奶水流出来!而这些家伙明天中午要开会讨论!成什么世界!还成什么世界!不用说,昏天黑地的世界!这是那些短衫党人带给我们的好榜样!公民炮队!讨论公民炮队问题!跑到广场上去对着国民自卫军的连珠屁胡说八道!他们和一些什么人混在一起呢?请你想想雅各宾主义要把我们带到什么地方去。随你要我打什么赌,我赌一百万,我赢了,不要你一文,明天到会的,肯定尽是些犯过法的坏种和服过刑的囚犯。共和党和苦役犯,就像鼻子和手绢是一伙。卡诺说:'你要我往哪里走,叛徒?'富歇回答说:'随你的便,蠢材!'这就是所谓共和党人。"

"这是正确的。"忒阿杜勒说。

吉诺曼先生把头转过一半,看见了忒阿杜勒,又继续说:

"当我想起这小把戏竟能狂妄到要去学烧炭党!你为什么要离开我的家?为了去当共和党。慢点,慢点!首先人民不赏识你那共和制,他们不赏识,他们懂道理,他们知道自古以来就有国王,将来也永远会有国王,他们知道,说来说去,人民还只不过是人民,他们瞧着不顺眼,你那共和制,你听见吗,傻蛋!够叫人恶心的了,你那种冲动!爱上杜善伯伯,和断头台眉来眼去,溜到九三号阳台下面去唱情歌,弹吉他,这些年轻人,真该朝他们每个人的脸上吐上一口唾沫,他们竟会蠢到这种地步!他们全是这样的,没有一个例外。只要嗅点街上的空气就已使你鬼迷心窍的了。十九世纪是种毒物。随便一个小鬼也要留上一撮山羊胡子,自以为的的确确像个人样了,却把年老的长辈丢下不管。这就是共和党人。这就是浪漫派。什么叫做浪漫派?请你赏个脸,告诉我什么叫做浪漫派吧。疯狂透顶。一年前,这些家伙使你跑去捧《艾那尼》①,我倒要问问你,《艾那尼》!对比的词句,丑恶不堪的东西,连法文也没有写通!而且,卢浮宫的院子里安上了大炮。这些全是我们这个时代的土匪行为。"

---

① 《艾那尼》(Hernani),雨果所作戏剧。一八三〇年首次公演,曾引起古典派与浪漫派之间的激烈斗争。

"您说得对,我的叔公。"忒阿杜勒说。

吉诺曼先生往下说:

"博物馆的院子里安上大炮!干什么?大炮,你要对我怎么样?你想轰贝尔韦德尔的《阿波罗》①吗?火药包和梅迪契的《维纳斯》②又有什么关系?呵!现在的这些年轻人,全是些无赖!他们的班加曼·贡斯当简直算不了什么东西!这些家伙不是坏蛋也是脓包!他们挖空心思要出丑,他们的衣服好难看,他们害怕女人,他们围着一群小姑娘,就像叫化子在乞讨,惹得那些女招待放声大笑,说句良心话,这些可怜虫,仿佛想到爱情便害臊似的。他们的样子很难看,加上傻头傻脑,真算得上是才貌双全,他们嘴上离不了蒂埃斯兰和博基埃的俏皮话,他们的衣服像个布口袋,穿着马夫的坎肩、粗布衬衫、粗呢长裤、粗皮靴子,衣料上的条纹像鸟毛。他们粗俗的语言只配拿来补他们的破鞋底。而所有这些莫名其妙的娃娃在政治问题上有他们的意见。应当严厉禁止发表政治意见。他们创立制度,他们改造社会,他们推翻君主制,他们把整套法律扔在地上,他们把顶楼放在地窖所在处,又把我的门房放在王位上,他们把欧洲搞得天翻地覆,他们重建世界,而他们的开心事是贼头贼脑地去偷看那些跨上车去的洗衣女人的大腿!啊!马吕斯!啊!淘气包!到公共广场上去鬼喊怪叫吧!讨论,争辩,决定办法!他们把这叫做办法,公正的老天爷!捣乱鬼缩小了身体,变成个笨蛋。我见过兵荒马乱的世界,今天又见到乱七八糟的局面。小学生居然讨论国民自卫军的问题,这种事在蛮子国里也不见得有吧!那些赤身露体、

---

①② 《阿波罗》和《维纳斯》,两尊有名的古代塑像。

脑袋上顶着一个毽子似的发髻,爪子里抓着一根大头棒的野蛮人也赶不上这些学士们的野蛮劲儿!几个苏一个的猴崽子,也自以为了不起,要发号施令!要讨论,要开动脑袋瓜子!这是世界的末日。肯定是这个可怜的地球的末日。还得打个最后的嗝,法兰西正准备着。讨论吧,你们这些流氓!这些事总是要发生的,只要他们到奥德翁戏院的走廊下去读报纸。他们付出的代价是一个苏,加上他们的理性,再加上他们的智慧,再加上他们的心,再加上他们的灵魂,再加上他们的精神,从那地方出来的人也就不愿再回家了。一切报纸全是瘟神,一概如此,连《白旗报》也算在内!马尔坦维尔在骨子里也还是个雅各宾党人。啊!公正的天!你把你的外公折磨得好苦,你这总算得意了吧,你!"

"这当然。"忒阿杜勒说。

趁着吉诺曼先生要松一口气时,那长矛兵又一本正经地补上一句:

"除了《通报》以外,就不应再有旁的报纸,除了军事年刊以外,也不应再有旁的书。"

吉诺曼先生继续说:

"就好像他们的那个西哀士①!从一个弑君贼做到元老院元老!因为他们最后总是要达到那地位的。起初,大家不怕丢人,用公民来你我相称,到后来,却要人家称他为伯爵先生,像手臂一样粗的伯爵先生,九月的屠夫②!哲学家西哀士!我敢夸句口:我从来没有把这批哲学家的哲学看得比蒂

---

① 西哀士(Sieyès,1748—1836),神甫,革命时期的制宪议会代表,国民公会代表,雅各宾派中大资产阶级的代表,元老院元老。
② 九月的屠夫,即"九月暴徒"。

沃利的那个做丑脸的小丑的眼镜更重一些！有一次我看见几个元老院的元老打马拉盖河沿走过，披着紫红丝绒的斗篷，上面绣的是蜜蜂①，头上戴着亨利四世式的帽子。他们那模样真是丑态百出，就像老虎手底下的猴儿。公民们，我向你们宣告，你们的进步是一种疯癫病，你们的人道是一种空想，你们的革命是一种罪行，你们的共和是一种怪物，你们的年轻美丽的法兰西是臭婊子家里生出来的，并且我在你们中的每一个人面前坚持我的看法，不管你们是什么人，你们是政论家也好，是经济学家也好，是法学家也好，也不管你们在自由、平等、博爱方面是否比对断头台上的板斧有更深的体会！我告诉你们这些，我的傻小子们！"

"佩服，佩服，"中尉嚷着说，"这是千真万确的。"

吉诺曼先生把一个已开始要作的手势停下来，转身瞪眼望着那长矛兵式阿杜勒，对他说：

"你是个蠢材。"

---

① 蜜蜂，拿破仑曾把蜜蜂定为勤劳的标志。

第六卷　星星相映

一　绰号：名字的形成方式

马吕斯在这时已是个美少年，中等身材，头发乌黑而厚，额高而聪明，鼻孔轩豁，富有热情，气度诚挚稳重，整个面貌有种说不出的高傲、若有所思和天真的神态。他侧面轮廓的线条全是圆的，但并不因此而失其刚强，他有经阿尔萨斯和洛林传到法兰西民族容貌上来的那种日耳曼族的秀气，也具有使西康伯尔①族在罗马人中极容易被识别出来并使狮族不同于鹰族的那种完全不见棱角的形象。他现在处于人生中深沉和天真几乎相等各占思想一半的时期。在困难重重的逆境中，他完全可以愕然不知所措，把钥匙拨转一下，他又能变得卓越不凡。他的态度是谦逊、冷淡、文雅、不很开朗的。由于他的嘴生得动人，是世上嘴唇里最红的，牙齿里最白的，他微微一笑便可纠正整个外貌的严肃气氛。有时，那真是一种奇特的对比，额头高洁而笑容富于肉感。他的眼眶小，目光却远大。

在他最穷困时，他发现年轻姑娘们见他走过，常把头转过

---

① 西康伯尔(Sicambre)，古代日耳曼民族的一个支系。

来望他,他连忙避开,或是躲起来,心情万分颓丧。他以为她们看他是因为他的衣服破旧,在讥笑他,其实她们看他是为了他的风韵,她们在梦想。

和这些漂亮过路女子之间的误会他都憋在心里,使他变成一个性情孤僻的人。在她们中他一个也没选中,绝妙的理由是他见到任何一个都逃走。他便这样漫无目标地活着,古费拉克却说他是傻里呱唧地活着。

古费拉克还对他这样说:"你不该有当道学先生的想法(他们之间已用'你'相称,这是年轻人友情发展的必然趋向)。老兄,我进个忠告,不要老这样钻在书本里,多看看那些破罐子。风骚女人是有些好处的,呵,马吕斯!你老这样开溜,老这样脸嫩,你会变成个憨子。"

在另一些时候,古费拉克遇见了他,便对他说:

"你好,神甫先生。"

在古费拉克对他讲了这一类话以后,马吕斯整个星期都不敢见女人,无论是年轻的或年老的,他比以前任何时候都避得更厉害,尤其避免和古费拉克见面。

在整个广阔的宇宙间却有两个女人是马吕斯不逃避也不提防的。老实说,假使有人告诉他,说这是两个女人,他还会大吃一惊。一个是那替他打扫屋子的老妇人,因为她嘴上生了胡子,古费拉克曾经说:"马吕斯看见他的女用人已经留了胡子,所以他自己便不用留了。"另一个是个小姑娘,是他经常见到却从来不看的。

一年多以来,马吕斯发现在卢森堡公园里一条僻静的小路上,就是沿着苗圃石栏杆的那条小路上,有一个男子和一个很年轻的姑娘,几乎每次都是并排坐在靠近游人最少的西街那边的一条板凳上,从来不换地方。每次当机缘,那些只管眼睛朝里看的人散步时的机缘,把马吕斯引上这条小路时,也就是说,几乎每天引他上那儿时,他准能在老地方遇到那一老一小。那男子大致有六十来岁,他神情抑郁而严肃,他整个人表现出退伍军人的那种强健和疲乏的形象。假使他有一条勋带,马吕斯还会说:"这是个退伍军官。"他那神气是善良的,但又使人感到难于接近,他的目光从来不停留在别人的眼睛上。他穿一条蓝色长裤,一件蓝色骑马服,戴顶宽边帽,好像永远是新的,结一条黑领带,穿件教友派衬衫,就是说,那种白到耀眼的粗布衬衫。一天,有个俏女人打他身边走过,说道:"好一个干净的老光棍。"他的头发雪白。

那年轻姑娘,当她初次陪同他来坐在这条仿佛是他们的专用板凳上时,是个十三四岁的女娃,瘦到近乎难看,神情拙笨,毫无可取之处,只有一双眼睛也许还能变得秀丽。不过她抬起眼睛望人时,总有那么一种不懂得避嫌疑的神气,不怎么讨人喜欢。她的打扮是修道院里寄读生的那种派头,既像老妇人,又像小孩,穿一件不合身的黑色粗呢裙袍。看上去他们是父女俩。

马吕斯把这个还不能称为老头儿的老人和那个还没成人的小姑娘研究了两三天,便再也不去注意了。至于他们那方面,他俩似乎根本没有看见他。他们安安静静谈着话,全不注意旁人。那姑娘不停地又说又笑。老人不大开口,不时转过眼睛,满含着一种说不出的父爱望着她。

马吕斯已经养成机械的习惯,必定要到这小路上来散步。他每次准能遇见他们。

事情的经过是这样的:

马吕斯最喜欢一直走到那条小路的尽头,他们的板凳对面。他在那条小路上,从一头走到一头,经过他们面前,再转身回到原处,接着又走回来。他每次散步,总得这样来回五六趟,而这样的散步,每星期又有五六次,可是那两个人和他却从来不曾打过一次招呼。那男子和那年轻姑娘,虽然他们好像有意要避开别人的注视,也许正因为他们有意要避开别人的注视,便自然而然地多少引起了五六个经常沿着苗圃散步的大学生的注意,有些是来做课后散步的用功学生,另一些是弹子打够了来散步的。古费拉克属于后者,也曾对他们留意观察了一些时候,但是觉得那姑娘生得丑,便很快地小心谨慎地避开了。他像帕尔特人①射回马箭那样,在逃走时射了个绰号。由于那小姑娘的裙袍和那老人的头发给他的印象特别深,因此他称那姑娘为"黑姑娘",老人为"白先生",谁也不知道他们姓啥名谁,没有真名,绰号便也成立了。那些大学生常说:"啊!白先生已在他的板凳上了!"马吕斯和他们一样,觉得称那不知名的先生为白先生也还方便。

我们仿效他们,为了叙述方便,也将称他为白先生。

这样,在最初一年当中,马吕斯几乎每天在同一钟点,总见到他们。他对那男子的印象不坏,对那姑娘却感到不怎么入眼。

二 光 明 是 实

第二年,正是在本故事的读者刚读到的这个时刻,马吕斯

---

① 帕尔特(Parthes),伊朗北部里海一带的古代游牧民族,以善于骑在马上向后射杀敌人著名。

常去卢森堡公园的习惯忽然中断了,他自己也不知道这是为了什么,几乎一连六个月没有到那条小路上去走过一步。可是,有一天,他又去了。那是在夏天的一个晴朗的上午。马吕斯心情欢畅,和风丽日给予人的感受正是如此。他仿佛觉得所有他听到的雀鸟唱和的声音,所有他从树叶中望见的片片蓝天全深入到了他的心里。

他直向"他的小路"走去。到了尽头,他又望见了那两个面熟的人,仍旧坐在从前的那条板凳上。不过当他走近时,那男子还是那男子,姑娘却不像是从前的那个了。现在在他眼前的是个秀长、美丽、有着女性已届成年却仍全部保有女孩那极尽天真情态的体形的最动人的人儿,这是倏忽和纯洁的时刻,要表达只能用这几个字:芳龄十五。那便是使人惊叹并夹着金丝纹的栗色头发,光洁如玉的额头,艳如一瓣蔷薇的双颊,晶莹的红,含羞的白,一张妙嘴,出来的笑声如同光明、语声如同音乐,一个让·古戎①要摹刻的维纳斯的颈子而拉斐尔要描绘的马利亚的头。并且,为了使动人的脸什么也不缺,那鼻子虽生得不美,却是生得漂亮的,不直不弯,非意大利型也非希腊型,而是巴黎型的鼻子,那就是说某种俏皮、秀气、不正规、纯净、使画家失望诗人迷惑的鼻子。

马吕斯走过她身边,却没能看见她那双一直低垂着的眼睛。他只见到栗色的长睫毛,掩映着幽娴贞静的神态。

这并不妨碍她微笑着听那白发老人和她谈话,并且再没有什么比低着眼睛微笑更荡人心魂的了。

最初,马吕斯以为这是同一男子的另一个女儿,大致是从

---

① 让·古戎(Jean Goujon,1510—1568),法国雕塑家和建筑学家。

前那一个的姐姐。但是,当那一贯的散步习惯第二次引他到那板凳近旁,他留意打量以后才认出她还是原来的那一个。六个月,小姑娘已经变成了少女,如是而已。这种现象是极常见的。有那么一种时刻,姑娘们好像是忽然吐放的蓓蕾,一眨眼便成了一朵朵玫瑰。昨天人们还把她们当做孩子没理睬,今天重相见,已感到她们乱人心意了。

这一个不但长大了,而且理想化了。正如在四月里一样,三天的时间足使某些树木花开满枝,六个月已同样够使她周身秀美了。她的四月已经到来。

我们有时看见一些穷而吝啬的人,好像一觉醒来,忽然从赤贫转为巨富,一下子变得奢侈豪华。那是因为他们收到了一笔年金,昨天到了付款日期。这姑娘领到了一个季度的利息。

并且她已不是从前那个戴着棉绒帽子,穿件毛呢裙袍和双平底鞋,两手发红的寄读生,审美力已随容光的焕发来到了,她已是个打扮得简单、雅致、挺秀、脱俗的少女。她穿一件黑花缎裙袍,一件同样料子的短披风,戴一顶白绉纱帽子。白手套显出一双细长的手,手里玩着一把中国象牙柄的遮阳伞,一双缎鞋衬托出她脚的秀气。当人们走过她身边,她的全身衣着吐着青春的那种强烈香气。

至于那男子,还是从前那一个。

马吕斯再次走近她时,那姑娘抬起了眼睑。她的眼睛是深蓝色的,但是在这蒙蒙的天空中还只有孩子的神气。她自自然然地望着马吕斯,仿佛她望见的只是一个在槭树下跑着玩的孩子,或是照在那板凳上的一个云石花盆的影子,马吕斯也只管往前走,心里想着旁的事儿。

他在那年轻姑娘的板凳旁边又走了四五趟,连眼睛也没有向她转一下。

后来几天,他和平时一样,天天去卢森堡公园,和平时一样,他总在那地方见到那"父女俩",但是他已不再注意了。

他在那姑娘变美了的时候并不比她丑的时候对她想得多些,他照旧紧挨着她坐的那条板凳旁边走过,因为这是他的习惯。

三　春天的效果

一天,空气温和,卢森堡公园中一片阳光和绿影,天空明净,仿佛天使们一早便把它洗过了似的,小鸟在栗林深处轻轻地叫着,马吕斯把整个胸怀向这良辰美景敞开了。他什么也不想,他活着,呼吸着。他从那条板凳旁边走过,那年轻姑娘抬起了眼睛向着他,他们两个人的目光碰在一起了。

这次在那年轻姑娘的目光里,有了什么呢?马吕斯搞不清楚。那里面什么也没有,可是什么也全在那里了,那是一种奇特的闪光。

她低下了眼睛,他也继续往前走。

他刚才见到的,不是一个孩子的那种天真单纯的眼光,而是一种奥秘莫测的深窟,稍稍张开了一线,接着又立即关闭了。

每一个少女都有这样望人的一天。谁碰上了,就该谁苦恼!

这种连自己也莫名其妙的心灵的最初一望,有如天边的曙光。不知是种什么灿烂的东西的醒觉。这种微光,乘人不

879

备,突然从朦胧可爱的黑夜中隐隐地显现出来,半是现在的天真,半是未来的情爱,它那危险的魅力,绝不是言语所能形容的,那是一种在期待中偶然流露的迷离惝恍的柔情。是天真于无意中设下的陷阱,勾摄了别人的心,既非出于有意,自己也并不知道。那是一个以妇人的神情望人的处子。

在这种目光瞥到的地方,很少能不惹起连绵的梦想。所有的纯洁感情和所有的强烈欲念都集中在这一线天外飞来、操人生死的闪光里,远非妖冶妇女做作出来的那种绝妙秋波所能及,它的魔力能使人在灵魂深处突然开出一种奇香异毒的黑花,这便是人们所说的爱。

那天晚上,马吕斯回到他的破屋子里,对身上的衣服望了一眼,第一次发现自己邋里邋遢,不修边幅,穿着这样的"日常"衣服,就是说,戴一顶帽边丝带附近已破裂的帽子,穿双赶车夫的大靴,一条膝头泛白的黑长裤,一件肘弯发黄的黑上衣,却要到卢森堡公园里去散步,真是荒唐透了顶。

四 一场大病的开始

第二天,到了寻常的钟点,马吕斯从衣柜里拖出了他的新衣、新裤、新帽、新靴,他把这全副盔甲穿上身,戴上手套——骇人听闻的奢侈品,到卢森堡公园去。

半路上,他遇到古费拉克,只装作没看见。古费拉克回到家里对他的朋友们说:"我刚才遇见了马吕斯的新帽子和新衣服,里面裹着一个马吕斯。他一定是去参加考试。脸上一副傻相。"

到了公园,马吕斯围着喷水池绕了一圈,看天鹅,接着又站在一座满头黑霉并缺一块腰胯的塑像跟前,呆呆地望了许久。喷水池旁边,一个四十来岁的大肚子绅士,手里牵着一个五岁的孩子,对他说:"凡事不能过分,我的儿,应当站在专制主义和无政府主义的中间,不偏这边也不偏那边。"马吕斯细听着那老财谈论。随后,他又围着喷水池兜了个圈子。最后他才朝着"他的小路"走去,慢吞吞地,仿佛懊悔不该来,仿佛有谁在逼着他去阻止他去似的。他自己却一点也没有感到这一切,还自以为和平时一样在散步。

在走上那小路时,他望见路的尽头白先生和那姑娘已经坐在"他们的板凳"上了。他把自己的上衣一直扣到顶,挺起腰板,不让它有一丝皱褶,略带满足的心情望了望长裤上光泽的反射,向那板凳进军。他的步伐带着一股冲锋陷阵的味道,想必也有旗开得胜的想望。因此我说,他向那板凳进军,正如我说汉尼拔向罗马进军。

此外,他的动作没有一个不是机械的,他也绝没有中断他平时精神方面和工作方面的思想活动。这时,他心里正在想:"《学士手册》确是一本荒谬的书,一定是出自一伙稀有蠢材的手笔,才会在谈到人类思想代表作时去对拉辛的三个悲剧作分析,而莫里哀的喜剧反而只分析一个。"他耳朵里起了一阵尖锐的叫声。他一面朝板凳走去,一面拉平衣服上的皱褶,两眼盯住那姑娘。他仿佛看见她把整个小路尽头都洒满了蓝色的光辉。

他越往前走,他的脚步也越慢。他走到离板凳还有相当距离、离小路尽头还很远的地方,忽然停了下来,连他自己也不知道是怎么回事,竟转身走回来了。他心里一点也没想过不要再往前走。很难说那姑娘是否从远处望见了他,是否看清了他穿上新衣的漂亮风度。可是他仍旧把腰板挺得笔直,以备万一有人从他后面望来,他仍是好样儿的。

他走到了这一端的尽头,再往回走,这一次,离板凳比较近了。他居然到达相隔还有三棵树的地方,这里,不知为什么,他感到确实无法再前进,心里迟疑起来了。他认为已看到那姑娘把脸转向了他。于是他作一番心雄气壮的努力,解除了顾虑,继续往前走。几秒钟后,他从那板凳前面走过,身躯笔直,意志坚强,连耳朵也涨红了,不敢向右看一眼,也不敢向左看一眼,一只手插在衣襟里,像个政府要人。当他走过……那炮台的时候,他感到心跳得真难受。她呢,和昨天一样,花缎裙袍,绉纱帽。他听到一种形容不出的谈话声音,那一定是"她的声音"了。她正在安详地谈着话。她长得美极了。这是他感到的,他并不曾打算要看她。他心里想道:"她一定不能不敬重我,假使她知道弗朗沙·德·纳夫夏多先生出版的《吉尔·布拉斯》前面那篇关于马可·奥白尔贡·德·拉龙达的论文是冒用的,而真正的作者却是我!"

他走过了板凳,直到相距不远的尽头,接着又回头,再次经过那美丽姑娘的面前。这次,他的脸白得像张纸。他的感受也完全不是味儿。他离开了那条板凳和那姑娘,背对着她,却感到她正在打量自己,这一想象几乎使他摔倒。

他不想再到那板凳近旁去试了,走到小路中段便停下来,并且,破天荒第一次,在那里坐下了,斜着眼睛朝一边频频偷看,在极端模糊的精神状态中深深地在想,他既然羡慕别人的白帽子和黑裙袍,别人也就很难对他那条发亮的长裤和那件新上衣完全无动于衷。

坐了一刻钟,他站起来,仿佛又要向那条被宝光笼罩着的板凳走去。可是他立着不动。十五个月以来第一次,他心里想到那位天天陪着女儿坐在那里的先生也许已经注意他,并会觉得他这样殷勤有些古怪。

也是第一次,他感到用"白先生"这个绰号,即使是在心里去称呼这个不相识的人,多少也有些不恭敬。

他这样低着头,呆想了几分钟,同时用手里的一根棍子在沙上画了许多画。

随后,他突然转身过来,背对着那条板凳以及白先生和他的女儿,一径回家去了。

那天他忘了吃晚饭。晚上八点钟,他才想起来,但是时间已经太迟,不用再去圣雅克街了,他说:"嘿!"吃了一块面包。

他刷净衣服裤子,仔仔细细叠好,然后上床睡了。

五 连续落在布贡妈头上的雷火

第二天,布贡妈——古费拉克给戈尔博老屋的看门兼二房东兼管家老妇人的称呼,她的真名是毕尔贡妈妈,这我们已经见过,而古费拉克这个冒失鬼对什么也不尊敬,——布贡妈大吃一惊,注意到马吕斯又穿上全身新衣出门去了。

他回到卢森堡公园,但是他不越过小路中段的他那条板凳。和前一天一样,他在那里坐了下来,从远处瞭望,清清楚楚地看见了那顶白帽子,那件黑裙袍,尤其是那一片蓝光。他没有离开过那地方,直到公园门要关了他才回家。他没有看见白先生和他的女儿走出去。他得出结论,他们是从临西街的那道铁栏门出去的。过了好些日子,几个星期以后,当他回想起这一天的经过时,他怎么也想不起那天晚上他是在什么地方吃饭的。

翌日,就是说,第三天,布贡妈又像碰上了晴天霹雳,马吕斯又穿上新衣出去了。

"一连三天!"她喊着说。

她决计要跟踪他,但是马吕斯走得飞快,一步跨好远。那好像是河马追麂子,不到两分钟,她便找不着他的影子了,她回到家里还喘不过气来,几乎被自己的气喘病噎死,她恨到极点,骂道:"太没道理,每天都穿上漂亮衣服,还害别人跑个半死!"

马吕斯又进了卢森堡公园。

那姑娘和白先生已在那里。马吕斯捧着一本书,装作读书的样子,竭力要往前走近一些,但是,还隔得老远他便不前进了,反而转身回来,坐在他的板凳上。他在那里坐了四个钟头,望着那些自由活泼的小麻雀在小路上跳跃,心里以为它们是在讥诮他。

半个月便这样过去了。马吕斯去卢森堡公园,不再是为了散步,而是去呆坐,他自己也不知道究竟为了什么。到了那里,他便不再动了。他每天早晨穿上新衣,却不是让人看,第二天又重来。

她肯定是个无与伦比的美人。惟一可以指摘的一点——这好像是一种批评了——便是她眼神抑郁而笑容欢畅,这种矛盾使她的面部表情带上一种心神不定的样子,因而这柔美的面貌有时会显得异常,但仍然是动人的。

六 被 俘

在第二个星期最后几天中的一天,马吕斯照常坐在他的板凳上,手里拿着一本书,打开已经两个钟头了,却一页还没有翻过。他忽然吃了一惊。在那小路的那一头发生了一件大事。白先生和他的女儿刚刚离开了他们的板凳,姑娘挽着她父亲的手臂,两个人一同朝着小路的中段,马吕斯所在的地方,慢慢走来了。马吕斯连忙合上他的书,继又把它打开,继又强迫自己阅读。他浑身发抖。那团宝光直向他这面来了。"啊!我的天主!"他想,"我再也来不及摆出一个姿势了。"这时,那白发男子和姑娘向前走着。他仿佛觉得这事将延续一个世纪,同时又感到只要一秒钟便完了。"他们到这边来干什么?"他问他自己,"怎么!她要走过这儿!她的脚会在这沙子上踩过去,会在这小路上,离我两步远的地方走过去!"他心慌得厉害,他多么希望自己是个极美的男子,他多么希望自己能有一个十字勋章。他听到他们脚步的软柔、有节奏的声音越来越近了。他想白先生一定瞪着一双生气的眼睛在望他。他想道:"难道这位先生要来找我的麻烦不成?"他把头埋了下去;当他重行抬起头来时,他们已到了他身边。那姑娘走过去了,一面望着他一面走过去。她带一种若有所思的和蔼神情,定定地望着他,使马吕斯从头颤抖到脚。他仿佛觉得她是在责备他这么多天不到她那边去,并且是在对他说:"我只好找来了。"马吕斯面对这双光辉四射、深不可测的眸子,心慌目眩,呆呆地发愣。

他感到在他脑子里燃起了一团炽炭。她居然来就他,多大的喜悦啊！并且她又是怎样望着他的呵！她的相貌，比起他从前见到的显得更加美丽了。她的美是由女性美和天仙美合成的，是要使彼特拉克①歌唱、但丁拜倒的完全的美。他好像已在遨游碧空了。同时他又感到事不凑巧，心里好不难过，因为他的靴子上有尘土。

毫无疑问他认为她一定也注视过他的靴子。

他用眼睛伴送着她，直到望不见她的时候。随后，他像个疯子似的在公园里走来走去。很可能他曾多次独自大笑，大声说话。他在那些领孩子的保姆跟前显得那么心事重重，使她们每个人都认为他爱上了自己。

他跑出公园，希望能在街上遇到她。

他在奥德翁戏院的走廊下碰见了古费拉克，他说："我请你吃晚饭。"他们去到卢梭店里，花了六个法郎。马吕斯像饿鬼似的吃了一顿，给了堂倌六个苏。在进甜食时，他对古费拉克说："你读过报纸了？奥德利·德·比拉弗②的那篇讲演多么漂亮！"

他已经爱到了神魂颠倒的地步。

晚饭后，他又对古费拉克说："我请你看戏。"他们走到圣马尔丹门去看弗雷德里克演《阿德雷客店》。马吕斯看得兴高采烈。

同时，他也比平日显得格外腼腆。他们走出戏院时，有个做帽子的女工正跨过一条水沟，他避而不看她的吊袜带，当时古费拉克说："我很乐意把这女人收在我的集子里。"他几乎

---

① 彼特拉克(Pétrarque, 1304—1374)，文艺复兴时期杰出的意大利诗人。
② 奥德利·德·比拉弗，当时夏朗德省极左派议员。

感到恶心。

第二天,古费拉克邀他到伏尔泰咖啡馆吃午饭。马吕斯去了,比前一晚吃得更多。他好像有满腹心事,却又非常愉快。仿佛他要抓住一切机会来扯开嗓子狂笑。有人把一个不相干的外省人介绍给他,他竟一往情深地拥抱他。许多同学走来挤在他们的桌子周围,大家谈了些关于由国家出钱收买到巴黎大学讲坛上散播的傻话,继又谈到多种词典和基什拉①诗律学中的错误和漏洞。马吕斯忽然打断大家的谈话大声嚷道:"能搞到一个十字勋章,那才惬意呐!"

"这真滑稽!"古费拉克低声对让·勃鲁维尔说。

"不,"让·勃鲁维尔回答,"这真严重。"

确实严重。马吕斯正处在狂烈感情前期那惊心动魄的阶段。

这全是望了一眼的后果。

当炸药已装好,引火物已备妥,这就再简单也没有了。一盼便是一粒火星。

全完了。马吕斯爱上了一个女人。他的命运进入了未知的境地。

女性的那一眼很像某些成套的齿轮,外表平静,力量却猛不可当。人每天安安稳稳、平安无事地打它旁边走过,并不怀疑会发生什么意外,有时甚至会忘记身边的这样东西。大家走来走去,胡思乱想,有说有笑。突然一下有人感到被夹住了,全完了。那齿轮把你拖住了,那一眼把你勾住了。它勾住了你,无论勾住什么地方,怎样勾住你的,勾住你拖沓的思想

---

① 基什拉(Quicherat,1799—1884),法国哲学家、文字学家。

的一角也好,勾住你一时的大意也好——你算是完了。你整个人将滚进去。一连串神秘的力量控制着你。你挣扎,毫无用处。人力已无能为力。你将从一个齿轮转到另一个齿轮,一层烦恼转到另一层烦恼,一场痛苦转到另一场痛苦,你,你的精神,你的财富,你的前途,你的灵魂,而且,还得看你是落在一个性情凶恶的人手里还是落在一个心地高尚的人手里,你将来从这骇人的机器里出来时只能羞惭满面,不成人形,或是被这狂烈感情改变得面目一新。

七 "U"字谜

孤单,和一切脱节,傲气,独立性格,对自然界的爱好,物质方面日常活动的缺少,与世隔绝的生活,为洁身自好而进行的秘密斗争,对天地万物的爱慕,这一切都为马吕斯准备了被狂烈感情控制的条件。对他父亲的崇拜已逐渐变成一种宗教信仰,并且,和任何宗教信仰一样,已退藏在灵魂深处了。表层总还得有点什么,于是爱情便乘虚而入。

整整一个月过去了,在这期间,马吕斯天天去卢森堡公园。时间一到,什么也不能阻挡他。古费拉克常说他"上班去了"。马吕斯生活在好梦中。毫无疑问,那姑娘常在注视他。

到后来,他能放大胆逐渐靠近那条板凳了。但是他仍同时服从情人们那种怯弱和谨慎的本能,不再往前移动。他意识到不引起"父亲的注意"是有好处的。他运用一种深得马基雅弗利主义的策略,把他的据点布置在树和塑像底座的后面,让那姑娘很可能见到他,也让那老先生很不可能见到他。

有时,在整整半个钟点里,他一动不动,待在任何一个莱翁尼达斯或任何一个斯巴达克①的阴影里,手里拿着一本书,眼睛却从书本上微微抬起,去找那美丽的姑娘,她呢,也带着不明显的微笑,把她那动人的侧影转向他这边。她一面和那白发男子极自然极安详地谈着话,一面又以热情的处女神态把一切梦想传达给马吕斯。这是由来已久的老把戏,夏娃在混沌初开的第一天便已知道,每个女人在生命开始的第一天也都知道。她的嘴在回答这一个,她的眼睛却在回答那一个。

但也应当相信,到后来白先生还是有所察觉的,因为,常常马吕斯一到,他便站起来走动。他放弃了他们常坐的地方转到小路的另一端,选择了那个角斗士塑像附近的一条板凳,仿佛是要看看马吕斯会不会跟随他们。马吕斯一点不懂,居然犯了这个错误。那"父亲"开始变得不准时了,也不再每天都领"他的女儿"来了。有时他独自一个人来。马吕斯见了便不再待下去。这又是一个错误。

马吕斯毫不注意这些征兆。他已从胆小期进入盲目期,这是自然的和必然的进步。他的爱情在发展中。他每晚都梦见这些事。此外他还遇到一件意外的喜事,火上加油,他的眼睛更加瞎了。一天,黄昏时候,他在"白先生和他女儿"刚刚离开的板凳上拾到一块手帕。一块极简单的手帕,没有绣花,但是白洁,细软,微微发出一种无以名之的芳香。他心花怒放地把它收了起来。手帕上有两个字母"U. F.",马吕斯一点也不知道这个美丽的孩子的情况,她的家庭,她的名字,她的住处,全不知道,这两个字母是他得到的属于她的第一件东西,

---

① 莱翁尼达斯和斯巴达克,公园里的塑像。

从这两个可爱的起首字母上,他立即开始营造他的空中楼阁。"U"当然是教名了。"Ursule!"(玉秀儿!)他想,"一个多么美妙的名字!"他吻着那手帕,闻它,白天,把它放在贴胸的心坎上,晚上,便压在嘴唇下面睡。

"我在这里闻到了她的整个灵魂!"他兴奋地说。

这手帕原是那老先生的,偶然从他衣袋里掉出来罢了。

在拾得这宝物后的几天中,他一到公园便吻那手帕,把它压在胸口。那美丽的孩子一点也不懂这是什么意思,连连用一些察觉不出的动作向他表示。

"害羞了!"马吕斯说。

八　残废军人也能自得其乐

我们既已提到"害羞"这个词儿,既然什么也不打算隐藏,我们便应当说,有一次,正当他痴心向往的时候,"他的玉秀儿"可给了他一场极严重的苦痛。在这些日子里,她常要求白先生离开座位,到小路上去走走,事情便是在这些日子里发生的。那天,春末夏初的和风吹得正有劲,摇晃着悬铃木的梢头。父亲和女儿,挽着手臂,刚从马吕斯的坐凳跟前走了过去。马吕斯在他们背后站了起来,用眼睛跟着他们,这在神魂颠倒的情况下是会做出来的。

忽然来了一阵风,吹得特别轻狂,也许负有什么春神的使命,从苗圃飞来,落在小路上,裹住了那姑娘,惹起她一身寒噤,使人忆及维吉尔的林泉女仙和泰奥克利特①的牧羊女那

---

① 泰奥克利特(Théocrite),希腊诗人,生于公元前四世纪。

妩媚的姿态,这风竟把她的裙袍,比伊希斯①的神衣更为神圣的裙袍掀起来,几乎到了吊袜带的高度。一条美不胜收的腿露了出来。马吕斯见了大为冒火,怒不可遏。

那姑娘以一种天仙似的羞恼动作,连忙把裙袍拂下去,但是,他并没有因此而息怒。他是独自一人在那小路上,这没错。但也可能还有旁人。万一真有旁人在呢?这种样子真是太不成话!她刚才那种行为怎能不叫人生气!唉!可怜的孩子并没有做错什么,这里惟一的罪人是风,但是马吕斯心里的爱火和妒意正在交相煎逼,他下决心非生气不可,连对自己的影子也妒忌。这种苦涩离奇的妒忌确是会这样从人的心里冒出来,并且无缘无故强迫人去消受。另外,即使去掉这种妒忌心,那条腿的动人形相对他来说也丝毫没有什么可喜的,任何一个女人的白长袜也许更能引起他的兴趣来。

当"他的玉秀儿"从那小路尽头转回来时,马吕斯已坐在他的板凳上,她随着白先生走过他跟前,马吕斯瞪起一双蛮不讲理的眼睛对她狠狠望了一眼。那姑娘把身体向后微微挺了一下,同时也张了一下眼皮,意思仿佛说:"怎么了,有什么事?"

这是他们的"初次争吵"。

正好在马吕斯用眼睛和她闹性子时,小路上又过来一个人。那是个残废军人,背驼得厉害,满脸皱皮,全白的头发,穿一身路易十五时期的军服,胸前有一块椭圆形的小红呢牌子,上面是两把交叉的剑,这便是大兵们的圣路易十字勋章,他另外还挂一些别的勋章:一只没有手臂的衣袖、一个银下巴和一

---

① 伊希斯(Isis),埃及女神,是温存之妻的象征。

条木腿。马吕斯认为已经看出这人的神气是极其得意的。他甚至认为仿佛已看见这刻薄鬼在一步一拐地打他身边走过时对他非常亲昵、非常快乐地挤了一下眼睛,似乎有个什么偶然机会曾把他俩串连到一起,共同享受一种意外的异味。这战神的废料,他有什么事值得这么高兴呢?这条木腿和那条腿之间发生了什么事呢?马吕斯醋劲大发。"刚才他也许正在这儿,"他心里想,"他也许真看见了。"他恨不得把那残废军人消灭掉。

时间能磨秃利器的锋尖。马吕斯对"玉秀儿"的怒火,不管它是多么公正,多么合法,终于熄灭了。他到底谅解了,但是得先经过一番很人的努力,他一连赌了三天气。

可是,经过这一切,也正因为这一切,那狂烈的感情更加炽热了,成了疯狂的感情。

九 失 踪

我们刚才已看到马吕斯是怎样发现,或自以为发现了她的名字叫玉秀儿。

胃口越爱越大。知道她叫玉秀儿,这已经不坏,但是还太少。马吕斯饱啖这一幸福已有三或四个星期。他要求另一幸福。他要知道她住在什么地方。

他犯过第一次错误:曾在那角斗士旁边的板凳附近中计。他犯了第二次错误:白先生单独去公园,他便不待下去。他还要犯第三次错误,绝大的错误,他跟踪"玉秀儿"。

她住在西街行人最少的地方,一栋外表朴素的四层新楼房里。

从这时起,马吕斯在他那公园中相见的幸福之外又添了种一直跟她到家的幸福。

他的食量增加了。他已经知道她的名字,她的教名,至少,那悦耳的名字,那个真正的女性的名字,他也知道了她住在什么地方,他还要知道她是谁。

一天傍晚,他跟着他们到了家,看见他们从大门进去以后,接着他也跟了进去,对那看门的大模大样地说:

"刚才回家的是二楼上的那位先生吗?"

"不是,"看门的回答说,"是四楼上的先生。"

又进了一步。这一成绩壮了马吕斯的胆。

"是住在临街这面的吗?"

"什么临街不临街,"看门的说,"这房子只有临街的一面。"

"这先生是干什么事的?"马吕斯又问。

"是靠年金生活的人,先生。一个非常好的人,虽然不很阔,却能对穷人做些好事。"

"他叫什么名字?"马吕斯又问。

那门房抬起了头,说道:

"先生是个密探吧?"

马吕斯很难为情,走了,但是心里相当高兴,因为他又有了收获。

"好,"他心里想,"我知道她叫'玉秀儿',是个有钱人的女儿,住在这里,西街,四楼。"

第二天,白先生和他的女儿只在卢森堡公园待了不大一会儿,他们离开时,天还很亮。马吕斯跟着他们到西街,这已成了习惯。走到大门口,白先生让女儿先进去,他自己在跨门槛以前,停下来回头对着马吕斯定定地看了一眼。

次日,他们没有来公园。马吕斯白等了一整天。

天黑以后,他到西街去,看见第四层的窗子上有灯光,便在窗子下面走来走去,直到熄灯。

再过一日,公园里没人。马吕斯又等了一整天,然后再到那些窗户下面去巡逻,直到十点。晚饭是谈不上了。高烧养病人,爱情养情人。

这样过了八天。白先生和他的女儿不再在卢森堡公园出现了。马吕斯无精打采地胡思乱想,他不敢白天去张望那扇大门,只好在晚上以仰望窗口玻璃片上带点红色的灯光来满足自己。有时见到人影在窗子里走动,他的心便跳个不停。

第八天,他走到窗子下面,却不见灯光。"咦!"他说,"还没有点灯,可是天已经黑了,难道他们出去了?"他一直等到十点,等到午夜,等到凌晨一点。四楼窗口还是没有灯亮,也不见有人回来。他垂头丧气地走了。

第二天——因为他现在是老靠第二天过活的,可以说他已无所谓有今天了——第二天,他又去公园,谁也没遇见,他在那儿等下去,傍晚时又到那楼房下面。窗子上一点光也没有,板窗也关上了,整个第四层是漆黑的。

马吕斯敲敲大门,走进去问那看门的:

"四楼上的那位先生呢?"

"搬了。"看门的回答。

马吕斯晃了一下,有气无力地问道:

"几时搬的?"

"昨天。"

"他现在住在什么地方?"

"我不知道。"

"他没把新地址留下?"

"没有。"

看门的抬起鼻子,认出了马吕斯。

"嘿!是您!"他说,"您肯定是个探子。"

第七卷　猫　老　板

一　地下层和地下活动者

人类的各种社会全有剧院里所说的那种"第三地下层"。在社会的土壤下面，处处都有活动，有的为善，有的为恶。这些坑道是层层相叠的。有上层坑道和下层坑道。在这黑暗的地下层里，有一个高区和一个低区，地下层有时会崩塌在文明的底下，并因我们的不闻不问和麻木不仁而被践踏在我们的脚下。《百科全书》在前一世纪，是个坑道，几乎是露天的。原始基督教义的一种未受重视的孵化设备——黑暗，它只待时机成熟，便在暴君们的座下爆炸开来，并以光明照耀人类。因为神圣的黑暗有它潜在的光。火山是充满了黑暗的，但有能力使烈焰腾空。火山的熔液是在黑暗中开始形成的。最初举行弥撒的地下墓道，不仅只是罗马的地下建筑，也是世界的坑道。①

---

① 基督教在四世纪以前受到罗马帝国的仇视，教徒常被杀害，因而在地下墓道里秘密举行宗教仪式，宣传教义。地下墓道原是废弃了的采矿坑道。罗马人火化尸体，而基督教徒一定要埋葬尸体，废矿道便成了基督教徒的墓地。

在社会建筑的下面有着形形色色的挖掘工程,犹如一栋破烂房屋下的错综复杂的奇迹。有宗教坑道、哲学坑道、政治坑道、经济坑道、革命坑道。有的用思想挖掘,有的用数字挖掘,有的用愤怒挖掘。人们从一个地下墓道向另一个地下墓道互相呼应。种种乌托邦都经过这些通道在地下行进。它们向各个方向伸展蔓延。它们有时会彼此接触,并相互友爱。让-雅克①把他的尖镐借给第欧根尼,第欧根尼也把他的灯笼②借给他。有时它们也互相排斥。加尔文③揪住索齐尼④的头发。但是没有什么东西能阻止或中断这一切力量向目标推进的张力和活动,那些活动同时在黑暗中往来起伏,再起,并从下面慢慢改变上面,从里面慢慢改变外面,这是人所未知的大规模的蠕动。社会几乎没有意识到这种给它留下表皮、换掉脏腑的挖掘工作。有多少地下层,便有多少种不同的工程,多少种不同的孔道。从这一切在深处进行的发掘中产生出来的是什么呢?未来。

人们越往下看,所发现的活动者便越是神秘。直到社会哲学还能认识的一级,活动总还是好的,再下去,那种活动便可怕了。到了某一深度,那些洞窟孔道便不再是文明的精神力量能钻得进的,人的呼吸能力的限度已经被超出,魔怪有了

---

① 让-雅克,卢梭的名字。尖镐应指他的笔。
② 有一次第欧根尼白天提着灯笼在雅典街上走,有人问他为什么,他说:"我找一个人。"
③ 加尔文(Calvin,1509—1564),法国宗教改革运动的著名活动家,新教宗派之一——加尔文教的创始人,这一宗派反映了资本原始积累时期的资产阶级利益。
④ 索齐尼(Socin,1525—1562),又译苏西努,意大利宗教改革家,倡导"上帝一位论"学说。

开始出现的可能。

这下行梯阶是奇怪的,它的每一级都通到一个哲学可以立足的地下层,在那里,人还可以遇到一个那样的工人,有的是高明的,有的不成人形。在扬·胡斯①的下面有路德②,在路德的下面有笛卡儿,在笛卡儿的下面有伏尔泰,在伏尔泰的下面有孔多塞,在孔多塞的下面有罗伯斯庇尔,在罗伯斯庇尔的下面有马拉,在马拉的下面有巴贝夫③。并且这还没有完。再往下去,朦朦胧胧,在不清晰和看不见之间的分界线上,人们可以望见其他一些现在也许还不存在的人的黑影。昨天的那些是一些鬼物,明天的那些是一些游魂。智慧眼能隐隐约约地见到它们。未来世界的萌芽工作是哲学家的一种景象。

一个处于胚胎状态的鬼蜮里的世界,这是多么离奇的形象!

圣西门、欧文、傅立叶,也都在那里的一些侧坑里。

所有这些地下开路先锋几乎经常认为他们彼此之间是隔绝的,其实不然,有一条他们不知道的神链在他们之间联系着,虽然如此,他们的工作是大不相同的,这一些人的光和另一些人的烈焰形成对比。有的属于天堂,有的属于悲剧。可是,尽管他们各不相似,所有这些工作者,从最高尚的到最阴狠的,从最贤明的到最疯狂的,都有一个共同点:忘我。马拉能像耶稣一样忘我。他们把自己放在一旁,取消自我,绝不考虑自己。他们看见的是本人以外的东西。他们有种目光,这

---

① 扬·胡斯(Jan Hus,约 1369—1415),捷克宗教改革的领袖,布拉格大学教授,捷克民族解放运动的鼓吹者,被控为异教徒后被处以死刑。
② 路德(Martin Luther,1483—1546),宗教改革运动的著名活动家,德国新教(路德教)的创始人,德国市民等级的思想家。
③ 巴贝夫(Babeuf,1760—1797),法国革命家,空想平均共产主义的著名代表,平等派密谋的组织者。

种目光搜寻的是绝对真理。最初的那个有整个天空在他的眼睛里,最末的那个,尽管他是多么莫测高深,在他的眉毛下却也还有那种苍白的太空的光。任何人,不问他是干什么的,只要他有这一特征,便应受到崇敬,这特征是:充满星光的眸子。

充满黑影的眸子是另一种特征。

恶从它开始。在眼睛阴森的人面前,想想吧,发抖吧。社会秩序有它的黑帮。

有那么一个地方,在那里,挖掘便是埋葬,光明已经绝灭。

在我们刚才所指出的那一切坑道下,在所有那些走廊下,在进步和乌托邦那整个庞大的地下管道系统下,在地下还更深许多的地方,比马拉还要低,比巴贝夫也还要低,再往下,再往下深入许多,和上面的那几层绝无关系的地方,还有最低的泥坑。那是个可怕的地方。也就是我们在上面所说的"第三地下层"。那是个一片漆黑的阴沟,瞎子的窟窘、地狱。

它通向深渊。

二 底 层

在这里,忘我精神已经消失。魔鬼隐约初具形象,各自为己。没有眼睛的我在吼着,寻着,摸着,啃着。群居的乌戈林①便在这黑洞里。

在这黑洞里游荡着的那些近似猛兽恶魔的狰狞鬼影是不管普遍的进步的,它们不理解思想和文字,它们所关心的只是

---

① 乌戈林(Ugolin),十三世纪比萨的暴君,大主教把他和他的两个儿子和两个孙子一同关在塔里,让他们饿死。乌戈林在试着吃他的儿孙以后才死去。

个人满足。它们几乎没有善恶观念,内心空虚得骇人。它们有两个母亲,两个全是后娘:无知和穷困;一个向导:需要;惟一的满足形式:吃喝。它们粗鲁地大嚼大啖,这就是说,凶残到……不是像暴君那样,而是像猛虎。这些鬼怪从受苦走到犯罪,不可避免的传承,令人晕眩的接续,黑区的逻辑。匍匐在这社会第三地下层里的已不是对绝对真理发出那种受到窒息的要求,而是肉体的抗议。在这里,人成了毒龙。饥渴是起点,终点是成为撒旦。从这地窖里产生着拉色内尔。

我们刚才在第四卷里已经见过上层坑道的一角,那是政治、革命和哲学的大坑道。在那里,我们指出,一切都是高尚、纯洁、尊贵、诚实的。在那里,当然,人们可能走错路,而且是在错误的路上,但是那里的错误是可敬佩的,因为它含有牺牲精神。那里的工作,从全局看,有一个名称:进步。

现在是时候了,来看看另外一些深处,一些丑恶到极点的深处。

在社会的底下,让我们强调这一点,直到愚昧状态被清除的那一天,总还会有藏恶的大窟窖。

这个窟窖在一切窟窖之下,也是一切窟窖的敌人。那是普遍的恨。这窟窖不知道有哲学,它的尖刀从来没有削过一支笔。它的黑色和墨迹的卓越的黑色毫无关系。那些蜷曲在这毒气熏人的洞里的黑手指从不翻一页书,也从不打开一张报纸。对卡图什来说,巴贝夫是个剥削者,对施因德汉斯[①]来说,马拉还是个

---

① 施因德汉斯(Schindehannes),原名约翰·毕克列尔(Johann Bückler,约1780—1803),德国强盗,莱茵区匪帮的魁首,绰号"施因德汉斯"(意即"屠夫汉斯")。在德国文学中,施因德汉斯作为侠盗、打抱不平的斗士和穷人的保护者的形象而久负盛名。

贵族。这窟窖的目的是推翻一切。

一切。包括它所唾弃的那些上层坑道。在它那极为丑恶的蠕动当中,它不仅只是要钻垮现在的社会秩序,它还要钻垮哲学,钻垮科学,钻垮法律,钻垮人类的思想,钻垮文明,钻垮革命,钻垮进步。它的名字,简简单单地说,叫做偷盗,邪淫,谋害,暗杀。它代表黑暗,它要的是漆黑一团。这窟窖的顶是无知构成的。

在它上面的那些地窖全都只有一个愿望,把它消灭掉。这便是哲学和进步同时运用它们的全部人力物力,通过现实的改善和对绝对真理的向往,全力奔赴的目标。摧毁这个无知窟窖,那罪恶渊薮也就毁灭掉了。

让我们把刚才所说的一部分用几个字概括起来,社会的惟一危害是黑暗。

人类,便是同类。所有的人都是同一块黏土。在前定的命运里毫无区别,至少在下界是这样的。从前,同样的一个影子;现在,同样的一个肉体;将来,同样的一撮灰。但是,在做人的面糊里搀上无知,它便变成黑的。这种无法挽救的黑色透入人心,便成为恶。

三 巴伯、海嘴、铁牙和巴纳斯山

一个四人黑帮,巴伯、海嘴、铁牙和巴纳斯山,从一八三〇到一八三五,统治着巴黎的第三地下层。

海嘴是个超级大力士。他的窝在马利容桥拱的暗沟里。他有六尺高,石胸,铜臂,山洞里风声似的鼻息,巨无霸的腰身,小雀的脑袋。人们见了他,还以为是法尔内斯的《赫拉克勒斯》穿上了棉布裤和棉绒褂子。海嘴有这种塑像似的身体,本可以驱除魔怪,但是他觉得不如自己当个魔怪来得更方便些。额头低,额角阔,不到四十岁两只眼角便有了鹅掌纹,毛发粗而短,板刷腮帮,野猪胡子。从这里我们可以想见其人。他的一身肌肉要求工作,但是他的愚蠢不愿意。这是个大力懒汉,凭懒劲杀人的凶手。有人认为他是个在殖民地生长的白人。他大致和布律纳①元帅有点关系,一八一五年曾在阿维尼翁当过扛夫。在那以后,他便当了土匪。

巴伯的清癯和海嘴的肥壮适成对比。巴伯瘦小而多才。他虽是透明的,却又叫别人看他不透。人们可以透过他的骨头看见光,但是透过他的瞳孔却什么也瞧不见。他自称是化学家。他在波白什戏班里当过丑角,在波比诺戏班里当过小花脸。他在圣米耶尔演过闹剧。这是个装腔作势的人,能言会道,突出他的笑容,重视他的手势。他的行当是在街头叫卖石膏半身像和"政府首脑"的画片。此外,他还拔牙。他也在市集上展览一些畸形的怪物,并且有一个售货棚子,带个喇叭,张贴广告:"巴伯,牙科艺术家,科学院院士,金属和非金属实验家,拔牙专家,经营同行弟兄们抛弃的断牙根。收费:拔一个牙,一法郎五十生丁;两个牙,两法郎;三个牙,两法郎五十生丁。机会难得。"(这"机会难得"的意思是说"请尽量多拔"。)他结过婚,也有过孩子,却不知道妻子和儿女在干什么。他把他们丢了,像丢一块手帕。在他那黑暗的世界里,他是个了不起的突出人物:巴

---

① 布律纳(Brune,1763—1815),法国元帅,十八世纪末法国资产阶级革命活动家,右翼雅各宾党人,丹东分子,后为拿破仑的拥护者。在王朝复辟的白色恐怖时期,在阿维尼翁被害。

伯常看报纸。一天,那还是在他把妻子和流动货棚随身带上的时候,他在《消息报》上读到一则新闻,说有个妇人刚生下一个还能活的孩子,嘴巴像牛嘴,他大声喊道:"这是一笔好生意!我老婆是不会有本领替我生这么一个孩子的!"

从这以后,他放弃了一切,去"经营巴黎"。他的原话如此。

铁牙又是什么东西呢?那是个夜猫子。他要等天上涂上黑色才出门。要到晚上他才从在天亮以前钻进去的那个洞里钻出来。这洞在什么地方?谁也不知道。即使是在伸手不见五指的黑暗中,对他同伙的人,他也只是在把背对着人时才说话。他真叫铁牙吗?不。他说:"我叫啥也不是。"碰到蜡烛突然亮时他便蒙上一个脸罩。他能用肚子说话。巴伯常说:"铁牙是个二声部夜曲。"铁牙是个行踪不定,东游西荡,可怕的人。他是否真有一个名字,这很难说,"铁牙"原是个绰号;他是否真能说话,这也很难说,他肚子说话时比嘴多;他是否真有一张脸,也很难说,人们看见的从来就只是他那脸罩。他能像烟一样忽然无影无踪,他出现时也好像是从地里冒出来的。

还有一个阴森人物,那便是巴纳斯山。巴纳斯山是个小伙子,不到二十岁,一张漂亮的脸,樱桃似的嘴唇,动人的黑头发,满眼春光,他干尽缺德事,任何罪恶他都想犯。干了坏事还想干更坏的事,食量越吃越大。他从野孩子变成流氓,又从流氓变成凶手。他是温和、娇柔、文雅、强健、软绵绵、凶狠毒辣的。他帽子的边照一八二九年的式样,卷起左面,让位给那丛蓬松的头发。他以暴力行劫为生。他的骑马服的剪裁是最好的,但是已经磨旧了。巴纳斯山,那是时装画册中的一张图片,是个谋财害命的穷苦人。这少年犯罪的惟一动机是要穿得考究。最先向他说"你漂亮"的那个轻佻女人已把恶念撒在他的心上,于是他成了那亚伯的该隐①。觉得自己漂亮,他便要求优美,优美的第一步是悠闲,穷人的悠闲便是犯罪。在盗匪中很少有像巴纳斯山那样可怕的。十八岁,他便已丢下好几个尸体。两臂张开、面朝血泊、倒在这无赖汉的黑影中的行人不止一个。烫头发,擦香膏,细腰,女人的胯,普鲁士军官的胸,街头的姑娘在他前后左右喁喁称羡的声音,结得别致的领带,衣袋里藏个阎王锤,饰孔上插朵鲜花,这使人入墓的花花公子便是如此。

四　黑帮的组成

这四个匪徒联合起来,成了一种变化多端的海怪,迂回曲折地钻警察的空子,"用不同的外貌、树、火焰、喷泉"来竭力躲避维多克阴沉的眼光,互相交换姓名和窍门,藏身在自己的影子里,共同使用他们的秘密窟和避难所,好像在化装舞会上取下自己的假鼻子那样改变他们的个人特征,有时把几个人简化为一人,有时又把一人化为几人,以致可可·拉古尔本人也以为他们是一大帮匪徒。

这四个人绝不是四个人,是一种有四个脑袋、在巴黎身上做大买卖的神秘大盗,是住在人类社会的地道里作恶的怪章鱼。

---

① 该隐和亚伯,亚当和夏娃的长子和次子,哥哥杀害了弟弟。(见《圣经·旧约》)

由于他们势力的伸张和因他们的关系而结成的地下网，巴伯、海嘴、铁牙和巴纳斯山总揽着塞纳省的一切盗杀活动。他们对着路上行人进行下面的政变。善于出这类主意，富于黑夜幻想的人都来找他们实现计划。人们把脚本供给他们，他们负责导演。他们还布置演出。任何杀人越货的勾当只要油水足，需要找人帮一把，他们总有办法分配胜任和适当的人手。当一件犯罪行为在寻找助力，他们便转租帮凶。他们有能力对任何阴惨悲剧提供黑演员。

他们经常傍晚——这是他们睡醒的时候——在妇女救济院附近的草地上碰头。在那里，他们进行会商。他们面前有十二个黑钟点，足供他们安排利用。

"猫老板"，这是在地下流传的人家送给这四人帮会的名称。在日趋消失的那种怪诞的古老民间语言中，"猫老板"的意思是早晨，正如"犬狼之间"的词义是傍晚。这名称，猫老板，也许是指他们活计结束的时刻天刚蒙蒙亮，正是鬼魂消散，匪徒分手的时候。这四个人是用这个字号露面的。刑事法院院长到监狱里去看拉色内尔时，曾向拉色内尔问到一件他不肯承认的案子。院长问道："是谁干的？"拉色内尔回答了这样一句官员不懂、警察有数的话："也许是猫老板。"

我们有时能从一张出场人物表去猜测一个剧本，同样，我们也几乎可以从一张匪徒的名单去估计这匪帮。下面——这些名字是由专门记录保存下来的——便是猫老板的主要伙伴的传呼称号：

邦灼，又叫春天，又叫比格纳耶。

普吕戎（原有过一个普吕戎世系，我们还会提到的）。

蒲辣秃柳儿,那个已经出现过的路工。①

寡妇。

地角。

荷马·阿巨,黑人。

星期二晚。

快报。

弗宛恩勒洛瓦,又叫卖花姑娘。

光荣汉,被释放了的苦役犯。

煞车,又叫杜邦先生。

南苑。

普萨格利弗。

小褂子。

克吕丹尼,又叫比查罗。

吃花边。

脚朝天。

半文钱,又叫二十亿。

等等。

我们只提这几个,最坏的几个已经提到了。这些名字都有代表性。它不只是说明个人,而是说明一种类型。这些名字中的每一个都代表文明底下的那些奇形怪状的毒蕈中的一种。

这些人是不轻易露面的,并不是人们在街头巷尾看见走过的那些。他们在黑夜里狠狠地干了一晚以后,疲乏了,白天便去睡觉,有时睡在石灰窑里,有时睡在蒙马特尔或蒙鲁日一

---

① 见本书第二部第二卷第二章。

带被抛弃了的采石场里,有时睡在阴沟里。他们把自己掩埋起来。

这些人到哪里去了呢?他们仍然存在。他们从来就一贯存在。贺拉斯曾说他们是吹笛子的穷汉、卖艺人、小丑、江湖郎中。并且,只要社会将来还是今天这个样,他们将来便也还是今天这个样。在他们窟窖的黑顶下面,他们将永远从社会潮湿的漏隙中生长出来。他们成了鬼,再回来,依然如故,不过他们的名字换了,他们的外皮换了。

个人被剔除,族类仍存在。

他们的感觉器官还是那么一些。从剪径贼到挡路虎,那是一个纯血统。他们能猜出衣袋里的钱包,能嗅出背心口袋里的表。金和银对他们来说,是有味的。有些憨老财,可以说是具有可偷性的。那些人便耐心地跟着这些老财们。他们见到一个外国人或外省人走过,便会突然惊觉,像个蜘蛛。

那些人,当人们夜半在荒凉的大路上遇到或瞧见了,那模样是可怕的。他们不像是人,而是有生命的雾所构成的形象,他们好像经常和黑暗合成一体,是看不清的,除了阴气以外没有旁的灵魂,并且只是为了过几分钟的厉鬼生活才和黑夜暂时分离一下。

怎样才能清除这些厉鬼呢?要有光明。要有滔天泻地的光明。没有一只蝙蝠能抗拒朝曦。应该去把地下社会照亮才是。

第八卷　作恶的穷人

一　马吕斯找一个戴帽子的姑娘，却遇到一个戴鸭舌帽的男子

夏季过去了，秋季也过了，冬季到了。白先生和那姑娘都没有去过卢森堡公园。马吕斯只有一个念头，再见到那张温柔和令人拜倒的脸儿。他无时不找，无处不找，可是什么也没有找着。他已不是那个以一腔热忱梦想着未来的马吕斯，那个顽强、热烈、坚定的汉子，对命运的大胆挑战者，有着建造空中重楼叠阁的头脑，一个计划、远谋、豪情、思想、壮志满怀的青年，而是一条丧家之犬。他已陷在一筹莫展的苦境里。完了。工作使他反感，散步使他疲倦，孤独使他烦恼；广大的天地从前是如此充满形象、光彩、声音、启导、远景、见识和教育的，现在在他眼里竟成了一片空虚。他仿佛觉得一切全消失了。

他老在想，因为他不能不想，但是他已不能再感到想的乐趣。对他的思想向他不断低声建议的一切，他都黯然回答说："有什么意义？"

他不停地埋怨自己。当初我为什么要去跟她？那时我能

看见她,便已那么快乐了。她望着我,难道这不是已很了不起吗?看神气,她在爱我。难道这还不美满吗?我还有什么可希求的呢?这以后已不会再有什么。我太傻了,是我错了。等等。他从不把他的心事泄露给古费拉克,这是他的性格,但是古费拉克多少猜到了一点,这也是他的性格,古费拉克开始祝贺他有了意中人,同时也感到这事来得突兀,随后,看见马吕斯那么苦闷,他终于对他说:"我看你这人太简单,只有兽性。来,到茅庐去走走!"

一次,马吕斯见到九月天美丽的阳光,满怀信心,跟着古费拉克、博须埃和格朗泰尔去参加索城的舞会,希望——多美的梦!——能有机会在那里遇见她。当然,他没有见到他寻找的人儿。"可是丢了的女人总能在这里找到的嘛。"格朗泰尔独自嘟囔着。马吕斯把他的朋友甩在舞会里,孤孤单单地走回家去了,摸着黑路,浑身疲倦,脑子发烧,眼睛矇眬忧郁,一辆一辆从舞会回来的车辆满载着尽情歌唱的人从他身边经过,他听到那种欢乐的声音,嗅到车轮卷起的尘土,感到非常烦乱,心灰意懒地呼吸着路旁核桃树的涩味来清醒自己的头脑。

他开始过着越来越孤独的生活,彷徨,沮丧,完全陷在内心的苦痛里,好像笼中狼那样,在他的悲戚中走去走来,四处张望那不在眼前的意中人,被爱情搞得晕头转向。

另一次,他遇见一个人,给了他一种异样的感受。他在残废军人院路附近的那些小街上,劈面遇见一个衣着像工人模样的男子,戴一顶长檐鸭舌帽,露出几绺雪白的头发。马吕斯瞥见那些白发,感到美得出奇,只见那人一步一步慢慢走着,好像心事重重,沉浸在忧伤的遐想里。说也奇怪,他仿佛认出了那人便是白先生。同样的头发,同样的侧面轮廓,至少露出在帽檐下的那部分是同样的,同样的走路姿态,只是比较忧郁些。但是为什么穿这身工人服呢?这怎么解释?为什么要乔装?马吕斯见了心里非常惊讶。当他的心情安定下来后,他的第一个动作便是去追那人,谁知他这次不会抓住他所寻找的线索呢?总之,应当跑到他近处去看个清楚,打破这闷葫芦。可是他的念头转得太迟,那人已不在那里了。他走进了一条横巷,马吕斯没有能再看见他。这次邂逅使他回想了好几天,印象才淡薄下去。他心里想道:"不用大惊小怪,这也许只是个相貌相像的人罢了。"

二 发 现

马吕斯一直住在戈尔博老屋里,从不留意旁人的事。

当时住在那栋破房子里的,确实也只有他和容德雷特一家,再没有旁人;容德雷特便是他上次代为偿清房租的那人,他却从来没有和那两老或那两个女儿谈过话。其他的房客都早已搬了,死了,或是因欠付租金而被撵走了。

那个冬季里的一天,太阳在午后稍稍露了一下面,那天正是二月二日,古老的圣烛节①的日子,这种骗人的太阳往往带来六个星期的寒冷,并曾触发过马蒂厄·朗斯贝尔的灵感,使他留下了两句够得上称为古典的诗句:

大晴或小晴,

---

① 圣烛节,基督教徒纪念耶稣初次谒庙的日子,这天,教堂里遍燃蜡烛。这一节日又名"圣母行洁净礼日"或"主进殿节"。

群熊返山洞。

马吕斯那天却走出了他的洞,天已快黑了,正是去吃晚饭的时候,因为饭总得要吃点,唉!想象的爱情的不治之症!

他正跨出门槛,布贡妈当时也正在扫地,一面嘴里说着这几句值得回忆的独白:

"有什么东西是便宜的,现在?全是贵的。只有世上的痛苦是便宜的,它一文也不值,这世上的痛苦!"

马吕斯慢慢地沿着大路,朝便门方向往圣雅克街走去。他正低着头想心事。

忽然,在迷雾中,他觉得有人撞了他一下,他回过头,看见两个衣服破烂的年轻姑娘,一个瘦长,一个较矮,两人都喘着气,慌慌张张,飞快地朝前走,好像怕人追上,要逃跑似的。她们向他迎面跑来,没看见他,到身边便碰了他一下。马吕斯在昏暗的暮色中看见她们那蜡黄的脸,光着脑袋,头发散乱,抓着两顶不成形的包头帽子,拖着两条稀烂的裙,赤脚。她们边跑边谈。大的那个用极低的声音说:

"雷子来了,差点儿铐住了我。"

另一个回答:"我望见他们,我就溜呀,溜呀,溜呀!"

通过那种丑恶的黑话,马吕斯懂得:宪兵或市警几乎逮捕了那两个孩子,两个孩子却逃跑了。

她们深入到他背后路旁的大树下去了,只见一种隐隐的微光渐渐消失在黑暗中。

马吕斯停下来望了一会儿。

他正要继续往前走,却看见他脚边地上有个灰色小包,他弯下腰去拾了起来。那是一种类似信封的东西,里面装的好像是纸。

"哼,"他说,"没准是那两个穷娃子掉的!"

他转身喊,没有喊住她们,他想她们已经走远了,便把那纸包揣在衣袋里,去吃晚饭。

走到半路,在穆夫达街的一条窄巷里,他看见一个孩子的棺材,盖一条黑布,放在三张椅子上,并点着一支蜡烛。暮色中的那两个女孩回到了他的脑子里。他想道:

"可怜的母亲们!有一件比看见亲生儿女死去更伤心的事,那便是看着他们活受苦。"

随后,这些使他触景生情的阴惨事儿从他的脑子里消失了,他重新回到他惯常的忆念中。他又开始想着在卢森堡公园晴光丽日的树影中度过的六个月。

"我的生活变得多么暗淡!"他心里想,"随时都有年轻姑娘出现在我眼前。可是从前我觉得她们全是天使,而现在觉得她们全是妖精。"

三　四脸人

晚上,他正要脱衣去睡,手在上衣口袋里碰到他在路上拾的那包东西。他早已把它忘了,这时才想起,打开来看看,会有好处的,包里也许有那两个姑娘的住址,要是确是属于她们的话;而且,不管怎样,总能找到一些必要的线索,好把它归还失主。

他打开了那信封。

那信封原是敞着口的,里面有四封信,也都没有封上。

四封信上都写好了收信人的姓名地址。

从每封信里都发出一种恶臭的烟味。

第一封信上的姓名地址是:"夫人,格吕什雷侯爵夫人,众议院对面的广场,第……号。"

马吕斯心想他也许能从这里面得到他要找的线索,况且信没有封口,拿来念念似乎没有什么不妥当。

信的内容是这样的:

侯爵夫人:

　　悲天敏人之心是紧密团结社会的美德。请夫人大展基督教徒的敢情,慈悲一望区区,在下是一名西班牙人士,因忠心现身于神圣的正桶事业而糟受牺牲,付出了自己的血,贡现了自己的全部钱财,原为卫护这一事业,而今日竟处于极其穷苦之中。夫人乃人人钦仰之人,必能解裹相助,为一有教育与荣誉,饱尝刀伤而万分痛苦的军人保全其姓命。在下预先深信侯爵夫人必能满怀人道,对如此不幸的国人发生兴趣。国人祈祷,一定必应,国人永远敢激,以保动人的回忆。

　　不胜尊敬敢谢之至。专此敬上
　　夫人!

　　　　　　　　堂·阿尔瓦内茨,西
　　　　　　　　班牙泡兵队长,留法
　　　　　　　　避难保王党,为国旅
　　　　　　　　行,因中头短缺经
　　　　　　　　济,无法前进。

寄信人签了名,却没有附地址。马吕斯希望能在第二封信里找到地址。这一封的收信人是:"夫人,蒙维尔内白爵夫人,卡塞特街,九号。"

马吕斯念道:

白爵夫人:

这是一个有六个孩子的一家之母,最小的一个才八个月。我从最后一次分免以来便病到了,丈夫五个月以来便遣弃了我,举目无钱,穷苦不甚。

白爵夫人一心指望,不胜敬佩之至,

夫人,

妇人巴利查儿。

马吕斯转到第三封,那也是一封求告的信,信里写道:

巴布尔若先生:

选举人,帽袜批发商,

圣德尼街,铁器街转角。

我允许我自己寄这封信给您,以便请求您以您的同晴心同意给我以那种宝贵的关怀,并请求您对一个刚才已经寄了一个剧本给法兰西剧院的文人发生兴趣。那是个历史提材,剧睛发生在帝国时代的奥弗涅。至于风格,我认为,是自然的,短小精干,应当能受到一点站扬。有几首唱词,分在四处。滑机,严肃,出人意料之中,又加以人物姓格的变化,并少微带点浪漫主义色彩,轻巧地散布在神秘进行的剧睛当中,经过多次惊心触目的剧睛转变以后,又在好几下子色彩鲜明的场景之中,加以结束。

我的主要目的是为了满足逐渐振奋本世纪人心的欲望,就是说,时毛风气,那种离奇多变,几乎随着每一次新风而转向的测风旗。

虽有这些优点,我仍有理由担心那些特权作家的自私心,妒忌心,是否会把我逐出剧院,因为我深深了解人们是以怎样的苦水来灌溉新进的。

巴布尔若先生,您是以文学作家的贤明保护人著名的,您这一正确的名气鼓励着我派我的女儿来向您陈述我们在冬天没有面包没有火的穷苦晴况。我之所以要向您说我恳求您接受我要以我的这个剧本和我将来要写的剧本来向您表达我的敬佩心晴,那是因为我要向您证明我是多么热望能受到您的庇护并能得到以您的大名来光耀我的作品的荣幸。万一您不见弃,肯以您的最微薄的捐献赐给于我,我将立即着手写出一个韵文剧本,以便向您表达我的敢激心晴。这个剧本,我将怒力尽可能地写得十全十美,并将在编入历史剧的头上以前,在上演以前,呈送给您。

以最尊敬的敬意谨上,

巴布尔若先生和夫人。

尚弗洛,文学家。

再启者:哪怕只是四十个苏。

我不能亲来领教,派小女代表,务请原谅,这是因为,唉!一些焦人的服装问提不允许我出门……

马吕斯最后展读第四封。这是写给"圣雅克·德·奥·巴教堂的行善的先生"的。它里面有这几行字:

善人:

假使您不见弃,肯陪着我的女儿,您将看见一种穷苦的灾难,我也可以把我的证件送给您看。

您的慷慨的灵魂在这几行字的景相面前,一定能被一种敏切的行善心晴所敢动,因为真正的哲学家总能随时敢到强烈的激动。

想必您,心肠慈悲的人,也同意我们应当忍受最严酷的缺乏,并且,为了得到救济,要获得当局的证实,是相当痛苦的,仿佛我们在等待别人来解除穷困的时候,我们便没有叫苦和饿死的自由似的。对于一部分人,命运是残酷无晴的,而对于另一部分人,又过于慷慨或过于爱护。

我净候您的降临或您的捐现,假使承您不弃,我恳求您同意接受我的最尊敬的敢晴,我有荣幸做您的,

确实崇高的人,

您的极卑贱

和极恭顺的仆人,

白·法邦杜,戏剧艺术家。

马吕斯读完四封信以后,并不感到有多大的收获。

首先,四个写信人全没有留下地址。

其次,四封信看去好像出自四个不同的人,堂·阿尔瓦内茨、妇人巴利查儿、诗人尚弗洛和戏剧艺术家法邦杜,但是有一点很费解:四封信的字迹是一模一样的。

如果不认为它们来自同一个人,又怎能解释呢?

此外,还有一点也能证明这种猜测是正确的:四封信的信纸,粗糙,发黄,是一样的,烟味是一样的,并且,虽然写信人有意要使笔调各不相同,可是同样的别字泰然自若地一再出现在四封信里,文学家尚弗洛并不比西班牙队长显得高明些。

挖空心思去猜这哑谜,未免太不值得。如果这不是别人遗失的东西,便像是故意用它来捉弄人似的。马吕斯正在苦闷中,没有心情来和偶然的恶作剧认真,也不打算投入这场仿佛

是由街头的石块出面邀请他参加的游戏。他感到那四封信在和他开玩笑,要他去捉迷藏。

况且,也无法肯定这几封信确是属于马吕斯在大路上遇见的那两个年轻姑娘的。总之,这显然是一叠毫无价值的废纸。

马吕斯把它们重行插入信封,一总丢在一个角落里,睡觉去了。

早上七点左右,他刚起床,用过早点,正准备开始工作,忽然听到有人轻轻敲他的房门。

因为他屋里一无所有,所以他从不取下他的钥匙,除非他有紧急工作要干,才锁房门,那也是很少有的。并且,他即使不在屋里,也把钥匙留在锁上。"您会丢东西的。"布贡妈常说。"有什么可丢的?"马吕斯回答。可是事实证明,一天他真丢过一双破靴,布贡妈大为得意。

门上又响了一下,和第一下同样轻。

"请进。"马吕斯说。

门开了。

"您要什么,布贡妈?"马吕斯又说,眼睛没有离开他桌上的书籍和抄本。

一个人的声音,不是布贡妈的,回答说:

"对不起,先生……"

那是一种哑、破、紧、糙的声音,一种被酒精和白干弄沙了的男子声音。

马吕斯连忙转过去,看见一个年轻姑娘。

四　穷苦中的一朵玫瑰

一个极年轻的姑娘站在半开着的门口。那间破屋子的天窗正对着房门,昏暗的光从上面透进来,照着姑娘的脸。那是个苍白、瘦弱、枯干的人儿,她只穿了一件衬衫和一条裙,裸露的身子冻得发抖。一根绳子代替腰带,另一根绳子代替帽子,两个尖肩头从衬衫里顶出来,淋巴液色的白皮肤,满是尘垢的锁骨,通红的手,嘴半开着,两角下垂,缺着几个牙,眼睛无神,大胆而下贱,体形像个未长成的姑娘,眼神像个堕落的老妇,五十岁和十五岁混在一起,是一个那种无一处不脆弱而又令人畏惧,叫人见了不伤心便要寒心的人儿。

马吕斯站了起来,心里颤抖抖的,望着这个和梦中所见的那种黑影相似的人。

尤其令人痛心的是,这姑娘并非生来便是应当变丑的,在她童年的初期,甚至还是生得标致的。青春的风采也仍在跟堕落与贫苦所招致的老丑作斗争。美的余韵在这张十六岁的脸上尚存有奄奄一息,正如隆冬拂晓消失在丑恶乌云后面的惨淡朝辉。

这张脸在马吕斯看来并不是完全陌生的。他觉得还能回忆起在什么地方见到过。

"您要什么,姑娘?"他问。

姑娘以她那酗酒的苦役犯的声音回答说:

"这儿有一封信是给您的,马吕斯先生。"

她称他马吕斯,毫无疑问,她要找的一定是他了,可是这姑娘是什么人?她怎么会知道他的名字呢?

不经邀请,她便走进来了。她果断地走了进来,用一种叫人心里难受的镇静态度望着整个屋子和那张散乱的床。她赤着脚,裙子上有不少大窟窿,露出她的长腿和瘦膝头。她正冷得发抖。

她手里真捏着一封信,交给了马吕斯。

马吕斯拆信时,注意到信封口上那条又宽又厚的面糊还是潮的,足见不会来自很远的地方。他念道:

我可爱的邻居,青年人:

我已经知道您对我的好处,您在六个月以前替我付了一个季度的租金。我为您祝福,青年人。我的大闺女将告诉您:"两天了,我们没有一块面包,四个大人,内人害着病。"假使我在思想上一点也不悲关,我认为应当希望您的慷慨的心能为这个报告实行人道化,并将助我的愿望强加于您,惠我以轻薄的好事。

我满怀对于人中善士应有的突出的敬意。

容德雷特。

再启者:小女净候您的分付,亲爱的马吕斯先生。

马吕斯见了这封信,像在黑洞里见到了烛光,从昨晚起便困惑不解的谜,顿时全清楚了。

这封信和另外那四封,来自同一个地方。同样的字迹,同样的笔调,同样的别字,同样的信纸,同样的烟草味儿。

一共五封信,五种说法,五个人名,五种签字,而只有一个写信人。西班牙队长堂·阿尔瓦内茨、不幸的巴利查儿妈妈、诗人尚弗洛、老戏剧演员法邦杜,这四个人全叫做容德雷特,假使这容德雷特本人确实是容德雷特的话。

马吕斯住在这栋破房子里已有一段相当长的时间了,我们说过,他只有很少的机会能见到,也只能说略微见到,他那非常卑贱的邻居。他的精神另有所注,而精神所注的地方也正是目光所注之处。他在过道里或楼梯上靠近容德雷特家的人对面走过应当不止一次,但是对他来说,那只是些幢幢人影而已,他在这方面是那么不经心,所以昨晚在大路上碰到那两个容德雷特姑娘,竟没有认出是她们——显然是她们两个。刚才这一个走进了他的屋子,他也只是感到又可厌又可怜,同时恍惚觉得自己曾在什么地方遇见过她。

现在他看清楚了一切。他认识到他这位邻居容德雷特处境困难,依靠剥削那些行善人的布施来维持生活。他搜集一些人名地址,挑出一些他认为有钱并且肯施小恩小惠的人,捏造一些假名写信给他们,让他的两个女孩冒着危险去送信。想不到这个做父亲的竟走到了不惜牺牲女儿的地步,他是在和命运进行一场以两个女儿为赌注的赌博。马吕斯认识到,从昨晚她们的那种逃跑的行径,呼吸促迫的情形,惊慌的样子,以及从她们嘴里听到的粗鄙语言来看,极可能这两个不幸的娃子还在干着一种人所不知的暧昧的事,而从这一切产生出来的后果,是人类社会的现实,两个既不是孩子,也不是姑娘,也不是妇人的悲惨生物,两个那种由艰苦贫困中产生出来的不纯洁而天真的怪物。

一些令人痛心的生物,无所谓姓名,无所谓年龄,无所谓性别,已不再能辨别什么是善什么是恶,走出童年,便失去世上的一切,不再有自由,不再有贞操,不再有责任。昨天才吐放今日便枯萎的灵魂,正如那些落在街心的花朵,溅满了污泥,只等一个车轮来碾烂。

可是,正当马吕斯以惊奇痛苦的目光注视着她时,那姑娘却像个幽灵,不管自己衣不蔽体,在他的破屋子里无所顾忌地来回走动。有时,她那件披开的、撕裂的衬衫几乎落到了腰际。她搬动椅子,她移乱那些放在抽斗柜上的盥洗用具,她摸摸马吕斯的衣服,她翻看每个角落里的零星东西。

"嘿!"她说,"您有一面镜子。"

她还旁若无人地低声哼着闹剧里一些曲调的片断,一些疯疯癫癫的叠句,用她那沙哑的嗓子哼得惨不忍闻。从这种没有顾忌的行动里冒出了一种无以名之的叫人感到拘束、担心、丢人的味儿。无耻也就是可耻。

望着她在这屋子里乱走乱动——应当说乱飞乱扑,像个受阳光惊扰或是断了一个翅膀的小鸟,确是再没有什么比这更使人愁惨的了。你会感到在另外一种受教育的情况下或另一种环境中,姑娘这种活泼自在的动作也许还能给人以温顺可爱的印象。在动物中,一个生来要成为白鸽的生物是从来不会变成猛禽的。这种事只会发生在人类中。

马吕斯心里暗暗这样想着,让她行动。

她走到桌子旁边,说:

"啊!书!"

一点微光透过她那双昏暗的眼睛。接着,她又说——她的语调显出那种能在某方面表现一下自己一点长处的幸福,这是任何人都不会感觉不到的。

"我能念书,我。"

她兴冲冲地拿起那本摊开在桌上的书,并且念得相当流利:

"……博丹将军接到命令,率领他那一旅的五连人马去夺取滑铁卢平原中央的乌古蒙古堡……"

她停下来说：

"啊！滑铁卢！我知道这是什么。这是从前打仗的地方。我父亲到过那里。我父亲在军队里待过。我们一家人是地地道道的波拿巴派，懂吧！那是打英国佬，滑铁卢。"

她放下书，拿起一支笔，喊道：

"我也能写字！"

她把那支笔蘸上墨水，转回头望着马吕斯说：

"您要看吗？瞧，我来写几个字看看。"

他还没有来得及回答，她已在桌子中间的一张纸上写了"雷子来了"这几个字。

接着，丢下笔，说：

"我没有拼写错。您可以瞧。我们受过教育，我的妹子和我。我们从前不是现在这个样子。我们没有打算要当……"

说到这里，她停住了，她那阴惨无神的眼睛定定地望着马吕斯，继又忽然大笑，用一种包含着被一切兽行憋在心头的一切辛酸苦楚的语调说道：

"呸！"

接着，她又用一个轻快的曲调哼着这样的句子：

> 我饿了，爸爸，
> 没得吃的。
> 我冷呀，妈妈，
> 没有穿的。
> 嗦嗦抖吧，
> 小罗罗。

哭鼻子吧,

小雅各。

她还没有哼完这词儿,又喊着说:

"您有时也去看戏吗,马吕斯先生?我,我是常去的。我有一个小弟弟,他和那些艺术家交上了朋友,他时常拿了入场券送给我。老实说,我不喜欢边厢里的那种条凳。坐在那里不方便,不舒服。有时人太挤了,还有一些人,身上一股味儿怪难闻的。"

随后,她仔细端详马吕斯,表现出一种奇特的神情,对他说:

"您知道吗,马吕斯先生?您是个非常美的男子。"

他俩的心里同时产生了同一思想,使她笑了出来,也使他涨红了脸。

她挨近他身边,把一只手放在他的肩上说:

"您从不注意我,但是我认识您,马吕斯先生。我常在这儿的楼梯上遇见您。有几次,我到奥斯特里茨那边去遛弯儿,我还看见您走到住在那里的马白夫公公家去。这对您很合适,您这头蓬蓬松松的头发。"

她想把她说话的声音装得非常柔和,结果却只能发出极沉的声音。一部分字消失在从喉头到嘴唇那一段路上了,活像在一个缺弦的键盘上弹琴。

马吕斯慢慢地向后退。

"姑娘,"他带着冷淡的严肃神情说,"我这儿有一个包,我想是您的。请允许我拿还给您。"

他便把那包着四封信的信封递了给她。

她连连拍手,叫道:

"我们四处好找!"

于是她连忙接过那纸包,打开那信封,一面说:

"上帝的上帝!我们哪里没有找过,我的妹子和我!您倒把它找着了!在大路上找着的,不是吗?应当是在大路上吧?您瞧,是我们在跑的时候丢了的。是我那宝贝妹子干的好事。回到家里,我们找不着了。因为我们不愿挨揍,挨揍没有什么好处,完全没有什么好处,绝对没有什么好处,我们便在家里说,我们已把那些信送到了,人家对我们说:'去你们的!'想不到会在这儿,这些倒霉信!您从哪里看出了这些信是我的呢?啊!对,看写的字!那么昨晚我们在路上碰着的是您了。我们看不见,懂吗!我对我妹子说:'是一位先生吧?'我妹子对我说:'我想是一位先生!'"

这时,她展开了那封写给"圣雅克·德·奥·巴教堂的行善的先生"的信。

"对!"她说,"这便是给那望弥撒的老头的。现在正是时候。我去送给他。他也许能有点什么给我们去弄一顿早饭吃吃。"

随后,她又笑起来,接着说:

"您知道我们今天要是有早饭吃的话,会怎样吗?会这样:我们会在今天早上把前天的早饭、前天的晚饭、昨天的早饭、昨天的晚饭,做一顿同时全吃下去。嘿!天晓得!你还不高兴,饿死活该!狗东西!"

这话促使马吕斯想起了这苦娃子是为了什么到这屋子里来找他的。

他掏着自己的背心口袋,什么也掏不出。

那姑娘继续往下说,仿佛她已忘了马吕斯在她旁边:

"有时我晚上出去。有时我不回家。在搬到这儿来住以前,那年冬天,我们住在桥拱下面。大家挤做一团,免得冻死。我的小妹妹老是哭。水,这东西,见了多么寒心!当我想到要把自己淹死在水里,我说:'不,这太冷了。'我可以随意四处跑,有时我便跑去睡在阴沟里。您知道吗,半夜里,我在大路上走着时,我看见那些树,就像是些大铁叉,我看见一些漆黑的房子,大得像圣母院的塔,我以为那些白墙是河,我对自己说:'嘿!这儿也是水。'星星好像是扎彩的纸灯笼,看去好像星星也冒烟,要被风吹熄似的,我的头晕了,好像有好多匹马在我耳朵里吹气。尽管是在半夜里,我还听见摇手风琴的声音,纱厂里的机器声,我也搞不清楚还有什么声音了,我。我觉得有人对我砸石头,我也不管,赶紧逃,一切都打转儿,一切都打转儿。肚子里没吃东西,这真好玩。"

她又呆呆地望着他。

马吕斯在他所有的衣袋里掏了挖了好一阵,终于凑集了五个法郎和十六个苏。这是他当时的全部财富。"这已够我今天吃晚饭的了,"他心里想,"明天再说。"他留下了十六个苏,把五法郎给那姑娘。

她抓住钱。说道:

"好呀,太阳出来了。"

这太阳好像有能力融化她脑子里的积雪,把她的一连串黑话像雪崩似的引了出来,她继续说道:

"五个法郎!亮晶晶的!一枚大头!在这破窑里!真棒!您是个好孩子。我把我的心送给你。我们可以打牙祭了!喝两天酒了!吃肉了!炖牛羊鸡鸭大锅肉了!大吃大喝!还有好汤!"

她把衬衣提上肩头,向马吕斯深深行了个礼,接着又作了个亲昵的手势,转身朝房门走去,一面说道:

"再见,先生。没有关系。我去找我的老头子。"

走过抽斗柜时,她看见那上面有一块在尘土中发霉的干面包壳,她扑了上去,拿来一面啃,一面嘟囔:

"真好吃!好硬哟!把我的牙也咬断了!"

随后她出去了。

五 天生的贼眼

马吕斯五年来一直生活在穷困、艰苦、甚至痛苦中,他忽然发现自己还一点没有认识到什么是真正的悲惨生活。真正的悲惨生活,他刚才见到了一下。那便是刚才在他眼前走过的那个幽灵。单看到男子的悲惨生活并不算什么,应当看看妇女的悲惨生活;单看到妇女的悲惨生活也不算什么,还得看看孩子的悲惨生活。

当一个男子走到穷途末路时,他同时也到了无可救药的地步。遭殃的是他周围的那些没有自卫能力的人!工作、工资、面包、火、勇气、毅力,他一下子全没有了。太阳的光仿佛已在他体外熄灭,精神的光也在他体内熄灭,在黑暗中,男子遇到妇女和孩子的软弱,便残暴地强逼她们去干污贱的勾当。

因此任何伤天害理的事都是可能的。绝望是由脆薄的隔板圈住的,这些隔板,每一片又都紧接着邪恶和罪行。

健康,青春,尊严,幼弱圣洁的身体发肤,不甘屈辱的羞恶心情,童贞,清白,灵魂的这层护膜,都一齐遭受了这只摸索出路而碰到污秽也就安于污秽的手的穷凶极恶的蹂躏。父母、儿女、兄弟、姊妹、男子、妇人和女孩,几乎像一种矿物的结构,互相掺杂黏附在这种不分性别、血统、年龄、丑行、天真的浑浊污池里。他们彼此背靠着背,蹲在一种黑洞似的命运里。他们凄惶酸楚地面面相觑。啊,这些不幸的人们!他们的脸多么苍白!他们身上是多么冷!他们好像是住在一个比我们离太阳更远的星球上。

这姑娘在马吕斯看来好像是从鬼蜮里派来的。

她为他显示了黑暗世界的另一个完全不同的丑恶面。

马吕斯几乎谴责自己,不该那样终日神魂颠倒,不能自拔于儿女痴情,而对自己的邻居,直到如今,却还不曾瞅过一眼。为他们代付房租,那是一种机械动作,人人都能做到的,但是马吕斯应当做得更好一些。怎么!他和那几个穷苦无告的人之间只有一墙相隔,他们过着摸黑的生活,被隔绝在大众的生活之外,他和他们比邻而居,如果把人类比作链条,那么他,可以说是他们在人类中接触到的最后一环了,他听见他们在他身边生活,应当说,在他身边喘息,而他竟熟视无睹!每天,每时每刻,隔着墙,他听到他们在来回走动,说话,而他竟充耳不闻!在他们说话时,有呻吟哭泣的声音,而他竟无动于衷!他的思想在别处,在幻境中,在不可能的好梦中,在缥缈的爱情中,在痴心妄想中,可是,有一伙人,从耶稣基督来说,和他是同父弟兄,从人民来说,和他是同胞弟兄,而这些人竟在他的身旁作殊死挣扎!作绝望的殊死挣扎!他甚至是他们的苦难的因素,加深了他们的苦难。因为,假使他们有另一个邻居,一个不这么愚痴而比较关切的邻居,一个乐于为善的普通人,显然,他们的穷困情况会被注意到,苦痛的迹象会被察觉到,他们也许早已得到照顾,脱离困境了!看上去他们当然很无耻,很腐败,很肮脏,甚至很可恨,但是摔倒而不堕落的人是少有的,况且不幸的人和无耻的人往往在某一点上被人混为一谈,被加上一个笼统的名称,置人于死地的名称:无赖,这究竟是谁的过错呢?再说,难道不是在陷落越深时救援便应当越有力吗?

马吕斯一面这样训斥自己——因为马吕斯和所有心地真正诚实的人一样,时常会自居于教育家的地位,对自己进行过分的责备——,一面望着把他和容德雷特一家隔开的墙壁,仿佛他那双不胜怜悯的眼睛能穿过隔墙去温暖那些穷苦人似的。那墙是一层薄薄的敷在窄木条和小梁上的石灰,并且,我们刚才已经说过,能让人在隔壁把说话的声音和每个人的嗓音完全听得清清楚楚。只有像马吕斯那样睁着眼做梦的人才会久不察觉。墙上也没有糊纸,无论在容德雷特的一面或马吕斯的一面都是光着的,粗糙的结构赤裸裸暴露在外面。马吕斯,几乎是无意识地仔细研究着这隔层,梦想有时也能和思想一样进行研究,观察,忖度。他忽然站了起来,他刚刚发现在那上面,靠近天花板的地方,有个三角形的洞眼,是由三根木条构成的一个空隙。堵塞这空隙的石灰已经剥落,人立在抽斗柜上,便能从这窟窿看到容德雷特的破屋里。仁慈的人是有并且应当有好奇心的。这个洞眼正好是个贼眼。以贼眼窥察别人的不幸而加以援助,这是可以允许的。马吕斯想道:"何妨去看看这人家,看看他们的情况究竟是怎样的。"

他跳上抽斗柜,把眼睛凑近那窟窿,望着隔壁。

六 兽 人 窟

城市,一如森林,有它们最恶毒可怕的生物的藏身洞。不过,在城市里,这样躲藏起来的是凶残、污浊、卑微的,就是说,丑的;在森林里,躲藏起来的是凶残、猛烈、壮伟的,就是说,美的。同样是洞,但是兽洞优于人洞。野窟胜于穷窟。

马吕斯看见的是个穷窟。

马吕斯穷,他的屋子里也空无所有,但是,正如他穷得高尚,他的屋子也空得干净。他眼睛现在注视的那个破烂住处却是丑陋、腌臜、恶臭难闻、黑暗、污秽的。全部家具只是一把麦秆椅、一张破桌、几个旧瓶旧罐、屋角里两张无法形容的破床。全部光线来自一扇有四块方玻璃的天窗,挂满了蜘蛛网。从天窗透进来的光线刚刚够使人脸成鬼脸。几堵墙好像害着麻风病,满是补缝和疤痕,恰如一张被什么恶疾破了相的脸。上面浸淫着黄脓似的潮湿,还有一些用木炭涂的猥亵图形。

马吕斯住的那间屋子,地上还铺了一层不整齐的砖;这一间既没有砖,也没有地板;人直接踩在陈旧的石灰地面上走,已经把它踩得乌黑;地面高低不平,满是尘土,但仍不失为一块处女地,因为它从来不曾接触过扫帚;光怪陆离的破布鞋、烂拖鞋、臭布筋,满天星斗似的一堆堆散在四处;屋子里有个壁炉,为这炉子每年要四十法郎的租金;壁炉里有个火锅,一个闷罐,一些砍好了的木柴,挂在钉子上的破布片,一个鸟笼,灰屑,居然也有一点火。两根焦柴在那里凄凄惨惨地冒着烟。

使这破屋显得更加丑恶的原因是它的面积大。它有一些凸角和凹角,一些黑洞和斜顶,一些港湾和地岬。因而出现许多无法测探的骇人的旮旯,在那里仿佛藏着许多拳头大小的蜘蛛和脚掌那么宽的土鳖,甚至也许还潜藏着几个什么人妖。

那两张破床,一张靠近房门,一张靠近窗口。两张床都有一头抵着壁炉,也正对着马吕斯。

在马吕斯据以窥望的那个窟窿的一个邻近的墙角上,有一幅嵌在木框里的彩色版画,下沿上有两个大字:"梦境"。画面表现的是一个睡着的妇人和一个睡着的孩子,孩子睡在妇人的膝上,云里一只老鹰,嘴衔着一个花环,妇人在梦中用手把那花环从孩子的头上挡开;远处,拿破仑靠在一根深蓝色的圆柱上,头上顶个光轮,柱顶有个黄色的斗拱,上面写着这些字:

马伦哥

奥斯特里茨

耶拿

瓦格拉姆

艾劳①

在那画框下面,有块长的木板似的东西,斜靠着墙竖在地上。那好像是一幅反放的油画,也可能是一块背面涂坏了的油画布,一面从什么墙上取下来的穿衣镜丢在那里备用。

桌子旁坐着一个六十来岁的男人,马吕斯望见桌上有鹅翎笔、墨水和纸张,那男子是个瘦小个子,脸色蜡黄,眼睛阴

---

① 这些地名都是拿破仑打胜仗的地方。

狠,神态尖刁、凶恶而惶惑不安,是个坏透了顶的恶棍。

拉华退尔①如果研究过这张脸,就会在那上面发现秃鹫和法官的混合形相;猛禽和讼棍能互相丑化,互相补充,讼棍使猛禽卑鄙,猛禽使讼棍狰狞。

那人生了一脸灰白的长络腮胡子,穿一件女人衬衫,露着毛茸茸的胸脯和灰毛直竖的光臂膀。衬衫下面,是一条满是污垢的长裤和一双张着嘴的靴子,脚趾全露在外面。

他嘴里衔一个烟斗,正吸着烟。穷窟里已没有面包,却还有烟。

他正写着什么,也许是马吕斯念过的那一类的信。

在桌子的一角上放着一本不成套的旧书,红面,是从前旧式租书铺的那种十二开版本,像是一本小说。封面上标着用大字印的书名:《上帝,国王,荣誉和贵妇人》,杜克雷·杜米尼尔作。一八一四年。

那男子一面写,一面大声说话,马吕斯听到他说的是:

"我说,人即使死了也还是没有平等!你看看拉雪兹神甫公墓便知道!那些有钱的大爷们葬在上头,路两旁有槐树,路面是铺了石块的。他们可以用车子直达。小户人家,穷人们,倒霉蛋嘛!在下头烂污泥浆齐膝的地方,扔在泥坑里,水坑里。把他们扔在那里,好让他们赶快烂掉!谁要想去看看他们,便得准备陷到土里去。"

说到这里,他停下来,一拳打在桌上,咬牙切齿地加上一句:

---

① 拉华退尔(Lavater,1741—1801),瑞士人,通相面术,认为从人的面部结构能识别人的性格。

"呵！我恨不得把这世界一口吞掉！"

一个胖妇人，可能有四十岁，也可能有一百岁，蹲在壁炉旁边，坐在自己的光脚跟上面。

她也只穿一件衬衫和一条针织的裙，裙上补了好几块旧呢布。一条粗布围腰把那裙子遮去了一半。这妇人，虽然叠成了一堆，却仍看得出，是个极高的大个子。在她丈夫旁边，那真是一种丈六金身。她的头发怪丑，淡赭色，已经半白了，她时时伸出一只生着扁平指甲的大油手去理她的头发。

在她身边也有一本打开的书躺在地上，和那一本同样大小，也许就是同一部小说的另一册。

在一张破床上，马吕斯瞥见一个脸色灰白的瘦长小姑娘，几乎光着身体，坐在床边，垂着两只脚，似乎是在不听、不看、不活的状态中。

这想必是刚才来他屋里那个姑娘的妹子。

乍看去，她有十一二岁。仔细留意去看，又能看出她准有十五岁。这便是昨晚在大路上说"我就溜呀！溜呀！溜呀！"的孩子。

她属于那种长期滞留，继又陡然猛长的病态孩子。这种可悲的人类植物是由穷困造成的。这些生物没有童年时期，也没有少年时期。十五岁像是只有十二岁，十六岁又像有了二十岁。今天是小姑娘，明天成了妇人。仿佛她们在超越年龄，以便早些结束生命。

这时，那姑娘还是个孩子模样。

此外，这人家没有一点从事劳动的迹象，没有织机，没有纺车，没有工具。几根形象可疑的废铁件堆在一个角落里。一派绝望以后和死亡以前的那种坐以待毙的阴惨景象。

马吕斯望了许久,感到这室内的阴气比坟墓里的还更可怕,因为这里仍有人的灵魂在游移,生命在活动。

穷窟,地窖,深坑,某些穷苦人在社会建筑最底层匍匐着的地方,还不完全是坟墓,而只是坟墓的前厅,但是,正如有钱人把他们最富丽堂皇的东西摆设在他们宫门口那样,死亡也就把它最破烂的东西放在隔壁的这前厅里。

那男子住了口,妇人不吭声,那姑娘也好像不呼吸。只有那支笔在纸上急叫。

那男子一面写,一面嘟囔:

"混蛋!混蛋!一切全是混蛋!"

所罗门的警句①的这一变体引起了那妇人的叹息。

"好人,安静下来吧,"她说,"不要把你的身体气坏了,心爱的。你写信给这些家伙,你已很对得起他们了,我的汉子。"

人在穷苦中,正如在寒冷中,身体互相紧靠着,心却是离得远远的。这个妇人,从整个外表看,似乎曾以她心中仅有的那一点情感爱过这男子;但是,很可能,处于那种压在全家头上的悲惨苦难中,由于日常交相埋怨的结果,那种感情也就熄灭了。在她心里,对她的丈夫只剩下一点柔情的死灰。可是那些甜蜜的称呼还没有完全死去,也时常出现在口头。她称他为"心爱的"、"好人"、"我的汉子",等等,嘴上这么说,心里却不起波澜。

那汉子继续写他的。

---

① 所罗门说过:"虚荣,虚荣,一切全是虚荣。"

七　战略和战术

马吕斯心里憋得难受,正打算从他那临时凑合的瞭望台上下来,又忽然有一点声音引起了他的注意,使他留在原来的地方。

那破屋子的门突然开了。

大女儿出现在门口。

她脚上穿一双男人的大鞋,满鞋是污泥迹印,污泥也溅上了她的红脚脖,身上披一件稀烂的老式斗篷,这是马吕斯一个钟头以前不曾看见的,她当时也许是为了引起更多的怜悯心,把它留在门外,出去以后才披上的。她走了进来,顺手把门推上,接着,像欢呼胜利似的喊着说:

"他来了!"

她父亲转动了眼珠,那妇人转动了头,小妹没有动。

"谁?"父亲问。

"那位先生。"

"那慈善家吗?"

"是呀。"

"圣雅克教堂的那个吗?"

"是呀。"

"那老头?"

"对。"

"他要来了?"

"他就在我后面。"

"你拿得稳?"

"拿得稳。"

"是真的,他会来?"

"他坐马车来的。"

"坐马车。好阔气哟!"

那父亲站起来了。

"你怎么能说拿得稳呢?他要是坐马车,你又怎么能比他先到?你至少把我们的住址对他说清楚了吧?你有没有对他说明是过道底上右边最后一道门?希望他不弄错才好!你是在教堂里找到他的?他看了我的信没有?他说了些什么?"

"得,得,得!"那女儿说,"你像开连珠炮,老头!听我说:我走进教堂,他坐在平日坐的位子上,我向他请了安,把信递给他,他念过信,问我:'您住在什么地方,我的孩子?'我说:'先生,我来带路就是。'他说:'不用,您把地址告诉我,我的女儿要去买东西,我雇一辆马车坐着,我会和您同时到达您家里的。'我便把地址告诉他。当我说到这栋房子时,他好像有点诧异,迟疑了一会儿,又说:'没关系,我去就是。'弥撒完了以后,我看见他领着他女儿走出教堂,坐上一辆马车。我并且对他交代清楚了,是过道底上靠右边最后一道门。"

"你怎么知道他就一定会来呢?"

"我刚才看见那辆马车已经到了小银行家街。我便连忙跑了回来。"

"你怎么知道这马车是他坐的那辆呢?"

"因为我注意了车号嘛!"

"什么车号?"

"四四〇。"

"好,你是个聪明姑娘。"

女儿大胆地望着父亲,把脚上的鞋跷给他看,说道:

"一个聪明姑娘,这也可能。但是我说我以后再也不穿这种鞋了,我再也不愿穿了。首先,为了卫生,其次,为了清洁。我不知道还有什么东西比这种出水的鞋底更讨厌的了,一路上只是唧呱唧呱叫。我宁愿打赤脚。"

"你说得对,"她父亲回答说,语调的温和和那姑娘的粗声粗气造成对比,"不过,赤着脚,人家不让你进教堂。穷人也得穿鞋。……人总不能光着脚板走进慈悲上帝的家。"他挖苦地加上这么一句。继又想到了心里的事:"这样说,你有把握他一定会来吗?"

"他就在我脚跟后面。"她说。

那男子挺起了腰板,容光焕发。

"我的娘子,"他吼道:"你听见了!慈善家马上就到。快把火熄掉。"

母亲被这话弄傻了,没有动。

做父亲的带着走江湖的那股矫捷劲儿,在壁炉上抓起一个缺口罐子,把水泼在两根焦柴上。

接着对大女儿说:

"你!把这椅子捅穿!"

女儿一点也不懂。

他抓起那把椅子,一脚便把它踹通了,腿也陷了进去。

他一面拔出自己的腿,一面问他的女儿:

"天冷吗?"

"冷得很,在下雪呢。"

父亲转向坐在窗口床边的小女儿,霹雳似的对她吼道:

"快!下床来,懒货!你什么事也不干!把这玻璃打破一块!"

小姑娘哆哆嗦嗦地跳下了床。

"打破一块玻璃!"他又说。

孩子吓呆了,立着不动。

"你听见我说吗?"父亲又说,"我叫你打破一块玻璃!"

那孩子被吓破了胆,只得服从,她踮起脚尖,对准玻璃一拳打去。玻璃破了,哗啦啦掉了下来。

"打得好。"她父亲说。

他神气严肃,动作急促,瞪大眼睛把那破屋的每个角落全迅速地扫了一遍。

他像个战争即将开始,作好最后部署的将军。

那母亲还没有说过一句话,她站起来,用一种慢而沉的语调,仿佛要说的话已凝固了似的,问道:

"心爱的,你要干什么呀?"

"给我躺到床上去。"那男人回答。

那种口气是不容商量的。妇人服服帖帖,沉甸甸一大堆倒在了一张破床上。

这时,屋角里有人在抽抽噎噎地哭。

"什么事?"那父亲吼着问。

那小姑娘,在一个黑旮旯里缩做一团,不敢出来,只伸着一个血淋淋的拳头。她在打碎玻璃时受了伤,她走到母亲床边,偷偷地哭着。

这一下轮到做母亲的竖起来大吵大闹了:

"你看见了吧!你干的蠢事!你叫她打玻璃,她的手打出血了!"

"再好没有!"那男子说,"这是早料到的。"

"怎么?再好没有?"那妇人接口说。

"不许开口!"那父亲反击说,"我禁止言论自由。"

接着,他从自己身上那件女人衬衫上撕下一条,做一根绷带,气冲冲地把女孩的血腕裹起来。

裹好以后,他低下头,望着撕破了的衬衫,颇为得意。他说:

"这衬衫也不坏。看来一切都很像样了。"

一阵冰冷的风从玻璃窗口飕的一声吹进屋子。外面的浓雾也钻进来,散成白茫茫的一片,仿佛有只瞧不见的手在暗中挥洒着棉絮。透过碎了玻璃的窗格,可以望见外面正下着雪。昨天圣烛节许下的严寒果真到了。

那父亲又向四周望了一遍,好像在检查自己是否忘了什么要做的。他拿起一把旧铲子,撒了些灰在那两根泼湿了的焦柴上,把它们完全盖没。

然后他站起来,背靠在壁炉上说:

"现在我们可以接待那位慈善家了。"

八　穷窟中的一线光明

大女儿走过来,把手放在父亲的手上说:

"你摸摸,我多冷。"

"这算什么!"她父亲说,"我比这还冷得多呢。"

那母亲急躁地喊着说:

"你什么事都比别人强,你!连干坏事也是你强。"

"住嘴!"那男人说。

母亲看看神气不对,便不再吭气。

穷窟里一时寂静无声。大女儿闲着,正剔除她斗篷下摆上的泥巴,妹妹仍在抽抽搭搭地哭,母亲双手捧着她的头,频频亲吻,一面低声对她说:

"我的宝贝,求求你,不要紧的,别哭了,你父亲要生气的。"

"不!"她父亲喊着说,"正相反!你哭!你哭!哭哭会有好处。"

接着又对大的那个说:

"怎么了!他还不来!万一他不来呢!我泼灭了我的火,捅穿了我的椅子,撕破了我的衬衫,打碎了我的玻璃,那才冤呢!"

"还割伤了小妹!"母亲嘟囔着。

"你们知道,"父亲接着说,"在这鬼窝窝洞里,冷得像狗一样。假使那人不来!呵!我懂了!他有意叫我们等!他心想:'好吧!就让他们等等我!这是他们分内的事!'呵!我恨透了这些家伙,我把他们一个个全掐死,这才心里欢畅、兴高采烈呢,这些阔佬!所有这些阔佬!这些自命为善士的人,满嘴蜜糖,望弥撒,信什么贼神甫,崇拜什么瓜皮帽子,颠来倒去,翻不完嘴上两张皮,还自以为要比我们高一等,走来羞辱我们,说得好听,说是来送衣服给我们!全是些不值四个苏的破衣烂衫,还有面包!我要的不是这些东西,你们这一大堆混蛋!我要的是钱!哼!钱!不用想!因为他们说我们会拿去喝酒,说我们全是醉鬼和懒汉!那么他们自己!他们是些什么东西?他们以前做过什么?做过贼!不做贼,他们哪能有钱!呵!这个社会,应当像提起台布的四只角那样,把它整个儿抛到空中！全完蛋,那是可能的,但是至少谁也不会再有什么,那样才合算呢!……他到底在干什么,你那行善的牛嘴巴先生?他究竟来不来!这畜生也许把地址忘了!我敢打赌这老畜生……"

这时,有人在门上轻轻敲了一下,那男人连忙赶到门口,开了门,一再深深敬礼,满脸堆起了倾心崇拜的笑容,一面大声说道:

"请进,先生!请赏光,进来吧,久仰了,我的恩人,您这位标致的小姐,也请进。"

一个年近高龄的男子和一个年轻姑娘出现在那穷窟门口。

马吕斯没有离开他站的地方。他这时的感受是人类语言所无法表达的。

是"她"来了。

凡是恋爱过的人都知道这个简单的"她"字所包含的种种光明灿烂的意义。

确实是她来了。马吕斯的眼上登时起了一阵明亮的水蒸气,几乎无法把她看清楚。那正是久别了的意中人,那颗向他照耀了六个月的星,那双眼睛,那个额头,那张嘴,那副在隐藏时把阳光也带走了的美丽容颜。原已破灭了的幻象现在竟又出现在眼前。

她重现在这黑暗中,在这破烂人家,在这不成形的穷窟里,在这丑陋不堪的地方!

马吕斯心惊体颤,为之骇然。怎么!竟会是她!他心跳到使他的眼睛望不真切。他感到自己要失声痛哭了。怎么!东寻西找了那么久,竟又在此地见到她!他仿佛感到他找到了自己失去的灵魂。

她仍是原来的模样,只稍微苍白一些,秀雅的面庞嵌在一顶紫绒帽子里,身体消失在黑缎斗篷里。在她的长裙袍下,能隐约看见一双缎靴紧裹着两只纤巧的脚。

她仍由白先生陪伴着。

她向那屋子中间走了几步,把一个相当大的包裹放在桌子上。

容德雷特大姑娘已退到房门背后,带着沉郁的神情望着那顶绒帽,那件缎斗篷和那张幸福迷人的脸。

九　容德雷特几乎哭出来

这穷窟是那么阴暗,从外面刚走进去的人会以为是进了地窖。因此那两个新到的客人对四周人物的模样看去有点模糊不清,前进时不免有些迟疑,而他们自己却被那些住在这破屋里、早已习惯于微弱光线的人看得清清楚楚,并被这些人仔细观察。

白先生慈祥而抑郁地笑着走向家长容德雷特,对他说:

"先生,这包里是几件家常衣服,新的,还有几双袜子和几条毛毯,请您收下。"

"我们天使般的恩人对我们太仁慈了。"容德雷特说,一面深深鞠躬,直到地面。随即又趁那两个客人打量室内惨状的机会,弯下腰去对着他大女儿的耳朵匆匆忙忙地细声说:

"没有错吧?我早料到了吧?破衣烂衫!没有钱!他们全是这样的!还有,我写给这老饭桶的信上,签的是什么名字?"

"法邦杜。"他女儿回答。

"戏剧艺术家,对!"

算是容德雷特的运气好,因为正在这时,白先生转身过来和他谈话,那说话的神气仿佛是一时想不起他的名字:

"看来您的情况确实是不称心的……先生。"

"法邦杜。"容德雷特连忙回答说。

"法邦杜先生,对,是呀,我想起来了。"

"戏剧艺术家,先生,并且还有过一些成就。"

说到这里,容德雷特显然认为抓住这"慈善家"的时机已经到了。他大声谈了起来,那嗓子的声音兼有市集上卖技人的大言不惭的气派和路旁乞丐的那种苦苦哀求的味儿:"塔尔马的学生,先生!我是塔尔马的学生!从前,我有过一帆风顺的时候。唉!可是现在,倒了运。您瞧吧,我的恩人,没有面包,没有火。两个闺女没有火!惟一的一张椅子也坐通了!碎了一块玻璃!特别是在这种天气!内人又躺下了!害着病!"

"可怜的妇人!"白先生说。

"还有个孩子受了伤!"容德雷特又补上一句。

那孩子,由于客人们到来,分了心去细看"那小姐",早已不哭了。

"哭嘛!叫呀!"容德雷特偷偷地对她说。

同时他在她那只受了伤的手上掐了一把。所有这一切都是用魔术师般巧妙手法完成的。

小姑娘果然高声叫喊。

马吕斯心中私自称为"他的玉秀儿"的那个年轻姑娘赶忙走过去:

"可怜的亲爱的孩子!"她说。

"您瞧,我的美丽的小姐,"容德雷特紧接着说,"她这淌血的手腕!为了每天挣六个苏,她便在机器下碰到这种意外的事故。这手臂也许非锯掉不成呢!"

"真的?"那位吃惊的老先生说。

小姑娘以为这是真话,又开始伤心地哭起来。

"可不是,我的恩人!"那父亲回答。

在这以前,容德雷特早已鬼鬼祟祟地在留意观察这"慈善家"了。他一面谈着话,一面仔细端详他,仿佛想要回忆起什么旧事。突然,趁那两个新来客人对小姑娘就她的伤势亲切慰问的那一会儿,他走向躺着他那个颓丧痴骏的女人的床边,以极低的声音对她急促地说:

"留心看那老头儿!"

随即又转向白先生,继续诉他的苦:

"您瞧,先生,我只有这么一件衬衫,我,还是我内人的,除此以外,便再没有什么衣服了!并且已破得不成样子!又是在这冬季里最冷的时候。我不能出门,因为没有外面的衣服。要是有一件不管什么样的外衣,我便可以去看看马尔斯小姐了,她认得我,并且对我很够交情。她不是一直住在圣母院塔街吗?您知道吗,先生?我们曾在外省合演过戏。我分享了她的桂冠。我原想色里曼纳①会来援助我,先生!以为艾耳密尔②会救济维利萨里③的!但是没有,什么也没有。

---

① 色里曼纳(Célimène),莫里哀戏剧《厌世者》里的人物,常用以泛指一般演重头戏的女演员。
② 艾耳密尔(Elmire),莫里哀戏剧《伪君子》里的人物,常用以泛指一般诚实而不拘小节的妇女。
③ 维利萨里(Bélisaire,约494—565),东罗马帝国的名将,为皇帝所忌,被黜,相传两眼被挖,行乞以终。

并且家里一个苏也没有！内人病了，一个苏也没有！小女受了重伤，很危险，一个苏也没有！我老婆常犯气结病。这是由于她的年龄，这里也有神经系统的问题。她非得有人帮助不成，小女也是这样！可是医生！可是药剂师！用什么来支付呢？一文小钱也没有！我愿对一个大钱下跪，先生！您瞧艺术的价值低到什么程度！并且，您知道吗，我的标致的小姐，还有您，我的慷慨的保护人，您知道吗，您二位都呼吸着美德和仁慈，礼拜堂也因您二位而有了芬芳，您二位每天都去那礼拜堂，我这可怜的女儿也每天要去那里祷告，她天天都看见您二位……因为我是在宗教信仰中培养我这两个女儿的，先生。我不愿她们去演戏。啊！贱丫头！只要她们敢胡来！我决不开玩笑，我！我经常把荣誉、道德、操行的观念灌输给她们！您问问她们便知道。她们应当走正路。她们是有父亲的人。她们不是那种以无家可归开始、以人尽可夫收场的苦命人。确有一些人是从没人管的姑娘变成大众的太太的。谢天谢地！法邦杜的家里幸而没有这种丑事！我要把她们教育成贞洁的人，她们应当是诚实的，并且应当是温雅的，并且应当信仰天主！信仰这神圣的称号！……可是，先生，我的尊贵的先生，您知道明天会发生什么事吗？明天，二月四日，是个要命的日子，是我的房东给我的最后期限，假使今晚我不把钱付给他，那么，明天我的大女儿、我自己、我这发高烧的妻子、受了伤的孩子，全会从这里被驱逐出去，丢到外面去，丢在街上、大路上、雨里、雪里，没有安身的地方。就这样，先生。我欠了四个季度的租金，整整一年！就是说，六十法郎。"

容德雷特在撒谎。四个季度也只是四十法郎，他也不可能欠上四个季度，马吕斯在六个月以前便替他付了两个季度。

白先生从自己的衣袋里掏出五个法郎,放在桌上。

容德雷特觑个空,对着他大女儿的耳朵抱怨:

"坏蛋!他要我拿他这五个法郎去干什么?还不够赔偿我的椅子和玻璃!我得有钱花呀!"

这时白先生已把他套在那身蓝色骑马服上的一件栗壳色大衣从身上脱了下来,放在椅背上。

"法邦杜先生,"他说,"我身边只有这五个法郎,但是我把我的女儿送回家以后,今晚再来一趟,您不是今晚要付款吗?"

容德雷特的脸上出现了一种奇特的表情。他兴冲冲地回答说:

"是呀,我的尊贵的先生。八点钟,我得到达我房东家。"

"我六点钟来此地,把那六十法郎带来给您。"

"我的恩人!"疯了似的容德雷特喊着说。

他又极低声地说:

"注意看他,我的妻!"

白先生挽着那年轻貌美的姑娘的胳臂,转向房门,一面说:

"今晚再见,我的朋友们。"

"六点吗?"容德雷特问。

"六点整。"

这时,留在那椅背上的外套引起了容德雷特大姑娘的注意。

"先生,"她说,"别忘了您的大衣。"

容德雷特对他女儿狠巴巴地瞪了一眼,同时怪怕人地耸了一下肩头。

白先生转过来笑眯眯地回答：

"我不是把它忘了，是留下的。"

"哦，我的保护人，"容德雷特说，"我的崇高的恩主，我真的泪下如雨了！请不要嫌弃，允许我来领路，一直送您上车吧。"

"假使您一定要出去，"白先生接着说，"您就穿上这件外套吧。天气确是很冷呢。"

容德雷特不用别人请两次，他连忙套上那件栗壳色大衣。他们三个人一同出去了，容德雷特走在两个客人的前面。

十 公营马车定价：每小时两个法郎

这一切经过的全部细节都没有漏过马吕斯的眼睛，可是实际上他什么也没有看见。他的眼睛完全盯在那年轻姑娘的身上，他的心，从她第一步踏进这破屋子时起，便已经，可以这么说，把他整个抓住并裹住了。她留在那里的那一整段时间里，他过的是那种使感官知觉完全处于停顿状态并使整个灵魂专注在一点上的仰慕生活。他一心景仰着，不是那姑娘，而是那一团缎斗篷和丝绒帽的光辉。天狼星进了这屋子，也不会那么使他感到耀眼。

当姑娘解开包裹展示了衣服和毛毯后，她和蔼地问母亲的病情，不胜怜惜地问小妹的伤势，他都随时窥察着她的每一个动作，并窃听她说话的声音。他已经认识她的眼睛、她的额头、她的容貌、她的身材、她走路的姿态，他还不认识她说话的声音。一次在卢森堡公园里，他仿佛捉到了她所说的几个字的音，但是他并没有完全听真切。他宁肯减少十年寿命也要听听她的声音,要在自己的灵魂里留下一点点这样的音乐。但是一切都消失在容德雷特一连串讨人厌的胡扯淡和他那像喇叭样的怪叫声中了。这在马吕斯狂喜的心中引起了真正的愤怒。他的眼睛一直盯着她。他不能想象的是,出现在这种丑恶的魔窟里这群邋遢的瘪三当中的竟真会是那个天女似的人儿。他好像在癞蛤蟆群里见到一只蜂鸟。

她走出去时,他惟一的想法是紧紧跟着她,不找到她的住处决不离开她,至少是在这样的一种巧遇之后不能又把她丢了。他从抽斗柜上跳下来,拿起他的帽子。当他的手触着门闩正要出去,这时另一考虑使他停了下来。那条过道很长,楼梯又陡,容德雷特的话又多,白先生一定还没有上车,万一他在过道里,或是楼梯上,或是大门口,回转头来看见他马吕斯在这房子里,他肯定会诧异的,并且会再想办法来避开他,这样就把事又搞糟了。怎么办?等一等吗?但在等的时候车子可能走了。马吕斯一时失了主意。最后,他决计冒一下险,从他屋子里出去了。

过道里已没有人,他冲到楼梯口。楼梯上也没有人。他急忙下去,赶到大路上,正好看见一辆马车转进小银行家街,回巴黎城区去了。

马吕斯朝那方向追去。到了大路转弯的地方,他又看见了那辆马车在穆夫达街上急往下走,马车已经走得很远,无法追上了,怎么办?跟着跑?没用,况且别人从车子里一定会看见有人在后面飞跑追来,那父亲会认出是他在追。正在这时,真是出人意料的大好机会,马吕斯看见一辆空的出租马车在大路上走过。只有一个办法,跳上这辆马车去赶那一辆。这办法是切实可行,没有危险的。

马吕斯做手势让那车夫停下来,喊道:

"照钟点算!"

马吕斯当时没有结领带,身上穿的是那件丢了几个纽扣的旧工作服,衬衫也在胸前一个褶子处撕破了。

车夫停下来,挤着一只眼,把左手伸向马吕斯,对他轻轻搓着大拇指和食指。

"怎么?"马吕斯说。

"先付钱。"那车夫说。

马吕斯这才想起他身上只有十六个苏。

"要多少?"他问。

"四十个苏。"

"我回头再付。"

那车夫用嘴唇吹着《拉·巴利斯》的曲调,作为惟一的回答,并对着他的马甩了一鞭。

马吕斯只得愣头愣脑望着那马车往前走。由于缺少二十四个苏,他丧失了他的欢乐、他的幸福、他的爱!他又落在黑暗中了!他已看见了她,现在又成了瞎子!他万分苦恼地想起,应当说,深深懊悔,早上不该把五法郎送给那穷丫头。假使他有那五个法郎,他便有救了,便能获得重生,脱离惘惘黑暗的境地,脱离孤独、忧郁、单身汉的生活了,他已把他命运的黑线系在那根在他眼前飘了一下的美丽金线上,可又一次断了。他垂头丧气地回到家来。

他原应想到白先生曾约定傍晚再来,这回好好准备跟踪便成了,但是他当时正在凝视,几乎没有听到这话。

正要踏上楼梯,他忽然看见容德雷特,身上裹着"慈善家"的外套,在大路的那一边,沿着哥白兰便门街的那堵人迹少到的墙下,和一个那种形迹可疑、可以称为"便门贼"的人谈着话,这是一种面目可疑,语言暧昧,神气险恶的人,他们时常在白天睡觉,因而使人猜想他们在黑夜工作。

那两人站在飞旋的大雪下面,挤作一团在谈话,一动也不动,城区的警察见了肯定会注意,马吕斯对此警惕却不高。

但是,尽管他正想着心里的伤心事,却不能不对自己说,那个和容德雷特谈话的便门贼颇像某个叫邦灼,又叫春天,又叫比格纳耶的人,因为从前有一次,古费拉克曾把这人指给他看过,说他在黑夜里经常出没在这一带,是个相当危险的家伙。我们在前一卷里,已经见过这人的名字。这个又叫做春天或比格纳耶的邦灼,日后犯过好几起刑事案子,因而成了大名鼎鼎的恶棍。这时,他还只是个小有名的恶棍。到今天,他在盗窃犯和杀人犯中已成了一个历史人物。他在前朝末年曾创立一个学派。在拉弗尔斯监狱的狮子沟里,每到傍晚天正要黑下来时,是人们三五成群低声谈话时的题材。这监狱有一条粪便沟,它穿过围墙通到外面,墙头上是供巡逻队使用的路,发生在一八四三年那次空前大越狱案子里的三十名犯人便是从这条粪沟里逃出去的,也正是在这粪沟的石板上方,人们可以看见他的名字:邦灼,那是他在某次企图越狱时大胆刻在围墙上的。在一八三二年,警察已开始注意他,但是当时他还没有正式开业。

十一 穷苦请为痛苦效劳

马吕斯一步一步慢慢地走上了老屋的楼梯,他正要回到他那冷清清的屋子里去时,忽然看见容德雷特大姑娘从过道里跟在他后面走来。他见了那姑娘,不禁心里有气,把他五法郎拿走的正是她,向她讨还吧,已经太迟,那辆出租马车早已不在原处,那辆轿车更是走得很远了,并且她也未必肯还。至于向她打听刚才来的那两个人的住址,也不会有什么用处,首先她自己就不知道,因为签着法邦杜名字的那封信上是写着给"圣雅克·德·奥·巴教堂的行善的先生"的。

马吕斯走进他的屋子,反手把门关上。

门关不上,他回转身,看见有只手把住了那半开着的门。

"什么事?"他问,"是谁呀?"

是那容德雷特姑娘。

"是您?"马吕斯又说,声音几乎是狠巴巴的,"老是您!您要什么?"

她仿佛在想着什么,没有回答。她已不像早晨那种大模大样的样子。她不进门,只站在过道中的黑影里,马吕斯能从半开着的门口望见她。

"怎么了,您怎么不回答?"马吕斯说,"您来干什么?"

她抬起一双阴郁的眼睛望着他,那里似乎隐隐约约也有了一点神采,她对他说:

"马吕斯先生,看您的神气不快乐。您心里有什么事?"

"我?"马吕斯说。

"对,您。"

"我没有什么。"

"一定有!"

"没有。"

"我说您一定有!"

"不要找麻烦!"

马吕斯又要把门推上,她仍把住不让。

"您听我说,"她说,"您不必这样。您虽然没有钱,但是今天早上您做了个好人。现在您再做个好人吧。您已给了我吃的,现在把您的心事告诉我。您有苦恼,看得出来。我不愿意您苦恼。要怎样才能使您开心呢?我能出点力吗?利用我吧。我不想知道您的秘密,您用不着告诉我,但我究竟是有用处的。我既然能帮助我父亲,我也一定能帮助您。假使要送什么信,跑什么人家,挨门挨户去问什么的,打听谁的住址呀,跟踪个什么人呀,我都干得了。对吗?您可以放心把您的事告诉我,我可以去传话。有时要个人传话,只要把话告诉他便够了,事情也就办通了。让我来替您出点力吧。"

马吕斯心里忽然有了个主意。人在感到自己要摔倒时,还能貌视什么样的树枝吗?

他向容德雷特姑娘靠近一步。

"你听我……"他对她说。

她立刻打断了他的话,眼里闪出了快乐的光。

"呵!对呀,您对我说话,称'你'就得了。我喜欢您这样做!"

"好吧,"他又说,"刚才是你把那老先生和他女儿带来这儿的?"

"是的。"

"你知道他们的住址吗?"

"不知道。"

"你替我找吧。"

容德雷特姑娘的眼睛曾由抑郁转为快乐,这会儿又从快乐转为阴沉。

"您要的就是这个?"她问。

"是的。"

"您认识他们吗?"

"不认识。"

"就是说,"她连忙改口,"您不认识她,但是您要想认识她。"

她把"他们"改为"她",这里有一种说不出的耐人寻味的苦涩。

"别管,你能办到吗?"

"替您把那美丽的小姐的住址找到吗?"

在"那美丽的小姐"这几个字里又有一股使马吕斯感到不快的味道。他接着说:

"反正都一样!那父亲和女儿的住址,他们的住址,就得了!"

她定定地望着他。

"您给我什么报酬?"

"随你要什么,全可以。"

"随我要什么,全可以?"

"是的。"

"我一定办到。"

她低下了头,继而以急促的动作,突然一下把门带上了。

又剩下马吕斯孤孤单单一个人。

他坐进一张椅子,头和两肘靠在床边,沉陷在理不清的万千思绪里,只感到晕头转向,不能自持。这一天从清早便陆续不断发生的事,天使的忽现忽灭,这姑娘刚才跟他说的话,飘浮在茫茫苦海中的一线微光,一点希望,这一切都零乱杂沓地充塞在他的脑子里。

一下子他又突然从梦幻中警觉过来。

他听到容德雷特响亮生硬的声音在说着这样几句话,使他感到非常奇特,和他大有关系:

"告诉你,我准没有看错,我已认清了,是他。"

容德雷特说的是谁?他认清了谁?白先生?"他的玉秀儿"的父亲吗?怎么!容德雷特早就认识他?马吕斯难道竟能这样突如其来地,出人意料地了解到一切情况,使他不再感到自己的生命凄清黯淡吗?他难道终于能知道他爱的是谁?那姑娘是谁?她父亲是谁?把他们掩蔽起来的那么厚的一层黑影难道已到了消散的时候?幕罩即将撕裂?啊!天呀!

他不是爬上那抽斗柜,而是一纵身便到了柜上,他又守在隔墙上面那个小洞的旁边了。

容德雷特那个洞窝里的情况重新展现在他眼前。

十二 白先生的五个法郎的用途

那家里的样子一点没有改变,只是那妇人和姑娘们取用了包里的衣服,穿上了袜子和毛线衫。两条新毛毯丢在两张床上。

容德雷特显然是刚刚回来。他还有从户外带来的那种急促的呼吸。他的两个女儿坐在壁炉旁边的地上,姐姐在包扎妹妹的手。他的女人好像泄了气似的躺在靠近壁炉的那张破床上,脸上露出惊讶的神情。容德雷特在屋子里大踏步地来回走动。他的眼睛异乎寻常。

那妇人,在她丈夫跟前好像有些胆怯,愣住了似的,壮着胆子对他说：

"怎么，真的吗？你看准了吗？"

"看准了！已经八年了！但是我还认识他！啊！我还认识他！我一下便把他认出来了！怎么，你就没有看出来？"

"没有。"

"但是我早就提醒过你，要你注意！当然，是那身材，是那相貌，没有老多少，有些人是不会老的，我不知道他们是怎么搞的，是那说话的声音。他穿得比较好些就是了！啊！神秘的鬼老头，今天可落在我掌心里了，哈！"

他停下来，对他两个女儿说：

"不要待在这儿，你们两个！怪事，你竟没有看出来。"

为了服从，她们站起来了。

那母亲怯生生地说：

"她手痛也要出去？"

"冷空气会对她有好处的，"容德雷特说，"去吧。"

这显然是个那种不容别人表示不同意见的人。两个姑娘出去了。

她们正要走出房门，父亲拉住大姑娘的胳膊，用一种特殊的口气说：

"五点整，你们得回到这儿来。两个人都回来。我有事要你们办。"

马吕斯加倍集中了注意力。

容德雷特独自和他女人待在一道，又开始在屋子里走起来，一声不响地兜了两三个圈子。接着他花了几分钟把身上穿的那件女人衬衫的下摆塞进裤腰。

突然他转向他女人，又起两条胳膊，大声说：

"你要我再告诉你一件事吗?那小姐……"

"怎么?"那女人接着说,"那小姐?"

马吕斯心下明白,他们要谈的一定是她了。他以炽烈的焦急心情倾耳细听。他的全部生命力都集中在两只耳朵上。

但是容德雷特弯下腰,放低了声音和他女人谈话。过后他才站起来,大声结束说:

"就是她!"

"那东西?"女人说。

"那东西!"丈夫说。

任何语言都不能表达那母亲所问的"那东西?"这句话里的意思。那是掺杂在一种凶狠恶毒的声调中的惊讶、狂暴、仇恨、愤怒。这痴肥疲软的女人,经她丈夫在耳边说了几个字,大致是个什么人的名字,便立即醒觉过来,从丑陋可憎变成狰狞可怕了。

"决不可能!"她吼着说,"当我想到我的女儿都还赤着脚,而且还穿不上一件裙袍时,怎么!又是缎斗篷,又是丝绒帽,缎子靴,一切!身上就已是两百多法郎的家当!简直像个贵妇人!不会的,你搞错了!首先,那一个丑得很,这一个生得并不坏!她的确生得不坏!这不可能是她!"

"我说一定是她。你等着瞧吧。"

听见这斩钉截铁的话,容德雷特婆娘抬起一张又红又白的宽脸,用一种奇丑的神情,注视着天花板。这时,马吕斯感到她的模样比容德雷特更吓人。那是一头虎视眈眈的母猪。

"不成话!"她又说,"这个用怜悯神气望着我那两个闺女的不讨人喜欢的漂亮小姐,竟会是那个小叫化子!呵!我恨不得提起木鞋,几脚踢出她的肚肠。"

她从床上跳下来,蓬头散发,鼓起两个鼻孔,掀着嘴,捏紧拳头,身体向后仰着,站了不大一会儿,又倒在破床上。她男人只顾来回走动,毫不理会他老婆。

一会儿的寂静无声,他又走近女人跟前停住,像先头那样,又叉起两条胳膊。

"还要我再告诉你一件事吗?"

"什么事?"她问。

他用干脆低沉的声音回答说:

"我发了财了。"

女人呆望着他,那神气仿佛是在想:"和我谈话的这个人难道疯了?"

他又说:

"他妈的!时间不短了,我老在这个'不挨冻你就得挨饿不挨饿你就得挨冻'的教区里当一个教民!我可受够穷罪了!我受罪,别人也受罪!我不愿再开玩笑,我已不觉得那有什么好玩的,好话听够了,好天主!不用再捉弄人吧,永生的天父!我要吃个够,喝个痛快!塞饱,睡足,什么事也不做!也该轮到我来享福了!在进棺材前,我要过得稍稍像个百万富翁!"

他在那穷窟里走了一圈,又加上一句:

"跟别人一样。"

"你说这些话是什么意思?"那妇人问。

他摇头晃脑,眯一只眼睛,提高嗓门,活像一个在十字路口准备开始表演的卖艺人:

"什么意思?听我说!"

"轻点!"容德雷特大娘悄悄地说,"不要说这么响,假使这是一些不能让别人听见的事。"

"没关系！谁听？隔壁那个人？我刚才看见他出去了。再说他能听见吗,这大傻子？没有问题,我看见他出去了。"

可是,出于一种本能,容德雷特放低了声音,却也没有低到使马吕斯听不见他的话。马吕斯能完全听清这次对话的一个有利条件,是街上的积雪减轻了过往车辆震动的声音。

马吕斯听到的是：

"留心听我说。他已被逮住了,那财神爷！等于被逮住了。已经不成问题。一切全布置好了。我约了好几个人。他今晚六点钟便会来,送他那六十法郎来,坏蛋！你看到我是怎样替你们操心的吧,我的那六十法郎,我的房东,我的二月四号！这根本就不是一个什么季度的期限！真滑稽！他六点钟要来！正是邻居去吃晚饭的时候。毕尔贡妈妈也到城里洗碗去了。这房子里一个人也没有。隔壁的邻居在十一点以前是从不回来的。两个小把戏可以把风。你也可以帮帮我们。他会低头的。"

"万一他不低头呢？"那妇人问。

容德雷特做了个阴森森的手势,说道：

"我们便砍他的头。"

接着,他一阵大笑。

这是马吕斯第一次看见他笑。笑声是冷漠而平静,教人听了寒毛直竖。

容德雷特拉开壁炉旁的壁柜,取出一顶鸭舌帽,用自己的袖口擦了几下,把它戴在头上。

"现在,"他说,"我要出去一下。我还要去看几个人。几个好手。你可以看见一切都会很顺当。我尽早赶回来,这是一笔好买卖。你看好家。"

接着,他把两个拳头插在裤袋里,想了一会儿,又大声说:

"你知道,幸而他没有认出我来,他!假使他也认出了我,便不会再来了。他一向是躲着我们的!是我这胡子把我救了!我这浪漫派的络腮胡子!我这漂亮的浪漫派的小络腮胡子!"

他又笑了出来。

他走到窗口。雪仍在下,把灰色的天划成无数的条条。

"狗天气!"他说。

他裹紧大衣。

"这腰身太宽了,不过没关系,"他又加上一句,"幸亏他把它留下给我穿,那老杂种!要是没有它,我便出不了门,这一套也就玩不起来了!可见事物是怎样关连着的!"

他把鸭舌帽拉到眼皮上,走了。

他在外面还没有走上几步,房门又开了,他那险恶狡猾的侧影从门缝里伸了进来。

"我忘了,"他说,"你得准备一炉煤火。"

同时他把"慈善家"留给他的那枚当五法郎的钱扔在女人的围裙兜里。

"一炉煤火?"那女人问。

"对。"

"要几斗煤?"

"两斗足足的。"

"这就得花三十个苏。剩下的钱,我拿去买东西吃顿晚饭。"

"见鬼,那不成。"

"为什么?"

"不要花光这块钱。"

"为什么?"

"因为我这方面也有些东西要买。"

"什么东西?"

"有些东西。"

"你得花多少钱?"

"附近有五金店吗?"

"穆夫达街上有。"

"啊,对,在一条街的拐角上,我想起那铺子了。"

"你总可以告诉我你得花多少钱去买你的那些东西吧?"

"五十个苏到三法郎。"

"剩下的用来吃饭已经不多了。"

"今天还谈不上吃。有更重要的事要干呢。"

"也够了,我的宝贝。"

听他女人说完,容德雷特又带上了门,这一次,马吕斯听到他的脚步在过道里越走越远,很快便下了楼梯。

这时,圣美达教堂的钟正敲一点。

十三 独在远方,不想念诵"我们的天父"

马吕斯尽管是那么神魂颠倒,但是,我们已经提到,他具有坚定刚强的性格。独自思索的习惯,在他的同情心和怜悯心发展的同时,也许打磨了那种易于激动的性情,但是一点没有影响他见义勇为的气质。他有婆罗门教徒的慈悲和法官的严厉,他不忍伤害一只癞蛤蟆,但能踏死一条毒蛇。而他现在所注视的正是一个毒蛇洞,摆在他眼前的是个魔窟。

"必须踏住这帮无赖。"他心里想。

他希望猜出的种种哑谜一个也没有揭开,正相反,也许每个都变得更加难于看透了。关于卢森堡公园里那个美丽的女孩和他私自称为白先生的那个男子,除了知道容德雷特认识他们外,其他方面的情况却一点也没有增加。通过听到的那些暧昧的话,有一点却揣摸清楚了,那就是一场凶险的暗害阴谋正在准备中,他们两个都面临着巨大的危险,她也许还能幸免,她父亲却一定要遭毒手,必须搭救他们,必须粉碎容德雷特的恶毒诡计,扫掉那些蜘蛛的网。

他对容德雷特大娘望了一阵。她从屋角里拖出一个旧铁皮炉子,又去翻动一堆废铁。

他极轻地从抽斗柜上跳下来,小心谨慎,不弄出一点声音。

在策划中的事给予他的惊恐以及容德雷特两口子在他心里激起的憎恶中,他想到自己也许能有办法为他心爱的人出一把力,不禁感到一种快慰。

但是应当怎么办呢?通知那两个遭暗算的人吗?到什么地方去找他们呢?他不知道他们的住址。她在他眼前重现了片刻,随即又隐没在巴黎的汪洋大海中了。傍晚六点,在门口守候白先生,等他一到便把阴谋告诉他吗?但是容德雷特和他的那伙人会看出他的窥探意图,那地方荒凉,力量对比悬殊,他们有方法或把他扣住,或把他带到远处去,这样他要救的人也就完了。刚敲过一点,谋害行动要到六点才能实行,马吕斯眼前还有五个钟点。

只有一个办法。

他穿上那身勉强过得去的衣服,颈子上结一方围巾,拿起帽子,好像赤着脚在青苔上走路那样一点声息也没有,溜出去的。

而容德雷特大娘仍在废铁堆里乱翻乱捞。

出了大门,他便走向小银行家街。

在这条街的中段,有一道很矮的墙,墙上有几处是可以一步跨过去的,墙后是一片荒地。他一路心中盘算,从这地方慢慢走过,脚步声消失在积雪里。他忽然听见有人在他耳边细声谈话。他转过头去望,街上一片荒凉,不见有人,又是在大白天,他却明明听见有人在谈话。

他想起要把头伸到身边的墙头上去望望。

果然有两个人,背靠着墙,坐在雪里低声谈话。

那两个人的面孔是他从没见过的。一个生一脸络腮胡子,穿件布衫,一个留一头长发,衣服破烂。生络腮胡子的那个戴一顶希腊式的圆统帽,另一个光着头,雪花落在他的头发里。

马吕斯把脑袋伸在他们的头上面,可以听到他们所说的话。

留长发的那个用肘弯推着另一个说:

"有猫老板,不会出娄子的。"

"你以为?"那胡子说。接着留长发的那个又说:

"每人一张五百大头的票子,就算倒尽了霉吧,五年,六年,十年也就到了顶了。"

那一个伸手到希腊帽子下面去搔头皮,迟疑不决地回答:

"是呀,这东西一点不假。谁也不能说不想。"

"我敢说这次买卖不会出娄子,"留长发的那个又说,"那个老什么头的栏杆车还会套上牲口呢。"

接下去他们谈起前一晚在逸乐戏院看的一出音乐戏剧。

马吕斯继续走他的路。

他感到这两个人鬼鬼祟祟地躲在墙背后,蹲在雪里,说了那些半明不白的话,这也许和容德雷特的阴谋诡计不是没有关系的。"问题"便在这里了。

他向圣马尔索郊区走去,向最先遇到的一家铺子探听什么地方有警察的哨所。

人家告诉他蓬图瓦兹街十四号。

马吕斯向那里走去。

在走过一家面包店时,他买了两个苏的面包,吃了,估计到晚饭是不大靠得住的。

他一面走,一面感谢上苍。他心里想,他早上如果没有把那五法郎送给容德雷特姑娘,他早已去跟踪白先生的那辆马车了,因而什么也不会知道,也就没有什么能制止容德雷特两口子的暗害阴谋,白先生完了,他的女儿也一定跟着他一同完了。

十四　一个警官给了一个律师两拳头

到了蓬图瓦兹街十四号,他走上楼,要求见哨所所长。

"所长先生不在,"一个不相干的勤务说,"但是有一个代替他的侦察员。您要和他谈谈吗?事情急吗?"

"急。"马吕斯说。

勤务把他领进所长办公室。一个身材高大的人站在一道栅栏后面,紧靠着一个火炉,两手提着一件宽大的、有三层披肩的加立克大衣的下摆。那人生就一张方脸,嘴唇薄而有力,两丛浓厚的灰色鬢毛,形象极其粗野,目光能把你的衣服口袋翻转。我们不妨说那种目光不能穿透却会搜索。

这人神气的凶恶可怕,比起容德雷特来也差不了多少,有时我们遇见一头恶狗并不比遇见狼更放心。

"您要什么?"他对马吕斯说,并不称一声先生。

"是所长先生吗?"

"他不在。我代替他。"

"我要谈一件很秘密的事。"

"那么谈吧。"

"并且很紧急。"

"那么赶紧谈。"

这人,冷静而突兀,让人见了又害怕,又心安。他使人产生恐惧心和信心。马吕斯把经过告诉他,说一个他只面熟而不相识的人在当天晚上将遭到暗害;他说自己,马吕斯·彭眉胥,律师,住在那兽穴隔壁的屋子里,他隔墙听到了全部阴谋;说主谋害人的恶棍是个叫容德雷特的家伙;说这人还有一伙帮凶,也许是些便门贼,其中有个什么邦灼,又叫春天,又叫比格纳耶的;说容德雷特的两个女儿将担任把风;说他没有办法通知那被暗算的人,因为他连他的姓名也不知道;最后还说这一切都将在当晚六点动手,地点在医院路上最荒凉的地方,五〇一五二号房子里。

提到这号数时,侦察员抬起头,冷冷地说:

"那么是在过道底上的那间屋子里吧?"

"正是,"马吕斯说,他又加问一句,"您知道那所房子吗?"

侦察员沉默了一阵,接着,他一面在火炉口上烘他的靴子后跟,一面回答:

"表面的一点。"

他又咬着牙齿,不全是对着马吕斯,主要是对着他的领带,继续说:

"这里多少有点猫老板的手脚。"

这话提醒了马吕斯。

"猫老板,"他说,"对,我听到他们提到这个名称。"

于是他把在小银行家街墙背后雪地上一个长头发和一个大胡子的对话告诉了侦察员。

侦察员嘴里嘟囔着:

"那长头发一定是普吕戎,大胡子是半文钱,又叫二十亿。"

他又垂下了眼睑细想。

"至于那个老什么头,我也猜到了几分。瞧,我的大衣烧着了。这些倒霉的火炉里的火老是太旺。五〇一五二号。从前是戈尔博的产业。"

接着他望着马吕斯说:

"您只看见那大胡子和那长头发吗?"

"还看见邦灼。"

"您没有看见一个香喷喷的小个子妖精吗?"

"没有。"

"也没有看见一个又高又壮、长得像植物园的大象那样结结实实一大块的人吗?"

"没有。"

"也没有看见一个类似从前红尾那种模样的刁棍?"

"没有。"

"至于第四个,谁也没有见过,连他的那些帮手、同伙和喽啰也没见过。您没发现,那并不奇怪。"

"当然。这是些什么东西,这伙人?"马吕斯问。

侦察员继续说:

"并且这也不是他们的时间。"

他又沉默下来,随后说:

"五〇一五二号。我知道那地方。没办法躲在房子里而不惊动那些艺术家。他们随时都可以停止表演。他们是那么谦虚的!见了观众便扭扭捏捏。那样不成,那样不成。我要听他们歌唱,让他们舞蹈。"

这段独白结束以后,他转向马吕斯,定定地望着他说:

"您害怕吗?"

"怕什么?"

"怕这伙人。"

"不会比看见您更害怕些。"马吕斯粗声大气地回答,他开始注意到这探子还没有对他称过一声先生。

侦察员这时更加定定地望着马吕斯,堂而皇之地对他说:

"您说话像个有胆量的人,也像个诚实人。勇气不怕罪恶,诚实不怕官家。"

马吕斯打断他的话,说道:

"好吧,但是您打算怎么办?"

侦察员只是这样回答他:

"那房子里的住户都有一把路路通钥匙,晚上回家用的。您应当也有一把。"

"有。"马吕斯说。

"您带在身上了?"

"在身上。"

"给我。"侦察员说。

马吕斯从背心口袋里掏出他的钥匙,递了给侦察员,说:"您要是相信我的话,您最好多带几个人去。"

侦察员对马吕斯望了一眼,那神气仿佛是伏尔泰听到一个外省的科学院院士向他提供一个诗韵,他同时把两只粗壮无比的手一齐插进那件加立克大衣的两个宽大无比的口袋里,掏出两管小钢枪,那种叫做"拳头"的手枪,他递给马吕斯,干脆而急促地说:

"拿好这个。回家去,躲在您的屋子里。让别人认为您不在家。枪是上了子弹的。每支里有两粒。您注意看守。那墙上有个洞,您对我说过。那些人来了,让他们多少活动一下。当您认为时机已到,应当及时制止了,便开一枪,不能太早。其余的事,有我。朝空地方开一枪,对天花板,对任何地方,都行。特别留意,不能开得太早。要等到他们已开始行动后,您是律师,一定知道为什么要这样。"

马吕斯接了那两支手枪,塞在他上衣旁边的一个口袋里。

"这样鼓起一大块,别人能看出来,"侦察员说,"还是放在您背心口袋里好。"

马吕斯把两支枪分藏在两个背心口袋里。

"现在,"侦察员接着说,"谁也不能再浪费一分钟。什么时候了?两点半。他们要到七点才动手吧?"

"六点。"马吕斯说。

"我还有时间,"侦察员说,"但只有这一点时间了。您不要忘了我说的话。砰。一枪。"

"放心。"马吕斯回答。

马吕斯正伸手要拉门闩出去,侦察员对他喊道:

"我说,万一您在那以前还需要我,您来或是派人来这里找我就是。您说要找侦察员沙威就行了。"

十五　容德雷特采购用品

过了一会儿,将近三点钟,古费拉克在博须埃陪同下,偶然经过穆夫达街。雪下得更大了,充满了空间。博须埃正在向古费拉克说:

"见了这种成团的雪落下来,就会说天上有成千上万的白蝴蝶。"忽然,博须埃瞧见马吕斯在街心朝着便门向上走去,神气有些古怪。

"嘿!"博须埃大声说,"马吕斯!"

"我早看见了,"古费拉克说,"不用招呼他。"

"为什么?"

"他正忙着。"

"忙什么?"

"你就没看见他那副神气?"

"什么神气?"

"看来他是在跟一个什么人。"

"的确是。"博须埃说。

"你看他那双眼睛。"古费拉克接着说。

"可是他在跟什么鬼呢?"

"一定是个什么美美妹妹花花帽子!他正发情呢。"

"可是,"博须埃指出,"这街上我没看见有什么美美,也没有妹妹,也没有花花帽子。一个女人也没有。"

古费拉克仔细望去,喊道:

"他跟一个男人!"

确是一个男人,戴鸭舌帽的,走在马吕斯前面,相隔二十来步,虽然只望见他的背,却能看出他的灰白胡须。

那人穿一件过于宽大的全新大衣和一条破烂不堪、满是黑污泥的长裤。

博须埃放声大笑。

"这是个什么人?"

"这?"古费拉克回答,"是个诗人。诗人们常常爱穿收买兔子皮的小贩的裤子和法兰西世卿的骑马服。"

"我倒要看看马吕斯去什么地方,"博须埃说,"看看那人去什么地方,我们去跟他们,好吗?"

"博须埃!"古费拉克兴奋地说,"莫城的鹰!您真是个空前的捣蛋鬼。去跟一个跟人的人!"

他们返回往前走。

马吕斯确是看见了容德雷特在穆夫达街上走过,便跟在后面侦察他。

容德雷特在前面走,没想到已有只眼睛盯住他了。

他离开了穆夫达街,马吕斯看见他走进格拉西尔斯街上一栋最破烂的房子里,待了一刻钟左右又回到穆夫达街。他走进当年开设在皮埃尔-伦巴第街转角处的一家铁器店,几分钟过后,马吕斯看见他从那铺子里出来,手里拿着一把白木柄的钝口凿,往大衣下面藏。到了珀蒂-让蒂伊街口,他向左拐弯,急匆匆走到小银行家街。天色渐渐黑下来了,停过一会儿的雪又开始下起来。马吕斯隐藏在素来荒凉的小银行家街拐角的地方,没有再跟容德雷特走。他幸亏没有跟,因为容德雷特走近那道矮墙——刚才马吕斯听见长头发和大胡子说话的地方,忽然回转头来,看看有没有人跟踪,肯定没有人,他才跨过墙头,不见了。

墙背后的那片荒地通向一个最初以出租马车为业的人的后院,那人名声素来很坏,已经破产,不过在他那停车棚里还有几辆破车。

马吕斯想起,趁容德雷特不在家,赶快回去,比较稳妥。况且时间已经不早,每天下午,毕尔贡妈妈照例总在去城里洗碗以前,在将近黄昏时把大门锁上,马吕斯已把他的钥匙给了那侦察员,因此他必须赶快。

夜幕四合,天色几乎完全黑了,在辽廓的天边,只有一点是被太阳照着的,那便是月亮。

月亮的红光从妇女救济院的矮圆顶后面升起来。

马吕斯迈开大步赶回了五〇一五二号。他到家时,大门还开着。他踮起脚尖上了楼,再沿着过道的墙溜到自己的房门口。那过道两旁,我们记得,是些破房间,当时全空着待人来租。毕尔贡妈妈经常是让那些房门敞开着的。在走过那些空屋子门口时,马吕斯仿佛看见在其中的一间里有四个人头待着不动,被残余的日光透过天窗照着,隐隐约约有点发白。马吕斯怕引起注意,不便细看。他终于悄悄地回到了自己的屋子里,没有让别人看见。这也正是时候,不大一会儿,他便听见毕尔贡妈妈走了,大门也关上了。

十六 用一首流行于一八三二年的英国曲调改编的歌

马吕斯坐在自己的床上。当时大致是五点半钟。离动手的时间只有半个钟头了。他听见自己动脉管跳动的声音,正如人在黑暗中听到表响。他想到这时有两种力量正同时在暗中活跃。罪恶正从一方面前进,法律也正从另一方面到来。他不害怕,但想到即将发生的种种,也不能没有战栗之感。就像那些突然遭到一场惊人风险袭击的人们,这一整天的经过,对他也像是一场噩梦,为了向自己证实完全没有受到梦魇的控制,他随时需要伸手到背心口袋里去接受那两支钢手枪给他的冷的感觉。

雪已经不下了,月亮穿透浓雾,逐渐明朗,它的清光和积雪的白色反光交相辉映,给那屋子一种平明时分的景色。

容德雷特的穷窟里却有着光。马吕斯望见阵阵红光从墙上的窟窿里像鲜血似的射出来。

从实际观察,那样的光是不大可能由一支蜡烛发出的。况且,在容德雷特家里,没有一个人活动,没有一个人说话,声息全无,那里的寂静是冰冷和深沉的,要是没有这一点火光,马吕斯会以为他是在坟墓的隔壁。

他轻轻地脱下靴子,把它们推到床底下。

几分钟过后,马吕斯听到下面的门砰在斗里转动的声音,一阵沉重急促的脚步上了楼梯,穿过过道,隔壁门上的铁闩一声响,门就开了,容德雷特回来了。

立即有好几个人说话的声音。原来全家的人都在那破窝里,不过家长不在时谁也不吭气,正如老狼不在时的小狼群。

"是我。"他说。

"你好,好爸爸!"两个姑娘尖声叫起来。

"怎么说?"那母亲问。

"一切溜溜顺,"容德雷特回答,"只是我的脚冷得像冻狗肉一样。好。对的,你换了衣服。你得取得人家的信任,这是完全必要的。"

"我全准备好了,要走就走。"

"你没有忘记我教你的话吧?你全能做到?"

"你放心。"

"可是……"容德雷特说。他没有说完那句话。

马吕斯听见他把一件重东西放在桌上,也许是他买的那把钝口凿。

"啊,你们吃了东西没有?"

"吃了,"那母亲说,"我吃了三个大土豆,加了点盐。我利用这炉火烘熟的。"

"好,"容德雷特说,"明天我领你们一道去吃一顿。有全鸭,还有配菜。你们可以吃得像查理十世那样好。一切顺利!"

继又放低声音加上一句:

"老鼠笼已经打开了。猫儿也全到了。"

他把声音压得更低,说道:

"把这放在火里。"

马吕斯听到一阵火钳或其他铁器和煤块相撞的声音。容德雷特又说:

"你在门斗里涂上了油吧?不能让它出声音。"

"涂过了。"那母亲回答。

"什么时候了?"

"快六点了。圣美达刚敲过半点。"

"见鬼!"容德雷特说,"小的应当去望风了。来,你们两个,听我说。"

接着是一阵喁喁私语的声音。

容德雷特又提高嗓子说:

"毕尔贡妈走了吗?"

"走了。"那母亲说。

"你担保隔壁屋子里没有人吗?"

"他一整天没回来,你也知道现在是他吃晚饭的时候。"

"你拿得稳?"

"拿得稳。"

"没关系!"容德雷特又说,"到他屋子里去看看他是不是在家,总没有坏处。大姑娘,带支蜡烛去瞧瞧。"

马吕斯连忙两手两膝一齐着地,悄悄地爬到床底下去了。他在床下还没有蜷伏好,便看见从门缝里射来的光。

"爸,"一个人的声音喊着说,"他出去了。"

他听出是那大姑娘的声音。

"你进去看了没有?"她父亲问。

"没有,"姑娘回答,"他的钥匙在门上,那他一定是出去了。"

她父亲喊道:

"还是要进去看看。"

房门开了,马吕斯看见容德雷特大姑娘走进来,手里拿着一支蜡烛。她还是早上那模样,不过在烛光中显得更加可怕。

她直向床边走来,马吕斯一时慌到无可名状,但是在床边墙上,挂了一面镜子,她要去的是这地方。她踮起脚尖,对着镜子顾影自盼。隔壁屋子里传来一阵翻动废铁的声音。

她用手掌抹平自己的头发,一面对着镜子装笑脸,一面用她那破裂阴惨的嗓子轻轻地哼着:

> 我们的恩爱整整延续了八天,
> 但是幸福的时刻短得可怜!
> 相亲相爱八昼夜,快乐无边!
> 爱的时间,应当永远延绵!
> 应当永远延绵! 应当永远延绵!

可是马吕斯抖得厉害。他感到她不可能不听到他呼吸的声音。

她走到窗口,望着外面,用她所特有的半疯癫的神态大声说话。

"巴黎是真丑,当它穿上白衬衫的时候!"她说。

她又走到镜子跟前,再作种种怪脸,时而正面,时而四分之三的侧面,把自己欣赏个不停。

"怎么了!"她父亲喊,"你在那里干什么?"

"我在看床底下,看家具底下,"她一面理自己的头发,一面回答,"一个人也没有。"

"傻丫头!"她父亲吼了起来,"赶快回来!不要白费时间。"

"我就来! 我就来!"她说,"在他们这破窑里,老是急急忙忙,啥也干不成。"

她又哼着:

你撇下了我去追求荣誉,

我这碎了的心,将随时随地与你同行。

她对着镜子望了最后一眼,才走出去,随手关上了门。

过一会儿,马吕斯听到两个姑娘赤脚在过道里走路的声音,又听到容德雷特对她们喊:

"要好好留心!一个在便门这边,一个在小银行家街的角上。眼睛一下也不要离开这房子的大门。要是看见一点点什么,便赶快回来!四步当一步跑!你们带一把进大门的钥匙。"

大姑娘嘴里嘟囔着:

"大雪天还得光着脚板去放哨!"

"明天你们就有闪缎靴子穿!"那父亲说。

她们下了楼梯,几秒钟过后,下面的门砰的一声关上了,这说明她们已到了外面。

现在,房子里只剩下马吕斯和容德雷特两口子了,也许还有马吕斯在昏暗中隐隐望见过的、待在一间空屋子门背后的那几个神秘人物。

十七 马吕斯的五个法郎的用途

马吕斯认为重上他那瞭望台上的岗位的时刻已经到来。凭他那种年龄的轻捷劲儿,一眨眼,他便到了那墙上的小孔旁边。

他注视着。

容德雷特住处的内部呈现着一种奇特的景象,马吕斯还看出他刚才发现的那种怪光的来源,在一个起了铜绿的烛台上点了一支蜡烛,但是真正照亮那屋子的并不是蜡烛,而是一个相当大的铁皮炉子里的一满炉煤火,也就是容德雷特大娘在早上准备好的那个炉子,炉子放在壁炉里,煤火的反射光把那屋子照得雪亮,火烧得正旺,炉皮已被烧红,蓝色的火焰在炉里跳跃,使人容易看到容德雷特在皮埃尔-伦巴第街买来的那把钝口凿的形状,它正深深地插在烈火中发红。他还看见门旁角落里有两堆东西,一堆仿佛是铁器,一堆仿佛是绳子,都像是事先安排好,放在那里备用的。对一个不明内幕的人,这一切能使他的思想在一种极其凶险的和一种极为简单的想法之间徘徊。这火光熊熊的窟穴与其说像地狱口,不如说像锻冶房,可是那火光中的容德雷特不像是个铁匠,而是个魔鬼。

炉火的温度是那么高,使桌子上那支蜡烛靠炉子的半边熔了,烛芯在斜面上燃烧。壁炉上放着一个有掩光活门的旧铜灯笼,够得上供给变成卡图什的第欧根尼使用。

铁皮炉放在壁炉膛里几根即将熄灭的焦柴旁边,把它的煤气送进壁炉的烟囱,没有气味散开来。

白洁的月光穿过窗子的玻璃,照着那红光闪耀的穷窟,这对在斗争关口仍然诗情萦绕的马吕斯来说,竟好像是上苍的意图来与人间的噩梦相会。

从那玻璃碎了的窗格里吹进来的阵阵冷气,也有助于驱散煤味并隐蔽那火炉。

我们从前曾谈到过这所戈尔博老屋,读者如果还能回忆起,便会知道容德雷特这兽穴,选来作行凶谋害的场所、犯罪的地点是最恰当不过的。这是巴黎一条最荒僻大路上的一所最孤单的房屋里的那间最靠后的屋子。在这种地方,即使人间不曾有过绑架的暴行,也会有人创造出来的。

整所房子的进深和许多间没人住的空屋子把这兽穴从大路隔离开来,它惟一的窗户又正对着一片被围在砖墙和木栅栏里的大荒地。

容德雷特点燃了他的烟斗,坐在那张捅破了的椅子上吸烟。他的女人在和他低声谈话。

假使马吕斯是古费拉克,就是说,是个能在生活中随时发现笑料的人,见了容德雷特婆娘的模样就一定会忍俊不禁。她头上戴着一顶插满了羽毛的黑帽子,颇像那些参加查理十世祝圣大典的武士们所戴的帽子。在她那条棉线编结的裙子上面扎了一块花花绿绿的方格花纹的特大围巾,脚上穿的是一双男人鞋,也就是这天早上她女儿抱怨过的那双。正是这身打扮曾获得容德雷特的称赞:"好!你换了衣服!你得取得人家的信任,这是完全必要的!"

至于容德雷特本人,他一直没有脱掉白先生给他的那件过分宽大的全新外套,他这身衣服继续保持着大衣与长裤间的对比,也就是古费拉克心目中的所谓诗人的理想。

忽然,容德雷特提高了嗓子:

"正是!我想起了。像这种天气,他一定会乘马车来。你把这灯笼点起来,带着它下楼去。你去待在下面的门背后。你一听到车子停下来,便立刻打开门,他上来时,你一路替他照着楼梯和过道,等他走进这屋子,你赶快再下楼去,付了车钱,打发马车回去就是。"

"可是钱呢?"那妇人问。

容德雷特搜着自己的裤口袋,给了她一枚值五法郎的硬币。

"这是哪里来的?"她喊道。

容德雷特神气十足地回答:

"这是邻居今天早上给的那枚大头。"

他又接着说:

"你知道?这儿得有两把椅子才行。"

"干什么?"

"坐。"

马吕斯感到自己腰里一阵战栗,当他听到容德雷特大娘轻轻松松地回答:

"成!我去替你把隔壁人家的那两把找来就是。"

话没说完,她已开了房门,到了过道里。

马吕斯说什么也来不及跳下抽斗柜,再去躲在床底下。

"把蜡烛带去。"容德雷特喊道。

"不用,"她说,"不方便,我有两把椅子要搬。月亮照着呢。"

马吕斯听见容德雷特大娘的笨手在黑暗中摸索他的钥匙。门开了。他惊呆了,只好待在原处不动。

容德雷特大娘进来了。

从天窗透进一道月光,光的两旁是两大片黑影,马吕斯靠着的那堵墙完全在黑影中,因而隐没了他。

容德雷特大娘昂着脑袋,没有瞧见马吕斯,拿起马吕斯仅有的两把椅子走了,房门在她背后砰的一声又关上了。

她回到了那穷窟:

"两把椅子在这儿。"

"灯笼在那儿,"她丈夫说,"赶快下去。"

她连忙服从。容德雷特独自留下。

977

他把椅子放在桌子两旁,又把炉火里的钝口凿翻了个身,放了一道旧屏风在壁炉前面,遮住火炉,继又走到那放着一堆绳子的屋角里,弯下腰去,好像在检查什么。马吕斯这才看出他先头认为不成形的那一堆东西,原来是一条做得很好的软梯,结有一级级的木棍和两个挂钩。

这条混在废铁堆中堆在房门后面的软梯,和几件真像是大头铁棒的粗笨工具,早上还没有在容德雷特的屋子里,显然是下午马吕斯外出时,搬来放在那里的。

"这是些铁匠师傅的工具。"马吕斯想。

假使马吕斯在这方面阅历较多,他便会认出在他所谓的铁匠工具中,有某些撬锁撬门和某些能割能砍的工具,两大类盗贼们称之为"小兄弟"和"一扫光"的凶器。

壁炉、桌子和那两把椅子都正对着马吕斯。火炉被遮住了,屋子里只有那支蜡烛的光在照着,桌上或壁炉上的一点点小破烂也都投出高大的黑影。一只缺嘴水罐就遮没半边墙。屋子里的平静使人感到说不出的阴森可怕,感到有什么凶险的事即将发生。

容德雷特已让他的烟斗熄灭掉——思想集中的重要的迹象,并又转回头坐了下来。烛光把他脸上凶横和阴险的曲角突现出来。他时而蹙起眉头,时而急促地张开右手,仿佛是在对自己心中的密谋深算作最后的问答。在一次这样的反复暗自思量的过程中,他忽然拉开桌子的抽屉,把藏在里面的一把尖长厨刀取出来,在自己的指甲上试着刀锋。试过以后,又把那刀子放进抽屉,重行推上。

在马吕斯这方面,他也从背心右边的口袋里取出手枪,把子弹推进了枪膛。

手枪在子弹进膛的时候,发出了一下轻微清脆的声音。

容德雷特惊了一下,从椅子上欠身起来。

"谁呀?"他喊道。

马吕斯屏住呼吸,容德雷特细听了一阵,笑了起来,说道:"我真傻!是这板墙发裂。"

马吕斯仍把手枪捏在手里。

十八　马吕斯的两张椅子对面摆着

令人怅惘的钟声忽然从远处传来,震撼着窗上的玻璃。圣美达正敲六点。

容德雷特用脑袋数着钟声,一响一点头。第六响敲过以后,他用手指掐熄了烛芯。

接着他在屋子里踱来踱去,细听过道里的动静,听听走走,走走又听听。他嘴里嘟囔着:"只要他真肯来!"随后他又回到椅子边。

他刚坐下,房门开了。

容德雷特大娘推开房门,自己留在过道里,掩光灯上的一个窟窿眼儿从下面照着她那副满脸堆笑的丑态。

"请进吧,先生。"她说。

"请进,我的恩人。"容德雷特连忙站起来跟着说。

白先生出现了。

他神态安详,使他显得异样地庄严可敬。

他拿四个路易放在桌上。

"法邦杜先生,"他说,"这是给您付房租和应急的。以后我们再说。"

"天主保佑您,我的慷慨的恩人!"容德雷特说,随即又连忙走近他女人身边说道:

"把马车打发掉!"

她悄悄地退了出去。她丈夫在白先生跟前极尽恭敬殷勤,扶着一把椅子请他坐下。过一会儿,她回来了,在他耳边低声说:

"成了。"

从早不断落下的雪已积得那么厚,没人听到马车来,也没人听到马车走。

这时白先生已经坐下。

容德雷特占了白先生对面的那把椅子。

现在,为了对以后的情节能有一个概念,希望读者能从自己心中想象出一个严寒的夜晚,妇女救济院那一带荒凉地段全盖满了雪,在月光中,白得像一幅漫无边际的殓尸布,稀疏的路灯把那些阴惨惨的大路和长列的黑榆树映成了红色,在周围四分之一法里以内,也许一个行人也没有,戈尔博老屋寂静、黑暗,可怕到了极点,在这老屋里,在这凄凉昏黑的环境中,惟有容德雷特的那间空阔屋子里点着一支蜡烛,两个男人在这穷窟里坐在一张桌子的两旁,白先生神色安详,容德雷特笑容可掬而险恶骇人,他的女人,那头母狼,待在一个屋角里。隔墙背后,隐着马吕斯,他立着不动,不动声色,不漏掉一句话,不漏掉一个动作,眼睛窥察,手捏着枪。

马吕斯只受到鄙视心情的激动,毫不畏怯。他紧捏着枪柄,满怀信心。他心里想道:"这坏蛋,我随时都可以制伏他。"

他还觉得警察已埋伏在左近,等待着约好的信号,准备一齐动手。

此外,他还希望从容德雷特和白先生这次凶险的遭遇中透露出一点消息,使他能够知道他所怀念的一切。

十九 提防暗处

白先生刚坐下,便转眼去望那两张空着的破床。

"那可怜的小姑娘,受了伤,现在怎样了?"他问。

"不好,"容德雷特带着苦恼和感激的笑容回答,"很不好,我的高贵的先生。她姐领她到布尔白包扎去了。您回头就能看见她们,她们马上便要回来的。"

"法邦杜夫人好像已经好些了?"白先生又问,眼睛望着容德雷特大娘那身奇装异服,这时她正站在他和房门之间,仿佛她已开始在把住出口,摆出一副威胁的、几乎是战斗的架势注视着他。

"她快咽气了,"容德雷特说,"但是有什么办法呢,先生?这女人,她素来是那么顽强的!这不是个女人,是一头公牛。"

容德雷特大娘,深受这一赞扬的感动,像一条受到拂弄的怪兽,装腔作势地大声嚷道:

"你对我老爱过分夸奖,容德雷特先生!"

"容德雷特,"白先生说,"我还以为您的大名是法邦杜呢。"

"法邦杜,又叫容德雷特!"她丈夫赶紧声明,"艺术家的艺名!"

同时,对他女人耸了一下肩头,白先生却没有看见,接着他又改用紧张激动而委婉动听的语调往下说：

"啊！可不是么，我和我这可怜的好人儿之间是一向处得很欢的！要是连这一点情分也没有，我们还能有什么呢！我们的日子过得太苦了，我的可敬的先生！我有胳膊，却没有工作！我有心，却没有活计！我不知道政府是怎样安排这些事的，但是，我以我的人格担保，先生，我不是雅各宾派，先生，我不是布桑戈派，我不埋怨政府，但是如果我当了大臣，说句最神圣的话，情况就会不一样。比方说，我原想让我的两个女儿去学糊纸盒子的手艺。您也许要对我说：'怎么！学一种手艺？'是呀！一种手艺！一种简单的手艺！一种吃饭本领！多么丢人，我的恩人！回想起我们从前的情况，这是何等的堕落！唉！我们当年兴盛时期的陈迹一点也没能留下来。只剩下一件东西，一幅油画，是我最舍不得的，却也可以忍痛出让，因为，我们得活下去，无论如何，我们总得活下去呀！"

容德雷特显然是在胡诌，虽然语无伦次，从他的面部表情看，却仍然是心里有底和机灵的，这时，马吕斯抬起眼睛，忽然发现屋子的底里多了一个人，是他先头不曾见过的。这人刚进来不久，他动作那么轻，因而没人听见门枢转动的声音。他穿一件针织的紫色线背心，已经破旧，满是污迹，皱褶处都裂着口，下面是一条宽大的棉绒长裤，脚上套一双垫木鞋用的布衬鞋，没有衬衫，露着颈脖，光着两条刺了花纹的胳膊，脸上抹了黑。他一声不响地叉着手臂坐在最近的那张床上，由于他坐在容德雷特大娘后面，别人便不大能看见他。

白先生在那种触动视觉的磁性直觉的影响下，几乎和马吕斯同时转过头去。他不期而然地作了一个惊讶的动作，容德雷特立即看出来了。他以殷勤讨好的姿态扣着身上的衣

扣,大声说道:

"啊!我知道!您在看您这件大衣吧?我穿得很合身!的确,我穿得很合身!"

"这是个什么人?"白先生说。

"这?"容德雷特说,"是个邻居。您不用管他。"

那邻居的模样却有些特殊。当时在圣马尔索郊区有不少化工厂,许多工人的脸确是熏黑了的。白先生对人也处处表现出一种憨直无畏的信心。他接着说:

"对不起,法邦杜先生,您刚才在和我谈什么呀?"

"我刚才在和您谈着,先生,亲爱的保护人,"容德雷特说下去,同时把两肘支在桌上,用固定而温柔的眼睛,像一条大蟒似的注视着白先生,"我刚才在和您谈到一幅想出卖的油画。"

房门轻微响了一下。又进来一个人,走去坐在床上,容德雷特大娘的后面。这第二个人,和第一个一样,也光着胳膊,还戴着一个涂了墨汁或松烟的面具。

这人尽管是溜进来的,却没办法不让白先生发觉。

"您不用理会,"容德雷特说,"都是些同屋住的人。我刚才说,我还有一幅油画,一幅珍贵的油画……先生,您来瞧瞧吧。"

他站起来,走到墙边,把我们先头提到过的那画幅,从墙根前提起翻过来,仍旧把它靠在墙上。那确是一种像油画似的东西,烛光多少也照着它。马吕斯一点也瞧不清楚,因为容德雷特正站在画和他之间,他只隐约望见一种用拙劣手法涂抹出来的东西,上面有一个主要的人物形象,色彩生硬刺目,类似那种在市集上叫卖的图片或屏风上的绘画。

"这是什么东西?"白先生问。

容德雷特赞不绝口:

"这是一幅名家的手笔,一幅价值连城的作品,我的恩人!对我来说,它是和我的两个闺女一样宝贵的,它使我回忆起不少往事!但是,我已经向您说过,现在仍这么说,我的境遇太困苦了,因而我想把它卖掉……"

也许是出于偶然,也许是由于开始有了戒心,白先生的眼睛尽管看着那油画,却也在注意那屋子的底里。这时,已经来了四个人,三个坐在床上,一个站在门框边,四个全光着胳膊,呆着不动,脸上抹了黑。在床上的那三个人中,有一个靠在墙上,闭着眼睛,好像睡着了。这是个老人,黑脸白头发,形状骇人。其他两个还年轻,一个有胡须,一个披着长发。没有一个人穿皮鞋,不是穿着布衬鞋,便光着脚底板。

容德雷特注意到白先生的眼睛老望着这些人。

"这是些朋友,挨着住的人。"他说,"他们脸上乌黑,是因为他们整天在煤堆里干活。他们是通烟囱的。您不用管他们,我的恩人,还是买我的这张油画吧。您发发慈悲,搭救我这穷汉。我不会向您讨高价的。您看它能值多少呢?"

"可是,"白先生,像个开始戒备的人那样,瞪着眼,正面望着容德雷特说,"这是一种酒铺子的招牌,值三个法郎。"

容德雷特和颜悦色地回答:

"您的钱包带来了吧?我只要一千埃居就够了。"

白先生直立起来,靠墙站着,眼睛很快地向屋子四面扫了一遍。他有容德雷特在他左边,靠窗的一面,容德雷特大娘和那四个男人在他右边,靠门的一面。那四个男人没有动,甚至好像没有看见他似的,容德雷特又开始带着可怜巴巴的声音唠叨起来,他的眼睛是那样迷迷瞪瞪,语调是那么凄惨,几乎使白先生认为在他眼前的只不过是一个穷到发疯的人。

"亲爱的恩人,假使您不买我这幅油画,"容德雷特说,"我没有路走,便只好去跳河了。当我想到我只一心指望我的两个女儿能学会糊那种半精致的纸盒,送新年礼物的那种纸盒。可是!总得先有一张那种靠里有块挡板的桌子,免得玻璃掉到地上,也非得有一个专用的炉子,一个那种隔成三格的钵子,用来盛各种密度不同的糨糊,有的是糊木皮的,有的是糊纸或糊布料的,也还得有一把切硬纸板的刀,一个校正纸板角度的模子,一个钉铁件的锤子,还有排笔,和其他的鬼玩意儿,我哪能知道那么多呢,我?而这一大摊子只是为了每天挣四个苏!还得工作十四小时!每个盒子在一个工人的手里得经过十三道工序!又得把纸弄潮!又不许弄上迹印!又不能让浆糊冷掉!说不完的鬼名堂,我告诉您!每天四个苏!您要我们怎么活下去?"

容德雷特只顾往下说,白先生注意地望着他,他却不望白先生。白先生的眼睛盯在容德雷特身上,容德雷特的眼睛老瞟着房门。马吕斯心跳气急,来回注视着他俩。白先生似乎在想:这难道是个痴子不成?容德雷特用种种有气无力、哀求诉苦的声调,接二连三地说着:"我只有去跳河,没有其他办法了!前些日子,在奥斯特里茨桥附近的河岸上,我已经朝水里走下去过三步!"

忽然,他那双阴沉沉的眼睛一下子突然亮了,冒着凶狠的光焰,这小子竖起来了,气势汹汹逼人,向着白先生走上一步,像炸雷似的对他吼道:

"这全是废话!你可认得我?"

二十　陷　害

穷窟的门突然开了,出现三个男子,身上穿着蓝布衫,脸上戴着黑纸面具。第一个是个瘦子,拿着一根裹了铁的粗木棒。第二个是一种彪形大汉,倒提着一把宰牛的板斧,手捏在斧柄的中段。第三个,肩膀宽阔,不像第一个那么瘦,不像第二个那么壮,把一把从监狱门上偷来的奇大的钥匙紧捏在拳头里。

容德雷特等待的大概就是这几个人的到来。他急忙和那拿粗木棒的瘦子问答了几句话。

"全准备好了?"容德雷特问。

"全准备好了。"那瘦子回答。

"巴纳斯山呢?"

"小伙子在和你的闺女谈话。"

"哪一个?"

"老大。"

"马车在下面了?"

"在下面了。"

"那栏杆车也套上了牲口?"

"套好了。"

"是两匹好马吧?"

"最好的两匹。"

"在我指定的地方等着吗?"

"是的。"

"好。"容德雷特说。

白先生脸色苍白。他好像已意识到自己的处境,切实注意着那屋子里在他四周的一切,他的头在颈子上慢慢转动,以谨慎惊讶的神情,注视着那些围绕他的每一个脑袋,但是绝没有一点畏怯的样子。他把那张桌子当作自己的临时防御工事,这人,刚才还只是个平易近人的好老头,却一下子变成了一个赳赳武夫,把两只粗壮的拳头放在他那椅背头上,形态威猛惊人。

这老者,在这样一种危险关头,还那么坚定,那么勇敢,想必是出于那种因心善而胆益壮,临危坦然无所惧的性格。我们绝不会把衷心爱慕的女子的父亲当作路人。马吕斯觉得自己在为这个相见不相识的人感到骄傲。

那三个光着胳膊、被容德雷特称为"通烟囱的"的人,从那废铁堆里,一个拣起了一把剪铁皮用的大剪刀,一个拣了一根平头短撬棍,另一个拣了个铁锤,全一声不响地拦在房门口。老的那个仍旧待在床上,只睁了一下眼睛。容德雷特大娘坐在他旁边。

马吕斯认为只差几秒钟便是应当行动的时候了,他举起右手,朝过道的一面,斜指着天花板,准备随时开枪。

容德雷特和拿粗木棒的人密谈过后,又转向白先生,带着他特有的那种低沉、含蓄、可怕的笑声,再次提出他的问题:

"难道你不认得我吗?"

白先生直对着他的脸回答:

"不认得。"

于是容德雷特一步跨到桌子边,身躯向前凑到蜡烛的上面,叉着手臂,把他那骨角外凸、凶形恶状的下巴伸向白先生的脸,尽量逼近,正像一头张牙待咬的猛兽,白先生却泰然自

若,纹丝不退。他在这种姿势中大声吼道:

"我并不叫法邦杜,也不叫容德雷特,我叫德纳第!我就是孟费郿的那个客店老板!你听清楚了吧?德纳第!你现在认得我了吧?"

白先生的额上起了一阵不显著的红潮,他以一贯的镇静态度,声音既不高,也不抖,回答说:

"我还是不认得。"

马吕斯没有听到这回答。谁要是在这时在黑影中看见了他,就能见到他是多么惶惑、呆傻、惊慌。当容德雷特说着"我叫德纳第"时,马吕斯的四肢一下全抖了起来,他连忙靠在墙上,仿佛感到有一把利剑冷冰冰地刺穿了他的心。接着,他的右臂,原要开枪告警的,也慢慢垂了下来,当容德雷特重复着说"你听清楚了吧?德纳第!"时,他那五个瘫软了的手指几乎让手枪落了下来。容德雷特在揭露自己时,没有惊扰白先生,却把马吕斯搞得六神无主。德纳第这名字,白先生似乎不知道,马吕斯却知道。让我们回忆一下,这名字对他意味着什么!这名字,是他铭篆在心的,是写在了他父亲的遗嘱上的!这名字,是印在他思想的深处,记忆的深处,载在那神圣的遗训中的:"一个叫德纳第的人救了我的命。我儿遇见他,望尽力报答他。"这名字,我们记得,是他灵魂所倾倒的对象之一,是和他父亲的名字并列在一起来崇拜的。怎么!在眼前的便是德纳第,在眼前的便是他这么多年来寻求不着的那位孟费郿的客店老板!他到底遇见他了,可真是无奇不有!他父亲的救命恩人竟会是一个匪徒!他,马吕斯,一心希望舍命报答的这个人竟会是一个魔怪!搭救彭眉胥上校的那位义士竟在干着犯罪的勾当,马吕斯虽然还闹不清楚他打算干的究竟是什么,但却已具有谋财害命的迹象了!况且是谁的命呵,伟大的上帝!这遭遇太险恶了!命运也未免太捉弄人了!他父亲从棺材中命令他尽力报答德纳第,四年来,马吕斯惟一的思想便是要为他父亲了清这笔债,可是,正当他要用法律的力量逮捕一个行凶匪徒的时候,命运却向他吼道:"这是德纳第!"在壮烈的滑铁卢战场上他父亲的生命,被人从弹雨中救出来,他正可以对这人偿愿报恩了,却又报以断头台!他私自许下的心愿是,一旦找到了这位德纳第,他一定要在相见时拜倒在他的膝前,现在他果然找到了,但又把他交给刽子手!他父亲对他说:"救德纳第!"而他以消灭德纳第的行动来回答自己所爱慕的这一神圣的声音!他父亲把冒着生命危险把他从死亡中拯救出来的这个人托付给他马吕斯,现在却要他父亲从坟墓中望着这人在他儿子的告发下被押到圣雅克广场上去受极刑!多少年来,他一直把他父亲亲笔写下的最后愿望牢记在心,却又背弃遗训,反其道而行之,这将是多么荒唐可笑!但是,在另一方面,眼见这场谋害而不加以制止!怎么!坐视受害人受害并听凭杀人犯杀人!对这样一个恶棍,难道能因私恩而缩手?马吕斯四年来所有的种种思想全被这一意外搅乱了。他浑身战栗。一切都取决于他。他一手掌握着这些在他眼下纷纷扰扰的人,虽然他们全不知道。假使他开枪,白先生能得救,德纳第却完了;假使他不开枪,白先生便遭殃,并且,谁知道?德纳第逃了。镇压这一个,或是让那一个去牺牲!他都问心有愧。怎么办?怎么选择?背弃自己素来引以自豪的种种回忆,背弃自己在心灵深处私自许下的种种诺言,背弃最神圣的天职,最庄严的遗言!背弃他父亲的遗嘱,要不就纵容罪行,让它成功!他仿佛一方面听见"他的玉秀儿"在为她的父亲向他央求,一方面又听见那上校在叫他照顾德纳第。他觉得自己疯了。他的两个膝头直往下沉。他甚至没有充分时间来仔细思考,因为他眼前的事态正在疯狂地向前演变。那好像是一阵狂澜,他自以为居于操纵着它的地位,其实已处于被动。他几乎昏了过去。

德纳第——我们以后不再用旁的名字称呼他了——这时却在桌子前面踱来踱去,既茫然不知如何是好,又得意到发狂。

他一把抓起烛台,砰的一下把它放在壁炉上,他用力是那么猛,使烛芯几乎熄灭,烛油也飞溅到了墙上。

接着,他转向白先生,龇牙咧嘴地狂叫着:

"火烧的!烟熏的!千刀万剐的!抽筋去骨的!"

跟着他又来回走动起来,暴跳如雷地吼道:

"啊!我到底找着你了,慈善家先生,穿破烂的百万富翁!送泥娃娃的大好佬!装蒜的傻老头!啊!你不认得我!当然不会认得我!八年前,一八二三年的圣诞前夕来到孟费郿,到我那客店里来的不是你!从我家里把芳汀的孩子百灵鸟拐走的不是你!穿一件黄大氅的不是你!不是!手里还提一大包破衣烂衫,就和今早来到我这里一样!喂,我的妻!这个老施主,他走人家,手里不拿几包毛线袜,好像就不过意似的!百万富翁先生,敢情你是衣帽店老板!你专爱把你店里的底货拿来送给穷人,你这圣人!你的把戏算耍得好!啊!你不认得我?可我,我认得你!你这牛头一钻进这地方,我便立刻把你认出来了。啊!你现在总学到了乖了吧,像那样随随便便跑到别人家里去,借口是住客店,穿上旧衣服,装穷酸相,一个苏也肯要的样子,欺瞒人家,摆阔气,骗取人家的摇钱树,还要在树林里进行威吓,不许人家带回去,等到人家穷下来了,便送上一件大得不成样子的外套和两条医院用的蹩脚毯子,老光棍,拐带孩子的老贼,你现在总学到乖了吧,你的这一套不一定要得成!"

他停下了,好像是在对自己说着什么。他的那股厉气平息下去了,有如大河的巨浪泻进了落水洞,随后,好像是要大声结束他刚才低声开始的那段对自己说的话,他一拳捶在桌上吼道:

"还带着他那种老好人的样子!"

他又指着白先生说:

"说正经的!你当初开过我的玩笑。你是我的一切苦难的根子!你花一千五百法郎把我的一个姑娘带走了,这姑娘肯定是什么有钱人家的,她已替我赚过许多钱,我本应好好靠她过一辈子的!在我那倒霉的客马店里,别人吃喝玩乐,可我,像个傻子,把我的一切家当全赔进去了,我原要从那姑娘身上全部捞回来的!呵!我恨不得那些人在我店里喝下去的酒全都是毒药!这些都不用提了!你说说!你把那百灵鸟带走的时候,你一定觉得我是个傻瓜蛋吧!在那树林里,你捏着一根哭丧棍!你比我狠。一报还一报。今日却是我捏着王牌了!你玩完了,我的好老头!啊呀,我要笑个痛快。说真话,我要笑个痛快!这下子他可落在圈套里了!我对他说,我当过戏剧演员,我叫法邦杜,我和马尔斯小姐、缪什小姐演过喜剧,明天,二月四号,我的房东要收房租,可他一点也没看出来,限期是二月八号,并不是二月四号!傻透了的蠢材!他还带来这四个可怜巴巴的菲力浦①！坏种！他连一百法郎也舍不得凑足！再说,我的那些恭维话说得他心里好舒服哟！真有意思。我心里在想:'冤桶！这下子,我逮住你了！今天早晨我舔了你的爪子,今天晚上,我可要啃你的心了！'"

德纳第停了下来。他的气喘不过来了。他那狭窄的胸膛,像个熔炉上的风箱,不断起伏。他的眼睛充满了那种下贱的喜色,也就是一个无能、不义、凶残成性的人在有机会践踏和侮辱他所畏惧过、谄媚过的对象时具有的那种喜色,一个能把脚跟踩在巨人头上的侏儒的欢乐,一只豺狗在开始撕裂一头病到已不能自卫、却还有知觉感受痛苦的雄牛时的欢乐。

白先生不曾打断过他的话,只是在他住嘴时,才向他说:

"我不知道您要说的是什么。您弄错了。我是一个很穷的人,远不是个百万富翁。我不认得您。您把我当作另一个人了。"

"啊！"德纳第语不成声,"你真会胡扯！你坚决要开玩笑！你是在自欺欺人,我的老朋友！啊！你想不起来吗？你看不出我是谁吗？"

"对不起,先生,"白先生以一种在这种时刻难免显得很奇特有力的斯文口吻回答,"我看得出您是个匪徒。"

谁也了解,卑鄙的人同样也有自尊心,妖魔鬼怪也爱听恭维话。提到匪徒这两个字,那德纳第的女人从床上跳下来了,德纳第抓住了他的椅子,好像要把它捏碎。"不许动,你！"他

---

① 菲力浦,就是值二十法郎的路易。

对他的女人吼道,继又转向白先生:

"匪徒!对,我知道你们这些有钱人是这样称呼我们的!可不是!确是这样,我破了产,我躲了起来,我没有面包,我连个苏都没有,我是个匪徒!我已经三天没吃东西了,我是个匪徒!啊!至于你们,你们烘脚,你们穿沙可斯基式的轻便鞋,你们穿那种舒适的大衣,同有些大主教一样,你们住在有门房的房子的二层楼上,你们吃蘑菇,你们吃那种在正月里要卖四十法郎一扎的龙须菜,你们用青豌豆来填脖子,当你们要知道天气冷不冷,你们只消到报纸上去找舍华列工程师的寒暑表的记录。我们呢!我们自己便是寒暑表!我们用不着跑到河沿钟楼角上去看冷到多少度,我们自己知道血管里的血在冻结,冰已进入心脏,我们说:'上帝是不存在的!'你现在却来到我们的洞里,是呀,我们的洞里,来叫我们匪徒!但是我们会把你吃掉!我们这些穷小子,会把你吞下去!百万富翁先生!你应当懂得这一点:我是个经营过事业的人,我领到过执照,我当过选民,我是个绅士,我!而你,你却不一定是!"

说到这里,德纳第朝那几个守在房门口的人跨上一步,浑身发抖地说道:

"当我想到他竟敢跑来把我当做一个补破鞋的看待!"

随后又以更加狂暴的气势对着白先生说:

"慈善家先生!你也还应该懂得这一点:我不是一个来历不明的人,我!我不是一个那种没名没姓跑到人家家里去拐带孩子的人!我是一个法兰西的退伍军人,我本应得到一个勋章!我参加过滑铁卢战役,我!我在那次战斗中救出过一个叫做什么伯爵的将军!他曾把他的名字告诉我;但是他那狗声音是那么小,因而我没有听清楚。我只听到什么'眉胥'①。我宁愿知道他的名字,不在乎他谢不谢。知道了名字,我便有办法找到他。你看见的这张油画是大卫在布鲁塞尔②画的,你知道他画的是谁吗?他画的是我。大卫要让这一英勇事迹永垂不朽。我背上背着那位将军,把他从炮火中救出来。经过就是这样。那位将军,他从来没有为我做过一点什么事,他并没有什么地方比其他的人好些!我却没有因此就不冒生命的危险去救他的命,我的口袋里装满证件。我是滑铁卢的一名战士,他妈的上帝!现在,我没有嫌麻烦,已把这一切告诉了你,言归正传,我要钱,我要许多钱,我要大量的钱,要不,我就要你的命,慈悲上帝的雷火!"

马吕斯已能稍稍控制他的焦虑心情,他在静听着。最后的一点疑云已经消散,这人确是遗嘱里所指的那个德纳第了。马吕斯听到他责备他父亲有恩不报,不禁浑身战栗,内心万分痛苦,几乎要承认那种责备是对的。因此他更感到左右为难,不知所措了。并且,在德纳第所说的那一切话里,在那种语调、那种姿势、那种使每一个字都发出火焰的眼神里,在一个性情恶劣的人的这种和盘托出的爆发里,在这种夸耀和猥琐、傲慢和卑贱、狂怒和傻乐的混合表现里,在这种真悲愤和假感情的搀杂现象里,在一个陶醉于逞凶泄愤的欢畅滋味中的这种狂妄行为里,在一个丑恶心灵的这种无耻的暴露里,在一切痛苦和一切仇恨的这种汇合里,也确有一种像罪恶一样不堪注目,像真情一样令人心酸的东西。

~~~~~~~~~~~~~~~~~~~~

① "眉胥",原文是"merci"(谢谢),和"Pontmercy"(彭眉胥)的后面两个音节发音相同。
② 布鲁克塞尔,比利时首都布鲁塞尔的误读。

他要求白先生收买的那幅所谓名家手笔,大卫的油画,读者已经猜到,只不过是他从前那客马店的招牌,我们记得,是他自己画的,是他在孟费郿破产时留下来的惟一的破烂。

由于他这时没有挡住马吕斯的视线,马吕斯能细看那货色了,他果真看出涂抹在那上面的是一个战场,远处是烟,近处是一个背上背着一个人的人。那两个人便是德纳第和彭眉胥,救人的中士和被救的上校。马吕斯好像醉了似的,他仿佛看见他的父亲在画上活了起来,那已不是孟费郿酒店的招牌,而是死者的复活,墓石半开,亡魂起立了。马吕斯听见自己的心在太阳穴里卜卜地响,他耳朵里有滑铁卢的炮声,他父亲隐隐约约出现在那丑恶的画面上,流着血,神色仓皇,他仿佛看见那个不三不四的形象在定定地望着他。

德纳第,当他气息平复以后,把他一双血红的眼睛盯着白先生,轻声干脆地对他说:

"你有什么要说的吗,在我们请您干几杯以前?"

白先生没有作声。在这沉寂当中,有一个破嗓子从过道里发出了这么一句阴森的玩笑话:

"假使要砍木头,有我在!"

是那个拿板斧的人在寻开心。

同时,一张毛茸茸、黑不溜秋的大宽脸咧着嘴从门口笑着进来,形状骇人,露着满嘴的獠牙。

这便是那个拿板斧的人的脸。

"你为什么把脸罩取掉?"德纳第对他暴跳如雷大吼起来。

"笑起来方便。"那人回答。

已经好一会儿了,白先生似乎一直在密切注意着德纳第的每一个动作,而德纳第却已被他自己的冲天怒气搞得头晕眼花,老在那穷窟里来回走动,满以为可以万无一失,房门有人把守住了,他们人人有武器,被逮的人却手无寸铁,并且是以九个人对付一个人,假定德纳第大娘只算是一个人的话。当他斥责那个拿板斧的人时,他的背是对着白先生的。

白先生趁这机会,一脚踢开椅子,一拳推开桌子,一个纵步,轻捷得出奇,德纳第还没有来得及转身,他已到了窗口。开窗,跳上窗台,跨出窗外,那只是一秒钟的事。他已经半截身子到了外面,六只强壮的手一齐抓住了他,又使劲把他拖回那穷窟里。跳上去抓他的人是那三个"通烟囱的"。德纳第大娘也同时揪住了他的头发。

其他的匪徒,听到众人蹿动的声音,全从过道里跑来了。那个躺在床上、仿佛喝醉了酒的老头从床上跳下来,手里捏一个修路工人用的铁锤,和大家站在一道。

蜡烛正照着那几个"通烟囱的"中的一个,尽管他脸上抹了黑,马吕斯仍认出那人就是邦灼,又叫春天,又叫比格纳耶的,这人把一根那种在铁杆两端装了两个铅球的闷棍举在白先生的头顶上。

马吕斯见到这情况,实在忍不住了。他私自说道:"我的父亲,请原谅我!"同时他的手指也在找手枪的扳机。正要开枪时,他又听见德纳第喊道:

"不要伤害他!"

受害人这次所作的挣扎,不但没有激怒德纳第,反而使他镇静下来了。他原是由两个人构成的,一个凶横的人和一个精明的人。直到这时,在他踌躇满志的情况下,在受害人束手无策、不动弹的时候,支配着他的是那个凶横的人;现在受害人挣扎起来了,并且似乎要斗争,那精明的人便又出现并占了上风。

"不要伤害他!"他又说了一次。他这话的最直接的效果,这是他不知道的,是把那待发的枪声止住了,并软化了马吕斯,在马吕斯看来,紧急关头已过,在新形势面前再观望一下,丝毫没有不妥的地方。谁知道不会出现什么机会能把他从无法使玉秀儿的父亲和上校的救命恩人两全的难题中拯救出来呢?

一场恶斗开始了。当胸一拳,白先生把那老头送到了屋子中间去乱滚,接着就是两个反巴掌把两个对手打倒在地上,两个膝头各压住了一个;那两个无赖,处在这种压力下,好像被石磨压住了似的,只有呻吟的份儿;但是其余那四个抓住了这勇猛非凡的老人的臂膀和后颈,把他压服在那两个被压的"通烟囱的"身上。这样,既制人,又为人所制,既压着在他下面的人,又被在他上面的人所扼住,尽力挣扎而无法摆脱堆在他身上的力量,白先生消失在那一群横蛮的匪徒下面了,正如一头野猪消失在一堆怪叫的猎狗下面。

他们终于把他掀翻在最近窗口的那张床上,使他动弹不得。德纳第大娘一直没有放松他的头发。

"你,"德纳第说,"不用你管。小心撕破你的围巾。"

德纳第大娘放了手,好像母狼服从公狼,咬着牙低声咆哮了一阵。

"你们,"德纳第又说,"搜他身上。"

白先生仿佛已放弃了抵抗的念头。大家上去搜他身上。他身上只有一个皮荷包和一条手绢,荷包里盛着六个法郎,再没有旁的东西。

德纳第把手绢揣在自己的衣袋里。

"怎么！没有票夹子？"他问。

"也没有表。"一个"通烟囱的"回答。

"没有关系，"那个脸上戴了面具、手里捏着一把大钥匙的人用肚子里的声音阴阴地说，"这是个老滑串子！"

德纳第走到门角落里，拿起一把绳子，丢向他们。

"把他捆在床脚上。"他说。继又望着那个被白先生一拳打倒、直挺挺躺在屋子中间不动的老头：

"蒲辣秃柳儿是不是死了？"他问。

"没有死，"比格纳耶回答，"他喝醉了。"

"把他扫到屋角里去。"德纳第说。

两个"通烟囱的"用脚把那醉汉推到了那堆废铁旁边。

"巴伯，你为什么带来了这么多的人？"德纳第低声问那拿粗木棒的人，"用不着这样。"

"我不好办，"拿粗木棒的人回答，"他们全要插一手。这季度清淡，找不着买卖。"

白先生躺着的那张床是医院里用的那种粗木床，四只床脚都几乎没有好好加工过。白先生任他们摆布。匪徒们要他立在地上，牢牢地把他绑在离窗口最远、离壁炉最近的床脚上。

最后一个结打好了，德纳第拿了一把椅子，走来坐在白先生的斜对面。德纳第已不像他原来的样子，他的面容已从凶横放肆慢慢转为温和安静而狡猾。马吕斯很不容易从这斯文人的笑容里认出那张近似猛兽、刚才还唾沫横飞的嘴。他望着这一奇怪、令人不安的转变，为之骇然，他的感受正如一个人看到一只老虎变成了律师。

"先生……"德纳第说。

同时他做个手势叫那些还抓住白先生的强盗走开：

"你们站远一点，让我和这位先生谈谈。"

大家一齐退向门口。他接着说：

"先生，您打错主意了，您不该想到要跳窗子。万一折断一条腿呢？现在，假使您允许，我们来心平气和地谈谈。首先，我应当把我注意到的一个情况告诉您，那就是您直到现在还没有喊过一声。"

德纳第说得对，这一细节是实在的，尽管马吕斯在慌乱中没能察觉出来。白先生只稍稍说过几句话，并且没有提高过嗓子，更怪的是，即使是在窗口旁和那六个匪徒搏斗时，他也紧闭着口，一声不吭。德纳第继续说：

"我的天主！您原可以喊上一两声'抢人啊'，我决不会感到那有什么不妥当。救命啊！在这种情况下是谁也要喊的，在我这方面，我绝对不会说这不应该。当我们看见自己遇到了一些不能使我们十分相信的人时，我们哇里哇啦一阵子，那原是非常简单的。要是您那么做了，我们也不会打扰您的。连一个塞子我们也不会塞到您的嘴里。让我来告诉您这是为什么。因为这屋子是间哑屋子。它只有这么一个优点，但是它有这个优点。这是间地窨子。您就在这里丢一个炸弹吧，最近的警察哨所听了，也只当是个酒鬼的鼾声。在这里，大炮也只'砰'那么一下，雷也只'噗'那么一下。这是个舒服的住处。但是，总而言之，您没有喊一声，这样最好，我佩服您的高明，我并且要把我从这里得出的结论说给您听：我的亲爱的先生，要是您喊，谁会来呢？警察。警察来过以后呢？法律制裁。因而您没有喊，足见您并不比我们更乐于看见警察和法律制裁来到我们身上。也可以看出——我早已怀疑到这一点——由于某种利害关系,您就有某种东西需要加以隐藏。在我们这方面,我们也有同样的利害关系。因此我们是可以谈得拢的。"

德纳第一面这样谈着,他那双盯着白先生的眼睛,仿佛也在着意要把从它瞳孔里冒出的尖针一一刺到他俘虏的心里去。此外,他所用的语言,虽然带着一种温和而隐蔽的侮辱意味,却是含蓄的,几乎是经过一番斟酌的。这人,刚才还只是个盗匪,现在在我们的印象中却是个"受过传教士教育的人"了。

那俘虏所保持的沉默,他的那种不惜冒着生命危险来坚持的戒备,对叫喊这一极自然的动作的抗拒,这一切,我们应当指出,对马吕斯都是不愉快的,并且使他惊讶到了痛苦的程度。

这个被古费拉克栽上"白先生"绰号的人,在马吕斯的心目中,原是一个隐现在神秘氛围中的严肃奇特的形象,现在经过德纳第的这一切合实情的观察,马吕斯感到更加看不清楚了。但是,不管他是什么人,他虽已受到绳索的捆绑,刽子手的层层包围,半陷在,不妨这样说,一个随时往下沉的土坑里,无论是在德纳第的狂怒或软磨面前,这人始终岿然不动,马吕斯此时也不能不对这沉郁庄严的容貌肃然起敬。

这显然是个恐惧不能侵袭,也不知什么叫惊慌失措的心灵。这是一个那种能在绝望的环境中抑制慌乱情绪的人。尽管情况是那么极端凶险,尽管灾难是那么无可避免,这里却一点也没有像惨遭灭顶的人在水底下睁着一双惊骇万状的眼睛的那种悲痛神情。

德纳第从容不迫地站起来,走向壁炉,挪动屏风,把它靠在炉旁的破床边上,让烧着一炉旺火的铁皮炉子露出来,被绑的人完全可以看见躺在炉子里的那把已经烧到发白、密密麻麻散布着许多小红点的钝口凿。

接着,德纳第又过来坐在白先生旁边。

"我继续谈,"他说,"我们是可以谈得拢的。让我们对这问题来一个友好的解决。刚才我发了火,不应该,我不知道我的聪明刚才到哪里去了,我确是做得太过分了,我说了些不中听的话。比方说,因为您是百万富翁,我便向您要钱,要许多钱,大量的钱。那样做是不近情理的。我的天主,您有钱也不一定就宽舒,您有您的种种负担,谁又没有负担呢?我并不想要您倾家荡产,我究竟还不是一个泼皮。我也不是一个那种因为形势对自己有利,便利用形势来变得庸俗可笑的人。听我说,我可以让一步,牺牲一点我这方面的利益。我只要求二十万法郎。"

白先生一个字也没有说。德纳第跟着又说:

"您瞧我在我的酒里已搀了不少的水了。我不知道您的经济情况,但是我知道您花钱是不大在乎的,并且像您这样一位慈善家很可以赠送二十万法郎给一个境遇不好的家长。同时您也是个明理的人,您决不至于认为:像我今天这样劳民伤财,像我今晚这样布置——在场的诸位先生们都一致同意,认为这一工作是安排得很好的——只是为了向您弄几文到德努瓦耶店里去喝喝十五法郎一瓶的红葡萄酒和吃吃小牛肉而已。二十万法郎,值得呢。只要您把这一点点鸡毛蒜皮从您的袋子里掏出来了,我担保,决不改口,您尽可以放心,谁也不会再动您一根毛。您一定会对我说:'可是我身上没有带二十万法郎。'呵!我是不喜欢小题大做的。我现在并不要您付钱。我只要求您一件事。劳您驾把我要念的写下来。"

德纳第说到这里,停了一下,随即又以着重的语气,朝小火炉那面丢了一个笑脸,说道:

"我预先告诉您,如果您说您不会写字,我是不能同意的。"

高明的检察官见了他那笑脸也要自愧不如。

德纳第把桌子推向白先生,紧紧地靠着他,又从抽屉里拿出一个墨水瓶、一杆笔和一张纸,让那抽屉半开着,露出一把雪亮的长尖刀。

他把纸放在白先生面前。

"写。"他说。

那被绑的人终于说话了。

"您要我怎么写?我是绑着的。"

"这是真话,请原谅!"德纳第说,"您说得很对。"

他转向比格纳耶说:

"放开先生的右边胳膊。"

邦灼,又叫春天,又叫比格纳耶的,执行了德纳第的命令。当被绑人的右手松了绑以后,德纳第拿着笔,蘸上墨水,递给他,说:

"请您好好注意,先生,您是在我们的管制中,在我们的掌握中,绝对在我们的掌握中,任何人间的力量都不能把您从这里救出去,要是我们被迫而不得不干出一些不愉快的极端行为,那我们真会感到很抱歉。我不知道您的姓名,也不知道您的住址,但是我要预先告诉您,您马上要写一封信,我会派一个人去送信,在送信的人回来以前,我不会松您的绑。现在请您好好地写。"

"写什么?"被绑人问。

"我念,你写。"

白先生拿起了笔。

德纳第开始念:

"我的女儿……"

被绑人吃了一惊,抬起眼睛望着德纳第。

"写'我亲爱的女儿'。"德纳第说。

白先生照写了。德纳第再念:

"你立即到这里来……"

他停住不念了,说道:

"您平时对她说话是说'你'的,对吗?"

"谁?"白先生问。

"还待问!"德纳第说,"当然是说那小姑娘,百灵鸟。"

白先生面色不改,回答说:

"我不懂您的话。"

"您照写就是。"德纳第说,接着他又开始念:

"你立即到这里来。我绝对需要你。送这封信的人是我派来接你的。我等你。放心来。"

白先生全照写了。德纳第又说:

"啊!不要'放心来',这句话可能引起猜疑,使人认为事情不那么简单,不敢放心来。"

白先生涂掉了那三个字。

"现在,"德纳第跟着又说,"请签名。您叫什么名字?"

被绑人把笔放下,问道:

"这信是给谁的?"

"您又不是不知道,"德纳第回答,"是给那小姑娘的。我刚才已经告诉过您了。"

德纳第显然不愿意把那姑娘的名字说出来。他只说"百灵鸟",他只说"小姑娘",可是他不提名字。这是精明人在他的爪牙面前保密的戒备手段。说出名字,便会把"整个买卖"揭露出来,把不需要他们知道的东西也告诉了他们。

他又说:

"请签名。您叫什么名字?"

"玉尔邦·法白尔。"被绑人说。

德纳第,像只老猫似的,连忙伸手到他的衣袋里,把那条从白先生身上搜到的手绢掏出来。他找那上面的记号,凑近蜡烛去看。

"'U.F.',对。玉尔邦·法白尔。好吧,您就签上'U.F.'。"

被绑人签了。

"您折信得有两只手,给我,我来折。"

折好信,德纳第又说:

"写上收信人的地址,姓名。'法白尔小姐',还有您的住址。我知道您住的地方离此地不会很远,在圣雅克·德·奥·巴附近,您每天都去那儿望弥撒,但是我不知道哪条街。在名字上,您既没有撒谎,在住址上,想必您也不会撒谎吧。您自己把住址写上。"

被绑人若有所思地呆了一会,继又拿起笔来写:

"圣多米尼克·唐斐街十七号,玉尔邦·法白尔先生寓内,法白尔小姐收。"

德纳第以痉挛性的急促动作抓着那封信。

"我的妻!"他喊。

德纳第大娘跑上前去。

"信在这儿了。你知道你应当怎么办。下面有辆马车。快去快来。"

又转向那拿板斧的人说:

"你,既然已经取掉脸罩,你就陪着老板娘去走一趟。你坐在马车后面。你知道栏杆车停的地方吗?"

"知道。"那人说。

他把板斧放在屋角,便跟着德纳第大娘往外走。

他们出去后,德纳第把脑袋从半开着的门缝中伸到过道里,喊道:

"小心不要把信弄丢了!好好想想你身上带着二十万法郎呢。"

德纳第大娘的哑嗓子回答说:

"放心。我已把它放在肚子里了。"

不到一分钟,便听见马鞭挥动的劈啪声,声音越来越弱,很快便听不到了。

"好!"德纳第嘟囔着,"他们走得很快。像这样一路大跑,只要三刻钟,老板娘便回来了。"

他把一张椅子移向壁炉,坐下,交叉着胳膊,朝铁皮炉伸出两只靴子。

"我脚冷。"他说。

在那穷窟里,同德纳第和那被绑人一道留下来的只有那五个匪徒了。这伙人,为了制造恐怖,脸上都戴着脸罩或抹了黑脂胶,装成煤炭工人、黑种人、鬼怪的样子,在这副外貌下面,却露着呆傻郁闷的神情,使人感到他们是抱着干活计的态度在执行一项罪恶勾当,安安静静,无精打采,没有愤恨,也不怜悯。他们好像是一群白痴,一句话也不说,挤在一个角落里。德纳第在烘他的脚。那被绑的人又回复到沉默状态。刚才还充满这屋子的凶暴的喧嚷已被一种阴沉沉的寂静所代替。

烛芯上结了个大烛花,把那空阔的破烂屋子照得朦朦胧胧,煤火也暗下去了,所有那些鬼怪似的脑袋把一些不成形的影子映在墙壁和天花板上。

除了那老醉汉从熟睡中发出的匀静的鼻息声外,什么声音也没有。

这一切使马吕斯的心情变得更加焦灼万分,他等待着。这哑谜越来越猜不透了。被德纳第称为"百灵鸟"的那个"小姑娘"究竟是什么人?是指他的"玉秀儿"吗?被绑的老人听到"百灵鸟"这称呼似乎全无反应,只毫无所谓地淡淡回答了一句:"我不懂您的话。"在另一方面,"U. F."这两个字母有了解释,是玉尔邦·法白尔的首字。玉秀儿已不再叫玉秀儿了。这是马吕斯看得最清楚的一点。一种丧魂失魄似的苦恼心情把他钉了在那俯瞰全盘经过的位置上。他立在那里,好像已被眼前的种种穷凶极恶的事物搞得精疲力竭,几乎失去了思考和行动的能力。他呆等着,盼望能发生某种意外,任何意外;他无法理清自己的思绪,也不知道应当采取什么态度。

"不管怎样,"他暗暗想道,"如果百灵鸟就是她,我一定能看见她,因为德纳第大娘将会把她带来。到那时候,毫无问题,必要时我可以献出我的生命和血,把她救出来!任何东西都不能阻挡我。"

这样过了将近半点钟。德纳第仿佛沉浸在阴暗的思索中。被绑人没有动。可是,有好一阵子,马吕斯似乎听到一种轻微的窸窸窣窣的声音,若断若续地从被绑人那方面传出来。

忽然,德纳第粗声大气地对被绑人说:

"法白尔先生,听我说,我现在把这话告诉您也一样。"

这句话仿佛要引出一段解释。马吕斯侧耳细听。德纳第继续说:

"我的老伴快回来了,您不用急。我想百灵鸟确实是您的女儿,您把她留在身边,我也认为那是极自然的。不过,您听我说。我的女人带着您的信,一定会找到她。我曾嘱咐我的女人换上衣服,像您刚才看见的样子,为的是好让您那位小姐能跟着她走,不至于感到为难。她们俩会坐在马车里,我那伙计坐在车子后头。在门外的某个地方,有一辆栏杆车,套上了两匹极好的马。他们会把您的小姐带到那地方。她将走下马车。我那伙计领她坐上栏杆车,我的女人回到此地对我们说:'办妥了。'至于您那小姐,不会有人虐待她的,那辆栏杆车会把她带到一个地方。她可以安安稳稳地待在那里,等到您把区区二十万法郎交了给我,我们立即把她送还给您。要是您叫人逮捕我,我那伙计便会给百灵鸟一脚尖。就这样。"

那被绑人一个字也不答。停了一会,德纳第又说:

"事情很简单,您也懂得。不会有什么为难的事,如果您不想为难的话。我把这话说给您听。我事先告诉您,让您知道知道。"

他煞住了。被绑人仍不做声,德纳第接着又说:

"等到我的老伴回来了,并告诉我说'百灵鸟已在路上了',我们便放您走,您可以自由自在地回家去睡觉。您瞧,我们并没有什么坏心思。"

在马吕斯的脑子里,却出现了触目惊心的景象。怎么!他们要绑走那姑娘,他们不把她带来此地?这一伙妖魔鬼怪中的一个要把她带去隐藏起来?那是什么地方?……并且万一就是她呢!并且显然就是她了!马吕斯感到他的心停止跳动了。怎么办?开枪吗?把这些恶棍全交到法律的手中吗?可是那个拿板斧的凶贼会仍然扣着那姑娘,逍遥法外,马吕斯想到德纳第的这句话,隐隐感到话里的血腥味:"要是您叫人逮捕我,我那伙计便会给百灵鸟一脚尖。"

现在不仅是上校的遗嘱,也还有他的恋情,他意中人的危险,都在使他进退两难。

这种已经延续了一个多小时的险恶遭遇仍在随时改变形势。马吕斯已有勇气来反复剖析种种最痛心的臆测,想找出一线希望,但是一无所得。他脑子里的喧嚣和那穷窟里坟墓般的寂静恰成对比。

在这沉寂中,楼梯下忽然传来大门开闭的声音。

被绑的人在他的绑索中动了一下。

"老板娘回来了。"德纳第说。

话还没说完,德纳第大娘果然冲进了屋子,涨红了脸,呼吸促迫,喘不过气来,眼里冒着火,用她的两只肥厚的手同时捶自己的屁股,吼道:

"假地址!"

她带去的那个匪徒跟在她后面进来,重新拿起了板斧。

"假地址?"德纳第跟着说。

她又说道:

"鬼也没有找到一个!圣多米尼克街十七号,没有法白尔先生!谁也不知道他。"

她喘不过气,只得停下来,继又说道:

"德纳第先生!这老鬼给你上了当!你太老实了,懂吗!要是我呀,一上来我就先替你,替你们把他的嘴巴砍作四块再说!要是他逞强,我就活活地把他烤熟!他应当说实话,说出那姑娘在什么地方,说出那隐藏的钱财在什么地方!要是我,我就那么办,我!怪不得人家要说男人总比女人蠢些!鬼也没有一个,十七号!那是一扇大车门。没有法白尔先生,圣多米尼克街!又是一路大跑,又是马车夫的小费,又是什么的!我问了门房和他的女人,那女人倒生得又漂亮又结实,可他们不知道!"

马吕斯吐了口气。她,玉秀儿或百灵鸟,他已不知道应当怎样称呼的那个人儿,脱险了。

当他那气疯了的女人大嚷大叫时,德纳第坐到了桌子上,他有好一阵子没说话,晃着他的右腿,横眉瞪眼地望着小火炉发呆。

最后,他用慢腾腾的、狠得出奇的语调对被绑人说:

"一个假地址?你究竟是怎样打算的?"

"争取时间!"被绑人以洪亮的嗓子大声回答。

同时,他一下子挣脱了身上的绑索,绑索早已断了。他只有一条腿还被绑在床脚上。

那七个人还没来得及看清楚,向他冲上去,他已钻到壁炉下面,把手朝小火炉伸去,接着立了起来;到这时,德纳第,他的女人,还有那七个匪徒,都一齐被他吓倒,全向屋子的底里退去,惊愕失措地望着他把那发出一片凶光的、通红的钝口凿高举在头顶上,几乎可以为所欲为,形象好不吓人。

法院调查戈尔博老屋谋害案件的记录时曾提到,警察进入现场以后,找到一个经过特殊加工的很大的苏。这种很大的苏是苦役牢里的一种极为精巧的工艺品,靠耐力在黑暗中精心制造出来为秘密活动服务的奇异产品,也就是说,是一种越狱的工具。这种出自高超手艺的精细而丑恶的产物,在奇珍异宝中,有如诗歌里的俚语俗话。狱中有不少的贝弗努托·切利尼①,正如文坛上有维庸②这一类人物。在狱中煎熬的人们渴望自由,便想尽方法,用一把木柄刀,或是一把破刀,有时全无工具,把一个苏剖成两个薄片,并在不损坏币面花纹的情况下,把这两个薄片挖空,再在边沿上刻一道螺旋纹,使这两个薄片能重行合拢,可以随意旋开合上,成为一个匣子。匣子里藏一条表的弹簧,这条表弹簧,在好好加工以后,能锯断粗链环和铁条。别人以为这苦役犯带着的只是一个苏,一点也不对,他带着的是自由。日后调查本案案情的警察在那穷窟窗子前面的破床下找到的正是这样一个分成两片的大个的苏。他们还找到一条蓝钢小锯,可以藏在那大个的苏里面。当时的情况很可能是这样:匪徒们搜查被绑人时,他把带在身上的这大个的苏捏在手里,随后,他有一只手松了绑,便把那个苏旋开,用那条锯子割断了身上的绳索,这正好说明马吕斯注意到的那种觉察不出来的动作和轻微的声音。

当时他怕人发现,不便弯腰,因而左腿上的绑索未能割断。

那些匪徒已从最初的惊讶中醒了过来。

"不用慌,"比格纳耶对德纳第说,"他还有一条腿是绑着

---

① 贝弗努托·切利尼(Bevenuto Cellini,1500—1571),意大利雕塑家及金银器皿镂刻艺术家。
② 维庸(Villon,1431—约1463),法国诗人,一生好与盗匪为伍。

的,他没法逃走。我担保。是我把他那蹄子捆上的。"

这时被绑人提高嗓子说:

"你们这些倒霉蛋,要知道,我的这条命是不值得怎么保护的。可是,你们如果认为有本领强迫我说话,强迫我写我不愿意写的什么,说我不愿意说的话……"

他揎起左边衣袖,说道:

"瞧。"

同时他伸直左臂,右手捏住钝口凿的木柄,把白热的凿子压在赤裸裸的肉上。

肉被烧得咻咻作响,穷窟里顿时散布开了行刑室里特有的臭味。马吕斯吓得心惊肉跳,两腿发软,匪徒们也人人战栗,而那奇怪的老人只是脸上微微有点紧蹙,当那块红铁向冒着烟的肉里沉下去时,他若无其事地,几乎是威风凛凛地,把他那双不含恨意的美目紧盯着德纳第,痛苦全消失在庄严肃穆的神态中了。

在伟大崇高的性格里,躯壳和感官因肉体的痛苦而起的反抗能使灵魂显现于眉宇,正如士兵们的哗变迫使军官露面。

"你们这些可怜虫,"他说,"不要以为我有什么比你们更可怕的地方。"

说着,他把凿子从伤口里拔出来,向开着的窗子丢出去,那发红的骇人工具连翻几个筋斗,消失在黑夜中,远远地落在积雪里熄灭了。

那被绑人又说:

"你们要拿我怎么办就怎么办吧。"

他已经放弃了自卫武器。

"抓住他!"德纳第说。

两个匪徒把住了他的肩膀,那个戴着面具、用肚子说话的人,走过去立在他对面,举起那把钥匙,准备在他稍稍动一下的时候,便捶通他的脑门。

这时,马吕斯听到有人在他的下面,墙脚边,低声交谈,但因靠得太近,望不见说话的人,他们说的是:

"只有一个办法了。"

"把他一劈两!"

"对。"

是那夫妇俩在商量。

德纳第慢腾腾地走到桌子跟前,抽开抽屉,拿出那把尖刀。

马吕斯紧捏着手枪的圆柄,为难到了极点。两种声音在他心里已经搅了一个钟头了,一个教他尊重父亲的遗嘱,一个喊着要他救那被绑的人。这两种声音仍在无休无止地搏斗,使他濒于死亡。他一直在渺渺茫茫地希望能找到一条孝义两全的路,却始终没有发现这种可能性。但是危险已逼近,观望已超出最终的极限,德纳第手执尖刀,站在和被绑人相距几步的地方思忖。

马吕斯慌乱无主,朝四面乱望。这是人在绝望中的无可奈何的机械动作。

他忽然惊了一下。

圆月的一道亮光正照射在他脚旁的桌子上,仿佛要把一张纸指给他看。他瞥见了德纳第家大姑娘早晨在纸上写下的那行大字:

雷子来了。

一线光明穿过马吕斯的脑子,他有了一个主意,这正是他所寻求的方法,解决那个一直使他痛苦万分,既要撇开凶手,又要搭救受害人的难题的办法。他跪在抽斗柜上,伸出手臂,抓起那张纸,轻轻地从墙上剥下一块石灰,裹在纸里面,通过墙窟窿丢到了隔壁屋子中间。

正是时候。德纳第已克服他最后的恐惧或最后的顾虑,正走向那被绑人。

"掉下了什么东西!"德纳第大娘喊道。

"什么?"她的丈夫问。

那妇人向前抢上一步,把裹在纸里的石灰拾了起来。

她把它递给丈夫。

"这是从什么地方来的?"德纳第问。

"见鬼!"那妇人说,"你要它从什么地方来?是从窗口来的。"

"我看见它飞进来的。"比格纳耶说。

德纳第连忙把纸打开,凑到蜡烛旁边去看。

"这是爱潘妮的字。有鬼!"

他向他女人做了个手势,她连忙上前,他把写在纸上的那行字指给她看,随即低声说:

"快!准备软梯!让这块肥肉留在老鼠洞里,我们赶快逃!"

"不捅这人的脖子了?"德纳第大娘问。

"来不及了。"

"从哪儿逃?"比格纳耶接着问。

"从窗口,"德纳第回答,"潘妮既然能从窗口把这石子丢进来,说明房子的这面还没有被包围。"

那个戴着脸罩、用肚子说话的人把他的大钥匙放在地上,向空中举起他的两条胳膊,一言不发,急急忙忙把他的两只手开合了三次。这好比船员发出准备行动的信号。抓住被绑人的那两个匪徒也立即松了手,一转眼,那条软梯已吊在窗子外面,两个铁钩牢固地钩住了窗沿。

被绑人没有注意到他身旁发生的这些事,他好像是在沉思或祈祷。

软梯刚挂好,德纳第便喊道:

"来!老板娘!"

他自己也冲向窗口。

但是,正当他要跨过窗台,比格纳耶却狠命一把拖住他的衣领。

"喂,客气点,老贼!让我们先走!"

"让我们先走!"匪徒们一齐喊。

"你们真是孩子,"德纳第说,"不要浪费时间。冤家已在我们脚跟后面了。"

"好吧,"一个匪徒说,"我们来抽签,看谁应当最先走。"

德纳第吼道:

"你们疯了!你们发痴了!你们这一堆傻瓜蛋!耽误时间,是吧?抽签,是吧?猜手指头!抽草梗儿!写上我们每个人的名字!放在帽子里!……"

"你们要不要我的帽子?"有人在房门口大声说。

大家回转头去看。是沙威。

他手里捏着他的帽子,微笑着把它伸向他们。

二十一　捉贼总应先捉受害人

傍晚，沙威便已把人手布置好了，他自己躲在戈尔博老屋门前大路对面的那条哥白兰便门街的树后面。他一上来便"敞开了口袋"，要把那两个在穷窟附近把风的姑娘装进去。但他只"箍"住了阿兹玛。至于爱潘妮，她不在她的岗位上，她开了小差，因此他没有能逮住她。沙威随即埋伏下来，竖着耳朵等候那约定的信号。那辆马车的忽来忽往早已使他心烦意乱。到后来，他耐不住了，并且，看准了那里面有一个"窠"，看准了那里面有一笔"好买卖"，也认清了走进去的某些匪徒的面孔，他决定不再等待枪声，径直上楼去了。

我们记得他拿着马吕斯的那把路路通钥匙。

他到得正是时候。

那些吓慌了的匪徒全又把先头准备逃跑时扔在屋角里的凶器捡起来。不到一秒钟，七个人都龇牙咧嘴地相互靠在一起，摆出了抗拒的阵势，一个拿着他的棍棒，一个拿着他的钥匙，一个拿着他的板斧，其余的拿着凿子、钳子和锤子，德纳第捏着他的尖刀。德纳第大娘从窗旁的屋角里拿起她女儿平日当凳子坐的一块奇大的石磴抱在手里。

沙威戴上帽子，朝屋里走了两步，叉着胳膊，腋下夹根棍子，剑在鞘中。

"不许动！"他说，"你们不用打窗口出去，从房门走。这样安全些。你们是七个，我们是十五个。你们不用拼老命，大家客客气气才好。"

比格纳耶从布衫下抽出一支手枪，放在德纳第手里，对着

他的耳朵说:

"他是沙威。我不敢对他开枪。你敢吗,你?"

"有什么不敢!"德纳第回答。

"那么,你开。"

德纳第接过手枪,指着沙威。

沙威离他才三步,定定地望着他,没有把他放在眼里,只说:

"还是不开枪的好,我说!你瞄不准的。"

德纳第扳动枪机。没有射中。

"我早已说过了!"沙威说。

比格纳耶把手里的大头棒丢在沙威的脚前。

"您是魔鬼的皇帝!我投降。"

"你们呢?"沙威问其余的匪徒。

他们回答说:

"我们也投降。"

沙威冷静地说:

"对了,这样才好,我早说过,大家应当客客气气。"

"我只要求一件事,"比格纳耶接着说,"在牢里,一定要给我烟抽。"

"一定做到。"沙威回答。

他回过头来向后面喊道:

"现在你们进来。"

一个排的持剑的宪兵和拿着大头棒、短棍的警察,听到沙威喊,一齐涌进来了。他们把那些匪徒全绑了起来。这一大群人,在那微弱的烛光照映下,把那兽穴黑压压地挤得水泄不通。

"把他们全铐起来!"沙威喊着说。

"你们敢动我!"有个人吼着说,那声音不像是男人的,但谁也不能说是女人的声音。

德纳第大娘守在靠窗口的一个屋角里,刚才的吼声正是她发出的。

宪兵和警察都往后退。

她已丢掉了围巾,却还戴着帽子,她的丈夫,蹲在她后面,几乎被那掉下来的围巾盖住了,她用自己的身体遮着他,两手把石磴举过头顶,狠巴巴像个准备抛掷岩石的女山魈。

"小心!"她吼道。

人人都向过道里退去。破屋子的中间顿时空了一大片。

德纳第大娘向束手就缚的匪徒们望了一眼,用她那沙哑的嗓子咒骂道:

"全是胆小鬼。"

沙威笑眯眯地走到那空处,德纳第大娘睁圆双眼盯着他。

"不要过来,滚开些,"她喊道,"要不我就砸扁你。"

"好一个榴弹兵!"沙威说,"老妈妈!你有男人的胡子,我可有女人的爪子。"

他继续朝前走。

蓬头散发、杀气腾腾的德纳第大娘叉开两腿,身体向后仰,使出全身力气把石磴对准沙威的脑袋抛去。沙威一弯腰,石磴打他头顶上过去了,碰在对面墙上,砸下了一大块石灰,继又弹回来,从一个屋角滚到另一屋角,幸而屋里几乎全是空的,最后在沙威的脚跟前不动了。

这时沙威已走到德纳第夫妇面前。他那双宽大的手,一只抓住了妇人的肩膀,一只贴在她丈夫的头皮上。

"手铐拿来。"他喊着说。

那些警探又涌进来,几秒钟过后,沙威的命令便执行好了。

德纳第大娘完全泄了气,望着自己和她丈夫的手全被铐住了,便倒在地上,号啕大哭,嘴里喊着:

"我的闺女!"

"都已看管好了。"沙威说。

这时警察去料理睡在门背后的那个醉汉,使劲摇他。他醒来了,迷迷糊糊地问道:

"完事了吧,容德雷特?"

"完了。"沙威回答说。

接着,他以弗雷德里克二世在波茨坦检阅部队的神气,挨个儿对那三个"通烟囱的"说:

"您好,比格纳耶。您好,普吕戎。您好,二十亿。"

继又转向那三个面罩,对拿板斧的人说:

"您好,海嘴。"

对拿粗木棒的人说:

"您好,巴伯。"

又对着用肚子说话的人:

"敬礼,铁牙。"

这时,他发现了被匪徒俘虏的人,自从警察进来以后,还没有说过一句话,他老低着头。

"替这位先生解开绳子!"沙威说,"谁也不许出去。"

说过后,他大模大样地坐在桌子跟前,桌上还摆着烛台和写字用具,他从衣袋里抽出一张公文纸,开始写他的报告。

当他写完最初几行套语以后,他抬起眼睛说:

"把刚才被这些先生们捆住的那位先生带上来。"

警察们朝四面望。

"怎么了,"沙威问道,"他在哪儿?"

匪徒们的俘虏,白先生,玉尔邦·法白尔先生,玉秀儿或百灵鸟的父亲,不见了。

门是有人守着的,窗子却没人守着。他看见自己已经松了绑,当沙威正在写报告时,他便利用大家还在哄乱,喧哗,你推我挤,烛光昏暗,人们的注意力都不在他身上的一刹那间,跳出窗口了。

一个警察跑到窗口去望。外面也不见人。

那软梯却还在颤动。

"见鬼!"沙威咬牙切齿地说,"也许这正是最肥的一个!"

二十二　在第三册①中叫喊的孩子

在医院路那所房子里发生这些事的次日,有一个男孩,仿佛来自奥斯特里茨桥的那面,顺着大路右边的平行小道走向枫丹白露便门。当时天已全黑。这孩子,脸色苍白,一身瘦骨,穿着撕条挂缕的衣服,二月里还穿一条布裤,却声嘶力竭地唱着歌。

在小银行家街的转角处,一个老婆子正弯着腰在回光灯下掏垃圾堆,孩子走过时,撞了她一下,随即后退,一面喊道:

---

① 本书法文版初版时共分十册。此处所说的第三册,即指本译本每二部第三卷第一章《孟费郿的用水问题》的最后一段。

"哟!我还以为是只非常大的,非常大的狗呢!"

他的第二个"非常大的"是用那种恶意的刻薄声调说出来的,只有用大号字才稍稍可以把那味道表达出来:是个非常大的,非常大的狗呢!

老婆子伸直了腰,怒容满面。

"戴铁枷的小鬼!"她嘟囔着,"要是我没有弯着腰,让你瞧瞧我脚尖会踢在你的什么地方!"

那孩子早已走远了。

"我的乖!我的乖!"他说,"看来也许我并没有搞错。"

老婆子恨得喉咙也梗塞了,完全挺直了腰板,路灯的带红色的光照在她那土灰色的脸上,显出满脸的骨头影子和皱纹,眼角上的鹅掌纹一条条直绕到嘴角。她身体隐在黑影中,只现出一个头,好像是黑夜中被一道微光切削下来的一个耄龄老妇人的脸壳子。那孩子向她仔细望去,说道:

"在下没福气消受这样美丽的娘子。"

他仍旧赶他的路,放开嗓子唱着:

　　大王"踢木鞋"
　　出门去打猎,
　　出门打老鸦……

唱了这三句,他便停下来了。他已到了五〇—五二号门前,发现那门是关着的,便用脚去踢,踢得又响又猛,那股劲儿来自他脚上穿的那双大人鞋,并非完全由于他的小人脚。

这时,他在小银行家街转角处遇见的那个老妇人跟在他后面赶来了,嘴里不断叫嚷,手也乱挥乱舞。

"什么事?什么事?上帝救世主!门要被踢穿了!房子

要被捅垮了!"

孩子照旧踢门。

"难道今天人们是这样照料房子的吗!"

她忽然停下来,认出了那孩子。

"怎么!原来是这个魔鬼!"

"哟,原来是姥姥,"孩子说,"您好,毕尔贡妈。我来看我的祖先。"

老妇人做了个表情复杂的鬼脸,那是厌恶、衰龄和丑态的巧妙结合,只可惜在黑暗中没人看见。她回答说:

"家里一个人也没有,小牛魔王!"

"去他的!"孩子接着说,"我父亲在哪儿?"

"在拉弗尔斯。"

"哟!我妈呢?"

"在圣辣匜禄。"

"好吧!我的两个姐呢?"

"在玛德栾内特。"①

那孩子抓抓自己的耳朵背后,望着毕尔贡妈说:

"啊!"

接着他旋起脚跟,来了个向后转,过一会儿,老妇人站在门外的台阶上,还听见他清脆年轻的嗓子在唱歌,一直唱到在寒风中瑟缩的那些榆树下面去了:

> 大王"踢木鞋"
> 　出门去打猎,
> 　出门打老鸦,

---

① 以上三处都是监狱的名称。

踩在高跷上。
谁打他的下面过,
还得给他两文钱。

第四部　卜吕梅街的儿女情和
圣德尼街的英雄血

第一卷　几页历史

一　有　始

一八三一和一八三二，紧接着七月革命的这两年，是历史上的一个最特殊和最惊人的时期。这两年，像两个山头似的出现在这以前的几年和这以后的几年之间。它们具有革命的伟大意义。人们在这期间能看到许多危崖陡壁。在这期间，各种社会的群众，文明的基础，种种因上下关连和互相依附的利益而形成的坚强组合，法兰西古旧社会的苍老面貌，都随时忽现忽隐在多种制度、狂热和理论的风云激荡中。这种显现和隐灭曾被称为抵抗和运动。人们在其中能望见真理——人类灵魂的光——放射光芒。

这个令人瞩目的时期相当短暂，已开始离我们相当远了，趁早回顾一下，却还能抓住它的主要线索。

让我们来试试。

王朝复辟是那种难于下定义的中间局面里的一种；这里有疲乏、窃窃的议论、悄悄的耳语、沉睡、喧扰，这些都只说明一个伟大的民族刚赶完了一段路程。那样的时代是奇特的，常使那些想从中牟利的政治家们发生错觉。起初，国人只要求休息!人们只有一种渴望:和平,也只有一个野心:蜷缩起来。换句话说,便是要过安静日子。大事业,大机会,大风险,大人物,谢天谢地,全都见够了,再也接受不下去了。人们宁肯为了普吕西亚斯①而舍弃恺撒,宁肯为伊弗它王②而舍弃拿破仑。"那是一个多么好的小国王!"人们从天明走起,辛辛苦苦,长途跋涉了一整天,直走到天黑;跟着米拉波赶了第一程,跟着罗伯斯庇尔赶了第二程,跟着波拿巴赶了第三程;大家全精疲力竭了。人人都希望有一张床。

疲敝的忠诚,衰退了的英雄主义,满足了的野心,既得的利益,都在寻找、索取、恳请、央求什么呢?一个安乐窝。安乐窝,它们到手了。它们获得了安宁、平静、闲逸,心满意足了。可是与此同时,某些既成事实又冒出了头,要求人们承认,并敲着它们旁边的门。这些事实是从革命和战争中产生的,是活生生存在着的,它们理应定居于社会,并且已定居在社会中了,而这些事实又通常是为种种主义准备住处的军需官和勤务兵。

因而在政治哲学家们面前出现了这样的情况:

在疲乏了的人们要求休息的同时,既成事实也要求保证。保证对于事实,正如休息对于人,是同一回事。

英国在护国公以后向斯图亚特家族提出的要求是这个;法国在帝国以后向波旁家族提出的要求也是这个。

保证是时代的需要。是非给不可的。亲王们"赐予"保证,而实际给保证的却是事实自身的力量。这是一条值得认识的深刻的真理,斯图亚特家族在一六六二年对此不曾怀疑,

---

① 普吕西亚斯(Prusias),指比西尼亚的普吕西亚斯二世,他将汉尼拔出卖给罗马人。
② 伊弗它王(roi d'Yvetôt),法国贝朗瑞民歌叠句中的人物。

波旁家族在一八一四年却瞅也不屑瞅一眼。

随着拿破仑垮台而回到法国的那个事先选定了的家族,头脑简单到不可救药,它认为一切都是由它给的,给过以后,并且可以由它收回;它还认为波旁家族享有神权,而法兰西则毫无所享,在路易十八的宪章中让予的政治权利只不过是这神权上的一根枝桠,由波旁家族采摘下来,堂而皇之地赐给人民,直到有朝一日国王高兴时,便可随时收回。其实,波旁家族作此恩赐,并非出于心甘情愿,它早就应当意识到并没有什么东西是由它恩赐的。

它满腔戾气地觑着十九世纪。人民每次欢欣鼓舞,它便怒形于色。我们采用一个不中听的词儿,就是说一个通俗而真实的词儿:它老在咬牙切齿,人民早已看见了。

它自以为强大,因为帝国在它眼前像戏台上的一幕场景似的被搬走了。它却没有意识到自己也正是那样搬来的。它没有看出它是被捏在搬走拿破仑的那同一只手里。

它自以为有根,因为它是过去。它想错了;它是过去的一部分,而整个的过去是法兰西。法国社会的根绝不是生在波旁家族里,而是生在人民中。构成这些深入土中生气勃勃的根须的,绝不是一个什么家族的权利,而是一个民族的历史。它们伸到四处,王位底下却没有。

波旁家族,对法兰西来说,是它历史上一个显眼和流血的节疤,但已不是它的命运的主要成分和它的政治的必要基础;人们完全可以把波旁家族丢开,确也把它丢开过二十二年,照样有办法继续生存下去,而他们竟没有见到这一点。他们这伙在热月九日还认为路易十七是统治者,在马伦哥胜利之日也还认为路易十八是统治者的人,又怎能见到这一点呢?有史以来，从未有过像这些亲王们那样无视于从实际事物中孕育出来的这部分神权。人们称为王权的这种人间妄念也从没有把上界的权否认到如此程度。

绝大的谬见导致这家族收回了它在一八一四年所"赐予"的保证，也就是它所谓的那些让步。可叹得很！它所谓的它的让步，正是我们的斗争果实；它所谓的我们的蹂躏，正是我们的权利。

复辟王朝自以为战胜了波拿巴，已在国内扎稳了根，就是说，自以为力量强大和根基深厚，一旦认为时机到了，便突然作出决定，不惜孤注一掷。一个早晨，它在法兰西面前站起来，并且大声否认了集体权利和个人权利——人民的主权和公民的自由。换句话说，它否认了人民之所以为人民之本和公民之所以为公民之本。

这里就是所谓七月敕令的那些著名法案的实质。

复辟王朝垮了。

它垮得合理。可是，应当指出，它并没有绝对敌视进步的一切形式。许多大事完成时它是在场的。

在复辟王朝统治下，人民已习惯于平静气氛中的讨论，这是共和时期所不曾有过的；已习惯于和平中的强大，这是帝国时期所不曾有过的。自由、强大的法兰西对欧洲其他各国来说，成了起鼓舞作用的舞台。革命在罗伯斯庇尔时期发了言，大炮在波拿巴时期发了言，轮到才智发言，那只是在路易十八和查理十世的统治之下。风停息了，火炬又燃了起来。人们望见在宁静的顶峰上闪烁着思想的纯洁光辉。灿烂、有益和动人的景象。在这十五年中，在和平环境和完全公开的场合，人们见到这样的一些伟大原理，在思想家眼里已非常陈旧而在政治家的认识上却还是崭新的原理：为法律地位平等、信仰自由、言论自由、出版自由、量才授职的甄拔制度而进行工作。这种情况一直延续到一八三〇年。波旁家族是被粉碎在天命手中的一种文明工具。

波旁家族的下台是充满了伟大气势的，这不是就他们那方面来说，而是就人民方面来说。他们大模大样地，但不是威风凛凛地，离开了宝座。他们这种进黑洞似的下台并不是能使后代黯然怀念的那种大张旗鼓的退出；这不是查理一世那种鬼魂似的沉静，也不是拿破仑那种雄鹰似的长啸。他们离去了，如是而已。他们放下了冠冕，却没有保留光轮。他们有了面子，却丢了威仪。他们在一定程度上缺少那种正视灾难的尊严气派。查理十世在去瑟堡的途中，叫人把一张圆桌改成方的，他对这种危难中的仪式比那崩溃中的君权更关心。这种琐碎的作风叫忠于王室的人和热爱种族的严肃的人都灰心失望。至于人民，却是可敬佩的。全国人民在一个早上遭到了一种王家叛变的武装进攻，却感到自己的力量异常强大，因而不曾动怒。人民进行了自卫，克制着自己，恢复了秩序，把政府纳入了法律的轨道，流放了波旁家族，可惜！便止步不前了。他们把老王查理十世从那覆护过路易十四的帏盖下取出来，轻轻地放在地上。他们怀着凄切和审慎的心情去接触那些王族中人的身体。不是一个，也不是几个，而是法兰西，整个法兰西，胜利而且被胜利冲昏了头脑的法兰西，它仿佛想起了并在全世界人的眼前实行了纪尧姆·德·维尔在巷战①

---

① 巷战，指一五八八年五月十二日在巴黎爆发的社会下层群众起义。次年，波旁家族的亨利四世继承了王位。纪尧姆·德·维尔（Guillaume du Vair）是当时的一个政治活动家。

那天以后所说的严肃的话:"对那些平时习惯于博取君王们的欢心,并像一只从一根树枝跳到另一根树枝的小鸟那样,对从危难中的荣誉跳到昌盛中的荣誉的人们来说,要表示自己大胆,敢于反对反抗中的君王,那是容易做到的;可是对我来说,我的君王们的荣誉始终是应当尊敬的,尤其是那些处于患难中的君王。"

波旁家族带去了尊敬的心,却没有带走惋惜的心。正如我们刚才所说的,他们的不幸大于他们自己。他们消失在地平线上了。

七月革命在全世界范围内立即有了朋友和敌人。有些人欢欣鼓舞地奔向这次革命,另一些人背对着它,各人性格不同。欧洲的君王们,起初都像旭日前的猫头鹰,闭上了眼睛,伤心,失措,直到要进行威胁的时候,才又睁开了眼睛。他们的恐惧是可以理解的,他们的愤慨是可以原谅的。这次奇特的革命几乎没有发生震动,它对被击败的王室,甚至连把它当作敌人来对待并流它的血的光荣也没有给。专制政府总喜欢看见自由发生内讧,在那些专制政府的眼里,这次七月革命不应当进行得那么威猛有力而又流于温和。没有出现任何反对这次革命的阴谋诡计。最不满意、最愤慨、最惊悸的人都向它表示了敬意。不管我们的私心和宿怨是多么重,从种种事态中却出现了一种神秘的敬意,人们从这里感到一种高出于人力之上的力量在进行合作。

七月革命是人权粉碎事实的胜利。这是一种光辉灿烂的东西。

人权粉碎事实。一八三〇年革命的光芒是从这里来的,它的温和也是从这里来的。胜利的人权丝毫不需要使用暴力。

人权，便是正义和真理。

人权的特性便是永远保持美好和纯洁。事实上，即使在表面上是最需要的，即使是当代的人所最赞同的，如果它只作为事实存在下去，如果它包含的人权过少或根本不包含人权，通过时间的演进，必将无可避免地变成畸形的、败坏的、甚至荒谬的。如果我们要立即证实事实可以达到怎样的丑恶程度，我们只须上溯几百年，看一看马基雅维利①。马基雅维利绝不是个凶神，也不是个魔鬼，也不是个无耻的烂污作家，他只是事实罢了。并且这不只是意大利的事实，也是欧洲的事实，十六世纪的事实。他仿佛恶劣不堪，从十九世纪的道德观念来看，确也如此。

这种人权和事实的斗争，从有社会以来是一直在不断进行着的。结束决斗，让纯洁的思想和人类的实际相结合，用和平的方法使人权渗入事实，事实也渗入人权，这便是哲人的工作。

二　无　终

但是哲人的工作是一回事，机灵人的工作是另一回事。

一八三〇年的革命很快就止步不前了。

革命一旦搁浅，机灵人立即破坏这搁浅的船。

机灵人，在我们这个世纪里，都自加封号，自命为政治家；

---

① 马基雅维利(Machiavelli,1469—1527)，意大利政治家，曾写过一本《君主论》，主张王侯们在处理政事时不要受通常道德的约束。

因而政治家这个词儿到后来多少有点行话的味道。我们确实不应当忘记,凡是有机智的地方,就必然有小家气。所谓机灵人,也就是庸俗人。

同样,所谓政治家,有时也就等于说:民贼。

按照那些机灵人的说法,革命,像七月革命那样的革命,是动脉管破裂,应当赶快把它缝起来。人权,如果要求过高,便会发生动荡。因此,人权一经认可以后,就应巩固政府。自由有了保障以后,就应想到政权。

到这里,哲人还不至于和机灵人分离,但是已经开始有了戒心。政权,好吧。但是,首先得搞清楚,什么是政权?其次,政权是从什么地方来的?

机灵人似乎听不见这种窃窃私议的反对意见,仍旧继续他们的勾当。

根据那些善于伪称于己有利的意图为实际需要的聪明政治家的说法,革命后的人民最迫切需求的,就一个君主国的人民来说,便是找一个王室的后裔。这样,他们认为,便能在革命以后享有和平,就是说,享有医治创伤和修补房屋的时间。旧王朝可以遮掩脚手架和伤兵医疗站。

但是要找到一个王室的后裔不总是那么容易的。

严格地说,任何一个有才能的人,或者,甚至任何一个有钱的人都够格当国王。波拿巴是前一种例子,伊土比德①是后一种例子。

可是并非任何一个家族都可以拿来当作一个王族的世系。还得多少有点古老的根源才行,几个世纪的皱纹并不是

---

① 伊土比德(Iturbide),墨西哥将军,一八二一年称帝,一八二四年被处决。

一下子就可以形成的。

假使我们站在那些"政治家"的观点去看——当然,我们要保留自己的全部意见——,在革命以后,从革命中产生出来的国王应当具备哪些优越条件呢?他可以是并且最好是革命的,就是说,亲自参加过这次革命的,在那里面插过手的,不问他是否败坏或建立了声望,不问他使过的是斧子还是剑。

一个王裔应当具备哪些优越条件呢?他应当是民族主义的,就是说,不即不离的革命者,这不是从他具体的行动看,而是从他所接受的思想看。他应和已往的历史有渊源,又能对未来起作用,并且还是富于同情心的。

这一切便说明了为什么早期的革命能满足于选择一个人,克伦威尔或拿破仑;而后来的革命却非选择一个家族不可,不论瑞克家族或奥尔良家族。

这些王室颇像印度的一种无花果树,这种树的枝条能垂向地面,并在土里生根,成为另一棵无花果树。每一根树枝都能建成一个王朝。惟一的条件是向人民低下头来。

这便是那些机灵人的理论。

因而出现了这样的伟大艺术:使胜利多少响起一点灾难的声音,以使利用胜利的人同时也为胜利发抖,每前进一步便散布一点恐怖气氛,拉长过渡工作中的弯路以使进步迟缓下来,冲淡初现的曙光,指控和遏制热情的谋划,削平尖角和利爪,用棉花捂住欢呼胜利的嘴,给人权穿上龙钟肥厚的衣服,把魁伟高大的人民裹在法兰绒里,叫他们赶快去睡觉,强迫过分健康的人忌口,教铁汉子接受初愈病人的饮食,挖空心思去做分化瓦解的工作,请那些害远大理想病的人喝些掺了甘草水的蜜酒,采取种种措施来防止过大的成功,替革命加上一个遮光罩。

一八三〇年便采用了这种一六八八年①在英国已使用过的理论。

一八三〇是一次在半山腰里停了下来的革命。半吊子进步,表面的人权。逻辑可不懂得什么叫做差不离,绝对像太阳不承认蜡烛那样。

是谁使历次革命停留在半山腰呢?资产阶级。

为什么?

因为资产阶级代表满足了的利益。昨天是饿,今天是饱,明天将是胀。

出现在一八一四年拿破仑下台以后的情况又出现在一八三〇年查理十世之后。

人们错误地把资产阶级当作一个阶级。资产阶级只不过是人民中得到满足的那一部分人。资产阶级中的人是那种现在有时间坐下来的人。一张椅子并不是一个社会等级。

但是,由于过早地要求坐下,人们甚至要停止人类前进的步伐。这向来是资产阶级犯下的错误。

人并不因为犯一次错误而成为一个阶级。利己主义不是社会组织的一部分。

并且,说话应当公正,即使对利己主义,也应当如此;在一八三〇年的震动以后,人民中间所谓资产阶级那一部分人所指望的并不是由淡漠和懒惰所构成并含着一点羞愧心情的那种无所作为的局面,也不是那种类似沉沉入梦暂忘一切的睡眠,而是立定。

---

① 一六八八年,奥伦治家族取代斯图亚特家族登上英国王位。

立定,这个词儿,含有一种奇特的并且几乎是矛盾的双重意义:对行进中的部队来说是前进,对进驻来说是休整。

立定,是力量的休整,是拿着武器的警觉的休息,是布置哨兵进行防卫的既成事实。立定,意味着昨天的战斗和明天的战斗。

这是一八三〇和一八四八的中间站。

我们在这儿所说的战斗也可以称为进步。

因此,无论对资产阶级或对政治家们来说,都必须有一个人出来发布这个命令:立定。一个"虽然·因为"。一个既表示革命又表示稳定,换言之,一个能以其调和过去和未来的显明力量来巩固现在的两面人。

这个人是"现成摆着的"。他叫路易-菲力浦·德·奥尔良。

二二一人便把路易-菲力浦捧上了王位。拉斐德主持了加冕典礼。他称他为"最好的共和国"。巴黎市政厅代替了兰斯的天主堂。①

这样以半王位代替全王位便是"一八三〇年的成绩"。

那些机灵人的大功告成以后,他们的灵药的大毛病便出现了。这一切都是在无视于绝对人权的情况下进行的。绝对人权喊了一声:"我抗议!"紧跟着,一种可怕的现象,它又回到黑暗中去了。

---

① 法国革命前国王在兰斯的教堂里举行加冕礼。

三　路易-菲力浦

革命有猛烈的臂膀和灵巧的手，打得坚定，选得好。即使不彻底，甚至蜕化了，变了种，并且降到了雏形革命的地位，例如一八三〇年的革命，革命也几乎必定能保住足够的天赋的明智，不至于走投无路。革命的挫折从来不会是失败。

但我们也不能过于夸大，革命也一样能犯错误，并且有过严重的错误。

我们还是来谈谈一八三〇。一八三〇在它的歧路上是幸运的。在那次突然中止的革命以后建立的所谓秩序的措施中，国王应当优于王权。路易-菲力浦是个难得的人。

他的父亲在历史上固然只能得到一个低微的地位，但他本人是值得敬重的，正如他父亲值得受谴责。他有全部私德和好几种公德。他关心自己的健康、自己的前程、自己的安全、自己的事业。他认识一分钟的价值，却不一定认识一年的价值。节俭，宁静，温良，能干，好好先生和好好亲王。和妻子同宿，在他的王宫里有仆从负责引导绅商们去参观他们夫妇的卧榻（在当年嫡系专爱夸耀淫风以后，这种展示严肃家规的作法是有好处的）。他能懂并且能说欧洲的任何种语言，尤其难得的是能懂能说代表各种利益的语言。他是"中等阶级"的可钦佩的代言人，但又超出了它，并且，从所有各方面看，都比它更伟大。他尽管尊重自己的血统，但又聪敏过人，特别重视自身的真实价值，尤其是在宗枝问题上，他宣称自己属于奥尔良系，不属于波旁系；当他还只是个至宁极静亲王殿下的时候，他俨然以直系亲王自居，一旦成了国王陛下，却又是个诚实的平民。在大众面前,不拘形迹,与友朋相处,平易近人;有吝啬的名声,但未经证实;其实,他原不难为自己的豪兴或职责而从事挥霍,但他能勤俭持家。有文学修养,但不大关心文采;为人偶傥而不风流,朴素安详而又坚强。受到家人和族人的爱戴,谈吐娓娓动听,是一个知过能改、内心冷淡、服从目前利益、事必躬亲、不知报怨也不知报德、善于无情地利用庸才来削弱雄才、利用议会中的多数来挫败那些在王权下面隐隐责难的一致意见。爱说真心话,真心话有时说得不谨慎,不谨慎处又有非凡的高明处。善于随机应变,富于面部表情,长于装模作样。常用欧洲来恫吓法国,又常用法国来恫吓欧洲。不容置辩地爱他的祖国,但更爱他的家庭。视治理重于权力,视权力重于尊严,这种性格,在事事求成方面,有它的短处,它允许耍花招,并不绝对排斥卑劣手段,但也有它的长处,它挽救了政治上的激烈冲突,国家的分裂和社会的灾难。精细,正确,警惕,关心,机敏,不辞疲劳;有时自相矛盾,继又自我纠正。在安科纳大胆地反抗奥地利,在西班牙顽强地反抗英国,炮轰安特卫普,赔偿卜利查①。满怀信心地歌唱《马赛曲》,不知道有颓丧疲劳,对美和理想的爱好,大无畏的豪气,乌托邦,幻想,愤怒,虚荣心,恐惧,具有个人奋战的各种形式。瓦尔米的将军,热马普的士兵,八次险遭暗杀,仍一贯笑容满面,和榴弹兵一样勇敢,和思想家一样坚强。只在欧洲动荡的机会面前担忧,不可能在政治上冒大风险,随时准备牺牲生命,从不放松自己的事业,用影响来掩盖自己的意图,使人

---

① 卜利查(George Pritchard,1796—1883),英国传教士,毁坏他在塔希提岛的财产是引起一八四三年英法冲突的导火线。

们把他当作一个英才而不是当作一个国王来服从,长于观察而不善于揣度,不甚重视人的才智,但有知人之明,就是说,不以耳代目。明快锐利的感觉,重视实利的智力,辩才无碍,强记过人;不断地借用这种记忆,这是他惟一像恺撒、亚历山大和拿破仑的地方。知道实况、细节、日期、具体的名字;不知趋势、热情、群众的天才、内心的呼吁、灵魂的隐秘动乱,简言之,一切人可以称为良知良能的那一切无形活动。为上层所接受,但和法兰西的下层不甚融洽,通权达变,管理过多,统治不足,自己当自己的内阁大臣,极善于用一点小小事物来阻挡思想的洪流,在教化、整顿和组织等方面的真正创造力中,夹杂着一种说不出的讲究程序、斤斤计较的精神状态。一个王朝的创始人和享有人,有些地方像查理大帝,有些地方又像个书吏,总之,是个超卓不凡的形象,是个能在法国群情惶惑的情况下建立政权并在欧洲心怀嫉妒的情况下巩固势力的亲王。路易-菲力浦将被列于他这一世纪中杰出人物之列,并且,假使他稍稍爱慕荣誉,假使他对伟大事物的感情能和他对实用事物的感情达到同样的高度,他还可以跻身于历史上赫赫有名的统治者之列。

路易-菲力浦生得俊美,老了以后,仍然有风采;不一定受到全国人的赞许,却得到了一般老百姓的好感;他能讨人喜欢。他有这么一种天赋:魅力。他缺少威仪,虽是国王,却不戴王冕,虽是老人,却没有白发。他的态度是旧时代的,习惯却是新时代的,是贵族和资产阶级的混合体,正适合一八三〇的要求。路易-菲力浦代表王权占统治地位的过渡时期,他保持古代的语音和写法,用来为新思想服务,他爱波兰和匈牙利,但却常写成"polonois",说成"hongrais"。① 他像查理十世那样,穿一身国民自卫军的制服,像拿破仑那样,佩一条荣誉勋章的勋标。

他很少去礼拜堂,从不去打猎,绝不去歌剧院。不受教士、养狗官和舞女的腐蚀,这和他在资产阶级中的声望是有关系的。他没有侍臣。他出门时,胳膊下常夹着一把雨伞,这雨伞一直是他头顶上的光轮。他懂一点泥瓦工手艺,也懂一点园艺,也懂一点医道,他曾为一个从马背上摔下来的车夫放血,路易-菲力浦身上老揣着一把手术刀,正如亨利三世老揣着一把匕首一样。保王派常嘲笑这可笑的国王,笑他是第一个用放血来治病的国王。

在历史对路易-菲力浦的指责方面,有一个减法要做。有对王权的控诉,有对王政的控诉,也有对国王的控诉,三笔账,每一笔的总数都不同。民主权利被废除,进步成了第二位利益,市民的抗议被暴力平息,起义被武装镇压,骚乱被刺刀戳通,特兰斯诺南街②,军事委员会,真正的国家被合法的国家所合并,和三十万特权人物对半分账的政策是王权的业绩;比利时被拒绝,阿尔及利亚被征服得过分猛烈,并且,正如英国对待印度那样,野蛮手段多于文明方法,对阿布德-艾尔-喀德③的背信,白莱伊、德茨被收买,卜利查受赔偿,这些是王政的业绩;家庭重于国家的政策,这是国王的业绩。

---

① 正确的拼法应为"polonais"(波兰人)和"hongrois"(匈牙利人)。
② 特兰斯诺南街,一八三四年四月十四日,政府军曾在巴黎特兰斯诺南街大肆屠杀起义人民。
③ 阿布德-艾尔-喀德(Abd el kader,1808—1883),一八三二年至一八四七年阿尔及利亚人民反对法国侵略者的民族解放斗争的领袖。

可以看到,账目清理以后,国王的负担便轻了。

他的大缺点是:在代表法国时,他过于谦逊了。

这缺点是从什么地方来的呢?

我们来谈谈。

路易-菲力浦,作为一个国王,他太过于以父职为重;人们希望能把一个家庭孵化为一个朝代,而他处处害怕,不敢有所作为;从而产生了过度的畏怯,使这具有七月十四日民权传统和奥斯特里茨军事传统的民族厌烦。

此外,如果我们把那些应当最先履行的公职放下不谈,路易-菲力浦对他家庭的那种深切关怀是和他那一家人相称的。那一家人,德才兼备,值得敬佩。路易-菲力浦的一个女儿,玛丽·德·奥尔良,把她的族名送进了艺苑,正如查理·德·奥尔良把它送上了诗坛。她感情充沛地塑造过一尊名为《贞德》的石像。路易-菲力浦的两个儿子曾从梅特涅的嘴里得到这样一句带蛊惑性的恭维话:"这是两个不多见的青年,也是两个没见到过的王子。"

这便是路易-菲力浦不减一分也不增一分的真情实况。

蓄意要作一个平等亲王,本身具有王朝复辟和革命之间的矛盾,有在政权上安定人心的那种令人担心的革命趋向,这些便是路易-菲力浦在一八三○的幸运;人和时势之间从来不曾有过比这更圆满的配合;各得其所,而且具体体现。这就是路易-菲力浦在一八三○的运气。此外,他还有这样一个登上王位的大好条件:流亡。他曾被放逐,四处奔波,穷苦。他曾靠自己的劳力过活。在瑞士,这个法国最富饶的亲王采地的承袭者曾卖掉一匹老马来填饱肚子。他曾在赖兴诺为人补习数学,他的妹子阿黛拉伊德从事刺绣和缝纫。一个国王的这些往事是资产阶级中人所津津乐道的。他曾亲手拆毁圣米歇尔山上最后的那个铁笼子,那是路易十一所建立,并曾被路易十五使用过的。他是杜木里埃①的袍泽故旧,拉斐德的朋友,他参加过雅各宾俱乐部,米拉波拍过他的肩膀,丹东曾称呼他为年轻人!九三年时,他二十四岁,还是德·沙特尔先生②,他曾坐在国民公会的一间黑暗的小隔厢底里,目击对那个被人非常恰当地称为"可怜的暴君"的路易十六的判决。革命的昏昧的灼见,处理君主以粉碎君权,凭借君权以粉碎君主,在思想的粗暴压力下几乎没有注意那个人,审判大会上的那种漫天风暴,纷纷质问的群众愤怒,卡佩③不知怎样回答,国王的脑袋在阴风中岌岌可危的那种触目惊心的景象,所有的人,判决者和被判决者,在这悲剧中的相对清白,这些事物,他都见过,这些惊险场面,他都注视过;他看见了若干个世纪在国民公会的公案前受审;他看见了屹立在路易十六——这个应负责的倒霉蛋——背后黑影中的那个骇人的被告:君主制;他在他的灵魂里一直保存着对那种几乎和天谴一样无私而又大刀阔斧的民意裁决的敬畏心情。

革命在他心里留下的痕迹是不可想象的。他的回忆仿佛是那些伟大岁月一分钟接一分钟的生动图片。一天,他曾面

---

① 杜木里埃(Dumouriez,1739—1823),法国将军和十八世纪末资产阶级革命时期的政治活动家,吉伦特党人,一七九二至一七九三年为北部革命军队指挥官,一七九三年三月背叛法兰西共和国。
② 德·沙特尔先生,路易-菲力浦原是德·沙特尔公爵。
③ 卡佩(Capet),指路易十六。因波旁王朝是瓦罗亚王朝(1328—1589)的支系,而瓦罗亚王朝又是卡佩王朝(987—1328)的旁系。国民公会称路易十六为"路易·卡佩",意在强调封建君主制的政体是世代相传的,并着重指出互有血统关系的诸王朝是反人民的共犯。

对一个我们无法怀疑的目击者,把制宪议会那份按字母次序排列的名单中的"A"字部分,单凭记忆,就全部加以改正。

路易-菲力浦是一个朗如晴天的国王。在他统治期间,出版是自由的,开会是自由的,信仰和言论也都是自由的。九月的法律是疏略的。他虽然懂得阳光对特权的侵蚀作用,但仍把他的王位敞在阳光下。历史对这种赤诚,将来自有公论。

路易-菲力浦,和其他一切下了台的历史人物一样,今天正受着人类良心的审判。他的案子,还只是在初步审查期间。

历史爽朗直率发言的时刻,对他来说,还没有到来,现在还不到对这国王下定论的时候;严正而名噪一时的历史学家路易·勃朗最近便已减缓了自己最初的判词;路易-菲力浦是由两个半吊子,所谓二二一和一八三〇选出来的,就是说,是由半个议会和半截革命选出来的;并且,无论如何,从哲学所应有的高度来看,我们只能在以绝对民主为原则作出的某些保留情况下来评论他,正如读者已在前面大致见到过的那样;在绝对原则的眼睛里,凡是处于这两种权利——首先是人权,其次是民权——之外的,全是篡夺;但是,在作了这些保留后我们现在可以说的是:"总而言之,无论人们对他如何评价,就路易-菲力浦本人并从他本性善良这一点来说,我们可以引用古代史中的一句老话,说他仍将被认为是历代最好的君王之一。"

他有什么是应当反对的呢?无非是那个王位。从路易-菲力浦身上去掉国王的身份,便剩下了那个人。那个人却是好的。他有时甚至好到令人钦佩。常常,在最严重的忧患中,和大陆上所有外交进行了一整天的斗争之后,天黑了,他才回到他的寓所,精疲力竭,睡意很浓,这时,他干什么呢?他拿起一沓卷宗,披阅一桩刑事案件,直到深夜,认为这也是和欧洲较量有关的事,但是更重要的是和刽子手争夺一条人命。他常和司法大臣强辩力争,和检察长争断头台前的一寸土,他常称他们为"啰嗦法学家"。有时,他的桌上满是成堆的案卷,他一定要一一研究,对于他,放弃那些凄惨的犯人头是件痛心的事。一天,他曾对我们在前面提到过的那同一个目击者说:"今天晚上,我赢得了七个脑袋。"在他当政的最初几年中,死刑几乎被废除了,重建的断头台是对这位国王的一种暴力。格雷沃刑场已随嫡系消逝了,继又出现了一个资产阶级的格雷沃刑场,被命名为圣雅克便门刑场;"追求实际利益的人"感到需要一个大致合法的断头台,这是代表资产阶级里狭隘思想的那部分人的卡齐米尔·佩里埃①对代表自由主义派的路易-菲力浦的胜利之一。路易-菲力浦曾亲手注释贝卡里亚的著作。在菲埃斯基②的炸弹被破获以后,他喊着说:"真不幸,我没有受伤!否则我便可以赦免了。"另一次,我们这时代最高尚的人之一被判为政治犯,他在处理这案件时,联想到内阁方面的阻力,曾作出这样的批示:"同意赦免,仍待我去争取。"路易-菲力浦和路易九世一样温和,也和亨利四世一样善良。

因此,对我们来说,善良既是历史中稀有的珍珠,善良的人便几乎优于伟大的人。

路易-菲力浦受到某些人严峻的评论,也许还受到另一

---

① 卡齐米尔·佩里埃(Casimir Périer),路易-菲力浦的内政大臣,大银行家。
② 菲埃斯基(Fieschi),科西嘉人,一八三五年企图暗杀路易-菲力浦,未成被处死。

些人粗鲁的评论，一个曾熟悉这位国王、今日已成游魂的人①，来到历史面前为他作证，那也是极自然的；这种证词，不管怎样，首先，明明白白，是不含私意的；一个死人写出的墓志铭总是真诚的，一个亡魂可以安慰另一个亡魂，同在冥府里的人有赞扬的权利，不用害怕人们指着海外的两堆黄土说："这堆土向那堆土献媚。"

四　基础下面的裂缝

在路易-菲力浦当国的初期，天空已多次被惨淡的乌云所笼罩，我们叙述的故事即将进入当时的一阵乌云的深处，本书对这位国王，必须有所阐述，不能模棱两可。

路易-菲力浦掌握王权，并非通过他本人的直接行动，也没使用暴力，而是由于革命性质的一种转变，这和那次革命的真正目的显然相去甚远，但是，作为奥尔良公爵的他，在其中绝无主动的努力。他生来就是亲王，并自信是被选为国王的。他绝没有为自己加上这一称号，他一点没有争取，别人把这称号送来给他，他加以接受罢了；他深信，当然错了，但他深信授予是基于人权，接受是基于义务。因此，他的享国是善意的。我们也真心诚意地说，路易-菲力浦享国是出于善意，民主主义的进攻也是出于善意，种种社会斗争所引起的那一点恐怖，既不能归咎于国王，也不能归咎于民主主义。主义之间的冲突有如物质间的冲突。海洋护卫水，狂风护卫空气，国王护卫

---

① 指作者自己。作者写本书时正流亡国外，其时路易-菲力浦在英国死去已十年。

王权,民主主义护卫人民;相对抗拒绝对,就是说,君主制抗拒共和制;社会常在这种冲突中流血,但是它今天所受的痛苦将在日后成为它的幸福;并且,不管怎样,那些进行斗争的人在此地是丝毫没有什么可责备的;两派中的一派显然是错了,人权并不像罗得岛的巨像①那样,同时脚跨两岸,一只脚踏在共和方面,一只脚踏在君权方面;它是分不开的,只能站在一边;但是错了的人是错得光明的,盲人并不是罪人,正如旺代人不是土匪。我们只能把这些猛烈的冲突归咎于事物的必然性。不问这些风暴的性质如何,其中人负不了责任。

让我们来完成这一叙述。

一八三〇年的政府立即面对困难的生活。它昨天刚生下来,今日便得战斗。

七月的国家机器还刚刚搭起,装配得还很不牢固,便已感到处处暗藏着拖后腿的力量。

阻力在第二天便出现了,也许在前一天便已存在。

对抗势力一月一月壮大起来,并且暗斗变成了明争。

七月革命,我们已经说过,在法国国外并没受到君王们的欢迎,在国内又遇到了各种不同的解释。

上帝把它明显的意图通过种种事件揭示给人们,那原是一种晦涩难解的天书。人们拿来立即加以解释,解释得草率不正确,充满了错误、漏洞和反义。很少人能理解神的语言。最聪明、最冷静、最深刻的人慢慢加以分析,可是,当他们把译

---

① 罗得岛的巨像,公元前二八〇年在希腊罗得岛上建成的一座太阳神青铜塑像,高三十二米,耸立在该岛港口,胯下能容巨舶通过。公元前二二四年在一次大地震中被毁。

文拿出来时,事情早已定局了,公共的广场上早已有了二十种译本。每一种译本产生一个党,每一个反义产生一个派,并且每一个党都自以为掌握了惟一正确的译文,每一个派也自以为光明在自己的一边。

当权者本身往往自成一派。

革命中常有逆流游泳的人,这些人都属于旧党派。

旧党派自以为秉承上帝的恩宠,拥有继承权,他们认为革命是由反抗的权利产生出来的,他们便也有反抗革命的权利。错了。因为,在革命中反抗的不是人民,而是国王。革命恰恰是反抗的反面。任何革命者是一种正常的事业,它本身具有它的合法性,有时会被假革命者所玷污,但是,尽管被玷污,它仍然要坚持下去,尽管满身血迹,也一样要生存下去。革命不是由偶然事件产生的,而是由需要产生的。革命是去伪存真。它是因为不得不发生而发生的。

旧正统主义派也凭着谬误的理解所产生的全部戾气对一八三〇年革命大肆攻击。谬见常是极好的炮弹。它能巧妙地打中那次革命的要害,打中它的铁甲的弱点,打中它缺少逻辑的地方,正统主义派抓住了王权问题来攻击那次革命。他们吼道:"革命,为什么要这国王?"瞎子也真能瞄准。

这种吼声,也是共和派常常发出的。但是,出自他们,这吼声便合逻辑。这话出自正统主义派的口是瞎说,出自民主主义派的口却是灼见。一八三〇曾使人民破产。愤激的民主主义要向它问罪。

七月政权在来自过去和来自未来的两面夹击中挣扎。它代表若干世纪的君主政体和永恒的人权之间的那一刹那。

此外,在对外方面,一八三〇既已不是革命,并且变成了君主制，它便非跟着欧洲走不可。要保住和平，问题便更加复杂。违反潮流，倒转去寻求和洽，往往比进行战争更为棘手。从这种经常忍气而不尽吞声的暗斗中产生了武装和平——一种连文明自身也信不过的殃民办法。七月王朝无可奈何地像一匹烈马在欧洲各国内阁所驾驭的辕轭间腾起前蹄打蹦儿。梅特涅一心要勒紧缰绳。七月王朝在法国受着进步力量的推动，又在欧洲推动那些君主国，那伙行走缓慢的动物。它被拖，也拖人。

同时，在国内，社会上存在着一大堆问题：贫穷、无产阶级、工资、教育、刑罚、卖淫、妇女的命运、财富、饥寒、生产、消费、分配、交换、币制、信贷、资本的权利、劳工的权利等，情势岌岌可危。

在真正的政党以外，还出现另一种动态。和民主主义的酝酿相呼应的还有哲学方面的酝酿。优秀人物和一般群众都感到困惑，情况各不同，但同在困惑中。

有些思想家在思考，然而土壤，就是说，人民大众，受到了革命潮流的冲击，却在他们下面，被一种无以名之的癫痫震荡着。这些思想家，有的单干，有的汇合成派，并且几乎结为团体，把各种社会问题冷静而深入地揭示出来；这些坚忍的无动于衷的地下工人把他们的坑道静静地挖向火山的深处，几乎不为潜在的震动和隐约可辨的烈焰所动摇。

那种平静并非是那动荡时代最不美的景象。

那些人把各种权利问题留给政党，他们一心致力于幸福问题。

人的福利，这才是他们要从社会中提炼出来的东西。

他们把物质问题，农业、工业、商业等问题提到了几乎和宗教同样高贵的地位。文明的构成,成于上帝的少,成于人类的多,在其中,各种利益都以某一种动力的规律彼此结合、汇集、掺和,从而构成一种真正坚硬的岩石,这已由那些经济学家——政治上的地质学家——耐心研究过的。

他们试图凿穿这岩石,使人类无上幸福的源泉从那里源源喷出,这些人,各自聚集在不同的名称下面,但一律可用社会主义者这个属名来称呼他们。

他们的工程包括一切,从断头台问题直到战争问题都被包括在内。在法兰西革命所宣告的人权之外,他们还加上了妇女的权利和儿童的权利。

这点是不足为奇的,由于种种原因,我们不能在这里就社会主义所提出的各种问题——从理论上作出详尽的论述,我们只打算略提一下。

社会主义者所要解决的全部问题,如果把那些有关宇宙形成学说的幻象、梦想和神秘主义都撇开不谈,可以概括为两个主要问题:

第一个问题:

生产财富。

第二个问题:

分配财富。

第一个问题包括劳动问题。

第二个包括工资问题。

第一个问题涉及劳力的使用。

第二个涉及享受的配给。

从劳力的合理使用产生大众的权利。

从享受的合理配给产生个人的幸福。

所谓合理的配给,并非平均的配给,而是公平的配给。最首要的平等是公正。

把外面的大众权利和里面的个人幸福这两个东西合在一起,便产生了社会的繁荣。

社会的繁荣是指幸福的人、自由的公民、强大的国家。

英国解决了这两个问题中的第一个。它出色地创造了财富!但分配失当。这种只完成一个方面的解决办法必然把它引向这样两个极端:丑恶不堪的豪华和丑恶不堪的穷苦。全部享受归于几个人,全部贫乏归于其余的人,就是说,归于人民;特权、例外、垄断、封建制都从劳动中产生。把大众的权利建立在私人的穷苦上面,国家的强盛扎根于个人的痛苦中,这是一种虚假的、危险的形势。这是一种组织得不好的强盛,这里面只有全部物质因素,毫无精神因素。

共产主义和土地法以为能解决第二个问题。他们搞错了。他们的分配扼杀生产。平均的授予取消竞争。从而也取消劳动。这是那种先宰后分的屠夫式的分配方法。因此,不可能停留在这种自以为是的办法上。扼杀财富并不是分配财富。

这两个问题必须一同解决,才能解决得当。两个问题必须并为一个来加以解决。

只解决这两个问题中的第一个吧,你将成为威尼斯,你将成为英格兰。你将和威尼斯一样只有一种虚假的强盛,或是像英格兰那样,只有一种物质上的强盛,你将成为一个恶霸。你将在暴力前灭亡,像威尼斯的末日那样,或是在破产中灭亡,像英格兰的将来那样。并且世界将让你死亡,让你倒下,因为凡是专门利己，凡是不能为人类代表一种美德或一种思想的事物，世界总是让它们倒下去，死去的。

当然，我们在这里提到了威尼斯和英格兰，我们所指的不是那些民族，而是那些社会结构，指高踞在那些民族上面的寡头政治，不是那些民族本身。对于那些民族，我们始终是尊敬、同情的。威尼斯的民族必将再生，英格兰的贵族必将倾覆，英格兰的民族却是不朽的。这话说了以后，我们继续谈下去。

解决那两个问题，鼓励富人，保护穷人，消灭贫困，制止强者对弱者所施的不合理的剥削，煞住走在路上的人对已达目的的人所怀的不公道的嫉妒，精确地并兄弟般地调整对劳动的报酬，结合儿童的成长施行免费的义务教育，并使科学成为成年人的生活基础，在利用体力的同时发展人们的智力，让我们成为一个强国的人民，同时也成为一个幸福家庭的成员，实行财产民主化，不是废除财产，而是普及财产，使每个公民，毫无例外，都成为有产者，这并不像人们所想象的那么困难，总而言之，要知道生产财富和分配财富，这样，你便能既有物质上的强大，也有精神上的强大，这样，你才有资格自称为法兰西。

这便是不同于某些迷失了方向的宗派并高出于它们之上的社会主义所说的，这便是它在实际事物中所探索的，这便是它在理想中所设计的。

可贵的毅力！神圣的意图！

这些学说，这些理论，这些阻力，国务活动家必须和哲学家们一同正视的那种出人意料的需要，一些零乱而隐约可见的论据，一种有待于创始、既能调和旧社会而又不过分违反革命理想的新政策,一种不得不利用拉斐德来保护波林尼雅克①的形势,对从暴动中明显反映出来的进步力量的预感,议会和街道,发生在他左右的那些有待平衡的竞争,他对革命的信念,也许是模糊地接受了一种从正式而崇高的权利里产生的临时退让心情,他重视自己血统的意志,他的家庭观念,他对人民的真诚尊重,他自己的忠厚,这一切,常使路易-菲力浦心神不定,几乎感到痛苦,并且,有时,尽管他是那么坚强、勇敢,也使他在当国王的困难前感到灰心丧气。

他觉得在他脚下有种可怕的分裂活动,但又不是土崩瓦解,因为法兰西比以往任何时候都更加法兰西了。

阴霾遮住天边。一团奇特的黑影越移越近,在人、物、思想的上空慢慢散开,是种种仇恨和种种派系的黑影。被突然堵住了的一切又在移动酝酿了。有时,这忠厚人的良心不能不在那种夹杂诡辩和真理的令人极不舒畅的空气里倒抽一口气。人们的心情如同风暴将临时的树叶,在烦惑的社会中发抖。电压是那么强,以致常有一个来历不明的陌生人在某种时刻突然闪过。接着又是一片黑暗昏黄。间或有几声闷雷在远处隐隐轰鸣,使人们意识到云中蕴蓄着的电量。

七月革命发生后还不到二十个月,一八三二年便在紧急危殆的气氛中开始了。人民的疾苦,没有面包的劳动人民,最后一个孔代亲王的横死②,仿效驱逐波旁家族的巴黎而驱逐纳索家族的布鲁塞尔,自愿归附一个法兰西亲王而终被交给

---

① 在法国一八三〇年革命中,拉斐德是自由保王派,波林尼雅克是被推翻的查理十世王朝的内阁大臣。
② 孔代(Condé),波旁家族的一个支系,一八三〇年孔代亲王被人吊死在野外,未破案。

一个英格兰亲王的比利时，尼古拉的俄罗斯仇恨，站在我们背后的两个南方魔鬼西班牙的斐迪南和葡萄牙的米格尔，意大利的地震，把手伸向博洛尼亚的梅特涅，在安科纳以强硬手段对付奥地利的法兰西，从北方传来把波兰钉进棺材的那阵无限悲凉的锤子声音，整个欧洲瞪眼望着法国的那种愤激目光，随时准备趁火打劫、落井下石的不可靠的盟国英格兰，躲在贝卡里亚背后拒绝向法律交出四颗人头的贵族院，从国王车子上刮掉的百合花，从圣母院拔去的十字架，物化了的拉斐德，破产了的拉菲特，死于贫困的班加曼·贡斯当，死于力竭的卡齐米尔·佩里埃，在这王国的两个都市中——一个思想的城市，一个劳动的城市——同时发生了政治病和社会病，巴黎的民权战争，里昂的奴役战争，两个城市中的同一种烈焰，出现在人民额头上的那种类似火山爆发的紫光，狂烈的南方，动荡的西方，待在旺代的德·贝里公爵夫人，阴谋，颠覆活动，暴乱，霍乱，这些都在种种思潮的纷争之上增添了种种事变的纷起。

五　历史所自出而为历史所不知的事物

将近四月底时，一切情况都严重起来了。酝酿成了沸腾。从一八三〇年起，这里那里都有过一些局部的小骚动，立即遭到了扑灭，但是随扑随起，这是地下暗流进行大汇合的信号。大动乱有一触即发之势。一种可能的革命已露出若隐若现的迹象。法国望着巴黎，巴黎望着圣安东尼郊区。

圣安东尼郊区，暗中早已火热，即将进入沸腾。

夏罗纳街上的那些饮料店是严肃而汹涌澎湃的，虽然把这两组形容词连在一起来谈那些店是显得有些特别的。

在那些地方,人们根本或干脆不把政府放在眼里。人们在那里公开讨论"是打还是呆着不动的问题"。在那些店的一些后间里,有人在听取一些工人宣誓:"一听到告警的呼声,便立即跑到街上,并且不问敌人多少,立即投入战斗。"宣誓以后,一个坐在那店角落里的人便"敞着嗓门"说:"你同意啦!你宣誓啦!"有时,那人还走到一层楼上的一间关上了门的屋子里,并在那里举行一个类似秘密组织所惯用的仪式。那人教初入组织的人作出诺言:"为他服务,如同对家长那样。"那是一种公式。

在那些矮厅里,有人在阅读"颠覆性"的小册子。"他们冒犯政府",当时一个秘密报告这样说。

在那些地方,人们常听到这样一些话:"我不知道首领们的姓名。我们,要到最后的两个钟头才能知道日期。"一个工人在说:"我们一共三百人,每人十个苏吧,就会有一百五十法郎,可以用来制造枪弹和火药。"另一个工人说:"我不指望六个月,也不指望两个月。不到两星期我们便要和政府面对面了。有了两万五千人,便可以交一下手。"另一个说:"我从不睡,因为我整夜做子弹。"有些"资产阶级模样的穿着漂亮衣服"的人不时走来"耍派头","指手画脚"和那些"重要角色"握握手,便走了。他们停留的时间从来不超过十分钟。人们低声谈着一些有深意的话:"布置已经完成,事情已经到了头了。"一个当时在场的人的原话:"所有在场的人都嗡嗡地那样说。"群情是那样激奋,以致有一天,一个工人对着满店的人嚷道:"我们没有武器!"他的一个同志回答说:"大兵们有!"这样便无意中引用了波拿巴的《告意大利大军书》。

有一个情报还说:"更重要的秘密,他们不在那些地方传达。"旁人不大明了他们在说了他们所说的那些话以后还瞒着些什么。

那些会有时是定期举行的。在某些会里,从来不超过八个或十个人,并且老是原来那几个。另外一些会,任人随意参加,会场便拥挤到有些人非立着不可。到会的人,有的是出于激情和狂热,有的是因为"那是找工作的路子"。和革命时期一样,在那些饮料店里也有一些爱国的妇女,她们拥抱那些新到会的人。

还出现了另外一些有意义的事。

有一个人走进一家饮料店,喝过以后,走出店门说道:"酒老板,欠账,革命会照付的。"

人们常在夏罗纳街对面、一个饮料店老板的家里选派革命工作人员。选票是投在鸭舌帽里的。

有些工人在柯特街一个收学生的剑术教师家里聚会。他家里陈列了各种武器:木剑、棍、棒、花剑。一天,他们把那些花剑头上的套子全去掉了。有个工人说:"我们是二十五个人,但是他们不把我算在内,因为他们把我看作一个饭桶。"这饭桶便是日后的凯尼赛①。

预先思考过的种种琐事也渐渐传开了。一个扫着大门台阶的妇人曾对另一个妇人说:"大家早已在拼命赶做枪弹了。"人们也对着街上的人群宣读一些对各省县国民自卫军发出的宣言。有一份宣言的签字人是"酒商,布尔托"。

---

① 凯尼赛(Quénisset),巴黎圣安东尼郊区的工人,一八四一年九月十三日谋刺奥马尔公爵及奥尔良公爵,未遂。

一天，在勒努瓦市场的一个酒铺门前，有个生着络腮胡子、带意大利口音的人立在一块墙角石上，高声朗读一篇仿佛是由一个秘密权力组织发出的文告。一群群的人向他的四周聚拢来，并对他鼓掌。那些最使听众激动的片段曾被搜集记录下来："……我们的学说被禁止了，我们的宣言被撕毁了，我们的宣传员受到了暗中侦察并被囚禁起来了……""……最近棉纱市场的混乱现象替我们说服了许多中间派……""……人民的将来要由我们这个惨淡的行列来经营……""……摆着的问题就是这样：动还是反动，革命还是反革命。因为，在我们这时代，人们已不承认有什么无为状态或不动状态。为人民还是反人民，问题就在这里。再没有旁的。""……等到有一天，你们感到我们不再适合你们的要求了，粉碎我们就是，但是在那以前，请协助我们前进。"这一切都是公开说的。

另外一些更大胆的事，正因为它们大胆，引起了人民的怀疑。一八三二年四月四日，一个走在街上的人跳上一块圣玛格丽特街转角处的墙角石并且喊道："我是巴贝夫主义者！"但是，人民在他那巴贝夫的下面嗅到了吉斯凯的臭味①。

那个人还说了许多话，其中有这么一段：

"打倒私有财产！左派的反对是无耻的，口是心非的。当他们要显示自己正确的时候，他们便宣传革命。可是，为了不失败，他们又自称是民主派，为了不战斗，他们又自称是保王派。共和主义者是一些生着羽毛的动物。你们得对共和主义者提高警惕，劳动的公民们。"

---

① 吉斯凯（Gisquet），七月王朝时期大金融家，一八三一年曾任警署署长。

"闭嘴,当暗探的公民!"一个工人这样喊。

这一声喊便堵住了那篇演说。

还发生过一些费解的事。

天快黑时,一个工人在运河附近遇见一个"穿得漂漂亮亮的人"对他说:"你去什么地方,公民?"那工人回答说:"我没有认识您的荣幸。""我却认识你,我。"那人接着还说:"你不用怕。我是委员会的工作人员。他们怀疑你不怎么可靠。你知道,要是你走漏消息,人家的眼睛便盯在你身上。"接着,他和那工人握了一下手,临走时还说:"我们不久再见。"

不止是在那些饮料店里,在街上,伸着耳朵的警察们也听到一些奇怪的对话:"赶快申请参加。"一个纺织工人对一个细木工说。

"为什么?"

"不久就要开火了。"

两个衣服破烂的人在街上一面走,一面说出了这么几句耐人寻味、富有明显的扎克雷①味道的话:

"谁统治我们?"

"菲力浦先生。"

"不对,是资产阶级。"

谁要是认为我们在这里提到"扎克雷味道"含有恶意,那他便误会了。扎克雷,指的是穷人。而挨饿的人都有权利。

另一次,有两个人走过,其中的一个对另一个说:"我们有了一个好的进攻计划。"

四个人蹲在宝座便门圆路边的土坑里谈心,旁人只听到

---

① 扎克雷(Jacquerie),指一三五八年法国的农民起义。

这么一句话：

"我们应当尽可能让他不再在巴黎溜达。"

谁呀，"他"？吓坏人的闷葫芦。

那些"主要头儿"——这是郊区的人常用的称号——不露面。人们认为他们常在圣厄斯塔什突角附近的一家饮料店里开讨论会。一个叫奥古什么的人，蒙德都街缝衣业互助社的首领，被认为是那些头儿和圣安东尼郊区之间的主要联络人。但是头儿们的情况始终没有暴露出来，也没有任何一点具体事实能回击一个被告日后在贵族院作出的那句怪傲慢的答词：

"您的首领是什么人？"

"我一个也不知道，一个也不认得。"

这也只不过是一些隐隐闪闪的片言只语，有时，也只是一些道听途说而已。另外还有一些偶然出现的迹象。

一个木工在勒伊街一处房屋建筑工地周围的栅栏上钉木板时，在工地上拾到一封被撕破的信的一个片段，从那上面还可以看出这样几行字：

"……委员会应立即采取措施，为防止各种不同的社团在各组征调人员……"

另有附言：

"据我们了解，在郊区鱼市街附五号，一个武器商人家的院子里有五千或六千支步枪。本组毫无武器。"

使那木工惊奇并把这东西递给他的伙伴们看的是，在相隔几步的地方，他又拾到另外一张纸，同样是撕破了的，但更有意义，这种奇特的材料具有历史价值，因此我们照原样把它抄录下来：

Q	C	D	E	请将本表内容背熟记牢。随后加以撕毁。已被接纳人员,在接受了你们所传达的指示以后,也应同样办理。 敬礼和博爱。 　　u og a¹ fe　　　L。

当日发现这张表格并为之保密的那几个人直到日后才知道那四个大写字母的含义:"Quinturions"(五人队长),"Centurions"(百人队长),"Décurions"(十人队长),"Eclaireurs"(先锋队),"u og a¹ fe"这几个字母代表一个日期:一八三二年四月十五日。在每个大写字母下面,登记着姓名和一些极特殊的情况。例如:Q. 巴纳雷尔,步枪 8 支,枪弹 83 粒,人可靠。C. 布比埃尔,手枪 1 支,枪弹 40 粒。D. 罗莱,花剑 1 柄,手枪 1 支,火药 1 斤。E. 德西埃,马刀 1 把,枪弹匣 1 个,准时。德赫尔,步枪 8 支,勇敢。等等。

木工在同一处工地上,还找到第三张纸,纸上用铅笔很清楚地写了这么一个费解的单子:

　　团结。布朗夏尔。枯树。6。
　　巴拉。索阿兹。伯爵厅。
　　柯丘斯科。奥白利屠夫?
　　J. J. R.
　　凯尤斯·格拉古。
　　审核权。迪丰。富尔。
　　吉伦特派垮台。德尔巴克。莫布埃。
　　华盛顿。班松。手枪 1,弹 86。
　　《马赛曲》。

人民主权。米歇尔。坎康布瓦。马刀。

奥什。

马尔索。柏拉图。枯树。

华沙。蒂伊,《人民报》叫卖。

那个保存这张单子的诚实的市民知道它的含义。据说这单子上是人权社第四区各组组长的姓名住址的全部登记。所有这些被埋没了的事到今天已成历史,我们不妨把它公开出来。还应当补充一点,人权社的成立似乎是在发现这张单子的日期以后。这也许只是一个初步名单。

可是,在那些片言只语和道听途说以后,在那些纸上的一鳞半爪以后,又有一些具体事实开始冒出头来。

波邦古街,在一个旧货商人的铺子里,人们从一张抽斗柜的一个抽斗里搜出了七张一式一样从长里一折四的灰色纸,这几张纸下面还有二十六张用同样的灰色纸裁成的四方块,并且卷成了枪弹筒的形状,另外还有一张硬纸片,上面写着:

硝	十二英两
硫磺	二英两
炭	二英两半
水	二英两

搜查报告还证明抽斗里有强烈的火药味。

一个收工回家的泥瓦工人把他的一个小包忘了,丢在奥斯特里茨桥旁的一条长凳上。这小包被人送到警察哨所。打开来看,包里有两份问答体的印刷品,作者叫拉奥杰尔,还有一首题名为《工人们,团结起来》的歌,和一个盛满了枪弹的白铁盒子。

一个工人在和一个同伴喝酒时,要那同伴摸摸他多么热,那同伴发现他的褂子下有一支手枪。

一群孩子在拉雪兹神甫公墓和宝座便门之间、那段行人最少的公路旁的坑里游戏,他们从一堆刨花和垃圾下找出了一个布口袋,袋里盛着一个做枪弹的模子,一根做枪弹筒的木棍,一个还剩有一些猎枪火药的瓢和一个生铁锅,锅里留有明显的熔铅痕迹。

几个警务人员在早晨五点钟突然冲进一个叫帕尔东的人的家里,发现他正立在床边,手里拿着几个枪弹筒在做。这人便是日后参加美里街垒的一员,一八三四年四月起义时牺牲了的。

快到工人们休息时,有人看见两个人在比克布斯便门和夏朗东便门之间,在两堵墙间的一条巡逻小道旁的一家大门前、有一套暹罗游戏的饮料店附近碰头。一个从工作服下取出一支手枪,把它交给另一个。正要给他时,他发现胸口上的汗水把火药浸潮了一点。他重新上那支手枪,在药池里原有的火药上添上一些火药。随后,那两个人便分头走开了。

一个名叫加雷、日后四月事件发生那天在博布尔街被杀的人,常夸口说在他家里有七百发子弹和二十四颗火石。

政府在某天得到通知说最近有人向郊区散发了一些武器和二十万发枪弹。一星期过后,又散发了枪弹三万发。值得注意的是,警察一点也没有破获。一封被截留的信里说:"八万爱国志士在四个钟头以内一齐拿起武器的日子已经不远了。"

所有这些酝酿活动全是公开的,几乎可以说是安然无事的。即将发作的暴动从容不迫地在政府面前准备它的风雷。

这种仍在暗中进行、但已隐约可见的危机可说是无奇不有。资产阶级泰然自若地和工人们谈论着正在准备中的事。人们问道:"暴动进行得怎么样了?"问这话的语气正如问:"您的女人身体健康吧?"

莫罗街的一个木器商人问道:"你们几时进攻呀?"

另一个店铺老板说:

"马上就要进攻了。我知道。一个月以前,你们是一万五千人,现在你们有两万五千人了。"他献出了他的步枪,一个邻居还愿意出让一支小手枪,讨价七法郎。

总之,革命的热潮正在高涨。无论是在巴黎或法国,没有一处能例外。动脉处处在跳动。正如某些炎症所引起、在人体内形成的那种薄膜那样,秘密组织的网已开始在全国四散蔓延。从那既公开又秘密的人民之友社,产生了人权社,这人权社曾在它的一份议事日程上写上这样的日期:"共和纪元四十年雨月",虽经重罪裁判所宣判勒令解散,它仍继续活动,并用这样一些有意义的名称为它的小组命名:

长矛。

警钟。

警炮。

自由帽。

一月二十一。①

穷棒子。

流浪汉。

前进。

---

① 一七九三年一月二十一日,法王路易十六被处死刑。

罗伯斯庇尔。

水平仪。

《会好的呵》。

人权社又产生了行动社。这是一些分化出来向前跑的急躁分子。另外还有一些社在设法从那些大的母社中征集社员。组员们都因为此拉彼扯而感到为难。例如高卢社和地方组织委员会。又如出版自由会、个人自由会、人民教育会、反对间接税会。还有工人平等社,曾分为三派,平等派、共产派、改革派。还有巴士底军,一种按军队编制组合的队伍,四个人由下士率领,十个人由中士率领,二十人由少尉率领,四十人由中尉率领,从来没有五个以上互相认识的人。一种小心与大胆相结合的创造,似乎具有威尼斯式的天才。为首的中央委员会有两条手臂:行动社和巴士底军。一个正统主义的组织叫忠贞骑士社,在这些共和主义的组织中蠕蠕钻动。结果它被人揭发,并被排斥。

巴黎的这些会社在一些主要城市里都建立了分社。里昂、南特、里尔和马赛都有它们的人权社、烧炭党、自由人社。艾克斯有一个革命的组织叫苦古尔德社。我们已经提到过。

在巴黎,圣马尔索郊区比圣安东尼郊区安静不了多少,学校也并不比郊区平静多少。圣亚森特街的一家咖啡馆和圣雅克-马蒂兰街的七球台咖啡馆是大学生们的联络站。跟昂热的互助社以及艾克斯的苦古尔德社结盟的 ABC 的朋友们社,我们已经见过,常在缪尚咖啡馆里聚会。这一伙年轻人,我们以前曾提到过,也常出现在蒙德都街附近一家酒店兼饭馆的称作科林斯的店里。这些聚会是秘密的。另一些会却尽量公开,我们可以从日后审讯时的这段口供看出他们的大胆:"会议是在什么地方举行的?""和平街。""谁的家里?""街上。""到了哪几个组?""只到一个组。""哪一个?""手工组。""谁是头儿?""我。""你太年轻了,不见得能单独一人担负起这个攻击政府的重大任务吧。你接受什么地方的指示?""中央委员会。"

日后从贝尔福、吕内维尔、埃皮纳勒等地发生的运动来判断,军队和民众一样,也同时有所准备。人们所指望的是第五十二联队、第五、第八、第三十七、第二十轻骑队。在勃艮第和南方的一些城市里,种植了自由树,也就是说,一根顶着一顶红帽子的旗杆。

当时的局势便是这样。

圣安东尼郊区,我们在开始时便已提到,比任何其他地区的民众使这种局势变得更敏锐更紧张。这里是症结所在。

这个古老的郊区,拥挤得像个蚂蚁窝,勤劳、勇敢和愤怒得像一窝蜂,在等待和期望剧变的心情中骚动。一切都在纷攘中,但并不因此而中止工作。这种振奋而阴郁的面貌是无法加以说明的。在这郊区里,无数顶楼的瓦顶下掩盖着种种惨痛的苦难,同时也有不少火热的和稀有的聪明才智。正是由于苦难和聪明才智这两个极端碰在一起,情况尤为危殆。

圣安东尼郊区还有其他一些震颤的原因;因为它经常受到和重大政治动荡连结在一起的商业危机、倒闭、罢工、失业的灾殃。在革命时期,穷苦同时是原因也是后果。它的打击常回到它自身。这些民众,有着高傲的品德,充满了最高的潜在热力,随时准备拿起武器,一触即发,郁怒,深沉,跃跃欲试,所等待的仿佛只是一粒火星的坠落。每当星星之火被事变的风吹逐着,飘在天边时,人们便不能不想到圣安东尼郊区,也不能不想到这个由苦难和思潮所构成的火药库,可怕的机缘把它安置在巴黎的大门口。

圣安东尼郊区的那些饮料店,我们在前面的速写里已经多次描绘过,在历史上是有名的。在动荡的岁月里,人们在那些地方所痛饮的,不仅仅是酒,更多的是语言。一种预感的精神和未来的气息在那里奔流,鼓动着人们的心并壮大着人们的意志。圣安东尼郊区的饮料店有如阿梵丹山上那些建造在巫女洞口暗通神意的酒家,一种人们凭着类似香炉的座头酌饮着厄尼乌斯①所谓巫女酒的酒家。

圣安东尼郊区是人民的水库。革命的冲力造成水库的裂口,人民的主权便沿着裂口流出。这种主权可能有害,它和任何其他主权一样,难免发生错误,但是,尽管迷失方向,它仍是伟大的。我们不妨说它像瞎眼巨人库克罗普斯的吼叫声。

在九三年,根据当时流传着的思想是好还是坏,根据那天是狂热的日子还是奋激的日子,从圣安东尼郊区出发的,时而是野蛮的军团,时而是英雄的队伍。

野蛮。让我们来把这词说明一下。这些毛发直竖的人们,在破天荒第一次爆发的革命的混乱中,衣服破烂,吼声震天,横眉怒目地抡着铁锤,高举长矛,一齐向丧魂落魄的老巴黎涌上去,他们要的是什么呢?他们要的是压迫的终止,暴政的终止,刑戮的终止,成人有工作,儿童有教育,妇女有社会的温暖,要自由,要平等,要博爱,人人有面包,人人有思想,世界乐园化,进步;他们要的便是这神圣、美好、温和的东西:进步;他们走投无路,控制不了自己,这才大发雷霆,袒胸攘臂,抓起

---

① 厄尼乌斯(Ennius),公元前二世纪的拉丁诗人。

棍棒,大吼大叫地来争取。这是一些野蛮人,是的,但是是文明的野蛮人。

他们以无比愤怒的心情宣布人权,即使要经过战栗和惊骇,他们也要强迫人类登上天堂。他们貌似蛮族,却都是救世主。他们蒙着黑夜的面罩要求光明。

这些人很粗野,我们承认,而且狞恶,但他们是为了为善而粗野狞恶的。在这些人之外另有一种人,满脸笑容,周身锦绣,金饰,彩绶,宝光,丝袜,白羽毛,黄手套,漆皮鞋,肘弯支在云石壁炉旁的丝绒桌子上,慢条斯理地坚持维护和保持过去、中世纪、神权、信仰狂、愚昧、奴役、死刑、战争,细声细气彬彬有礼地颂扬大刀、火刑和断头台。至于我们,假如一定要我们在那些文明的野蛮人和野蛮的文明人之间有所选择的话,我们宁肯选择那些野蛮人。

但是,谢谢皇天,另一种选择也是可能的。无论朝前和朝后,陡直的下坠总是不必要的。既不要专制主义,也不要恐怖主义,我们要的是舒徐上升的进步。

上帝照顾。务使坡度舒徐,这便是上帝的全部政策。

六 安灼拉和他的副将们

就在这个时期,安灼拉感到事变可能发生,便暗中着手清理队伍。

大家全在缪尚咖啡馆里举行秘密会议。

安灼拉正以某种闪烁然而说明问题的语言在说着话:

"应当明确一下目前的情况,有些什么人是可靠的。假如需要战士,便应动员起来。准备好打击力量。这并没有什么不好。过路的人,在路上有牛时,要比在路上没牛时有更多的机会碰上牛角。因此,让我们来数数这牛群。我们这里有多少人?这工作不能留到明天去做。干革命的人随时都应抓紧时间。进步不容许延误时机。我们应当提防意外。不要措手不及。现在便应检查一下,我们所做的缝缀工作是否有脱线的地方。这件事今天便应摸清底。古费拉克,你去看看综合工科学校的那些同学。这是他们休假的日子。今天星期三。弗以伊,我说,你去看看冰窖的那些人。公白飞已同意去比克布斯。那儿有一股极好的力量,巴阿雷将去访问吊刑台。勃鲁维尔,那些泥瓦工人有些冷下来了,你到圣奥诺雷-格勒内尔街的会址里去替我们探听一下消息。若李,你到杜普伊特朗医院去了解一下医学院的动态。博须埃到法院去走一趟,和那些见习生谈谈。我,负责苦古尔德。"

"全布置好了。"古费拉克说。

"没有。"

"还有什么事?"

"一件极重要的事。"

"什么事?"公白飞问。

"梅恩便门。"安灼拉回答说。

安灼拉聚精会神凝想了一阵,又说道:

"在梅恩便门,有些云石制造工人、画家、雕刻工场的粗坯工人。那是一伙劲头很大的自己人,但是有点忽冷忽热。我不知道他们最近出了什么事。他们想到旁的事上去了。他们泄了气。有空便打骨牌。应当赶快去和他们谈谈,并且扎扎实实地谈谈。他们聚会的地方在利什弗店里。从中午到一点,可以在那里遇见他们。这一炉快灭的火非打气不可了。

我原想把这事交给马吕斯去办,这人心乱,但还是个好人,可惜他不再来这儿了。我非得有个人去梅恩便门不可。可我没有人了。"

"还有我呢?"格朗泰尔说,"我不是在这儿吗?"

"你?"

"我。"

"你,去教育共和党人!你,用主义去鼓动冷却了的心!"

"为什么不?"

"你也能做点像样的事吗?"

"我的确马马虎虎有这么一点雄心。"格朗泰尔说。

"你一点信仰也没有。"

"我信仰你。"

"格朗泰尔,你肯替我帮个忙吗?"

"帮任何忙都可以。替你擦皮鞋都成。"

"那么,请你不要过问我们的事。去喝你的苦艾酒吧。"

"你太不识好歹了,安灼拉。"

"你会是去梅恩便门的人!你会有这能耐!"

"我有能耐走下格雷街,穿过圣米歇尔广场,打亲王先生街斜插过去,进入伏吉拉尔街,走过加尔默罗修院,转到阿萨斯街,到达寻午街,把军事委员会甩在我后面,跨过老瓦厂街,踏上大路,沿着梅恩大道走去,越过便门,并走进利什弗店里去。我有能耐干这些。我的鞋便有这能耐。"

"你也稍稍认识利什弗店里的那些同志吗?"

"不多。我们谈话都是'你'来'你'去的罢了。"

"你打算和他们谈些什么呢?"

"谈罗伯斯庇尔呗,这还用问!谈丹东。谈主义。"

"你!"

"我。你们对我太不公道了。我上了劲以后,可一点也不含糊。我念过普律多姆①的著作。我知道民约②。我能背我的《二年宪法》。'公民的自由终止于另一公民自由的开始。'难道你以为我是个傻瓜蛋?我抽屉里还有一张旧指券③呢。人的权利,人民的主权,活见鬼!我甚至有点阿贝尔④主义的倾向。我还可以一连六个钟点,手里拿着表,天花乱坠地大谈一通。"

"放严肃点。"安灼拉说。

"我原是一本正经的。"格朗泰尔回答说。

安灼拉思考了几秒钟,作出了一个下决心的人的姿势。

"格朗泰尔,"他沉重地说,"我同意让你去试试。你去梅恩便门就是。"

格朗泰尔原住在贴近缪尚咖啡馆的一间带家具出租的屋子里。他走出去,五分钟过后,又回来了。他回家去跑了一趟,穿上了一件罗伯斯庇尔式的背心。

"红的。"他走进来,眼睛盯着安灼拉说。

他接着便一巴掌狠狠地打在他自己的胸脯上,按着那件背心通红的两只尖角。

他又走上去,凑在安灼拉的耳边说:

---

① 普律多姆(Prudhomme),领导当时巴黎革命活动的一个新闻记者。
② 指《民约论》(du Contrat social),也译作《社会契约论》,卢梭的著作。
③ 指券(assignat),一七八九年至一七九七年在法国流通的一种有国家财产作担保的证券,后当通货使用。
④ 阿贝尔(Hébert,1799—1887),法国的法学家和保守派国务活动家,奥尔良党人,议会议员(1834—1848)。一八四一年起是王家法庭的首席检察官,曾任司法大臣。一八四九年为立法议会议员。

"你放心。"

他拿起他的帽子,猛按在头上,走了。

一刻钟过后,缪尚咖啡馆的那间后厅已经走空。ABC的朋友们社的成员全都各走一方,去干自己的工作了。负责苦古尔德社的安灼拉最后走。

艾克斯的苦古尔德社的成员当时有一部分来到了巴黎,他们常在伊西平原上一处废弃了的采石场开会,在巴黎这一面,这种废弃了的采石场原是很多的。

安灼拉一面朝这聚会的地方走去,同时也全面思考着当时的情势。事态的严重是明显的。事态有如某些潜伏期中的社会病所呈现的症状,当它笨重地向前移动时,稍微出点岔子便能阻止它的进展,打乱它的步伐。这便是崩溃和再生由此产生的一种现象。安灼拉展望前途,在未来昏暗的下摆下面,隐隐望见了一种恍惚有光的晃荡。谁知道?也许时机临近了。人民再度掌握大权,何等美好的景象!革命再度庄严地占有法兰西,并且对世界说:"下文且听明天分解!"安灼拉心中感到满意。炉子正在热起来。这时,安灼拉那一小撮火药似的朋友正分赴巴黎各处。他有公白飞的透辟的哲学辩才,弗以伊的世界主义的热忱,古费拉克的劲头,巴阿雷的笑,让·勃鲁维尔的郁闷,若李的见识,博须埃的嬉笑怒骂,这一切,在他脑子里形成一种从四面八方同时引起大火的电花。人人都在做工作。效果一定会随毅力而来。前途乐观。这又使他想起了格朗泰尔。他想道:"等一等,梅恩便门离我要走的路不远。我何不到利什弗店里去转一趟呢?正好去看看格朗泰尔在干什么,看他的事情办到什么程度了。"

安灼拉到达利什弗店时,伏吉拉尔的钟楼正敲一点。他推开门,走进去,交叉起两条胳膊,让那两扇门折回来抵在他的肩头上,望着那间满是桌子、人和烟雾的厅堂。

从烟雾里传出一个人大声说话的声音,被另一个声音所打断。格朗泰尔正在和他的一个对手你一言我一语。

格朗泰尔和另一张脸对坐在一张圣安娜云石桌子的两旁,桌上撒满了麸皮屑和骨牌,他正用拳头敲那云石桌面,下面便是安灼拉所听到的对话:

"双六。"

"四点。"

"猪!我没有了。"

"你死了。两点。"

"六点。"

"三点。"

"老幺。"

"归我出牌。"

"四点。"

"不好办。"

"你出。"

"我大错特错。"

"你出得好。"

"十五点。"

"再加七点。"

"这样我便是二十二点了。(若有所思。)二十二!"

"你没有料到这张双六吧。我一上来先出了张双六,局面便大不相同。"

"还是两点。"

"老幺。"

"老幺！好吧，五点。"

"我没有了。"

"刚才是你出牌的吧，对吗？"

"对。"

"白板。"

"他运气多好！啊！你真走运！（出了好一会神。）两点。"

"老幺。"

"没有五点，也没有老幺。该你倒霉。"

"清了。"

"狗东西！"

第二卷 爱 潘 妮

一 百 灵 场

马吕斯曾把沙威引向那次谋害案的现场,并目击了出人意料的结局。但是,正当沙威把他那群俘虏押送到三辆马车里还不曾离开那座破房子时,马吕斯便已从屋子里溜走了。当时还只是夜间九点钟。马吕斯去古费拉克住的地方。古费拉克已不是拉丁区固定的居民,为了一些"政治理由",他早就搬到玻璃厂街去住了,这一地区,当时是那些容易发生暴动的地段之一。马吕斯对古费拉克说:"我到你这儿来过夜。"古费拉克把他床上的两条褥子抽出了一条,摊在地上说:"请便。"

第二天早上七点,马吕斯又回到那破房子,向布贡妈付了房租,结清账目,找人来把他的书籍、床、桌子、抽斗柜和两把椅子装上一辆手推车,便离开了那里,也没有留下新地址,因此,当沙威早晨跑来向马吕斯询问有关昨晚那件事时,他只听到布贡妈回答了一声:"搬走了!"

布贡妈深信马吕斯免不了是昨晚被捕那些匪徒的同伙。她常和左近那些看门的妇人嚷着说:"谁能料到?一个小伙子,看上去,你还以为是个姑娘呢!"

马吕斯匆匆搬走,有两个原因。首先,他在那所房子里已见到社会上的一种丑恶面貌:一种比有钱的坏种更为丑恶的穷坏种的面貌,把它那最使人难堪、最粗暴的全部发展过程那么近的呈现在他的眼前,他现在对这地方已有了强烈的反感。其次,他不愿被别人牵着走,在那必然会跟着来的任何控诉书上去出面揭发德纳第。

沙威猜想这年轻人由于害怕而逃避了,或是甚至在那谋害行为进展时,他也可能并没有回家,沙威曾想方设法要把他找出来,但没能做到。

一个月过去了,接着又是一个月。马吕斯始终住在古费拉克那里。他从一个经常在法院接待室里走动的实习律师嘴里听到说德纳第已下了监狱。每星期一,马吕斯送五个法郎到拉弗尔斯监狱的管理处,托人转给德纳第。

马吕斯没有钱,便向古费拉克借那五个法郎。向人借钱,这还是他有生以来的第一次。这五个到时必付的法郎,对出钱的古费拉克和收钱的德纳第两方面都成了哑谜。古费拉克常想道:"这究竟是给谁的呢?"德纳第也常在问自己:"这究竟是从什么地方来的?"

马吕斯心中也苦闷万分。一切又重新堕入五里雾中了。他眼前又成了一片漆黑,他的日子又重陷在那种摸不着边的疑团中。他心爱的那个年轻姑娘,仿佛是她父亲的那个老人,这两个在这世上惟一使他关心、惟一使他的希望有所寄托而又不相识的人,曾从黑暗中、在咫尺之间偶然在他眼前再现了一下,正当他自以为已把他们抓住时,一阵风却又把这两个人影吹散了。没有一点真情实况的火星从那次最惊心动魄的冲突中迸射出来。没有可能作任何猜测。连他自以为知道了的那个名字也落了空。玉秀儿肯定不是她的名字。而百灵鸟又只是一个别名。对那老人,又应当怎样去看呢?难道他真的不敢在警察跟前露面吗?马吕斯又回想起从前在残废军人院左近遇见的白发工人。现在看来,那工人和白先生很可能是同一个人。那么,他要经常改变装束吗?这人,有他英勇可敬的一面,也有他暧昧可疑的一面。他为什么不喊救命?他又为什么要溜走?他究竟是不是那姑娘的父亲?最后,难道他果真就是德纳第自以为认出的那个人吗?德纳第认错了吧?疑问丛生,无从解答。所有这一切,确也丝毫无损于卢森堡公园中那个年轻姑娘所具有的那种天仙似的魅力。令人心碎的苦恼,马吕斯满腔热爱,却又极目苍茫。他被推着,他被拉着,结果动弹不得。一切又全幻灭了,只剩下一片痴情。便连痴情的那种刺激本能和启人急智的力量他也失去了。在一般情况下,在我们心里燃烧着的那种火焰也稍稍能照亮我们的眼睛,向体外多少发射出一点能起作用的微光。马吕斯,却连恋情的那种悄悄的建议也全听不见了。他从来不作这样的打算:假使我到那个地方去看看呢?假使我这样去试试呢?他已不能再称为玉秀儿的她当然总还活在某个地方,却没有任何事物提醒马吕斯应当朝哪个方向去寻找。他现在的生活可以简括为这么一句话:自信心已完全丧失在一种穿不透的阴霾中了。他始终抱着和她再次相见的心愿,可是他已不再存这种希望。

最不幸的是贫困又来临了。他感到这股冷气已紧紧靠在他身边,紧靠在他背后。在那些苦恼的时日里,长期以来,他早已中断了他的工作,而中断工作正是最危险不过的,这是一种习惯的消逝。容易丢弃而难于抓回的习惯。

一定程度的梦想,正如适量的镇静剂,是好的。它可以使在工作中发烧、甚至发高烧的神智得到安息,并从精神上产生一种柔和清凉的气息来修整纯思想的粗糙形象,填补这儿那儿的漏洞和罅隙,连缀段落,并打磨想象的棱角。但过分的梦想能使人灭顶下沉。干精神工作的人而让自己完全从思想掉入梦想,必遭不幸!他自以为进得去便随时出得来,并认为这两者之间没有什么区别。他想错了!

思想是智慧的活动,梦想是妄念的活动。以梦想代思想,便是把毒物和食物混为一谈。

我们记得,马吕斯便是从这儿开始的。狂热的恋情忽然出现,并把他推到了种种无目的和无基础的幻想中。他出门仅仅为了去胡思乱想。缓慢的溃染。喧闹而淤止的深渊。并且,随着工作的减少,需要增加了。这是一条规律。处于梦想状态中的人自然是不节约、不振作的,弛懈的精神经受不住紧张的生活。在这种生活方式中,有坏处也有好处,因为慵懒固然有害,慷慨却是健康和善良的。但是不工作的人,穷而慷慨高尚,那是不可救药的。财源涸竭,费用急增。

这是一条导向绝境的下坡路,在这方面,最诚实和最稳定的人也能跟最软弱和最邪恶的人一样往下滑,一直滑到两个深坑中的一个里去:自杀或是犯罪。

经常出门去胡思乱想的人总有一天会出门去跳水。

过分的梦想能使我们变成艾斯库斯或利勃拉①这类人。

---

① 艾斯库斯(Escousse)和利勃拉(Libras),当时两个年轻诗人,七月革命时曾参加巷战;一八三二年他们在一出戏剧失败后自杀。

马吕斯眼望着那个望不见的意中人,脚却在这条下坡路上一步一步慢慢地往下滑。我们刚才描写的这种情况,看来好像奇怪,其实是真实的。那个不在眼前的人的形象在心里的黑暗处发出光辉,它越消逝,便越明亮,愁苦阴沉的灵魂老看见这一点光明出现在天边,这是内心的沉沉黑夜中的一点星光。她,已经成了马吕斯整个心灵的寄托处。他不再思考旁的事情了,他昏昏沉沉地感到他那身旧衣服已不可能再穿了,新的那身也变旧了,他的衬衣破烂了,帽子破烂了,靴子破烂了,就是说,他的生命也破烂了。他常暗自想道:"只要我能在死去以前再见她一面!"

给他留下的惟一甘美的念头,便是她曾爱过他,她的眼睛已向他表达了这一心事,她不认识他,却了解他的心,也许现在在她所在的地方,不管这地方是多么神秘,她仍爱着他呢。谁知道她不也在想念他,正如他想念她呢?每一颗恋爱的心都有这么一种无可言喻的时刻,在只有理由感受痛苦的情况下,却又会隐隐感到一种喜悦心情的惊扰。他心里有时想道:"这是因为她的思想向我飞来了!"随后他又加上一句:"我的思想应当也能飞向她那里。"

这种幻想,这种使他过后频频点头的幻想,果然在他的心灵里倾注了一种类似希望的光辉。他断断续续地,尤其是在那种易使苦苦思索的人感到怅惘的夜晚,拿起一叠白纸,专把爱情灌注在他脑子里的一些最纯洁、最空泛、最超绝的梦想随笔写了上去。他称这为"和她通信"。

不应当认为他的理智是混乱的。正相反。他失去了从事工作和朝着一个固定目标稳步前进的能力,但是他比任何时候都来得通达和正直。马吕斯常以冷静、现实、不无奇特的目光对待他眼前的事物,形形色色的事和形形色色的人,他对一切,常以诚实的沮丧心情和天真的无私态度作出了中肯的评价。他的判断,几乎摆脱了希望,是高超出众的。

在这样的精神状态中,任何事物都逃不过他,骗不了他,他随时在发现人生、人类和命运的底蕴。这是一个由上帝赋予的具有经得住爱情和苦难的灵魂,它即使在煎熬中也仍然是快乐的!凡是不曾在这双重的光里观察过世事和人心的人,都可以说是什么也没有看真切,什么也看不懂的。

在恋爱和痛苦中的心灵是处在卓绝的状态中。

总之,一天接着一天过去了,却一点也没有新的发现。他只觉得剩下来要他去度过的凄凉时日随时都在缩短。他仿佛已清清楚楚地望见那无底深渊边上的陡壁。

"怎么!"他常这样想,"难道在这以前,我就不会再遇见她了!"

人们顺着圣雅克街往上走,走过便门,再朝左沿着从前的那条内马路往前走一段,便到了健康街,接着便是冰窖,在离哥白兰小河不远的地方,人们会见到一块空地,在围绕巴黎的那种漫长而单调的环城马路的一带,是惟一可以吸引鲁伊斯达尔①坐下来的场所。

那地方散发着一种无以名之的淡远的情趣,一片青草地,上面有几根拉紧的绳索,迎风晾着一些旧衣破布,蔬菜地边有所路易十三时代的古老庄屋,庞大的屋顶上开着光怪陆离的顶楼窗,倾斜破烂的木栅栏,白杨树丛中有个小池塘,几个妇女,笑声,谈话声,朝远处看,能望见先贤祠、盲哑院的树、军医

---

① 鲁伊斯达尔(Ruysdaël,1629—1682),荷兰风景画家。

学院,黑黝黝,矮墩墩,怪模怪样,有趣,美不胜收,在更远处,有圣母院钟塔的严峻的方顶。

由于这地方很值得一看,便谁也不来看这地方。一刻钟里难得有一辆小车和一个车夫走过。

一次,马吕斯独自闲逛,偶然走到这地方的小池边。这天,路上恰巧有个难逢难遇的过路人。马吕斯多少有点被这里近似蛮荒的趣味所感动,他问那过路人:"这地方叫什么名字?"

过路人回答:"百灵场。"

他接着又说了一句:"乌尔巴克杀害伊夫里的那个牧羊姑娘,正在这地方。"

但是"百灵"这两个字一出口,马吕斯便什么也听不见了。在神魂颠倒的情况下,一两个字足使那种急速凝固状态出现。全部思想突然紧紧围绕着一个念头,再不能察觉任何其他事物了。百灵鸟,在马吕斯愁肠深处早已代替了玉秀儿的名字。他在那种迷了心窍的痴情中,傻头傻脑地对自己说:"嘿!这是她的场子。我一定能在这地方找到她的住处。"

这是荒唐的想法,然而却不可抗拒。

从此他天天必去百灵场。

二 监牢孵化中的罪恶胚胎

沙威在戈尔博老屋中的胜利看来好像是很全面的,其实不然。

首先,也是他的主要忧虑,当时沙威并没使那俘房成为俘房。那个逃走了的受害人比那些谋害人更可疑,这个人,匪徒对他既然那么重视，对官方来说，也应当同样是一种奇货吧。

其次，巴纳斯山也从沙威手中漏网。

他得另候机会来收拾这个"香喷喷的妖精"。当时爱潘妮在路边大树底下把风，巴纳斯山遇见了她，便把她带走了，他宁愿去和姑娘调情，不愿跟老头儿找油水。幸亏这样，他仍能逍遥自在。至于爱潘妮，沙威派人把她"钉"住了，这可算不了什么慰藉。爱潘妮和阿兹玛一道，都进了玛德栾内特监狱。

最后，在从戈尔博老屋押往拉弗尔斯监狱的路上，那些主要罪犯中的一个，铁牙，不见了。谁都不知道是怎么回事，警察和卫队们都"莫名其妙"，他化成了一股烟，他从手铐里滑脱了，他从车子的缝里流掉了，马车开裂了，他溜了，大家都不知道该怎么解释，只知道到监狱时，铁牙丢了。那里面有仙人的手法或是警察的手法。铁牙能像一朵雪花融在水里那样融化在黑夜里吗？这里有没有警察方面的默契呢？这人是不是一个在混乱和秩序两方面都有关连的哑谜呢？难道他是犯法和执法的共同中心吗？这个斯芬克司是不是两只前爪踩在罪恶里，两只后爪踩在法律里呢？沙威一点也不接受这种混淆视听的说法，如果他知道有这种两面手法，他浑身的毛都会倒竖起来，在他的队伍里也还有其他一些侦察人员，虽然是他的下属，但警务方面的种种秘密却比他知道得多些，铁牙正是那样一个能成为一个相当好的警察的暴徒。在偷天换日的伎俩方面能和黑暗势力建立起如此密切的关系，这对盗窃来说，是上好的，对警务来说也是极可贵的。这种双刃歹徒是有的。不管怎样，铁牙渺无影踪了。沙威对这件事，躁急甚于惊讶。

至于马吕斯，"这个怕事的傻小子律师"，沙威却不大在乎,连他的名字也忘了。并且,一个律师算什么,律师是随时都能找到的。不过,这玩意儿真就是个律师吗?

审讯开了个头。

裁判官觉得在猫老板匪帮那一伙中间,有一个人可以不坐牢,这样做有好处,希望能从他那里听到一点口风。这人便是普吕戎,小银行家街上的那个长头发。他们把他放在查理大帝院里,狱监们都睁着眼睛注视他。

普吕戎这个名字,在拉弗尔斯监狱里是大伙儿记得的。监狱里有一座丑恶不堪的所谓新大楼院子,行政上称这为圣贝尔纳院,罪犯们却称为狮子沟,这院子有一道锈了的旧铁门,通向原拉弗尔斯公爵府的礼拜堂,后来这里改作囚犯的宿舍。在这门的左边附近,有一堵高齐屋顶、布满了鳞片和扁平苔藓的条石墙,在那墙上,十二年前,还能见到一种堡垒样的图形,是用钉子在石头上胡乱刻画出来的,下方签了这样的字:

普吕戎,一八一一。

这个一八一一年的普吕戎是一八二二年的普吕戎的父亲。

这小普吕戎,我们在戈尔博老屋谋害案里只随便望过一眼,那是个非常狡猾、非常能干、外表憨气十足、愁眉苦脸的健壮小伙子。正因为这股憨气,裁判官才放了他,认为把他放在查理大帝院里比关在隔离牢房里会得用些。

囚犯们并不因为受到法律的管制便互不往来。他们不至于为这点小事而缩手缩脚。因犯罪而坐监并不妨碍再犯他罪。艺术家已有了一幅油画陈列在展览馆里,他照样可以在他的工作室里另创一幅新作。

普吕戎好像已被监牢关傻了。人们有时看见他在查理大帝院里,一连几个钟头呆立在小卖部的窗子附近,像个白痴似的老望着那块肮脏的价目表,从最初的"大蒜,六十二生丁"起直念到最末的"雪茄,五生丁"。要不,他就不停地发抖,磕牙,说他在发烧,并问那病房里那二十八张床可有一张空的。

忽然,在一八三二年二月的下半月里,人们一下子发现普吕戎这瞌睡虫,通过狱里的几个杂工,不是用他自己的名义,而是用他三个伙伴的名义,办了三件不同的事,总共花了他五十个苏,这是一笔很不寻常的费用,引起了监狱警务班长的注意。

经过调查,并参照张贴在犯人会客室里那张办事计费表加以研究之后,终于知道了那五十个苏是这样分配的:三件事,一件是在先贤祠办的,十个苏;一件是在军医学院办的,十五个苏;一件在格勒内尔便门办的,二十五个苏。最末这一笔是计费表上最高的数字。同时,先贤祠、军医学院和格勒内尔又正是三个相当凶恶的便门贼所住的地方,一个叫克吕伊丹涅,又叫皮查罗,一个叫光荣,是个被释放了的苦役犯,一个叫拦车汉子,这次的事又把警察的眼睛引向了他们。普吕戎送出去的那些信不是按地址送达,而是交给一些在街上等候的人,因而警察猜测那里面一定有些为非作歹的秘密通知。加上其他一些蛛丝马迹,他们便把这三个人抓了起来,以为普吕戎的任何密谋都已被挫败。

大致在采取这些措施以后一星期光景,有个晚上,一个巡夜的狱监,在巡查新大楼下层的宿舍并正要把他的栗子丢进栗子箱时——这是当时用来保证狱监们严格执行任务的方法,钉在每个宿舍门口的那些箱子里,每一小时都应有一个栗子落进去——那狱监从宿舍的侦察孔里望见普吕戎正曲腿弯腰地坐在床上,借着墙上的蜡烛光在写什么。守卫跑进去,把普吕戎送到黑牢房里关了一个月,但是没有找到他写的东西。警察便没有能掌握其他情况。

有一件事却是肯定无疑的:第二天,一个"邮车夫"从查理大帝院里被丢向天空,越过那座六层大楼,落在大楼另一面的狮子沟里了。

囚犯们所说的"邮车夫",是一个用艺术手法团起来,送到"爱尔兰"去的面包团子;所谓送到爱尔兰,便是越过牢房的房顶,从一个院子抛到另一个院子。(词源学:越过英格兰,从一个陆地到另一个陆地,爱尔兰。)总之,面包团落到了那个院子里。拾起面包团的人,把它剖开,便能在里面找到一张写给那院子里某个囚犯的字条;发现这字条的,如果是个囚犯,便把它转到指定地点;如果是个守卫,或是一个被暗中收买了的囚犯,也就是监狱里所说的绵羊和苦役牢里所说的狐狸,那字条便会被送到管理处,转给警察。

这一次,那邮车夫达到了目的地,尽管收件人当时正在"隔离"期间。那收件人正是巴伯,猫老板的四巨头之一。

那邮车夫裹着一条卷好的纸,上面只有两行字:

巴伯,卜吕梅街有笔生意好做。
一道对着花园的铁栏门。

这便是普吕戎在那天晚上写的东西。

尽管有层层的男搜查人员和女搜查人员,巴伯终于想到办法把那字条从拉弗尔斯监狱送到他的一个被关在妇女救济院的"相好"手里。这姑娘又把那字条转到一个她认识的叫作马侬的女人那里,后者已受到警察的密切注意,但还未被捕。关于这个马侬,读者已经见过她的名字,我们以后还会谈到她和德纳第一家人的关系,她通过爱潘妮,能在妇女接济院和玛德栾内特监狱之间起桥梁作用。

正在这时,在指控德纳第的案子里,由于有关他的两个女儿的部分缺乏证据,爱潘妮和阿兹玛都被释放了。

爱潘妮出狱时,马侬在玛德栾内特的大门外偷偷候着她,把普吕戎写给巴伯的那张字条给了她,派她去把这件事"弄清楚"。

爱潘妮去卜吕梅街,认清了那铁栏门和花园,细看了那栋房子,窥伺了几天,然后到钟锥街马侬家里,给了她一块饼干,马侬又把这饼干送到妇女救济院巴伯的相好手里。一块饼干,对监狱中的象征主义暗号来说,便是"没有办法"。

因此,不到一星期,巴伯和普吕戎,一个正去"受教导",一个正受了教导回来,两个人在巡逻道上碰了面。普吕戎问:"怎样了,卜街?"巴伯回答:"饼干。"

普吕戎在拉弗尔斯监狱里制造的罪胎就这样流产了。

这次堕胎还有下文,不过和普吕戎的计划完全不相干。我们将来再谈。

我们常常会在想接这一根线的时候,接上了另一根线。

三 马白夫公公的奇遇

马吕斯已不再访问任何人,不过他有时会遇见马白夫公公。

这时,马吕斯正沿着一种阴暗凄凉的梯级慢慢往下走。我们不妨称之为地窖子阶梯的这种梯级,把人们带到那些不见天日、只听到幸福的人群在自己头上走动的地方,当马吕斯这样慢慢往下走时,马白夫先生也同时在他那面往下走。

《柯特雷茨附近的植物图说》已绝对销不出去了。靛青的试种,由于奥斯特里茨的那个小园子里阳光不足,也毫无成绩。马白夫先生在那里只能种些性喜阴湿的稀有植物。但他并不灰心。他在植物园里获得一角光照通风都好的地,用来"自费"试种靛青。为了做这试验,他把《植物图说》的铜版全押在当铺里。他把每天的早餐缩减到两个鸡蛋,其中一个留给他那年老的女仆,他已十五个月没有付给她工资了。他的早餐经常是一天中惟一的一餐。他失去了那种稚气十足的笑声,他变得阴沉了,也不再接待朋友。好在马吕斯也不想去看他。有时,马白夫先生去植物园,老人和那青年会在医院路上迎面走过。他们彼此并不交谈,只愁眉苦脸地相互点个头罢了。伤心啊,贫苦竟能使人忘旧!往日是朋友,于今成路人。

书店老板鲁瓦约尔已经死了。现在马白夫先生认识的仅只是他自己的书籍、他的园子和他的靛青,这是他的幸福、兴趣和希望所呈现的三个形象。这已够他过活了。他常对自己说:"到我把那蓝色团子做成的时候,我便有钱了,我要把我的那些铜版从当铺里赎回来,我要大吹大擂地把我那本《植物图说》推销一番,敲起大鼓,报纸上登上广告,我就可以去买一本皮埃尔·德·梅丁的《航海艺术》了。我知道什么地方能买到,一五五九年版带木刻插图的。"目前,他天天去培植他那方靛青地,晚上回家浇他的园子,读他的书。马白夫先生这时已年近八十了。

一天傍晚,他遇到一件怪事。

那天,大白天他便回了家。体力日渐衰退的普卢塔克妈妈正病倒在床上。晚餐时,他啃了一根还剩有一点点肉的骨头,又吃了一片从厨房桌上找到的面包,出去坐在一条横倒的界石上面,这是他在花园里用来当长凳的。

在这条长凳近旁,按照老式果园的布局,竖着一个高大的圆顶柜,它的木条、木板都已很不完整,下层是兔子窝,上层是果子架。兔子窝里没有兔子,果子架上却还有几个苹果。这是剩余的过冬食物。

马白夫先生戴着眼镜,手里捧着两本心爱的书在翻翻念念,这两本书不但是他心爱的,对他那样年纪的人来说,更严重的是那两本书常使他心神不安。他那怯懦的生性原已使他在某种程度上接受了一些迷信思想。那两本书之一是德朗克尔院长的有名著作,《魔鬼的多变》,另一本是米托尔·德·拉鲁博提埃尔的四开本,《关于沃维尔的鬼怪和皮埃弗的精灵》。他的园子在从前正是精灵不时出没的地方,因而那后一本书更使他感到兴趣。暮色的残晖正开始把上面的东西变白,下面的东西变黑。马白夫公公一面阅读,一面从他手里的书本上望着他的那些花木,其中给他最大安慰的是一株绚烂夺目的山踯躅,四天的干旱日子刚过去,热风,烈日,不见一滴雨,枝头下垂了,花骨朵儿蔫了,叶子落了,一切都需要灌溉,那棵山踯躅尤其显得憔悴多愁。和某些人一样,马白夫公公也认为植物是有灵魂的。老人在他那块靛青地里工作了一整天,已精疲力竭了,可他仍站起来,把他的两本书放在条凳上,弯着腰,摇摇晃晃,一直走到井边,但他抓住铁链想把它提起一点,以便从钉子上取下来也做不到了。他只好转回来,凄凄惨惨,抬头望着星光闪烁的天空。

暮色有那么一种静穆的气象,它能把人的苦痛压倒在一种无以名之的凄凉和永恒的喜悦下。这一夜,看来又将和白天一样干燥。

"处处是星!"那老人想道,"一丝云彩也不见!没有一滴水!"

他的头,抬起了一会儿,又落在了胸前。

他继又把头抬起,望着天空嘟囔:

"下点露水吧!怜惜怜惜众生吧!"

他又试了一次,要把井上的铁链取下来,但是他气力不济。

正在这时,他听见一个人的声音说道:

"马白夫公公,要我来替您浇园子吗?"

同时,篱笆中发出一种声响,仿佛有什么野兽穿过似的,他看见从杂草丛里走出一个瘦长的大姑娘,站在他跟前,大胆地望着他。这东西,与其说像个人,倒不如说是刚从暮色中显现出来的一种形象。

马白夫公公原很容易受惊,并且,我们说过,很容易害怕的,他一个字还没有来得及回答,那个神出鬼没的生灵已在黑暗中取下铁链,把吊桶垂下去,随即又提起来,灌满了浇水壶,老人这才看见那影子是赤着脚的,穿一条破烂裙子,在花畦中来回奔跑,把生命洒向她的四周。从莲蓬头里喷出来的水洒在叶子上,使马白夫公公心里充满了快乐。他仿佛觉得现在那棵山踯躅感到幸福了。

第一桶完了,那姑娘又汲取第二桶,继又第三桶。她把整个园子全浇遍了。

她那浑身全黑的轮廓在小道上这样走来走去,两条骨瘦如柴的长胳臂上飘着一块丝丝缕缕的破烂披肩,望上去,真说不出有那么一股蝙蝠味儿。

当她浇完了水,马白夫公公含着满眶眼泪走上前去,把手放在她的额头上说:

"天主保佑您,您是一个天使,您能这样爱惜花儿。"

"不,"她回答说,"我是鬼,做鬼,我并不在乎。"

那老人原就没有等她答话,也没听见她的回答,便又大声说:

"可惜我太不成了,太穷了,对您一点也不能有所帮助!"

"您能帮助我。"她说。

"怎样呢?"

"把马吕斯先生的住址告诉我。"

老人一点也不懂。

"哪个马吕斯先生?"

他翻起一双白蒙蒙的眼睛,仿佛在搜索什么消失了的往事。

"一个年轻人,早些日子常到这儿来的。"

马白夫先生这才回忆起来。

"啊!对……"他大声说,"我懂了您的意思。等等!马吕斯先生……男爵马吕斯·彭眉胥,可不是!他住在……他已不住在……真糟,我不知道。"

他一面说,一面弯下腰去理那山踯躅的枝子,接着又说道:

"有了,我现在想起来了。他经常走过那条大路,朝着冰窖那面走去。落须街。百灵场。您到那一带去找。不难遇见他。"

等马白夫先生直起身子,什么人也没有了,那姑娘不见了。

他确有点儿害怕。

"说真话,"他想,"要是我这园子没有浇过水,我真会当是遇见鬼了呢。"

一个钟头过后,他躺在床上,这念头又回到他的脑子里,他就要入睡了,也就是思想像寓言中所说的、为过海而变成鱼的鸟似的,渐渐化为梦境,进入模糊的睡乡,这时,在朦胧中他对自己说:

"确实,这很像拉鲁博提埃尔谈到的那种精灵。真是个精灵吗?"

四 马吕斯的奇遇

在"鬼"访问马白夫公公的几天以后,一个早晨——是个星期一,马吕斯为德纳第向古费拉克借五个法郎的那天——,马吕斯把那值五法郎的钱放进衣袋,决定在送交管理处以前,先去"溜达一会儿",希望能在回家后好好工作。他经常是这样的。一起床,便坐在一本书和一张纸跟前,胡乱涂上几句译文。他这时的工作是把两个德国人的一场著名争吵,甘斯和萨维尼的不同论点译成法文,他看看萨维尼,他看看甘斯,读上四行,试着写一行,不成,他老看见在那张纸和他自己之间有颗星,于是他离座站起来说道:"我出去走走。回头就能顺利工作了。"

他去了百灵场。

到了那里,他比任何时候都更加只见那颗星,也比任何时候都更加见不到萨维尼和甘斯了。

他回到家里,想再把工作捡起来,但是一点也办不到,即使是断在他脑子里线索里的一根,也没法连起来,于是他说:"我明天再也不出去了。那会妨碍我工作。"可是他没有一天不出门。

他的住处,与其说是古费拉克的家,倒不如说是百灵场。他的真正的住址是这样的:健康街,落须街口过去第七棵树。

那天早晨,他离开了第七棵树,走去坐在哥白兰河边的石栏上。一道欢快的阳光正穿过那些通明透亮的新发的树叶。

他在想念"她"。他的想念继又转为对自己的责备,他痛苦地想到自己已被懒惰——灵魂麻痹症所控制,想到自己的前途越来越黑暗,甚至连太阳也看不见了。

这时他心里有着这种连自言自语也算不上的模糊想法,由于他的内心活动已极微弱,便连自怨自艾的力量也失去了,在这种百感交集的迷惘中,他感受了外界的种种活动,他听到在他后面,他的下面,哥白兰河两岸传来了洗衣妇的捣衣声,他又听到鸟雀在他上面的榆树枝头嘤鸣啼唱。一方面是自由、自得其乐和长了翅膀的悠闲的声音,另一方面是劳动的声音。这一切引起了他的无穷感慨,几乎使他陷入深思,这是两种快乐的声音。

他正这样一筹莫展在出神时,突然听到一个人的声音在说:"嘿!他在这儿。"

他抬起眼睛,认出了那人便是有天早上来到他屋里的那个穷娃子,德纳第的大姑娘,爱潘妮,他现在已知道她的名字了。说也奇怪,她显得更穷,却也漂亮些了,这好像是她绝对不能同时迈出的两步。但她确已朝着光明和苦难两个方面完成了这一双重的进步。她赤着一双脚,穿一身破烂衣服,仍是那天那么坚定地走进他屋子时的那模样,不过她的破衣又多拖了两个月,洞更大了,烂布片也更脏了。仍是那种嘶哑的嗓子,仍是那个因风吹日晒而发黑起皱的额头,仍是那种放肆、散乱、浮动的目光。而她新近经历过的牢狱生活,又在她那蒙垢受苦的面貌上添上一种说不上的叫人见了心惊胆寒的东西。

她头发里有些麦秆皮和草屑,但不像那个受了哈姆莱特疯病感染而癫狂的奥菲利娅,而是因为她曾在某个马厩的草堆上睡过觉。

尽管这样,她仍是美丽的。呵!青春,你真是颗灿烂的明星。

这时,她走到马吕斯跟前停下来,枯黄的脸上略带一点喜色,并稍露一点笑容。

她好一阵子说不出话来。

"我到底把您找着了!"她终于这样说,"马白夫公公说对了,是在这条大路上!我把您好找哟!要是您知道就好了!您知道了吧?我在黑屋子里关了十五天!他们又把我放了!看见我身上啥也找不出来,况且我还不到受管制的年龄!还差两个月。呵!我把您好找哟!已经找了六个星期。您已不住在那边了吗?"

"不住那边了。"马吕斯说。

"是呀,我懂。就为了那件事。是叫人难受,那种抢人的事。您就搬走了。怎么了!您为什么要戴一顶这么旧的帽子?像您这样一个青年,应当穿上漂亮衣服才对。您知道吗,马吕斯先生？马白夫公公管您叫男爵马吕斯还有什么的。您不会是什么男爵吧。男爵,那都是些老家伙,他们逛卢森堡公园,全待在大楼前面,太阳最好的地方,还看一个苏一张的《每日新闻》。有一次,我送一封信给一个男爵,他便是这样的。他已一百多岁了。您说,您现在住在什么地方？"

马吕斯不回答。

"啊！"她接着说,"您的衬衣上有个洞。我得来替您补好。"

她又带着渐渐沉郁下来的神情往下说:

"您的样子好像见了我不高兴似的。"

马吕斯不出声,她也静了一会儿,继又大声喊道:

"可是只要我愿意,我就一定能使您高兴！"

"什么？"马吕斯问,"您这话什么意思？"

"啊！您对我一向是说'你'的！"她接着说。

"好吧,你这话什么意思？"

她咬着自己的嘴唇,似乎拿不定主意,内心在作斗争。最后,她好像下定了决心。

"没有关系,怎么都可以。您老是这样愁眉苦脸,我要您高兴。不过您得答应我,您一定要笑。我要看见您笑,并且听您说:'好呀！好极了。'可怜的马吕斯先生！您知道！您从前许过我,无论我要什么,您都情愿给我……"

"对,你说吧！"

她瞪眼望着马吕斯,向他说:

"我已找到那个住址。"

马吕斯面无人色。他的全部血液都回到了心里。

"什么住址？"

"您要我找的那个住址!"

她又好像费尽无穷气力似的加上一句：

"就是那个……住址。您明白吗?"

"我明白!"马吕斯结结巴巴地说。

"那个小姐的!"

说完这几个字,她深深叹了一口气。

马吕斯从他坐着的石栏上跳了下来,狠狠捏住她的手：

"呵!太好了!快领我去!告诉我!随你向我要什么!在什么地方?"

"您跟我来,"她回答,"是什么街,几号,我都不清楚,那完全是另一个地方,不靠这边,但是我认得那栋房子,我领您去。"

她抽回了她的手,以一种能使旁观者听了感到苦恼,却又绝没有影响到如醉如痴的马吕斯的语气接着说：

"呵!瞧您有多么高兴!"

一阵阴影浮过马吕斯的额头。他抓住爱潘妮的手臂。

"你得向我发个誓!"

"发誓?"她说,"那是什么意思? 奇怪!您要我发誓?"

她笑了出来。

"你的父亲!答应我,爱潘妮!我要你发誓你不把那住址告诉你父亲!"

她转过去对着他,带着惊讶的神气说：

"爱潘妮!您怎么会知道我叫爱潘妮?"

"答应我对你提出的要求!"

她好像没有听见他说话似的：

"这多有意思!您叫了我一声爱潘妮!"

马吕斯同时抓住她的两条胳膊：

"你回我的话呀，看老天面上！注意听我向你说的话，发誓你不把你知道的那个住址告诉你父亲！"

"我的父亲吗？"她说，"啊，不错，我的父亲！您放心吧。他在牢里。并且，我父亲关我什么事！"

"但是你没有回答我的话！"马吕斯大声说。

"不要这样抓住我！"她一面狂笑一面说，"您这样推我干什么！好吧！好吧！我答应你！我发誓！这有什么关系？我不把那住址告诉我父亲。就这样！这样行吗？这样成吗？"

"也不告诉旁人？"马吕斯说。

"也不告诉旁人。"

"现在，"马吕斯又说，"你领我去。"

"马上就去？"

"马上就去。"

"来吧。呵！他多么高兴呵！"她说。

走上几步，她又停下来：

"您跟得我太近了，马吕斯先生。让我走在前面，您就这样跟着我走，不要让别人看出来。别人不应当看见像您这样一个体面的年轻人跟着我这样一个女人。"

任何语言都无法表达从这孩子嘴里说出的"女人"这两个字的含义。

她走上十来步，又停下来，马吕斯跟上去。她偏过头去和他谈话，脸并不转向他：

"我说，您知道您从前曾许过我什么吗？"

马吕斯掏着自己身上的口袋。他在这世上仅有的财富便是那准备给德纳第的五法郎。他掏了出来,放在爱潘妮手里。

她张开手指,让钱落在地上,愁眉不展地望着他:

"我不要您的钱。"她说。

第三卷　卜吕梅街的一所房子

一　秘　密　房　子

在前一世纪①的中叶,巴黎法院的一位乳钵②院长私下养着一个情妇,因为当时大贵族们显示他们的情妇,而资产阶级却要把她们藏起来。他在圣日耳曼郊区,荒僻的卜洛梅街——就是今天的卜吕梅街——所谓"斗兽场"的地方,建起了一所"小房子"。

这房子是一座上下两层的楼房,下面两间大厅,上面两间正房,另外,下面有间厨房,上面有间起坐间,屋顶下面有间阁楼,整栋房子面对一个花园,临街一道铁栏门。那园子大约占地一公顷,这便是过路的人所能望见的一切了。可是在楼房后面,还有一个小院子,院子底里,又有两间带地窖的平房,这是个在必要时可以藏一个孩子和一个乳母的地方。平房后面有扇伪装了的暗门,通向一条长而窄的小巷:下面铺了石板,上面露天,弯弯曲曲,夹在两道高墙的中间;这小巷经过极巧

---

① 指十八世纪。
② 乳钵,古代法国高级官员所戴的一种礼帽的名称,上宽下窄,圆筒无边,形如倒立的乳钵。

妙的设计,顺着墙外两旁一些园子和菜地的藩篱,转弯抹角,向前延伸,一路都有掩蔽,从外面看去,绝无痕迹可寻,就这样直通半个四分之一法里以外的另一扇暗门,开门出去,便是巴比伦街上行人绝少的一端,那已几乎属于另一市区了。

院长先生便经常打这道门进去,即使有人察觉他每天都鬼鬼祟祟地去到一个什么地方,要跟踪侦察,也决想不到去巴比伦街便是去卜洛梅街。这个才智过人的官员,通过巧妙的土地收购,便能无拘无束地在私有的土地上修造起这条通道。过后,他又把巷子两旁的土地,分段分块,零零碎碎地卖了出去,而买了这些地的业主们,分在巷子两旁,总以为竖在他们眼前的是一道公用的单墙,决想不到还存在那么一长条石板路蜿蜒伸展在他们的菜畦和果园中的夹墙里。只有飞鸟才能望见这一奇景。上一世纪的黄鸟和兰花雀一定叽叽喳喳谈了不少关于这位院长先生的事。

那栋楼房是照芒萨尔①的格调用条石砌成的,并按照华托的格调嵌镶了壁饰,陈设了家具,里面是自然景色,外面是古老形式,总的一共植了三道花篱,显得既雅致,又俏丽,又庄严,这对男女私情和达官豪兴的一时发泄来说,都是恰当的。

这房子和小巷,今天都已不在了,十五年前却还存在。九三年,有个锅炉厂的厂主买了这所房子,准备拆毁,但因付不出房价,国家便宣告他破产。因此,反而是房子拆毁了厂主。从这以后,那房子便空着没人住,也就和所有一切得不到人间温暖的住宅一样,逐渐颓废了。它仍旧陈设着那一套老家具,随时准备出卖或出租,每年在卜吕梅街走过的那十个或十二

---

① 芒萨尔(Mansard,1646—1708),法国建筑师。

个人,自从一八一〇年以来,都看见一块字迹模糊的黄广告牌挂在花园外面的铁栏门上。

到了王朝复辟的末年,从前的那几个过路人忽然发现广告牌不见了,甚至楼上的板窗也开了。那房子确已有人住进去。窗子上都挂了小窗帘,说明那里有个女人。

一八二九年十月,有个年岁相当大的男人出面把那房子原封不动地,当然包括后院的平房和通向巴比伦街的小巷在内,一总租了下来。他又雇人把那巷子两头的两扇暗门修理好。陈设在房子里的,我们刚才已经说过,大致仍是那院长的一些旧家具,这位新房客稍加修葺了一下,各处添补了一些缺少的东西,院子里铺了石板,屋子里铺了方砖,修理了楼梯上的踏级、地板上的木条、窗上的玻璃,这才带着一个年轻姑娘和一个老女仆悄悄地搬来住下,好像是溜着进去的,说不上迁入新居。邻居们也绝没有议论什么,原因是那地方没有邻居。

这个无声无息的房客便是冉阿让,年轻姑娘便是珂赛特。那女仆是个老姑娘,名叫杜桑,是冉阿让从医院和穷苦中救出来的,她年老,外省人,口吃,有这三个优点,冉阿让才决定把她带在身边。他以割风先生之名,固定年息领取者的身份,把这房子租下来的。有了以上种种叙述,关于冉阿让,读者想必知道得比德纳第要更早一点。

冉阿让为什么要离开小比克布斯修院呢?出了什么事?

什么事也没有出。

我们记得,冉阿让在修院里是幸福的,甚至幸福到了心里不安的程度。他能每天和珂赛特见面,他感到自己的心里产生了父爱,并且日益发展,他以整个灵魂护卫着这孩子,他常对自己说:"她是属于他的,任何东西都不能从他那里把她夺去,生活将这样无尽期地过下去,在这里她处在日常的启诱下,一定会成为修女,因此这修院从今以后就是他和她的宇宙了,他将在这地方衰老,她将在这地方成长,她将在这地方衰老,他将在这地方死去,总之,美妙的希望,任何分离都是不可能的。"他在细想这些事时,感到自己坠在困惑中了。他反躬自问。他问自己这幸福是否完全是他的,这里面是否也掺有被他这样一个老人所侵占诱带得来的这个孩子的幸福,这究竟是不是一种盗窃行为?他常对自己说:"这孩子在放弃人生以前,有认识人生的权利,如果在取得她的同意以前,便借口要为她挡开一切不幸而断绝她的一切欢乐,利用她的蒙昧无知和无亲无故而人为地强要她发出一种遁世的誓愿,那将是违反自然,戕贼人心,也是向上帝撒谎。"并且谁能断言,将来有朝一日,珂赛特懂得了这一切,悔当修女,她不会转过来恨他吗?最后这一念,几乎是自私的,不如其他思想那样光明磊落,但这一念使他不能忍受。他便决计离开那修院。

他决定这样做,他苦闷地意识到他非这样做不可。至于阻力,却没有。他在那四堵墙里,销声匿迹,住了五年,这已够清除或驱散那些可虑的因素了。他已能安安稳稳地回到人群中去。他也老了,全都变了。现在谁还能认出他来呢?何况,即使从最坏的情况设想,有危险的也只可能是他本人,总不能因自己曾被判处坐苦役牢,便可用这作理由,认为有权利判处珂赛特去进修院。并且,危险在责任面前又算得了什么?总之,并没有什么妨碍他谨慎行事,处处小心。

至于珂赛特的教育,它已经告一段落,大致完成。

决心下了以后,他便等待机会。机会不久便出现了。老割风死了。

冉阿让请求院长接见，对她说由于哥哥去世，他得到一笔小小的遗产，从今以后，他不工作也能过活了，他打算辞掉修院里的职务，并把他的女儿带走，但是珂赛特受到教养照顾，却一直没有发愿，如果不偿付费用，那是不合理的。他小心翼翼地请求院长允许他向修院捐献五千法郎，作为珂赛特五年留院的费用。

冉阿让便这样离开了那永敬会修院。

他离开修院的时候，亲自把那小提箱夹在腋下，不让任何办事人替他代拿，钥匙他也是一直揣在身上的。这提箱老发出一股香料味，常使珂赛特困惑不解。

我们现在便说清楚，这只箱子，从此以后，不会再离开他了。他总是把它放在自己的屋子里。在他每次搬家时，也总是他要携带的第一件东西，有时并且是惟一的东西。珂赛特常为这事笑话他，称这箱子为"难分难舍的朋友"，又说："我要吃醋啦。"

冉阿让回到了自由的空气里，其实他心里仍怀着深重的忧虑。

他发现卜吕梅街的那所房子，便蜷伏在那里。从此他成了于尔迪姆·割风这名字的占有人。

他在巴黎还同时租了另外两个住处，免得别人注意他老待在一个市区里，在感到危险初露苗头时，他也可以有个迁移的地方，不致再像上次险遭沙威毒手的那个晚上，自己走投无路。那两个住处是两套相当简陋、外貌寒碜的公寓房子，分在两个相隔很远的市区，一处在西街，另一处在武人街。

他常带着珂赛特，时而在武人街，时而在西街，住上一个月或六个星期，让杜桑留在家里。住公寓时，他让门房替他料理杂务,只说自己是郊区的一个有固定年息的人,在城里要有个歇脚点。这年高德劭的人在巴黎有三处寓所,为的是躲避警察。

二 冉阿让参加了国民自卫军

其实,严格说来,他是住在卜吕梅街的,他把他的生活作了如下的安排:

珂赛特带着女仆住楼房,她有那间墙壁刷过漆的大卧房,那间装了金漆直线浮雕的起坐间,当年院长用的那间有地毯、壁衣和大围椅的客厅,她还有那个花园。冉阿让在珂赛特的卧房里放了一张戴一顶古式三色花缎帐幔的床和一条从圣保罗无花果树街戈什妈妈铺子里买来的古老而华丽的波斯地毯,并且,为了冲淡这些精美的古老陈设所引起的严肃气氛,在那些古物之外,他又配置了一整套适合少女的灵巧雅致的小用具:多宝橱、书柜和金边书籍、文具、吸墨纸、嵌螺钿的工作台、银质镀金的针线盒、日本瓷梳妆用具。楼上窗子上,挂的是和帐幔一致的三色深红花缎长窗帘,底层屋子里是毛织窗帘。整个冬季,珂赛特的房子里从上到下都是生了火的。他呢,住在后院的那种下房里,帆布榻上放一条草褥、一张白木桌、两张麦秸椅、一个陶瓷水罐,一块木板上放着几本旧书,他那宝贝提箱放在屋角里,从来不生火。他和珂赛特同桌进餐,桌上有一块为他准备的陈面包。杜桑进家时他对她说:"我们家里的主人是小姐。"杜桑感到有些诧异,她反问道:"那么,您呢,先——生?""我嘛,我比主人高多了,我是父亲。"

珂赛特在修院里学会了管理家务，现在的家用，为数不多，全归她调度。冉阿让每天都挽着珂赛特的臂膀，带她去散步。他领她到卢森堡公园里那条游人最少的小路上去走走，每星期日去做弥撒，老是在圣雅克·德·奥·巴教堂，因为那地方相当远。这是个很穷的地段，他在那里常常布施，在教堂里，他的四周总围满了穷人，因此德纳第在信里称他为"圣雅克·德·奥·巴教堂的行善的先生"。他喜欢带珂赛特去访贫问苦。卜吕梅街的那所房子从没有陌生人进去过。杜桑采购食物，冉阿让亲自到门外附近大路边的一个水龙头上去取水。木柴和酒，放在巴比伦街那扇门内附近的一个不怎么深的地窖子里，地窖子的壁上，铺了一层鹅卵石和贝壳之类的东西，是当年院长先生当作石窟用的，因为在外室和小房子盛行一时的那些年代里，没有石窟是不能想象爱情的。

在巴比伦街的那独扇的大门上，有个扑满式的箱子，是用来放信件和报刊的，不过住在卜吕梅街楼房里的这三位房客，从没有收到过报纸，也没有收到过信，这个曾为人传达风情并听取过脂粉贵人倾诉衷肠的箱子，到现在，它的惟一作用已只限于收受税吏的收款单和自卫军的通知了。因为，割风先生，固定年息领取者，参加了国民自卫军；他没能漏过一八三一年那次人口调查的密网。当时市府的调查一直追溯到小比克布斯修院，在那里遇到了无法穿透的神圣云雾，冉阿让既是从那面出来的，并经区政府证明为人正派，当然也就够得上参加兵役。

冉阿让每年总有三次或四次，穿上军服去站岗，而且他很乐意，因为，对他来说，这是一种正当的障眼法，既能和大家混在一起，又能单独值勤。冉阿让刚满六十岁，合法的免役年龄，但是他那模样还只像个五十以下的人，他完全没有意思要逃避他的连长，也不想去和罗博伯爵①抬杠，他没有公民地位，他隐瞒自己的姓名，他隐瞒自己的身份，他隐瞒自己的年龄，他隐瞒一切，但是，我们刚才已经说过，这是个意志坚定的国民自卫军。能和所有的人一样交付他的税款，这便是他的整个人生志趣。这个理想人物，在内心，是天使，在外表，是资产阶级。

然而有个细节我们得留意一下。冉阿让带着珂赛特一道出门时，他的衣着，正如我们所看到的，相当像一个退役军官。当他独自出门时，并且那总是在天黑以后，便经常穿一身工人的短上衣和长裤，戴一顶鸭舌帽，把脸遮起来。这是出于谨慎还是出于谦卑呢？两样都是。珂赛特已习惯于自己的离奇费解的命运，几乎没有注意她父亲的独特之处。至于杜桑，她对冉阿让是极其敬服的，觉得他的一举一动都无可非议。一天，那个经常卖肉给她的屠夫望见了冉阿让，对她说："这是个古怪的家伙。"她回答说："这是个圣人。"

冉阿让、珂赛特和杜桑从来都只从巴比伦街上的那扇门进出。如果不是他们偶然也在花园铁栏门内露露面，别人便难于猜想他们住在卜吕梅街。那道铁栏门是从来不开的。冉阿让也不修整那园子，免得惹人注意。

在这一点上他也许错了。

---

① 罗博（Lobau,1770—1838），想是当时国民自卫军的长官。

三　茂叶繁枝

　　这个被弃置了半个世纪无人过问的园子是别具一番气象、令人神往的。四十年前，从这街上走过的人常会久久伫立瞻望，却谁也没有意识到隐藏在那深密葱翠的枝叶后面的秘密。一道加了扣锁的弯曲晃动的古式铁栏门，竖在两根绿霉浸渍的柱子中间，顶上有一道盘绕着离奇不可解的阿拉伯式花饰的横楣，当年不止一个好作遐想的人曾让自己的目光和思想从那些栏杆缝里穿过去。

　　在一个角落里有一条石凳，两个或三个生了青苔的雕像，几处贴墙的葡萄架，钉子已被时间拔落，在墙上腐烂；此外，既无路径可寻，也没有浅草地，处处是茅根。园艺已成过去，大自然又回来了。杂草丛生，在一角荒地上争荣斗胜。桂竹香的盛会在这里是美不胜收的。这园子里，绝没有什么阻扰着万物奔向生命的神圣意愿，万物在此欣欣向荣，如在家园。树梢低向青藤，青藤攀援树梢，藤蔓往上援，枝条向下垂，在地上爬的找到了那些在空中开放的，迎风招展的屈就那些在苔藓中匍匐的，主干、旁枝、叶片、纤维、花簇、卷须、嫩梢、棘刺，全都掺和、交绕、纠缠、错杂在一起了。这儿，在造物主的满意的目光下，在这三百尺见方的园地里，紧密深挚拥抱着的植物已在庆贺并完成了它们的神秘的友爱——人类友爱的象征。这花园已不是花园，而是一片广大的榛莽地，就是说，一种像森林那样幽深，像城市那样热闹，像鸟巢那样颤动，像天主堂那样阴暗，像花束那样芬芳，像坟墓那样孤寂，像人群那样活跃的地方。

到了花开的季节,这一大片树丛草莽,在那铁栏门后四道墙中随意寻欢,暗自进行着普遍的繁殖,并且,几乎像一头从曙光中嗅到了漫山遍野求偶气息的野兽,感到暮春三月的热流在血管里急走沸腾,猛然惊起,迎风抖动头上披纷茂密的绿发,向着湿润的地面、剥蚀的雕像、楼前的破落台阶直到荒凉的街心石,遍撒着繁星似的花朵、珍珠似的露水、丰盛、美丽、生命、欢乐、芬芳。在中午,千百只白蝴蝶躲在那里,一团团有生命的六月雪在万绿丛中轻飞乱舞,望去真是一片只应天上有的景色。在那里,在那些爽心悦目、绿叶浅阴的地方,有无数天真的声音在轻轻叙诉衷肠,嘤嘤鸟语忘了说的,嗡嗡虫声在追补。傍晚时从园里升起一层梦幻似的雾气。把它笼罩起来,把它覆盖在一条烟霭织成的殓巾、一种缥缈安静的伤感下,金角花和牵牛花那使人欲醉的香味,像一种醇美沁人心脾的毒气,从园里的每一个角落里散发出来,你能听到鷾鴯和鷵鸽在枝叶下沉沉入睡前发出的最后呼唤,你能感到鸟雀和树木之间的坚贞友情,白天,鸟翅取悦树叶,黑夜,树叶护卫鸟翅。

入冬以后,丛莽成了黑的,潮的,枯枝散乱,临风抖动,那栋房子便也隐约可见。人们所望见的已不是枝上的花朵和花上的露水,而是蜒蚰在那冷而厚的地毯似的层层黄叶上留下的蜿蜒曲折的银丝带,但是,无论如何,从各个方面看,在每个季节,不论春冬夏秋,这个小小的园林,总有着一种惆怅、怨慕、幽独、悠闲、人踪绝而上帝存的味儿,那道锈了的老铁栏门仿佛是在说:"这园子是我的。"

巴黎的铺石路白白在那一带围绕,华伦街上的那些典雅富丽的府第相隔才两步路,残废军人院的圆顶近在咫尺,众议院也不远,勃艮第街上和圣多米尼克街上的那些软兜轿车白白地在那一带炫耀豪华,驶来驶去,黄色的、褐色的、白色的、红色的公共马车也都白白地在那附近的十字路口交织奔驰,卜吕梅街却仍是冷清清的;旧时财主们的死亡,一次已成过去的革命,古代豪门望族的崩溃、迁徙、遗忘,四十年的抛弃和寡居,已足使这个享受过特权的地段重新生满了羊齿、锦葵、霸王鞭、蓍草、长茅草,还有那种叶子宽大、颜色灰绿、斑驳的高大植物,蜥蜴、蛞螂、种种仓皇急窜的昆虫,使那种无可言喻的蛮荒粗野的壮观从土壤深处滋长起来,再次展现在那四道围墙里,使自然界——阻扰着人类渺小心机的、随时随地在蚂蚁身上或雄鹰身上都肆意孳息的自然界,在巴黎的一个陋劣的小小园子里,如同在新大陆的处女林中那样,既犷悍又庄严地炫耀着自己。

确也没有什么是小的,任何一个能向自然界深入观察的人都知道这一点。虽然哲学在确定原因和指明后果两个方面都同样不能得到绝对圆满的解答,但穷究事理的人总不免因自然界里种种力量都由分化复归于一的现象而陷入无止境的冥想中。一切都在为一个整体进行工作。

代数可运用于云层,日光施惠于玫瑰,任何思想家都不敢说山楂的香气于星群无涉。谁又能计算一个分子的历程呢?我们又怎能知道星球不是由砂粒的陨坠所形成的呢?谁又能认识无限大和无限小的相互交错、原始事物在实际事物深渊中的轰鸣和宇宙形成中的坍塌现象呢?一条蛆也不容忽视,小就是大,大就是小,在需求中,一切都处于平衡状态,想象中的骇人幻象。物与物之间,存在着无从估计的联系,在这个取之不竭的整体中,从太阳到蚜虫,谁也不能貌视谁,彼此都互相依存,光不会无缘无故把地上的香气带上晴空,黑夜把天体的精华散给睡眠中的花儿。任何飞鸟的爪子都被无极的丝缕所牵。万物的化育是复杂的,有风云雷电诸天象,有破壳而出的乳燕,一条蚯蚓的出生和苏格拉底的来临同属于化育之列。在望远镜无能为力的地方显微镜开始起作用。究竟哪一种镜子的视野更为广阔呢?你去选择吧。一粒霉菌是一簇美不胜收的花朵,一撮星云是无数天体的蚁聚。思想领域和物质范畴中的种种事物也同样是错综复杂的,并且实有过之而无不及。种种元素和始因彼此互相混合、掺和、交汇、增益,以使物质世界和精神世界达到同样的光辉。现象永远隐藏着自身的真相。在宇宙广袤无边的运动中,无量数的空间活动交相往来,把一切都卷进那神秘无形的散漫中,并也利用一切,即使是任何一次睡眠中的任何一场梦也不放弃,在这儿播下一个微生物,在那里撒上一个星球,摇摆、蛇行,把一点光化为力量,把一念变成原质,散布八方而浑然一体,分解一切,而我,几何学上的这一点,独成例外;把一切都引回到原子——灵魂,使一切都在上帝的心中放出异彩;把一切活动,从最高的到最低的,交织在一种惊心动魄的机械的黑暗中,把一只昆虫的飞行系在地球的运转上,把彗星在天空的移动附属于——谁知道?哪怕只是由于规律的同一性——纤毛虫在一滴水中的环行。精神构成的机体。一套无比巨大的联动齿轮,它最初的动力是小蝇,最末的轮子是黄道。

四 换了铁栏门

这园子,当初曾被用来掩盖邪恶的秘密,后来似乎已变得适合于庇护纯洁的秘密了。那里已没有了摇篮、浅草地、花棚、石窟,而只是一片郁郁葱葱、了无修饰、处处笼罩在绿荫中的胜地了。帕福斯①已恢复了伊甸园的原来面目。不知道是一种什么悔恨心情圣化了这块清静土。这个献花女现在只向灵魂献出她的花朵了。这个俏丽的园子,从前曾严重地被玷污,如今又回到幽娴贞静的处女状态。一个主席在一个园丁的帮助下,一个自以为是拉莫瓦尼翁②的后继者的某甲和一个自以为是勒诺特尔③的后继者的某乙,把它拿来扭,剪,揉,修饰,打扮,以图博取美人的欢心,大自然却把它收回,使它变得葱茏幽静,适合于正常的爱。

在这荒园里,也有了一颗早已准备好了的心。爱随时都可以出现,它在这里已有了一座由青林、绿草、苔藓、鸟雀的叹息、柔和的阴影、摇曳的树枝所构成的寺庙和一个由柔情、信念、诚意、希望、志愿和幻想所构成的灵魂。

珂赛特离开修院时,几乎还是个孩子,她才十四岁零一点,并且是在那种"不讨好"的年纪里,我们说过,她除了一双眼睛以外,不但不标致,而且还有点丑,不过也没有什么不顺眼的地方,只显得有些笨拙、瘦弱、既不大方,同时又莽撞,总之,是个大孩子的模样。

她的教育已经结束,就是说,她上宗教课,甚至,尤其是,也学会了祈祷,还有"历史",也就是修院中人这样称呼的那种东西:地理、语法、分词、法国的历代国王、一点音乐、画一个

---

① 帕福斯(Paphos),塞浦路斯岛上一城市,以城里的维纳斯女神庙著名。
② 拉莫瓦尼翁(Chrétien-François de Lamoignon,1644—1709),巴黎法院第一任院长之子,布瓦洛曾称赞过他的别墅。
③ 勒诺特尔(Le Nôtre,1613—1700),法国园林设计家。

鼻子,等等,此外什么也不懂,这是种惹人爱的地方,但也是一种危险。一个小姑娘的心灵不能让它蒙昧无知,否则日后她心灵里会出现过分突然、过分强烈的影像,正如照相机的暗室那样。它应当慢慢地、适度地逐渐接触光明,应当先接触实际事物的反映,而不是那种直接、生硬的光线。半明的光,严肃而温和的光,对解除幼稚的畏惧心情和防止堕落是有好处的。只有慈母的本能,含有童贞时期的回忆和婚后妇女的经验的那种令人信服的直觉,才知道怎样并用什么来产生这种半明的光。任何东西都不能替代这种本能。在培养一个少女的心灵方面,世界上所有的修女也比不上一个母亲。

珂赛特不曾有过母亲,只有过许许多多的嬷嬷。

至于冉阿让,他心里有的是种种慈爱和种种关怀,但他究竟只是个啥也不懂的老人。

而在这种教育里,在这种为一个女性迎接人生作好准备的严肃事业里,得用多少真知灼见来向这个被称作天真的极其愚昧的状态进行斗争!

最能使少女具备发生狂热感情的条件的莫过于修院。修院把人的思想转向未知的世界。被压抑了的心,它无法扩展,便向内挖掘,无法开放,便钻向深处。因而产生种种幻象,种种迷信,种种猜测,种种空中楼阁,种种向往中的奇遇,种种怪诞的构思,种种全部建造在心灵黑暗处的海市蜃楼,种种狂情热爱一旦闯进铁栏门便立即定居下来的那些隐蔽和秘密的处所。修院为了驾驭人心,便对人心加以终生的钳制。

对于初离修院的珂赛特来说,再没有比卜吕梅街这所房子更美好,也更危险的了。这是孤寂的继续,也是自由的开始;一个关闭了的园子,却又有浓郁、畅茂、伤情、芳美的自然景物；心里仍怀着修院中那些梦想，却又能偶然瞥见一些少年男子的身影；有一道铁栏门，却又临街。

不过，我们重复一下，当她来到这里时，她还只是个孩子。冉阿让把荒园交付给她，说道："你想在这里干啥就干啥。"珂赛特大为高兴，她翻动所有的草丛和石块，找"虫子"，她在那里玩耍，还没到触景生情的时候，她爱这园子，是因为她能在草中脚下找到昆虫，而不是为能从树枝中抬头望见星光。

此外，她爱她的父亲，就是说，冉阿让，她以她的整个灵魂爱着他，以儿女孝亲的天真热情待这老人，把他作为自己一心依恋的伴侣。我们记得，马德兰先生读过不少书，冉阿让仍不断阅读，他因而获得谈话的能力。他知识丰富，有一个谦虚、真诚、有修养的人从自我教育中得来的口才。他还保留了一点点刚够调节他的厚道的粗糙性子，这是个举动粗鲁而心地善良的人。在卢森堡公园里，当他俩并坐交谈时，他常从书本知识和亲身磨难中汲取资料，对一切问题作出详尽的解释。珂赛特一面细听，一面望空怀想。

这个淳朴的人能使珂赛特的思想感到满足，正如这个荒园在游戏方面使她满意一样。当她追够了蝴蝶，喘吁吁地跑到他身边说："啊！我再也跑不动了！"他便在她额头上亲一个吻。

珂赛特极爱这老人。她随时跟在他后面。冉阿让待在哪儿，哪儿便有幸福。冉阿让既不住楼房，也不住在园子里，她便感到那长满花草的园子不如后面的那个石板院子好，那间张挂壁衣、靠墙摆着软垫围椅的大客厅也不如那间只有两张麦秸椅的小屋好。有时，冉阿让因被她纠缠而高兴，便带笑说："还不到你自己的屋子里去！让我一个人好好歇一会吧!"

这时,她便向他提出那种不顾父女尊卑、娇憨动人、极有风趣的责问:

"爹,我在您屋子里冻得要死了!您为什么不在这儿铺块地毯放个火炉呀?"

"亲爱的孩子,多少人比我强多了,可他们头上连块瓦片也没有呢。"

"那么,我屋子里为什么生着火,啥也不缺呢?"

"因为你是个女人,并且是个孩子。"

"不对!难道男人便应当挨冻受饿吗?"

"某些男人。"

"好吧,那么我以后要时时刻刻待在这儿,让您非生火不可。"

她还对他这样说:

"爹,您为什么老吃这种坏面包?"

"不为什么,我的女儿。"

"好吧,您要吃这种,我也就吃这种。"

于是,为了不让珂赛特吃黑面包,冉阿让只好改吃白面包。

对童年珂赛特只是模模糊糊地记得一些。她回忆早上和晚上为她所不认识的母亲祈祷。德纳第夫妇在她的记忆中好像是梦里见过的两张鬼脸。她还记得"某天晚上"她曾到一个树林里去取过水。她认为那是离巴黎很远的地方。她仿佛觉得她从前生活在一个黑洞里,是冉阿让把她从那洞里救出来的。在她的印象中,她的童年是一个在她的前后左右只有蜈蚣、蜘蛛和蛇的时期。她不大明白她怎么会是冉阿让的女儿,他又怎么会是她的父亲,她在夜晚入睡前想到这些事时,她便认为她母亲的灵魂已附在这老人的身体里,来和她住在一起了。

在他坐着的时候,她常把自己的脸靠在他的白发上,悄悄掉下一滴眼泪,心里想道:"他也许就是我的母亲吧,这人!"

还有一点,说来很奇怪:珂赛特是个由修院培养出来的姑娘,知识非常贫乏,母性,更是她在童贞时期绝对无法理解的,因而她最后想到她只是尽可能少的有过母亲。这位母亲,她连名字也不知道。每次她向冉阿让问起她母亲的名字,冉阿让总是默不作声。要是她再问,他便以笑容作答。有一次,她一定要问个清楚,他那笑容便成了一眶眼泪。

冉阿让守口如瓶,芳汀这名字便也湮灭了。

这是出于谨慎小心吗?出于敬意吗?是害怕万一传到别人耳朵里也会引起一些回忆吗?

在珂赛特还小的时候,冉阿让老爱和她谈到她的母亲,当她成了大姑娘,就不能这样了。他感到他不敢谈。这是因为珂赛特呢,还是因为芳汀?他感到有种敬畏鬼神的心情使他不能让这灵魂进入珂赛特的思想,不能让一个死去的人在他们的命运中占一个第三者的地位。在他心中,那幽灵越是神圣,便越是可怕。他每次想到芳汀,便感到一种压力,使他无法开口。他仿佛看见黑暗中有个什么东西像一只按在嘴唇上的手指。芳汀原是个识羞耻的人,但在她生前,羞耻已粗暴地从她心中被迫出走了,这羞耻心是否在她死后又回到她的身上,悲愤填膺地护卫着死者的安宁,横眉怒目地在她坟墓里保护着她呢?冉阿让是不是已在不知不觉中感到这种压力呢?我们这些信鬼魂的人是不会拒绝这种神秘的解释的。因此,即使在珂赛特面前,也不可能提到芳汀这名字了。

一天,珂赛特对他说:

"爹,昨晚我在梦里看见了我的母亲。她有两个大翅膀。我母亲在她活着的时候,应当已到圣女的地位吧。"

"通过苦难。"冉阿让回答说。

然而,冉阿让是快乐的。

珂赛特和他一道出门时,她总紧靠在他的臂膀上,心里充满了自豪和幸福。冉阿让知道这种美满的温情是专属于他一个人的,感到自己心也醉了。这可怜的汉子沉浸在齐天的福分里,乐到浑身抖颤,他暗自庆幸他将能这样度此一生,他心里想他所受的苦难确还不够,不配享受这样美好的幸福,他并从灵魂的深处感谢上苍,让他这样一个毫无价值的人受到这个天真孩子如此真诚的爱戴。

五　玫瑰发现自己是战斗的武器

一天,珂赛特偶然拿起一面镜子来照她自己,独自说了一声:"怪!"她几乎感到自己是漂亮的。这使她心里产生了一种说不出的烦恼。她直到现在,还从来没有想到过自己脸蛋儿的模样。她常照镜子,但从来不望自己。况且她常听到别人说她生得丑,只有冉阿让一人细声说过:"一点也不!一点也不!"不管怎样,珂赛特一向认为自己丑,并且从小就带着这种思想长大,孩子们对这些原是满不在乎的。而现在,她的那面镜子,正和冉阿让一样,突然对她说:"一点也不!"她那一夜便没有睡好。"我漂亮又怎样呢?"她心里想,"真滑稽,我也会漂亮!"同时,她回忆起在她的同学中有过一些长得美的,在那修院里怎样引起大家的羡慕,于是她心里想道:"怎么!难道我也会像某某小姐那样!"

第二天,她又去照照自己,这已不是偶然的举动,可她又怀疑:"我的眼力到哪里去了?"她说,"不,我生得丑。"很简单,她没有睡好,眼皮垂下来了,脸也是苍白的。前一天,她还以为自己漂亮,当时并没有感到非常快乐,现在她不那么想了,反而感到伤心。她不再去照镜子了,一连两个多星期,她老是试着背对镜子梳头。

晚饭过后,天黑了,她多半是在客厅里编织,或做一点从修院学来的其他手工,冉阿让在她旁边看书。一次,她在埋头工作时,偶然抬起眼睛,看见她父亲正望着她,露出忧虑的神气,她不禁大吃一惊。

另一次,她在街上走,仿佛听到有个人——她没有看见——在她后面说:"一个漂亮女人!可惜穿得不好。"她心里想:"管他的!他说的不是我。我穿得好,生得丑。"当时她戴的是一顶棉绒帽,穿的是一件粗毛呢裙袍。

还有一天,她在园子里,听见可怜的杜桑老妈妈这样说:"先生,您注意到小姐现在长得多漂亮了吗?"珂赛特没有听清她父亲的回答。杜桑的那句话已在她心里引起一阵惊慌。她立即离开园子,逃到楼上自己的卧房里,跑到镜子前面——她已三个月不照镜子了——叫了一声。这一下,她把自己的眼睛也看花了。

她是既漂亮又秀丽,她不能不对杜桑和镜子的意见表示同意。她的身躯长成了,皮肤白净了,头发润泽了,蓝眼睛的瞳孔里燃起了一种不曾见过的光彩。她对自己的美,一转瞬间,正如突然遇到耀眼的阳光,已完全深信无疑,况且别人早已注意到,杜桑说过,街上那个人指的也明明是她了,已没有什么可怀疑的。她又下楼来,走到园子里,自以为当了王后,听着鸟儿歌唱,虽是在冬天,望着金黄色的天空、树枝间的阳光、草丛里的花朵,她疯了似的晕头转向,心里是说不出的欢畅。

在另一方面,冉阿让却感到心情无比沉重,一颗心好像被什么揪住了似的。

那是因为,许久以来,他确是一直怀着恐惧的心情,注视那美丽的容光在珂赛特的小脸蛋上一天比一天更光辉夺目。对所有的人来说这是清新可喜的晓色,而对他,却是阴沉暗淡的。

在珂赛特觉察到自己的美以前,她早已是美丽的了。可是这种逐渐上升的、一步步把这年轻姑娘浑身缠绕着的阳光,从第一天起,便刺伤了冉阿让忧郁的眼睛。他感到这是他幸福生活中的一种变化,他的生活过得那么幸福,以至使他一动也不敢动,惟恐打乱了他生活中的什么。这个人,经历过一切灾难,一生受到的创伤都还在不断流血,从前几乎是恶棍,现在几乎是圣人,在拖过苦役牢里的铁链以后,现在仍拖着一种无形而有分量的铁链——受着说不出的罪名的责罚,对这个人,法律并没有松手,随时可以把他抓回去,从美德的黑暗中丢到光天化日下的公开羞辱里。这个人,能接受一切,原谅一切,饶恕一切,为一切祝福,愿一切都好,向天,向人,向法律,向社会,向大自然,向世界,但也只有一个要求:让珂赛特爱他!

让珂赛特继续爱他!愿上帝不禁止这孩子的心向着他,永远向着他!得到珂赛特的爱,他便觉得伤口愈合了,身心舒坦了,平静了,圆满了,得到酬报了,戴上王冕了。得到珂赛特的爱,他便心满意足!除此以外,他毫无所求。即使有人问他:"你还有什么奢望没有?"他一定会回答:"没有。"即使上帝问他:"你要不要天?"他也会回答:"那会得不偿失的。"

凡是可以触及这种现状的,哪怕只触及表皮,都会使他胆战心惊,以为这是另一种东西的开始。他从来不太知道什么是女性的美,但是,通过本能,他也懂得这是一种极可怕的东西。

这种青春焕发的美,在他身旁,眼前,在这孩子天真开朗、使人心惊的脸蛋上,从他的丑,他的老,他的窘困、抵触、苦恼的土壤中开放出来,日益辉煌光艳,使他瞪眼望着,心慌意乱。

他对自己说:"她多么美!我将怎么办呢,我?"

这正是他的爱和母爱之间的不同处。使他见了便痛苦的,也正是一个母亲见了便快乐的东西。

初期症状很快就出现了。

从她对自己说"毫无疑问,我美!"的那一日的第二天起,珂赛特便留意她的服饰。她想起了她在街上听到的那句话:"漂亮,可惜穿得不好。"这话好像是从她身边吹过的一阵神风,虽然一去无踪影,却已把那两粒将要在日后支配女性生活方式的种子中的一粒——爱俏癖——播在她心里了。另一粒是爱情的种子。

对她自己的美貌有了信心以后,女性的灵魂便在她心中整个儿开了花。她见了粗毛呢便厌恶,见了棉绒也感到羞人。她父亲对她素来是有求必应的。她一下子便掌握了关于帽子、裙袍、短外套、缎靴、袖口花边、时式衣料、流行颜色这方面的一整套学问,也就是把巴黎女人搞得那么动人、那么深奥、那么危险的那套学问。"勾魂女人"这个词儿便是为巴黎妇女创造的。

不到一个月,珂赛特在巴比伦街附近的荒凉地段里,已不只是巴黎最漂亮的女人之一,这样就已经很了不起了,而且还是"穿得最好的"女人之一,做到这点就更了不起了。她希望能遇见从前在街上遇到的那个人,看他还有什么可说的,并"教训教训他"。事实是:她在任何方面都是楚楚动人的,并且能万无一失地分辨出哪顶帽子是热拉尔铺子的产品,哪顶帽子是埃尔博铺子的产品。

冉阿让看着她胡闹,干着急。他觉得他自己只能是个在地上爬的人,至多也只能在地上走,现在却看见珂赛特要生翅膀。

其实,只要对珂赛特的衣着随便看一眼,一个女人便能看出她是没有母亲的。某些细微的习俗,某些特殊的风尚,珂赛特都没有注意到。比方说,她如果有母亲,她母亲便会对她说年轻姑娘是不穿花缎衣服的。

珂赛特第一次穿上她的黑花缎短披风,戴着白绉纱帽出门的那天,她靠近冉阿让,挽着他的臂膀,愉快,欢乐,红润,大方,光艳夺目。她问道:"爹,您觉得我这个样子怎么样?"冉阿让带着一种自叹不如的愁苦声音回答说:"真漂亮!"他和平时一样溜达了一阵子。回到家里时,他问珂赛特:

"你不打算再穿你那件裙袍,戴你那顶帽子了吗?你知道我指的是……"

这话是在珂赛特的卧房里问的,珂赛特转身对着挂在衣柜里的那身寄读生服装。

"这种怪服装!"她说,"爹,您要我拿它怎么办?呵!简直笑话,不,我不再穿这些怪难看的东西了。把那玩意儿顶在头上,我成了个疯狗太太。"

冉阿让长叹一声。

从这时候起,他发现珂赛特已不像往日那样老爱待在家里,说着:"爹,我和您一道在这儿玩玩还开心些",她现在总想到外面去走走。确实,假使不到人前去露露面,又何必生一张漂亮的脸,穿一身入时出众的衣服呢?

他还发现珂赛特对那个后院已不怎么感兴趣了。她现在比较喜欢待在花园里,并不厌烦常到铁栏门边去走走。冉阿让一肚子闷气,不再涉足花园。他待在他那后院里,像条老狗。

珂赛特在知道自己美的同时,失去了那种不自以为美的神态——美不可言的神态,因为由天真稚气烘托着的美是无法形容的,没有什么能像那种容光焕发、信步向前、手里握着天堂的钥匙而不知的天真少女一样可爱。但是,她虽然失去了憨稚无知的神态,却赢回了端庄凝重的魅力。她整个被青春的欢乐、天真和美貌所渗透,散发着一种光辉灿烂的淡淡的哀愁。

正是在这时候,马吕斯过了六个月以后,又在卢森堡公园里遇见了她。

六 战 争 开 始

珂赛特和马吕斯都还在各自的掩蔽体里,燎原之火,一触即发。命运正以它那不可抗拒的神秘耐力慢慢推着他们两个去相互接近,这两个人,蓄足了爱情之电,随时都可引起一场狂风骤雨般的殊死战,两个充满了爱情的灵魂,正如两朵满载着霹雷的乌云,只待眼睛一望,或电光一闪,便将对面迎上去,进行一场混战。

人们在爱情小说里把眼睛的一望写得太滥了,以至于到后来大家对这问题都不大重视。我们现在几乎不怎么敢说两个人相爱是因为他们彼此望了一眼。可是人们相爱确是那样的,也只能是那样的。其余的一切只是其余的一切,并且那还是后来的事。再没有什么比两个灵魂在交换这一星星之火时给予对方的强烈震动更真实的了。

在珂赛特无意中向马吕斯一望使他心神不定的那一时刻,马吕斯同样没料到他也有这样一望使珂赛特心神不定。

他害她苦恼,也使她感到快乐。

从许久以前起,她便在看他,研究他,和其他的姑娘一样,她尽管在看在研究,眼睛却望着别处。在马吕斯还觉得珂赛特丑的时候,珂赛特已觉得马吕斯美了。但是,由于他一点也不注意她,这青年人在她眼里也就是无所谓的了。

但是她不能阻止自己对自己说,他的头发美,眼睛美,牙齿美,当她听到他和他的同学们谈话时,她也觉得他说话的声音动人,他走路的姿态不好看,如果一定要这么说的话,但是他有他的风度,他那模样一点也不傻,他整个人是高尚、温存、朴素、自负的,样子穷,但是好样儿的。

到了那天,他们的视线交会在一起了,终于突然互相传送了那种隐讳不宣、语言不能表达而顾盼可以细谈的一些最初的东西,起初,珂赛特并没有懂。她若有所思地回到了西街的那所房子里,当时冉阿让正按照他的习惯在过他那六个星期。她第二天醒来时,想起了这个不认识的青年,他素来是冷冰冰、漠不关心的,现在似乎在注意她了,这种注意她却全不称心。她对这个架子十足的美少年,心里有点生气。一种备战的意图在她的心里起伏。她仿佛觉得,并且感到一种具有强烈孩子气的快乐,她总得报复一下子。

知道了自己美,她便十分自信——虽然看不大清楚——她有了一件武器。妇女们玩弄她们的美,正如孩子们玩弄他们的刀。她们是自讨苦吃。

我们还记得马吕斯的迟疑,他的冲动,他的恐惧。他老待在他的长凳上,不近前来。这使珂赛特又气又恼。一天,她对冉阿让说:"我们到那边去走走吧,爹。"看见马吕斯绝不到她这边来,她便到他那边去。在这方面,每个女人都是和穆罕默德一样的。① 并且,说也奇怪,真正爱情的最初症状,在青年男子方面是胆怯,在青年女子方面却是胆大。这似乎不可解,其实很简单。这是两性试图彼此接近而相互采纳对方性格的结果。

那天,珂赛特的一望使马吕斯发疯,而马吕斯的一望使珂赛特发抖。马吕斯满怀信心地走了,珂赛特的心却是七上八下的。自那一天起,他们相爱了。

珂赛特的最初感受是一种慌乱而沉重的愁苦。她觉得她的灵魂一天比一天变得更黑了。她已不再认识它了。姑娘们的灵魂的白洁是由冷静和轻松愉快构成的,像雪,它遇到爱情便融化,爱情是它的太阳。

珂赛特还不知道爱情是什么。她从来没有听过别人从尘世的意义用这个词。在修院采用的世俗音乐教材里,

---

① 据说穆罕默德说过:"山不过来,我就到山那边去。"

"amour"（爱情）是用"tambour"（鼓）或"pandour"（强盗）代替的。这就成了锻炼那些大姑娘想象力的闷葫芦，例如："啊！鼓多美哟！"或者："怜悯心并不是强盗！"但是，珂赛特离开修院时，年纪还太小，不曾为"鼓"烦心。因此她不知道对她目前的感受应给以什么名称。难道人不知道一种病的名称便不害那种病？

她越不知道爱是什么，越是爱得深。她不知道这是好事还是坏事，是有益的还是有害的，是必要的还是送命的，是长远的还是暂时的，是允许的还是禁止的，她只是在爱。她一定会莫名其妙，假使有人对她这样说："您睡不好吗？不准这样！您吃不下东西吗？太不成话！您感到吐不出气心跳吗？不应当这样！您看见一个黑衣人出现在某条小路尽头的绿荫里，您的脸便会红一阵，白一阵？这真是卑鄙！"她一定听不懂，她也许会回答说："对某件事我既无能为力也一点不知道，那又怎么会有我的过错呢？"

她所遇到的爱又恰是一种最能适合她当时心情的爱。那是一种远距离的崇拜，一种无言的仰慕，一个陌生人的神化。那是青春对青春的启示，已成好事而又止于梦境的梦境，向往已久，终于实现并有了血肉的幽灵，但还没有名称，也没有罪过，没有缺点，没有要求，没有错误，一句话，是一个可望而不可即、停留在理想境界中的情人，一种有了形象的幻想。在这发轫时期，珂赛特还半浸在修院那种萦回着的烟雾里，任何更实际、更密切的接触都会使她感到唐突。她有着孩子的种种顾虑和修女的种种顾虑。她在修院里待了五年，她脑子里的修院精神仍在慢慢地从她体内散发出来，使她感到自己周围的一切都是岌岌可危的。在这种情况下，她所要的不是一个情人,甚至也还不是一个密友,而是一种幻影。她开始把马吕斯当作一种动人的、光明灿烂的、不可能的东西来崇拜。

天真的极端和爱俏的极端是相连的,她向他微笑,毫无意图。

她每天焦急地等待着散步的钟点,她遇见马吕斯,感到说不出的快乐,当她对冉阿让这样说时,自以为确实表达了自己的全部思想:"这卢森堡公园真是个美妙的地方!"

马吕斯和珂赛特之间彼此还是一片漆黑。他们彼此还没交谈,不打招呼,不相识,他们彼此能看得见,正如天空中相隔十万八千里的星星那样,靠着彼此对看来生存。

珂赛特就是这样渐渐成长为妇人的,貌美,多情,知道自己美而不知道多情是怎么回事。她特别爱俏,由于幼稚无知。

七 愁,更愁

人在任何情况下都有预感。高寿和永生的母亲——大自然——把马吕斯的活动暗示给了冉阿让。冉阿让在他思想最深处发抖。冉阿让什么也没看见,什么也不知道,但却正以固执的注意力在探索他身边的秘密,仿佛他一方面已觉察到有些什么东西在形成,另一方面又有些什么在崩溃。马吕斯也得到了这同一个大自然母亲的暗示——这是慈悲上帝的深奥法则,他竭尽全力要避开"父亲"的注意。但是有时候,冉阿让仍识破了他。马吕斯的举动极不自然。他有一些鬼头鬼脑的谨慎态度,也有一些笨头笨脑的大胆行为。他不再像从前那样走近他们身边,他老坐在远处发怔,他老捧着一本书,假装阅读,他在为谁装假呢?从前,他穿着旧衣服出来,现在他天天穿上新衣,不清楚他是否烫过头发,他那双眼睛的神气也确是古怪,他戴手套,总而言之,冉阿让真的从心里讨厌这个年轻人。

珂赛特丝毫不动声色。她虽然不能正确认识自己的心事,但感到这是件大事,应当把它隐瞒起来。

在珂赛特方面,出现了爱打扮的癖好,在这陌生人方面,有了穿新衣的习惯,冉阿让对这两者之间的平行关系感到很不痛快。这也许……想必……肯定是一种偶然的巧合,但是一种带威胁性的偶合。

他从不开口和珂赛特谈那个陌生人。可是,有一天,他耐不住了,苦恼万分,放不下心,想立即试探一下这倒霉的事究竟发展到了什么程度,他对她说:"你看那个青年的那股书呆子味儿!"

在一年以前,当珂赛特还是个漠不关心的小姑娘时,她也许会回答:"不,他很讨人喜欢。"十年以后,心里怀着对马吕斯的爱,她也许会回答:"书呆子气,真叫人受不了!您说得对!"可是在当时的生活和感情的支配下,她只若无其事地回答了一句:

"那个年轻人!"

好像她还是生平第一次看到他。

"我真傻!"冉阿让想道,"她并没有注意他。倒是我先把他指给她看了。"

呵,老人的天真!孩子的老成!

初尝恋爱苦恼的年轻人在设法排除最初困难的激烈斗争中,这是一条规律:女子绝不上当,男子有当必上。冉阿让已开始对马吕斯进行暗斗,而马吕斯,受着那种狂热感情的支配和年龄的影响,傻透了,一点也见不到。冉阿让为他设下一连串圈套,他改时间,换坐位,掉手帕,独自来逛卢森堡公园,马吕斯却低着脑袋钻进了每一个圈套,冉阿让在他的路上安插许多问号,他都天真烂漫地一一回答说:"是的。"同时,珂赛特却深深隐藏在那种事不关己、泰然自若的外表下面,使冉阿让从中得出这样的结论:那傻小子把珂赛特爱到发疯,珂赛特却不知道有这回事,也不知道有这个人。

他并不因此就能减轻他心中痛苦的震颤。珂赛特爱的时刻随时都可以到来。开始时不也总是漠不关心的吗?

只有一次,珂赛特失误了,使他大吃一惊。在那板凳上待了三个钟头以后他立起来要走,她说:"怎么,就要走?"

冉阿让仍在公园里继续散步,不愿显得异样,尤其怕让珂赛特觉察出来,珂赛特朝着心花怒放的马吕斯不时微笑,马吕斯除此以外什么也瞧不见了,他现在在这世上所能见到的,只有一张容光焕发、他所倾倒的脸,两个情人正感到此时此刻无比美好,冉阿让却狠狠地横着一双火星直冒的眼睛钉在马吕斯的脸上。他自以为不至于再怀恶念了,但有时看见马吕斯,却不禁感到自己又有了那种野蛮粗暴的心情,在他当年充满仇恨的灵魂的深渊里,旧时的怒火又在重新崩裂的缺口里燃烧起来。他几乎觉得在他心里,一些不曾有过的火山口正在形成。

怎么!会有这么一个人,在这儿!他来干什么?他来转、嗅、研究、试探!他来说:"哼!有什么不可以!"他到他冉阿让生命的周围来打贼主意!到他幸福的周围来打贼主意!他想夺取它,据为己有!

冉阿让还说:"对,没错!他来找什么?找野食!他要什么?要个小娘们儿!那么,我呢!怎么!起先我是人中最倒霉的,随后又是一个最苦恼的。为生活,我用膝头爬了六十年,我受尽了人能受的一切痛苦,我不曾有过青春便已老了,我一辈子没有家,没有父母,没有朋友,没有女人,没有孩子,我把我的血洒在所有的石头上,所有的荆棘上,所有的路碑上,所有的墙边,我向对我刻薄的人低声下气,向虐待我的人讨好,我不顾一切,还是去改邪归正,我为自己所作的恶忏悔,也原谅别人对我所作的恶,而正当我快要得到好报,正当那一切都已结束,正当我快达到目的,正当我快要实现我的心愿时,好,好得很,我付出了代价,我收到了果实,但一切又要完蛋,一切又要落空,我还要丢掉珂赛特,丢掉我的生命、我的欢乐、我的灵魂,因为这使一个到卢森堡公园来游荡的大傻子感到有乐趣!"

这时,他的眼里充满了异常阴沉的煞气。那已不是一个看着人的人,那已不是个看着仇人的人,而是一条看着一个贼的看家狗。

其余的经过,我们都知道。马吕斯一直是没头没脑的。一次,他跟着珂赛特到了西街。另一次,他找门房谈过话,那门房又把这话告诉了冉阿让,并且问他说:"那个找您的爱管闲事的后生是个什么人?"第二天,冉阿让对马吕斯盯了那么一眼,那是马吕斯感到了的。一星期过后,冉阿让搬走了。他发誓不再去卢森堡公园,也不再去西街。他回到了卜吕梅街。

珂赛特没有表示异议,她没有吭一声气,没有问一句话,没设法去探听为的什么,她当时已到那种怕人猜破、走漏消息的阶段。冉阿让对这些伤脑筋的事一点经验也没有,这恰巧是最动人的事,而他又恰巧一窍不通,因此他完全不能识破珂赛特闷声不响的严重意义。可是他已察觉到她变得抑郁了,而他,变阴沉了。双方都没有经验,构成了相持的僵局。

一天,他进行一次试探。他问珂赛特:

"你想去卢森堡公园走走吗?"

珂赛特苍白的脸上顿时喜气洋洋。

"想。"她说。

他们去了。那是过了三个月以后的事。马吕斯已经不去那里了。马吕斯不在。

第二天,冉阿让又问珂赛特:

"你想去卢森堡公园走走吗?"

"不想。"

冉阿让见她发愁就有气,见她柔顺就懊恼。

这小脑袋里究竟发生了什么事,年纪这么小,便已这样猜不透?那里正在策划着什么?珂赛特的灵魂出了什么事?有时,冉阿让不睡,常常整夜坐在破床边,双手捧着脑袋想:"珂赛特的思想里有些什么事?"他想到了一些她可能想到的东西。

呵!在这种时刻,他多少次睁着悲痛的眼睛,回头去望那修院,那个洁白的山峰,那个天使们的园地,那个高不可攀的美德的冰山!他怀着失望的爱慕心情瞻望修院,那生满了不足为外人道的花卉,关满了与世隔绝的处女,所有的香气和所有的灵魂都能一齐直上天国!他多么崇拜他当初一时迷了心窍自愿脱离的伊甸园,如今误入歧路,大门永不会再为他开放了!他多么悔恨自己当日竟那么克己,那么糊涂,要把珂赛特带回尘世。他这个为人牺牲的可怜的英雄,由于自己一片忠忱,竟至作茧自缚,自投苦海!正如他对他自己所说的:"我是怎么搞的?"

尽管如此,这一切他都不流露出来让珂赛特知道。既没有急躁的表现,也从不粗声大气,而总是那副宁静温和的面貌。冉阿让的态度比以往任何时候都更像慈父,更加仁爱。如果有什么东西可以使人察觉他不及从前那么快乐的话,那就是他更加和颜悦色了。

在珂赛特那一面,她终日郁郁不乐。她为马吕斯不在身旁而愁苦,正如当日因他常在眼前而喜悦,她万般苦闷,却不知道究竟是怎么回事。当冉阿让不再像往常那样带她去散步时,一种女性的本能便从她心底对她隐隐暗示:她不应现出老想念卢森堡公园的样子,如果她装得无所谓,她父亲便会再带她去的。但是,多少天、多少星期、多少个月接连过去了,冉阿让一声不响地接受了珂赛特一声不响的同意。她后悔起来了。已经太迟了。她回到卢森堡公园去的那天,马吕斯不在。马吕斯丢了,全完了,怎么办?她还能指望和他重相见吗?她感到自己的心揪作一团,无法排解,并且一天比一天更甚,她已不知是冬是夏,是晴是雨,鸟雀是否歌唱,是大丽花的季节还是菊花的时节,卢森堡公园是否比杜伊勒里宫更可爱,洗衣妇送回的衣服是否浆得太厚,杜桑买的东西是否合适。她整天垂头丧气,发呆出神,心里只有一个念头,眼睛朝前看而一无所见,正如夜里看着鬼魂刚刚隐没的黑暗深处。

此外,除了她那憔悴面容外她也不让冉阿让发现什么。她对他仍是亲亲热热的。

她的憔悴太使冉阿让痛心了。他有时问她:

"你怎么了?"

她回答说:

"我不怎么呀。"

沉寂了一会儿,她觉得他也同样闷闷不乐,便问道:

"您呢,爹,您有什么事吗?"

"我?没有什么。"他回答。

这两个人,多年以来,彼此都极亲爱,相依为命,诚笃感人,现在却面对面地各自隐忍,都为对方苦恼。大家避而不谈心里的话,也没有抱怨的心,而还总是微笑着。

八 长　　链

在他们两人中,最苦恼的还是冉阿让。年轻人,即使不如意,总还有开朗的一面。

某些时刻,冉阿让竟苦闷到产生一些幼稚的想法。这原是痛苦的特点,苦极往往使人儿时的稚气重现出来。他无可奈何地感到珂赛特正从他的怀抱里溜开。他想挣扎,留住她,用身外的某些显眼的东西来鼓舞她。这种想法,我们刚才说过,是幼稚的,同时也是昏愦糊涂的,而他竟作如此想,有点像那种金丝锦缎在小姑娘们想象中产生的影响,都带着孩子气。一次,他看见一个将军,古达尔伯爵,巴黎的卫戍司令,穿着全副军装,骑着马打街上走过。他对这个金光闪闪的人起了羡慕之心。他想:"这种服装,该没有什么可说的了,要是能穿上这么一套,该多幸福,珂赛特见了他这身打扮,一定会看得眉飞色舞,他让珂赛特挽着他的手臂一同走过杜伊勒里宫的铁栏门前,那时,卫兵会向他举枪致敬,珂赛特也就满意了,不至于再想去看那些青年男子了。"

一阵意外的震颤来和这愁惨的思想掺和在一起。

在他们所过的那种孤寂生活里,自从他们搬来住在卜吕梅街以后,他们养成了一种习惯。他们常去观赏日出,借以消遣,这种恬淡的乐趣,对刚刚进入人生和行将脱离人生的人来说都是适合的。

一大早起来散步,对孤僻的人来说,等于夜间散步,另外还可以享受大自然的朝气。街上没有几个人,鸟雀在歌唱,珂赛特,本来就是一只小鸟,老早便高高兴兴地醒来了。这种晨游常常是在前一天便准备好了。他建议,她同意,好像是当作一种密谋来安排的,天没亮,他们便出门了,珂赛特尤其高兴。这种无害的不轨行为最能投合年轻人的趣味。

冉阿让的倾向,我们知道,是去那些人不常去的地方,僻静的山坳地角,荒凉处所。当时在巴黎城外一带,有些贫瘠的田野,几乎和市区相连,在那些地方,夏季长着一种干瘪的麦子,秋季收获过后,那地方不像是割光的,而像是拔光的。冉阿让最欣赏那一带。珂赛特在那里也一点不感到厌烦。对他来说这是幽静,对她来说则是自由。到了那里,她又成了个小女孩,她可以随便跑,几乎可以随便玩,她脱掉帽子,把它放在冉阿让的膝头上,四处去采集野花。她望着花上的蝴蝶,但不捉它们,仁慈恻隐的心是和爱情并生的,姑娘们心中有了个颤悠悠、弱不禁风的理想,便要怜惜蝴蝶的翅膀。她把虞美人串成一个花环戴在头上,阳光射来照着它,像火一样红得发紫,成了她那绯红光艳的脸上的一顶炽炭冠。

即使在他们的心境暗淡以后,这种晨游的习惯仍保持不断。

因此,在十月间的一天早晨,他们受到一八三一年秋季那种高爽宁静天气的鼓舞,又出去玩了,他们绝早便到了梅恩便门。还不到日出的时候,天刚有点蒙蒙亮,那是一种美妙苍茫的时刻。深窈微白的天空里还散布着几颗星星,地上漆黑,天上全白,野草在微微颤动,四处都笼罩在神秘的薄明中。一只云雀,仿佛和星星会合在一起,在绝高的天际歌唱,寥廓的穹苍好像也在屏息静听这小生命为无边宇宙唱出的颂歌。在东方,军医学院被天边明亮的青钢色衬托着,显示出它的黑影,耀眼的太白星正悬在这山岗的顶上,好像是一颗从这座黑暗建筑里飞出来的灵魂。

绝无动静也绝无声息。大路上还没有人,路旁的小路上,偶尔有几个工人在矇眬晓色中赶着去上工。

冉阿让在大路旁工棚门前一堆屋架上坐下来。他脸对大路,背对曙光,他已忘了即将升起的太阳,他沉浸在一种深潜的冥想中,集中了全部精力,连视线好像也被四堵墙遮断了似的。有些冥想可以说是垂直的,思想升到顶端以后要再回到地面上来,便需要一定的时间。冉阿让当时正陷在这样的一种神游中。他在想着珂赛特,想着他俩之间如果不发生意外便可能享到的幸福,想到那种充塞在他生命中的光明,他的灵魂赖以呼吸的光明。他在这样的梦幻中几乎感到快乐。珂赛特,站在他身边,望着云彩转红。

珂赛特突然喊道:"爹,那边好像来了些什么人。"冉阿让抬起了眼睛。

我们知道,通向从前梅恩便门的那条大路,便是赛伏尔街,它和内马路以直角相交。在大路和那马路的拐角上,也就是在那分岔的地方,他们听到一种在那种时刻很难理解的声音,并且还出现了一群黑压压的模糊形象。不知道是种什么不成形的东西正从那马路转进大路。

那东西渐渐显得大起来了,好像是在有秩序地向前移动,但是浑身带刺,并在微微颤动,那好像是一辆车,但看不清车上装的是什么。传来了马匹、轱辘和人声,还有鞭子的劈啪声。渐渐地,那东西的轮廓明显起来了,虽然还不清晰。那果然是一辆车,它刚从马路转上了大路,朝着冉阿让所在地附近的便门驶来,第二辆同样的车跟在后面,随即又是第三辆,第四辆,七辆车一辆一辆过来了,马头衔接车尾。一些人影在车上攒动,微明中露出点点闪光,仿佛是些出了鞘的大刀,又仿佛听到铁链撞击的声音,那队形正朝前走,人声也渐渐大起来了。那真是一种触目惊心的东西,好像是从梦魇里出来的。

那东西越走越近,形状也渐清楚,惨绿如鬼影,陆续从树身后面走出来,那堆东西发白了,渐渐升起的太阳以苍白的微光照在这群似人非人、似鬼非鬼、蠕蠕蠢动的东西上,那影子上的头变成了死尸的面孔,这原来是这么一回事:

七辆车在大路上一辆跟着一辆往前走。头六辆的结构相当奇特。它们像那种运酒桶的狭长车子,是置在两个车轮上的一道长梯子,梯杆的前端也是车辕。每辆车,说得更正确些,每道长梯,由四匹前后排成一线的马牵引着。梯上拖着一串串怪人。在微弱的阳光中,还看不真切那究竟是不是人,只是这样猜想而已。每辆车上二十四个,每边十二个,背靠背,脸对着路旁,腿悬在空中。这些人就是这样往前进的,他们背后有东西当啷作响,那是一条链子,颈上也有东西在闪闪发光,那是一面铁枷。枷是人各一面,链子是大家共有的,因而这二十四个人,遇到要下车走路时,便无可宽容地非一致行动不可,这时他们便像一条大蜈蚣,以链子为脊骨,在地上曲折前进。在每辆车的头上和尾上,立着两个背步枪的人,每人踏着那链子的一端。枷全是四方的。那第七辆,是一辆栏杆车,但没有顶篷,有四个轮子和六匹马,载着一大堆颠得一片响的铁锅、生铁罐、铁炉和铁链,在这些东西里,也夹着几个用绳子捆住的人,直直地躺着,大致是些病人。这辆车四面洞开,栏杆已破损不堪,足见它是囚车里资格最老的一辆。

车队走在大路的中间。两旁有两行奇形怪状的卫队,头上顶着疲软的三角帽,仿佛督政府时期的士兵,帽子上满是污迹和破洞,邋遢极了,身上穿着老兵的制服和埋葬工人的长裤,半灰半蓝,几乎已烂成丝缕,他们戴着红肩章,斜挎着黄背带,拿着砍白菜①、步枪和木棍——一队叫化子兵。这些刑警队仿佛是由乞丐的丑陋和刽子手的威风组成的。那个貌似队长的人,手里握着一根长马鞭。这些细部,在曚昽的晓色中原是模糊不清的,随着逐渐明亮的阳光才逐渐清晰起来。一些骑马的宪兵,握着指挥刀,阴沉沉地走在车队的前面和后面。

这个队伍拉得那么长,第一辆车已到便门时,最后一辆几乎还正从马路转上大路。

一大群人,不知道是从什么地方来的,一下子便聚集拢来,挤在大路两旁看,这在巴黎原是常有的事。附近的小街小巷里,也响起了一片互相呼唤和跑来看热闹的菜农的木鞋橐橐声。

那些堆在车上的人一声不响地任凭车子颠簸。他们在清晨的寒气里发抖,脸色青灰。全穿着粗布裤,赤着两只脚,套一双木鞋。其他的人的服装更是可怜,有啥穿啥。他们的装束真是丑到光怪陆离,再没有什么比这种一块块破布叠补起

---

① 砍白菜,十九世纪法国步兵用的一种细长刀。

来的衣服更令人心酸的了。凹瘪的宽边毡帽,油污的遮阳帽,丑陋的毛线瓜皮帽,并且,肘弯有洞的黑礼服和短布衫挤在一起,有几个人还戴着女人的帽子,也有一些人顶个柳条筐,人们可以望见毛茸茸的胸脯,从衣服裂缝里露出的刺花纹的身体:爱神庙、带火焰的心、爱神等。还能望见一些脓痂和恶疮。有两三个人把草绳拴在车底的横杆上,像个马镫似的悬在身体的下面,托着他们的脚。他们里面有个人捏着一块黑石头似的东西送到嘴里去啃,那便是他们所吃的面包。他们的眼睛全是枯涩的、呆滞的或杀气腾腾的。那押送的队伍一路叫骂不停,囚犯们却不吭气,人们不时听到棍棒打在背上或头上的声音,在那些人里,有几个在张着嘴打呵欠,衣服破烂到骇人,脚悬在空中,肩头不停摇摆,脑袋互相撞击,铁器丁当作响,眼里怒火直冒,拳头捏得紧紧或像死人的手那样张着不动,在整个队伍后面,一群孩子跟着起哄大笑。

这个队形,不管怎样,是阴惨的。显然,在明天,在一小时以内,就可能下一场暴雨,接着又来一场,又来一场,这些破烂衣服便会湿透,一次湿了,这些人便不会再干,一旦冻了,这些人便不会再暖,他们的粗布裤子会被雨水粘在他们的骨头上,水会在他们的木鞋里积满,鞭子的抽打不会制止牙床的战抖,铁链还要继续拴住他们的颈脖,他们的脚还要继续悬在空中。看见这些血肉之躯被当做木头石块来拴住,处在寒冷的秋云下面一无表示,听凭雨打风吹、狂飙袭击,是不可能不心寒的。

即使是那些被绳子捆住扔在第七辆车子里、像一个个破麻袋似的一动不动的病人,也免不了挨棍子。

突然,太阳出现了,东方的巨大光轮上升了,仿佛把火送给这些蛮悍的人头。一个个的舌头全灵活了,一阵笑谑、咒骂、歌唱的大火延烧起来了。那一大片平射的晨光把整个队伍截成两半,头和身躯在光里,脚和车轮在黑暗中。各人脸上也出现了思想活动,这个时刻是骇人的,一些真相毕露的魔鬼,一些精赤可怕的生灵。这一大伙人,尽管在阳光照射下,也还是阴惨惨的。有几个兴致好的,嘴里含一根翎管,把一条条蛆吹向人群,瞄准一些妇女。初升的日光把那些怪脸上的阴影显得特别阴暗,在这群人中,没有一个不是被苦难变得奇形怪状的,他们是如此丑恶,人们不禁要说:"他们把日光变成了闪电的微光。"领头的那一车人唱起了一首当时著名的歌,德佐吉埃的《女灶神的贞女》,并用一种鄙俗的轻浮态度来怪喊怪叫。树木惨然瑟缩,路旁小道上,一张张中产阶级的蠢脸对鬼怪们所唱的烂污调正听得津津有味。

在这混乱的车队里,所有的惨状全齐备了,那里有各种野兽的面角:老人、少年、光头、灰白胡子、横蛮的怪样、消极的顽抗、龇牙咧嘴的凶相、疯癫的姿态、戴遮阳帽的猪拱嘴、两鬓拖着一条条螺旋钻的女儿脸、孩子面孔(因此也特别可怕)、还剩一口气的骷髅头。在第一辆车上,有个黑人,他也许当过奴隶,能和链条相比。这些人蒙受了无以复加的耻辱;受到这种程度的屈辱,他们全都深深地起了极大的变化,并且已变傻的愚昧的人是和变得悲观绝望的聪明人处于同等地位的。这一伙看来好像是渣滓中提炼出来的人彼此不可能再分高下。这一污浊行列的那个不相干的领队官对他们显然没有加以区别。他们是乱七八糟拴成一对一对的,也许只是按字母的先后次序加以排列,胡乱装上了车子。但是一些丑恶的东西聚集在一起,结果总会合成一种力量,许多苦难中人加在一起便有个总和,从每条链子上出现了一个共同的灵魂,每一车人有他们共同的面貌。有一车人老爱唱,另一车人老爱嚷,第三车人向人乞讨,还有一车人咬牙切齿,另一车人威胁观众,另一车人咒骂上帝,最后的一车人寂静如坟墓。但丁见了,也会认为这些是行进中的七层地狱。

这是从判刑走向服刑的行列,惨不忍睹,他们坐的不是《启示录》里所说的那种电光闪耀骇人的战车,而是用来公开示众的囚车,因而形象更惨。

在那些卫队中有一个拿着一根尖端带钩的棍棒,不时龇牙咧嘴,吓唬那堆人类的残渣。人群中有个老妇把他们指给一个五岁的男孩看,并对他说:"坏蛋,看你还要不要学这些榜样!"

歌唱和咒骂声越来越大了,那个模样像押送队队长的人,劈啪一声,挥出了他的长鞭,这一信号发出以后,一阵惊心动魄的棍棒,像冰雹似的,不问青红皂白,劈里啪啦,一齐打在那七车人的身上;许多人狂喊怒骂,跑来看热闹的孩子像群逐臭的苍蝇,见了更加兴高采烈。

冉阿让的眼睛变得骇人可怕。那已不是眼睛,而是一种深杳的玻璃体,仿佛对现实无动于衷,并反射出面临大难、恐惧欲绝的光芒,一种忧患中人常有的那种眼神。他看到的已不是事物的实体,而是一种幻象。他想站起来,避开,逃走,但是一步也动不了。有时我们看见的东西是会把我们制住,拖着不放的。他像被钉住了,变成了石头,呆呆地待着,心里是说不出的烦乱和痛苦,搞不清楚这种非人的迫害是为了什么,他的心怎么会紊乱到如此程度。他忽然抬起一只手按在额上,猛然想起这地方正是必经之路,照例要走这一段弯路,以免在枫丹白露大道上惊动国王,而且三十五年前,他正是打这便门经过的。

珂赛特,虽然感受有所不同,但也一样胆战心惊。她不懂这是什么,她吐不出气,感到她所见到的景象是不可能存在的,她终于大声问道:

"爹!这些车子里装的是什么?"

冉阿让回答说:

"苦役犯。"

"他们去什么地方?"

"去上大桡船。"

这时,那一百多根棍棒正打得起劲,还夹着刀背也在砍,真是一阵鞭抽棍打的风暴,罪犯们全低下了头,重刑下面出现了丑恶的服从,所有的人一齐静下来了,一个个像被捆住了的狼似的觑着人。珂赛特浑身战抖,她又问道:

"爹,这些还算是人吗?"

"有时候。"那伤心人说。

那是一批犯人,天亮以前,便从比塞特出发了,当时国王正在枫丹白露,他们要绕道而行,便改走勒芒大路。这一改道便使那可怕的旅程延长三至四天,但是,为了不让万民之上的君王看见酷刑的惨状,多走几天路便也算不了什么。

冉阿让垂头丧气地回到家里。这种遭遇是打击,留下的印象也几乎是震撼。

冉阿让带着珂赛特一路走回家,没有留意她对刚才遇见的那些事再提出什么问题,也许他过于沉痛了,在不能自拔的时候,已听不到她说的话,也无心回答她了。不过到了晚上,当珂赛特离开他去睡觉时,他听到她轻轻地,仿佛自言自语地说:"我感到,要是我在我的一生中遇上一个那样的人,我的天主啊,只要我走近去看一眼,我便会送命的!"

幸好,在那次惨遇的第二天,现在已想不起是国家的什么盛典,巴黎要举行庆祝活动,马尔斯广场阅兵,塞纳河上比武,爱丽舍宫演戏,明星广场放焰火,处处悬灯结彩。冉阿让,横着一条心,打破了他的习惯,领着珂赛特去赶热闹,也好借此冲淡一下对前一天的回忆,要让她遇见的那种丑恶景象消失在巴黎倾城欢笑的场面里。点缀那次节日的阅兵式自然要使戎装盛服在街头穿梭往来,冉阿让穿上了他的国民自卫军制服,心里隐藏着一个避难人的感受。总之,这次游逛的目的似乎达到了。珂赛特一向是以助她父亲的兴作为行动准则的,并且对她来说,任何场面都是新鲜的,她便以青年人平易轻松的兴致接受了这次散心,因而对所谓公众庆祝的那种乏味的欢乐,也没太轻蔑地撇一下嘴。因此冉阿让认为游玩是成功的,那种奇丑绝恶的幻象已不再存在了。

过了几天,在一个晴朗的早晨,他们两人全到了园里的台阶上,这对冉阿让自定的生活规则和珂赛特因烦闷而不出卧房的习惯来说,都是又一次破例的表现。珂赛特披一件起床时穿的浴衣,那种像朝霞蔽日那样把少女们裹得楚楚动人的便服,立在台阶上,睡了一个好觉而显得绯红的脸对着阳光,老人以疼爱的心情轻轻地望着她,她手里正拿着一朵雏菊,在一瓣一瓣地摘花瓣。珂赛特并不知道那种可爱的口诀"我爱你,爱一点点,爱到发狂。"等等,谁会教给她这些呢?她本能地、天真地在玩着那朵花,一点没有意识到:摘一朵雏菊的花瓣便是披露一个人的心。如果有第四位美惠女神,名叫多愁仙子而且是微笑着的,那她就有点像这仙子了。冉阿让痴痴地望着那花朵上的几个小手指,望到眼花心醉,在那孩子的光辉里把一切都忘了。一只知更鸟在旁边的树丛里低声啼唱。片片白云轻盈迅捷地飘过天空,好像刚从什么地方释放出来似的。珂赛特仍在一心一意地摘她的花瓣,她仿佛在想着什么,想必一定是件怪有意思的事,忽然,她以天鹅那种舒徐的优美姿态,从肩上转过头来向冉阿让说:"爹,大桡船是什么东西呀?"

第四卷　下面的援助也许就是上面的援助

一　外伤，内愈

他们的生活便这样一天一天地暗淡下去了。

他们只剩下一种消遣方法，也就是从前的那种快乐事儿：把面包送给挨饿的人，把衣服送给挨冻的人。珂赛特时常陪着冉阿让去访贫问苦，他们在这些行动中，还能找到一点从前遗留下来的共同语言，有时，当一天的活动进行顺利，帮助了不少穷人，使不少小孩得到温饱后又活跃起来，到了点灯时，珂赛特便显得欢快一些。正是在这些日子里，他们去访问了容德雷特的破屋。

就在那次访问的第二天早晨，冉阿让来到楼房里，和平时一样镇静，只是左臂上带着一条大伤口，相当红肿，相当恶毒，像是火烫的伤口，他随便解释了一下。这次的伤使他发了一个多月的高烧，不曾出门。他不愿请任何医生。当珂赛特坚持要请一个的时候，他便说："找个给狗看病的医生吧。"

珂赛特替他包扎，她的神气无比庄严，并以能为他尽力而感到莫大的安慰,冉阿让也感到旧时的欢乐又回到他心头了,他的恐惧和忧虑烟消云散了,他常望着珂赛特说:"呵!多美好的创伤!呵!多美好的痛苦!"

珂赛特看见她父亲害病,便背叛了那座楼房,重新跟小屋子和后院亲热起来。她几乎整天整天地待在冉阿让身边,把他要看的书念给他听,主要是些游记。冉阿让再生了,他的幸福也以无可形容的光辉焕然再现了,卢森堡公园,那个不相识的浪荡少年,珂赛特的冷淡,他心灵上的一切乌云全已消逝。因而他常对自己说:"那一切全是我无中生有想出来的。我是一个老疯子。"

他感到非常宽慰,好像德纳第的新发现——在容德雷特破屋里的意外遭遇——在他身上已经消失了。他已胜利脱身,线索已经中断,其余的事,都无关重要。当他想到那次遭遇时,他只觉得那一伙歹徒可怜。他想,他们已进监牢,今后不能再去害人,可是这穷愁绝望的一家人也未免太悲惨了。

至于上次在梅恩便门遇见的那种奇丑绝恶的景象,珂赛特没有再提起过。

在修院时,珂赛特曾向圣梅克蒂尔德嬷嬷学习音乐。珂赛特的歌喉就像一只通灵的黄莺,有时,天黑以后,她在老人养病的那间简陋的小屋里,唱一两首忧郁的歌曲,冉阿让听了,心里大为喜悦。

春天来了,每年这个季节,园子总是非常美丽的,冉阿让对珂赛特说:"你从不去园子里,我要你到那里去走走。""我听您的盼咐就是了,爹。"珂赛特这样说。

为了听她父亲的话,她又常到她的园里去散步了,多半是独自一个人去,因为,我们已指出过,冉阿让几乎从不去那园子,大概是怕别人从铁栏门口看见他。

冉阿让的创伤成了一种改变情况的力量。

珂赛特看见她父亲的痛苦减轻了,伤口慢慢好了,心境也好像宽了些,她便也有了安慰,但是她自己并没有感到,因为它是一点一点、自然而然来到的。随后,便是三月,日子渐渐长了,冬天已经过去,冬天总是要把我们的伤感带走一部分的,随后又到了四月,这是夏季的黎明,像晓色一样新鲜,像童年一样欢快,也像初生的婴儿一样,间或要哭哭啼啼。大自然在这一月里具有多种感人的光泽,从天上、云端、林木、原野、花枝各方面映入人心。

珂赛特还太年轻,不能不让那种和她本人相似的四月天的欢乐透进她的心。伤感已在不知不觉中从她心里无影无踪地消逝了。灵魂在春天是明朗的,正如地窨子在中午是明亮的一样。珂赛特甚至已不怎么忧郁了。总之,情况就是这样,她自己并没有感觉到。早晨,将近十点,早餐过后,当她扶着她父亲负伤的手臂,搀他到园里台阶前散散步,晒上一刻来钟的太阳时,她一点也不觉得她自己随时都在笑,并且是快快活活的。

冉阿让满腔欢慰,看到她又变得红润光艳了。

"呵!美好的创伤!"他低声反复这样说。

他并对德纳第怀着感激的心情。

伤口好了以后,他又恢复了夜间独自散步的习惯。

如果认为独自一人在巴黎的那些荒凉地段散步不会遇到什么意外,那将是错误的设想。

二　普卢塔克妈妈信口开河

一天晚上,小伽弗洛什一点东西也没有吃,他想起前一晚也不曾有什么东西下肚,老这样下去可真受不了。他决计去找点东西来充饥。他走到妇女救济院那一面的荒凉地方去打主意,在那一带可能有点意外收获,在没有人的地方常能找到东西。他一直走到一个有些人家聚居的地方,说不定就是奥斯特里茨村。

前几次他来这地方游荡时,便注意到这儿有一个老园子,住着一个老头和一个老妇人,园里还有一棵勉强过得去的苹果树。苹果树的旁边,是一口关不严实的鲜果箱,也许能从里面摸到个把苹果。一个苹果,便是一顿夜餐,一个苹果,便能救人一命。害了亚当的①也许能救伽弗洛什。那园子紧挨着一条荒僻的土巷,两旁杂草丛生,还没有盖房子,园子和巷子中间隔着一道篱笆。

伽弗洛什向园子走去,他找到了那条巷子,也认出了那株苹果树,看到了那只鲜果箱,也研究了那道篱笆,篱笆是一抬腿便可以跨过去的。天黑下来了,巷子里连一只猫也没有,这时间正合适。伽弗洛什摆起架势准备跨篱笆,又忽然停了下来。园里有人说话。伽弗洛什凑近一个空隙往里望。

离他两步的地方,在篱笆那一面的底下,恰好在他原先考虑要跨越的那个缺口的地方,地上平躺着一块当坐凳用的条石,园里的那位老人正坐在条石上,他前面站着一个老妇人。

---

① 据《圣经》记载,亚当偷吃了乐园的苹果,受到上帝责罚。

老妇人正在絮叨不休。伽弗洛什不大知趣,偷听了他们的谈话。

"马白夫先生!"那老妇人说。

"马白夫!"伽弗洛什心里想,"这名字好古怪。"①

被称呼的老人一点也不动。老妇人又说:

"马白夫先生!"

老人,眼不离地,决定回话。

"什么事,普卢塔克妈妈?"

"普卢塔克妈妈!"伽弗洛什心里想,"又一个古怪名字。"②

普卢塔克妈妈往下谈,老人答话却极勉强。

"房主人不高兴了。"

"为什么?"

"我们的房租欠了三个季度了。"

"再过三个月,便欠四个季度了。"

"他说他要撵您走。"

"我走就是。"

"卖柴的大妈要我们付钱。她不肯再供应树枝了。今年冬天您用什么取暖呢?我们不会有柴烧了。"

"有太阳嘛。"

"卖肉的不肯赊账。他不再给肉了。"

"正好。我消化不了肉。太腻。"

"吃什么呢?"

---

① 马白夫(Mabeuf)的发音有点像"我的牛"。
② 普卢塔克(Plutarque,约46—125),古希腊作家,唯心主义哲学家。写有古希腊罗马杰出活动家比较传记。

"吃面包。"

"卖面包的要求清账,他也说了:'没有钱,就没有面包。'"

"好吧。"

"您吃什么呢?"

"我们有这苹果树上的苹果。"

"可是,先生,我们这样没有钱总过不下去吧。"

"我没有钱。"

老妇人走了,老人独自待着。他开始思考。伽弗洛什也在思考。天几乎全黑了。

伽弗洛什思考的第一个结果,便是蹲在篱笆底下不动,不想翻过去了。靠近地面的树枝比较稀疏。

"嗨!"伽弗洛什心里想,"一间壁厢!"他便蹲在那里。他的背几乎靠着马白夫公公的石凳。他能听到那八旬老人的呼吸。

于是,代替晚餐,他只好睡大觉。

猫儿睡觉,闭一只眼。伽弗洛什一面打盹,一面张望。

天上苍白的微光把大地映成白色,那条巷子成了两行深黑的矮树中间的一条灰白道儿。

忽然,在这白茫茫的道上,出现两个人影。一个走在前,一个跟在后,相隔只几步。

"来了两个生灵。"伽弗洛什低声说。

第一个影子仿佛是个老头儿,低着头,在想什么,穿得极简单,由于年事已高,步伐缓慢,正趁着星光夜游似的。

第二个是挺身健步的瘦长个子。他正合着前面那个人的步伐慢慢前进,从他故意放慢脚步的体态中,可以看出他的轻捷矫健。这个人影带有某种凶险恼人的味道,整个形态使人想起当时的那种时髦少年,帽子的式样是好的,一身黑骑马服,裁剪入时,料子应当也是上等的,紧裹着腰身。头向上仰起,有一种刚健秀美的风度,映着微明的惨白光线,帽子下面露出一张美少年的侧影。侧影的嘴里含着一朵玫瑰,这是伽弗洛什熟悉的,他就是巴纳斯山。

关于另外那个人,他什么也不知道,只知道是个老头儿。

伽弗洛什立即进入观察。

这两个行人,显然其中一个对另一个有所企图。伽弗洛什所在的地方正便于观察。所谓壁厢恰好是个掩蔽体。

巴纳斯山在这种时刻,这种地方,出来打猎,那是极可怕的。伽弗洛什觉得他那野孩子的好心肠在为那老人叫苦。

怎么办?出去干涉吗?以弱小救老弱!那只能为巴纳斯山提供笑料,伽弗洛什明知道,对那个十八岁的凶残匪徒来说,先一老,后一小,他两口便能吞掉。

伽弗洛什正在踌躇,那边凶猛的突袭已经开始。老虎对野驴的袭击,蜘蛛对苍蝇的袭击。巴纳斯山突然一下丢了那朵玫瑰,扑向老人,抓住他的衣领,掐住他的咽喉,揪着不放,伽弗洛什好不容易没有喊出来。过了一会,那两人中的一个已被另一个压倒在下面,力竭声嘶,还在挣扎,一个铁膝头抵在胸口上。但是情况并不完全像伽弗洛什预料的那样。在底下的,是巴纳斯山,在上面的,是那老头。

这一切是在离伽弗洛什两步远的地方发生的。

老人受到冲击,便立刻狠狠还击,转眼之间,进攻者和被攻者便互换了地位。

"好一个猛老将!"伽弗洛什心里想。

他不禁拍起手来。不过这是一种没有效果的鼓掌。掌声达不到那两个搏斗的人那里,他们正在全力搏斗,气喘如牛,耳朵已完全不管事。

忽然一下,声息全无。巴纳斯山已停止斗争。伽弗洛什对自己说:"敢情他死了!"

老人没有说一句话,也没有喊一声。他站了起来,伽弗洛什听见他对巴纳斯山说:

"起来。"

巴纳斯山起来,那老人仍抓住他不放。巴纳斯山又羞又恼,模样像一头被绵羊咬住了的狼。

伽弗洛什睁着眼望,竖起耳听,竭力用耳朵来帮助眼睛。他可真乐开了。

作为一个旁观者,他那从良心出发的焦虑得到了补偿。他听到了他们的对话,他们的话从黑暗中传来,具有一种说不出的悲剧味道。老人问,巴纳斯山答。

"你多大了?"

"十九岁。"

"你有气力,身体结实。为什么不工作呢?"

"不高兴。"

"你是干哪一行的?"

"闲游浪荡。"

"好好说话。我可以替你干点什么吗?你想做什么?"

"做强盗。"

对话停止了。老人好像在深思细想。他丝毫不动,也不放松巴纳斯山。

那年轻的匪徒,矫健敏捷,像一头被铁夹子夹住了的野兽,不时要乱蹦一阵。他突然挣一下,试一个钩腿,拼命扭动四肢,企图逃脱。老人好像没有感到这些似的,用一只手抓住他的两只手臂,镇定自若,岿然不动。

老人深思了一段时间,才定定地望着巴纳斯山,用温和的语调,在黑暗中向他作了一番语重心长的劝告,字字进入伽弗洛什的耳朵:

"我的孩子,你想啥也不干,便进入最辛苦的人生。啊!你说你闲游浪荡,还是准备劳动吧。你见过一种可怕的机器吗?那东西叫做碾片机。对它应当小心,那是个阴险凶恶的东西,假使它拖住了你衣服的一只角,你整个人便会被卷进去。这架机器,便像是游手好闲的习惯。不要去惹它,在你还没有被卷住的时候,赶快避开!要不,你便完了,不用多久,你便陷在那一套联动齿轮里。一旦被它卡住,你便啥也不用指望了。你将受一辈子苦,懒骨头!不会再有休息了。不容情的苦工的铁手已经抓住了你。自己挣饭吃吧,找工作做吧,尽你的义务吧,你不愿意!学别人那样,你不高兴!好吧!你便不会和大家一样。劳动是法则。谁把它当作麻烦的事来抗拒,谁就会在强制中劳动。你不愿意当工人,你就得当奴隶。劳动在这一方面放松你,只是为了在另一方面抓紧你,你不肯当它的朋友,便得当它的奴才。啊!你拒绝人们的诚实的疲劳,你便将到地狱里去流汗。在别人歌唱的地方,你将哀号痛哭。你将只能从远处,从下面望着别人劳动,你将感到他们是在休息。掘土的人、种庄稼的人、水手、铁匠,都将以天堂里的快乐人的形象出现在你眼前的光明里。铁砧里有多大的光芒!使犁、捆草是一种快乐。船在风里自由行驶,多么欢畅!你这个懒汉,去锄吧,拖吧,滚吧,走吧!挽你的重轭吧,你成了在地狱里拖车的载重牲口！啊！什么事都不干,这是你的目的。好吧！你便不会有一个星期、不会有一天、不会有一个钟点不吃苦受罪的。你搬任何东西都将腰酸背痛。每过一分钟都将使你感到筋骨开裂。对别人轻得像羽毛的东西,对你会重得像岩石。最简单的事物也会变得异常艰巨。生活将处处与你为敌。走一步路,吸一口气,同样成了非常吃力的苦活。你的肺将使你感到是个百斤重的负担。走这边还是走那边,也将成为一个待解决的难题。任何人要出去,他只要推一下门,门一开,他便到了外面。而你,你如果要出去,便非在你的墙上打洞不可。要上街,人家怎么办呢？人家走下楼梯便成了,人人都是这样；而你,你得撕裂你床上的褥单,一条一条地把它接成一根绳子,随后,你得从窗口爬出去,你得临空吊在这根绳子上,并且是在黑夜里,在起狂风、下大雨、飞沙走石的时候,并且,万一那根绳子太短,你便只有一个办法可以下去,掉下去。盲目地掉下去,掉在一个黑洞里,也不知道有多深,掉在什么东西上面呢？下面有什么便掉在什么上面,掉在自己不知道的东西上面。或者你从烟囱里爬出去,烧死了活该；或者你从排粪道里爬出去,淹死也活该。我还没有跟你说有多少洞得掩盖起来,多少石头每天得取下又放上二十次,多少灰渣得藏在他的草荐里。遇到一把锁,那个有钱的先生,在他的衣袋里,有锁匠替他做好的钥匙。而你呢,假使你要过去,你便非作一件杰作的惊人作品不可,你得拿一个大个的苏,把它剖成两片,用什么工具呢？你自己去想办法。那是你的事。随后,你把那两片的里面挖空,还得小心谨慎,不让它的外表受损伤,你再沿着周围的边,刻出一道螺旋纹,让那两个薄片,像一盖一底似的,能严密地合上。上下两片这样旋紧以后,别人便一点也猜不出了。对狱监们,因为你是受到监视的,这只是一个大个的苏;对你,却是个匣子。你在这匣子里放什么呢?一小片钢。一条表上的发条,你在发条上已凿出了许多齿,使它成为一把锯子。这条藏在苏里的锯子,只有别针一般长,你能用来锯断锁上的梢子,门闩上的横条,挂锁上的梁,你窗上的铁条,你脚上的铁镣。这个杰作告成了,这一神奇的工具做成了,这一系列巧妙、细致、精微、艰苦的奇迹完成了,万一被人发觉是你干的,你会得到怎样的报酬呢?坐地牢。这便是你的前程。懒惰,贪图舒服,多么险恶的悬崖!什么事也不干,那是一种可悲的打算,你知道吗?无所事事地专靠社会的物质来生活!做一个无用的、就是说有害的人!那只能把我们一直带到绝路的尽头。当个寄生虫,结果必然是不幸。那种人只能变成蛆。啊!你不高兴工作!啊!你只有一个念头:喝得好好的,吃得好好的,睡得好好的。你将来只能喝水,吃黑面包,睡木板,还要在你的手脚上铆上铁件,教你整夜都感到皮肉是冷的!你将弄断那些铁件,逃跑。这很好。你将在草莽中爬着走,你将像树林中的野人一样吃草。结果你又被逮回来。到那时候,一连好几年,你将待在阴沟里,一条链子拴在墙上,摸着你的瓦罐去喝水,啃一块连狗也不要吃的怪可怕的黑面包,吃那种在你到嘴以前早已被虫蛀空了的蚕豆。你将成为地窖里的一只土鳖。啊!可怜你自己吧,倒霉的孩子,这样年轻,你断奶还不到二十年,也一定还有母亲!我诚恳地奉劝你,听我的话吧。你要穿优质的黑料子衣服、薄底漆皮鞋、烫头发、在蓬松的头发里擦上香油、讨女人的喜欢、显得漂亮。结果你将被推成光头,戴一顶红帽子,穿双木鞋。你要在指头上戴个戒指,将来你会在颈子上戴一面枷。并且,只要你望一眼女人,便给你一棒子。并且,你二十岁进去,五十岁出来!你进去时是小伙子,绯红的脸、鲜润的皮肤、亮晶晶的眼睛、满嘴雪白的牙齿、一头美丽的乌发,出来的时候呢,垮了,驼了,皱了,没牙了,怪难看的,头发也白了!啊!我可怜的孩子,你走错路了,懒鬼替你出了个坏主意,最艰苦的活计是抢人。相信我,不要干那种当懒汉的苦活计。做一个坏蛋,并不那么方便嘛。做一个诚实人,反而麻烦少些。现在你去吧,把我对你说的话,仔细想想。你刚才想要我的什么东西?我的钱包。在这儿。"

老人放了巴纳斯山,把他的钱包放在他手里,巴纳斯山拿来托在手上掂了一阵,随后,以一种机械的谨慎态度,把它揣在他骑马服后面的口袋里,好像是他偷了来的。

老人说了这番话又做了这件事后,便转过背去,安详地继续他的散步。

"傻老头儿!"巴纳斯山嘟囔着。

那老人是谁?读者想必早已猜到了。

巴纳斯山呆呆地望着他消失在朦胧的夜色中。这一凝视必然给他带来不幸。

老人往远处走去,这时,伽弗洛什却从近处来了。

伽弗洛什向旁边望了一眼,看见马白夫公公仍坐在石凳上,像是睡着了。那野孩随即从他的草窠里钻出来,隐在黑影里,一直向呆立着的巴纳斯山的背后爬去。他便这样到了巴纳斯山的身边,没有被他看见,也没有被他听见,他轻轻把他的手伸进那身优质黑料子骑马服后面的口袋里,抓住那个钱包,缩回手,再爬回来,像一条在黑暗中溜跑的蛇。巴纳斯山原没有任何理由需要警惕,并且是生平第一次在想问题,便一点也没有发觉。伽弗洛什回到马白夫公公身边时,便把钱包从篱笆上面丢过去,连忙跑开。

钱包落在了马白夫公公的脚上,把他惊醒了。他弯下腰去,拾起钱包。他不知道是怎么回事,把它打开来看。那是个分成两格的钱包,一格里有些零钱,另一格里有六枚拿破仑。

马白夫公公大吃一惊,把这东西拿去交给了他的女仆。

"这是天上掉下来的。"普卢塔克妈妈说。

第五卷　结尾不像开头

一　荒园与兵营相结合

珂赛特的痛苦,在四五个月以前,还是那么强烈,那么敏锐,现在,连她自己也没有想到,居然平息下去了。大自然、春天、青春、对她父亲的爱、鸟雀的欢乐、鲜花,已一点一点,一天一天,一滴一滴地把一种无以名之的类似遗忘的东西渗入了这个贞洁年轻的灵魂。这里的火已完全熄灭了吗?还是只盖上了一层灰呢?事实是她已几乎不再感到有剧痛的痛处了。

一天,她忽然想起了马吕斯。

"啊!"她说,"我已经不再想他了。"

正是在那一个星期里,她发现一个相当俊美的长矛兵军官打那园子的铁栏门前走过,那军官有着蜂腰、挺秀的军服、年轻姑娘的脸、手臂下一把指挥刀、上了蜡的菱角胡子、漆布军帽,外加上浅黄头发、不凹不凸的蓝眼睛、圆脸,他庸俗、傲慢而漂亮,完全是马吕斯的反面形象。嘴里衔一根雪茄。珂赛特在想:"这军官一定是驻扎在巴比伦街的那个部队里的。"

第二天,她又看见他走过。她留意了他走过的钟点。

从那时候起,难道是偶然吗?几乎每天她都看见他走过。

那军官的伙伴们也发现了在这座"不修边幅"的园子里,那道难看的老古董铁栏门的后面,有一个相当漂亮的货色,当那俊美的中尉走过时,几乎老待在那地方,这个中尉,对读者来说并不是陌生人,他叫忒阿杜勒·吉诺曼。

"喂!"他们对他说,"那里有个小娘们儿对你飞眼呢,留意留意吧。"

"我哪有时间,"那长矛兵回答说,"如果要留意所有对我留意的姑娘,那还了得?"

正在这时,马吕斯怀着沉痛的心情,向着死亡的边缘走下去,并且常说:"只要我能在死以前再和她见一次面就好了!"假使他的这个愿望果真实现了,他便会看见珂赛特这时正在瞄一个长矛兵,他会一句话也说不出来,饮恨而死。

这是谁的过错?谁也没有过错。

马吕斯的性格是陷进了苦恼便停留在苦恼里,而珂赛特是掉了进去便爬出来。

珂赛特并且正在经历那个危险时期,也就是女性没人指点、全凭自己面壁虚构的那个一失足成千古恨的阶段,在这种时候,孤独的年轻姑娘便好像葡萄藤上的卷须,不管遇到的是云石柱子上的柱头还是酒楼里的木头柱子,都会一样随缘攀附。这对于每一个无父无母的孤女,无论贫富,都是一个危机,一种稍纵即逝、并且起决定作用的时机,因为家财并不能防止错误的择配,错误的结合往往发生在极上层;真正的错误结合是灵魂上的错误结合,并且,多少无声无臭的年轻男子,没有声名,没有身世,没有财富,却是个云石柱子的柱头,能撑持一座伟大感情和伟大思想的庙宇。

同样,一个上层社会的男人,万事如意,万贯家财,穿着擦得光亮的长靴,说着像上过漆的动人的语言,如果不从他的外表去看他,而是从他的内心,就是说,从他留给一个妇女的那部分东西去看他,便只是一个至愚极蠢、心里暗藏着多种卑污狂妄的强烈欲念的蠢物,一根酒楼里的木头柱子。

珂赛特的灵魂里有了些什么呢?平息了的或睡眠中的热烈感情,游移状态中的爱,某种清澈晶莹、到了某种深度便有些混浊,再深下去便有些灰暗的东西。那个俊美军官的形影是反映在表面的。在底层上有没有印象呢?在底层的极下面呢?也许有。珂赛特不知道。

突然发生了一桩少见的意外事件。

二 珂赛特的恐惧

在四月的上半月里,冉阿让作了一次旅行。我们知道,每隔一段很长的时间,他便要出一次门。每次离家一天或两天,至多三天。他去什么地方?没有人知道,连珂赛特也不知道。可是有一次,在他动身时,珂赛特坐着马车一直送他到一条小的死胡同口,她看见在那转角的地方有几个字:"小板巷"。到那地方以后他便下了车,原车又把珂赛特送回到巴比伦街。冉阿让作这种短期旅行,常常是在家用拮据的时候。

冉阿让因而不在家。他临走时说:"三天左右,我便回来。"

那天上灯以后,珂赛特独自待在客厅里。为了解闷,她揭开了她的钢琴盖,一面唱,一面弹伴奏,唱《欧利安特》①里的那支《迷失在森林中的猎人们》,这也许是所有音乐中最美的作品了。唱完以后,她便坐着发怔。

忽然,她仿佛听见园子里有人走路。

不会是她的父亲,他出门去了,也不会是杜桑,她已睡了。当时是晚上十点钟。

客厅里的板窗已经关上,她过去把耳朵贴在板窗上面听。

仿佛是一个男人的脚步声,并且走得很慢。

她连忙上楼,回到她的卧室里,打开板窗头上的一扇小窗,朝园里望。那正是月圆的时候。能看得和白天一样清楚。

园子里却没有人。

她又打开大窗子。园里毫无动静,她望见街上也和平时一样荒凉。

珂赛特心里想,是她自己搞错了。她自以为听见了什么声音,其实是韦伯那首阴森神怪的合唱曲所引起的错觉,那曲子展示在人们意境中的原是一种深邃骇人的景色,山林震撼的形象,在那里,人们能听到猎人们在凄迷的暮色中彷徨踯躅时枯枝脆叶在他们脚下断裂的声音。

她不再去想它了。

并且珂赛特生来就不怎么知道害怕。在她的血管里,生就了那种光着脚板跑江湖、担风险的女人的血液。我们记得,她是百灵鸟,不是白鸽。她有一种粗放勇敢的气质。

第二天,比较早,在天刚黑时,她在园里散步。她当时心里正想着一些烦杂的事情,又仿佛听到了昨晚的那种声音,好

---

① 《欧利安特》(Euryanthe),韦伯的歌剧。

像有人在离她不远的那些树下的黑地里走路,走走停停,停停走走,但她对自己说,再没有什么比两根树枝互相摩擦更像人在草丛里走路的声音了,她也就不再注意。况且她并没有看见什么。

她从那"榛莽地"走出来。还得穿过一小片草坪才能走上台阶。月亮正从她背后升起,当她走出树丛时,月光把她的身影投射在她面前的草地上。

珂赛特突然站住,心里大吃一惊。

在她的影子旁边,月光把一个怪可怕、怪吓人的人影清清楚楚地投了在草地上,那影子还戴着一顶圆边帽。

那影子好像是立在树丛边,在珂赛特的背后,离她只有几步远。

她好一阵说不出话,不敢叫也不敢喊,不敢动也不敢回头。

她终于鼓足了全部勇气,突然把身子转过去。

什么人也没有。

她再望望地上。那影子也不见了。

她又回到树丛里,壮起胆子,到那些拐角里去找,一直找到铁栏门,什么也不曾找着。

她真觉得自己出了一身冷汗。难道这又是错觉不成?笑话!一连两天!一次错觉,还说得过去,但是两次错觉呢?最使人放心不下的,是那影子肯定不是个鬼影。鬼从不戴圆边帽子。

第三天,冉阿让回家了。珂赛特把她仿佛听到的和见到的都讲给他听。她原希望能得到一些宽慰,估计她父亲会耸耸肩头对她说:"你这小姑娘发神经了。"

冉阿让却显得有些不安。

"不能说这里面没有原因。"他对她说。

他支吾了几句,便离开她去园子里,珂赛特望见他在仔仔细细地检查那道铁栏门。

她半夜里醒来,这一回她可听真切了,清清楚楚,在她的窗子下面,紧靠着台阶的地方,有人在走路。她跑去把窗头上的小窗打开。园里果然有一个人,手里捏着一根粗木棒。她正要嚷出来,却又从月光中看清了那个人的侧影。原来是她父亲。

她又睡下了,心里想:"看来他很担了些心事!"

冉阿让在园里过了那一夜,接着又连守了两夜。珂赛特能从她的板窗洞里望见他。

第三天,月亮渐渐缺了,升得也比较迟了,约莫在午夜一点钟,她忽然听见有人大笑,随即又听见她父亲的声音在喊她。

"珂赛特!"

她连忙跳下床来,套上她的长睡衣,开了窗子。

她父亲站在下面的草地上。

"我把你喊醒,好让你放心,"他说,"瞧,这就是你那戴圆边帽的影子。"

同时,他把月光投射在草地上的一个影子指给她看,那确实像一个戴圆边帽的人的鬼影。但只是隔壁人家屋顶上一个带罩子的铁皮烟囱的影子。

珂赛特也笑了出来,她所有种种不祥的猜想打消了,第二天,和她父亲一同吃早点时,这个烟囱鬼盘桓的凶园子使她又说又笑。

冉阿让又完全安静下来了,至于珂赛特,她并没有十分注意那烟囱是否确实立在她所看见的或自以为看见过的那个人影的方向,也没有注意当时月亮是否在天上的同一方位。她没有追问自己:"那烟囱的影子怎么会那么古怪,当有人注意看它时,它居然怕被人当场捉住,赶忙缩了回去。"因为那天晚上,珂赛特一转身,影子便不见了,这原是珂赛特深信不疑的。现在珂赛特完全放心了。她认为她父亲的解说是圆满的,即使有人可能在天黑以后或半夜里在园里行走,也不至于再使她胡猜。

可是几天过后,又发生了一件新的怪事。

三 杜桑说得更生动

在那园里,靠铁栏门临街的地方,有一条石凳,为了挡住人们好奇的视线,在石凳旁边,栽了一排千金榆,但是,严格地说,一个过路人如果把手臂从铁栏门和千金榆缝里伸过来,仍能伸到石凳上面。

仍是在那个四月里,一天,将近黄昏时,冉阿让上街去了,珂赛特坐在石凳上,当时太阳已经落山。树林里的风已经有些凉意,珂赛特正想着心事,一种没来由的伤感情绪渐渐控制了她,苍茫中带来的这种无可克服的伤感,也许,是由在这一时刻的半开着的坟墓里的一种神秘力量引起的吧,谁知道?

芳汀也许就在迷蒙的暮色中。

珂赛特站起来,绕着园子,踏着沾满露水的青草,慢慢地走,像个梦游人,她凄声说道:"这种时刻在园里走,真非穿着木鞋不可。搞不好就要伤风。"

她回到了石凳前。

正待坐下去时,她发现在她原先离开的坐处,放了一块相当大的石头,这明明是先头没有的。

珂赛特望着石头,心里在问那是什么意思。她想这块石头决不会自己跑到座位上来,一定是什么人放在那里的,一定有谁把手臂从铁栏门的缝里伸进来过。这个思想一出现,她便害怕起来了。这一次是真正害了怕。没有什么可怀疑的,石头在那里嘛,她没有碰它,连忙逃走,也不敢回头望一眼。躲进房子后她立即把临台阶的长窗门关上,推上板门、门杠和铁闩。她问杜桑说:

"我爹回来了没有?"

"还没有回来,姑娘。"

(我们已把杜桑口吃的情形写过了,提过一次,便不必再提。希望读者能允许我们不再突出这一点。我们厌恶那种把别人的缺陷一板一眼记录下来的乐谱。)

冉阿让是个喜欢思索和夜游的人,他常常要到夜深才回家。

"杜桑,"珂赛特又说,"您到夜里想必一定会把对花园的板门关好,门杠上好,把那些小铁件好好插在那些铁环里的吧?"

"呵!您请放心吧,姑娘。"

杜桑在这些方面从不大意,珂赛特也完全知道,但是她无法控制自己不加上这么一句:

"问题是这地方太偏僻了!"

"说到这点,"杜桑说,"真是不错。要是有人来杀害我们,我们连哼一声的时间也不会有。特别是,先生不睡在这大房子里。但是您不用害怕,姑娘。我天天晚上要把门窗关得和铁桶一样。孤零零的两个女人!真是,我一想到,寒毛便会竖起来!您想想吧。半夜里,看见许多男子汉走到你屋子里来,对你说:'不许喊!'他们上来便割你的颈脖子。死,并没有什么了不起,要死就死吧,你也明明知道,不死没有旁的路,可怕的是那些人走上来碰你,那可不是滋味。并且,他们那些刀子,一定是割不大动的!天主啊!"

"不许说了,"珂赛特说,"把一切都好好关上。"

珂赛特被杜桑临时编出来的戏剧性台词吓得心惊肉跳,也许还回想到在那个星期里遇到的怪事,竟至不敢对她说:"您去看看什么人放在石凳上的石块嘛!"惟恐去园里的门开了,那些"男子汉"便会闯进来。她要杜桑把所有的门窗都一一留意关好,把整所房子,从顶楼到地窖,全部检视一番,回头把自己关在卧房里,推上铁闩,检查了床底下,提心吊胆地睡了。一整夜,她都看见那块石头,大得像一座山,满是洞穴。

出太阳的时候——初升太阳的特点便是叫我们嘲笑夜间的一切惊扰,嘲笑的程度又往往和我们有过的恐惧成正比——,出太阳的时候,珂赛特一醒过来,便把自己的一场虚惊看作了一场噩梦,她对自己说:"我想到哪里去了?这和我上星期晚上自以为在园子里听到脚步声是同一回事!和烟囱的影子也是同一回事!我现在快要变成胆小鬼了吧?"太阳光从板窗缝里强烈地照射进来,把花缎窗帘照得发紫,使她完全恢复了自信心,清除了她思想中的一切,连那块石头也不见了。

"石凳上不会有石头,正如园里不会有戴圆帽的人,全是由于我做梦,才会有什么石头和其他的东西。"

她穿好衣服,下楼走到园里,跑向石凳,觉得自己出了身冷汗,石头仍在老地方。

但这不过是一刹那间的事。夜间的畏惧一到白天便成了好奇心。

"有什么关系!"她说,"让我来看看。"

她搬开那块相当大的石头,下面出现一件东西,仿佛是一封信。

那是一个白信封。珂赛特拿起来看。看这一面,没有姓名地址,那一面也没有火漆印。信封虽然敞着口,却不是空的。里面露出几张纸。

珂赛特伸手到里面去摸。这已不是恐惧,也不是好奇心,而是疑惑的开始。

珂赛特把信封里的东西抽出来看。那是一小叠纸,每一张都编了号,并写了几行字,笔迹很秀丽,珂赛特心里想,并且字迹纤细。

珂赛特找一个名字,没有,找一个签字,也没有。这是寄给谁的呢?也许是给她的,因为它是放在她坐过的条凳上的。是谁送来的呢?一种无可抗拒的诱惑力把她控制住了。她想把她的眼睛从那几张在她手里发抖的纸上移开。她望望天,望望街上,望望那些沐浴在阳光中的刺槐,在邻居屋顶上飞翔的鸽子,随后她的视线迅捷地朝下看那手稿,并对自己说,她应当知道那里写的究竟是什么。

她念的是:

四　石头下面的一颗心

把宇宙缩减到惟一的一个人，把惟一的一个人扩张到上帝，这才是爱。

爱，便是众天使向群星的膜拜。

灵魂是何等悲伤，当它为爱而悲伤！

不见那惟一充塞天地的人，这是何等的空虚！呵！情人成上帝，这是多么真实。人们不难理解，如果万物之父不是明明为了灵魂而创造宇宙，不是为了爱而创造灵魂，上帝也会伤心的。

能从远处望见一顶紫飘带白绉纱帽下的盈盈一笑，已够使灵魂进入美梦之宫了。

上帝在一切的后面，但是一切遮住了上帝。东西是黑的，人是不透明的。爱一个人，便是要使他透明。

某些思想是祈祷。有时候，无论身体的姿势如何，灵魂却总是双膝跪下的。

相爱而不能相见的人有千百种虚幻而真实的东西用来骗走离愁别恨。别人不让他们见面，他们不能互通音讯，他们却能找到无数神秘的通信方法。他们互送飞鸟的啼唱、花朵的香味、孩子们的笑声、太阳的光辉、风的叹息、星的闪光、整个宇宙。这有什么办不到呢？上帝的整个事业是为爱服务的。爱有足够的力量可以命令大自然为它传递书信。

呵春天，你便是我写给她的一封信。

未来仍是属于心灵的多，属于精神的少。爱，是惟一能占领和充满永恒的东西。对于无极，必须不竭。

爱是灵魂的组成部分。爱和灵魂是同一本质的。和灵魂一样，爱也是神的火星；和灵魂一样，爱也是不可腐蚀的，不可分割的，不会涸竭的。爱是人们心里的一个火源，它是无尽期、无止境的，任何东西所不能局限，任何东西所不能熄灭的。人们感到它一直燃烧到骨髓，一直照耀到天际。

呵爱！崇拜！两心相知、两情相投、两目相注的陶醉！你会到我这里来的，不是吗，幸福！在寥寂中并肩散步！美满、光辉的日子！我有时梦见时间离开了天使的生命，来到下界伴随人的命运。

上帝不能增加相爱的人们的幸福，除非给予他们无止境的岁月。在爱的一生之后，有爱的永生，那确是一种增益；但是，如果要从此生开始，便增加爱给予灵魂的那种无可言喻的极乐的强度，那是无法做到的，甚至上帝也做不到。上帝是天上的饱和，爱是人间的饱和。

你望一颗星，有两个动机，因为它是发光的，又因为它是望不透的。你在你的身边有一种更柔美的光辉和一种更大的神秘,女人。

无论我们是谁,全有供我们呼吸的物质。如果我们缺少它们,我们便缺少空气,不能呼吸。我们便会死去。因缺爱而死,那是不堪设想的。灵魂的窒息症!

当爱把两人溶化并掺和在一个极乐和神圣的一体中时,他们才算是找到了人生的秘密,他们便成了同一个命运的两极,同一个神灵的两翼。爱吧,飞翔吧!

一个女人来到你的跟前,一面走,一面放光,从那时起,你便完了,你便爱了。你只有一条路可走,集中全部力量去想她,以迫使她也来想你。

爱所开始的只能由上帝来完成。

真正的爱可以为了一只失去的手套或一条找到的手帕而懊恼,而陶醉,并且需要永恒来寄托它的忠诚和希望。它是同时由无限大和无限小所构成的。

如果你是石头,便应当做磁石;如果你是植物,便应当做含羞草;如果你是人,便应当做意中人。

爱是不知足的。有了幸福,还想乐园;有了乐园,还想天堂。

爱中的你呵,那一切已全在爱中了。靠你自己去找来。天上所有的,爱中全有,仰慕;爱中所有的,天上不一定有,欢情。

"她还会来卢森堡公园吗?""不会再来了,先生。""她到这个礼拜堂里来做弥撒,不是吗?""她现在不来这儿了。""她仍住在这房子里吗?""她已经搬走了。""她搬到什么地方去了呢?""她没有说。"

多么凄惨,竟不知道自己的灵魂在何方。

爱有稚气,其他感情有小气。使人变渺小的感情可耻。使人变孩子的感情可贵!

这是一件怪事,你知道吗?我在黑暗中。有个人临走时把天带走了。

呵!手牵着手,肩并着肩,同睡在一个墓穴里,不时在黑暗中相互轻轻抚摸我们的一个手指尖,这已能满足我的永恒的生命了。

因爱而受苦的你,爱得更多一点吧。为爱而死,便是为爱而生。

爱吧。在这苦刑中,有星光惨淡的乐境。极苦中有极乐。

呵鸟雀的欢乐！那是因为它们有巢可栖,有歌可唱。

爱是吸取天堂空气的至上之乐。

深邃的心灵们,明智的精灵们,按照上帝的安排来接受生命吧。这是一种长久的考验,一种为未知的命运所作的不可理解的准备工作。这个命运,真正的命运,对人来说,是从他第一步踏出墓穴时开始的。到这时,便会有一种东西出现在他眼前,他也开始能辨认永定的命运。永定,请你仔细想想这个词儿。活着的人只能望见无极,而永定只让死了的人望见它。在死以前,为爱而忍痛,为希望而景仰吧。不幸的是那些只爱躯壳、形体、表相的人,唉！这一切都将由一死而全部化为乌有。应当知道爱灵魂,你日后还能找到它。

我在街头遇见过一个为爱所苦的极穷的青年。他的帽子是破旧的,衣服是磨损的,他的袖子有洞,水浸透他的鞋底,星光照彻他的灵魂。

何等大事,被爱！何等更为重大的事,爱！心因激情而英雄化了。除了纯洁的东西以外,心里什么也没有了,除了高贵和伟大的东西以外,它什么也不依附了。邪恶的思想已不能再在这心里滋长,正如荨麻不能生在冰山上。欲念和庸俗的冲动所不能攀缘的崇高宁静的灵魂高踞青天,镇压着人世间的乌云和黑影,疯狂、虚伪、仇恨、虚荣、卑贱,并且只感到来自命运底下的深沉的震撼,有如山峰感知地震。

人间如果没有爱,太阳也会灭。

五　珂赛特看信以后

珂赛特在读信时,渐渐进入梦想。她看到那一叠纸的最后一行,抬起眼睛,恰巧望见那个俊美的军官高仰着脸儿准时打那铁栏门前走过。珂赛特觉得他丑恶不堪。

她再回头去细细玩味那叠纸。纸上的字迹非常秀丽,珂赛特这样想,字是一个人写的,但是墨迹不一样,有时浓黑,有时很淡,好像墨水瓶里新加了水,足见是在不同的日子里写的。因此,那是一种有感而作的偶记,不规则,无次序,无选择,无目的,信手拈来的。珂赛特从来没有见过这类东西。这随笔里所谈的,她大都能领会,仿佛见了一扇半开着的宝库门。那些奥妙语言的每一句都使她感到耀眼,使她的心沐浴在一种奇特的光里。她从前受过的教育经常向她谈到灵魂,却从来没有提到过爱,几乎像只谈炽炭而不谈火光。这十五张纸上的随笔一下子便把全部的爱、痛苦、命运、生命、永恒、开始、终止都一一温婉地向她揭示开了。好像是一只张开的手突然向她抛出了一把光明。她感到在那寥寥几行字里有一种激动、热烈、高尚、诚挚的性格,一种崇高的志愿,特大的痛苦和特大的希望,一颗抑郁的心,一种坦率的倾慕。这随笔是什么呢?一封信。一封没有收信人姓名,没有寄信人姓名,没有日期,没有签字,情词迫切而毫无所求的信,一封天使致贞女的书柬,世外的幽期密约,孤魂给鬼影的情书。是仿佛准备安安静静到死亡中去栖身的一个悲观绝望的陌生男子,把命运的秘密、生命的钥匙、爱,寄给了一个陌生的女子。那是脚踏在坟墓里,手指伸在天空中写的。那些字,一个个落在纸上,可以称之为一滴滴的灵魂。

现在,这几张东西是谁送来给她的呢?是谁写的呢?珂赛特一点没有产生疑问。一定是那个惟一的人。他!

她心里又亮了。她感到一种从未有过的快乐和一种深切的酸楚。是他!是他写给她的!是他到此地来过了!是他从铁栏门外把手臂伸进来过了!当她把他忘了的时候,他又把她找着了!不过,她真把他忘了吗?没有!从来没有!她在神志不清的时候曾偶然那么想过一下。她始终是爱他的,始终是崇拜他的。她心中的火曾隐在它自己的灰底下燃烧了一段时间。但是她看得很清楚,它只是燃烧得更深入一些,现在重又冒出来了,把她整个人裹在火焰里了。那一叠纸如同从另外一个灵魂里爆出来落在她的火里的一块炽炭的碎片,她感到一场大火又开始了。她深入领会了那随笔里的每一个字:"是呵!"她说,"我深深体会到这一切!这完全是我从前从他眼睛里看到过的那种心情。"

当她第三遍读完那手迹时,忒阿杜勒中尉又打那铁栏门前走回来,一路踏着街心的石块路面,把他靴上的刺马距震得一片响,使珂赛特不得不抬起眼睛来望了一下。她觉得他庸俗、笨拙、愚蠢、无用、浮夸、讨厌、无礼并且还非常丑,那军官认为应当向她露个笑脸。她连忙把头转过去,感到丢人,并且生了气,差一点没有抓个什么东西甩在他的头上。

她逃了进去,回到房子里,把自己关在卧室里反复阅读那几篇随笔,把它背下来,并细细思索,读够以后,吻了它一下,才把它塞在自己的衬衣里。

完了。珂赛特又深深地陷在仙境似的爱慕中了。神仙洞府里的深渊又开放了。

一整天,珂赛特都处在如醉如痴的状态中。她几乎不想什么,脑子里的思路成了一团乱麻。任何问题都无法分析,只能悠悠忽忽地一心期待。她不敢要自己同意什么,也不愿要自己拒绝什么。面容憔悴,身体战惊。有时,她仿佛觉得自己进入幻境;她问自己:"这是真实的吗?"这时,她便捏捏自己衣服里的那一叠心爱的纸,把它压在胸口,感到纸角刺着自己的皮肉,如果冉阿让这时候见了她,一定会在她眼里溢出的那种空前光艳的喜色面前打哆嗦。"是呀!"她想道,"一定是他!是他送来给我的!"

她并且认为是天使关怀,上苍垂念,又把他交还给她了。

呵,爱的美化!呵,幻想!所谓上苍垂念,所谓天使关怀,只不过是一个匪徒从查理大帝院经过拉弗尔斯监狱的房顶抛向狮子沟里另一匪徒的一个面包团罢了。

六　老人好在走得及时

黄昏时,冉阿让出去了,珂赛特动手梳妆。她把头发理成最适合自己的式样,穿一件裙袍,上衣的领口,因为多剪了一刀,把颈窝露出来了,按照姑娘们的说法,那样的领口是"有点不正派"的。其实一点也没有什么不正派,只不过比不那样的更漂亮些罢了。她这样装饰,自己也不知道为什么。

她想出去吗?不。

她等待客人来访问吗?也不。

天黑了,她从楼上下来,到了园里。杜桑正在厨房里忙着,厨房是对着后院的。

她在树枝下面走,有时得用手去分开树枝,因为有些枝子很低。

她这样走到了条凳跟前。

那块石头仍在原处。

她坐下来,伸出一只白嫩的手,放在那石头上,仿佛要抚摸它、感谢它似的。

她忽然有一种说不出的感觉:在自己背后立着一个人,即使不看,也能感到。

她转过头去,并且立了起来。

果然是他。

他头上没戴帽子,脸色显得苍白,并且瘦了。几乎看不出他的衣服是黑的。傍晚的微光把他的俊美的脸映得发青,两只眼睛隐在黑影里。他在一层无比柔和的暮霭中,有种类似幽灵和黑夜的意味。他的脸反映着奄奄一息的白昼的残晖和行将远离的灵魂的思慕。

他像一种尚未成鬼却已非人的东西。

他的帽子落在几步外的乱草中。

珂赛特蹒跚欲倒,却没有喊一声。她慢慢往后退,因为她感到自己被吸引住了。他呢,立着不动。她看不见他的眼睛,却感到他的目光里有一种说不上来的难以表达和忧伤的东西把她裹住了。

珂赛特往后退时,碰到一棵树,她便靠在树身上。如果没有这棵树,她早已倒下去了。

她听到他说话的声音,这确实是她在这之前从来没听到过的,他吞吞吐吐地说,比树叶颤动的声音大不了多少:

"请原谅,我到这儿来了。我心里太苦闷,不能再那样活下去,所以我来了。您已看了我放在这里、这条凳上的东西了吧?您认清我了吧?请不要怕我。已很久了,您还记得您望我一眼的那天吗?那是在卢森堡公园里,在那角斗士塑像的旁边。还有您从我面前走过的那一天,您也记得吗?那是六月十六和七月二日。快一年了。许久许久以来,我再也见不着您。我问过出租椅子的妇人,她告诉我说她也没有再看见过您。您当时住在西街,一栋新房子的四层楼上。您看得出我知道吗?我跟过您,我。我有什么办法?过后,您忽然不见了。有一次,我在奥德翁戏院的走廊下面读报纸,忽然看见您走过。我便跑去追。原来并不是您。是个和您戴着一样帽子的人。到了晚上,我常来这儿。您不用担心,没有人看见我。我到您窗子下面的近处来望望。我轻轻地走路,免得您听见,要不,您会害怕的。有一天晚上,我站在您的背后,您转身过来,我便逃了。还有一次,我听到您唱歌。我快乐极了。我在板窗外面听您唱,您不会不高兴吧?您不会不高兴。不会的,对吗?您明白,您是我的天使,让我多来几次吧。我想我快死了,假使您知道!我崇拜您,我!请您原谅,我和您说话。我不知道我说了些什么,我也许使您生气了;我使您生气了吗?"

"呵,我的母亲!"她说。

她好像要死似的,瘫软下去了。

他连忙搀住她,她仍往下坠,他只得用手臂把她紧紧抱住,一点不知道自己在干什么。他跟跟跄跄地扶住她,觉得自己满脑子里烟雾缭绕,睫毛里电光闪闪,心里也迷糊了,他仿佛觉得他是在完成一项宗教行为,却犯了亵渎神明的罪。其实,他怀里抱着这个动人的女郎,胸脯已感到她的体形,却毫无欲念。他被爱情搞得神魂颠倒了。

她拿起他的一只手,把它放在胸口。他感到藏在里面的那叠纸。他怯生生地说:

"您爱我吗?"

她以轻如微风,几乎使人听不见的声音悄悄地回答说:

"不要你问!你早知道了!"

她把羞得绯红的脸藏在那个出类拔萃、心花怒放的青年的怀里。

他落在条凳上,她待在他旁边。他们已不再说话。星光开始闪耀。他们的嘴唇又怎么相遇的呢?鸟雀又怎么会唱,雪花又怎么会融,玫瑰又怎么会开,五月又怎么会纷红骇绿,曙光又怎么会在萧瑟的小丘顶上那些幽暗的林木后面泛白呢?

一吻,便一切都在了。

他俩心里同时吃了一惊,睁着雪亮的眼睛在黑暗中互相注视。

他们已感觉不到晚凉,也感觉不到石凳的冷,泥土的潮,青草的湿,他们相互望着,思绪满怀,不知不觉中,已彼此互握着手。

她没有问他,甚至没有想到要问他是从什么地方进来的,又是怎样来到这园里的。在她看来,他来到此地是一件极简单自然的事!

马吕斯的膝头间或碰到珂赛特的膝头,他俩便感到浑身一阵颤。

珂赛特偶尔结结巴巴地说上一两句话。她的灵魂,像花上的一滴露珠,在她的唇边抖颤。

他们渐渐谈起话来了。倾诉衷肠接替了代表情真意酣的沉默。在他们上空夜色明净奇美。他俩,纯洁如精灵,无所不谈,谈他们的怀念,他们的思慕,他们的陶醉,他们的幻想,他们的忧伤,他们怎样两地相思,他们怎样遥相祝愿,他们在不再相见时的痛苦。他们以已无可增添的极度亲密互诉了自己心里最隐秘和最神秘的东西。他们各凭自己的幻想,以天真憨直的信任,把爱情、青春和各自残剩的一点孩子气全部交流了。彼此都把自己的心倾注在对方的心里,这样一个钟头过后,少男获得了少女的灵魂,少女也获得了少男的灵魂。他们互相渗透,互相陶醉,互相照耀了。

当他们谈完了,当他们倾吐尽了时,她把她的头靠在他的肩上,问他说:

"您叫什么名字?"

"我叫马吕斯,"他说,"您呢?"

"我叫珂赛特。"